As comédias de Antônio José, o Judeu

Antônio José da Silva

As comédias de Antônio José, o Judeu

*Vida de d. Quixote, Vida de Esopo,
Anfitrião e Guerras do alecrim*

Organização, introdução e notas
PAULO ROBERTO PEREIRA

martins
Martins Fontes

© 2007 Martins Editora Livraria Ltda., São Paulo, para a presente edição.

Capa e projeto gráfico
Renata Miyabe Ueda

Preparação
Maria do Carmo Zanini

Revisão
Adriane Gozzo
Simone Zaccarias

Produção gráfica
Demétrio Zanin

Dados Internacionais de Catalogação na Publicação (CIP)
(Câmara Brasileira do Livro, SP, Brasil)

Silva, Antônio José da, 1705-1739.
As comédias de Antônio José, o Judeu : Vida de D. Quixote, Vida de Esopo, Anfitrião e Guerras do Alecrim / [introdução, seleção e notas de] Paulo Roberto Pereira. -- São Paulo : Martins, 2007.

Bibliografia.
ISBN 978-85-99102-75-6

1. Silva, Antônio José da, 1705-1739 Crítica e interpretação 2. Silva, Antônio José da, 1705-1739 - Teatro 3. Teatro português I. Pereira, Paulo Roberto. II. Título.

07-4726   CDD-869.2

Índices para catálogo sistemático:

1. Teatro : Antônio José da Silva, o Judeu:
Literatura portuguesa   869.2

Todos os direitos desta edição no Brasil reservados à
Martins Editora Livraria Ltda.
R. Prof. Laerte Ramos de Carvalho, 163
01325-030 São Paulo/SP – Brasil
Tel.: (11) 3116 0000 – Fax: (11) 3115 1072
info@martinseditora.com.br
www.martinseditora.com.br

※

À MEMÓRIA DO MEU IRMÃO
Enéas Alves Pereira

AOS MEUS AMIGOS
*Anita Novinsky
Cinira Cunha
Cleonice Berardinelli
Edivaldo Boaventura
J. Guinsburg
Joram Pinto de Lima
Lygia da Cunha
Margareth Cardoso
Massaud Moisés
Max Justo Guedes
Vasco Mariz*

Sumário

Agradecimentos *9*

I DRAMATURGIA E INQUISIÇÃO | *13*

O homem e seu tempo | *14*

A vida de Antônio José | *19*

A linguagem teatral | *27*

O cômico | *38*

O gracioso | *42*

A música | *45*

As marionetes | *51*

A questão autoral | *56*

O julgamento crítico | *60*

II O TEATRO DE ANTÔNIO JOSÉ DA SILVA | *67*

Dedicatória à mui nobre senhora Pecúnia Argentina | *71*

Ao leitor desapaixonado | *73*

Vida do grande d. Quixote de la Mancha e do gordo Sancho Pança | *77*

Esopaida ou Vida de Esopo | *149*

Anfitrião ou Júpiter e Alcmena | *231*

Guerras do alecrim e manjerona | *327*

Fontes e bibliografia *419*

Agradecimentos

Agradeço ao meu amigo Paulo César Bessa Neves a leitura cuidadosa do original deste livro; ao bibliófilo e colecionador Waldyr da Fontoura Cordovil Pires, o empréstimo de obras raras de sua biblioteca; à professora doutora Catarina Latino, chefe da seção de música da Biblioteca Nacional de Lisboa, sua generosa ajuda no acesso a obras fundamentais sobre Antônio José; ao Jorge Henrique Bastos, o empenho na publicação deste livro; à minha mulher, Cilene, e aos meus filhos, Fernanda Elisa e Paulo Celso, o constante apoio.

Devemos ao Eminentíssimo Sr. Cunha [Inquisidor Geral] o livrar-nos de raios, tempestades, trovões, etc., que desterrou das folhinhas do ano, com pena de lhes negar as licenças. Devemos à Sua Reverendíssima o haver proposto a El-Rei que conseguisse do Papa o livrar-nos de espíritos malignos e de feitiços, que causavam neste Reino tanto dano. [...] E creio que será este negócio o maior de Estado deste Governo.

ALEXANDRE DE GUSMÃO,
Cartas (para d. Luís da Cunha), p. 133.

※

As óperas de Antônio José trazem o sabor de uma mocidade imperturbavelmente feliz, a facécia grossa e petulante, tal como lha pedia o paladar das platéias, nenhum vislumbre do episódio trágico... a verdade é que os sucessos da vida dele não influíram, não diminuíram a força nativa do talento, nem lhe torceram a natureza, que estava muito longe da hipocondria.

MACHADO DE ASSIS,
Relíquias de casa velha, pp. 162-3

※

Tocamos uma contradição própria da Inquisição ibérica. A sua força estava no seu caráter sagrado. O nome de Deus legitimava as confiscações, as prisões, as execuções dirigidas contra o setor burguês da população. Mas justamente porque o motivo da perseguição era a Fé, havia que produzir para cada indivíduo a prova do pecado.

ANTÔNIO JOSÉ SARAIVA,
Inquisição e cristãos-novos, pp. 230-1

I Dramaturgia e Inquisição

※

Este livro revisita a trajetória de Antônio José da Silva, por antonomásia "o Judeu", situando-o naquele mundo complexo da primeira metade do século XVIII, em que o alvorecer do Iluminismo, entre as duas margens do Atlântico, era feito de aventuras, de desenfreada busca de riquezas, mas também de intolerância religiosa e racial. Esse é o primeiro aspecto a destacar, após tantos estudos publicados a respeito da tragédia que se abateu sobre os cristãos-novos luso-brasileiros e a ação, em Portugal e no Brasil, do Tribunal do Santo Ofício da Inquisição.

Outro dado relevante é a riqueza da dramaturgia de Antônio José da Silva – uma das mais importantes escritas em língua portuguesa –, ao ressaltar a originalidade de sua comédia, pelo emprego simultâneo de recursos cênicos extraordinários, só possíveis através dos bonecos ou bonifrates. Fator que tem sido relegado a segundo plano no texto ou na encenação da obra de Antônio José é a utilização da música composta especialmente para suas óperas, que foram as primeiras cantadas em língua portuguesa. Em virtude disso, procurou-se ressaltar a fusão de diferentes linguagens em sua obra, que fornece ao público uma arte sob muitos aspectos totalizadora dos recursos que a dramaturgia falada e cantada de sua época empregava.

Os textos escolhidos para este livro aparecem em sua forma integral de acordo com a primeira edição de 1744, confrontados com as melhores edições já publicadas das quatro peças mais editadas e representadas do Judeu: a *Vida do grande d. Quixote de la Mancha e do gordo Sancho Pança*, a

Esopaida ou Vida de Esopo, Anfitrião ou Júpiter e Alcmena e as *Guerras do alecrim e manjerona*. Para facilitar a leitura e possível encenação dessas obras, as quatro comédias vêm antecedidas de um comentário, e, para todas as palavras que se tornaram de compreensão difícil para nosso tempo, o leitor encontrará no rodapé sua explicação. A escolha dessas obras, dentre as oito que compõem o espólio teatral de Antônio José, deveu-se não só à qualidade literária e cênica dos textos, mas também à atualidade dos temas tratados, em que se pode perceber que a crítica satírica que essas comédias fazem a pessoas e instituições do século XVIII continua muito presente.

A fama que Antônio José adquiriu deve-se mais a sua morte brutal do que ao conhecimento de seu teatro. Todavia, seu caso de perseguido por motivo religioso e racial não é isolado, pois a violência institucionalizada contra os grupos minoritários, em um tempo obscurecido por seres deformados por preconceitos racistas e anti-semitas, não terminou. Assim, pretende-se trazer nova contribuição sobre a vida e a obra do escritor e, ao mesmo tempo, alertar contra todo tipo de intolerância: religiosa, racial e de consciência.

O HOMEM E SEU TEMPO

Tendo vivido sob a égide do governo de Sua Majestade magnífica e fidelíssima d. João V, que dirigiu o império português de 1707 a 1750, Antônio José da Silva pagaria com a vida por pertencer à comunidade cristã-nova, que sofreu nesse reinado a mais intolerante perseguição que a Inquisição portuguesa moveu contra os descendentes dos judeus, desde a implantação pelo rei d. João III, em 1536, do Tribunal do Santo Ofício. Deve-se destacar que, apesar de ter sido um período em que reinaram a intolerância religiosa e, conseqüentemente, um fanatismo sem controle – a começar pela pessoa do próprio rei –, alguns estudiosos desse período procuram valorizar o meio século de reinado joanino[1].

---

1. Entre tantos estudos a incensar o rei que esterilizou em muitos apectos o desenvolvimento de Portugal deve-se citar, sobretudo: M. Lopes de Almeida, *Portugal na época de d. João V*, Colóquio Internacional de Estudos Luso-brasileiros (Nashville, Vanderbilt University, 1953), pp. 253-9; Visconde de Carnaxide, *D. João V e o Brasil* (Lisboa, s. n., 1952). Lendo-se o verbete sobre o "fidelíssimo", de Jorge Borges de Macedo, no *Dicionário de história de Portugal*, dirigido por Joel Serrão, percebe-se o equívoco dessa defesa.

Na verdade, o reinado de d. João V foi dominado por um choque de mentalidade entre uma visão passadista de espírito tridentino representado por figuras como o ministro Cardeal da Mota e, sobretudo, de d. Nuno da Cunha de Ataíde e Melo, Inquisidor Geral durante todo o reinado do "Magnânimo", que o prestigiava a ponto de dormir no próprio palácio dos Estaus, sede da Inquisição portuguesa. De outra parte, d. João tinha ministros, conselheiros e diplomatas, como d. Luís da Cunha, Alexandre de Gusmão e Sebastião de Carvalho e Melo, bafejados pelos ventos iluministas que tentavam influenciar o rei para controlar o excessivo domínio da Igreja Católica sobre o Estado propondo reformas em diferentes aspectos da sociedade portuguesa. Um exemplo típico das contradições que permeavam o império joanino é a utilização do ouro que fluía da colônia brasileira. De um lado o empregou em obras suntuosas como o convento de Mafra, a demonstrar uma visão atrasada ante os ventos iluministas em um momento de transição histórica para a modernização dos Estados nacionais. Por outro, apoiou e enviou a estudar no estrangeiro vários bolsistas portugueses. E contratou, sobretudo na área da arquitetura, das artes plásticas e da música, importantes profissionais e artistas de renome.

No longo período do absolutismo monárquico joanino, a sociedade portuguesa esteve com os postos burocráticos controlados pelo clero e pela nobreza, com a literatura e a arte extasiadas ante um Barroco de importação que emasculava a criação nacional, tendo a censura político-religiosa da Inquisição como zeladora dos costumes e da fé. Naturalmente, a classe intelectual do país se sentia atingida, a ponto de um representativo grupo acabar por se exilar, sendo denominado de *estrangeirado*, devido à dificuldade que encontrava em Portugal para qualquer projeto modernizador do Estado. Tinha início a dificuldade com a censura literária e acabava-se muitas vezes nos cárceres da Inquisição. Não custa recordar que, para ser impresso, um livro deveria percorrer três diferentes órgãos de fiscalização: a censura do Santo Ofício, a do Ordinário ou bispo, que representavam a visão ideológica do poder, e a do Paço Real, responsável pela cobrança do imposto referente à edição.

O Estado aliado à Inquisição estimulava um ambiente de fanatismo exacerbado em questões de fé. A Universidade de Coimbra, dominada pelo ensino escolástico, impedia a renovação mental de suas elites dirigentes.

A esse conjunto de males, dois médicos setecentistas, oriundos do ensino coimbrão, deram o diagnóstico da enfermidade: o português Antônio Nunes Ribeiro Sanches a denominou de "Reino Cadaveroso", e o brasileiro Francisco de Melo Franco, de "Reino da Estupidez".

No entanto, em alguns recantos da Europa, nos fins do século XVII e princípios do XVIII, começava uma agitação cultural por influência do pensamento racionalista, predominantemente de dúvida e inquietação, que preparou o advento de uma literatura de tendência agnóstica. Esse movimento encontrou a cultura portuguesa submetida à intolerância religiosa, que controlava a atividade mental, e uma nobreza deslustrada intelectualmente, limitada em suas atividades na corte e parasitária do rei.

Na época em que Antônio José escreveu suas peças teatrais e foi morto pelo Santo Ofício, havia um grupo de intelectuais que pretendia atualizar o mundo mental português propugnando pelas correntes renovadoras do cenário europeu. No entanto, o território lusitano ainda estava distante da revolução cultural que seria implantada mais tarde pelo Marquês de Pombal, assessorado por um grupo de intelectuais ilustrados como os brasileiros José Basílio da Gama, secretário particular do poderoso ministro, e d. Francisco de Lemos, que foi o reitor responsável pela reforma que atualizou os estudos da Universidade de Coimbra. E, nessa primeira metade do século XVIII, em Portugal, havia vários grupos que lutavam pelo arejamento mental do país, animados com o bafejo dos ventos de uma cultura barroca anticonformista, estimuladora da crise de consciência que moveu essa época contraditória, como o do conde de Ericeira; o dos denominados "estrangeirados", que incluíam o diplomata d. Luís da Cunha e o pensador e pedagogo Luís Antônio Verney[2]; o grupo brasileiro capitaneado pelo ministro e secretário do rei, Alexandre de Gusmão, idealizador do Tratado de Madri e irmão do aeronauta Bartolomeu de Gusmão; o filósofo Matias Aires e sua irmã, a romancista Teresa Margarida da Silva Orta, além do próprio Antônio José da Silva.

No Brasil, na primeira metade do século XVIII, a perseguição contra a "gente da nação", como eram conhecidos os cristãos-novos, atingiu particularmente o Rio de Janeiro, a Bahia e, pouco mais tarde, a Paraíba, por

---

2 . Ofélia Milheiro Caldas Paiva Monteiro, "No alvorecer do 'Iluminismo' em Portugal", *Revista de História Literária de Portugal*, I (1962), pp. 191-233; II (1967), pp. 1-58.

coincidência as regiões de maior prosperidade dos engenhos de cana-de-açúcar. Não deve ter sido puro acaso que o auge da perseguição inquisitorial no Brasil se tenha dado na época em que Portugal começava a se beneficiar do *boom* do ouro e dos diamantes de Minas Gerais, cuja produção intensa ocorreu nas primeiras décadas do século XVIII, tendo o porto do Rio de Janeiro movimentado a maior parte do fluxo econômico resultante da riqueza oriunda das minas.

A prisão da prestigiosa família de Antônio José da Silva, senhores de engenhos e intelectuais do Rio de Janeiro, no momento em que essa cidade começava a assumir o primeiro plano na vida nacional, em virtude da riqueza que transitava por seu porto, certamente ajudou a solidificar as denúncias aos olhos cobiçosos dos inquisidores. Esse aspecto econômico da ação inquisitorial é lembrado pelo diplomata d. Luís da Cunha, ao ressaltar que

> Depois que a Inquisição descobriu no Rio de Janeiro a mina dos judeus, e se lhes confiscaram os bens, de que os principais eram os engenhos de açúcar, que se perdiam, foi preciso que S. Majestade ordenasse que os ditos engenhos não fossem confiscados, vendo o grande prejuízo que se fazia ao comércio deste importante gênero.[3]

Mas a ação do nefasto Tribunal do Santo Ofício da Inquisição nos trópicos brasileiros é muito anterior, pois remonta a 1591, quando chegou à Bahia, e depois seguiu para Pernambuco, o primeiro visitador da Inquisição portuguesa em terras americanas, Heitor Furtado de Mendonça. Com esse representante da mentalidade mais tacanha que podia subsistir na península Ibérica, começava no Brasil a perseguição, ocorrida em toda a época colonial, a intelectuais que ousavam pensar diferente, no momento em que se consagrava a bandeira da contra-reforma religiosa chancelada pelo Concílio de Trento e utilizada nos reinos ibéricos até o alvorecer do século XIX, quando a revolução liberal baniu definitivamente a Inquisição. No entanto, as fogueiras acesas pelo Tribunal do Santo Ofício, que arderam em Lisboa, Évora e Coimbra, não chegaram à América portuguesa, embora tenham atingido o ultramar asiático, instalando-se em Goa.

---

3 . D. Luís da Cunha, *Testamento político* (São Paulo, Alfa-Omega, 1976), p. 87.

Esse Estado dentro do Estado marcou profundamente a sociedade nacional. Revela Anita Novinsky que, durante a época colonial, a Inquisição portuguesa prendeu na América 1.076 pessoas[4]. E a lista de intelectuais brasileiros perseguidos não é tão pequena. Basta lembrar Bento Teixeira, autor do poema "Prosopopéia", que morreu em um cárcere lisboeta em 1600. Ou a humilhação que sofreu o grande Antônio Vieira nas mãos dos beleguins do Santo Ofício por não participar com os dominicanos da campanha intolerante contra os judeus portugueses. Já Gregório de Matos foi denunciado aos inquisidores por sua vida devassa, mas o prestígio da família e o fato de ser "legítimo e inteiro cristão-velho" lhe impediram a prisão[5]. Nosso primeiro dicionarista, Antônio de Moraes Silva, nunca se refez das lembranças que a Inquisição lhe deixou, a ponto de não participar do movimento libertário pernambucano. A perseguição atingiu ainda o patrono da imprensa brasileira, Hipólito da Costa, que de Londres pôde ajudar na campanha de solidificação da independência nacional. Quanto ao Patriarca da Independência, José Bonifácio de Andrada e Silva, foi em 1779, quando estudante da Universidade de Coimbra, denunciado ao Tribunal do Santo Ofício; o processo, porém, não teve continuidade, num momento em que as garras do outrora temível tribunal estavam gastas pelo arejamento político que percorria a Europa às vésperas da Revolução Francesa. Com razão alerta Moacyr Scliar para um momento da história brasileira que não se pode esquecer:

> O efeito da Inquisição sobre o nosso país [...]. São duzentos anos de repressão, em que a população do Brasil colonial vivia sob permanente ameaça. Quem sabe até que ponto esse fenômeno não condicionou o caráter brasileiro?[6]

---

4 . Anita Novinsky, *Inquisição: prisioneiros do Brasil – séculos XVI-XIX* (Rio de Janeiro, Expressão e Cultura, 2002), p. 25.
5 . Adriano Espínola, *As artes de enganar: um estudo das máscaras poéticas e biográficas de Gregório de Mattos* (Rio de Janeiro, Topbooks, 2000), pp. 127-34.
6 . Moacyr Scliar, "Entrevista", *Jornal do Brasil* (23 abr. 1988), caderno Idéias, p. 10.

A VIDA DE ANTÔNIO JOSÉ

Por causa da tragédia pessoal, que resultou na morte do escritor aos 34 anos por prática judaizante, e pela qualidade de seu teatro, que teve o aplauso popular durante sua época, Antônio José da Silva vem despertando prolongado interesse, desde as primeiras notícias publicadas sobre ele na primeira metade do século XVIII. Os acontecimentos mais cruéis da história pessoal desse escritor luso-brasileiro se devem à Inquisição portuguesa, que ferozmente lhe destruiu a vida, como pode ser constatado pelo exame dos processos do Santo Ofício que testemunham suas prisões entre 8 de agosto e 23 de outubro de 1726, e de 5 de outubro de 1737 a 18 de outubro de 1739.

Qual a causa que levou o escritor e seus familiares a serem motivo da perseguição? É que eles pertenciam a um grupo da sociedade portuguesa denominado cristão-novo, marrano ou "gente da nação", em oposição aos chamados cristãos-velhos, pretensamente os verdadeiros católicos, por não terem mácula de "sangue infectado", que hipoteticamente possuiriam os judeus e outros segmentos da população, como os negros e os muçulmanos.

Na península Ibérica, os seguidores de Moisés tinham convivido pacificamente com as duas outras religiões, o cristianismo e o islamismo, até os fins da Idade Média. Com a conversão forçada ao catolicismo dos judeus espanhóis em 1492, parte desse segmento – a que não aceitou a troca da fé por imposição dos reis de Espanha, Fernando e Isabel – mudou-se para Portugal. O rei d. Manuel I aceitou de bom grado essa comunidade composta de artífices, homens de negócios e letrados, mas, quando quis casar com a herdeira do trono espanhol, uma das exigências para as bodas foi a expulsão dos judeus do território lusitano. O rei Venturoso, não querendo perder a comunidade judaica em virtude da contribuição que dela vinha para o Estado português, utilizou o estratagema da conversão forçada ao catolicismo em 1497. Como é natural, uma parte dos antigos seguidores do judaísmo mosaico não aceitou essa submissão à fé católica e então foi acusada de praticar às ocultas sua antiga religião, incorrendo na apostasia, crime espiritual contra a fé católica, tido como heresia. Assim, a sociedade portuguesa, que não tivera, desde suas origens, divisão por motivo racial ou religioso, passou a ser um baluarte da intolerância. De um lado ficavam os cristãos-velhos; de outro, os cristãos-novos.

Essa situação de intolerância que caracterizou a península Ibérica no alvorecer da Renascença teve, com o surgimento da Reforma protestante, através da figura de Martinho Lutero, uma radicalização. É que as novas seitas cristãs que pretendiam purificar o cristianismo da mácula que atingia o Vaticano estimularam uma reação tradicionalista, que se consubstanciou no Concílio de Trento, que, em vez de purificar e extirpar o mal que atingia diretamente o papado, apoiou e reforçou a intolerância contra os que divergiam das decisões emanadas dos papas em Roma. Assim, surgiu no catolicismo romano o movimento da Contra-Reforma, que tinha sustentáculo internacional no apoio do rei de Espanha, Carlos v, dono de um império onde o sol nunca se punha. E, internamente, a Igreja Católica Apostólica Romana dispunha da Ordem Dominicana, fundada por são Domingos de Gusmão no século XIII, que, desde a Idade Média, já tivera a experiência de conter as heresias praticadas contra o papado. Os países tradicionalmente católicos, como Portugal, aliaram-se a Roma nessa guerra santa contra qualquer divergência de fé religiosa.

Portugal, em que a religião católica fora fator preponderante da unidade nacional e da expansão, tornou-se pioneiro das descobertas marítimas, simbolizada na viagem de Vasco da Gama à Índia, e precursor da globalização, com Lisboa tendo sido transformada num dos principais centros econômicos da Europa quinhentista. Com a implantação da censura religiosa e intelectual, o território lusitano fechou-se num cordão sanitário em que as únicas luzes que podiam iluminar eram as das fogueiras inquisitoriais. Para combater o pretenso mal que causariam os cristãos-novos à fé monolítica do catolicismo contra-reformista, procurou-se extirpar esse segmento social, que estava associado aos "homens de negócios" da nascente burguesia portuguesa, empregando-se um instrumento de utilidade religiosa, política e econômica: a Inquisição.

De família cristã-nova, senhores de engenhos de grande prestígio social, nasceu Antônio José da Silva no Rio de Janeiro, a 8 de maio de 1705, sendo seus pais Lourença Coutinho e João Mendes da Silva, advogado e poeta. A família de Antônio José, de longínquas raízes fixadas no solo brasileiro, pertencia à comunidade cristã-nova que, durante os dois primeiros séculos de domínio colonial, poucas vezes foi perseguida pelos agentes inquisitoriais. Mas a primeira metade do século XVIII iria compensar em muito o que o Tribunal do Santo Ofício não fizera antes em termos de destruição de lares e fogueiras humanas. Quando as denúncias começaram a correr na primeira década desse século, os pais do futuro poeta estavam entre os citados: João Mendes, com mandado de prisão datado de 24 de fevereiro de 1711; e para sua mulher, Lourença Coutinho, o mandado fora expedido em 20 de fevereiro de 1711. Em outubro de 1712, ainda criança de sete anos, Antônio José acompanhou os pais, que seguiram presos para a capital do reino, denunciados como seguidores do judaísmo, indo junto também seus irmãos Baltazar, de 12 anos, e André, de dez. Chegados a Lisboa, lá encontraram outros parentes e sofreram o mesmo tratamento que era dispensado aos cristãos-novos denunciados por práticas mosaicas: a obrigação de delatar a todos, a começar pelos familiares; depois, por meio de tortura, a confessar o que quisessem os inquisidores.

O pai de Antônio José, o cristão-novo fluminense João Mendes da Silva, nascido no Rio de Janeiro em 1659 e formado em cânones em Coimbra, em 1691, tendo sido preso em 10 de outubro de 1712, foi penitenciado cerca de um ano depois, no auto-de-fé de 9 de julho de 1713, com cárcere e hábito penitencial a arbítrio. Com o confisco de seus bens pela Inquisição, uma vez que essa era uma das primeiras providências do Santo Tribunal para manter a poderosa e temida estrutura burocrática policial, o advogado brasileiro teve de refazer sua vida profissional. Conforme consta no inventário de seus bens confiscados, o cristão-novo fluminense João Mendes, conquanto não fosse dono de engenho, possuía uma partida de cultivo de cana-de-açúcar em São João de Meriti, no Rio de Janeiro, com escravaria. Já como advogado, era possuidor de grande biblioteca para a época, "que constava de cento e cinqüenta e tantos volumes de direito, fora noventa e tantos livros de histórias e curiosidades"[7]. Tendo perdido o patrimônio, o pai de Antônio José decidiu permanecer em Lisboa, voltando a trabalhar na advocacia. Pouco mais tarde passou a morar na rua dos Arcos, em frente ao pátio da Comédia, local das exibições do teatro popular de Lisboa, o que certamente influenciou o ânimo de seu terceiro filho, futuro autor dramático. Em 1722, Antônio José, com 16 anos de idade, ingressou na Universidade de Coimbra, freqüentando o curso de cânones. Deve-se recordar que existe uma longa polêmica a respeito de ter Antônio José da Silva terminado ou não o curso de direito na universidade.

---

7. Anita Novinsky, *Inquisição: inventário de bens confiscados a cristãos-novos* (Rio de Janeiro, Imprensa Nacional/Casa da Moeda, 1976), pp. 139-40.

Esse assunto foi analisado exaustivamente por José Oliveira Barata[8]. Apesar dos argumentos apresentados em que se afirma não ter o Judeu concluído o curso de bacharel, toda a tradição manuscrita e impressa sobre o teatrólogo o tem como advogado de causas forenses. E, se os processos inquisitoriais eram tão perfeitos em sua devassa sobre a vida do réu, por que os inquisidores chamariam Antônio José de advogado se ele não o fosse, mesmo sabendo que a legislação portuguesa proibia o exercício da advocacia aos cristãos-novos?

Em 1726, a família de João Mendes voltou a ser perseguida pela Inquisição, dessa vez por denúncia de um estudante baiano da Universidade de Coimbra, Luís Terra Soares de Barbuda, noivo de Brites Eugênia, prima de Antônio José. Inicialmente, foi presa a mãe, e, pouco mais tarde, os três filhos, no palácio dos Estaus, presídio-sede da Inquisição portuguesa em Lisboa. A ordem de captura de Antônio José foi emitida em 7 de agosto de 1726:

> Os inquisidores apostólicos contra a herética pravidade e apostasia nesta cidade de Lisboa, e seu distrito, etc. Mandamos a qualquer familiar ou oficial do Santo Ofício, que nesta cidade de Lisboa, ou aonde quer que for achado Antônio José da Silva, cristão-novo, estudante da Universidade, solteiro, filho de João Mendes da Silva, advogado, e Lourença Coutinho, natural do Rio de Janeiro, e morador nesta cidade ao pátio da Comédia, o prendais com seqüestro de bens por culpas que contra ele há neste Santo Ofício [...].[9]

A ironia do destino é que Antônio José, preso pela primeira vez a 8 de agosto de 1726, morando num local denominado pátio da Comédia, ficou detido num presídio onde mais tarde foi construído o Teatro Nacional. Talvez o espírito cômico da musa Tália, como uma chama tutelar, tenha mantido nesse local a alma de Antônio José, para demonstrar que a fogueira da intolerância não podia apagar sua memória, que estaria sempre presente toda vez que ali fossem representados espetáculos. Nesse seu primeiro processo inquisitorial, o jovem bacharel, então com 21 anos, denunciou 15 pessoas: de sua falecida tia d. Esperança a seus primos João Thomaz e

---

8 . José Oliveira Barata, *Antônio José da Silva: criação e realidade* (Coimbra, Universidade de Coimbra, 1985), vol. I, pp. 150-65.

9 . Instituto Histórico e Geográfico Brasileiro, "Traslado do processo feito pela Inquisição de Lisboa contra Antônio José da Silva, poeta brasileiro", *Revista Trimensal do...*, t. LIX, parte I (1º e 2º trimestres 1896), pp. 5-6.

Brites Eugênia, que já se encontravam presos e que o denunciaram, até seus dois irmãos André Mendes da Silva e Baltazar Rodrigues Coutinho, presos com ele. A penúltima pessoa que Antônio José denunciou foi seu colega de estudo em Coimbra, o baiano Luís Terra Soares de Barbuda, que deflagrou toda essa perseguição inicial ao desmanchar o casamento com Brites Eugênia e, em vingança, denunciar os parentes dessa prima de Antônio José. Mas, apesar de ele ter denunciado um grande número de familiares, a Inquisição queria de Antônio José mais nomes, principalmente o de sua mãe, que, se denunciada, se tornaria culpada de relapsia, que era o crime passível de morte por reincidir nas práticas da religião judaica. Então resolveram os inquisidores pôr o estudante a tormento, sendo lançado no potro, um dos principais instrumentos de tortura utilizados pelo Santo Ofício, e advertido de "que se naquele tormento morresse, quebrasse algum membro, perdesse algum sentido, a culpa seria sua e não dos senhores inquisidores"[10]. A barbaridade cometida pelos verdugos não permitiu que ele assinasse o termo de abjuração da fé mosaica, ao ser solto em 13 de outubro desse mesmo ano. Seus irmãos, Baltazar e André, permaneceram presos até 1728, na tentativa de lhes arrancar a confissão de praticar o judaísmo às ocultas e, sobretudo, para que denunciassem a mãe já reincidente. Apesar de os verdugos não conseguirem seus intentos, os Mendes da Silva ficaram livres no auto-de-fé de 25 de julho de 1728.

Deve-se ressaltar que o irmão mais velho e também advogado, Baltazar Rodrigues Coutinho, nascido em 2 de julho de 1700 e formado na Universidade de Coimbra em 1725, que trabalhava com o pai na vida forense, só foi penitenciado nesse auto-de-fé de 1728, vivendo com relativa tranqüilidade até sua morte, em Lisboa, a 19 de outubro de 1789. O outro irmão, André Mendes da Silva, que nasceu a 16 de julho de 1702 e morreu em Lisboa em data desconhecida, foi penitenciado duas vezes nos autos-de-fé de 25 de julho de 1728 e no de 18 de outubro de 1739, no qual pereceu o irmão dramaturgo.

A mãe de Antônio José, por ser reincidente – sujeita, portanto, à pena de morte –, foi torturada durante a permanência na cadeia, mas, como nada falou, foi libertada em 1729. Mulher de fibra extraordinária, Lourença Coutinho, nascida no Rio de Janeiro em 1679, filha de uma poderosa famí-

---

10 . Ibidem, p. 46.

lia de senhores de engenho de cana-de-açúcar, sofreu três prisões terríveis: a primeira em 1712, quando foi arrancada de sua terra natal, transportada para Lisboa e penitenciada no auto-de-fé de 9 de julho de 1713, juntamente com seu marido. Como a Inquisição não largava mais a presa depois de sentir sua presença pela primeira vez, Lourença Coutinho, vivendo na capital portuguesa, foi presa pela segunda vez em 1726, sendo penitenciada em 13 de outubro de 1729. Por fim, os agentes da Inquisição a prenderam, pela última vez, em 1737, com o filho escritor e a nora; penitenciada em 18 de outubro de 1739, sobreviveu à perda de seus entes queridos até sua morte em Lisboa, em 1757.

Apesar de todo esse ambiente de terror, Antônio José provavelmente se bacharelou em cânones pela Universidade de Coimbra, pois a segunda ordem de prisão expedida contra ele o trata por "Antônio José, advogado", e os argumentos de que concluiu o curso de direito apresentados por, entre outros, Teófilo Braga e Raul Rego[11] são convincentes. Trabalhando no escritório de advocacia do pai em Lisboa, em torno de 1735 constituiu família, casando com Leonor Maria de Carvalho, irmã de Páscoa dos Rios, mulher de seu irmão André, não tendo nenhum parentesco com o comediógrafo, apesar de se repetir, desde o século XIX, que Leonor era sua prima. Essas irmãs cristãs-novas, da região portuguesa da Covilhã, terra afamada pela prática do judaísmo, já tinham enfrentado as garras insaciáveis da Inquisição – Leonor Maria de Carvalho já fora reconciliada por judaísmo na igreja de São Pedro da cidade de Valladolid, Espanha, em 26 de janeiro de 1727. Esse retorno ao grêmio católico fazia parte da ficção judiciária que montara a Inquisição no império português. A prova disso é essa união matrimonial entre os perseguidos, a demonstrar que a desgraça que se abatera sobre os seguidores da lei de Moisés os tornava mais fortes, unindo-os numa rede solidária para melhor enfrentar os reveses da intolerância.

É claro que esses casamentos entre cristãos-novos acabavam se transformando numa faca de dois gumes, pois, para o Santo Ofício, a união entre os perseguidos era mais uma prova da reincidência nos ritos judaicos.

---

11 . Teófilo Braga, *O martyr da inquisição portugueza Antonio José da Silva (O Judeu)* (Lisboa, Typographia do Commercio, 1904). Idem, "António José da Silva", em *História da literatura portuguesa. Os árcades* (Lisboa, Imprensa Nacional/Casa da Moeda, 1984), pp. 92-119 (1. ed, 1918). Raul Rego, "António José da Silva será autor das *Óperas portuguesas?*", *Seara Nova*, 1291-1292 (Lisboa, maio 1954), pp. 75-6; 1293-1294 (Lisboa, jun. 1954), pp. 89-91.

Exemplo disso é o caso de Baltazar, irmão mais velho de Antônio José, que, casando com a cristã-velha Antônia Maria Teodora, nunca mais foi incomodado pela Inquisição. Por essa altura, em 25 de outubro de 1735, nasceu a filha de Antônio José, de nome Lourença, como o de sua mãe, e o advogado dublê de escritor voltara a sorrir, pois que fazia, anonimamente, sucesso como comediógrafo no Teatro Público do Bairro Alto de Lisboa, onde suas peças vinham sendo encenadas desde 1733. A 9 de janeiro de 1736, seu pai faleceu em Lisboa, não assistindo à última cena dramática que o filho viveria, dos calabouços do presídio inquisitorial ao palco na fogueira da praça lisboeta.

A segunda prisão de Antônio José da Silva se deu numa situação excepcional em que, para forjar a trama, se juntaram as brigas domésticas de sua mãe com a escrava da casa, Leonor Gomes, e de Antônio José e sua mulher com a babá da filha; ele e a escrava acabaram indo fazer denúncias uns contra os outros no Tribunal da Inquisição. No entanto, sua prisão partiu "de ordem verbal do Exmo. Sr. Cardeal da Cunha, Inquisidor Geral"[12], a demonstrar que havia, contra o escritor, alguma coisa que nunca viria a público. Pois, externamente, ele cumpria todos os ritos católicos, freqüentava a igreja de São Domingos, onde granjeara relações pessoais com os frades, acompanhava procissões e dava esmolas. No entanto, Antônio José tinha o destino marcado pela Inquisição. Finalmente, em 1737, o círculo se fechou ao ser presa toda a família: além dele, a esposa, o irmão André e a mãe idosa e já viúva.

> Antônio José da Silva foi preso em 5 de outubro de 1737, sem que houvesse na Inquisição denúncia registrada e sem mandado escrito de captura, o que era excepcional; e por ordem não da Inquisição de Lisboa, como seria normal, mas do Conselho Geral, que era a instância suprema das três inquisições do reino. Esse pormenor é esclarecedor. No mesmo dia, mas com as formalidades habituais da ordem de captura e das denúncias registradas, foram presos a mulher, a mãe e outros parentes. Nota curiosa: os executores da captura foram o marquês de Alegrete, o visconde de Ponte de Lima, o marquês de Marialva, o conde de Atouguia, "familiares do Santo Ofício".[13]

---

12 . Ibidem, p. 52.
13 . Antônio José Saraiva, *Inquisição e cristãos-novos* (Porto, Inova, 1969), p. 127.

Então começou novamente e pela última vez, "no sexto cárcere do corredor meio novo" das masmorras secretas do palácio dos Estaus, presídio-sede da Inquisição portuguesa em Lisboa, a agonia, que durou dois anos, daquele "preso magro, alvo, de mediana estatura, cabelo curto e castanho-escuro, véstia parda, roupão azulado e forrado de encarnado"[14]. Para justificar a prisão arbitrária de Antônio José, já que fora encarcerado sem culpa inicialmente formada, a Santa Inquisição providenciou uma trama que se tornou infalível e que acabaria na condenação final do réu, tendo ele ou não culpa pelas acusações: colocou funcionários e presos do próprio tribunal para vigiá-lo e denunciá-lo. Assim, a tragédia foi encenada até o fim, com a acusação de ter ele praticado cinco jejuns judaicos na prisão. Pois, a não ser pela denúncia da escrava de sua casa, Leonor Gomes – denúncia que, por sinal, não foi utilizada na hora de sua condenação, já que a delação de escravos esbarrava na legislação portuguesa, que a ela não dava o devido crédito, e o escravo denunciante era obrigatoriamente preso –, precisou a Inquisição colocar espiões a vigiar Antônio José dentro e fora da cela para conseguir formar a acusação de reincidente no judaísmo. Finalmente, com as provas forjadas com o auxílio de dois esbirros, José Luís de Azevedo e Bento Pereira, o escritor foi condenado à morte, mesmo testemunhando a seu favor vários religiosos.

Ao ser feito o inventário dos bens de Antônio José, os agentes do Santo Ofício depararam com um homem de vida modesta, cujo maior patrimônio eram os livros, que herdara em parte do pai, e alguns outros pertencentes ao irmão Baltazar, pequenas jóias de pouco valor, colheres e garfos de prata – patrimônio pequeno para quem fazia rir, talvez, os mesmos representantes da nobreza e do clero, que, finalmente, poderiam lhe providenciar a morte num espetáculo sem facécia.

O comediógrafo teve lentamente preparado o espetáculo de sua morte e poderia até dizer que o processo forjado que lhe tirou a vida era eivado de humor. No final de tal processo, os inquisidores terminam o longo arrazoado com uma clemência irônica:

> Declaram o réu Antônio José da Silva por convicto, negativo, pertinaz e relapso no crime de heresia e apostasia, e que foi herege apóstata de nossa santa fé católica, e que incorreu em sentença de excomunhão maior, e con-

---

14 . Instituto Histórico e Geográfico Brasileiro, op. cit., p. 57.

fiscação de todos os seus bens para o fisco e câmara real, e nas mais penas de direito contra semelhantes estabelecidas, e como herege apóstata de nossa santa fé católica, convicto, negativo, pertinaz e relapso o condenam e relaxam à justiça secular, a quem pedem com muita instância se haja com ele benigna e piedosamente, e não proceda a pena de morte nem efusão de sangue.[15]

Depois de toda a iniqüidade cometida contra o indefeso cristão-novo, o farisaísmo e a hipocrisia de transferir à justiça civil o papel de verdugo na sentença de morte, quando de fato era a justiça religiosa que mandava matar. Assim, o mesmo público que assistira às suas comédias poderia vê-lo de corpo presente como centro do espetáculo em chamas.

Escaparam das execuções – nesse auto-de-fé em que o escritor foi condenado – a mãe, o irmão André e a mulher Leonor, que tiveram, porém, de participar do ritual fúnebre em que se constituía a procissão dos condenados a diversas penas nesse espetáculo bárbaro dos tempos modernos que prenunciava as câmaras de gás nazistas.

Em 18 de outubro de 1739, diante de enorme público que incluía o cristianíssimo rei d. João V, a família real e o principal zelador da fé, o cardeal d. Nuno da Cunha, inquisidor-geral do reino, foi Antônio José executado por asfixia no garrote vil e depois queimado no Campo da Lã, local dessa barbárie em Lisboa. Sua morte servia para confirmar mais uma vez a vitória da intolerância religiosa fundamentada no ódio racial.

A LINGUAGEM TEATRAL

Para compreender a especificidade do teatro de Antônio José da Silva, é necessário analisar os recursos empregados na constituição de suas peças. Daí a preocupação com os elementos que formam o texto escrito, como o emprego da prosa em vez do verso; a utilização da música como complemento integrante da totalidade teatral; o recurso aos bonecos como disfarce amortecedor do exercício reiterado da sátira, que desconstrói os valores da pomposidade barroca. Sua dramaturgia reflete a longa crise cultural

---

15 . Ibidem, p. 261.

que enfrentaram os intelectuais portugueses na primeira metade do século XVIII, submetidos a modelos culturais que isolaram o país da renovação artística ocorrida nas principais capitais européias. Em Portugal, o teatro popular – herdeiro da chamada escola vicentina, que tinha por nume tutelar o fundador do teatro nacional, Gil Vicente – sobrevivia muito incipientemente nos chamados "pátios de comédia". Esse teatro, conhecido como baixa comédia ou teatro de cordel, era freqüentado pelas classes populares e pela burguesia. No entanto, sofria a concorrência da pomposidade exterior do teatro jesuítico, falado em latim e encenado sobretudo na Universidade de Coimbra. Por outro lado, a corte e seus apaniguados haviam caído de amores pela ópera italiana, prestigiada pela nobreza e apoiada pela família real. Havia ainda a presença marcante do teatro espanhol do Século de Ouro, que, em sua grandiosidade, aliada ao longo bilingüismo que dominara Portugal, facilitava sua aceitação pela platéia lusitana. No entanto, Antônio José conseguiu dar uma contribuição original ao teatro de seu tempo, absorvendo a herança do teatro nacional, no qual o popular não fora esquecido, com as influências espanhola, italiana, francesa, tendo, numa perfeita técnica de camuflagem, a Lisboa setecentista por fundo.

A totalidade de sua obra é composta de oito comédias e dois poemas, havendo ainda dois outros textos de autoria duvidosa que lhe vêm sendo atribuídos. Sua dramaturgia completa, reunida pela primeira vez em 1744, foi publicada com o nome *Teatro cômico português* e organizada de acordo com a ordem cronológica de sua subida à cena nos cinco anos em que o autor escreveu esses textos[16].

As oito "óperas do Judeu" são denominadas "joco-sérias", por lembrarem os recursos híbridos da tragicomédia, nessa mistura entre a elevação do trágico e o realismo do cômico. Todas as suas peças foram à cena, através dos recursos de marionetes, no Teatro Público do Bairro Alto de Lisboa, um antigo salão do conde de Soure, na rua da Rosa, de 1733 a 1738: *Vida do grande d. Quixote de la Mancha e do gordo Sancho Pança*, em duas partes, 1733; *Esopaida ou Vida de Esopo*, em duas partes, 1734; *Encantos de Medéia*, em duas partes, 1735; *Anfitrião ou Júpiter e Alcmena*, em duas partes, 1736; *Labirinto de Creta*, em duas partes, 1736; *Guerras do alecrim e*

---

16 . Paulo Roberto Pereira, "A música e a marionete na comédia de Antônio José, o Judeu", *Revista Convergência Lusíada*, 22 (Rio de Janeiro, Real Gabinete Português de Leitura, 2006), pp. 49-61.

manjerona, em duas partes, 1737; *Variedades de Proteu*, em três atos, 1737; *Precipício de Faetonte*, em três atos, 1738.

A crítica através da comédia é parte estrutural em todos esses textos: do riso solto ao chiste zombeteiro, da sátira às instituições à caricatura da nobreza. É pela linguagem que o escritor setecentista faz rir seu público. É por ela que se poderá compreender o universo dramático do maior poeta cômico de Portugal depois de Gil Vicente.

Em outubro de 1733, subiu à cena no Teatro do Bairro Alto de Lisboa a primeira obra do Judeu, *Vida do grande d. Quixote de la Mancha e do gordo Sancho Pança*, que retoma a história do "Cavaleiro da Triste Figura", em um diálogo intertextual, sobretudo no que concerne à segunda parte da obra de Miguel de Cervantes, publicada em 1615. Dividida em duas partes, tendo a primeira nove cenas e a segunda, oito, a peça faz a sátira aos valores da nobreza de espírito feudal que ainda perduravam na Europa e abraça o processo de mudança da mentalidade que ocorria por influência das idéias do Iluminismo. A obra tem cenas de extraordinários achados cômicos, como a oitava da primeira parte, em que d. Quixote desconfia de que Dulcinéia estivesse transformada em Sancho, situação que não se encontra no original de Cervantes:

> D. QUIXOTE. Não sei como agora fale, se como a Sancho, se como a Dulcinéia! Vá como quer que for. Saberás que os encantadores têm transformado em tua vil e sórdida pessoa a sem igual Dulcinéia. [...]
> SANCHO. Diga-me, senhor, por onde sabe vossa mercê que a senhora Dulcinéia está transformada em mim?
> D. QUIXOTE. Isso é o que tu não alcanças, simples Sancho. Pois sabe que nós, os cavaleiros andantes, temos cá um tal instinto, que nos é permitido conhecer onde está o engano e transformação pelos eflúvios que exala o corpo, e pela fisionomia do rosto.
> SANCHO. Basta que conheceu vossa mercê pela simonetria do rostro[17]! Pois, senhor, que parentesco carnal tem a minha cara com a da senhora Dulcinéia? Ora, eu até aqui não cuidei que vossa mercê era tão louco! Cuido que nem na *Vida* de vossa mercê se conta semelhante desaventura.[18]

---

17. *Simonetria* e *rostro* são adulterações das palavras "fisionomia" e "rosto".
18. Antônio José da Silva (o Judeu), *Obras completas* (Lisboa, Sá da Costa, 1957–1958), vol. I, p. 62. Todas as citações da obra teatral de Antônio José da Silva serão por essa edição, com as modificações que julgarmos pertinentes. Se houver necessidade do emprego de outra, o fato será assinalado.

Outra cena de grande comicidade é a nona da primeira parte, em que d. Quixote e Sancho vão ao monte Parnaso defender o deus da poesia, Apolo, dos "poetas de água doce":

> D. QUIXOTE. Senhor Apolo, eu tomo sobre mim seu desagravo, e já desde agora se pode assentar bem nesse trono, que dele ninguém o há de arrancar.
> SANCHO. Senhor meu amo, eu cuido que estou sonhando. Que vossa mercê entre no Parnaso, não é muito, porque é louco; porém eu, que, sendo um ignorante, também cá esteja, é o que mais me admira; e daqui venho agora a concluir que não há tolo que não entre hoje no Parnaso.[19]

Uma das sátiras mais violentas nascida no teatro português encontra-se nessa obra, na segunda parte, quarta cena. Nela Sancho Pança aparece miraculosamente investido no cargo de governador da ilha dos Lagartos para julgar os abusos cometidos. É uma sátira à justiça corrupta, a demonstrar ser o *D. Quixote*, de Antônio José, original pela maneira metafórica de caricaturar e parodiar a sociedade de seu tempo:

> HOMEM. Senhor governador, peço justiça.
> SANCHO. Pois de que quereis que vos faça justiça?
> HOMEM. Quero justiça.
> SANCHO. É boa teima! Homem do diabo, que justiça quereis? Não sabeis que há muitas castas de justiça? Porque há justiça direita, há justiça torta, há justiça vesga, há justiça cega e finalmente há justiça com velidas e cataratas nos olhos. Senhor governador!
> HOMEM. Senhor, seja qual for, eu quero justiça.
> SANCHO. Uma vez que quereis justiça... Olá, ide-me justiçar esse homem em três paus.
> HOMEM. Tenha mão, senhor governador, que eu não peço justiça contra mim.
> SANCHO. Pois contra quem pedis justiça?
> HOMEM. Peço justiça contra a mesma Justiça.
> SANCHO. Pois que vos fez a Justiça?
> HOMEM. Não me fez justiça.[20]

Em abril de 1734 foi à cena, no mesmo local, *Esopaida ou Vida de Esopo*, dividida em duas partes, sendo a primeira com oito cenas e a segunda,

---

19 . Ibidem, pp. 66-7.
20 . Ibidem, p. 91.

com onze. Antônio José criou uma peça fundamentada na história do célebre fabulista da Antiguidade para pôr a nu o atraso educacional do país, demonstrado na crítica ao ensino escolástico, sobretudo de Coimbra, que estava nas mãos dos jesuítas. O comediógrafo reconta a história do escravo Esopo, adaptando-a, com o início da ação no largo do Rossio, em Lisboa, pondo a ridículo certos costumes e tradições de seu tempo:

> ZENO. Notável dia de feira, para um homem ganhar com estes três escravos sequer duzentos por cento, que não é usura! Oh, queira Júpiter que não chova! Não me dirás, Esopo, já que és tão prezado de respondão, por que quase sempre em todas as feiras chove?
> ESOPO. Isso tem pouco que saber: porque, como quase sempre as feiras se fazem nos Rossios, por força se hão de molhar, ou rociar as feiras.[21]

Em maio de 1735 foi representada *Encantos de Medéia*, em que o escritor transforma um assunto trágico em cômico, mantendo o mesmo tema, destruindo-lhe a aura ao dessacralizar a trajetória das personagens da mitologia grega. A peça está dividida em duas partes: a primeira com cinco cenas e a segunda, com sete. Na *Medéia* de Antônio José, zomba-se da religião através dos "encantos" ou "milagres" praticados pela personagem-título, que não deixa de ser uma crítica ao fanatismo religioso que imperava em Portugal. Não custa recordar que a história de Medéia está associada à busca do "velocino de ouro", um dos símbolos da cobiça pela riqueza. E, na época da apresentação dessa ópera em Lisboa, estava no auge a exploração do ouro no Brasil. É bem possível que se visasse atingir, com essa sátira, o sonho de enriquecimento no eldorado brasileiro.

Em *Medéia*, a intriga associa o nome dos graciosos a esse ambiente de conseguir riqueza a qualquer preço: Sacatrapo significa "meio ardiloso para obter-se alguma coisa", e Arpia (harpia), "pessoa ávida, que vive de extorsões"[22].

> SACATRAPO. Ó senhora-enxota-cadelas de palácio, por vida sua que não chame o algoz; e, se isto se remedeia com dar-lhe este anel, que é o que

---

21. Ibidem, p. 123.
22. Aurélio Buarque de Holanda Ferreira, *Novo dicionário da língua portuguesa* (Rio de Janeiro, Nova Fronteira, 1975).

tenho, aí o tem, e deixe-me em paz; pois vão-se embora os anéis e fiquem os dedos.
ARPIA. Pois saiba que por compaixão lho tomo, que eu não sou amiga de fazer sangue.
SACATRAPO. Ora, vossa mercê viva muitos anos, ainda em cima de me levar o anel.
ARPIA. Olhe, meu filho, não se desconsole, que Deus lhe dará outro anel...
[...]

DENTRO. Arpia? Arpia?
ARPIA. Ai que aí vem Medéia! Esconde-te aí debaixo do bufete, para que te não veja aqui.
SACATRAPO. Ainda mais essa! Mas diga-me, senhora: quem é essa Arpia, por quem chamou Medéia?
ARPIA. Sou eu.
SACATRAPO. Vossa mercê é Arpia mesmo por seu gosto, ou isso é alcunha?[23]

A obra *Anfitrião ou Júpiter e Alcmena* apresenta com nova roupagem a história do general tebano Anfitrião e de sua mulher, Alcmena, que despertou uma paixão amorosa no deus Júpiter, nascendo desse encontro adulterino o herói Hércules. Essa história, levada ao palco inicialmente pelo comediógrafo latino Plauto, teve intensa difusão na cultura ocidental, servindo de modelo literário para inúmeros autores. A peça do Judeu foi ao palco do Bairro Alto, pela primeira vez, em maio de 1735, sendo composta de duas partes, cada uma com sete cenas. Antônio José, ao recontar a história da paixão que a mulher de Anfitrião provocou em Júpiter, produziu um texto inteiramente novo, introduzindo situações cômicas imprevistas nas versões de Plauto, Camões e Molière, que o influenciaram, ao colocar frente a frente os dois Anfitriões diante de Alcmena.

O *Anfitrião* de Antônio José é uma comédia de costumes em que a metáfora do marido enganado desvela a vida libertina do tempo. Por isso, pode ser interpretado como uma crítica ao comportamento dissoluto do rei d. João V – que teve várias ligações amorosas fora do casamento, como as escandalosas relações com religiosas nos conventos –, ou uma sátira à fanfarronice guerreira da nobreza portuguesa na luta que Portugal travou com a Espanha entre 1734 e 1737.

---

23 . Antônio José da Silva, (o Judeu), op. cit., vol. II, pp. 17-8.

Sai Júpiter com a forma de Anfitrião, e Mercúrio com a de Saramago.

JÚPITER. Sim; pode ser, querida Alcmena, que os impossíveis só se fizeram para os que verdadeiramente amam. Dá-me os teus braços, que o verdadeiro descansar neles foi sempre o meu desejo. Ainda não creio o bem que possuo! *(À parte.)*
ALCMENA. Amado Anfitrião, querido esposo, permite-me que por um pouco não creia a fortuna que alcanço; que, a considerar ser certa tanta felicidade, morrera de alegria.
MERCÚRIO. Muito bem se finge Júpiter, e melhor se engana Alcmena. *(À parte.)*
ALCMENA. É possível que te vejo, Anfitrião?
JÚPITER. Mais impossível me parece a mim, Alcmena, pois sempre me pareceu impossível que me visse em teus braços.
ALCMENA. Bem sei que trazias muito arriscada a vida entre os inimigos na guerra.
JÚPITER. Maior inimigo encontrava eu na guerra do amor, cujas setas, mais do que as lanças dos inimigos, me feriam o coração.[24]

Outra particularidade do *Anfitrião* de Antônio José é descrever os cárceres inquisitoriais como ocorre na sexta cena da segunda parte. A desumanidade daquele ambiente terrível era, certamente, reminiscência da prisão que sofrera Antônio José no palácio dos Estaus, sede da Inquisição portuguesa em Lisboa. Por isso, essa cena tem sido motivo de polêmica por muitos entenderem ser ela excessivamente corajosa para ser apresentada na época, pois "uma das fases da prisão era precisamente o *segredo*, marcado por total incomunicabilidade"[25]. Dali o preso só era libertado se assinasse o "termo de segredo" do que viu ou passou naquela estação do inferno, mantida e apoiada pela Igreja em parceria com o Estado. Assim, soam como autobiográficas as descrições das cenas de tortura da personagem:

PRIMEIRO PRESO. [...] Por que te prenderam?
SARAMAGO. Por nada.
PRIMEIRO PRESO. Por nada?! Já se vê que é por ladrão.
SEGUNDO PRESO. Fora, ladrão!
SARAMAGO. Não me ladrem, que me não hão de morder nessa matéria.

---

24. Ibidem, p. 105.
25. António José da Silva, *Esopaida ou Vida de Esopo* (Coimbra, Acta Universitatis Conimbrigensis, 1979), p. 311.

[...]
SEGUNDO PRESO. Isso é; suba à polé[26] e de lá nos pagará a patente também; olhe para ela bem.
SARAMAGO. Irra! Agora isso é mais comprido. Senhores meus, por vida minha, que eu não nego o patente, que o patente é coisa que se não pode esconder.
PRIMEIRO PRESO. É para que também não fale com tanta liberdade.
SARAMAGO. Que liberdades pode falar quem a não tem?[27]

Embora a maioria dos estudiosos do teatro do Judeu afirme que suas óperas não têm caráter autobiográfico, algumas passagens do *Anfitrião* parecem afirmar o contrário. É o caso, nessa mesma cena de profundo realismo, quando Anfitrião chega à cela onde já se encontra Saramago. Nela são descritos os cárceres inquisitoriais, e ele exprime o desespero pela injustiça que sofre, como se fosse o próprio Antônio José a se lamentar:

> Sorte tirana, estrela rigorosa,
> que maligna influis com luz opaca
> rigor tão fero contra um inocente!
> Que delito fiz eu, para que sinta
> o peso desta aspérrima cadeia
> nos horrores de um cárcere penoso,
> em cuja triste, lôbrega morada
> habita a confusão e o susto mora?
> Mas, se acaso, tirana, estrela ímpia,
> é culpa o não ter culpa, eu culpa tenho;
> mas, se a culpa que tenho não é culpa,
> para que me usurpais com impiedade
> o crédito, a esposa e a liberdade?[28]

Labirinto de Creta é um relato mitológico, centrado na vida do herói ateniense Teseu, que Antônio José transformou numa comédia de amor. Foi a quinta peça do Judeu a ser encenada no mesmo local das anteriores, em novembro de 1736. Essa "ópera" está dividida em duas partes: a

---

26 . *Polé*, antigo instrumento de tortura, largamente utilizado pela Inquisição, inclusive contra Antônio José.
27 . Antônio José da Silva (o Judeu), op. cit., vol. II, pp. 211-2.
28 . Ibidem, p. 213.

primeira com cinco cenas, e a segunda, com sete. Nela se nota uma clara intenção de destacar o valor individual, com realce para o ideal de vida burguesa, em oposição ao da nobreza de sangue. Assim, o *Labirinto de Creta* torna-se símbolo de uma fábula que pode dar na morte, no amor ou na liberdade.

Em *Labirinto de Creta*, na segunda parte, primeira cena, no diálogo travado entre os criados, o dramaturgo apresenta, com forte realismo, a mistura da linguagem culta com a popular, em que a fala dos graciosos, os criados, traz à tona uma crítica repassada de escárnio aos valores que tinham como modelo a linguagem cultista da vida palaciana:

> SANGUIXUGA. Taramela, vai-te ensaiando para princesa; toma bem a lição; aprende de Ariadna a severidade, e de Fedra o carinho, que temperar a aspereza com afagos é a verdadeira máxima do reinar.
> TARAMELA. Bofé[29], tia, que me não cansarei com isso; porque, sendo princesa, quer seja azeda, quer doce, assim me hão de tragar; porém, se tal for, que dirão de mim os murmuradores? "Olhem a ranhosa[30]! Há dois dias michela[31], e hoje senhora de mão beijada!"
> SANGUIXUGA. E logo te hão de descoser a geração; e ao som do vilão também eu hei de vir à baila, pois não faltará quem diga: "Que seja possível que a sobrinha de uma cristaleira[32] nos fale já por vidraças! Ontem em chichelos, e hoje em berlinda!".
> TARAMELA. Olhe, tia, por amor desses raios não quero tronos.
> SANGUIXUGA. Ai, filha, não se te dê disso, que também os reis têm costas! Tomara eu casar com o embaixador, porque, sendo eu embaixatriz, direi ao mar que ronque e ao rio que murmure.[33]

Guerras do alecrim e manjerona foi, inicialmente, representada no carnaval de 1737. Possui duas partes: a primeira com quatro cenas, e a segunda, com sete. A linguagem realista dos criados, utilizando-se do latim macarrônico e de um linguajar arrevesado, tem o intuito de ridicularizar o preciosismo barroco e revelar a falência desses valores. Trata-se de uma comédia de intriga e de costumes em torno de dois fidalgos pobres que

---

29 . *Bofé*, arcaísmo da expressão adverbial "à boa-fé", com garantia, lisura.
30 . *Ranhosa*, forma popular de tratar uma mulher vulgar, suja, sem modos.
31 . *Michela*, prostituta, meretriz.
32 . *Cristaleira*, mulher que aplicava cristel ou clister, líquido medicamentoso tomado pelo reto.
33 . Antônio José da Silva (o Judeu), op. cit., vol. III, pp. 69-70.

tentam o casamento com as sobrinhas de um tio abastado. As peripécias da ação são conduzidas pelo humor ferino do gracioso da peça, o criado Semicúpio. Sua proposta visa satirizar certas convenções artísticas do tempo e é a única obra do Judeu que aborda tema contemporâneo: a moda de uma pretensa guerra de flores entre os grupos ou ranchos de namorados da Lisboa joanina.

> D. Gilvaz e d. Fuas. Quem essa dita me abona?
> D. Nise. Este ramo de manjerona. *(Para d. Fuas.)*
> D. Fuas. Na minha alma o disporei, para que sempre em virentes pompas se ostente troféu da primavera.
> D. Gilvaz. Mereça eu igual favor para segurança da vossa palavra.
> D. Clóris. Este ramo de alecrim, que tem as raízes no meu coração, seja o fiador que me abone.
> D. Gilvaz. Por único na minha estimação será este alecrim o fênix das plantas, que, abrasando-se nos incêndios de meu peito, se eternizará no seu mesmo ardor.
> Semicúpio. Isso é bom, segurar o barco; mas a tácita hipoteca não me cheira muito, digam o que quiserem os jardineiros.
> D. Clóris. Cada uma de nós estima tanto qualquer dessas plantas, que mais fácil será perder a vida, do que elas percam o crédito de verdadeiras.
> Semicúpio. Ai! Basta, basta! Já aqui não está quem falou. Vossas mercês perdoem que eu não sabia que eram do rancho do alecrim e manjerona. Resta-me também que tu, cozinheirazinha, vivas arranchada com alguma ervinha que me dês por prenda, pois também me quero segurar.
> Sevadilha. Eis aí tem esse malmequer, que este é o meu rancho. Estime-o bem; não o deixe murchar.[34]

Variedades de Proteu, baseada na vida do mitológico deus marinho, filho de Netuno, que tinha conhecimento do passado, do presente e do futuro, e que se metamorfoseava em todas as coisas, foi levada ao tradicional palco em maio de 1737. Ao contrário das óperas anteriores, *Variedades de Proteu* não está dividida em partes, mas sim em atos. Possui três: o primeiro com três cenas, o segundo, com duas, e o terceiro, com três. Antônio José utiliza o artifício da literatura clássica para radiografar o comportamento da nobreza de seu tempo: a vida parasitária, o casamento por encomenda, o desprezo e a arrogância com os plebeus.

---

34 . Ibidem, p. 166.

NEREU. Enganas-te, Proteu, na ambição que me supões nas riquezas de Egnido, pois estimo tanto a Cirene, princesa de Beócia, que a julgo inseparável do seu estado; que o régio sangue de seus progenitores a faz digna de maior império, e a mim me inabilita para outro desejo; e tanto, que a ser menos régia e mais opulento o seu estado, a não recebera esposa.[35]

Em *Variedades de Proteu*, os criados reagem com naturalidade ante as peripécias que tomam conta do enredo, causadas pelas setas de Cupido, que desfaz os casamentos de encomenda, em virtude de o amor se mostrar verdadeiro, contrariando até a condição social das personagens. A esse mundo que não lhes pertence reagem os graciosos pelo riso, numa postura carregada de ironia ante o golpe do casamento como trampolim social:

REI. Retirem a princesa, e cuide-se exatamente na sua saúde.
MARESIA. Vamos. Coitadinha! Ainda assim, o sangue real é vermelho como os outros sangues.[36]

A oitava e última peça teatral de Antônio José da Silva, *Precipício de Faetonte*, parecia vaticinar a desgraça que se abateria sobre o autor. Quando foi levada à cena em janeiro de 1738, também no Teatro do Bairro Alto, o comediógrafo já se encontrava preso nos cárceres da Inquisição. A obra possui, como a anterior, três atos: o primeiro com três cenas, o segundo, com quatro, e o terceiro, com três. Essa "ópera bufa" é baseada na vida de Faetonte, o mitológico filho do Sol, que, por sua ambição desmedida para conquistar o poder, provocou a própria ruína. É uma comédia que satiriza a crença em mágicos, adivinhos e astrólogos, colocando em dúvida a possibilidade de contato do homem com as divindades. Mas a crítica central de *Faetonte* se dirige à cobiça desenfreada de conseguir o poder a qualquer preço:

FAETONTE. Pois eu, Egéria, hei de ser rei de Itália?
EGÉRIA. Cuidei que perguntavas se havias de ser meu esposo.[37]
[...]

---

35 . Antônio José da Silva, (o Judeu), op. cit., vol. IV, p. 11.
36 . Ibidem, p. 61.
37 . Ibidem, p. 99.

ISMENE. As minhas penas, Faetonte, nascem das penas que me dás; não voes tão alto, que logo a minha desgraça abaterá as asas com que ligeira corre, para dificultar as minhas felicidades.
FAETONTE. Não te entendo, Ismene.
ISMENE. Pois bem me entendo, Faetonte; e torno-te a advertir que o muito voar não é meio eficaz para subir, mas motivo infalível para um ambicioso se abater.[38]

Assim, nesses diálogos cheios de subentendidos, em que, pela voz dos criados, se diz o sal da verdade de um tempo obscurecido pelo terror inquisitorial, o dramaturgo encerrava sua carreira teatral, que pode ser resumida na fala do criado Chichisbéu acerca dessa peça tão paradigmática que é *Precipício de Faetonte*: "O certo é que zombando se dizem as verdades"[39].

O cômico

Na obra do Judeu, o elo de ligação das cenas é o cômico, sustentado pela pluralidade de significações da linguagem: emprego de neologismos, trocadilhos, expressões em latim macarrônico, qüiproquós, mistura de tempo e espaço, com intervenções de deuses mitológicos em cenas carnavalescas. Analisando as diversas facetas do cômico criado por Antônio José, vê-se que, nessa proposta renovadora, a realidade curvou-se à imaginação. O absurdo cômico é como o sonho, é uma ilusão em que a lógica dos devaneios favorece o risível. Sendo o riso um juízo positivo ou negativo, pode-se por ele romper as limitações impostas pela sociedade. Essa é a lição do cômico na obra de Antônio José: rindo dos poderosos, ele rompe com as limitações e o acanhamento de seu universo cultural e se torna uma ponte para a chegada do Iluminismo a Portugal.

Desde a primeira peça, Antônio José lança mão do *imbroglio* para reforçar o trocadilho e criar comicidade. No *D. Quixote*, o exemplo é típico ao misturar o real e o imaginário, em que a divinização dos deuses e a linguagem coloquial se desencontram:

---

38 . Ibidem, p. 184.
39 . Ibidem, p. 199.

D. Quixote. Soberana Ninfa.
Sancho. Ninfa soberana.
D. Quixote. Íris deste horizonte.
Sancho. Arco-da-velha deste horizonte.
D. Quixote. Que rasgando diáfanos vapores...
Sancho. Que rasgando nuvens de papelão...
D. Quixote. Te ostentas deidade.
Sancho. Te ostentas já de idade.[40]

Em *Esopaida*, os chistes são fabricados pelo absurdo das situações, que tornam os diálogos propícios ao riso:

Xanto. [...] Anda tu cá. Que sabes fazer?
Primeiro escravo. Tudo.
Xanto. E tu?
Segundo escravo. Eu tudo sei fazer.
Periandro. Quem tudo sabe, nada sabe.
Xanto. E tu, monstro, que sabes fazer?
Esopo. Nada, graças a Deus.
Xanto. Homem (se é que o és), é possível que não saibas fazer coisa alguma?
Esopo. Senhor, não se admire vossa mercê, que, como estes meus companheiros tomaram por sua conta o fazer tudo, não ficou para mim nada.[41]

Em *Encantos de Medéia*, Antônio José usa a transferência do sentido próprio em figurado para fazer surgir a comicidade:

Jason. Trago a flor de toda Tessália.
Sacatrapo. E nem por isso tivemos maré de rosas.
Rei. Que dizeis?
Sacatrapo. Digo que meu amo trouxe a flor de Tessália, porque embarcou pela primavera.[42]

Em *Anfitrião*, grande parte da comicidade advém do duplo sentido das palavras, gerando um enorme qüiproquó entre o marido enganado e a esposa inocente da infidelidade:

---

40. Antônio José da Silva (o Judeu), op. cit., vol. I, pp. 63-4.
41. Ibidem, pp. 128-9.
42. Op. cit., vol. II, p. 14.

> CORNUCÓPIA. Olé! Tu parece que vens conluiado com teu amo, para nos fazeres desesperar!
> SARAMAGO. Pois achas, em tua consciência, que eu estive cá ontem à noite contigo?
> CORNUCÓPIA. Tu cuidas que eu sou tão néscia como a senhora Alcmena, que se lhe meteram em cabeça os delírios do senhor Anfitrião?
> SARAMAGO. Certo é que a ti nada se te mete em cabeça; a mim mais depressa, que sou o desgraçado marido.[43]

No *Labirinto de Creta*, a rigidez do clima solene é desfeita pela confusão proposital arranjada pelo criado Esfuziote:

> ESFUZIOTE. Senhor Minotauro, requeiro a Vossa Majestade...
> TESEU. Adverte que el-rei chama-se Minos, e não Minotauro.
> ESFUZIOTE. De Minos a Minotauro pouco vai.[44]

Em *Guerras*, os chistes que fazem nascer o cômico são produzidos por situações imprevistas, em que a linguagem vem carregada de duplo sentido.

> D. FUAS. Esta é a janela da cozinha de d. Nise, que, apesar da escuridade da noite, a conhece o meu instinto pelos eflúvios odoríferos que exala a Pancaia daquela fênix.
> D. GILVAZ. Semicúpio, um homem ao pé da janela de d. Clóris? Isto não me cheira bem.
> SEMICÚPIO. Como lhe há de cheirar bem, se isto aqui é um monturo?[45]

Em *Proteu*, os chistes são retirados da sabedoria da linguagem do povo, em que se encontra explicação para todos os atos da conduta humana, até os mais absurdos:

> CARANGUEJO. Porventura, ou por desgraça, não é Dórida muito bela, e senhora de um reino?
> PROTEU. Assim é.
> CARANGUEJO. Pois que mais desejas? O certo é que dá Deus nozes a quem não tem dentes![46]

---

43 . Ibidem, p. 136.
44 . Op. cit, vol. III, p. 33.
45 . Ibidem, p. 192.
46 . Op cit., vol. IV, p. 14.

[...]
PROTEU. Não; não me prives da glória de o pronunciar.
CARANGUEJO. Isso é glória do céu da boca.
PROTEU. Cirene é a causa do meu tormento.
CARANGUEJO. Não o disse eu? Oh, como é certo o ditado da galinha da minha vizinha![47]

Em *Faetonte*, o cômico é acentuado pelo disfarce utilizado para punir a ambição do pretenso herói, filho de Apolo. A comicidade nasce das peripécias conduzidas pela única personagem camuflada, o criado Chichisbéu, que, usando a paródia do mundo absurdo em que transitam, desfaz pela sátira a convenção social:

CHIRINOLA. Não sabe senão ter atrevidos pensamentos! Não sabe que um Chichisbéu há de querer com tão casto amor, que não há de passar os limites da política?
CHICHISBÉU. Filha, isso de amor platônico é coisa ideada, que não existe *in rerum natura*.[48]

A linguagem teatral, dominada pela farsa cômica, caracteriza-se pela sátira à construção pedante do barroquismo, pondo em circulação um diálogo vivo que não se via nos palcos portugueses desde o século XVI. A contribuição renovadora de sua comédia para a língua portuguesa se dá, entre outros aspectos, por utilizar a prosa em vez do verso no diálogo teatral. Basta lembrar que, desde o quinhentismo, com Gil Vicente e José de Anchieta, passando pelo século XVII, com d. Francisco Manuel de Melo e Manuel Botelho de Oliveira, o teatro em língua portuguesa, como representação nas tábuas de um palco, fora escrito em verso. Não está aqui em causa o teatro clássico quinhentista português, em que Francisco Sá de Miranda e Jorge Ferreira de Vasconcelos, entre outros, escreveram em prosa peças teatrais irrepresentáveis.

Filho de um tempo em que a loucura coletiva, açulada pelo fanatismo religioso, tomara conta das pessoas, Antônio José descobrira que o riso era ainda o único ato de sanidade. Essa é a lição que percorre suas comédias.

---

47. Ibidem, p. 15.
48. Ibidem, p. 135.

O gracioso

As peças de Antônio José possuem um sistema comum de construção em que as personagens vivem enredos retirados da literatura, da mitologia e mesmo da época vivida pelo dramaturgo. Na maioria dessas obras, o desenvolvimento da ação tem como aglutinador da intriga a sátira à instituição do casamento. As personagens desse teatro são os aristocratas e os criados. No entanto, o desenrolar da ação principal, que era para ser conduzida pelos senhores (reis, fidalgos, filósofos, militares), e a secundária, pelos servos, assim não se dá. Só aparentemente os nobres dirigem o desenvolvimento da ação, já que, na verdade, ficam em posição de dependência ao pretenso subordinado, o criado, que é o verdadeiro condutor do enredo.

Para melhor observar esse fato, basta recordar como as personagens heróicas da mitologia, da história e da literatura vivem situações vexaminosas que apequenam sua grandiosidade e, conseqüentemente, destroem sua aura. Com isso, produz-se um aparente absurdo, pois não se pode esquecer de que, numa sociedade cuja estratificação social não estimulava a mobilidade, só através de um mundo às avessas, utilizado pela comédia, é que Sancho será o governador da ilha dos Lagartos; Esopo, de Atenas; Semicúpio, o juiz. Não importa que o argumento de todas as óperas leve a um final feliz, pois, quando acaba o espetáculo, o que fica na lembrança do espectador é a zombaria aos poderosos de plantão, representados sobretudo pela nobreza. Tal visão – ora chistosa, ora cômica, mas sempre crítica – é conduzida pela personagem denominada "gracioso", que revela com suas ações seu realismo plebeu. Esse tipo, antigo servo, misto de companheiro e confidente de seu senhor, é o criado ladino, remotamente oriundo do teatro latino que, em Espanha, no teatro de Lope de Vega, adquiriu seu contorno definitivo.

No *D. Quixote*, o gracioso Sancho, para pôr a ridículo os valores da velha nobreza, comporta-se, o mais das vezes, como um grande senhor:

> SANCHO. [...] e então, se Deus quiser, casarei a minha Sanchica com um fedalgo. Ouves tu? Bem podes aparelhar esse rabo, que se há de assentar em coche, ou eu não hei de ser quem sou.
> FILHA. Visto isso, ou hei de ter dom!
> SANCHO. Dom e redom, como um alho. Essa seria bonita! Deixaria de ter dom a filha de um governador![49]

---

49. Op. cit., vol. I, pp. 31-2.

Na *Esopaida*, o gracioso também abandona seu ar servil, mesmo sendo escravo, como é o caso de Esopo, e trata com irreverência seu poderoso senhor:

> Esopo. [...] Ora, o certo é que estamos em um tempo que se não sabem estimar os homens de prendas ou as prendas dos homens! Se vossa mercê bem soubera o que eu sou, talvez que me não vendera. Porém, falando com a mais cativa reverência, não é o mel para a boca do asno.
> Zeno. Qual é o mel, e qual é o asno?
> Esopo. O asno, falando por entre os dentes, é vossa mercê, e o mel é o que sai e o que levo do tinteiro.[50]

Nas *Guerras*, Semicúpio, o criado gracioso, condutor das mais incríveis peripécias, que tornam a peça um dos grandes momentos da dramaturgia em língua portuguesa, conduz a seu bem-querer toda a ação:

> Semicúpio. Entre quem falta.
> D. Gilvaz. Resta d. Clóris. Semicúpio, perdoa, que hei de falar-lhe.
> Semicúpio. Faça o que lhe digo e não tenha graças comigo.
> D. Gilvaz. Como estás inchado!
> Semicúpio. Se queres ver o vilão, mete-lhe a vara na mão.[51]

No teatro do Judeu, o gracioso é o fio condutor das ações, representa a consciência social e serve para pôr em ridículo os poderosos do tempo. Todos os graciosos são propositadamente cômicos dominados por um sentido prático da vida, simbolizada na linguagem corrente, que contrasta com a artificial, de estilo afetado, utilizada por seus senhores. Na totalidade da obra dramática de Antônio José, a personagem do gracioso recebe um nome burlesco que evoca algo associado ao riso. Daí que muito do retrato psicológico e moral deles advém dos antropônimos caricatos: Geringonça, na *Esopaida ou Vida de Esopo*; Sacatrapo e Arpia, em *Encantos de Medéia*; Saramago e Cornucópia, no *Anfitrião ou Júpiter e Alcmena*; Taramela, Sanguixuga e Esfuziote, em *Labirinto de Creta*; Semicúpio e Sevadilha, nas *Guerras do alecrim e manjerona*; Maresia e Caranguejo, em *Variedades de Proteu*; Chichisbéu e Chirinola, no *Precipício de Faetonte*. Além de Sancho, na *Vida do*

---

50. Ibidem, p. 125.
51. Op. cit., vol. III, p. 279.

grande d. Quixote, e Esopo, na *Esopaida*, que, mantendo seus nomes oriundos da literatura e da história, funcionam também como graciosos[52]. Isso comprova que a onomástica na obra do Judeu não foi escolhida ao acaso, porque ajuda a formar a personalidade de cada gracioso – ao contrário do que pensava Machado de Assis ao dizer que "são nomes, não valem mais que nomes"[53]. Para bem exemplificar, temos o modelo paradigmático em *Medéia*:

> DENTRO. Arpia? Arpia?
> ARPIA. Ai que aí vem Medéia! Esconde-te aí debaixo do bufete, para que te não veja aqui.
> SACATRAPO. Ainda mais essa! Mas diga-me, senhora: quem é essa Arpia, por quem chamou Medéia?
> ARPIA. Sou eu.
> SACATRAPO. Vossa mercê é Arpia mesmo por seu gosto, ou isso é alcunha?[54]

O mesmo acontece em *Guerras*:

> SEMICÚPIO. [...] Diga o seu nome. Vá lá escrevendo, senhor escrivão.
> D. NISE. Chamo-me d. Nise Sílvia Rufina Fábia Lisarda Laura Anarda, e...
> SEMICÚPIO. Basta, senhora. E pode vossa mercê com todos esses nomes?
> D. NISE. Ainda faltam catorze.
> SEMICÚPIO. Visto isso, é vossa mercê a mulher mais nomeada que há no mundo.
> [...]
> SEMICÚPIO. Como se chama?
> FAGUNDES. Ambrósia Fagundes Birimboa Franchopana e Gregotil.
> SEMICÚPIO. Isso são nomes, ou alcunhas?
> [...]
> SEMICÚPIO. [...] Menina, como é o seu nome?
> SEVADILHA. Sevadilha, sem mais nada.[55]

---

52. Paulo Roberto Pereira, "O gracioso e sua função nas óperas do Judeu", *Colóquio/Letras*, 84 (1985), pp. 28-35.
53. Machado de Assis, "Antônio José", em *Relíquias de casa velha* (Rio de Janeiro, Civilização Brasileira, 1975), p. 155.
54. Antônio José da Silva (o Judeu), op. cit., vol. II, pp. 17-8.
55. Op. cit., vol. III, pp. 276-8.

Portanto, olhando a produção teatral de Antônio José da Silva em seu conjunto, vê-se que o criado gracioso é o condutor da sátira política ao Portugal de seu tempo.

A música

O legado da música teatral em Portugal na primeira metade do século XVIII caracteriza bem as contradições inerentes ao longo reinado de d. João V. A música religiosa e profana foi, devido à prosperidade econômica advinda do ouro e dos diamantes do Brasil, uma das atividades culturais que recebeu decisivo apoio mecenático tanto da família real quanto de nobres esclarecidos e mesmo de alguns burgueses que investiram seus capitais em eventos musicais. Sua difusão deu-se, sobretudo, a partir da criação do Seminário da Igreja Patriarcal de Lisboa, que se tornou, durante todo o século XVIII, a principal escola de música em Portugal, por preparar e enviar como bolsistas para se aperfeiçoarem na Itália uma série de talentosos compositores. Alia-se a essa iniciativa a contratação de músicos estrangeiros de prestígio, que beneficiaram o país colocando-o no circuito do que de mais atual se produzia nas principais capitais européias. E, "a partir de 1733, a par do culto da pompa religiosa, de que a música é parte integrante, começam a cultivar-se, com mais regularidade, várias formas de música dramática".[56]

Não custa lembrar, com Teófilo Braga, que

> d. João V tinha uma paixão exclusiva pela música religiosa, merecendo-lhe a maior simpatia o cantochão, para o qual fundou uma escola em S. José de Ribamar, dirigida por um frade veneziano. Os seus principais cuidados foram para o engrandecimento da sua Capela Real e a transformação sumptuosa da Patriarcal em competência com a capela pontifícia[57].

Mais recentemente, Mário Vieira de Carvalho e Manuel Carlos de Brito destacaram esse gosto musical do rei "Magnânimo", que preferia a "ópera

---

56 . Mário Vieira de Carvalho, "Trevas e luzes na ópera de Portugal setecentista", em Maria Helena Carvalho dos Santos (coord.), *Congresso Internacional: Portugal no século XVIII – de d. João V à Revolução Francesa* (Lisboa, Sociedade Portuguesa de Estudos do Século XVIII, 1991), p. 322.
57 . Teófilo Braga, "António José da Silva", em *História da literatura portuguesa. Os árcades* (Lisboa, Imprensa Nacional/Casa da Moeda, 1984), p. 113 (1. ed. 1918).

ao divino", ou seja, os espetáculos religiosos à música laica – a *opera buffa* ou a *opera séria* –, tendo, inclusive, a partir de certo momento do seu reinado, proibido montagens musicais oriundas do estrangeiro, antes mesmo da doença que o paralisou[58]. No meio século de seu governo, freqüentaram a corte de Lisboa importantes figuras do cenário musical europeu, como Domenico Scarlatti (1685–1732), que viveu em Portugal em data incerta, entre 1719 e 1729, e d. Manuel, barão de Astorga, músico italiano de largo prestígio na época e que mereceu um grande elogio no livro *Musa pueril*, de João Cardoso da Costa, publicado em 1736, que traz, entre os autores de poemas encomiásticos, o próprio Antônio José da Silva e o conde da Ericeira[59]. Alguns estudiosos, sobretudo os que exaltam o reinado do "Magnânimo", defendem que a principal personalidade a apoiar as atividades musicais era a filha do monarca, a princesa Maria Bárbara, que depois se tornou rainha de Espanha. Sob o reinado de d. João V – cujo símbolo do fausto talvez seja a construção do convento de Mafra, suntuosa edificação composta de palácio real, igreja e convento, possuidora de uma escola de música que lembra o Escorial dos Filipes –, houve um expressivo incremento de bolsistas para se dedicar ao aperfeiçoamento musical. Mas, independentemente desse apoio, surgiram na época músicos de grande talento, como o organista e vice-mestre da Capela Real e Patriarcal José Antônio Carlos de Seixas (Coimbra, 11 de junho de 1704; Lisboa, 25 de agosto de 1742), contemporâneo de Antônio José e, como ele, de existência abreviada. Carlos Seixas é a principal figura musical portuguesa desse período e pode ser considerado o mais proeminente compositor barroco em Portugal, por suas músicas para órgão e cravo, obras religiosas e orquestrais. Além de Seixas, devem-se destacar outros músicos do reinado joanino que propugnavam pela estética do Barroco ornamental, como o padre Antônio Teixeira e o organista Francisco Antônio de Almeida, que, como pensionistas do governo português, estudaram na Itália.

---

58 . Rui Vieira Nery & Paulo Ferreira de Castro, *História da música: sínteses da cultura portuguesa* (Lisboa, Imprensa Nacional/Casa da Moeda, 1991), pp. 84-98; Manuel Carlos de Brito, "Da ópera ao divino à ópera burguesa: a música e o teatro de d. João V a d. Maria I", em Maria Helena Carvalho dos Santos (coord.), *Congresso Internacional: Portugal no século XVIII – de d. João V à Revolução Francesa* (Lisboa, Sociedade Portuguesa de Estudos do Século XVIII/Universitária, 1991), pp. 315-8; Mário Vieira de Carvalho, "Trevas e luzes na ópera de Portugal setecentista", em Maria Helena Carvalho dos Santos (coord.), op. cit., pp. 321-32.

59 . João Cardoso da Costa, *Musa pueril* (Lisboa, Oficina de Miguel Rodrigues, 1736), pp. 333-40.

Como se insere nesse xadrez musical o escritor setecentista luso-brasileiro Antônio José da Silva? Sua obra, embora mais conhecida como "óperas do Judeu", em razão de suas comédias serem um teatro musicado numa parceria entre o autor e o músico, possui uma autonomia que sobrevive sem a música original. A antonomásia de "Judeu", que acompanha seu nome, é como o público que assistia a seu teatro passou a identificá-lo após sua condenação pelo Tribunal do Santo Ofício da Inquisição.

A relação entre Antônio José e a música foi um assunto polêmico, que levou longo tempo para ser esclarecido. A questão é que o teatro do Judeu, como possui partes musicadas formadas por árias, duetos e coros que se intercalam com as falas das personagens no transcorrer das cenas, foi denominado "ópera". Isso motivou incertezas por não se saber quem era o autor das músicas para essas comédias. Desde que se começou a estudar sua obra dramática, propalou-se, sobretudo a partir de Teófilo Braga[60], que o Judeu, além de autor, era também o compositor da parte melódica das peças, e que esta seria baseada em modinhas brasileiras ou em canções populares de sua época. Essa crença de que o autor dramático Antônio José poderia ser um modinheiro *avant la lettre* se deve parcialmente ao fato de que as partes cantadas, sobretudo as árias, empregam o verso curto ou breve, base da métrica popular, utilizando "versos de pouca extensão silábica (entre quatro e sete sílabas)"[61] nas composições cantadas das oito comédias. E esse equívoco foi ampliado por "Miguel-Angelo Lambertini e Bernardo Valentim Moreira de Sá, [que] afirmam sem hesitar que o Judeu era maestro-compositor"[62].

Essa celeuma durou longo tempo, até ser esclarecida, e, como lembra Mozart de Araújo, "a primazia de [Antônio José] haver sido nosso primeiro modinheiro" é uma tese insustentável[63]. No entanto, páginas adiante em seu excelente livro, o grande musicólogo brasileiro comete o mesmo equívoco de outros historiadores de música, que acreditavam ser o Judeu

---

60 . Teófilo Braga, *O martyr da inquisição portugueza Antonio José da Silva (O Judeu)*, op. cit., especialmente p. 13.

61 . Rogério Chociay, "Antônio José da Silva, o Judeu: uma antecipação da liberdade no verso", *Rhythmus*, 16 (1992), pp. 1-29.

62 . Luís de Freitas Branco, "O Judeu músico", *Arte Musical*, 162 (Lisboa, ano 5, 30 jun. 1935).

63 . Mozart de Araújo, *A modinha e o lundu no século XVIII* (São Paulo, Ricordi Brasileira, 1963), p. 31.

o próprio autor da parte musical de suas óperas[64], engano já suficientemente demonstrado por mais de um especialista, a partir da descoberta, na década de 1940, das partituras que acompanhavam as "óperas" do Judeu. Mas bastava ler com atenção o prólogo "Ao leitor desapaixonado", que antecede a edição das comédias de Antônio José desde a primeira edição, para perceber, como afirma o dramaturgo, que, na encenação de suas peças, participavam o próprio autor do texto, o músico e o cenógrafo, ou seja, os três elementos que compõem o teatro musicado:

> Contigo falo, leitor desapaixonado, que, se o não és, não falo contigo, pois nem quero adulação dos amigos, porque o são, nem é justo que os que o não são queiram ser árbitros para sentenciarem estas obras no tribunal da sua crítica. Não há melhor ouvinte que um desapaixonado, *sem afeto ao autor da obra, sem inclinação ao da música, sem conhecimento do arquiteto da pintura* [grifo nosso].[65]

Quando, em 1733, sobe à cena no Teatro do Bairro Alto sua primeira ópera, a *Vida do grande d. Quixote de la Mancha e do gordo Sancho Pança*, Antônio José quebrava uma tradição de mais de dois séculos, em que o teatro em língua portuguesa fora basicamente escrito em verso, sem conter partes em prosa, e, sobretudo, sem utilizar a música como parte de sua estrutura. Assim, nascia a primeira ópera cantada em língua portuguesa e interpretada não pelos cantores italianos que serviam ao teatro real do paço da Ribeira, mas por fantoches. Não custa recordar que também, no mesmo ano de 1733, se representou no paço da Ribeira a primeira verdadeira *opera buffa* portuguesa, *La pazienza di Socrate*, do gênero cômico, ainda escrita em verso, sendo o libreto italiano adaptado de autoria do paulista Alexandre de Gusmão, e a música, do compositor operístico português Francisco Antônio de Almeida, contemporâneo de Antônio José da Silva.

Por essa senda se encontra outra característica inovadora do teatro musicado de Antônio José. Paralelamente aos saraus de música vocal e instrumental e ao aparecimento da ópera clássica italiana, que interessa-

---

64. Ibidem, pp. 76-7.
65. Antônio José da Silva (o Judeu), op. cit., vol. I, p. 5. "Na montagem de uma peça concorriam três colaboradores: o autor do texto, o autor da música e o pintor dos cenários. Bastaria este passo para rebater a afirmação de ser o autor o compositor da música, ou de que a parte musical das 'óperas' eram *modinhas* brasileiras." (Nota de José Pereira Tavares.)

va sobretudo à família real e à aristocracia, o comediógrafo cristão-novo contrapunha para o espectador sua ópera joco-séria, fundamentada nas características estruturais da tragicomédia. Assim, esse gênero, utilizado pelo Judeu em língua portuguesa, pode ser associado à longa corrente de ópera cômica popular que germinara na Europa dentro do espírito de resgate das raízes nacionais: a *zarzuela* espanhola de Pedro Calderón de la Barca (1600–81), que escreveu a primeira peça desse gênero, *El jardín de Falerina*, de 1648, com música de Juan Risco; a *ballad opera* da Inglaterra, que deve seu impulso inicial ao compositor barroco Henry Purcell (1659–92), que musicou algumas comédias de John Dryden, mas cujo representante mais famoso é *The beggar's opera*, de John Gay; o *Singspiel*, opereta melodramática germânica que no gênero produziu a pantomima *Die Zauberflöte* de Mozart; o *vaudeville*, ópera cômica francesa satírica e maliciosa, que provavelmente deve muito às comédias de Jean-Philippe Rameau (1683–64), principal compositor francês de sua época; a *opera buffa* italiana, criada por Alessandro Scarlatti, com a subida à cena, em 1718, de *Il trionfo dell'onore*, em que se tem a presença determinante do *bufo* – criado jocoso equivalente ao *gracioso* hispano-português –, que se prolongou até o século XVIII, renovando-se no teatro de Carlo Goldoni.

Essa ópera cômica popular, destinada à burguesia, em oposição à ópera da corte, caracterizava-se por empregar poucos recursos, quer cênicos, quer musicais, e, devido ao uso sistemático da paródia e da sátira nos textos cantados, prenunciava a secularização da sociedade, na medida em que se foram substituindo gradativamente as personagens mitológicas, históricas e aristocráticas por burgueses e figuras populares, facilmente identificáveis pelo público, que tinha no *gracioso* uma espécie de porta-voz de suas aspirações.

Na década de 1940, o compositor Luís de Freitas Branco descobriu, no arquivo do palácio Ducal de Vila Viçosa, a música original de duas peças de Antônio José: *Guerras do alecrim e manjerona* e *Variedades de Proteu*, afirmando que as partituras foram escritas pelo compositor português Antônio Teixeira, contemporâneo do dramaturgo, e que pertenciam ao período do Barroco ornamental[66]. A partir dessa descoberta incrementaram-

---

66 . Luís de Freitas Branco, "A música teatral portuguesa", em *A evolução e o espírito do teatro em Portugal* (Lisboa, O Século, 1947), vol. 2, pp. 99-124. Cf. também: Antônio José da Silva (o Judeu), *Obras completas*, op. cit., pp. XXXI-XXXIII.

se as pesquisas sobre Antônio Teixeira, compositor dramático e religioso, que os estudos de vários musicólogos acabaram por alçar à condição de um dos principais compositores portugueses do século XVIII. Sabe-se que nasceu em Lisboa em 1707 e que morreu em data posterior a 1770. Aluno da escola de música do Seminário da Igreja Patriarcal de Lisboa, por revelar excepcionais dotes musicais foi enviado como bolsista real para Roma entre 1717–28, tendo sido discípulo de, entre outros, Alessandro e Domenico Scarlatti. De volta a Portugal, foi nomeado, em 11 de junho de 1728, para o cargo de capelão cantor e examinador de cantochão da Sé Patriarcal de Lisboa. Diogo Barbosa Machado, em seu monumental dicionário editado na época do compositor, atribui ao padre Antônio Teixeira inúmeras obras musicais e, dentre elas, sete óperas[67], provavelmente as que escreveu para as comédias de Antônio José. Como Antônio Teixeira foi discípulo de Alessandro Scarlatti, autor da primeira *opera buffa* italiana, é bem provável que se possa determinar, em suas óperas joco-sérias, feitas em parceria com Antônio José, a influência de seu mestre napolitano.

Mais tarde, outro pesquisador, João de Figueiredo, conservador do museu do palácio Ducal de Vila Viçosa, identificou outras partes dessas óperas, permitindo a reconstituição de suas partituras[68]. Alguns anos depois, o musicólogo Filipe de Sousa aprofundou as pesquisas sobre o músico Antônio Teixeira e sua parceria com o comediógrafo Antônio José[69]. Esse imbróglio em torno das óperas do Judeu acabou por trazer ao Brasil, em 1982 e 1983, o musicólogo Manuel Ivo Cruz, que conheceu em Pirenópolis, cidade histórica de Goiás, o arquivo da família Pompeu de Pina, que contém inúmeros manuscritos de música teatral dos séculos XVIII e XIX. Lá, ao ter "entre as mãos partes musicais de pelo menos três óperas do Judeu: *As guerras*, *As variedades de Proteu* e *Anfitrião*"[70], sugeriu que as

---

67 . Diogo Barbosa Machado, *Bibliotheca lusitana* (Lisboa, Francisco Luiz Ameno, 1759), t. IV, p. 61.
68 . João de Freitas Branco, *História da música portuguesa* (Lisboa, Europa-América, 1959), pp. 111-4; Mário de Sampayo Ribeiro, "Quebra-cabeças musical no paço de Vila Viçosa", *Ocidente*, LIII, 232 (1957), pp. 75-8.
69 . Filipe de Sousa, *O compositor António Teixeira e a sua obra*, Bracara Augusta – Congresso A Arte em Portugal no Século XVIII (Braga, s. n., 1974), vol. XXVIII, t. III, pp. 413-20.
70 . Manuel Ivo Cruz, "Ópera portuguesa no Brasil do século XVIII", *Actas do IV Encontro Nacional de Musicologia*, Boletim da Associação Portuguesa de Educação Musical, 52, pp. 39-41, 1987.

pesquisas fossem continuadas por Filipe de Sousa, que vinha se dedicando exaustivamente ao legado do compositor Antônio Teixeira.

A vinda ao Brasil do pesquisador Filipe de Sousa trouxe enormes frutos, pois confirmou a existência, naquela cidade goiana, dos manuscritos musicais de Antônio Teixeira para as seguintes óperas do Judeu: *Labirinto de Creta, Anfitrião* e *Encantos de Medéia*[71]. A partir daí, entra em cena o saudoso pesquisador brasileiro José Maria Neves, que, em parceria com Filipe de Sousa, amplia o conhecimento a respeito da música das óperas de Antônio José. O trabalho é coroado de êxito quando a Orquestra de Câmara do Conservatório Brasileiro de Música, sob a regência de José Maria Neves, apresenta, com partitura revista por Filipe de Sousa, a ópera bufa *Variedades de Proteu* no Teatro Villa-Lobos, no Rio de Janeiro, em outubro de 1984[72].

Assim, esse conjunto de estudos confirma que "a música de todas as óperas de Antônio José da Silva era muito provavelmente do padre Antônio Teixeira"[73], encerrando-se, depois de mais de dois séculos, o ato final da trajetória acidentada dessas oito peças, até se chegar à confirmação do autor de suas músicas.

As marionetes

No Portugal joanino da primeira metade do século XVIII, em contraponto à ópera oficial, subvencionada pela Coroa e normalmente cantada em italiano por atores estrangeiros, havia a ópera popular, que nem sempre era representada por pessoas de carne e osso. No caso específico do Judeu, seu teatro tinha como intérpretes os bonecos, também conhecidos como bonifrates, fantoches, marionetes ou títeres, feitos de cortiça e movidos por arame, equivalentes ao mamulengo nordestino brasileiro – ou,

---

71 . Luiz Paulo Horta, "Descoberta musicológica em Goiás", *Jornal do Brasil* (6 mar. 1986), caderno B, p. 7.
72 . Teatro Villa-Lobos, *Programa: produção da ópera bufa "Variedades de Proteu"* (Rio de Janeiro, out./nov. 1984).
73 . Manuel Carlos de Brito, "O papel da ópera na luta entre o Iluminismo e o obscurantismo em Portugal (1731–42)", em *Estudos de história da música em Portugal* (Lisboa, Estampa, 1989), pp. 95-107, especialmente 100-1.

como ele próprio explica: "a alma de arame no corpo da cortiça"[74] –, o que permitiu utlizar, em seu teatro, uma maquinaria fantástica que não teve limites para a inventividade.

Mais do que novidade, os bonifrates eram uma necessidade para um teatro popular mais econômico, que precisava atender a um público de parcos recursos financeiros, como a pequena burguesia e o povo. E Portugal tinha como modelo o que já haviam feito franceses, italianos e espanhóis, que desistiram de montar, por seu alto custo, a "ópera dos vivos", para levar à cena seus bonecos de cortiça articulados. Daí afirmar Pierre Furter:

> O teatro de marionetes não é somente um gênero da moda que Antônio José da Silva soube habilmente explorar. Em suas possibilidades técnicas e características estilísticas, ele responde exatamente àquilo que a burguesia "esclarecida" esperava do teatro.[75]

O que deve ficar claro é que o teatro do Judeu, ao utilizar o bonifrate, não tinha como proposta fazer um teatro de bonecos no sentido tradicional divulgado pela literatura de cordel, em que o titeriteiro, normalmente um homem simples e de pouca cultura, apresentava o repertório com temas da tradição oral popular, conhecidos do público, e conduzia o espetáculo acrescentando improvisos sobre acontecimentos recentes, interpretados por personagens oriundos de modelos prefixados, como Arlequim e Polichinelo da *commedia dell'arte*.

Ao se estudar o teatro de Antônio José no contexto em que foi produzido, fica claro o emprego do bonifrate. A alegação, por exemplo, de que o dramaturgo luso-brasileiro não iria escrever peças em parceria com um músico importante para a época, como era Antônio Teixeira, para ser interpretada por marionetes não se sustenta, pois existem casos semelhantes na cena teatral européia do tempo. Além do mais, deve-se lembrar que, para utilizar os recursos extraordinários de uma espécie de *deus ex machina*, só através dos bonecos as peças de Antônio José poderiam subir à cena. Esse teatro de fantoches, por sua singularidade de não utilizar pessoas,

---

74. António José da Silva (O Judeu), *Obras completas* (prefácio e notas de José Pereira Tavares, Lisboa, Sá da Costa, 1957-1958, 4 volumes), vol. I, p. 4.
75. Pierre Furter, "La structure de l'univers dramatique d'Antônio José da Silva, o Judeu", *Bulletin des études portugaises*, nouvelle série, 25 (1964), pp. 55-6.

talvez tenha passado despercebido ante a ortodoxa censura portuguesa, o que possibilitou a Antônio José colocar em cena situações e personagens de seu tempo, através de um discurso realista de fundo popular, que certamente seria proibido se fosse dito e interpretado por atores vivos. Como lembra Mário Vieira de Carvalho, "a substituição de atores e atrizes por bonifrates, nas comédias ou óperas joco-sérias em língua portuguesa para um público sobretudo plebeu, preenche, evidentemente, uma condição favorável à sua tolerância pelo Poder"[76].

É claro que existia o reverso da medalha. Ou seja, esse teatro representado por bonifrates certamente não ajudava a aumentar o prestígio pessoal do dramaturgo, que vivia de uma banca de advocacia em Lisboa. Daí, talvez, se possa buscar a explicação para o anonimato que cercou as edições de suas comédias, visto ser esse gênero limitado pelo tipo de intérprete que, certamente, nenhum prestígio social traria ao escritor; ainda mais que as peças divulgadas em folhas volantes, teatro de cordel, corriam anônimas como era costume, conforme se pode constatar examinando as edições parcelares de três de suas comédias, publicadas na época em que produzira seus textos.

Assim, apesar da descrença de muitos estudiosos, todas as óperas do Judeu foram inicialmente interpretadas por bonecos, conforme está dito na dedicatória e no prólogo de sua obra, que acreditamos ser de sua autoria, e repetido várias vezes pelas personagens nas próprias peças. Como lembra Claude-Henri Frèches, "qualquer que seja o argumento, parece que a fortuna teatral de Antônio José da Silva esteve ligada à voga das marionetes"[77], que tiveram intensa difusão na Europa na época do comediógrafo luso-brasileiro.

Deve-se lembrar que é o próprio Antônio José quem afirma serem suas óperas interpretadas por bonecos, como se pode verificar nos dois textos capitais que antecipam a edição de seu teatro: a "Dedicatória à mui nobre senhora Pecúnia Argentina", que já constava da primeira publicação das *Guerras do alecrim e manjerona*, de 1737, e que, com pequenas modificações, aparece em sua obra completa, *Teatro cômico português*, editada por

---

76. Mário Vieira de Carvalho, op. cit., p. 323.
77. Claude-Henri Frèches, "Antônio José da Silva (o Judeu) et les marionnettes", *Bulletin d'histoire du théâtre portugais*, t. v, 1 (1954), p. 339.

Francisco Luís Ameno em 1744[78]. Ao descrever nessa dedicatória cruel ao dinheiro como funcionava o teatro na Lisboa de seu tempo, afirma o dramaturgo, referindo-se a seus intérpretes: "e, finalmente, até parece que a alma do arame no corpo da cortiça lhe infunde verdadeiro espírito e novo alento"[79].

O outro texto que antecede também essa primeira edição do teatro de Antônio José é o prólogo "Ao leitor desapaixonado", que se tornou extremamente importante por terminar em um acróstico identificador do nome de Antônio José da Silva. Nesse prólogo, volta o escritor a se referir aos intérpretes de suas óperas:

> Com estes [os leitores desapaixonados] é que eu falo, pois só a estes se dirigem estas obras; porque, sendo a sua censura despida de afetos de amor e ódio, saberá desculpar os erros com sinceridade, saberá discernir a dificuldade do cômico em um teatro *donde os representantes se animam de impulso alheio, donde os afetos e acidentes estão sepultados nas sombras do inanimado,* escurecendo estas muita parte da perfeição que nos teatros se requer, por cuja causa se faz incomparável o trabalho de *compor para semelhantes interlocutores; que, como nenhum seja senhor de suas ações, não as podem executar com a perfeição que devia ser.* Por este motivo, surpreendido muitas vezes o discurso de quem compõe estas obras, deixa de escrever muitos lances, por se não poderem executar [grifos nossos].[80]

No teatro de Antônio José há constantes referências à utilização dos bonecos na encenação das peças:

> FIDALGA. Ora, Sancho Pança, na verdade que fizeste uma ação a mais louvável, que se pode considerar digna *de se estampar em cortiça com letras de alvaiade* [grifo nosso].[81]

---

78. Antônio José da Silva, *Guerras do alecrim e manjerona*, op. cit. Edição fac-similar de Paulo Roberto Pereira (Rio de Janeiro, Biblioteca Reprográfica Xerox, 1987). Não consta o nome do autor.
79. Antônio José da Silva (o Judeu), *Obras completas*, op. cit., vol. I, p. 4. Referência aos bonecos, bonifrates ou marionetes que eram os intérpretes das peças.
80. Ibidem, pp. 5-6. No prólogo ao leitor, lembra Antônio José que escreve suas peças para bonecos, que não são senhores de suas ações; portanto não podem interpretar com perfeição, como fariam atores de carne e osso.
81. *D. Quixote*, op. cit., p. 88. *Cortiça com letras de alvaiade*, referência aos bonecos.

FILENA. Esopo, há dois dias que me não dás lição. Ora vamos a isso.
ESOPO. Ora digam agora vossas mercês sem paixão: quem se não há de namorar *daquela cara, que parece pintada a óleo de linhaça¿* [grifo nosso][82]

ESOPO. Senhor, eu confesso-lhe que já estou arrependido e arrenegado; nem quero ouvi-lo, nem quero nada desta casa; vou-me embora.
XANTO. Pois por quê¿
ESOPO. Ui, senhor! É zombaria andar aqui em uma roda viva, Esopo de dia, Esopo de noite, *como se eu fora algum bonecro de cortiça¿* [grifo nosso][83]

SARAMAGO. E a vossa mercê não o convence também *esta figura e este bonecro¿* [grifo nosso][84]

CARANGUEJO. São boa casta de irmãos estes! Por eles se pode dizer: *quando fratres sunt boni, sunt bonifrates.*[85]

Pode-se afirmar que "cabe ao Judeu o mérito de ter posto estes tão diversos materiais ao serviço de uma transbordante imaginação e de ter bebido no repertório do teatro barroco com a leveza e a liberdade que lhe concediam suas inofensivas figuras de cortiça"[86]. Assim, para criticar a sociedade, Antônio José construiu uma carpintaria teatral que se prendia a particularidades advindas de sua própria estrutura. Representada por bonifrates, utilizando a música, a mitologia, a tradição do teatro de cordel e do teatro clássico, misturando tempo e espaço, absorveu lições e concebeu suas próprias leis para a comédia de costumes.

---

82 . *Esopaida*, op. cit., p. 192. *Pintada a óleo de linhaça*, referência aos bonifrates.
83 . Ibidem, p. 210. *Bonecro de cortiça*, referência aos intérpretes das óperas, os bonecos ou bonifrates.
84 . *Anfitrião*, op. cit., p. 178.
85 . *Variedades de Proteu*, op. cit., p. 78. Trocadilho entre *boni fratres* ("bons irmãos") e bonifrates (os bonecos).
86 . Luciana Stegagno Picchio, "António José da Silva, o Judeu", em *História do teatro português* (Lisboa, Portugália, 1969), p. 195.

A QUESTÃO AUTORAL

Muitos estudiosos concluíram que Antônio José foi morto devido à crítica que, em suas comédias, fazia à nobreza e ao clero. No entanto, nos dois processos em que foi julgado pela Inquisição, não consta sua atividade teatral. Apenas um dos depoentes convocados a seu favor no segundo e fatal processo, frei Diogo Pantoja, mestre da Ordem de Santo Agostinho, declarou que o conhecia havia quatro anos e que se "comunicavam por causa das composições que ele fazia no Bairro Alto"[87]. Esse dado talvez confirme que, apesar do sucesso de suas "óperas", o Judeu passou praticamente despercebido como comediógrafo em seu tempo, tendo sido morto no auto-de-fé de 1739 exclusivamente por reincidência no judaísmo, sem que a Inquisição soubesse de sua atividade teatral. Essa é, a nosso ver, a explicação para não ter havido impedimento na publicação de suas oito peças, que saíram com as licenças necessárias das três censuras existentes em Portugal: a do Santo Ofício, a do Ordinário da Diocese e a do Desembargo do Paço.

Deve-se ressaltar que todas as obras teatrais de Antônio José apareceram anônimas no transcorrer do século XVIII. Inicialmente, seu teatro foi editado pelo tipógrafo Antônio Isidoro da Fonseca, que em Lisboa imprimiu três peças: em 1736, *Labirinto de Creta*; e no ano seguinte, em 1737, duas outras: *Guerras do alecrim e manjerona* e *Variedades de Proteu*, tendo outros editores publicado novamente essas duas peças ainda naquele mesmo ano de 1737 e *Labirinto de Creta* em 1740, a confirmar o sucesso que fazia no palco e entre os leitores o teatro do Judeu. A história do editor Antônio Isidoro da Fonseca é curiosa, pois mais tarde veio para o Brasil, onde montou, no Rio de Janeiro, em 1747, nossa primeira tipografia. Apesar das boas relações mantidas com o poderoso governador Antônio Gomes Freire de Andrada, conde de Bobadela, não conseguiu Isidoro da Fonseca autorização para permanecer no Rio de Janeiro, sendo deportado para Lisboa, após a destruição de sua gráfica, por ordem de Sua Majestade fidelíssima d. João V.

A dramaturgia completa de Antônio José da Silva, *Teatro cômico português*, foi publicada por Francisco Luís Ameno em 1744. Pode-se afirmar que essa primeira edição se constituiu num verdadeiro *best-seller*, sendo reimpressa seis vezes até 1800. Tal fato demonstra não haver sido notado, no teatro do Judeu, nenhum ataque aos poderes constituídos. Esse dado,

---

87 . Instituto Histórico e Geográfico Brasileiro, op. cit., pp. 165-6.

aliado ao anonimato autoral, ajudou a preservar o *Teatro cômico português* para a posteridade. No entanto, o nome do autor – Antônio José da Silva – lá estava desde a edição de 1744. Mas só em 1858, em pleno século XIX, foi que Inocêncio Francisco da Silva percebeu o fato de que no prólogo "Ao leitor desapaixonado", escrito pelo dramaturgo para essa primeira edição, constava sua própria identificação, ao concluir com um poema composto de duas "Décimas", em forma de acróstico, que encerra o texto[88], que o leitor poderá consultar nesta nossa edição do teatro de Antônio José.

Até onde se pode comprovar, em vida, como escritor, Antônio José da Silva teve seu nome impresso em duas obras de poesia editadas em 1736. Primeiro no folheto *Acentos saudosos das musas portuguezas...*, que abre com a "Oração" do marquês de Valença, censor da Academia Real da História Portuguesa, constando de vinte folhas, publicado pelo mesmo editor de suas três peças avulsas, Antônio Isidoro da Fonseca, em que o último texto é de autoria de Antônio José. É uma glosa em oitava-rima que toma por mote o soneto de Luís de Camões, "Alma minha gentil", epicédio à morte da infanta d. Francisca, irmã do rei d. João V[89]. O segundo foi o "romance heróico", em 15 quadras, dedicado a João Cardoso da Costa, que se encontra em seu livro *Musa pueril*, editado na oficina de "Miguel Rodrigues, impressor do senhor Patriarca"[90]. Portanto, como escritor, Antônio José da Silva não começou anonimamente. O sucesso da encenação de suas comédias pode ser confirmado no elogio que João Cardoso da Costa faz nesse seu livro, através do soneto XXIX "Vendo umas senhoras representar *Os encantos de Medéia*"[91]. E o reconhecimento público da encenação das comédias de Antônio José no Teatro do Bairro Alto também está comentado no *Diário* de d. Francisco Xavier de Menezes, IV conde da Ericeira[92], que colabora com Antônio José nos elogios que antecedem o livro de poemas de João Cardoso da Costa. Por fim, deve-se ressalvar que

---

88 . Inocêncio Francisco da Silva, *Dicionário bibliográfico português* (Lisboa, Imprensa Nacional, 1924), t. 1, pp. 176-80 (a primeira edição desse tomo é de 1858).

89 . Antônio Isidoro da Fonseca (ed.), *Acentos saudosos das musas portuguezas...* (Lisboa, 1736). Folheto sem numeração de páginas.

90 . João Cardoso da Costa, *Musa pueril* (Lisboa, Oficina de Miguel Rodrigues, 1736). Páginas sem numeração.

91 . Idem, p. 29.

92 . Francisco Xavier de Menezes, Conde da Ericeira, *Diário, 1731-1733* (Coimbra, Biblos, 1943), volume XVIII, tomo II, pp. 1-215.

Diogo Barbosa Machado, na monumental *Biblioteca lusitana*, cujo primeiro volume apareceu em 1741, identifica o Judeu como autor das peças teatrais que vieram a formar o *Teatro cômico português*. Portanto, o fato de as obras teatrais de Antônio José terem sido publicadas anonimamente enquanto estava vivo não garante que ele fosse desconhecido como escritor em sua época, do contrário Barbosa Machado não poderia tê-lo citado em seu dicionário, que estava sendo preparado para publicação na época em que o dramaturgo foi assassinado pela Inquisição[93].

Além desses dois poemas e das oito óperas do *Teatro cômico português*, ainda lhe é atribuída a comédia, escrita em espanhol, *El prodigio de Amarante*, que aborda a vida de são Gonçalo de Amarante, frei dominicano do século XIII. Essa "comédia de santo", descoberta por Manuel Rodrigues Lapa[94], nada acrescenta em qualidade criadora ao espólio dramatúrgico de Antônio José. A outra obra que lhe vem sendo atribuída é a novela diabólica *Obras do Diabinho da Mão Furada*, que narra com intenso realismo as atribulações que o ex-soldado André Peralta passou em companhia do Diabinho da Mão Furada. Dessa narrativa existem quatro manuscritos, sendo duas versões muito conhecidas: a primeira foi descoberta em 1860 pelo escritor e pintor brasileiro Manuel de Araújo Porto-Alegre na Biblioteca Nacional de Lisboa e publicada pela primeira vez no Rio de Janeiro, na *Revista Brasileira*. O segundo texto encontra-se na biblioteca da Academia das Ciências de Lisboa. O grupo de defensores da autoria do Judeu dessas duas obras é tão numeroso quanto os que lhe negam a paternidade. Examinando essas duas obras em confronto com as oito peças de comprovada autoria de Antônio José, à luz das características estilísticas, estéticas e de valores epocais, fica difícil, se não impossível, negar-lhe ou atribuir-lhe com certeza a autoria dessas duas obras[95].

---

93 . Diogo Barbosa Machado, *Bibliotheca lusitana* (Lisboa, António Isidoro da Fonseca, 1741), t. I, p. 303; op. cit. (Lisboa, Francisco Luiz Ameno, 1759), t. IV, p. 41.

94 . Rodrigues Lapa, "Um inédito do 'Judeu': 'El prodigio de Amarante'", *Seara Nova*, 435/436 (Lisboa, 1935), pp. 35-8.

95 . Cf. particularmente: Claude-Henri Frèches, "Introduction critique", em Antônio José da Silva, *El prodigio de Amarante* (Lisboa/Paris, Bertrand/Les Belles-Lettres, 1967); Bernard Emery, "O homem e o Diabo nas 'Obras do Fradinho da Mão Furada'", *Colóquio/Letras*, 35 (1977), pp. 18-23; Antônio José da Silva, *Duas histórias malditas atribuídas a Antônio José da Silva* (Lisboa, Arcádia, 1977); Maria Theresa Abelha Alves, *Dialéctica da camuflagem nas "Obras do Diabinho da Mão Furada"* (Lisboa, Imprensa Nacional/Casa da Moeda, 1983); José Oliveira Barata, *António José da Silva: criação e realidade*

O fato de a dramaturgia de Antônio José da Silva ter sido publicada anonimamente durante todo o século XVIII tornou-se uma questão autoral espinhosa, que talvez fique sem resposta. No entanto, o pesquisador José Oliveira Barata procurou, em sua tese sobre o comediógrafo, buscar uma solução[96]. Atribuiu ele ao editor Francisco Luís Ameno o papel de quem "corrigia e completava" a dramaturgia de Antônio José e que o mesmo seria o autor dos três textos que precedem o *Teatro cômico português*: a "Dedicatória à mui nobre senhora Pecúnia Argentina", o prólogo "Ao leitor desapaixonado" e as "Décimas" em forma de acróstico que identificam o escritor. Como se sabe, inclusive conforme já expusemos[97], a dedicatória chistosa ao dinheiro, publicada anteriormente em 1737, não sofreu nenhuma mudança significativa quando foi reproduzida na *editio princeps*. Portanto, conclui-se que o editor Ameno possa até "ter arrumado o espólio do Judeu" para a edição de 1744 do *Teatro cômico*, conforme se depreende da "Advertência do coletor", do "Privilégio" e das censuras. Mas daí ver na "Dedicatória à mui nobre senhora Pecúnia Argentina", no prólogo "Ao leitor desapaixonado" e nas "Décimas" a mão autoral do editor Ameno, não é possível aceitar diante de tudo que se sabe até agora sobre o dramaturgo setecentista.

Com os dados levantados até agora por diversos especialistas, pode-se concluir que Antônio José da Silva é o verdadeiro autor das oito óperas que formam o *Teatro cômico português*. Podem-se aventar duas hipóteses para o anonimato de sua dramaturgia: a primeira, por ser o teatro do comediógrafo representado por bonecos de cortiça articulados, nenhum prestígio social daria ao escritor, ainda mais que as peças divulgadas em folhas volantes, teatro de cordel, corriam anônimas como era costume – ao contrário dos dois poemas que publicou com seu nome ao lado de personagens de prestígio, como o conde de Ericeira e o marquês de Valença. A outra é que "podia ser desejo que tivesse Antônio José de conservar-se incógnito, como traça do editor, para não ofender a Inquisição e o sentimento público, adverso ao judaísmo"[98].

(Coimbra, Universidade de Coimbra, 1985), vol. I, pp. 218-37. Mais recentemente: Alberto Dines & Victor Eleutério, *O Judeu em cena: El prodigio de Amarante* (São Paulo, Edusp, 2005).

96. José Oliveira Barata, *Antônio José da Silva: criação e realidade* (Coimbra, Universidade de Coimbra, 1985), vol. I, pp. 184-202.

97. *Guerras do alecrim e manjerona* (Lisboa, Antônio Isidoro da Fonseca, 1737). Edição fac-similar de Paulo Roberto Pereira (Rio de Janeiro, Biblioteca Reprográfica Xerox, 1987). Não consta o nome do autor.

98. J. Lúcio de Azevedo, "Relação quarta: o poeta Antônio José da Silva e a Inquisição", em *Novas epanáforas* (Lisboa, Clássica, 1932), p. 190.

O JULGAMENTO CRÍTICO

Criador de um teatro em que os postulados do Barroco sofreram constantes ataques, através da linguagem cômica de espírito antibarroco que prenuncia o Iluminismo, e dono de uma biografia que contém, ainda hoje, mais perguntas do que respostas, Antônio José da Silva continua sendo motivo de novas interpretações. Os primeiros estudos de caráter literário e histórico sobre o Judeu aconteceram durante o Romantismo, determinando a construção do perfil do comediógrafo dentro dos cânones da imaginação e do sentimento. O trabalho pioneiro sobre o dramaturgo cristão-novo se deve a Francisco Adolfo de Varnhagen, que descobriu seus processos nos papéis da Inquisição, localizados na Torre do Tombo, em Portugal, segundo informa no melhor estudo biográfico que se publicou no século XIX sobre Antônio José[99]. Mas os dois processos inquisitoriais, de 1726 e 1737–39, descobertos por Varnhagen, de que fora vítima o escritor, só foram publicados em 1896, na cidade do Rio de Janeiro.

O primeiro autor a transformar a vida de Antônio José em matéria de ficção foi Domingos José Gonçalves de Magalhães, um dos próceres da deflagração do Romantismo no Brasil, com a peça *Antônio José ou O poeta e a Inquisição*, publicada em 1839[100]. Essa tragédia escrita em versos foi encenada pela primeira vez pelo mais famoso ator brasileiro do século XIX, João Caetano, que a levou ao palco pela Companhia Dramática Nacional, em 1838. Gonçalves de Magalhães preferiu destacar nela seu papel de precursor do teatro nacional: "Lembrarei somente que esta é, se me não engano, a primeira tragédia escrita por um brasileiro, e a única de assunto nacional". A crítica, de um modo geral, tem sido desfavorável a esse texto teatral, sobretudo após o julgamento de Machado de Assis, confirmada pela análise serena de Décio de Almeida Prado[101]. No entanto, os estudiosos do Judeu, apesar de reconhecerem os defeitos estruturais de *O poeta e a Inquisição*, continuam a reexaminá-lo, ressaltando seu pioneirismo ao

---

99 . F. A. Varnhagen, *Florilégio da poesia brasileira* (Rio de Janeiro, Academia Brasileira de Letras, 1987), t. I, pp. 243-70 (a primeira edição desse tomo é de 1850).
100 . Gonçalves de Magalhães, "O poeta e a Inquisição", em *Tragédias* (São Paulo, Martins Fontes, 2005), pp. 3-128.
101 . Décio de Almeida Prado, "Evolução da literatura dramática", em Afrânio Coutinho, *A literatura no Brasil* (Rio de Janeiro, José Olympio/Universidade Federal Fluminense, 1986), pp. 13-4.

discutir a questão da brasilidade. É que, no século XIX, os autores nascidos no Brasil colonial foram transformados em símbolos de nosso nativismo, que influenciou desde Sílvio Romero, autor da primeira história da literatura escrita por um brasileiro, até autores do século XX, como Cândido Jucá Filho, que, embora reconhecendo que o teatro de Antônio José nada tem de brasileiro nos temas tratados, afirma "que sua linguagem está eivada de brasileirismos"[102].

Obra que continua a receber os favores do público é o "romance histórico" *O Judeu*, de Camilo Castelo Branco, publicado em 1866. Essa biografia romanceada, com grandes qualidades literárias e considerável fidelidade histórica para a época, recria o ambiente em que viveu o poeta cômico Antônio José. Camilo envolve o leitor no clima emocional que o consagrou como o principal escritor romântico português. Nele a ideologia política liberal e o anticlericalismo são armas utilizadas para defender os perseguidos dos prepotentes, sendo natural que seu romance termine com forte crítica aos abusos cometidos contra o indefeso teatrólogo cristão-novo pelos agentes do Santo Ofício da Inquisição:

> Os netos de Antônio José da Silva abrem hoje, porventura, os livros denominados *Óperas do Judeu*, e não sabem que são de seu avô, o mais desventurado e talentoso homem que a religião de s. Domingos matou em Portugal.[103]

No século XX, exatamente cem anos depois de a obra de Camilo ter sido publicada, surgiu a "narrativa dramática em três atos", *O Judeu*, de Bernardo Santareno, editada em 1966. Nessa peça teatral, escrita mais para a leitura do que para ser levada à cena, Santareno acompanha a trajetória do malfadado comediógrafo, construindo alegoricamente um paralelo em forma de símile entre o regime absolutista de d. João V e a ditadura de Antônio de Oliveira Salazar, os dois mais longos e cruéis governos que já teve Portugal.

Mais recentemente, o consagrado romancista José Saramago abordou de modo indireto o périplo de Antônio José em *Memorial do convento*,

---

102 . Cândido Jucá Filho, *Antônio José, o Judeu* (Rio de Janeiro, Civilização Brasileira, 1940), p. 34.
103 . Camilo Castelo Branco, *O Judeu: romance histórico* (Lisboa, Parceria A. M. Pereira, 1970), vol. 2, p. 256.

romance que trata da construção do convento de Mafra no reinado de d. João V. Lançada em 1982, essa obra é uma grande sátira romanesca sobre a época do Judeu, em que as personagens principais, os pícaros Baltasar e Blimunda, têm seu último encontro no auto-de-fé de 18 de outubro de 1739, em que morreu o bacharel Antônio José da Silva. Deve-se ressaltar que essas obras arroladas, ao tentarem resgatar o Antônio José da Silva pessoa/autor/personagem, estão contaminadas do clima barroco – com seus excessos e contrastes –, que, como já se ressaltou, foram retomados parcialmente no Romantismo. Assim, sem descurar do fato histórico que revela os dados concretos da vida e da obra do escritor, tem-se o elemento ficcional que se agrega a ele numa homologia que comprova a lição do passado sobre o presente.

Duas obras que o leitor de língua portuguesa interessado na vida e na obra de Antônio José da Silva conhece praticamente só pelo título são *Il Giudeo portoghese*, de G. Vegezzi Ruscalla, publicada em Turim, na Itália, em 1852; e o drama histórico em três atos e cinco quadros, *Dem Iddn's Opere* ["A ópera do Judeu"], escrito em iídiche e publicado por Peretz-Farlag, em Tel Aviv, 1967, de autoria de Alter Kacyzne, escritor judeu nascido em Vilna, Lituânia, que morreu executado pelos nazistas em Ternopol, Ucrânia, em 1941[104].

Antônio José vem, desde o século XIX, motivando o aparecimento de um grande número de ensaios, que tem revelado diferentes vertentes de sua complexa trajetória. Machado de Assis examinou as virtudes e os defeitos de nosso comediógrafo no estudo "Antônio José", em que, com seu olhar penetrante, ressalta as dificuldades oriundas do meio em que o Judeu produziu seu teatro. Ao afirmar que "podemos considerar o *Alecrim e manjerona* como uma das melhores comédias do século XVIII"[105], o criador de *Dom Casmurro* ressalta a originalidade criadora desse poeta dramático.

No Brasil foi o múltiplo escritor João Ribeiro quem organizou a primeira edição do teatro completo de Antônio José da Silva, em 1910–1911[106]. Esse trabalho meritório não voltou à prensa, pois que, passados quase cem

---

104. Manuel Simões, "A ópera do Judeu", *Colóquio/Letras*, 51 (Lisboa, 1979), pp. 63-5.
105. Machado de Assis, "Antônio José", op. cit., p. 162.
106. João Ribeiro (ed.), *Teatro de Antônio José (o Judeu)* (Rio de Janeiro, H. Garnier, 1910–1911), 2 vols., 4 t.

anos, ninguém se abalançou em nosso país a uma publicação cuidadosa em que constassem todas as composições teatrais do Judeu. Em 1944 saiu em São Paulo, pelas Edições Cultura, outra publicação do teatro completo do escritor. Finalmente, em 1957–58, surgiu em Lisboa uma edição modelar, preparada por José Pereira Tavares, que continua a ser a referência obrigatória do teatro completo de Antônio José.

No aspecto biográfico, há inúmeros estudos sobre a vida de Antônio José da Silva desde o aparecimento do trabalho pioneiro de Varnhagen; contudo, a obra basilar continua sendo *O poeta Antônio José da Silva e a Inquisição*, do historiador João Lúcio de Azevedo, publicada em 1932. Esse trabalho, o mais importante já feito sobre os reais motivos da perseguição movida contra a família desse comediógrafo, desvenda toda a trama das ligações aparentemente insuspeitas e revela como, a partir da delação, o obscurantismo movia-se sem controle. E a personagem principal do texto de Lúcio de Azevedo aparece em toda a sua plenitude: é Catarina Soares Brandão, antecessora ilustre de Joaquim Silvério dos Reis, o mais célebre delator da história do Brasil. Ali acabava o mito de que fora a escrava Leonor Gomes a primeira denunciante da família de Antônio José da Silva.

Em seu trabalho modelar, o historiador português mostra como a delação ocorria entre os parentes e amigos, todos acuados ante a prepotência do iníquo tribunal. E o motivo sustentado na ficção judiciária da Inquisição que condenava Antônio José aparecia em toda a sua clareza, nada tendo a ver com sua atividade de comediógrafo. O Tribunal do Santo Ofício procurava deixar patente, pelos processos em que o escritor fora incluído, que tinha sido a constância na fé religiosa da Lei de Moisés o motivo basilar da perseguição e morte desse cristão-novo. A montagem de sua condenação com delatores do próprio tribunal era uma forma de também atingir, até onde fosse possível, o criptojudaísmo de sua família, que, reincidente, mantinha os valores hebraicos.

Na segunda metade do século XX, apareceram novos estudos sobre o comediógrafo. O primeiro ensaísta a destacar é Barbosa Lima Sobrinho, que publicou três importantes trabalhos sobre Antônio José. No primeiro, ressalta a atualidade do teatro do escritor para a língua portuguesa, ao revelar algumas das influências determinantes em sua linguagem cênica e, sobretudo, ao demonstrar que suas peças são bem escritas e que, como homem de teatro, soube atingir o gosto das platéias[107]. A seguir, divulga um estudo inédito do século XIX sobre o dramaturgo[108]. Finalmente, publica "O cônego Fernandes Pinheiro e o 'Judeu'"[109]. Nesse extenso trabalho, comenta o estudo do cônego Joaquim Caetano Fernandes Pinheiro sobre os dois processos em que Antônio José foi julgado pela Inquisição. Ressalta Barbosa Lima Sobrinho a imparcialidade de Fernandes Pinheiro, cônego da Capela Imperial, que, independentemente de sua alta posição eclesiástica, ao analisar os processos de que fora vítima Antônio José, em nenhum momento procurou atenuar a responsabilidade do Santo Ofício na morte do comediógrafo, chamando o tribunal de sanguinário, comparando-o ao Inferno de Dante.

Claude-Henri Frèches produziu um conjunto de seis estudos sobre diferentes aspectos do teatro do Judeu, preparou a edição crítica da peça em espanhol *El prodigio de Amarante* e reproduziu, com comentários, os dois processos inquisitoriais a que foi submetido o escritor. A proposta de Frèches de examinar diferentes aspectos da comediografia e da biografia do escritor luso-brasileiro teve justa repercussão por oferecer um impressionante conjunto de informações, antes dispersas, que muito tem auxiliado no melhor entendimento do fazer teatral de Antônio José.

Uma obra vasta que se tornou clássica é *Antônio José da Silva: criação e realidade*, tese de doutorado de José Oliveira Barata, professor da Universidade de Coimbra, publicada em dois volumes, entre 1983 e 1985. Esse livro tornou-se referência indispensável sobre o Judeu. O estudioso português, com um método atualizado de pesquisa, oferece a oportunidade de ampliar o campo de investigação sobre Antônio José, para resgatar dos desvãos da história um período obscurecido pelo terrorismo cultural, ao pôr em questão ser Antônio José um cristão-novo no conturbado xadrez político do reinado de d. João V. Além desse trabalho indispensável em qualquer estudo sobre Antônio José, o professor Barata publicou outros

---

107 . Barbosa Lima Sobrinho, "Antônio José da Silva, o Judeu, e o teatro do século XVIII", em *Curso de teatro* (Rio de Janeiro, Academia Brasileira de Letras, 1954), pp. 31-53.
108 . Barbosa Lima Sobrinho, "Um inédito a respeito de Antônio José, o Judeu", *Revista da Academia Brasileira de Letras* (1965), pp. 26-35.
109 . Barbosa Lima Sobrinho, "O cônego Fernandes Pinheiro e o 'Judeu'", *Revista do Instituto Histórico e Geográfico Brasileiro*, 240 (1958), pp. 158-73.

importantes estudos sobre o Judeu, particularmente as edições da *Esopaida ou Vida de Esopo* e do *Anfitrião ou Júpiter e Alcmena*.

O último trabalho incluído nesse panorama é *Concerto barroco às óperas do Judeu*, de Francisco Maciel Silveira, editado em 1992. Nele, o professor da Universidade de São Paulo oferece uma contribuição renovadora para analisar a vida e a obra do comediógrafo. Na primeira parte, examina os livros de Gonçalves de Magalhães, Camilo Castelo Branco e Bernardo Santareno, em que a vida de Antônio José aparece entre a literatura e a história. Na segunda parte de seu ensaio, analisa a contribuição dramatúrgica de Antônio José para o teatro em língua portuguesa.

II O TEATRO DE ANTÔNIO JOSÉ DA SILVA
❋

A presente edição do teatro de Antônio José da Silva, composta de *Vida do grande d. Quixote de la Mancha e do gordo Sancho Pança, Esopaida ou Vida de Esopo, Anfitrião ou Júpiter e Alcmena* e *Guerras do alecrim e manjerona*, foi cotejada, particularmente, com a de 1744, de Francisco Luís Ameno, e a de 1957–58, de José Pereira Tavares, em virtude de não existir um conjunto de manuscritos autógrafos. Para tornar o texto mais acessível ao leitor de nosso tempo, foram adotadas as seguintes normas de transcrição: os vocábulos e as expressões desusadas são explicados em rodapé; atualizaram-se a ortografia e a acentuação gráfica das palavras, bem como a pontuação das frases, de acordo com a norma brasileira da língua de uso atual; manteve-se a grafia do texto se o mesmo revela a pronúncia da época caracterizando uma personagem, mas, se a palavra apresenta variação fonética de tipo cousa/coisa, dous/dois, optou-se pela variante que predomina no português corrente no Brasil; uniformizou-se o emprego de maiúsculas e minúsculas conforme os padrões vigentes, por acreditar-se que a alteração não prejudica a compreensão nem interfere na linguagem da época em que os textos foram redigidos e encenados.

Nesta edição, as quatro principais comédias do Judeu vêm antecedidas de dois textos: a "Dedicatória à mui nobre senhora Pecúnia Argentina", que já constava da primeira publicação das *Guerras do alecrim e manjerona*, de 1737, e que, com pequenas modificações, aparece em sua obra completa *Teatro cômico português*, em dois volumes, por Francisco Luís Ameno.

Essa dedicatória cruel ao dinheiro, numa velada sátira aos argentários, demonstra o reflexo da mentalidade mercantil na sociedade portuguesa que se transformava rapidamente por influxo das riquezas oriundas do Brasil e destaca-se por oferecer um panorama de como funcionava o teatro na Lisboa de seu tempo, além de ser um dos caminhos possíveis para confirmar a autoria das obras atribuídas a Antônio José.

O outro texto que aqui comparece, antecedendo as peças teatrais, é o prólogo "Ao leitor desapaixonado", impresso pela primeira vez na *opera omnia* do autor em 1744 e que termina por um acróstico identificador do nome de Antônio José da Silva. Portanto, a intenção de incluir esses dois textos fundamentais, que, a nosso ver, pertencem a Antônio José, tem o intuito de torná-los acessíveis ao leitor de nosso tempo. Acreditamos que, com o conhecimento deles, se terá a oportunidade de melhor compreender o universo dramático desse escritor nascido sob o signo de um drama religioso e racial que se transformou em tragédia.

Antonio Joseph da Sylva

DEDICATÓRIA À MUI NOBRE SENHORA PECÚNIA ARGENTINA[1]

Apenas veio ao pensamento estamparem-se estas obras, quando com o mesmo projeto nasceu gêmeo o desejo de dedicá-las a Vossa Senhoria, a quem de juro e herdade lhe compete a glória de protetora de semelhantes ações, pois sem a preciosa assistência de Vossa Senhoria não há discrição que não seja ignorância. Basta que Vossa Senhoria ocupe os teatros para que estes tenham maior estimação que os anfiteatros olímpicos e cretenses. Se assim como Vossa Senhoria sabe correr soubera discorrer, penetraria na fisionomia dos semblantes a glória dos corações; pois quando Vossa Senhoria, acompanhada de seus sequazes, se digna de honrar aquele teatro, logo tudo são parabéns, sussurros e alvoroços; e, para que o prazer excessivo não pareça imodéstia, se vai o riso esconder nos cantinhos da boca. É coisa para ver o obsequioso respeito com que todos a recebem! Todos se afastam, todos se encolhem, uns para cima dos outros; e, quando já não há assentos, então é que Vossa Senhoria tem o melhor lugar: tudo anda num corrupio; o porteiro se ataranta; o arrumador se titubeia; o chocolate se derrama; o doce desaparece; as luzes parecem estrelas; as arquiteturas dóricas; as vozes harmoniosas; os instrumentos mais se apuram; os cantores mais se afinam; os duos mais se ajustam; os bastidores não necessitam de sabão para correr; e,

---

1 . Chiste em forma de dedicatória, já que *pecúnia* significa dinheiro, e *argentina* refere-se à prata.

finalmente, até parece que a alma do arame no corpo da cortiça[2] lhe infunde verdadeiro espírito e novo alento.

Se isto tudo causa Vossa Senhoria quando nos faz mercê, como podia eu deixar de oferecer-lhe estas obras? Seria deslustre do agradecimento buscar outra protetora, quando em Vossa Senhoria transbordam os méritos para o patrocínio.

Espero que Vossa Senhoria, desterrando as melancolias do aferrolhado[3], deixando vazios os cubiculários bolsilhos dos avarentos e jarretas[4], continue em fazer-nos mercê, pois a docilidade de sua pessoa é o atrativo de nossos corações. E, assim, já posso navegar seguro no mar da fortuna, pois, se Vossa Senhoria se declara patrona, por força há de franquear os cartuchos. Uma burra[5] guarde a ilustre pessoa de Vossa Senhoria os anos que todos seus criados havemos mister.

---

2. Referência aos bonecos, bonifrates ou marionetes que eram os intérpretes das peças.
3. *Aferrolhado*, o mesmo que guardado, trancado com excessivo cuidado.
4. *Jarreta*, homem que se veste ao gosto antigo.
5. *Burra*, o mesmo que cofre.

AO LEITOR DESAPAIXONADO

Contigo falo, leitor desapaixonado, que, se o não és, não falo contigo, pois nem quero adulação dos amigos, porque o são, nem é justo que os que o não são queiram ser árbitros para sentenciarem estas obras no tribunal de sua crítica. Não há melhor ouvinte que um desapaixonado, sem afeto ao autor da obra, sem inclinação ao da música, sem conhecimento do arquiteto da pintura[6]. *Aquele que nem a amizade lhe franqueia a entrada, nem a vizinhança do teatro lhe facilita o regresso; aquele que instigado só da curiosidade, a expensas de seu pecúlio, entra com ânimo livre de paixões, esse, sim, não sendo estulto*[7] *por natureza, é o verdadeiro ouvinte no teatro e leitor nos papéis. Com esses é que eu falo, pois só a esses se dirigem estas obras; porque, sendo sua censura despida de afetos de amor e ódio, saberá desculpar os erros com sinceridade, saberá discernir a dificuldade do cômico em um teatro donde os representantes se animam de impulso alheio, donde os afetos e acidentes estão sepultados nas sombras do inanimado, escurecendo estas muita parte da perfeição que nos teatros se requer, por cuja causa se faz incomparável o trabalho de compor para semelhantes interlocutores; que, como nenhum seja senhor de suas ações, não as*

---

6. "Na montagem de uma peça concorriam três colaboradores: o autor do texto, o autor da música e o pintor dos cenários. Bastaria este passo para rebater a afirmação de ser o autor o compositor da música, ou de que a parte musical das 'óperas' eram *modinhas* brasileiras." Nota de José Pereira Tavares em sua edição das *Obras completas* de Antônio José da Silva.

7. *Estulto*, insensato, estúpido, tolo.

podem executar com a perfeição que devia ser. Por esse motivo, surpreendido muitas vezes o discurso de quem compõe estas obras, deixa de escrever muitos lances, por se não poderem executar[8].

Saberá o mesmo leitor desapaixonado não desprezar por menos polida a frase que no contexto de semelhantes obras se requer, pois muito bem conheço que no cômico se precisa um estilo mediano; que, como a representação é uma imitação dos sucessos que naturalmente acontecem, também a frase deve seguir o mesmo preceito, fazendo diferença que o estilo sublime e elevado, a que chamaram os romanos coturno, *só se permite nas tragédias, em que se trata de coisas graves e nimiamente sérias, como ações e obras heróicas de príncipes. Na comédia, porém, há de ser o estilo doméstico, sem afetação de sublime, a que chamam* soco[9] *por se representar nela matérias de enredos feminis e ações amorosas. Esses preceitos aponta Horácio em sua* Arte poética*:*

> Versibus exponi tragicis res comica non vult.
> Indignatur item privatis, ac prope socco
> Dignis carminibus narrari coena Thyestae.
> Singula quaeque locum teneant sortita decenter[10].

E como os êmulos, por inimigos, os parciais, por afetos, e os ignorantes, por néscios, não sabem distinguir essas circunstâncias, e só tu, leitor douto e desapaixonado, judiciosamente, refletindo no que leres e ouvires representar, formarás o conceito que merecem estas obras, que, para teu divertimento, se oferecem ao público.

Bem conheço que nelas acharás muitos defeitos; porém, como não pretendo utilizar-me dos teus aplausos nem singularizar-me nos meus escritos, te peço que nestas obras atendas somente ao desejo que tenho de agradar-te, e vejas não quero outro prêmio mais que o que te peço nestas

---

8. No seu prólogo ao leitor, lembra Antônio José da Silva estar escrevendo suas peças para bonecos, que não são senhores de suas ações; portanto não podem interpretar com perfeição, como fariam atores de carne e osso.

9. *Coturno* e *soco* são os calçados utilizados pelos atores gregos nas representações teatrais. O coturno é o símbolo da tragédia, e o soco, o da comédia.

10. Essa passagem dos versos 89 a 92 da *Arte poética* de Horácio é conhecida pela tradução feita por Cândido Lusitano no século XVIII: "Os versos da tragédia não competem/ a cômico argumento, e o baixo metro,/ quase próprio do soco, faz agravo/ à narração da ceia de Tiestes./ Dê-se a cada poema o seu decente lugar".

DÉCIMAS[11]

Amigo leitor, prudente,
Não crítico rigoroso,
Te desejo, mas piedoso
Os meus defeitos consente:
Nome não busco excelente,
 Insigne entre os escritores;
 Os aplausos inferiores
 Julgo a meu plectro bastantes;
Os encômios relevantes
São para engenhos maiores.

Esta cômica harmonia
Passatempo é douto e grave;
Honesta, alegre e suave,
Divertida a melodia.
Apolo, que ilustra o dia,
Soberano me reparte
Idéias, facúndia e arte,
 – **L**eitor, para divertir-te,
Vontade para servir-te,
Afeto para agradar-te.

---

11 . Estas duas estrofes, de dez versos cada uma, formam um acróstico com o nome do escritor – ANTÔNIO JOSEPH DA SILVA –, revelado por Inocêncio Francisco da Silva, em 1858.

Vida do grande d. Quixote de la Mancha e do gordo Sancho Pança

Ópera que se representou no Teatro do Bairro Alto de Lisboa, no mês de outubro de 1733.

※

Essa primeira obra dramática de Antônio José, que subiu à cena no Teatro do Bairro Alto em outubro de 1733, aproveita a história de um livro célebre que já fora utilizado como fonte ou modelo por outros escritores que antecederam ao Judeu. Com a *Vida do grande d. Quixote*, o comediógrafo escreve um texto original que não desmerece a novela de Miguel de Cervantes e demonstra ser superior às outras peças teatrais que a antecederam sobre o mesmo tema. Essa comédia não está dividida em atos, mas em duas partes, num total de 17 mutações, com nove cenas na primeira e oito na segunda. Comum em texto teatral oriundo de ficção em prosa, sente-se a presença do narrativo na comédia, sem, entretanto, prejudicar os diálogos que são extremamente vivos, com excelentes achados cômicos na forte crítica à sociedade portuguesa do tempo.

Vivendo numa sociedade tradicionalista, beata e fanatizada pela Inquisição, Antônio José conquistou a liberdade de poder dizer o que lhe vinha na alma ao utilizar-se dos dois loucos geniais criados por Cervantes. Assim, o dramaturgo luso-brasileiro constrói um mundo às avessas, por meio da liberdade que possui o *clown* de satirizar a sociedade, como ocorre na crítica mordaz à justiça, à medicina, à poesia barroca e à nobreza.

O episódio mais célebre da *Vida do d. Quixote* revela-se quando Sancho Pança aparece como governador da ilha dos Lagartos (segunda parte, quarta cena), a famosa ilha da Barataria inventada por Cervantes. Nessa sátira, uma das críticas mais ácidas do teatro português, o escudeiro julga os mecanismos do poder judiciário, que certamente não fazem justiça. Essa crítica galhofeira de um dos pilares do poder reflete, sem dúvida alguma, o espírito estrangeirado de um segmento que lutava para modernizar os aparelhos do estado português. Tal foi o sucesso da cena que o episódio acabou por ser publicado em separado e reeditado três vezes no transcorrer do século XVIII.

Como aconteceu com as peças seguintes de Antônio José, a partir das matrizes estabelecidas no *D. Quixote*, o criado é o condutor da intriga. Com isso, fica bem caracterizado o bifrontismo do seu teatro, em que, de um lado, se encontram os aristocratas e as grandes figuras; e, do outro, os criados, os graciosos, que traduzem as aspirações mais modernas da sociedade. Para o espectador, não importa que Sancho seja um parvo; o fundamental são as verdades que saem da sua boca ao salgarem com escárnio os valores estratificados que suas óperas queriam atingir.

CENAS DA I PARTE

    I – Sala de panos de rás, bufetes e cadeiras.
    II – A casa de Sancho Pança, mal composta.
    III – Bastidores de bosque.
    IV – Bastidores de selva.
    V – Bastidores de selva.
    VI – Bosque, e no meio um monte.
    VII – Sala de colunatas, e depois jardim fúnebre.
    VIII – Selva.
    IX – Selva e o monte Parnaso.

CENAS DA II PARTE

    I – Metade selva e outra metade mar, e um moinho no fim.
    II – Montes e selvas.
    III – Sala de colunatas, mesas e cadeiras.
    IV – Sala de azulejos.
    V – Outra sala, e mesa mal composta.
    VI – Casas.
VII – Jardim alegre.
VIII – Bosque.

APARATO DO TEATRO E SUA FÁBRICA

Um carro com várias figuras dentro.
Uma capoeira sobre um carro, em que irá um leão que sai fora a seu tempo.
Um carro, em que vêm Dulcinéia e várias figuras.
Dois cavalos, um de d. Quixote e outro de Sansão Carrasco.
Dois burros, um para Sancho Pança e outro para uma saloia.
O monte Parnaso com as musas, Apolo e o cavalo Pégaso.
Um barco.
Um cavalo que vem pelo ar, e se lhe põe fogo.
Uma nuvem.
Um porco.

INTERLOCUTORES

D. Quixote; *Sancho Pança*; *a sobrinha* de d. Quixote; *a ama* do mesmo; *Teresa Pança*, mulher de Sancho Pança; *uma filha* do mesmo; *um tabelião* vestido como almocreve; *uma saloia* em um burro; *Sansão Carrasco*; *seu criado*; *um diabo*, que vem no carro; *outro diabo*, com muitos cascavéis; *um homem*, que vem com o leão; *Belerma, Montesinos*; um, que está na cova; *Calíope*, que vem na nuvem; *Apolo* e as *musas*; *dois homens*, que são do moinho; *dois homens* do barco; *um fidalgo*; *uma fidalga*; *um meirinho*; *um escrivão*; *dois homens* que tocam rebecas; *um homem* que toca rebecão; *um médico*; *um cirurgião*; *um taverneiro*; *uma mulher moça*, com manto; *uma mulher velha*, em corpo, sem manto; *um escudeiro*; *a condessa* das barbas; *dois rebuçados*; *dois homens* para a audiência.

PARTE I[1]

Depois de se tocar a sinfonia, canta o

CORO
Todas as vozes juntas
se ouçam ressonar,
e ao nosso festejar
eco responda,
e a tão sonoro acento
pasme a terra e o vento;
que é bem que a terra e o ar
já corresponda.

CENA I
*Descobre-se uma sala composta com bufetes e cadeiras,
e estará assentado d. Quixote e junto a ele, em pé,
a Ama e a Sobrinha, e um Barbeiro fazendo-lhe a barba.*

---

1. Não custa lembrar que "esta comédia, fundada na Parte II do *D. Quixote* de Cervantes, tem cenas inspiradas no modelo, outras absolutamente originais. Numas e noutras, não deixou o autor de manter o caráter dos dois principais personagens da obra do famoso escritor espanhol", segundo as palavras de José Pereira Tavares.

D. Quixote. Senhor mestre barbeiro, veja vossa mercê como me pega nestas barbas, porque são as mais honradas que tem toda a Espanha; e pode gabar-se que nem quantos gigantes tem o mundo se atreveram a olhar para elas, nem com o rabo do olho, porque sempre lhe tive a barba tesa.

Barbeiro. Ela assim o mostra, pois de tão tesa que é, dobra o fio à navalha.

D. Quixote. Ora, sô[2] mestre, você bem sabe que é obrigação dos de seu ofício, enquanto fazem a barba, dizerem as novidades que há pela cidade. Que se fala dos príncipes da Itália, e do governo político do orbe? Que, como estive doente e tantos tempos de cama por causa das minhas cavalarias andantes, não tenho sabido nada.

Barbeiro. Senhor d. Quixote, novidades não faltam. Dizem que o turco vem com uma poderosa armada assolando os mares; e os príncipes todos procuram fazer-lhe guerra ofensiva e defensiva, para o que já em Biscaia se prepara uma grossa armada.

D. Quixote. Para que se cansam com tantas máquinas? Eu lhes dera um bom arbítrio[3], com que em menos de uma hora vençam quantas armadas e armadilhas o turco tiver.

Barbeiro. Diga vossa mercê qual é.

D. Quixote. Não quero; porque não faltarão mexeriqueiros que lho vão dizer e ganhem as alvíssaras[4] do meu trabalho.

Barbeiro. Diga vossa mercê, que lhe prometo, à fé de barbeiro, que aqui fique sepultado sete varas debaixo do chão, como pedra de raio.

D. Quixote. Debaixo dessa fé, que é muito boa, o direi. Mandem esses príncipes buscar alguns cavaleiros andantes, que não faltam na nossa Espanha, que só um deles bastará para destruir com sua espada e sua lança mil armadas.

Ama. Triste de mim, senhora! Seu tio está outra vez doido: ainda crê que há no mundo cavaleiros andantes!

Sobrinha. A mim me melem[5], se por aqui não anda Sancho Pança, que é o que lhe mete estas loucuras na cabeça. *(À parte.)*

Ama. Vamos ter com Sansão Carrasco, a ver se lhe pode tirar da cabeça estas asneiras, que é homem de manha. *(À parte.)*

Sobrinha. Vamos. *(Vai-se.)*

---

2. *Sô* (ou sor), abreviatura de senhor, utilizada na linguagem popular.
3. *Arbítrio*, conselho, opinião.
4. *Alvíssaras*, prêmio ou recompensa.
5. *A mim me melem* significa "a mim me castiguem".

BARBEIRO. Como é possível, senhor d. Quixote de la Mancha, que um cavaleiro andante possa destruir um navio, quanto mais uma armada?

D. QUIXOTE. Sô mestre, trate do seu estojo, e das suas navalhas e não se meta a querer investigar os recônditos arcanos dos cavaleiros andantes. Se você lera as antigas histórias de Palmerim de Oliva, Roldão, Amadis de Gaula e outros muitos, de que o clarim da fama por cem bocas canta as suas nunca vistas façanhas, soubera então o que vale um cavaleiro andante. Bem sei de um, que só com um suspiro é capaz de afundar uma armada e cem galeões.

BARBEIRO. Quem será esse tal? Tomara-o conhecer.

D. QUIXOTE. Sou eu; eu, d. Quixote de la Mancha, por outro nome o Cavaleiro da Triste Figura. Eu, torno a dizer, eu só com a minha espada e a minha lança e o meu broquel[6], me atrevo a engolir o Grão Turco, como quem engole uma cereja de saco.

BARBEIRO. Quando eu cuidava que vossa mercê estava de todo são desta loucura, ainda o vejo tão enfermo dela! Ora, senhor, deixe esta teima. Quem lhe meteu em cabeça que havia no mundo cavaleiros andantes? E, quando isso assim fora, vossa mercê porventura tinha barbas para o ser?

D. QUIXOTE. Ó grandíssimo magano[7], por vida de minha senhora Dulcinéia del Toboso, que vos farei em pó e em cinza. Assim perdeis o respeito a um cavaleiro andante?

Atira d. Quixote com o Barbeiro ao chão, e sairá[8] Sansão Carrasco.

CARRASCO. Que é isto, senhor d. Quixote? Que obrigou a sua grande modéstia a sair em tanta desesperação?

D. QUIXOTE. Senhor Sansão Carrasco, quem havia de ser senão este barbeirinho, que nega haver cavaleiros andantes no mundo, e que seja eu um deles?

CARRASCO. Ah, sô mestre, ponha-me logo os quartos na rua, antes que vá pela janela.

BARBEIRO. Não sei onde há de parar d. Quixote com tanta loucura! *(Vai-se.)*

---

6. *Broquel*, escudo antigo, redondo e pequeno.
7. *Magano*, o mesmo que espertalhão, folgado, atrevido.
8. As rubricas indicadas pelo verbo "sair" orientam, nesta e nas demais peças deste volume, que a personagem sai dos bastidores para entrar em cena.

CARRASCO. Este miserável está louco confirmado. Querer persuadi-lo é excitá-lo mais. Eu quero ir com o que ele disser, que ele tomará o desengano à sua custa. *(À parte.)*

D. QUIXOTE. Meu amigo, eu estou resoluto a sair segunda vez ao feliz progresso de minhas andantes cavalarias. Ainda que da passada vim muito moído, contudo, desmaiar nos trabalhos não é para corações briosos. Queira Deus que estes malandrines ou encantadores me não persigam com seus encantos, que, invejosos do meu valor, querem escurecer com mágicas aparentes as minhas claras e rocinantes cavalarias.

CARRASCO. Deixa-me beijar-te os pés, ó flor dos cavaleiros andantes! Ó único Alcides[9] de nossas eras! Sai, sai, não só segunda vez, mas quinhentas e quarenta e duas, a dar alma ao esquecido cadáver da cavalaria andante, para glória do mundo, e timbre de tua pátria Mancha.

D. QUIXOTE. Dizei-me por vida vossa: que dizem de mim por essa terra?

CARRASCO. Que hão de dizer? Que vossa mercê é um louco, mas valente, e que às vezes passa a ser temerário, empreendendo impossíveis. Finalmente, todos dizem que a senhora Dulcinéia del Toboso, minha senhora, é coisa fingida e fantástica e que tal mulher não há no mundo.

D. QUIXOTE. Dizem bem, que o mundo não é capaz de sustentar aquele globo esférico da formosura; e assim o ar é a pátria daquela estrela de Vênus.

Haverá dentro muita bulha, e gritos de Sancho, da Ama e da Sobrinha, e saem.

AMA E SOBRINHA. Não hás de entrar, Sancho de Barrabás.

SANCHO. Eu porventura dei-lhes a vocês palavra de casamento, para me porem impedimento?

SOBRINHA. Tu és o que lhe metes na cabeça essas cavalarias andantes.

SANCHO. Mau agouro venha pelo Diabo! Essa é bonita! Com que eu sou acaso loucura, para me meter na cabeça de meu amo? Coitado de mim, que eu sou o que pago, pois à conta de suas cavalarias andantes levo muitos coices.

D. QUIXOTE. Que é isso, Sancho Pança? Sempre haveis de vir grunhindo?

SANCHO. Que há de ser? A senhora Ama, e a senhora Sobrinha, que Deus guarde, não me queriam deixar entrar a falar com vossa mercê, senhor meu amo, dizendo que eu era a causa de vossa mercê querer ir segunda vez pelo mundo a

---

9 . *Alcides*, o mesmo que Hércules ou Héracles, a figura mais rica da mitologia clássica, empregado aqui com o sentido de valente.

buscar a ventura. Veja vossa mercê que maior testemunho, quando eu sou o que digo a vossa mercê que, se havemos de ir amanhã, que vamos hoje!

D. Quixote. Não faças caso de mulheres, que bem parece que ignoram o gênio dos cavaleiros andantes.

Sancho. Quanto a isso, têm elas mais que razão.

Carrasco. Amigo Sancho Pança, advirto-lhe, o que era escusado, que faça muito por ser homem de bem; acompanhe a seu amo, como bom escudeiro, que, se assim o fizer, levará o Céu brincando.

Sancho. Ah, senhor Sansão Carrasco! Brincando o não levo eu: sabe Deus o que me custa e me tem custado aturar as valentias de meu amo, que sempre a ele lhe dão na cabeça e a mim no fio do lombo; mas diz lá o rifão: "Muito alenta uma esperança". Pois que tenho de ser governador de uma ilha, que diz meu amo que me há de dar, não quero patuscadas[10]: recolho-me a ela como a sagrado.

D. Quixote. Sancho, podes viver descansado, que assim apareça essa ilha, como logo tu hás de ser governador dela.

Sancho. Ainda o ela aparecer está em contingências? Cuidei que já vossa mercê a tinha certa.

D. Quixote. Deixa isso por minha conta, que, ou ela queira ou não queira, ela aparecerá, e tu verás como pago os teus serviços.

Sancho. Os meus serviços com quaisquer trinta réis se pagam; até aí posso eu; se vossa mercê me não dá para mais, então irei buscar minha vida. E esses meus serviços só na boca de vossa mercê não é bem que fiquem. Dê-me alguma clareza ou obrigação, por onde o possa obrigar, quando me falte.

D. Quixote. Toma esse papel, que já nele tinha escrito o mesmo que te digo de boca.

Sancho. Ah, senhor, que é mui certo andarem juntos papéis com serviços; e oxalá que, depois de eu os ter feito, não mos quebre alguma preta, que, por serem vidrados, são quebradiços; ou algum daqueles encantadores que perseguem a vossa mercê; porque também as desgraças dos amos se pegam como sarampo ao corpo dos escudeiros; pois vejo que, tendo os meus serviços asas, nem por isso voam, ficando sempre na secretaria dos feitos com uma tampa em cima.

D. Quixote. Sancho Pança, mãos à obra, coração, espírito valoroso, que juro, à fé de cavaleiro andante, que desta segunda jornada há de ver o mundo

---

10. *Patuscada*, o mesmo que festa.

quem é d. Quixote de la Mancha; que, se até aqui foi Cavaleiro da Triste Figura, daqui em diante será o alegrão do universo. Anda, vai-te a preparar, que amanhã, ao romper da aurora, havemos de partir por esse mundo.

SANCHO. Eu dera a vossa mercê um conselho.

D. QUIXOTE. Qual é? Dize, que às vezes um louco acerta mais que um entendido.

SANCHO. Eu dera a vossa mercê de conselho que não fôssemos ao romper da aurora; porque, se a rompemos, ao outro dia não poderemos madrugar; porque a aurora isso tem, que, em se rompendo, é pior que holanda[11] podre, que se não aproveita uma tira para uma atadura de fontes.

D. QUIXOTE. Deixa disparates e faze o que te digo.

SANCHO. Pois adeus, que me vou a armar cavaleiro (quero dizer, burriqueiro, porque eu monto em burro, e não em cavalo) e a despedir-me de minha Teresa Pança, "y lo dicho, dicho". *(Vai-se.)*

CARRASCO. Pois eu te prometo, amo e mochila[12], que eu brevemente armarei uma, que ambos torneis desenganados de vossas cavalarias andantes. *(À parte.)*

SOBRINHA. Tio da minha alma, veja o desamparo em que me deixa: lembre-se da minha mocidade e que se vai o esteio desta casa.

AMA. Pois fui ama seca de vossa mercê muitos anos, lembre-se deste capelo sem borla.

D. QUIXOTE. Não tem remédio: hei de ir, que não é justo que fique sem fim minha memorável história. E juntamente vou a fazer muitas obras pias, pois quantas donzelas estarão em necessidade de que um cavaleiro andante lhes defenda o crédito e a honra? Quantos pupilos estarão sem justiça? Quantos cavalheiros honrados estarão encantados por falta de andantes cavaleiros? Enfim, não tenho mais que dizer: vou a castigar insolentes a endireitar tortos.

Cantam d. Quixote, Carrasco, Ama e Sobrinha a seguinte

ÁRIA

SOBRINHA. Ai, meu tio, não se ausente.

D. QUIXOTE. Calai-vos, impertinente.

AMA. Meu Senhor, isso é loucura.

---

11. *Holanda*, tecido de linho originário desse país.
12. *Mochila* significava o mesmo que servo, criado ou lacaio.

CARRASCO. Ide, ide, d. Quixote.
SOBRINHA. Mas que hei de fazer sem tio?
AMA. Mas que hei de fazer sem amo?
CARRASCO. Deixai ir esse mamote[13].
D. QUIXOTE. Não haja mais choro, ah tal!
AMA. Um amo, que tanto amo.
SOBRINHA. Ai sobrinha sem ventura!
D. QUIXOTE. Ora adeus, ó pátria amada.
CARRASCO. D. Quixote, avante, avante!
SOBRINHA. Minha dor matar-me trata.
AMA. Minha pena me sufoca.
D. QUIXOTE. Isto é espada, não é roca[14].
CARRASCO. Tu te vás, d. Quixote, por teu mal.

CENA II

Aparece a casa de Sancho ridiculamente composta, e nela estarão Teresa Pança, e sua Filha, e sai Sancho.

SANCHO. Jesus! Mulher dos meus olhos, estou tão contente, que venho saltando, e quero saltar.

TERESA. Sancho Pança, achaste alguma mina? Que é isto, marido?

SANCHO. Mulher, mina de caroço; desta vez não há de haver parente pobre. Estou tão contente! Ai, mulher, dai-me um púcaro de água, que me desmaio de gosto.

FILHA. Paizinho, ai! Diga-nos já, que estamos rebentando pelas ilhargas para o saber.

SANCHO. Que hei de ter, filha das minhas entranhas? Que hei de ter, mulher desta alma? Não vedes que segunda vez determino ir por esse mundo com meu amo o senhor d. Quixote de la Mancha? E vejam vocês se com esta fortuna poderei estar alegre.

TERESA. Marido, segunda vez vos quereis ausentar de meus sujos braços? Ora deixai-vos ficar.

---

13. *Mamote*, o mesmo que tolo.
14. *Roca*, haste de madeira para enrolar a rama do algodão, da lã etc., com o intuito de fiá-la.

Filha. Valha-me Deus! Senhor, ainda vossa mercê se mete com esse d. Quixote? Pois há de tirar bom pão. Assim como da outra vez.

Sancho. Calai-vos lá, porquinha: eu, se vou, é para buscar cabedal para casar-te; e sem dúvida que desta vez faço um fortunão de meus pecados, pois diz meu amo o senhor d. Quixote que logo em duas palhetadas me há de dar uma ilha para governar; e vejam vocês, sendo eu governador de uma ilha, se terei dinheiro como milho, e teremos pão como terra!

Teresa. Ai, marido, se isso é assim, já digo que vades logo rebolindo, e já lá havíeis estar.

Filha. Diga-me, senhor pai, e que tal é a ilha de que vossa mercê há de ser governador?

Sancho. É a mais excelente do mundo. É mui grande: tem sete palmos de comprido e dois de largo; tem muita árvore de espinho. O que me gabam mais é um passeio que tem, de ortigas, que dizem é uma maravilha. Sobretudo tem ao pé dos muros um canteiro de boninas, que cheiram, que tresandam. Tem muito lega-cachorro[15] e é tão sadia, que todos os anos tem um ramo de peste. Não, quanto a eu ir bem acomodado, nisso não se fala. Tomara-me eu já nessas limpezas, e então, se Deus quiser, casarei a minha Sanchica com um fedalgo[16]. Ouves tu? Bem podes aparelhar esse rabo, que se há de assentar em coche, ou eu não hei de ser quem sou.

Filha. Visto isso, ou hei de ter dom!

Sancho. Dom e redom, como um alho. Essa seria bonita! Deixaria de ter dom a filha de um governador! Parece-me que já estou vendo e ouvindo as vizinhas do nosso lugar, quando tu saires à rua, dizerem todas pela boca pequena: "Lá vai, lá vai a filha do governador Sancho Pança".

Teresa. E eu, marido, como hei de andar?

Sancho. Hás de andar às costas de um mariola, por não pores o teu pé no chão. Mas isso não é do caso; vamos ao alforje que hei de levar para tão longa jornada. Primeiramente, embrulha-me uma canada de vinho em um guardanapo, dois queijos em uma borracha, uma pouca de alcomonia[17] de sabão mole, um par de alfarrobas etc. Na outra perna do alforje, quero que

---

15 . *Lega-cachorro* é termo cômico, criado pelo autor, para designar uma suposta planta, por influência da palavra legação (planta), segundo José Pereira Tavares.

16 . *Fedalgo*, emprego popular da palavra fidalgo.

17 . *Alcomonia*, por alcamonia, é um doce feito de mel, erva-doce e mandioca.

vá bem acondicionada a minha roupa, a saber, camisa e meia, meia ciloura[18], uma meia sem companheira, um lenço pardo, outro de caneca riscado, dois pescoções de bofetão da Índia. Isto entendo que sobeja para tão larga jornada, fora o que levo no corpo.

TERESA. Olhe você: se quiser levar duas gaiolas de grilos, que estão mui bem criados, não será mau, para os comer nas estalagens.

FILHA. Também poderá vossa mercê levar duas caixas de chícharos[19] de conserva para almoçar, que são bons para a enxaqueca.

SANCHO. Tudo é bom: quanto mais, melhor; principalmente os chícharos, pois às vezes tenho umas enxaquecas na barriga, e umas cãibras no nariz, que me matam. Bom fora também levar umas panelinhas de doce de cócaras; porém, mulher, como eu vou para tão longe e com perigo de vida, pois vamos a brigar com todo o mundo, bom será que faça meu testamento; que, ao menos, quando não tenha o fim que pretendo, não se perde o estar feito.

TERESA. Parece-me muito bem; agora vejo que em tudo sois prudente.

SANCHO. Vós ainda não sabeis que marido tendes!

TERESA. Disso me queixo eu, e ainda mal, que tanto o experimento, pois a miséria com que me tratais me faz ver as estrelas ao meio-dia; e, sendo casada convosco há quarenta e dois anos, seis meses, três semanas, doze horas, oito minutos e vinte instantes, nunca em vosso poder me vi com a barriga cheia.

SANCHO. Quando eu for governador, tomareis a vossa barrigada. Ide chamar o tabelião.

TERESA. Aqui não há tabelião; somente quem serve de tabelião é o almocreve Antônio Fagundes.

SANCHO. Venha quem for, que o testamento é pequeno, e qualquer tabelião basta.

TERESA. Mas ele aqui vem. Deus o trouxe a bom tempo. *(Sai o Tabelião, vestido de arrieiro.)*

TABELIÃO. Guarde Deus a vossa mercê, senhor Sancho Pança. Como está vossa mercê?

SANCHO. Para servir a vossa mercê.

TABELIÃO. Para servir a nosso Senhor, que lhe dará bom pago. Que quer vossa mercê?

---

18. *Ciloura*, forma popular de ceroulas, peça de vestuário hoje raramente usada pelos homens.
19. *Chícharos*, sinônimo para grão-de-bico.

Sancho. Sente-se vossa mercê muito a seu gosto na ponta desse espeto.

Tabelião. Eu aqui me acomodo; estou bem: aos pés de vossa mercê é o meu lugar.

Sancho. Saberá vossa mercê que eu quero fazer o meu testamento por escrito, que me dizem que o nuncuchupativo[20] não é tão bem. Sabe vossa mercê fazer testamentos?

Tabelião. Suposto que eu nunca fizesse testamento, contudo já fiz um escrito de casamento a uma negra; e quem faz uma coisa também faz outra.

Sancho. Isso basta e sobeja. Ora sente-se; aí tem papel selado, que já me serviu em várias necessidades. É bom papel: tudo o que se escreve de uma banda, se pode ler da outra com muita facilidade. Ora ponha uma perna sobre a outra; escreva à sua vontade.

Tabelião. De qualquer sorte estou bem, para servir a vossa mercê.

Sancho. Para servir a Deus. Olhe, meu amigo, não faça ceremônias[21]: desaperte-se, tire fora os calções, ponha-se em fralda de camisa, esteja a seu gosto; e enquanto escreve, se quiser tanger bandurra[22], aí a tenho muito boa, que me veio de Berberia[23].

Tabelião. Vamos ao testamento, que tenho que ir dar de beber às minhas bestas.

Sancho. Ora vá lá fazendo a cabeça do testamento, que isso pertence aos tabeliães.

Tabelião. Está feita.

Sancho. Vejamos. Homem, esta cabeça não presta. Você não lhe põe cabeleira? Ui, senhor. Ponha-lha em todo o caso, que este testamento há de aparecer em público, e não é bem que vá uma cabeça sem compostura.

Tabelião. Aí lhe ponho a cabeleira. Que mais?

Sancho. Espere, espere. Já lhe pôs a cabeleira?

Tabelião. Já, sim, senhor.

Sancho. Valha-me Deus! Não sei se lhe puséramos antes uma carapuça preta, que é cor de quem morre! Veja se lhe pode tirar a cabeleira, por vida sua.

Tabelião. Eu a borro, e lhe ponho a carapuça.

---

20. *Nuncuchupativo*, adulteração cômica do termo jurídico nuncupativo, que quer dizer "feito de viva voz".
21. *Ceremônia*, forma popular de cerimônia.
22. *Bandurra* é uma viola rústica.
23. *Berberia*, região da África do Norte.

SANCHO. Homem, você não pode tirar uma cabeleira a uma pessoa de cabeça, sem a borrar? Ora vá como for, eu cá ao depois lhe farei isso. Digo primeiramente...

TABELIÃO. Mente.

SANCHO. Mente ele, grandíssimo magano. A mim me desmente na minha cara?!

TABELIÃO. Este mente é cá do testamento, que não ofende a ninguém.

SANCHO. Isso é outra coisa. Declaro, por descargo de minha consciência, que me chamo Sancho Pança, natural do bom gênio; declaro mais que fui casado dezenove vezes, todas contra minha vontade. Item[24], que desta última mulher tenho...

TERESA. Criada de vossa mercê.

SANCHO. Calai-vos lá, tola; não embaraceis o pavio da história. Tenho três filhos, cujos nomes me não lembram por ora. Item, que sou senhor e possuidor de muitos bens móvitos[25] e de raiz, e outros sem raiz: os móvitos vêm a ser duas bassouras[26] do Algarve, dois esfolinhadores da chaminé, e uma rótula já furada. Item trinta e três cadeiras, que já deram com o couro à sola. Item mais um bufete de pau, que veio de bordo, três painéis já em muito bom uso, a saber; um do mundo às avessas, outro de um navio que pintou o meu pequeno; e outro que já se não sabe que pintura tem; porém supondo que seria boa. Item um espelho de despir sem aço, um mafamede da Índia, com seu tapete de Arraiolos, coberto por cima. Item uma excelente manta de retalhos, que me veio do Japão, e outra, que me há de vir do Jaqueijo[27]. Item uma formosa teia de aranhas, duas colheres de tartaruga bastarda, um bispote e o mais trem da cozinha. Ora vamos agora aos bens de raiz: Declaro que tenho umas casas na minha véstia. Item um parreiral de uvas de cão no meu telhado. Item dois vasos, um de ensaião, e outro que teve arruda, que ainda se conhece pelo cheiro. Item mais uma árvore de geração. Passemos agora ao meu gado. Em primeiro lugar, tenho um burro, que lhe chamam o ruço por alcunha; tenho mais duas cadelas paridas. Declaro que me não devem nada, e que eu devo os cabelos da cabeça. Deixo a minha mulher tudo quanto puder furtar no inventário. Deixo a minha filha Sanchica o meu bom coração e aos meus dois filhos

---

24. *Item*, palavra latina que significa igualmente, também.
25. *Móvito* significa parto prematuro, mas aqui está tomado no sentido de móvel.
26. *Bassoura*, forma popular de vassoura.
27. Faz-se trocadilho com a palavra Japão (já pão): *Jaqueijo* (já queijo).

lhes não deixo nada, porque, se o quiserem que o furtem, como eu fiz. Instituo por meu universal herdeiro forçado a um mouro da galé, a quem peço que faça pela minha alma o mesmo que eu fizera pela sua. Tal parte, em lugar do cu de Judas, tantos do mês passado etc.

TABELIÃO. Ora assine-se vossa mercê aqui atrás.

SANCHO. Atrás só me assinarei, se for pena a sua língua; dou por assinado, que eu em tal não assino.

TABELIÃO. É preciso, que sem isso não vale nada o testamento.

SANCHO. E que tem ninguém que ele valha, ou não valha? Olhem que está galante! De quem é o testamento? Não é meu? Pois posso fazer dele o que quiser. Mulher, guardai bem este papel; vede que não o percais, que pode servir para mechas. Ora adeus, mulher; dai-me um abraço.

TERESA. Ai marido, lembrai-vos da vossa casa; não andeis de noite; não me deis mais penas.

SANCHO. Ó filha, não tenho que encomendar-te a tua honra, que é o melhor camafeu que tens. Se alguém, quando estiveres na janela, te fizer um bicho, corresponde-lhe com outro, que a cortesia nunca se perde. Ouves? Nunca dês o sim a tudo o que te pedirem; porque desta sorte serás bem reputada.

TERESA. Pois, já que te ausentas, ó meu amado Sancho, despeçamo-nos cantando.

SANCHO. Ora vá, que eu começo.

Cantam Sancho e a mulher a seguinte

ÁRIA A DUO
SANCHO. Adeus, Teresa amada.
TERESA. Não posso dar um passo.
SANCHO. Adeus, que não é nada.
TERESA. Oh triste desgraçada!
SANCHO. Dá cá, dá cá um abraço.
TERESA. Ai, que eu quero desmaiar.
    Mas, ai de mim! Que vejo?
SANCHO. Amado Caranguejo.
TERESA. Teu vil rigor não chora?
SANCHO. Chora tu, bela aurora,
    que eu nunca em despedidas quis chorar.

CENA III
Mutação de bosque. Aparece d. Quixote a cavalo com lança e Sancho em um burro.

D. QUIXOTE. Ainda não creio, amigo Sancho Pança, que me vejo montado em Rocinante, para prosseguir minhas aventuras.

SANCHO. Digo-lhe a vossa mercê, senhor meu amo, que tenho o rabo nesta albarda e me parece que o tenho na palha da estrebaria. Oxalá que tenhamos melhor ventura, que da vez passada!

D. QUIXOTE. Para que tenhamos bom sucesso nesta empresa, e por cumprir com as leis da cavalaria andante e com os ditames do meu amor, quero, Sancho, que vás ao castelo em que vive aquela sem igual Dulcinéia del Toboso, minha muito senhora, e que lhe digas da minha parte que já me acho em campo raso, para batalhar com quantos gigantes tem o mundo, por seu respeito; e que tudo servirá de despojo, para colocar no templo de sua formosura.

SANCHO. Senhor, que Dulcinéia é esta? Onde mora? Que tal mulher entendo não há no mundo. Logo, como quer vossa mercê que eu a busque, se ela não é coisa viva?

D. QUIXOTE. Vai, não repliques; se não, com esta lança te abrirei essa barriga. Vai, que eu te espero aqui debaixo deste tronco.

SANCHO. Ora o caso está galante, por vida minha! Onde hei de achar a tal Dulcinéia dos demônios? A força quer d. Quixote que haja tal mulher no mundo! Mas de quem me queixo, se eu tenho a culpa de me meter com um louco de pedras? Porém lá vem uma saloia[28]. Bom remédio; vou-lhe dizer, que esta é Dulcinéia, pois a ele tudo se lhe mete na cabeça. Ah, senhor meu amo! Venha cá depressa: eis aqui a senhora Dulcinéia, que vem ver a vossa mercê.

D. QUIXOTE. Sancho, como pode ser esta Dulcinéia, quando ela é uma senhora tão galharda? Como pode vir em um burro, quando a carroça de Apolo ainda é pequena carruagem para sua soberania? Não vês uma saloia feia e trapalhona?

SANCHO. Senhor, vossa mercê não se lembra que os encantadores mudam as formas das pessoas, só para que vossa mercê não logre a fortuna de ver a senhora Dulcinéia?

---

28. *Saloia*, camponesa rústica e grosseira.

D. Quixote. Dizes bem, Sancho amigo. Oh, mal hajais, malditos encantadores, pois mudais a forma de Dulcinéia, filis[29] e galharda, em uma saloia choquenta[30]!

Saloia. Senhores, vossas mercês, que me querem? Larguem-me o freio da burra; deixem-me ir vender as minhas cebolas.

D. Quixote. Espera, ó luz de meus olhos; recebe, antes que te ausentes, este fino amante no regaço de teus agrados, pois só a ti te dedico os suores frios de meus trabalhos. Aqui me tens, ó bela ninfa, pois a teus pés sou idólatra da tua beleza.

Sancho. Ó princesa da formosura! Ó duquesa do melindre! Ó arquiduquesa dos dengues! Não desprezes um andante cavaleiro, que a carqueja do seu amor arde na chaminé dos teus olhos a repetidos assopros da sua mágoa. Ponha vossa mercê os olhos naquele peito, e o verá cheio de cabelos, mais claros cá água, e outros mais ruivos cá canela[31].

Saloia. Estes homens estão doidos. Vão-se cos diabos. Vocês vêm zombar de mim? Arre lá! Xô! *(Vai-se.)*

D. Quixote. Ó animada exalação, não te desfaças em cintilantes repúdios. Tanto estes encantadores me perseguem, que até fazem com que caias; porém, ó vil canalha, lá virá tempo em que eu me vingue de vós.

Sancho. Digo que vossa mercê tem muito bom gosto em amar a senhora Dulcinéia. Não vi coisa mais peregrina! Deixou-me atoclo[32], vendo aquele brio!

D. Quixote. Oh, afortunado Sancho, que foste tão feliz, que chegaste a ver sem encantos e transformações aquela deidade humana! Dize-me: é formosa?

Sancho. De formosa passa ela. Se vossa mercê vira aqueles olhos, que pareciam olhos de couve murciana! O nariz, isso era cair um homem de cu sobre ele; tinha umas mãos de rabo; o corpo parecia corpo de delito, pelo que matava a todos; os cabelos não vi eu, só o que eu vi foram dois piolhos de rabo, que lhe saíam pelos buracos da coifa. O que mais me regalava era ver umas rosquinhas doces, que fazia junto ao pescoço. Enfim, senhor, os pés eram dois pés de cantiga. Eu confesso que se não fora casado, que a tal senhora Dulcinéia não me escapava.

---

29 . *Filis*, o mesmo que graciosa.
30 . *Choquenta*, sem graça, feia.
31 . O autor utiliza propositadamente a cacofonia nas expressões populares *cá água* e *cá canela*, equivalentes a "que a água" e "que a canela".
32 . *Atoclo*, corruptela popular de atônito, isto é, admirado.

D. QUIXOTE. Ó Sancho, espera! Não vês que lá vem um castelo movediço, com muita gente dentro? Grande dia se nos espera! Deus seja conosco.

Sairá um carro tirado de uma mula, sobre a qual virá um Diabo; dentro do carro virá a Morte, Cupido, um Anjo, um Imperador e outra figura muito bem vestida.

SANCHO. Ai, miserável Sancho, onde estás metido! Melhor me fora estar na minha aldeia, que não vir agora ver estes gigantes Engolias[33].

D. QUIXOTE. De que temes, cobarde? Olha, não vês estes gigantes vivos? Pois logo os verás mortos. Ó vós, quem quer que sejais, dizei-me quem sois e aonde ides.

DIABO. Senhor, nós somos uns pobres representantes de comédia, que imos[34] já vestidos para fazer um auto sacramental aqui a uma quinta; eu faço papel de Diabo, este de Anjo, este de Morte, este de Imperador; e os mais fazem vários papéis.

D. QUIXOTE. Ora sempre as coisas se devem primeiro especular, antes que se façam. Se não vos declarais, hoje aqui todos ficaríeis mortos, cuidando que éreis gigantes ou encantadores.

SANCHO. Boas novas te dê Deus, que eu já estava sem pinga de sangue no corpo.

Sai um Diabo com cascavéis, e espanta-se o cavalo de d. Quixote, e cai no chão, e o Diabo monta no burro de Sancho.

SANCHO. Jesus, nome de Jesus! Lá vai meu amo ao chão! Ah, senhor, não caia; espere, que eu já lhe vou acudir.

D. QUIXOTE. Ai de mim! Acode-me, Sancho, que quebrei o espinhaço.

SANCHO. Ai senhor, que o Diabo lá me leva o meu ruço! Ó ruço dos meus olhos, ó prenda de minhas nádegas, ó centro de minhas bebas; que será de mim sem os teus sonoros zurros? Senhor, para aqui são as lágrimas. Ah, senhor, que o Diabo levou o meu burro!

D. QUIXOTE. Que Diabo?

SANCHO. O Diabo das bexigas. Jesus sagrado! Ah, sô Diabo, largue o meu burro, por vida de Ferrabrás.

---

33. *Engolias*, deturpação de Golias, nome do gigante morto por Davi.
34. *Imos*, o mesmo que vamos. Forma popular ainda utilizada em algumas regiões de Portugal.

D. QUIXOTE. Por vida de Dulcinéia, que os do carro me hão de pagar. Esperai, turba alegre e folgazona, que eu vos ensinarei o como se tratam os burros dos escudeiros dos cavaleiros andantes. *(Sai o burro.)*

SANCHO. Senhor, não pelejemos, que o burro já aí está; escusemos tantas mortes.

D. QUIXOTE. Bem está: a prudência às vezes é melhor que o valor; ide-vos em paz.

SANCHO. Ouvis lá? Bom padrinho tivestes no meu burro, que, se não aparece, tudo vai à espada.

CENA IV
Mutação de selva, e a um lado estará um cavaleiro reclinado, e um moço, e sairá d. Quixote e Sancho Pança.

D. QUIXOTE. Sancho, ata este cavalo a esse tronco, que já o sol se escondeu no vestuário de Tétis, depois de fazer primeiro galã dos astros na comédia do dia.

SANCHO. Boa metáfora; mas eu tenho a barriga vazia e não estou para ouvir conceitos. Olhe vossa mercê, senhor. Ali estão dois homens reclinados sobre a relva e dois cavalos atados naquele salgueiro, que fazem quatro.

D. QUIXOTE. Algum cavaleiro andante deve ser, que anda buscando aventuras.

Canta o cavaleiro o seguinte

MINUETE
Sem ter melhora
meu peito ardente
a chama sente
do deus rapaz[35].
Que Amor parece,
ninguém duvida,
porque a ferida
bem clara está.

---

35. *Deus rapaz*, o mesmo que Cupido, o deus do amor.

Suspende a frecha,
deus fementido;
ouve o gemido
que o pranto faz.

SANCHO. Ele canta com bom estilo, e à moda.

D. QUIXOTE. Segundo a letra e o afeto, mostra estar namorado. Valha-te Deus, amor, que até nos peitos de bronze introduzes corações de cera! Senhor cavaleiro, como a sociedade nos homens é significativo do racional, por isso não estranhe vossa mercê o meu atrevimento em interromper as sonoras cláusulas do seu sentimento; porém, como as penas comunicadas são menos sensíveis, diga-me vossa mercê o que sente, que, se o alívio de suas mágoas consistir na ponta desta lança e fio desta espada, tenha por certo que o hei de fazer.

CARRASCO. Honrado cavaleiro, bem parece que tendes generoso ânimo, e assim vos agradeço essa oferta; mas sabereis que a mim por ora me não ofendem inimigos, senão uma inimiga, cujo rigor me tem morto e me faz andar renovando a cavalaria andante, só por ver se posso aplacar o seu desdém, oferecendo-lhe a cabeça de um gigante.

D. QUIXOTE. Com que, vossa mercê é cavaleiro andante? Ora ajunte-se comigo, e falemos na matéria, que, como professor dela, estimo muito estas práticas.

CRIADO. Enquanto nossos amos lá praticam sobre os seus amores e valentias, vamos dando à taramela e fazendo pela vida.

SANCHO. Meu amigo, agora fico mais consolado nos meus infortúnios, pois mal de muitos consolo é. Até aqui, cuidava que só eu era desgraçado, em ser escudeiro de cavaleiro andante; mas já vejo que vossa mercê nasceu debaixo da minha estrela.

CRIADO. Como se chama seu amo?

SANCHO. D. Quixote de la Mancha para servir a vossa mercê, que nunca tal homem nascera no mundo, pois por ele tenho padecido o que Deus sabe: basta deixar a minha casa com tudo quanto tinha nela.

CRIADO. Tendes filhos?

SANCHO. Boa está essa! Com que destes anos ainda não havia de ter filhos? Tenho uma rapariga, meu amigo, que dá com a cabeça no teto da casa, e é mui valente e desembaraçada. Quando come, não usa de cerimônias; despeja uma casa com a maior limpeza do mundo; e sobretudo tem o mau cheiro da boca, que é mal de que fogem todos. Quero-lhe como aos meus olhos, que fora da sua vista, os vejo cheios de lágrimas.

CRIADO. E os meus estão mui cheios de sono. Durmamos?

SANCHO. Durmamos.

CARRASCO. Como lhe vou contando a vossa mercê, a senhora a quem amo é uma Calcidéia de Vandália, nome suposto, com que a apelido nas minhas obras poéticas. Esta, enfim, me disse que, se a quisesse receber por esposa, fosse pelo mundo e fizesse confessar que ela era a mais bela e formosa dama que havia no orbe. Tenho feito confessá-lo a muitos, e ultimamente ao grande d. Quixote de la Mancha, o qual disse que minha senhora Calcidéia de Vandália era mais formosa que a sua Dulcinéia del Toboso. Com que, vencendo eu a d. Quixote, que venceu a todos os cavaleiros do mundo, venho a vencer a todos, vencendo a quem a eles os venceu.

D. QUIXOTE. Sem dúvida, senhor cavaleiro, entendo que estais enganado, por ser impossível que vençais a um d. Quixote; e basta que eu vos diga que nenhum cavaleiro do mundo o pode vencer; e por vos não desmentir, digo que algum encantador inimigo de sua glória tomaria a sua forma, para que, ficando vencido, não se coroasse a fama de seu valor com eterno diadema; e tanto assim, que não há dois dias, que estes mesmos encantadores transformaram a senhora Dulcinéia del Toboso, sendo a mais gentil deidade que calçou coturno, em uma saloia suja, hedionda e terrível. Com que, senhor, entendei que não vencestes a d. Quixote verdadeiro.

CARRASCO. Tão verdadeiro e tão o mesmo, que mais não podia ser.

D. QUIXOTE. Digo que tal não há; pois d. Quixote é este que vedes presente. Vede como o podíeis vencer. *(Levanta-se.)*

CARRASCO. Pois verdadeiro ou fingido, sempre o venci; tenho dito.

D. QUIXOTE. Pois, cavaleiro, bom remédio: em campo raso e em singular desafio, veremos qual é mais valente.

CARRASCO. E o que ficar vencido ficará ao arbítrio do vencedor.

D. QUIXOTE. Não duvido. Sancho, Sancho, acorda; que já a aurora, rasgando o manto da noite, veste o pólo de rubicundos adornos; Sancho, acorda.

SANCHO. Senhor, senhor, eu vos arrenego, canalha. Não deixareis dormir a um pobre escudeiro andante?

D. QUIXOTE. Sancho amigo, acorda, que já o sol te dá de rosto com as suas luzes.

SANCHO. E que tenho eu com isso? Senhor, vossa mercê cuida que eu também sou doido como vossa mercê, para não dormir? Apenas tinha pegado no sono com as pontinhas dos dedos, quando logo mo fez largar. Que quer que diga? Valha-o mil diabos!

D. QUIXOTE. Vai selar o Rocinante, que temos que brigar esta manhã com aquele cavaleiro do bosque. Anda, Sancho; vai depressa.

SANCHO. Estou dormindo, que é o mesmo que estar ninando. Ora salve Deus a vossa mercê. Ah, senhor, eu devo de ter muita cólera na barriga.

D. QUIXOTE. Por quê, Sancho?

SANCHO. Porque me sabe a boca a ferro-velho.

D. QUIXOTE. É porque logo havemos de brigar com este cavaleiro do bosque, que o desafiei. Ele deve de ser pessoa particular, porque traz mascarilha[36].

SANCHO. Ora, senhor, cuide vossa mercê noutra coisa; brigar logo de manhã é asneira.

D. QUIXOTE. Faze o que te digo e não me repliques. *(Traz Sancho o cavalo.)*

D. QUIXOTE. Cavaleiro, quem quer que sois, já estamos em campo raso; vereis se sou eu o mesmo d. Quixote a quem venceste.

CARRASCO. Quem vos venceu transformado, melhor vos vencerá verdadeiro.

SANCHO. Senhor d. Quixote, por vida da senhora Dulcinéia lhe peço que me ajude a subir naquele zambujeiro, que quero ver touros de palanque.

D. QUIXOTE. Avançai, bom cavaleiro. *(Investem os cavaleiros, e cai Carrasco.)*

D. QUIXOTE. Sancho, acode, que vencemos.

SANCHO. Agora, sim. Corte-lhe vossa mercê logo a cabeça, pelo que *potest succedere*[37].

D. QUIXOTE. Tira-lhe a máscara.

SANCHO. Ah, senhor, que ele bole! Suba-me outra vez ao zambujeiro.

CARRASCO. Ai de mim! Venceste, d. Quixote: negar não posso que sois o mais valente cavaleiro do universo.

D. QUIXOTE. Haveis de confessar que minha senhora Dulcinéia del Toboso é mais formosa que vossa Calcidéia de Vandália, tirando para isso a máscara. Mas que vejo! Não sois vós Sansão Carrasco? *(Tira-se-lhe a máscara.)*

---

36 . *Traz mascarilha*. Sansão Carrasco, o advogado amigo de d. Quixote, para não ser reconhecido, trazia uma máscara.

37 . *Potest succedere*, "pode suceder". É comum, no teatro de Antônio José, as personagens, sejam senhores ou criados, aparecerem empregando termos ou frases latinas.

SANCHO. É boa história! Veja vossa mercê, se não fala, como o leva o Diabo de meio a meio!

CARRASCO. Eu sou vosso amigo Sansão Carrasco, que quis vir disfarçado, a ver se vos vencia, para que assim tornásseis para casa, sem essa loucura; mas já vejo que sois verdadeiro cavaleiro andante, e negá-lo não posso.

D QUIXOTE. Ide em paz e dizei a esse barbeiro incrédulo que vos cheguei a vencer; para que fique desenganado que sou cavaleiro andante.

SANCHO. Ide em paz e dizei a esse barbeirinho que quem vence a um Carrasco é o mesmo que vencer a morte.

CENA V
*Mutação de selva, e sairá um Homem com um carro,
e dentro um leão em uma capoeira.*

HOMEM. Grande trabalho me tem dado a condução deste leão, pela fragosidade dos caminhos; e queira Deus que seja bem pago do meu trabalho. *(Saem d. Quixote e Sancho).*

D. QUIXOTE. Sancho Pança, não vês aquele vulto? Pois não é menos que uma rara aventura que nos espera.

SANCHO. Senhor, não ande cuidando nisso; porque tudo quanto vir lhe há de parecer aventura; pois "da imaginação nascem as causas".

D. QUIXOTE. Ó Sancho, tu sabes filosofia? Quem te ensinou isso?

SANCHO. Eu mesmo. Vossa mercê cuida que eu sou algum leigarrão? Sabe vossa mercê que mais? Que dentro daquela gaiola vem um formoso leão.

D. QUIXOTE. Um leão! Ó homem do leão? Da parte de Deus te requeiro que soltes esse leão, que quero brigar com ele, para o que já o espero à boca da capoeira. *(Apeia-se d. Quixote.)*

SANCHO. Adeus, pobre Sancho Pança! Bem aviados estamos: quer agora também brigar com leões! *(À parte.)*

HOMEM. Senhor passageiro, requeiro a vossa mercê que este leão é africano, feroz e terrível, e que vai de presente a um fidalgo, que o manda o Grão Turco.

D. QUIXOTE. Que tenho eu com o Grão Turco, nem com o fidalgo? De duas uma: ou tu hás de soltar o leão, ou te hei de matar, porque me diz o coração que nele vem transformado algum gigante.

SANCHO. Ó homem, tem mão; não soltes esse leão, que é mui faraó[38].

HOMEM. Pois vossa mercê quer que o solte? Veja lá o que diz; ao depois não se queixe.

D. QUIXOTE. Solta-o, não ouves?

SANCHO. Tem mão, homem, não o soltes. Ah senhor leão, não me faça mal; lembre-se que já comemos e bebemos ambos muitas vezes. Vossa mercê não é o leão do Carmo? Desgraçado Sancho Pança! Quanto melhor me fora estar antes enterrado em um carneiro[39], que na barriga de um leão! Ah sô leão, vossa mercê vem enganado; eu não fui o que o desafiei. Ali está meu amo, que o chama; vá para lá; e, já que eu hei de morrer, quero morrer cantando, como fez d. Cisne das Alagoas, e talvez que este leão seja amigo de árias.

Canta Sancho a seguinte

ÁRIA
Ai, que estou tremendo!
Ai, que já me agarra!
Oh, como estende a garra!
Ai, ai! Tomara-me esconder.
Vai-te, monstro horrendo!
Tem dó do pobre Sancho,
recolhe o duro gancho,
que já me faz tremer.

Acomete o leão a d. Quixote e este o mata.

D. QUIXOTE. Bruto rei das montanhas, porque foges de um cavaleiro andante? Vem a acometer-me, e verás o meu valor.

SANCHO. Ó cão leão, a ele: espere, que eu vou. Vítor d. Quixote[40]!

D. QUIXOTE. Daqui em diante não quero que me chamem o Cavaleiro da Triste Figura, senão o Cavaleiro dos Leões, em memória deste caso.

HOMEM. Não vi mais valente homem no mundo! Vou pasmado!

---

38. *Mui faraó*, emprego popular de "muito feroz".
39. *Carneiro*. O autor utiliza o sentido duplo do vocábulo, que também significa sepultura.
40. *Vítor d. Quixote!*, "Viva d. Quixote!". A interjeição latina *victor* significa vencedor.

CENA VI
Mutação de bosque, e no meio haverá um monte e um Homem;
e pelo monte descerá d. Quixote e Sancho Pança.

Sancho. Mui fragosa e escorregadia é esta terra! Muito tropeça o meu burro!

D. Quixote. Ó vilão, dizei-me: que fazeis aí, e que monte é este?

Vilão. Este monte, senhor, é onde está aquela célebre cova encantada, que chamam a cova de Montesinos.

D. Quixote. Oh, quem tivera um tesouro, que dera em alvíssaras! Vês aqui, Sancho, quando dizem: vêm as fortunas, sem ser esperadas. Há quantos anos que eu andava buscando esta cova, onde está encantado aquele célebre cavaleiro andante chamado Montesinos? Pois a ocasião se nos meteu nas mãos; não tenho mais remédio, que descer por ela a desencantar este bom cavaleiro.

Sancho. Tire vossa mercê daí o sentido; só esta me faltava para sofrer! Que tenho eu com Montesinos, nem ele comigo? Vá vossa mercê cos diabos, se quiser, que eu não quero enterrar-me em vida. Ainda me lembra o leão. *(À parte.)*

D. Quixote. Anda, Sancho, que, se agora não achamos a ilha para seres governador, nunca a acharemos. Vem, que serás bem premiado, pois aqui nesta cova há muito ouro, e isto são minas encantadas.

Sancho. Uma vez que são minas, eu vou; que mais vale uma hora rico, que toda a vida pobre.

D. Quixote. Amigo, ficai guardando estes animais, e vede se tendes aí algumas cordas, com que nos ateis pelas cinturas, para que não caiamos, e demos lá no profundo.

Vilão. Aqui estão, pois eu sou o guarda desta cova, e já estou aparelhado para este ministério.

D. Quixote. Pois ata-nos bem; quando disser "larga mais a corda", vai largando.

Sancho. Tanto que tiveres deitado quatro palmos, puxa logo para fora.

D. Quixote. Sancho, faze um ato de contrição, e fecha os olhos.

Sancho. Ora graças a Deus, que vou a enterrar em vida. Bem fiz eu em fazer o meu testamento. Ai, senhor, que aí vem uma legião de gigantes! Misericórdia, meu Deus! Xô, diabo! À que del-rei[41], que estou com as gralhas na alma!

---

41. *À que de el-rei!*, "socorro!".

D. Quixote. De que te assustas? São uns passarinhos, que vêm a aplaudir a nossa entrada.

Sancho. São passarinhos! Oh, quem me dera ter aqui a minha espingarda!

D. Quixote. Amada Dulcinéia, a ti me encomendo neste perigoso transe. Ajudai-me a levar com paciência estes rigores. Sancho, ou morrer, ou viver.

Sancho. Essa razão me encova.

CENA VII
Mutação de colunata, que depois se mudará em jardim de figuras tristes; e sairá Montesinos com barbas grandes, sotaina[42] e gorra; e virão descendo d. Quixote e Sancho.

Sancho. Ah, senhor, é um regalo voar um homem, como se fora pardal!

D. Quixote. Graças a Deus, que chegamos! Vês, Sancho, que admirável palácio? Vês estas colunas dóricas e coríntias? Olha estes jaspes! Que te parece?

Sancho. Parece-me que tudo isto é pintado em tábuas de pinho[43]; mas ainda assim, eu quisera antes andar voando, que me regala.

Há dentro terremoto, e escurece tudo, ouvindo-se muitos ais, lamentos, raios e trovões.

Sancho. E que diz vossa mercê agora destas colunas e destes jaspes coríntios? Senhor, nós estamos no Inferno a bom livrar. Os cabelos se me arrepiam. Ai, senhor, não sei que suor frio me vai dando! Eu me mijo por mim.

D. Quixote. Agora verás, ó nobre escudeiro Sancho Pança, as prerrogativas de um cavaleiro andante. Dize-me: ouviste contar algum dia a teus avós façanha como esta? Viste algum dia em letra redonda ou grifa dizer que algum cavaleiro, o mais intrépido, fizesse ação tão sobrenaturalmente heróica, como a que com os teus olhos estás vendo? Viste como valoroso campeão me arrojei a esta cova?

Sancho. Isso mesmo faz qualquer defunto.

D. Quixote. Viste como, depois de encovado, penetrei as duras entranhas dessa penha, abrindo caminho com a espada na mão, derrubando

---
42. *Sotaina*, batina de padre.
43. Sancho, com seu realismo pedestre, desfaz a "ilusão teatral" ao lembrar que "tudo isto é pintado em tábuas de pinho".

montes, ou para melhor dizer gigantes amontoados, até que chegamos a este abismo?

SANCHO. Meu amo é um abismo! *(À parte.)* Mas diga-me, senhor, onde estamos nós?

D. QUIXOTE. Estamos no Inferno.

SANCHO. Em Purgatório está quem lida com vossa mercê. É boa graça! Com que, parece-lhe a vossa mercê que isto é Inferno? Ora o certo é que está pouco visto em matérias de Inferno.

D. QUIXOTE. De que te espantas, animal?

SANCHO. Porque sou animal, por isso me espanto. Ora venha cá: Quem se não há de espantar de ouvir dizer a vossa mercê que está no Inferno assim à chucha calada, e eu também, sem me doer pé nem mão, graças a Deus?

D. QUIXOTE. Sancho, eu não tenho culpa que sejas um simples escudeiro, sem notícias, nem literatura. Se tu leras a Virgílio, no sexto livro das *Eneidas*, lá verias que também Enéias foi ao Inferno, e lá viu a seu pai Anquises e a rainha Dido.

SANCHO. Essa rainha Dedo era macho, ou fêmea?

D. QUIXOTE. Não se sabe de certo; o que se diz é que era mulher varonil.

SANCHO. Visto isto, era macha-fêmea! Com que, senhor, uma vez que Enéias foi ao Inferno, vá vossa mercê também; mas não consta que Enéias tivesse escudeiro, como vossa mercê tem.

D. QUIXOTE. Ora, Sancho amigo, tem valor, que agora quero tratar do desencanto do senhor Montesinos, que para esse fim fui aqui trazido.

Canta d. Quixote a seguinte

ÁRIA
Ó magia bárbara
de fúria indômita,
humilha tímida
o fero encanto
do teu furor,
que o braço rígido
com fúria ríspida
vence colérico
a ira ingente
de teu rigor.

Torna a haver terremoto.

SANCHO. Ai, senhor! Que diabo de ilha, ou de cova é esta? Eu nela não quero enterrar-me! Vamos, senhor!

D. QUIXOTE. Sombras vãs, encantadores malévolos, apesar de vossos encantos, hei de ver a Montesinos. Ó Montesinos? Montesinos? *(Sai Montesinos.)*

MONTESINOS. Sejas mil vezes bem-vindo, ó sempre valoroso d. Quixote de la Mancha, flor, nata, e escuma dos cavaleiros andantes; só tu tiveste valor para me desencantares, ressuscitando a antiga andante cavalaria. Chega a meus braços.

D. QUIXOTE. Valoroso Montesinos, não tens que me agradecer esta ação; pois o que faço por ti faria por outro qualquer, que assim mo insinuam as leis da cavalaria.

MONTESINOS. Chega a meus braços, tu, célebre escudeiro Sancho Pança, pois também participas um esgalho deste laurel[44].

SANCHO. Sou criado de vossa mercê. Eu já estou desmamado, graças a Deus; eu não quero que vossa mercê me desmame. Assim sou eu asno, que me chegue àquelas barbas! Peça de baeta animada e escova vivente me parece o tal Montesinos. *(À parte.)*

MONTESINOS[45]. Já que aqui viestes, ilustre d. Quixote, a desencantar-me, peço-vos que desencanteis também a senhora Belerma, que foi dama do valente cavaleiro Durorante, que por causa dele vive aqui encantada.

D. QUIXOTE. Por mulher, e por ser dama de um tão valente cavaleiro, me toca desencantá-la. Onde está?

MONTESINOS. Agora a vereis.

Mudam-se os bastidores, e aparece um jardim
com figuras de pedra e sairá Belerma.

BELERMA. Prostrada a vossos pés, valoroso D. Quixote, vos rendo as graças de tão generoso capricho. Escutai com melhor acento o meu agradecimento.

---

44. *Laurel*, o mesmo que coroa de louros.
45. No livro *D. Quixote*, de Cervantes, o episódio de *Montesinos* e *Belerma* encontra-se nos capítulos XXII e XXIII da parte II. Já o amante de Belerma chama-se Durandarte, e não *Durorante*.

Canta Belerma o seguinte

MINUETE
Belerma mísera
suspira e sente
a morte dura
de seu valente,
galhardo amor.
Agora em cânticos
louvar procura
o braço ingente
de um glorioso,
feliz, ditoso
libertador.

    D. QUIXOTE. Formosa Belerma, enxugai esses aljôfares[46]; não tomeis o ofício da aurora, sendo vós um sol.
    SANCHO. Ah, senhora Belermina, dê-me vossa mercê esses aljôfares para levar à minha Teresa Pança. Não os deite fora.

Torna a cantar Belerma.

Quixote ínclito,
em cujo peito
Cupido e Marte
fazem perfeito
laço de amor,
teu braço bélico,
por que se exalte
já com efeito,
em males tantos,
enxugue o pranto
que amor causou.

---

46. *Aljôfares*, lágrimas.

D. Quixote. Que te parece, Sancho, o que se encerrava nesta cova?

Sancho. Senhor, "palavras y plumas el viento las lleva". Vamo-nos, que não sei o que me adivinha o coração.

Na última cláusula muda-se a aparência, e há terremoto, e levam pelos ares a D. Quixote e Sancho.

D. Quixote. Belerma, Montesinos, vede que os encantadores me levam para vos não desencantar; bem vistes a minha vontade.

Sancho. Ai que rica coisa! Agora sim; voemos, senhor, até cair de uma bala. *(Aparece o monte em cima.)*

D. Quixote. Oh, mal hajas, infame homem, que nos tiraste da maior suavidade e consonância que se pode imaginar! Por tua culpa não desencantei a Montesinos e Belerma.

Sancho. Por tua culpa, bêbado, não desencantei as minas e a ilha encantada. Ai que estou mui cansado de voar! Diga-me, senhor, onde está a mina, que achamos? Tudo foram vôos; por isso, agora tudo são penas. Diga-me vossa mercê que me meta eu noutra cova! Para aqui!

D. Quixote. Sancho, bem viste que da minha parte fiz o que devia, pois, destemido e valoroso, cheguei a penetrar as entranhas desse abismo; com que, se nesta ocasião não consegui o que desejava, em outra o conseguirei, e tu alcançarás essa tão desejada e alta ilha.

Sancho. Antes creio que nunca a alcançarei.

D. Quixote. Por quê?

Sancho. Porque, como sou curto dos nós, não poderei alcançá-la pela altura dos graus.

D. Quixote. Ora anda comigo; não te agastes, que sem dúvida serás premiado.

CENA VIII
Mutação de selva.

D. Quixote. Há dias que trago no pensamento uma coisa, que me tem causado grande cuidado: dar-se-á caso que os meus inimigos encantadores tragam transformada a beleza da senhora Dulcinéia em a figura de Sancho

Pança! E os motivos que tenho para isso, é ver a paciência com que este escudeiro me atura as minhas impertinências, sem salário algum; e ver que jamais foi possível ver eu a Dulcinéia no seu original e nativo resplendor. Tudo pode ser que seja; pois se lêem nos antigos livros da cavalaria andante outras transformações de ninfas, ainda em mais ruins figuras, qual a de Sancho Pança; e porque este pensamento não é fora de conta, bom será averiguá-lo, que a diligência é mãe da boa ventura. *(Sai Sancho.)*

SANCHO. Senhor, o Rocinante está esperando que vossa mercê o cavalgue, e tem dado tais relinchos, pulos e ventosidades, que suponho nos prognostica alguma boa ventura.

D. QUIXOTE. E, se bem reparo agora nas feições deste Sancho, lá tem alguns laivos de Dulcinéia; porque sem dúvida Sancho às vezes o vejo com o rosto mais afeminado, que quase me persuado está Dulcinéia transformada nele.

SANCHO. Meu amo está no espaço imaginário! *(À parte.)* Ah, senhor, toca a cavalgar, que o Rocinante está selado e o burro albardado. Senhor, vossa mercê ouve?

D. QUIXOTE. Sim, ouço. Que seja possível, prodigioso enigma de amor, galharda Dulcinéia del Toboso, que os mágicos antagonistas de meu valor te transformassem em Sancho Pança.

SANCHO. Ainda esta me faltava para ouvir e que aturar! *(À parte.)* Que diz, senhor? Está louco? Com quem fala vossa mercê?

D. QUIXOTE. Falo contigo, Sancho fingido, e com Dulcinéia transformada.

SANCHO. Se vossa mercê algum dia tivesse juízo, dissera que o tinha perdido. Que Sancho fingido, ou que Dulcinéia transformada é esta?

D. QUIXOTE. Não sei como agora fale, se como a Sancho, se como a Dulcinéia! Vá como quer que for. Saberás que os encantadores têm transformado em tua vil e sórdida pessoa a sem igual Dulcinéia. Vê tu, Sancho amigo, se há maior desaforo, se há maior insolência destes feiticeiros, que emascarar o semblante puro e rubicundo de Dulcinéia com a máscara horrenda de tua torpe cara.

SANCHO. Diga-me, senhor, por onde sabe vossa mercê que a senhora Dulcinéia está transformada em mim?

D. QUIXOTE. Isso é o que tu não alcanças, simples Sancho. Pois sabe que nós, os cavaleiros andantes, temos cá um tal instinto, que nos é permitido conhecer onde está o engano e transformação pelos eflúvios que exala o corpo, e pela fisionomia do rosto.

SANCHO. Basta que conheceu vossa mercê pela simonetria do rostro[47]! Pois, senhor, que parentesco carnal tem a minha cara com a da senhora Dulcinéia? Ora eu até aqui não cuidei que vossa mercê era tão louco! Cuido que nem na *Vida* de vossa mercê[48] se conta semelhante desaventura.

D. QUIXOTE. Quanto mais te desconjuras, mais te inculcas que és Dulcinéia. Deixa-me beijar-te os átomos animados desses pés, já que me não permites tocar com os meus lábios o jasmim dessa mão. Dulcíssima Dulcinéia! *(Chega-se d. Quixote para abraçar a Sancho.)*

SANCHO. À que del-rei, senhor, que não sou Dulcinéia. Tire-se lá; olhe que lhe dou uma canelada.

D. QUIXOTE. Ora, meu Sancho, dize-me aqui em segredo se és Dulcinéia, que eu te prometo um prêmio!

SANCHO. Como, senhor, lho hei de dizer? Sou tão macho como vossa mercê.

D. QUIXOTE. Sancho, nesse mesmo dengue agora confirmo mais que és Dulcinéia.

SANCHO. Ora leve o Diabo o dengue! Que queira vossa mercê que à força seja eu Dulcinéia ensanchada, ou Sancho endulcinado! Ora, pois, já que quer que eu seja Dulcinéia, chegue-se para cá, que lhe quero dar dois coices.

D. QUIXOTE. Tu me queres dar coices? Agora vejo que não és Dulcinéia; pois Dulcinéia, tão formosa e tão discreta nunca podia ser besta, nem ainda transformada, para dar o que me ofereces com a tua grossaria. *(Dentro, instrumentos.)*

D. QUIXOTE. Não ouves, Sancho; uma suave harmonia?

SANCHO. É verdade! Espere vossa mercê, que lá vem voando o que quer que é.

Desce a musa Calíope[49] em uma nuvem,
e d. Quixote e Sancho se lhe põem de joelhos.

D. QUIXOTE. Soberana Ninfa.
SANCHO. Ninfa soberana.

---

47. *Simonetria e rostro*. O comediógrafo adultera propositadamente as palavras para torná-las cômicas.
48. *Na Vida de vossa mercê*. Deve-se recordar que no *D. Quixote* de Cervantes não existe essa passagem de Sancho transformado em Dulcinéia.
49. *Calíope*, musa da poesia lírica, da épica e da eloqüência.

D. QUIXOTE. Íris[50] deste horizonte.
SANCHO. Arco-da-velha[51] deste horizonte.
D. QUIXOTE. Que rasgando diáfanos vapores...
SANCHO. Que rasgando nuvens de papelão...[52]
D. QUIXOTE. Te ostentas deidade.
SANCHO. Te ostentas já de idade.
D. QUIXOTE. Que queres de um cavaleiro andante?
SANCHO. Que queres de um escudeiro, tolhido de pés e mãos?
CALÍOPE. Valente d. Quixote de la Mancha, Cavaleiro dos Leões, eu sou a musa Calíope, a primeira e principal das nove que assistem no monte Parnaso[53]. Aqui venho a teus pés, enviada por meu amo, o senhor Apolo, o qual, como sabe que tens professado a estreita religião da cavalaria andante e tens de obrigação o desfazer agravos, socorrer aflitos, e restaurar honras perdidas, por essa causa te manda pedir encarecidamente queiras ir ao Parnaso, onde se ele acha, cercado de uns poetas malédicos, que o querem despojar do trono; e juntamente para reformares a poesia, que se acha quase arruinada; para o que eu da minha parte, como tão interessada neste desempenho, te suplico com o suave de minhas vozes, pois é certo que a música tem virtude para atrair os corações mais duros.
SANCHO. Aqui nos encaixa uma ária à queima-roupa.

Canta Calíope a seguinte

ÁRIA
Se um gigante inficionado
morre infame desmaiado
entre as mãos de teu valor,
quem haverá que te resista,
quando o teu braço conquista
a um gigante disfarçado
entre as garras de um leão?

---

50 . *Íris*, o mesmo que arco-íris.
51 . *Arco-da-velha*, forma popular de se designar o arco-íris.
52 . *Nuvens de papelão*. Mais uma vez o comediógrafo contrapõe a visão prática e pedestre de Sancho à fantasiosa de d. Quixote.
53 . *Parnaso*. Segundo a mitologia, local na Grécia antiga consagrado a Apolo, o deus da poesia, e às musas.

D. QUIXOTE. A dificuldade está no modo com que hei de ir ao Parnaso; pois sei que o meu Rocinante não tem asas, como o Pégaso[54].

SANCHO. E o meu burro só tem asas nos pés para fugir.

CALÍOPE. O modo com que haveis de ir ao Parnaso é desta sorte.

Voam na nuvem Calíope, d. Quixote e Sancho, e aparece o Parnaso, e canta o

CORO
Atenção, silêncio,
que neste de Arcádia famoso jardim
se ostenta galhardo o délfico Apolo
em músicas gratas, em metros sutis.
Atenção, silêncio;
as fontes não riam,
as aves não cantem,
por que não perturbem do verde bicórnio
o cântico grave de musas gentis.

CENA IX
Mutação de selva, e o monte Parnaso e poetas.

APOLO. Esperai, bastardos filhos de Apolo, que cedo virá quem me vingue de vossas injúrias.

POETAS. Já não te reconhecemos, ó Apolo, por deus da poesia; pois qualquer de nós é um Apolo, e cada idéia nossa uma musa.

APOLO. Assim vos atreveis a profanar o decoro que se deve aos meus apolíneos raios? *(Sai d. Quixote, Sancho e Calíope.)*

POETAS. Toca a investir ao Parnaso.

APOLO. Em boa hora venhas, valente d. Quixote, que só a tua espada me pode segurar o trono e o laurel. Vem, vem a vingar-me destes poetazinhos, que sem mais armas que a sua presunção, querem não só competir com o meu plectro, mas ainda intentam despojar-me do Parnaso; e, como as armas e as letras são tão fiéis companheiras, quero-me valer das tuas armas para a restau-

---

54. *Pégaso*, cavalo alado da mitologia, a serviço de Zeus no Olimpo.

ração de minha ciência; e como esta violência, que se me faz, não desmerece os empregos da tua cavalaria, peço-te que me socorras.

D. Quixote. Senhor Apolo, eu tomo sobre mim o seu desagravo, e já desde agora se pode assentar bem nesse trono, que dele ninguém o há de arrancar.

Sancho. Senhor meu amo, eu cuido que estou sonhando. Que vossa mercê entre no Parnaso, não é muito, porque é louco; porém eu, que, sendo um ignorante, também cá esteja, é o que mais me admira; e daqui venho agora a concluir que não há tolo que não entre hoje no Parnaso.

D. Quixote. Diga-me, senhor Apolo; e como se chamam os poetas, que tanto o perseguem?

Apolo. Essa é a desgraça, d. Quixote; que os poetas que me perseguem não são de nome; e contudo cada um cuida que é mais do que eu mesmo.

D. Quixote. Dizei-me, poetas de água doce; dizei-me, rãs, que grasnais no charco da Cabalina; dizei-me, cisnes contrafeitos, que vos banhais nos lodos da Hipocrene[55], com que motivo quereis competir com o deus da poesia?

Poetas. Porque esse Apolo, como não inspira, não merece o nome de Apolo; e assim queremos tomar-lhe o Parnaso, e reparti-lo entre nós.

Sancho. Senhor, não se meta a brigar com os poetas, que são piores que gigantes. Veja vossa mercê que eles trazem um exército de dez mil romances, quatro mil sonetos, duzentas décimas, oitenta madrigais, e um esquadrão de sátiras volantes em silva, que arranha. Veja bem em que se mete.

D. Quixote. Nada me assombra; porque eu só com esta espada hei de vencer a quantos poetas há no mundo. Cerra, Espanha[56]; viva Apolo, e morram os traidores! *(Há bulhas e gritos, entre d. Quixote, Sancho e poetas.)*

Apolo. A eles, meu d. Quixote, que a vitória é nossa!

Sancho. À que del-rei, que estou passado de parte a parte com um soneto em agudos!

D. Quixote. Já fugiram como mosquitos.

Sancho. Avança, que com esta gente sou eu gente.

D. Quixote. Já, glorioso Apolo, podes cantar a vitória.

Apolo. Cantem as musas Euterpe e Terpsícore[57] o meu triunfo.

---

55. *Cabalina* e *Hipocrene*, fontes mitológicas onde os poetas buscavam inspiração.
56. *Cerra, Espanha*. Essa expressão significa avançar contra o inimigo.
57. As musas eram as deusas inspiradoras da poesia, como Euterpe e Terpsícore.

Canta a musa Euterpe a seguinte

ÁRIA
De Quixote o braço forte
se ouvirá no meu concento;
pois que canta o vencimento
dessas fúrias de um traidor.
Se animoso deu a morte
a quem morte dava a tantos,
viva, viva em doces cantos,
pois que vence ao vil Piton.

Canta Terpsícore a seguinte

ÁRIA
Pois vence Apolo
O monstro altivo,
repita Éolo
já sucessivo,
que brilha vivo
seu resplendor;
e assim as flores
lhe dêem grinaldas
de várias cores,
já consagradas
a seu valor.

APOLO. Vivas mil anos d. Quixote; e, como sei que não militas por prêmio, por essa causa te não premeio; mas na mesma ação que obraste tens o maior prêmio; como também agradeço a ajuda de teu criado Sancho Pança.

SANCHO. Valeu de muito a minha ajuda na retaguarda. Assim, em prêmio de meus serviços, peço a V. Paternidade, senhor Apolo, que me conceda um lugar, o primeiro que vagar no Parnaso, para um filho meu, que é mui inclinado à poesia, de sorte que tem roído quantas unhas há em minha casa, que todos as tínhamos grandes.

APOLO. Pois que ofício quereis?

SANCHO. Cascavel do Parnaso.

APOLO. Eu vo-lo dou por três vidas.

SANCHO. Em três vidas, senhor? Ora não há prazo, que não chegue! E para melhor agradecimento, e em aplauso desta vitória, já que sou poeta, pois estou no Parnaso, quero cantar o triunfo. Toquem as senhoras musas e o Pégaso faça o compasso.

Canta Sancho a seguinte

ÁRIA[58]
Se hoje o meu cantar
Um zurro há de ser,
quero começar:
an, an, an, an!
E se dos poetas
galo posso ser,
cantarei aqui
qui quiri qui,
e logo acolá
cá cará cá.
Porque canto só,
Có coró có.
Mas melhor será
tornar a dizer
o que cantei já:
an, an, an, an!

Canta o coro, e dá fim à primeira parte.

---

58 . "*Ária* (de Sancho). A crítica e troça aos maus poetas termina, após a nomeação de um filho de Sancho Pança para *cascavel do Parnaso*, por esta ária, em que Sancho zurra, canta de galo e volta a zurrar. Este tema literário de viagens ao monte Parnaso, com o fim de enaltecer os grandes poetas e depreciar os poetastros, ou simplesmente para crítica depreciativa, teve o seu início com o escritor italiano Caporali (1531-1601), autor de uma *Viaggio in Parnaso*, que Cervantes citou e imitou na sua *Viaje del Parnaso* (1614). Na literatura portuguesa, antes de Antônio José da Silva, há a citar a *Jornada que Diogo Camacho fez às cortes de Parnaso, em que Apolo o laureou* (vol. V da *Fênix renascida*, 1728). Em carta escrita em 1737, imaginou também o escritor Francisco Xavier de Oliveira (Cavaleiro de Oliveira) uma viagem idêntica (Carta XXVII, do vol. II das suas *Cartas familiares, históricas, políticas e críticas*, 1742)." Nota de José Pereira Tavares na sua edição das *Obras completas* de Antônio José da Silva.

PARTE II

CENA I

Mutação, metade de selva e outra metade de mar; e junto à praia um barco e uma azenha[59]; e no dito barco se embarcará d. Quixote e Sancho, e ficarão atados o cavalo e o burro, e a seu tempo sairão da azenha dois homens com paus nas mãos.

D. QUIXOTE. Já estamos em terra de Aragão. Este é o famoso rio Ebro. Na verdade, Sancho, que este país é mui deleitável e ameno. Que te parece, Sancho? Não respondes? Estás mudo?

SANCHO. Digo que não quero responder palavra, e tenho dito; meta-se lá com a sua vida e deixe-me.

D. QUIXOTE. Sem dúvida estás arrependido de me servires!

SANCHO. Como que estou? Mais me valera a mim ser sombreireiro[60], que é o pior ofício que há no mundo, do que servir a vossa mercê.

D. QUIXOTE. Pois tão mal te tem ido comigo?

SANCHO. Não é nada vir eu daquela guerra do Parnaso moído e remoído a conta de vossa mercê, e não achar esta maldita ilha, e só achar um formoso arrocho que me arrombasse as alcatras?

---

59. *Azenha*, moinho de roda, movido a água.
60. *Sombreireiro*, fabricante ou vendedor de sombreiro, chapeleiro.

D. Quixote. Tu tens a culpa. Quem te manda seres fraco? Ora tem paciência, sofre, que a ilha algum dia aparecerá. Mas espera. Não vês nas margens do rio um barco atado, sem velas, nem remos?

Sancho. E por sinal, que é cacilheiro[61].

D. Quixote. Sabes aonde estamos?

Sancho. Sei muito bem.

D. Quixote. Aonde?

Sancho. Estamos no Teatro do Bairro Alto[62].

D. Quixote. Pois sabe que estamos metidos na maior empresa do mundo.

Sancho. Bem aviados estamos! Não digo eu que vossa mercê é doido confirmado?

D. Quixote. Sancho, aquele barco, que vês atado àquele álamo, não está ali sem grande mistério.

Sancho. É porque vossa mercê de tudo faz mistério; e, sabida a conta, não é nada.

D. Quixote. Alguma pessoa está em grande perigo de honra ou vida; pois costumam muitas vezes os astros arrebatarem os cavaleiros andantes dentro em alguma nuvem, ou pôr-lhe um barco à vista, para que se embarquem; e, indo pelo rio abaixo por si mesmo o barco, lá vai dar onde há o perigo; com que, Sancho, ata os cavalos a esse tronco; metamo-nos no barco e vamos a acudir a essa grande necessidade.

Sancho. Deixe-me vossa mercê fazer primeiro as minhas; que é razão que acuda primeiro às minhas necessidades do que às alheias.

D. Quixote. Vamos, Sancho, que aqui a dilação é perigosa.

Sancho. Deixe-me vossa mercê primeiro ourinar, para irmos na maré do mijo.

D. Quixote. Deixa, Sancho, as cançonetas[63]; ata os cavalos, e embarquemo-nos.

Sancho. Senhor, considere vossa mercê o que faz; olhe que andar pelo mar não é o mesmo que andar pela terra; tome exemplo na discretíssima raposa, que nunca se quis embarcar; onde ficou impresso na memória dos homens

---

61. *Cacilheiro*, barco de transporte.
62. *Teatro do Bairro Alto*. Com o realismo que o caracteriza, Sancho desfaz a "ilusão teatral" ao lembrar que estavam representando a comédia naquele teatro.
63. *Cançoneta*, no sentido de zombaria, graça, chalaça.

o ditado: "Por onde anda a raposa". Com que, senhor, montemos e fujamos deste barco a vela e a remo.

D. Quixote. Olha, Sancho, as ilhas não se acham por terra, senão no mar; e talvez que para teu bem esteja aqui este barco, como quem diz: Embarca-te, Sancho, que hás de achar uma ilha.

Sancho. Com que os barcos também falam!

D. Quixote. Isso é figura que tu não alcanças; segue-me, que eu me embarco já.

Sancho. Senhor, eu já estou resoluto a morrer afogado: vamos com Deus; mas parece mui grande tirania deixar o meu burro, fiel companheiro de tantos anos, a quem devo mais do que a meu pai, e a minha mãe.

D. Quixote. Bem podes estar seguro, que a mesma pessoa que pôs aqui este barco terá cuidado de nos guardar os animais, que assim o contam as histórias impressas.

Sancho. Uma vez que está em letra redonda, sem dúvida que se há de cumprir à risca. Deus seja comigo.

Ata Sancho o cavalo e o burro; embarcam-se, e logo irá o barco pelo rio abaixo, até chegar à azenha, e zurra o burro.

Sancho. Ah, burro do meu coração! Bem te entendo o que queres dizer nesse zurro; mas não te posso ser bom; tem paciência, que bem sei que em deixar-te dei cos burros na água.

D. Quixote. Vê, Sancho, a serenidade com que anda este barco!

Sancho. Senhor, eu já estou enjoado: apare lá, que quero vomitar. *(Vomita.)*

D. Quixote. Quando nada, Sancho, estamos junto à linha, e temos andado quatrocentas léguas turquescas, que fazem das nossas novecentas e meia.

Sancho. Como pode ser isso, se não temos andado duas braças, e tanto, que ainda ali se está vendo o meu burro e o seu Rocinante?

D. Quixote. Cala-te, que tu não entendes da náutica. Se tu souberas o que são coluros, tropos, linhas, zodíacos e balestilhas, tu viras claramente o quanto temos andado.

Sancho. Ora com termos andado tanto, ainda não encontramos nenhuma ilha para eu governar?

D. Quixote. Cala-te, que até o fim ninguém se pode chamar desgraçado.

SANCHO. Sim, senhor, pela regra geral que diz que sempre atrás há sorvas[64].

D. QUIXOTE. Lá se descobre, Sancho, um castelo encantado; ali sem dúvida está a afligida pessoa que buscamos. Que felicidade!

SANCHO. É verdade; mas eu cuido que é a ilha! Vamos a ela.

Chegam ao pé da azenha; e, abrindo-se a porta, sairão uns Homens com varas na mão, empurrando o barco.

HOMENS. Vocês vêm doidos, homens do Diabo?! Onde querem meter este barco? Não vêem que isto é uma azenha, donde a água corre tão furiosa, que despenhará e despedaçará esse barco nas pedras da mó? Arreda para lá!

D. QUIXOTE. Olha os gigantes encantadores. Ó canalha, largai a quem tendes preso nessa torre; se não, com esta espada reduzirei a cinzas a todos.

SANCHO. Senhor, que nos perdemos sem remédio! O barco com a corrença da água vai levado para dentro das pedras! Ai! Ai, que se vira!

Com muita gritaria de todos se vira o barco, e d. Quixote e Sancho vêm nadando até chegar à praia, onde estão os cavalos, e o barco dará na praia e nela fica virado.

SANCHO. Ai, que me afogo, senhor! Briguemos agora com as ondas.

D. QUIXOTE. De boa escapamos, Sancho; beijar quero a terra, que me livrou da morte.

SANCHO. Senhor, beije-me aqui, que tudo é terra. Ai, ainda não creio! Diga-me, por vida sua: ainda estamos no rio, ou já estamos em terra firme?

D. QUIXOTE. Graças a Dulcinéia, que estamos livres do perigo. Oh, malévolos encantadores, que me perseguis por mar e terra, só por não livrar os miseráveis aflitos!

SANCHO. O que eu sentia não era o morrer: era morrer afogado em água, podendo morrer afogado em vinho. E tu, burro dos meus olhos, dá-me mil abraços e dois beijos, que já cuidava que te não via mais em minha vida. *(Saem dois Homens com paus nas mãos.)*

HOMENS. Quem fez aquilo no meu barco?

---

64. *Sorva*, fruto da sorveira, árvore que produz bagas comestíveis de pequeno tamanho. No sentido figurativo, sorva significa combalido, abatido, alquebrado.

SANCHO. Ninguém fez aquilo, por vida minha, e cheire-o vossa mercê e verá.

HOMENS. Hão de pagar-me o meu barco; se não, com este varapau lho tirarei do corpo, maganos vadios.

D. QUIXOTE. Ó canalha rude, ó vil prosápia de Aqueronte[65], assim se fala, com os cavaleiros andantes? Tomai!

SANCHO. Ai, que estou varado! Confissão, que me alombaram.

CENA II
Mutação de montaria de caça, com caçadores;
um Fidalgo, uma Fidalga etc.

FIDALGO. Sem dúvida, senhora, que estimarei que neste dia todos os brutos se prostrem rendidos, para que tenhais o divertimento que pretendeis.

FIDALGA. Bem conheço, senhor, que o vosso intento não é outro mais que o buscares ocasiões, com que me divirta da cruel melancolia que me persegue.

FIDALGO. Se bem que escusadas eram armas; pois, à vista desta beleza, quem não cairá morto? E a terem os brutos notícia da vossa vinda a este monte, eles mesmos buscariam o encontro, para terem a fortuna de serem despojos do vosso braço.

FIDALGA. Senhor, deixemos por ora lisonjas; pois bem reconheço o que tenho em mim, e o que me fazeis é nascido mais de vosso capricho, que do meu merecimento; mas, se me não engano, lá vejo vir dois cavaleiros.

FIDALGO. Muito estimo, pois eles nos ajudarão a passar a tarde na caça, para o que os convidaremos. *(Saem d. Quixote e Sancho a cavalo.)*

SANCHO. Ora graças a Deus, que estamos entre animais. Diga vossa mercê agora que isto também é encanto; e que aquela mocetona que ali está, e mais aquele rufião, que são gigantes.

D. QUIXOTE. Sancho, eu não sou tão tolo como me fazes; bem sei o que é caçada, e o que são gigantes. Aquela deve ser alguma grande senhora, que anda caçando. É forçoso que a vamos cumprimentar. Pega no estribo, que eu me apeio.

SANCHO. Vá descendo, que eu lhe vou pegar na espora.

---

65. *Aqueronte*, um dos quatro rios do Inferno.

Ao apear-se d. Quixote, cai do cavalo, e Sancho também ao apear-se fica debaixo do burro, e acode o Fidalgo e a Fidalga.

D. Quixote. Sancho de todos os diabos, escudeiro infernal, acode-me, que fiquei descomposto.
Sancho. Pois eu fiquei composto, que fiquei coberto com a albarda do burro.
Fidalgo. Senhores, tenham mão; levantem-se.
Fidalga. Honrado cavaleiro, dai-me cá a mão; levantai-vos.
D. Quixote. Diana destes bosques, por caçadora e por planeta, se a medicina da queda havia de ser tão soberana, não me arrependo de haver caído; e mais, quando o cair aos pés de vossa grandeza, é levantar-me ao auge da maior felicidade.
Fidalga. Sois discreto.
Sancho. Só eu caí no que era caça. Digo, senhora, que o cair aos pés de vossa magnífica e excelencial altura[66] foi porque caí do meu burro, com a pressa de ir pegar no estribo a meu amo; mas vejo agora que, se um burro me derruba, uma jumenta me levanta.
Fidalga. Como vos chamais, honrado cavaleiro?
D. Quixote. D. Quixote de la Mancha.
Fidalgo. Que dizeis? Não sabeis o quanto estimo ver-vos; pois há muito tempo que a fama do vosso nome tem granjeado a atenção de toda a Espanha.
Fidalga. Marido, este é o célebre d. Quixote? Temos muito que rir e nós o faremos mais doido. Vós não sois por outro nome o Cavaleiro da Triste Figura?
D. Quixote. Algum dia tive esse apelido, mas agora, depois que matei um leão, me chamo o Cavaleiro dos Leões.
Fidalga. E vós não sois Sancho Pança?
Sancho. Por meus negros pecados. Oxalá que nunca o fora!
Fidalga. Sancho, não vos agasteis, que daqui em diante achareis em mim o amor de mãe, e vos quero para meu perrexil.
Sancho. Para Perrexil?! Isso não; se vossa altura me quer para alcaparra[67], com muito boa vontade.

---

66. *Altura*, adulteração cômica da palavra alteza.
67. *Perrexil* e *alcaparra* são nomes de plantas que servem para tempero. Aqui, porém, significam bobo.

Haverá muita gritaria, e sairá um porco, que dá com Sancho no chão, e d. Quixote o mata.

D. QUIXOTE. Espera, cerdoso bruto, que te farei humilhar aos pés desta deidade.

SANCHO. Ó minha senhora, diga àquele javali que esteja quieto, e que não entenda comigo. Ai, Jesus! *(Cai.)* Ah, senhora! Ah, senhor d. Quixote! Ai, que me desmaio!

D. QUIXOTE. Senhora, já morreu o bruto. Sinto não ser um gigante para o pôr aos pés de vossa grandeza.

FIDALGA. Sancho, Sancho, bem podes tornar em ti, que o javali já está morto.

SANCHO. Uma vez que está morto, mande-o guisar, que o comerei a bocados.

FIDALGA. Sancho, não cuidei que éreis tão fraco.

SANCHO. Senhora, isto não é fraqueza; é medo. Tomara que vossa altura me tirara o quebranto, que não posso acabar comigo ser valente uma vez sequer. Digo que o tenho, porque me vejo quebrantado.

FIDALGO. Senhor d. Quixote, vossa mercê há de se servir de vir para meu palácio descansar um par de dias.

D. QUIXOTE. Mercês de senhores não se rejeitam. Irei para criado dessa nobre casa.

FIDALGA. Sancho, vós haveis de fazer hoje penitência conosco.

SANCHO. Isso não; penitência faça-a quem quiser, que eu ainda me não acho com a idade precisa. Vamos comer alguma coisa.

CENA III
Mutação de sala, onde estará uma mesa com cadeiras.

FIDALGO. Senhor d. Quixote, sente-se na cabeceira da mesa.

D. QUIXOTE. Isso não. Vossa grandeza há de assentar-se, que em tudo tem o primeiro lugar.

FIDALGO. Vossa mercê é que tem o primeiro lugar nesta casa; sente-se.

SANCHO. Acerca disso, contarei uma história que sucedeu não há vinte anos. Convidou um fidalgo do meu lugar, mui rico e principal, porque descendia do Netuno do Rossio, que casou com d. Rigueira das Fontainhas, que foi filha de d. Chafariz de Arroios, homem sobre trancão[68] e seco, o qual se afogou em pouca água, por causa de um furto que lhe fizeram, de que se originou aquela célebre pendência das enxurradas, na qual se achou presente o senhor d. Quixote, que veio ferido em uma unha. Não é verdade, senhor?

D. Quixote. Acaba já com essa história, antes que te faça calar.

Fidalga. Deixe vossa mercê falar a Sancho, que gosto muito de ouvi-lo, que é mui discreto[69].

Sancho. Discretos anos viva vossa altura. Como vou contando, vai senão quando... Aonde ia eu, que já me esquece?

Fidalga. Na pendência das enxurradas.

Sancho. Ah, sim, lembre-me Deus em bem. Este fidalgo, que eu conheço como as minhas mãos, porque da sua à minha casa não se metia mais que uma estrebaria, convidou, como vou dizendo, este fidalgo a um lavrador pobre, porém honrado, porque nunca pariu.

D. Quixote. Acaba já com essa história.

Sancho. Já vou acabando: chegando o tal lavrador à casa do fidalgo convidador, que Deus tenha a sua alma na Glória, que já morreu, e por sinal dizem que tivera a morte de um anjo, mas eu não me achei presente, que tinha ido não sei onde...

D. Quixote. Por minha vida, que acabes. Se não, te moerei os ossos.

Sancho. Foi o caso que estando os dois para sentar-se à mesa, o lavrador porfiava com o fidalgo que tomasse a cabeceira da mesa; o fidalgo porfiava também que a tomasse o lavrador; tem daqui, tem dali, até que, enfadado o fidalgo, disse ao lavrador: "Assentai-vos, vilão ruim, aonde vos digo, porque onde quer que eu me assentar, essa é a cabeceira da mesa". Entrei por uma porta, saí por outra, manda el-rei que me contem outra.

D. Quixote. Tu mo pagarás, Sancho, por estas. Bem te entendi a história.

Sancho. Mate-me Deus com quem me entende. Senhor, faço saber a vossa altura que o senhor d. Quixote, meu amo, me tem prometido uma ilha, para eu ser governador dela, e até aqui vivo em esperanças; mande vossa altura que ma faça boa; se não, não o quero mais servir.

Fidalga. Eu vos prometo dar uma ilha; por tão pouco não vos vades do serviço de vosso amo.

---

68 . *Trancão*, o mesmo que alto.

69 . *Discreto*, que fala com discrição, isto é, usando de conceitos exatos, de boas sentenças e com boas maneiras.

SANCHO. Senhora, se tal ilha alcanço, não se me dá de quantos reinos tem o mundo.

FIDALGA. Fazei um memorial e nele vos despacharei.

D. QUIXOTE. Que importa que vossa grandeza faça a Sancho a mercê da ilha, para governá-la, se ele nega haver amor?

SANCHO. E que tem cá o amor com a ilha?

D. QUIXOTE. Homem, se não tiveres amor, como hás de governar bem aos moradores dela?

SANCHO. Venha a ilha, que eu terei amor aos meus súditos e lhes farei muito bem a caridade.

D. QUIXOTE. Isso sim; mas tu negas que há Dulcinéia, e assim negas que há amor.

SANCHO. Eu não nego que há deidades, a quem se deve render tributo no templo da formosura; mas que haja Dulcinéias... *ex parte objecti*[70] concedo, *a parte rei* nego; e mais de que, para mostrar o que é amor, melhor me explicarei cantando.

Canta Sancho a seguinte

ÁRIA
Viram já vocês um gato,
que, miando pela casa,
tudo arranha, tudo arrasa,
e caçando o pobre rato,
este guincha, que o não rape;
dali diz-lhe a moça "sape",
e o gato responde "miau",
e a senhora grita "xô"?
Dessa sorte amor tirano
faz das unhas duras frechas,
que, atrepando da alma às brechas
corações, frossuras, bofes
come, engole e faz em pó.

---

70. *Ex parte objecti*. "Sancho toma aqui ares doutorais para argumentar à maneira dos escolásticos, que o autor aqui mete a ridículo. O raciocínio de Sancho é o seguinte: que se possa imaginar a existência de Dulcinéia ('ex parte objecti'), admito ('concedo'); mas que ela realmente exista ('a parte rei'), nego." Nota de José Pereira Tavares na sua edição das *Obras completas* de Antônio José da Silva.

Haverá dentro terremoto, e sairá um Diabo a cavalo em um burro.

DIABO. Qual de vós é d. Quixote de la Mancha?
D. QUIXOTE. Sou eu; que me quereis?
DIABO. Qual é Sancho Pança?
SANCHO. Não sou eu; que me quereis?
DIABO. Diga, sob pena de morte.
SANCHO. É este criadinho de vossa mercê.
DIABO. Pois esperai aqui ambos, que vem Merlim tirar do desencanto a senhora Dulcinéia del Toboso. *(Vai-se.)*
SANCHO. Eu não vi diabo mais cortês! Este diabo devia ser bem criado, e filho de bons pais, porque trata a Dulcinéia por senhora.
D. QUIXOTE. Oh, quem se vira já na tua vista, amada Dulcinéia!
FIDALGA. A logração vai saindo boa: mui tolo é o tal d. Quixote, e o criado! *(À parte.)*

Sairá um carro, donde virá Merlim com barbas, e Dulcinéia, e outras figuras, trazendo velas acesas nas mãos.

D. QUIXOTE. Ó Sancho, tal estou de contente e alegre, que tenho este dia pelo mais feliz de quantos têm havido.
SANCHO. Senhor meu amo, vossa mercê não vê lá em cima do cucuruto do carro uma coisa como espantalho de figueira?
D. QUIXOTE. Sim. Que será aquilo?
SANCHO. Que será?! É a senhora Dulcinéia del Toboso; não diga nada a ninguém.
D. QUIXOTE. Ai, Sancho amigo, é possível que os meus olhos tiveram tal fortuna, que chegaram a ver aquela belíssima, formosíssima, altíssima e sapientíssima Dulcinéia del Toboso, inveja de Vênus, e ardor de Cupido?
SANCHO. Tomara ter dois ovos para frigir em meu amo, que se está derretendo como manteiga.
DULCINÉIA. D. Quixote, Atlante do valor, coluna do templo de Marte, *non plus ultra*[71] das valentias, braço direito de Aquiles, coração de Pirro; tu, que sabes entressachar as delícias de Vênus com os rigores de Marte, é chegada a

---

71. *Non plus ultra*, "não mais além".

ocasião de me desencantares e livrares do poder destes magos encantadores, que por tua causa e por emulação do teu valor, me têm encantado.

Sancho. É lástima! Senhor, acudamos, que a pobre senhora está posta na espinha. Coitadinha! Coitadinha!

Dulcinéia. Estás mudo? Não me respondes, d. Quixote? Ora, já que o teu amor te não move, movam-te as minhas lágrimas, misturadas com o terno de minhas vozes.

Canta Dulcinéia a seguinte

ÁRIA
Que importa que a uma fera
(Ai, infeliz!) tu venças,
se as iras imensas
de um monstro cruel, irado,
não podes superar?
Porque o valor galhardo
que adorna tanta esfera
é injúria ao teu ser,
se a mim, que sou mulher,
não sabes libertar.

D. Quixote. Senhora, até aqui estive arrebatado à esfera de tua formosura, por cuja causa não te respondi. Não quero dizer por palavras o meu oferecimento, e só por obras quero significar o quanto devo fazer por ti, que és o espírito que me animas no corpo de minha alma. Dize o que queres que eu faça, para livrar-te desse encantamento.

Sancho. São mãos perdidas. Agora sim, que, se vossa mercê brigar com trezentos gigantes, digo que fará muito bem, porque a ocasião veio a pedir de boca, e a senhora Dulcinéia é comezinha.

Dulcinéia. D. Quixote, já me vai entrando o acidente encantado, que me impede o falar; pois só tenho licença para isso um quarto de hora; e assim o senhor Merlim te dirá quem há de ser o instrumento do meu desencanto, o como e quando.

D. Quixote. Oh, que dor! Agora lhe deu o encantado acidente na boca, para não falar.

SANCHO. Se foi na boca o acidente, feria de gota coral, porque ela a tem bem vermelha.

MERLIM. D. Quixote valente, esta, que vês, é a tua amada Dulcinéia, que por teu respeito a quero desencantar; mas há de ser levando Sancho Pança trezentos açoites bem puxados.

SANCHO. Diga-me, senhor Merlim, que tem o meu cu com o desencanto da senhora Dulcinéia?

MERLIM. Assim o dispõem os astros, e os fados o determinam.

SANCHO. Pois entenda que ficará encantada para *secula seculorum*[72], que livre está que eu me açoite por ninguém.

D. QUIXOTE. Sancho, coração de pedra, alma de cântaro, entranhas de pedrenal, não te movem aquelas lágrimas? Leva os açoites, por tua vida; tem lástima daquela flor, que apenas nasceu no jardim da beleza, logo encontrou desmaios nos encantos.

SANCHO. À que del-rei! Digo que me não quero açoitar; açoite-se vossa mercê, já que é penitente de amor.

D. QUIXOTE. Meu Sancho, meu fiel amigo, deixa-te açoitar. Isso que vem a ser? Não negues uma coisa que está na tua mão.

SANCHO. Na minha mão nego, no meu cu mais depressa.

FIDALGA. Quem não é para aturar trezentos açoites, menos aturará o peso do governo de uma ilha. Ide, que sois para pouco, vilão ruim. Que fazeis vós em fazer o que vos pede uma dama aflita?

SANCHO. Senhora, não tem remédio? Se nasci para ser desgraçado, venham esses açoites, cos diabos! Ai, desgraçada ilha, que tanto me custa! Ah, senhor Diabo, haja-se com compaixão comigo, que eu lhe prometo, se me escapo desta, um cu de sorvas com molduras de paparraz. Ai! um, dois, vinte! Ai, cu de minha alma! (*Leva Sancho os açoites.*)

D. QUIXOTE. Cala-te, Sancho; cala-te, que já lá vai! És fiel companheiro!

SANCHO. Sou um dardo para ele! Valha-o não sei que diga! Olhe, senhora Dulcinéia, que tais tenho as bebas, por amor de vossa mercê.

MERLIM. Já Dulcinéia está desencantada, graças a Sancho Pança!

FIDALGO. Para bem vos seja, senhor d. Quixote, o desencanto da senhora Dulcinéia.

---

72 . *Secula seculorum*. Forma adulterada de *saecula saeculorum*, "para sempre".

D. QUIXOTE. Será para que vossa grandeza tenha mais uma criada para o servir.

FIDALGA. Ora, Sancho Pança, na verdade que fizeste uma ação a mais louvável, que se pode considerar digna de se estampar em cortiça com letras de alvaiade[73]. Logo, logo vos mando ser governador desta ilha; ide, que espero de vós me façais bons serviços, pois sois homem de esperanças.

SANCHO. Serviços de esperanças são verdes; entendo que a ilha será nas Caldas[74].

D. QUIXOTE. Sancho, vê que vais a governar; olha que deves ter diante dos olhos a Justiça.

SANCHO. Sim, senhor, eu logo a mando pintar e a porei diante dos olhos.

D. QUIXOTE. Não te corrompas com dádivas.

SANCHO. Eu me salgarei, para me não corromper.

D. QUIXOTE. Sancho, em duas palavras: Amar a Deus, e ao teu próximo como a ti mesmo.

SANCHO. Amém.

CENA IV

Mutação de sala de azulejos. Saem várias danças, um Meirinho, um Escrivão, e dizem: Viva o nosso governador Sancho Pança!

SANCHO. Enfim, não há coisa nesta vida que se não vença com trabalho! É possível que me veja eu feito governador! De verdade; parece-me que estou sonhando! Ora o certo é que não há coisa como ser escudeiro de um cavaleiro andante! Ah, sô meirinho, endireite essa vara, e não ma torça à justiça: saiba Deus e todo o mundo que me quero pôr reto com a sua espada.

MEIRINHO. Ora, já que vossa mercê falou em espada e justiça, diga-me: por que pintaram a Justiça com os olhos tapados, espada na mão e balança na outra, pois ando com esta dúvida, e ninguém ma pode dissolver, e só vossa mercê ma há de explicar, como sábio em tudo?

---

73 . *Cortiça com letras de alvaiade*. Em todo o teatro de Antônio José há constantes referências à utilização dos bonecos ou das marionetes na encenação das peças.

74 . Certamente refere-se a Caldas da Rainha, cidade famosa pelas qualidades terapêuticas das suas águas.

SANCHO. Que me faça bom proveito! Dai-me atenção, meirinho. Sabei, primeiramente, que isto de Justiça é coisa pintada e que tal mulher não há no mundo, nem tem carne, nem sangue, como *v. g.*[75] a senhora Dulcinéia del Toboso, nem mais, nem menos; porém, como era necessário haver esta figura no mundo para meter medo à gente grande, como o papão às crianças, pintaram uma mulher vestida à trágica, porque toda a justiça acaba em tragédia; tapararam-lhe os olhos, porque dizem que era vesga e que metia um olho por outro; e, como a Justiça, havia de sair direita, para não se lhe enxergar esta falta lhe cobriram depressa os olhos. A espada na mão significa que tudo há de levar à espada, que é o mesmo que a torto e a direito. Os doutores que falam nesta matéria não declaram se era espada colubrina, loba, ou de soliga; mas eu de mim para mim entendo que desta espada a folha era de papel, os terços de infantaria, os copos de vidro, a maçã de craveiro, e o punho seco. Na outra mão, tinha uma balança de dois fundos de melancia, como a dos rapazes: não tem fiel; nem fiador; mas contudo dá boa conta de si, porque esta moça, se não tem quem a desencaminhe, é mui sisuda. Algum dia podia eu ler de ponto nesta matéria, porque vos posso dizer que criei a Justiça a meus peitos; mas as cavalarias do senhor d. Quixote fizeram-me com que fechasse os livros e desembainhasse as folhas.

MEIRINHO. Já entendo o enigma. Posso agora mandar vir os feitos para a audiência?

SANCHO. Oh, magano! Feitos na audiência! Aqui é secreta? Como se chama esta ilha?

ESCRIVÃO. A ilha dos Lagartos.

SANCHO. Pois, quando a crismarem, mudem-lhe o nome e chame-se a ilha dos Panças, em memória da minha barriga. Pergunto mais: a quanto está a canada de vinho?

MEIRINHO. A seis vinténs.

SANCHO. Logo, logo, com pena de morte, se ponha a dez réis; não quero que por falta de vinho deixe de haver bêbados na minha ilha. Mandai vir as partes para a audiência. *(Sai um Homem.)*

HOMEM. Senhor governador?

SANCHO. Que quereis ao senhor governador?

HOMEM. Senhor governador, peço justiça.

SANCHO. Pois de que quereis que vos faça justiça?

---

75 . *V. g.*, iniciais da expressão latina *verbi gratia*, que quer dizer "por exemplo".

HOMEM. Quero justiça.

SANCHO. É boa teima! Homem do diabo, que justiça quereis? Não sabeis que há muitas castas de justiça? Porque há justiça direita, há justiça torta, há justiça vesga, há justiça cega e finalmente há justiça com velidas e cataratas nos olhos. Senhor governador!

HOMEM. Senhor, seja qual for, eu quero justiça.

SANCHO. Uma vez que quereis justiça... Olá, ide-me justiçar esse homem em três paus.

HOMEM. Tenha mão, senhor governador, que eu não peço justiça contra mim.

SANCHO. Pois contra quem pedis justiça?

HOMEM. Peço justiça contra a mesma Justiça.

SANCHO. Pois que vos fez a Justiça?

HOMEM. Não me fez justiça.

SANCHO. Até aqui, ao que parece, o vosso requerimento é de justiça. Ora andai; dizei de vossa justiça em três dias.

HOMEM. Isso é muito sumário.

ESCRIVÃO. Senhor, não saberemos o que pede este homem?

SANCHO. Homem, que é o que pedis?

HOMEM. Peço recebimento e cumprimento de justiça.

SANCHO. E de que comprimento[76] quereis a Justiça?

HOMEM. Seja do comprimento que for, que eu com tudo me contento.

SANCHO. Ó meirinho, ide à gaveta da minha papeleira de chorão da Índia, e entre várias bugiarias que lá tenho, tirai uma Justiça pintada que lá está, e dai-a a este homem, e que se vá embora.

HOMEM. Senhor, eu não quero justiça pintada.

SANCHO. Pois, beberrão, não sabeis que não há nesta ilha outra justiça, senão pintada? Ó meirinho, lançai-me este bêbado pela porta fora, que nenhuma justiça tem no que pede.

HOMEM. Viu-se maior injustiça! *(Vai-se.)*

Sai o Meirinho, trazendo preso um homem.

MEIRINHO. Senhor, este taverneiro foi agora apanhado neste instante deitando água em uma pipa de vinho; que se lhe há de fazer?

---

76. *Comprimento* faz trocadilho com a palavra "cumprimento" da fala anterior.

SANCHO. Água em vinho! Há maior insolência! Ó homem do diabo, e não te caiu um raio nessa mão? Logo seja enforcado sem apelação, nem agravo. Tenho dito.

Taverneiro. Senhor, este meirinho mente.

SANCHO. Isso é outra coisa: uma vez que o meirinho mente, ide-vos embora. Mas ouvis? Mandai-me um almude[77] desse vinho, que quero ver se tem água.

Taverneiro. Viva vossa mercê muitos anos! *(Vai-se. Sai uma Mulher.)*

Mulher. Senhor governador, venho queixar-me a vossa mercê de uma insolência.

SANCHO. Como pede, ide-vos embora.

Mulher. Se vossa mercê ainda me não ouviu, como já me despacha?

SANCHO. Pois eu não posso deferir sem ouvir-vos?

Mulher. Senhor, foi o caso: Eu sou uma moça donzela e solteira. Fui pecadora, caí na tentação do Diabo: um magano... Já vossa mercê me entende! E agora, diz que não quer casar comigo.

SANCHO. Pois não caseis vós com ele, que esse é o maior despique que há nesta vida.

Mulher. Senhor, eu quero casar, mas ele não aparece; suponho que fugiu.

SANCHO. Olá, metam essa mulher na cadeia com uma corrente ao pescoço, e grilhões aos pés, bem carregada de ferros, até aparecer o homem com quem ela quer casar.

Mulher. Senhor, isso é contra a Justiça; veja vossa mercê que eu sou uma mulher que nunca fui presa.

SANCHO. Por isso mesmo; *andate*[78]!

Mulher. Que isto se permita no mundo!

MEIRINHO. Ainda cá não entrou governador mais reto, nem mais sábio!

SANCHO. É para ver! Não, comigo ninguém há de brincar.

Sai outro Homem gritando.

HOMEM. À que del-rei, que me mataram! Não há justiça nesta ilha?

SANCHO. Que tens, homem? De quem te queixas?

---

77. *Almude*, antiga medida de líquidos, equivalente a cerca de 32 litros, e que continha 12 canadas em dois potes.

78. *Andate*, o mesmo que "andai" ou "toca a andar". É o imperativo alatinado do verbo andar.

HOMEM. Senhor governador, eu estou passado de meio a meio; não posso falar, porque estou morto.

SANCHO. Não podeis falar, porque estais morto?! Olá, tragam a alma deste homem aqui em corpo e alma, e metam-lha à força, para que fale; que não é razão que fique a República ofendida na impugnação do delito.

HOMEM. Senhor governador, ouça vossa mercê o caso mais atroz que tem sucedido nesta ilha; prepare os pasmos, tenha pronta a admiração, e desenrole as atenções para me ouvir.

SANCHO. Olá, meirinho, mandai preparar os pasmos, tende pronta a admiração, e desenrolai as atenções, para se ouvirem neste tribunal as queixas deste autor de seu delito; que, assim como a ninguém se pode negar a vista, como dispõe o "text. in l. Cæcus, § Tortus ff. de his, qui metit um olho por outro", e com muitos o provam Pão Mole no "cap. das Côdeas", também da mesma sorte o ouvido se não deve fechar para ouvir os queixosos, como dispõe a "l. das doze tábuas de Pinho na segunda estância de Madeira, Cod. de Barrotis".

ESCRIVÃO. Este homem é um burro de textos!

SANCHO. Homem, dizei a vossa querela, que eu tiro a cera dos ouvidos para vos ouvir.

HOMEM. Senhor, foi o caso...

SANCHO. Basta; não me conteis mais; basta que esse foi o caso! Há maior insolência! Que assim se perca o respeito à Justiça! Olá, olá!

HOMEM. Senhor, escute vossa mercê, que ainda isto não é nada; ouça-me vossa mercê até o fim.

SANCHO. Quem ouviu esse caso não tem mais que ouvir, senão logo fazer justiça a torto e a direito. Ó meirinho, mandai logo levantar uma forca no meu gabinete, para que mais publicamente seja castigado o delinqüente.

MEIRINHO. Senhor, que delinqüente, se vossa mercê ainda não ouviu quem era?

SANCHO. É tal a vontade que tenho de fazer justiça, que logo me sobe a cólera uma mão travessa pelo espinhaço acima; de sorte que, se não me advertis que ainda se não tinha dito quem era o delinqüente, era eu capaz de mandar enforcar a vós, meirinho, que era a pessoa mais pronta que aqui tinha mais à mão de semear.

HOMEM. Senhor governador, faça vossa mercê de conta.

SANCHO. Tenho feito de conta; que mais?

HOMEM. Que indo eu andando, andando, andando...

SANCHO. Ainda não acabastes de andar? Arre lá com tal andar! Sois mui bom para andarilho.

HOMEM. Indo, pois, andando...

SANCHO. Andai, homem, isto já está dito; não me façais criar apostemas, que os instantes que tardo em dar execução à justiça são eternidades de penas que me encaixais nas ilhargas.

HOMEM. Quando eu, eis que ia andando, manso e pacífico, sem fazer mal a ninguém, estava um burro atado a uma porta. Quis passar; pedi-lhe licença; não me respondeu; tornei-lhe a pedir com palavras corteses; e, levantando os pés do chão, pespegou-me com duas pelotas de ferro bem na boca do estômago, de sorte que me fez deitar a bosta pela boca. Este é, senhor, o caso; suplico a vossa mercê que não fique sem castigo este insulto.

SANCHO. Não ficará por certo, e juro, à fé de escudeiro andante, e pelas remelas de minha muito desprezada mulher, a senhora d. Teresa Pança, que há de ver o mundo o exemplar castigo de tanta culpa.

HOMEM. Ai, senhor governador, aqui, aqui bem na boca do estômago é todo o meu mal.

SANCHO. Vede lá não seja isso fome! A graça é que, se assim como o estômago tem boca tivera dentes, que o tal burro lhe deitava os dentes fora. Dizei-me, homem: esse jumento que vos deu os coices, de que tamanho será?

HOMEM. Eu não tenho aqui com quem o comparar.

SANCHO. Olhai bem para mim; será da minha estatura?

HOMEM. É o que pode ser.

SANCHO. Bem está; pois vá o meirinho convosco e cheguem-se ao burro de mansinho e digam-lhe: "Preso, da parte do senhor governador!". E bem atarracado o tragam aqui perante mim.

Vão-se o Meirinho e o Homem e trazem o burro.

MEIRINHO. Eis aqui o delinqüente, preso, que me custou bem a agarrá-lo.

HOMEM. Senhor governador, este é o agressor, e este é o que me feriu; ponha-lhe a lei às costas.

SANCHO. Vejam vossas mercês quem anda perturbando a República! Dize, burro de Satanás: que mal te fez este homem para o maltratares desta sorte? O diabo do burro não responde; certos são os touros! Ele que se cala, cometeu o delito, assim como nós aqui estamos. Como te chamas, burro? De quem és? Onde moras? Quem é teu pai? Que dizes? A nada o burro se move: deve ser burro velho, pois se cerra à banda e não quer falar. Ó meirinho, vós conheceis acaso este burro, que sois mais veterano neste país?

MEIRINHO. Com que vossa mercê se está fazendo de novas?! Vossa mercê não conhece que este é o seu burro, ou o ruço por alcunha? Isto é mal permitido, que talvez o burro, fiado em vossa mercê, ande fazendo estes insultos. Agora veremos a sua justiça. *(À parte.)*

SANCHO. Há maior desgraça! Ai, burro da minha alma, quem te dissera a ti que eu havia de ser o mesmo que te sentenciasse? Por isso ao entrar me deitou uns olhos, como quem me dizia que me houvesse com ele com compaixão. Não tem remédio; hei de sentenciar-te; o que poderei fazer é não dar execução à sentença. Olá, ninguém ouça isto. *(À parte.)*

HOMEM. Senhor, despache-me vossa mercê; quando não, farei um desatino.

SANCHO. Para que saiba o mundo a minha inteireza e incorruptibilidade, ouçam todos, que ainda com ser o burro meu, lhe dou a sentença seguinte.

Vai ditando Sancho a sentença.

Visto este burro, acusação do autor, provas dadas por uma e outra parte, mostra-se: que indo o autor roçando-se pelo pé dele réu burro, que por nome não perca, alçando o pé esquerdo despediu um coice, que, pregando na barriga dele autor, salvo tal lugar, o estendeu como um cação; e, porque consta da fé do meirinho, que presente está e não me deixará mentir, que o dito réu burro trazia escondido no pé uma ferradura de ferro; e, como semelhantes armas sejam proibidas e defesas, por serem armas curtas, mando que ele, dito réu burro, seja desferrado, e vá passear sem albarda pela feira das bestas, exposto à vergonha dos mais burros, seus camaradas, para que se lhe faça a face vermelha, por me constar que é burro de vergonha. Item, que não possa ser pai de burrinhos, nem que se deite a lançamento. Item, que seja lançado à margem na Cotovia[79], onde não comerá senão relva ou cascas de melão, e melancia, como burro de aguadeiro. E pagará as custas e todas as perdas e danos, em que o condeno etc. Ilha dos Panças alagartados etc.

---

79. *Cotovia*, região de Portugal.

Todos. Viva o nosso governador Sancho Pança! Viva para exemplo dos ministros e honra das ilhas!

Sancho. Bem folgo que vejais a minha inteireza; pois com ser o burro meu e tendo-lhe tanto amor, não foi este bastante para deixar de fazer justiça. Agora quero escrever uma carta a minha mulher. Ó escrivão, escrevei lá. Ponde em cima a cruz dos quatro caminhos, e uma alâmpada acesa.

Escrivão. Senhor, para que é a alâmpada?

Sancho. Sois asno? Donde vistes vós cruz sem alâmpada?

Escrivão. Está posta.

Carta, que vai ditando ao escrivão.

Sancho. Minha Teresa, já sabereis, que vos diria o Diabo, que estou feito governador em corpo e alma; mas, com me ver levantado do chão um côvado, não é razão que o meu amor conjugal vos falte com o débito de minhas letras. (Três pontos e quatro vírgulas.) Porque vós bem sabeis que, quando no tabuleiro do gosto escolho o trigo do vosso carinho, lanço fora a ervilhaca da ingratidão; pois, joeirando as finezas, fica crivado o peito da correspondência; porém, indo meu amor à atafona dos extremos, ali se desfazem em pó as carícias do coração; e, furtando-me o atafoneiro da distância as maquias da vossa vista, peneiram os meus olhos lágrimas; e com elas amassando a farinha da mágoa no alguidar da saudade, levam em crescimento o suspiro, até que, tendendo-se na tábua dos rigores, vai para o forno das penas, e ali se coze com o fogo do desejo; e dando ao moço a merendeira do pesar, guardo o pão azedo de vossa lembrança no armário de minhas memórias. [Ponto de interrogação.] Enfim, mulher, tenho determinado que andeis em coche vós e minha filha, a quem peço se lembre que tem um pai governador. Aí vos mando esses caramujos e esse saco de areia, que é o que há nesta ilha. Graças a Deus, que ainda nos dá mais do que merecemos. O burro fica bom e se recomenda com muitas lembranças e diz que hajais esta por vossa; que não vos escreve por ter uns cravos em uma mão, que lhe fez um ferrador em umas bulhas que tiveram. Vede se presto para alguma coisa, que vo-la hei de fazer. Ilha dos Lagartos. Vosso marido, se quiseres. Sancho Pança, governador. Esta carta será logo entregue.

Meirinho. Sim, senhor. Ora basta já de despacho; não queremos que vossa mercê se esfalfe; nem tudo se há de levar ao cabo. Venha vossa mercê jantar, que o conselho desta ilha tem preparado um magnífico banquete para vossa mercê nas casas da Câmara.

SANCHO. Meirinho, jantar de Câmara será de coisa que já foi jantada, e assim vede lá o que dizeis.

MEIRINHO. Se vossa mercê o não quer na Câmara; será aqui mesmo, e vamos, que depois havemos ir rondar a ilha.

SANCHO. Vamos nós reconhecer os pratos, e dai-me de jantar, seja onde for, porque o ventre "non patitur moras[80]".

MEIRINHO. Vamos. *(Vão-se.)*

CENA V

Mutação de sala. Estará uma mesa mal ordenada, com uma garrafa em cima; estarão um Médico, e um Cirurgião, dois Rebecas e um Rebecão; e saem Sancho, o Meirinho e o Escrivão.

SANCHO. Quem te dissera a ti, pobre Sancho Pança, que da rústica choupana de tua aldeia havias de chegar a tanta honra! Sem dúvida que o aparato desta mesa é digno de jantar nela um absoluto príncipe! Se isto é no preparatório, que será na côdea! Ai, esfaimado Sancho Pança, desta vez tirarás o ventre da miséria. Quem me dera ter nesta ocasião sete bocas, dez gorgomilos, quatro ordens de dentes e oito bandulhos para devorar e engolir tanta comezaina[81]!

MEIRINHO. Senhor governador, sente-se vossa mercê.

SANCHO. Ó meu rico meirinho do meu coração, dizei-me: quem são estes dois bigorrilhas[82]?

MEIRINHO. Este é o médico, e este é o cirurgião, que ambos costumam assistir nos banquetes que se dão aos governadores, por grandeza e estado.

SANCHO. Eu lhe perdoara o estado, com tanto que a grandeza só fora no comer. E quem são estes de cabeleira loura, muito buliçosos?

MEIRINHO. Estes são os que tangem vários instrumentos, enquanto se come, para excitar o apetite.

SANCHO. Eu escuso acepipes para comer, pois o tenho para seis bois.

---

80. *Non patitur moras*. Expressão latina que significa "não sofre/não admite/não suporta demoras".
81. *Comezaina*, o mesmo que refeição abundante.
82. *Bigorrilha*, indivíduo reles, vil, desprezível, sem importância.

Tocam os instrumentos, muito desafinados.

MEIRINHO. Que tal tangem?

SANCHO. Essa tocata é de rigor; parece feita por solfa.

MÉDICO. Senhor governador, ora por vida sua, que nos faça a honra de comer: faça-nos este gosto, por quem é.

SANCHO. Não é necessário tanto rogo. Este médico tem feição! *(À parte.)*

MÉDICO. Primeiramente, senhor governador, há de vossa mercê comer com parcimônia.

SANCHO. Parcimônia é coisa de comer?

MÉDICO. Parcimônia é comer com temperança.

SANCHO. Isso de temperos pertence ao cozinheiro.

MÉDICO. Temperança, por outro nome, é o mesmo que comer pouco e com regra; pois, conforme a melhor opinião dos modernos, o muito comer estraga a natureza.

SANCHO. Ainda esta é pior! Ora digo-vos que sois um asno. O comer muito é proveitoso para a barriga, porque se enche; pois, conforme a melhor filosofia, "non datur vacuum in rerum natura[83]", e assim hei de comer.

CIRURGIÃO. Senhor governador, com licença de vossa mercê, antes que coma, é preciso fazer uma diligência do meu ofício da cirurgia.

SANCHO. Entendo que este banquete tem algum apostema, que o cirurgião quer também meter a tenta[84]. Vamos lá; que é isso?

CIRURGIÃO. Quero endireitar-lhe o pescoço. Tenha-o sempre direito; não o torça, quando comer; porque facilmente pode quebrar alguma veia.

SANCHO. Não me deixareis comer, como eu quiser? Que tendes que eu coma torto, ou direito? Vós cuidais que esta é a primeira vez que eu como na minha vida?

MÉDICO. Senhor, uma coisa é comer como escudeiro, e outra como governador; e, como tal, queremos que vossa mercê coma como manda a arte médica e cirúrgica; pois a conservação da sua vida nos importa em muito, como único refúgio em que se estriba a nossa esperança.

SANCHO. Seja o que vós quiséreis, e deixai-me comer; venha a sopa.

MÉDICO. Isso é sopa? Nada, fora! Não coma vossa mercê sopa, que é muito nutritiva, geradora, danosa, sanguinária, e lhe pode resultar um estupor.

---

83 . *Non datur vacuum in rerum natura*, ou seja, "não se dá o vácuo na natureza".

84 . *Tenta*, nome de um instrumento cirúrgico, aqui com significado cômico.

SANCHO. Com que a sopa faz estupor? Vós é que sois o estupor da sopa. Hei de comê-la, mas que[85] me dêem duzentos estupores.

MÉDICO. Requeiro a vossa mercê, da parte da saúde, que não coma sopa, que nesta ilha a sopa prova muito mal.

SANCHO. Isso é porque vocês não sabem provar bem a sopa.

MÉDICO. Ora, senhor governador, deixe vossa mercê isso, pois não falta comer em que vossa mercê se possa fartar. Coma esse prato de assado.

CIRURGIÃO. Não, com licença de vossa mercê, senhor doutor, também agora não é lícito que o senhor governador coma assado, que lhe pode ferir a garganta, pelo torrado do forno e pela acrimônia do molho.

MÉDICO. Pois não coma assado, se a cirurgia assim o manda.

SANCHO. Com que você, senhor doutor, é juiz da consciência da minha barriga? Está galante história dizer lá o bigodes do cirurgião que o assado faz mal à garganta!

MEIRINHO. Senhor governador, o que os senhores dizem tudo é para seu bem; e eles que o dizem, bem o entendem.

SANCHO. Meirinho, eu sempre ouvi dizer que quem te dá o osso não te deseja ver morto; e estes físicos[86] não só me não dão a carne, mas também me não dão o osso; e se não, dizei-me: para que me convidaram estes senhores, se me não deixam comer?

MÉDICO. Essa é boa! Nós lhe proibimos o que é nocivo; aí não faltam manjares para vossa mercê comer.

SANCHO. Ora está bem. Vamos comendo estas perdizes.

MÉDICO. Tá, tá! Perdizes por nenhum caso; são perniciosas à vida do homem.

SANCHO. À que del-rei, senhores! Há quem tal diga da perdiz que se come com a mão no nariz, por ser tão excelente, que é necessário apertar-se o nariz, para que não entre por ele?

MÉDICO. Senhor governador, dê-me atenção. A perdiz, como diz Averróis[87], é muito indigesta: "Omnis saturatio mala; perdix autem pessima[88]".

---

85 . *Mas que*, no sentido de "ainda que".
86 . *Físico*, o mesmo que médico.
87 . *Averróis*, célebre médico árabe do século XII.
88 . *Omnis saturatio mala* etc. "Este aforismo ('Toda a fartura é má; a perdiz, porém, é péssima') é na obra de Cervantes (cap. XLVII, parte II) atribuído a Hipócrates, grande médico da antiguidade." Nota de José Pereira Tavares.

SANCHO. Ora, senhores, deixem-me já por caridade comer aquele prato de vaca, para consolação desta pobre pança; pois sempre ouvi dizer a meu amo que "vacare culpa magnum est solatium[89]".

MÉDICO. Olhe vossa mercê, senhor governador; não duvidamos que a vaca é generoso alimento; porém, como vossa mercê ainda não comeu coisa alguma, não é lícito que coma vaca estando em jejum; porque a vaca é alimento mui forte; e, como o estômago está fraco, peleja o forte com o fraco, e é forçoso que fique o fraco vencido, e do vencimento pode resultar a morte mui facilmente.

SANCHO. Visto isso, também estou inabilitado para comer vaca?

MÉDICO. Por ora, sim.

SANCHO. Que por ora, se eu por instantes me estou desmaiando com fraqueza? Deixem-me comer aquele prato que ali está, que morro com fome.

MÉDICO. Senhor, está louco? Quer comer pratos? Não vê que é de estanho e que lhe pode fazer uma grande obstrução na barriga?

CIRURGIÃO. Ui, senhor, estanho não é bom para o estômago; nem derretido, quanto mais cru!

SANCHO. Ora isto é já pouca vergonha: hei de comer o que eu quiser; pois sou governador em chefe com mero misto império nesta ilha e seus arredores.

MÉDICO. Senhor, tenha mão.

SANCHO. Sim, tenho mão para vos dar muita bofetada a vós, médico de ourinas, e a vós, cirurgião de trampa.

MEIRINHO. Senhor, não coma, que lhe pode fazer mal, que o dizem os senhores.

SANCHO. Se o comer faz mal, também o não comer o faz; e, se hei de morrer de não comer, quero morrer comendo. Morra Marta, morra farta.

Haverá grande bulha sobre o comer ou não comer.

MÉDICO. Acudam todos, que o senhor governador se quer matar por suas mãos.

REBECAS. Senhor, pague-nos vossa mercê, que aqui estivemos para tanger rebecas.

---

89. *Vacare culpa magnum est solatium*. Sancho faz a leitura macarrônica do aforismo "é grande consolação estar isento de culpa".

SANCHO. Isso era pagar os açoites ao verdugo.

TODOS. A que del-rei sobre o governador, que nos não quer pagar!

CIRURGIÃO. À que del-rei sobre o governador, que se quer matar pelas suas mãos!

SANCHO. À que del-rei, que me querem matar à fome!

MEIRINHO. Vamos rondar a ilha, que é já noite.

SANCHO. Não quero rondar, leve o Diabo a ilha. Há aqui perto alguma taverna?

ESCRIVÃO. Ora vamos, que ao depois, sem que o médico nem o cirurgião saibam, lhe daremos bem que comer.

SANCHO. Vede lá o que dizeis!

ESCRIVÃO. Tenho dito e fie-se em mim.

SANCHO. Ora vamos rondar; mas esperai; e, se acharmos alguns marujos que nos quebrem os narizes, que conta havemos dar de nós?

MEIRINHO. Por isso mesmo; para os prender.

SANCHO. Isso é o mesmo que quebrar um olho a mim para tirar dois a meu contrário! Não, senhor; deixe vossa mercê patuscar a quem patusca; já que o não podem fazer de dia, deixemo-los patuscar de noite, que é sua e ninguém lha pode tirar por força.

MEIRINHO. Vamos, senhor; se não, daremos com vossa mercê fora daqui.

SANCHO. Vamos; mas olhe que lhe digo que eu vou como quem vai para a forca.

CENA VI

Mutação de casas. Estarão alguns rebuçados[90], e se canta o oitavado[91], e saem Sancho, o Meirinho e Escrivão, rondando.

SANCHO. Agora me lembra o meu tempo, quando eu namorava a minha Teresa; isso eram canas! Dei-lhe uma vez um descante, que fazia bailar as tripecinhas. O demo da rapariga era esquiva, como não sei quê. Uma vez, pedi-lhe que me deixasse beijar-lhe a mão, e virou-me o rabo com tanta galantaria e gentileza, que lho beijei, cuidando que era a mão. Cantava-lhe o meu oitavado do

---

90 . *Rebuçados*, encobertos, embuçados, referindo-se a pessoas que estão escondidas, ocultas.
91 . *Oitavado*, dança popular do século XVIII.

Inferno, que era como estar um homem com as vozes do meu canto a dar com corpo à sola.

MEIRINHO. Vamos prender estes maganos.

SANCHO. Deixai-os, meirinho.

MEIRINHO. Senhor, isto é um desaforo: andar desinquietando as moças honradas, que estão em casa de seus pais.

SANCHO. Dizeis bem. Olá, ó senhores esquinados[92], vocês bem podem namorar sem desinquietar as raparigas.

ESCRIVÃO. Vocês não têm respeito à Justiça? Vão-se logo embora.

SANCHO. Ó filhos, não deis escândalo à vizinhança, nem deis motivo a distúrbios com vossos divertimentos; quando não, farei justiça.

HOMEM. Vamos dar outro descante pela parte do quintal.

MEIRINHO. Ali está um vulto naquela esquina. Reconheça vossa mercê quem é.

SANCHO. Como o hei de reconhecer, se ele está embuçado?

MEIRINHO. Por isso mesmo.

SANCHO. Ah, senhor, desembuce-se lá; olhe que o quero reconhecer. Ai, que já o reconheci!

MEIRINHO. Quem é?

SANCHO. É um homem que está embuçado.

MEIRINHO. Pergunte-lhe quem é, da parte do senhor governador.

SANCHO. Quem é, da parte do senhor governador?

HOMEM. Que lhe importa?

SANCHO. Não disse eu que se havia de agastar? Vocês não querem tomar o meu conselho...

MEIRINHO. Torne-lhe a perguntar.

SANCHO. Quem é, da parte del-rei?

HOMEM. É a perra, que o pariu.

SANCHO. Ai, que é minha mãe! Mas ela já morreu; será a sua alma, que me vem ver. Diga por vida sua quem é.

HOMEM. Sou sua avó torta.

SANCHO. Mente, magano, que minha avó não era torta, nem na minha geração houveram tortos. Torto será você.

MEIRINHO. Venha preso, da parte del-rei.

---

92. *Esquinados*, embriagados, bêbedos.

HOMEM. Digo que não quero ir preso.
SANCHO. Você não quer ir preso? Olhe bem o que diz.
HOMEM. Não quero; tenho dito.
SANCHO. Pois vá-se embora.
MEIRINHO. Que quer dizer "não quero ir preso?". Venha logo.
SANCHO. Meirinho, vós sois terrível; se o homem não quer ser preso, para que o havemos levar contra sua vontade? Não vedes que pode dar uma força de nós?
MEIRINHO. Ora isso é já pouca vergonha! Há de vir desta sorte.
HOMEM. Venha para cá, que eu o enfiarei.

Puxam pelas espadas e foge Sancho.

SANCHO. Pés para que te quero! Lá vai o meirinho cos diabos! De boa escapei eu! *(Vai-se.)*
MEIRINHO. Ah, senhor governador!
SANCHO. Não deixarão a este pobre governador lograr o seu governo descansado na cama, com as pernas para o ar?
MEIRINHO. Senhor governador?
SANCHO. Mudos sejais vós todos os dias da vossa vida! Arre lá com o salvaginha[93]! Bate, que parece que pisa esparto[94].
ESCRIVÃO. Vossa mercê não ouve, senhor governador?
SANCHO. Isso é tolice; pois, se eu ouvira, não houvera responder.
MEIRINHO. Ora ouça, que estou batendo.
SANCHO. Com a motinada[95] do bater, não ouço nada.
MEIRINHO. Pois já não bato; ouça vossa mercê.
SANCHO. Uma vez que não bateis, entendo que não quereis entrar.
ESCRIVÃO. Vossa mercê parece que não ouve?
SANCHO. Não poderei ser surdo, se quiser? Olhem que está boa!
MEIRINHO. Senhor, que está a ilha cercada de inimigos; acuda vossa mercê.
SANCHO. Adeus, minhas encomendas! Lá vai o pobre Sancho Pança desta bolada.

---

93. *Salvaginha* ou *selvaginha*, formas populares de selvagenzinha.
94. *Esparto*, planta usada no fabrico de capachos.
95. *Motinada*, o mesmo que motim, barulho.

Escrivão. Senhor, venha defender a praça; saia-nos a governar como bom capitão.

Sancho. Mandai cantar a ladainha de todos os santos, e vereis como se vão.

Meirinho. Ora isto é já pouca vergonha; lá vai a porta dentro. *(Sai Sancho.)*

Sancho. Esperem, que eu lá vou para fora. Vocês estão aqui há muito tempo?

Meirinho. Há mais de duas horas.

Sancho. Porque não falavam? Eu adivinho? Pois que temos?

Escrivão. Estamos perdidos.

Sancho. Alguém nos achará.

Meirinho. Inimigos na ilha; acudamos a defendê-la.

Sancho. Pois façamo-nos seus amigos, e dizei-lhe que entrem.

Escrivão. Pelejemos, senhor.

Sancho. Isso é mais. Eu sou cá espadachim? Não basta que eles briguem?

Meirinho. Senhor, que já eles aí vêm; vamos sair-lhe ao encontro.

Sancho. Tomara-me não encontrar com semelhante gente! Vão vocês brigar, se quiserem, que eu fico governando a ilha.

Escrivão. Senhor, que vem passando tudo a cutelo; defendamo-nos.

Sancho. Isso é outra coisa. Olá, todos os nossos soldados se ponham em ala com as mãos atadas para trás, para que logo sejam degolados; e, quando os inimigos vierem, ninguém lhes faça mal: deixem-lhe tomar a ilha, que mais vale tomada, que perdida.

Meirinho. Vamos, senhor.

Saem alguns homens.

Todos. Morra Sancho Pança! Vitória!

Sancho. Morra muito embora, com contanto que me não matem.

Todos. Este é o governador. Venha preso.

Cai Sancho no chão.

Sancho. Eu quero morrer, antes que me matem.

Todos. Ele tá morto; enterremo-lo.

Sancho. Pior está esta. Quem lhe disse a eles que eu queria que me enterrassem?

Todos. Levemo-lo a enterrar.
Sancho. Não; eu não sou morto de ceremônias; eu irei mesmo por meu pé.
Todos. Peguem nele.

CENA VII
Mutação de jardim, aonde estarão o Fidalgo, a Fidalga e d. Quixote.

D. Quixote. Senhora excelentíssima, fidalguíssimo senhor, não sei aonde pretendem chegar vossas grandezas com tantas liberalidades, quantas são as com que tratam a um cavaleiro andante! Algum dia saberei pagar tantos benefícios; pois também os senhores não se livram de estarem encantados.
Fidalga. Senhor d. Quixote, ainda fazemos pouco, segundo o que merece um cavaleiro andante, como vossa mercê.
Fidalgo. Se a minha casa não estivera tão empenhada, vossa mercê vira o nosso primor.

Sai Sancho.

Sancho. O diabo leve a ilha, e mais quem me mandou para ela!
Fidalgo. Que é isso, Sancho Pança? Que conta me dais da minha ilha?
Sancho. Onde está a galantaria de me mandar vossa reverência a ser governador de uma ilha atreita a inimigos? Eles lá ficam a paz e salvo, e eu vim fugindo a unha de burro.
Fidalgo. Pois não a soubeste defender.
Sancho. Defendi-a até a última pinga de sangue e até me fiz morto, a ver se eles fugiam; mas os malditos não têm medo de defuntos.
D. Quixote. Vai-te, cobarde galinhola! Isso é o que aprendeste do meu valor, há tantos anos na escola da minha milícia? Não te hei de ver mais a cara. Que se há de dizer de mim, se tu dás má fama do meu valor?
Fidalga. Senhor, os acidentes da fortuna não são deslustres do valor; isto podia acontecer ao mais valente.
Sancho. Isso estava eu para dizer agora, e tirou-me da boca o que eu já tinha entre os dentes.

Sai um escudeiro.

ESCUDEIRO. Senhor d. Quixote de la Mancha, a senhora condessa Trifalde[96] pede licença para falar a vossa mercê.

D. QUIXOTE. Dizei-lhe que entre, com licença dos senhores.

CONDESSA. Senhor, aos pés de vossa mercê busca remédio uma desgraçada condessa, a qual vive encantada há vinte anos, com tal extravagância dos encantadores, que tendo eu o melhor carão, me fizeram crescer na cara as maiores barbas que nunca se viram em homem algum! E assim, só o vosso valor me pode desencantar.

SANCHO. Esta é mulher de bigode!

D. QUIXOTE. Senhora, menos rogo que esse bastava para vos desencantar.

CONDESSA. Pois eu chamo um cavalo, no qual subireis à região etérea a desencantar-me, e vosso criado Sancho Pança há de ir nas ancas.

SANCHO. Senhora condessa Trifalda, eu sempre ouvi dizer que o dar vinha nas ancas do prometer; eu já estou desenganado do que dão de si estes desencantos; com que, sem que me paguem, não vou, mas que me frijam.

CONDESSA. Dou-te uma jóia, que vale mil moedas, que também está encantada.

SANCHO. Pois eu vou desencantar a jóia, e meu amo a vossa barbaridade.

Canta a condessa Trifalde a seguinte

ÁRIA
As nuvens com ventos
soberbos, violentos,
me tragam voando
um belo cavalo,
e nele montado
dom Quixote vá.
Também Sancho Pança
chegue a montá-lo,
por que desta sorte

---

96. A história da *condessa Trifalde* ou *dueña Dolorida* encontra-se no *D. Quixote*, de Cervantes, parte II, capítulo XXXVI e seguintes.

se veja a mudança
do rosto, que é morte,
se barbas se dá.

*Nas últimas cláusulas da ária desce o cavalo,
e montam d. Quixote e Sancho Pança.*

SANCHO. Não lhe aperte muito o freio, que é doce da boca.
D. QUIXOTE. Já passamos a região aérea.
SANCHO. Aéreo está vossa mercê. Este cavalo anda, que parece que voa. Para carga! Este cavalo, como vai pelo ar, tem muita ventosidade.
D. QUIXOTE. Esta é a região do fogo: já estamos perto.

Cai o cavalo com d. Quixote e Sancho.

SANCHO. Esta é a região da terra. Ai, que quebrei as costelas! Ai, senhora condessa, ou senhora alcofa, onde estão as moedas?
CONDESSA. Senhor d. Quixote, já estou desencantada; vivais muitos anos. Sancho Pança, as moedas hão de vir para o tempo delas. Adeus!
SANCHO. Há maior insolência! Tu és asno, Sancho? Pois leva, leva! Senhor, eu me resolvo a ir para a minha aldeia sangrar-me e purgar-me; pois tenho levado tantas quedas de desgraça, sem que pudesse ter queda com a fortuna.
D. QUIXOTE. Senhores, vossas grandezas me hão de dar licença, que não é razão esteja aqui tanto tempo, sem ir desencantar outras pessoas, visto ter já desencantado esta condessa.
FIDALGA. Não posso estorvar a vossa mercê este louvável exercício das suas cavalarias.
FIDALGO. Viva mil anos o senhor d. Quixote, por tantos desencantos.
D. QUIXOTE. Senhores, isto em mim sempre foi obrigação. Sancho, vai selar os cavalos.
SANCHO. Vamo-nos já desta casa encantada.

CENA VIII
Mutação de bosque. Saem Sansão Carrasco,
d. Quixote e Sancho, os dois primeiros a cavalo.

CARRASCO. Agora veremos se deste segundo desafio tenho a fortuna da minha parte, e darei quanto possuo, se chegar a vencer agora a este d. Quixote, para ver se lhe posso tirar da cabeça a este louco a loucura que tem empreendido. Eu te prometo que tu fiques desenganado e por estes par de anos não montarás a cavalo. Oh, se quisera a ventura que agora o encontrasse! Mas, se me não engana a vista, lá vejo vir um cavaleiro. Ele é sem dúvida; apressar-me quero. *(Sai d. Quixote.)* Se sois cavaleiro andante, brigai comigo.

D. QUIXOTE. Como se o sou? Não só convosco brigarei, mas com mil de vós.

SANCHO. Mau! Isto é caso pensado, e rixa velha.

CARRASCO. Investi, cavaleiro.

D. QUIXOTE. Invisto. *(Cai d. Quixote.)*

SANCHO. Oh, desgraçado! Aqui vieram ter fim as tuas cavalarias andantes! Ah, senhor, não o mate por vida sua: deixe-o para tronco dos cavaleiros andantes.

D. QUIXOTE. Estou vencido. Nem sempre a fortuna me havia de ser favorável.

CARRASCO. Pois estais vencido, mando-vos que não tomeis armas por espaço de dez anos e vos recolhais a vossa casa.

SANCHO. Oh! Nunca ta mão doa! Bem hajas!

D. QUIXOTE. Como bom cavaleiro, devo obedecer. Dizei-me: quem sois?

CARRASCO. Eu sou Sansão Carrasco, a quem vencestes já uma vez; agora quiseram os astros que eu vos vencesse, para que vos recolhais em paz para a vossa casa, que assim mo pediu vossa sobrinha e vossa ama.

SANCHO. Ora, senhores, acabou-se a valentia de d. Quixote, graças a Deus! Tirei bom fruto dele! Bem me disse a minha filha ao despedir-me! Com que agora, dando fim a esta verdadeira história, irei cantando:

Tão alegres que viemos,
e tão tristes que tornamos.

Canta o coro como no princípio.

FIM

Esopaida ou Vida de Esopo

Ópera que se representou no Teatro do Bairro Alto de Lisboa, no mês de abril de 1734.

※

Sobre o fabulista Esopo muito pouco se sabe, e esse pouco se deve ao monge bizantino do século XIV, Planudes, que lhe reuniu as fábulas e escreveu uma história de sua vida. Uma corrente de estudiosos o tem como nascido na pequena vila de Amoria, Frígia, região incerta da Ásia Menor. A maioria, porém, atribui ao solo grego a sua pátria, sem especificar o local, em torno do século VI a.C. De existência semilendária, sabe-se que, como escravo, foi libertado pelo último dos seus senhores, Xanto. Foi graças a sua rara inteligência que se tornou homem livre, vindo a dirigir uma cidade grega por delegação do rei Creso, em cuja corte passou os últimos anos de vida. Mais tarde, ao consultar o oráculo em Delfos, foi acusado de sacrilégio, sendo condenado à morte e lançado do alto de uma rocha. Segundo os relatos biográficos, o seu aspecto físico era disforme, sobretudo por ser corcunda e zambro.

A primeira coleção de suas fábulas se deve ao escritor romano Demétrio de Falero, que as teria coligido em 320 a.C. O fabulista que lhe seguiu as pegadas foi Caio Júlio Fedro, escritor latino do século I da era cristã, que reinventou poeticamente a fábula esópica com seu estilo claro e direto. Mas seu verdadeiro continuador, que recriou o gênero para o mundo moderno, foi Jean de la Fontaine, escritor francês do século XVII, que transformou a fábula numa obra de arte original, tendo publicado suas *Fables choisies* entre 1668 e 1694.

Vê-se, assim, que Antônio José, ao escrever a *Esopaida* na década de 1730, utilizou-se de várias fontes, já que a tradição esópica de herança clássica que atravessou toda a Idade Média atingiu também a península Ibérica, campo fértil para a divulgação de pequenas narrativas que se encerravam com uma lição moral. As suas principais fontes, segundo pesquisa de José Oliveira Barata[1], foram a edição espanhola de um *Isopete*[2], do século XVII, e a publicação, por Manoel Mendes da Vidigueyra, de *Vida e fábulas do insigne fabulador grego Esopo*, com várias reimpressões, de 1603 a 1800. Mas, antes de o dramaturgo luso-brasileiro colocar em cena sua *Vida de Esopo*, já o escritor francês Edmé Boursault (1638–1701) escrevera duas comédias em verso com a finalidade de tornar públicas as histórias do célebre fabulista: *Les fables d'Ésope* ou *Ésope à la ville* e *Ésope à la cour*. Se essas comédias francesas não influenciaram o Judeu, como não é difícil de observar, elas foram, no entanto, imitadas pelo inglês John Vanbrugh, em *The provoked wife* e em *A trip to Scarborough*. E em várias literaturas, a partir do início desse filão dramático, aparecem a vida e a obra de Esopo levadas à cena, como aconteceu no Brasil do século XX, em que o dramaturgo Guilherme Figueiredo soube tirar partido das fábulas de Esopo ao construir sua peça *A raposa e as uvas*. Machado de Assis lembra que

> o caráter tradicional de Esopo era pouco apropriado à comédia: é um moralista, um autor de apólogos, mas Boursault trouxe-o assim mesmo para a cena, único modo de lhe conservar a cor original. O Esopo de Antônio José parece antes um exemplar apurado daqueles lacaios argutos e atrevidos da comédia clássica.[3]

O comediógrafo luso-brasileiro, ao transformar em uma comédia a história do fabulista Esopo, aproveitou do legado esópico os episódios "das línguas" e do "bebedor do mar". Mas atualizou a história para a sua época ao iniciar a primeira cena num local historicamente documentado, o largo do Rossio, tradicional praça de Lisboa. Deve-se ressaltar que, em várias cenas dessa ópera, o dramaturgo dirige a sua principal crítica contra a filosofia escolástica utilizada no ensino acadêmico português.

---

1. António José da Silva. *Esopaida ou Vida de Esopo* (Coimbra, Acta Universitatis Conimbrigensis, 1979), pp. 56-64.
2. *Isopete* ou *Esopete*, diferentes versões das fábulas atribuídas a Esopo divulgadas durante a Idade Média.
3. Machado de Assis. "Antônio José", em *Relíquias de casa velha* (Rio de Janeiro, Civilização Brasileira, 1975), p. 160.

Na construção das personagens, manteve da tradição esópica quatro das principais figuras: Esopo, Zeno, Xanto e Creso, rei de Lídia. As denominações das outras personagens que compõem a sua peça pertencem à tradição real e mítica greco-romana, como Messênio e Temístocles. A única exceção: a criada, *Geringonça*, a primeira personagem inventada por Antônio José a ter nome burlesco, associando-o ao cômico, já que na sua primeira peça, *D. Quixote*, a designação de todas personagens foi retirada da obra de Cervantes. Portanto, a partir da *Esopaida ou Vida de Esopo*, em todas as comédias do Judeu, os criados, os famosos graciosos, receberão nomes que se associam imediatamente ao riso, ao qüiproquó, ao imprevisto, ao absurdo.

A *Esopaida ou Vida de Esopo*, constituída de duas partes, com 18 mutações, emprega o modelo da comédia ibérica tradicional ao terminar com os casamentos de Esopo com Geringonça e de Filena com Periandro; e, ao final, a personagem principal, o criado Esopo, dirige-se ao público e solicita o seu aplauso.

ARGUMENTO

Esopo, filósofo, sendo cativo ou escravo de Zeno, foi vendido a Xanto, filósofo ateniense, o qual estimou muito a Esopo, por ser gracioso e sábio. Este, servindo a seu senhor Xanto em a cidade de Atenas, veio sobre a mesma cidade el-rei Cresso de Lídia com um grande exército. Foi insinuado pelo oráculo de Júpiter que Esopo, como sábio, fosse o diretor da defesa dos atenienses, e com seus ardis os livrou, dando o povo a Esopo a liberdade em benefício da pátria. Casa Periandro com Filena, filha de Xanto. El-rei Cresso premia os grandes merecimentos de Esopo, fazendo-o governador da cidade, e levanta o cerco. O mais se verá em o contexto da história.

INTERLOCUTORES

Cresso, rei de Lídia; *Xanto*, filósofo, senhor de Esopo; *Periandro,* discípulo de Xanto, amante de Filena; *Ênio*, discípulo de Xanto; *Temístocles*, senador; *Filena*, filha de Xanto; *Eurípedes*, mulher de Xanto; *Geringonça*, criada de Eurípedes; *Esopo*, filósofo; *soldados* e *coro*.

CENAS DA I PARTE

   I – Mutação de praça, com casas, e uma feira com gente.
   II – Mutação de câmara.
   III – Mutação de sala.
   IV – Mutação de câmara.
   V – Mutação de mar.
   VI – Praça; mutação de noite.
   VII – Mutação de exército.
   VIII – Mutação de templo.

CENAS DA II PARTE

   I – Mutação de selva.
   II – Mutação de arraial.
   III – Mutação de selva.
   IV – Mutação de câmara.
   V – Mutação de arraial.
   VI – Mutação de pátio escuro.
   VII – Mutação de câmara.
   VIII – Mutação de arraial.
   IX – Mutação de jardim.
   X – Mutação de sala.

Parte I

Cena I
Depois de cantar o coro, descobre-se a praça com fonte,
e haverá como uma feira, com grande concurso de homens e mulheres,
e irão saindo Zeno com os dois escravos, e Esopo mais atrás.

Zeno. Notável dia de feira, para um homem ganhar com estes três escravos sequer duzentos por cento, que não é usura! Oh, queira Júpiter que não chova! Não me dirás, Esopo, já que és tão prezado de respondão, por que quase sempre em todas as feiras chove?

Esopo. Isso tem pouco que saber: porque, como quase sempre as feiras se fazem nos Rossios[4], por força se hão de molhar, ou rociar as feiras.

Zeno. Que depositasse a Providência em vaso tão tosco uma alma tão perfeita, como a deste Esopo!

Primeiro Escravo. Para que nos trará nosso patrão hoje à feira? Isto é novidade.

Segundo Escravo. E o que mais me faz desconfiar é o vestir-nos com roupas novas e trazer-nos mui franças[5]. Que dizes, Esopo? Que será isto?

Esopo. De sorte, meus amigos, que segundo a perspectiva em que estamos, cheira-me isto a que nosso patrão nos traz aqui para que alguém se

---

4 . *Rociar*, trocadilho com as palavras rossio, referindo-se ao famoso largo do Rossio em Lisboa, e rociar, cobrir de umidade, orvalhar.
5 . *França*, indivíduo elegante, janota, garrido, bem vestido.

namore de nós para casar; porque ele é muito amigo de fazer geração na bolsa.

PRIMEIRO ESCRAVO. Não; isto é mais alguma coisa.

SEGUNDO ESCRAVO. Isto é o que quer que é.

ESOPO. Seja o que for: nunca cuidei no que está para vir. Não há coisa como um criado ser bem procedido de unhas em fora, que logo não tem que temer, nem que cuidar; e para que vejais o quão pouco se me dá disso, vamos vendo esta feira.

ZENO. Donde, Esopo, vás? Tu não ouves? Com quem falo eu?

ESOPO. É comigo?

ZENO. Sim.

ESOPO. Eu não me chamo Esopo Vaz; sou Esopo só, nu e espúrio, como minha mãe me pariu.

ZENO. Aonde ias, entremetido?

ESOPO. Se eu fora entremetido, perguntara a vossa mercê para que nos traz hoje a esta grande feira.

ZENO. Para vender-vos a todos três; pois todos três sois intoleráveis pelas vossas manhas; porque tu és um bêbado, e tu um ladrão.

ESOPO. Visto isso, quem comprar a este, sendo ladrão, compra-o com sisa e tudo. E eu, senhor, quais são as minhas habilidades, ou virtudes?

ZENO. São boas! Primeiramente mexeriqueiro e bacharel.

ESOPO. Se eu fora bacharel, soubera direito; se eu soubera direito, eu me endireitara, e não fora corcovado; não é por aí que vai o gato às filhoses. Tem mais de que se acuse?

ZENO. Mais tenho! E o ser alcoviteiro não presta?

ESOPO. Eu digo que não presta; mas olhe, o que lhe digo é que, se vossa mercê me vende por isso, que não faltará quem por isso me compre. Ora o certo é que estamos em um tempo que se não sabem estimar os homens de prendas ou as prendas dos homens! Se vossa mercê bem soubera o que eu sou, talvez que me não vendera. Porém, falando com a mais cativa reverência, não é o mel para a boca do asno.

ZENO. Qual é o mel, e qual é o asno?

ESOPO. O asno, falando por entre os dentes, é vossa mercê, e o mel é o que sai e o que levo do tinteiro.

ZENO. Acaba com isso, que, se começas com arengas, nunca acabarás. Mas enquanto vêm chegando os feirantes, vamos passeando por esta praça. Que te parece? Não é boa?

Esopo. De boa tem pouco.

Zeno. Pois achas que esta praça não é boa? Que achaques lhe pões?

Esopo. Senhor, não pode deixar de ser achacada uma praça com fontes; e a meu ver tem dor de pedra, porque ourina devagar.

Homem. Ah, sô amigo, que procura? Se quer uma boa espada, aqui a tem.

Esopo. Sou tentado com espadas; este homem é bruxo; adivinhou-me o gênio. Vejamos lá que tal é.

Homem. É uma folha velha.

Esopo. Folhinha velha, isso é do ano passado; não me serve para este; quero uma folhinha para este ano que vem, com um eclipse de estocadas.

Homem. Não me entende? Digo que tem aqui uma espada velha.

Esopo. Pior! Eu não quero senão uma espada nova; e vem cá o senhor à feira com uma espada velha!

Homem. Vá-se daí, que não entende de espadas; aí tem rocas[6]; vá comprá-las.

Esopo. O homem não tem siso. *(À parte.)* Pois fia você de mim, que não entendo de espadas? Pois saiba que meu pai foi um ferro-velho; e, quando me gerou na bainha de minha mãe, nasci eu tão espadaúdo, que cuidou a comadre[7] que era eu um peixe-espada; e por final, que com poucos dias de nascido me punham à cabeceira uma espada nua, por amor das bruxas.

Homem. Passa fora, carcunda[8]; onde levas a merenda às costas?

Esopo. A das costas é minha, e a que está mais abaixo é para você.

Outro. Fora, poeta.

Esopo. Olha tu, não te faça uma sinalefa na cara, e um poema de pés quebrados.

Zeno. Valha-te o Diabo, maldito! Não te calarás, que és aqui a fábula do povo?

Esopo. Pois, se eu sou a fábula do povo, também o povo é a fábula de Esopo.

Mulher. Aqui tem boas couves, menino; merque[9] comigo.

---

6. *Roca*, haste de madeira com um bojo na extremidade, no qual se enrola a rama do linho para ser fiada.

7. *Comadre*, o mesmo que parteira.

8. *Carcunda*, forma popular de corcunda.

9. *Merque* do verbo mercar, que caiu em desuso, significando comprar.

Esopo. Deveras, que a menina das couves não é mau repolho para a panela do amor.

Mulher. Olhai quem fala em amor! Tira-te lá, espantalho; não me enguices a venda.

Esopo. Eu nunca vi Vênus com venda. Vêem vocês? Esta couveira me há de enterrar no cemitério dos seus olhos, que são dois valentes carneiros.

Primeiro Escravo. Dize-lhe dessas.

Esopo. Chitom[10], que aí vem nosso patrão direito como um fuso; esperem, esperem, que ele lá vai para a feira das bestas. Ah, senhor, aonde vai? Também vossa mercê se quer vender?

Zeno. Que dizes, bruto?

Esopo. Quê? Arre para cá, não se troque vossa mercê; ao depois não o poderemos conhecer; e, quando não, ponha um sinal na orelha e vá-se.

Zeno. Como te tenho por bobo, tens licença para tudo.

Saem Xanto, Periandro e Ênio com vestidos talares[11].

Xanto. Nesta mesma variedade confusa se alimenta a potência visiva.

Periandro. Senhor mestre Xanto, sobre isso da potência visiva tinha eu um argumento, e muito forte.

Xanto. Periandro, fique-vos de advertência que nem todo o lugar é para todas as coisas; nas praças vende-se, e nas aulas argumenta-se.

Ênio. Diz bem o nosso mestre; vós, Periandro, sois terrível.

Periandro. E vós, Ênio, também me quereis repreender? É o que me falta!

Zeno. Senhor filósofo, vossa mercê porventura quererá comprar algum destes escravos?

Xanto. Eu só venho comprar um jumento para a nora da minha quinta.

Esopo. Eu nunca vi filósofo com quinta. *(À parte.)*

Xanto. Porém, se contudo mo acomodar no preço, não se me dá de comprar um escravo. Anda tu cá. Que sabes fazer?

Primeiro Escravo. Tudo.

Xanto. E tu?

Segundo Escravo. Eu tudo sei fazer.

Periandro. Quem tudo sabe, nada sabe.

---

10. *Chitom*, "silêncio".
11. *Talar*, vestimenta que desce até o calcanhar.

Xanto. E tu, monstro, que sabes fazer?

Esopo. Nada, graças a Deus.

Xanto. Homem (se é que o és), é possível que não saibas fazer coisa alguma?

Esopo. Senhor, não se admire vossa mercê, que, como estes meus companheiros tomaram por sua conta o fazer tudo, não ficou para mim nada.

Periandro. Que diz vossa mercê da reposta[12], senhor Xanto?

Xanto. Está com sutileza. Ora dize-me: como te chamam?

Esopo. A mim chamam-me como me querem chamar; não há meia hora, que uns me chamaram poeta e outros carcunda.

Xanto. Pergunto o teu nome.

Esopo. Eu, senhor, com perdão de vossa mercê, chamo-me Esopo.

Xanto. Donde nasceste?

Esopo. Do ventre de minha mãe.

Xanto. Não me entendes? Em que lugar nasceste?

Esopo. Também não me disse minha mãe se me pariu em lugar alto ou baixo; mas cuido que foi aí a algures, ao pé de alguma coisa.

Periandro. Ênio, o escravo tem atacado ao filósofo, nosso mestre.

Xanto. Ou és mui simples, ou mui velhaco. Pergunto-te de donde és natural.

Esopo. À que del-rei, senhor, eu sou legítimo; não sou natural.

Xanto. Valha-te Deus; aonde é a tua pátria?

Esopo. Isso é outra coisa; sou de donde me vai bem[13], que aí é a minha terra.

Xanto. Na verdade, que me tem admirado as respostas deste escravo! Hei de comprá-lo por todo o dinheiro, ainda que minha mulher se enfade. Quanto quer por Esopo?

Zeno. Pois não quer estes dois, que são perfeitos, e só lhe agradou este bruto? Mas, como vossa mercê vinha comprar um jumento, levando a Esopo tudo vem a ser o mesmo.

Xanto. Eu, senhor, não compro as perfeições do corpo, mas sim as da alma.

Zeno. Uma vez que vossa mercê assim o quer, todas as vezes que me der dez moedas, leve-o.

---

12 . *Reposta*, forma popular de "resposta".

13 . *Donde me vai bem...* Tradução da frase latina *ubi bene, ibi patria*, "onde (me sinto) bem, lá (é a minha) pátria".

XANTO. Aqui as tem.

ESOPO. Que diabo estarão falando uns com os outros, apontando para mim? Eu estou vendido aqui! *(À parte.)*

XANTO. Esopo, anda comigo, que te comprei.

ZENO. Esopo, vai com o senhor Xanto, que a ele te vendi.

ESOPO. Não disse eu que estava vendido? Vamos, senhor Xanto filósofo; mas saiba que ambos vamos vendidos.

XANTO. De que sorte?

ESOPO. Eu, porque vossa mercê me comprou; e vossa mercê, porque não sabe o que leva em mim.

XANTO. O que eu levo em ti bem o sei.

ÊNIO. Vamos, vamos para casa, que é tarde.

ESOPO. Adeus, adeus, meus amados companheiros; despeçamo-nos depressa, antes que as lágrimas tenham notícia da nossa despedida, que, se elas o sabem, logo virão aos cardumes. Adeus: olhai, se vocês fugirem, não seja para Braga[14], que é má terra para cativos.

AMBOS OS ESCRAVOS. Adeus, amigo.

ZENO. Esopo, não te despedes de mim?

ESOPO. Como vossa mercê me despediu de si para sempre, não queira outra vez despedir-se. Vamos, senhores.

CENA II
Mutação de câmara. Saem Filena e Geringonça.

FILENA. Falaste a Periandro?

GERINGONÇA. Por mais que andei daqui para ali, não o pude ver.

FILENA. Valha-te o demo, maldita, que não tens préstimo para nada! Como hei de passar daqui até à noite, sem saber de ti, meu Periandro? Tu, mofina, tens a culpa de minhas ânsias.

GERINGONÇA. Se são da madre[15], case-se, e deixe-me já com tais amores; porque vossa mercê me tem aqui para terceira da sua correspondência.

---

14 . *Braga*, cidade portuguesa antiquíssima, fundada na época da colonização romana. Aqui, porém, se faz trocadilho entre o topônimo e braga, substantivo, que era a argola de ferro que prendia o escravo.

15 . *Madre*, por útero.

FILENA. Perdoa-me, Geringonça, que o amor me tem quase louca. Oh, quem me dera saber escrever, para todos os dias ter novas tuas, meu querido Periandro!

Sai Eurípedes.

EURÍPEDES. Como é isso de meu querido Periandro?
GERINGONÇA. Temos o caldo entornado!
FILENA. Mofina de mim, que minha mãe me ouviu!
EURÍPEDES. Com que você já tem queridos! Está muito bem; teu pai o saberá, desavergonhada!
FILENA. Eu não sei o que vossa mercê diz.
EURÍPEDES. Não sabes o que eu digo?! Pois eu sei o que tu fazes; por isso, vós, minha filha, andais sempre contando os buracos às rótulas, porque todo o fogo tendes no peito. Ah, velhaca, sonsa, solapada! Com que o senhor Periandro é o vosso amante! Por isso ele tomou por mestre a teu pai, para ter pé de vir aqui todos os dias!
FILENA. Olhe, minha mãe... porque eu... quando... sim...
EURÍPEDES. Que diabo dizes? Que falas, que nem atas nem desatas? Resta-me agora que te queiras desculpar.
FILENA. Pois eu que fiz? Olhe que está boa!
GERINGONÇA. Eu vou-me surrando[16], que esta trovoada há de parar em água. *(Vai-se.)*
EURÍPEDES. Isto me faz desesperar! Tu podes negar o que eu vejo e o que agora te ouvi?

Canta Eurípedes e Filena a seguinte

ÁRIA A DUO
EURÍPEDES. Ingrata filha!
FILENA. Brava mãezinha!
EURÍPEDES. Sempre doidinha
    te hei de encontrar?
FILENA. Sempre doidinha
    me há de chamar?

---

16. *Vou-me surrando*, vou fugindo.

Eurípedes. Tu com amores!
Filena. Eu? Não há tal.
Eurípedes. Ai, guarda lá.
Filena. Eu? Não há tal.
Eurípedes. Eu bem ouvia
    que lhe dizias
    que lhe querias
    e que lhe morrias;
    tudo sei já.
Filena. Basta, mãezinha,
    de consumir-me.
      Ai, ouça cá.
Eurípedes. Para que negas?
Ambas. Não quer ouvir-me?
Filena. Ai, ouça cá.
Eurípedes. Ai, guarda lá.

Saem Xanto, Periandro e Esopo, que ficará como escondido.

Xanto. Esopo, espera aqui detrás desta cortina.
Esopo. É mui boa sala vaga!
Xanto. Amada Eurípedes, tardei muito?
Eurípedes. Isso é costume antigo. Donde vem a estas horas, tamanhão?
Esopo. Ela é desta casta? Boas novas para o pai da criança. *(À parte.)*
Xanto. Ora não te agastes; que, se tardei, arrecadei.
Eurípedes. Que arrecadei? Que é o que me trazes da feira?
Filena. É para mim, paizinho?
Eurípedes. Sim, tudo há de ser para ela? Não há de ser senão para mim.
Xanto. Pois saibamos para quem há de ser.
Ambas. Para mim.
Xanto. Pois lá se avenham com ele; aí o têm.

Sai Esopo.

Eurípedes. Que horrível fantasma!
Filena. Que enorme espetáculo! Fujamos, minha mãe?

Eurípedes. Ai, senhores, que estou para me desmaiar! Ai, que ele se vem chegando! À que del-rei!

Esopo. Ora eu não cuidava que era tão feio, que metia medo!

Sai Geringonça.

Geringonça. Que gritos são estes, senhora? Mas ai, coitada de mim, que demônio tão feio!

Periandro. Boa a veio vossa mercê fazer; ela lhe dará o recado.

Eurípedes. Deite-me esse monturo pela porta fora; não o quero em casa nem um instante.

Xanto. Maldito de todos os diabos, agora estás mudo? Dize-lhe alguma coisa, com que se desenfade e se alegre.

Esopo. Suponha vossa mercê que se me secou a prosa e que estou na hora do burro.

Xanto. Dize-lhe alguma coisa sequer.

Esopo. Já que me puxa pela língua, deixe-a agora comigo. Parece muito mal, senhora Eurípedes, que vossa mercê se agaste com o senhor, seu marido, por lhe comprar um escravo feio. Pois que queria? Queria um servo gentil-homem para ficar cativa dele? Queria um rapagão, roliço, alvo e louro, olhos azuis, com o corpo à inglesa e pernas à francesa, para que logo meu senhor com tal servo ficasse veado? Ora cuide em si e saiba estimar-me, que eu lho saberei merecer.

Eurípedes. Ai, só isso me fizera agora rir: és engraçado; já te vou perdendo o medo.

Xanto. Tu não sabes as prendas de Esopo; eu te prometo que gostes dele.

Eurípedes. Vem cá, Esopo; chega-te para mim.

Esopo. Agora também não quero, que tenho medo de vossa mercê. À que del-rei, que tarasca[17]! Quem me acode, que me desmaio?

Eurípedes. Ora anda cá; façamos as pazes; olha bem para mim: és mui feio!

Esopo. Isso é mercê que vossa mercê me faz.

Filena. A cara parece um mono.

Esopo. Ora não me lisonjeie.

Geringonça. Ai, senhora, cá lhe vi uma corcova atrás.

---

17. *Tarasca*, mulher feia e de mau gênio.

Esopo. Valha-te o demo a língua, que me descobriste uma falta que ninguém a havia ver, se tu o não disseras!

Eurípedes. Ainda mais essa temos; é corcovado!

Esopo. Bem podem montar em mim, que, ainda que sou corcovado, não faço corcovas.

Xanto. Deixem ao pobre Esopo, que, assim como é, tem muito préstimo.

Eurípedes. Que habilidades tens, Esopo? Sabes cantar?

Esopo. Qual é o cativo que não sabe cantar "al son del remo, y de la cadena"?

Eurípedes. Sabes tanger?

Esopo. Sei tanger bois muito bem.

Eurípedes. Sabes ler?

Esopo. Não, senhora; escrever sim.

Filena. Meu pai, eu quero que Esopo seja meu mestre e que me ensine a ler e a escrever.

Xanto. Sim. Esopo, tu hás de ensinar a esta rapariga a ler e a escrever; aí ta entrego.

Esopo. Testemunhas me sejam todos que o senhor Xanto me entrega a sua filha; ao depois não se queixe. E ela não tem maus bigodes! *(À parte.)*

Periandro. Ora, Esopo, conta-nos alguma coisa da tua vida, que há de ser célebre.

Esopo. Senhor, a minha vida é mais larga que comprida.

Eurípedes. Dize, Esopo; dize alguma coisa.

Esopo. Ora vá de história. Gerou-me meu pai, e foi coisa para ver que, tanto que meu pai me gerou, logo minha mãe se sentiu prenhe e ficou tão soberba, que tudo lhe enjoava; engordou tanto, que em nove meses se fez como uma bola; enfim, se não pare, arrebenta; deram-lhe as dores, e ao primeiro puxo saiu este criado de vossa mercê, e logo fui tão cortês, que caí prostrado aos pés de minha mãe; pois só a esta devia pagar as páreas[18]; porque não falta quem diga que minha mãe me pariu de um só parto, podendo-me parir de dois, que eu tinha corpo para tudo; e é de advertir que naquele tempo as mulheres eram as que pariam, e não como agora, que pare quem quer. Notou-se no meu nascimento que eu nascera nu e em pele; e, como nascia para ser escravo, logo se me viu o ferrado[19]. Tanto que eu nasci, como minha mãe era muito amante dos filhos, logo me mandou enjeitar. Enfim, fui crescendo aos palmos e, apenas tinha sete

---

18 . *Páreas*, antigo tributo.
19 . *Ferrado*, fezes de criança recém-nascida.

anos; logo comecei a falar tão perfeitamente, que não se me entendia palavra. Toda a minha vida foi sempre prodigiosa; de sorte que já anda em livros por todo o mundo; e agora me dizem que se está representando no Bairro Alto[20].

PERIANDRO. Notável é a tua vida!

XANTO. Esopo, aqui te entrego esta casa e te faço meu mordomo.

EURÍPEDES. Vamos, Filena.

FILENA. Periandro, logo falaremos; não te ausentes. *(Vai-se.)*

PERIANDRO. Aqui ficarei esperando por esse sol que me anima. Ai, amor, quando hás de favorecer a um amante das tuas aras, que, nos suspiros que exala, acende as chamas nos sacrifícios que vota?

Sai Filena.

FILENA. Periandro, seguramente podemos falar, pois todos lá ficam dentro rindo-se com Esopo, que sem dúvida amor o trouxe aqui, para que seja o terceiro de nossos amores.

PERIANDRO. Essa fortuna a devo estimar para o melhor acerto da nossa correspondência; e, porque agora falamos de amor, escuta, Filena, a frase das melhores expressões.

SONETO
Minha amada Filena, doce emprego,
de amorosos enleios labirinto,
são tais as ânsias que amoroso sinto,
que sem morrer mil vezes não sossego.

Em mar de pranto, mísero navego.
Quando amante, naufrago; porém minto,
porque eu mesmo o martírio já consinto,
pois busco as penas morto, as luzes cego.

Oh, morra já minha alma enternecida!
Oh, viva alegre nessa luz serena!
Contente aspiro tão ditosa lida;

---

20. O comediógrafo utiliza uma espécie de metateatro ao desfazer a "ilusão teatral".

pois consegue esta dor, que me condena,
um triunfo a teus olhos cada vida,
cada morte uma glória à minha pena.

Filena. Periandro, as tuas finezas, por encarecidas, me parecem mais lisonjas que realidades; e assim, apelo para o tempo, que só este será o fiador da tua constância; porque, sendo tu firme, eu não deixarei de ser leal.

Periandro. Formosa Filena, ainda duvidas da minha lealdade? Não tens lido nos caracteres de meus suspiros as firmezas do meu amor? Não vês no espelho das minhas lágrimas a imagem dos meus extremos? Pois seguro-te, meu bem, que, apesar de tudo, hei de ser sempre firme, constante e leal.

Canta Periandro a seguinte

ÁRIA
Primeiro verás, Filena,
enregelar-se o fogo,
mover-se o duro monte,
cair esse horizonte
que em meu amante rogo
se encontre o variar.
Se, pois, amor ordena
que adore essa beleza,
será minha firmeza
eterna em te adorar. *(Vai-se.)*

Filena. Escuta, Periandro; meu bem, aonde vás?

Sai Esopo.

Esopo. Que hei de escutar? Que é o que diz?
Filena. Ai! És tu, Esopo? A bom tempo vieste.
Esopo. Sim; vim a bom tempo; mas eu lhe empatei o cozimento.
Filena. Meu Esopo, tenho um favor que te pedir; se o fazes, terás de mim quanto quiseres.
Esopo. Diga, diga; não gaste tempo, que pode vir seu pai. Eu assim tolamente lhe vou querendo bem. *(À parte.)*

FILENA. Bem sabes, Esopo, que não há peito tão isento, que não sinta as violências do amor.

ESOPO. Que mais?

FILENA. Isto suposto, saberás que quero bem... não sei como to diga.

ESOPO. Eu estou vendo que ela se namorou de mim e tem pejo de mo dizer. *(À parte.)*

FILENA. Porque bem sabes, Esopo, que o amor é cego e em nada repara.

ESOPO. Que mais claro mo há de dizer? A pobrezinha não sabe como se explique; ora eu a ajudarei a dizer: senhora, bem sei que o amor é cego e é monstro e que para cativar as almas, como cego, não repara em qualidades, e como monstro, não se lhe dá de perfeições. Quer vossa mercê dizer que, apenas me viu, logo se rendeu, e que estala de amor por mim. Se é isso, esteja descansada, que lhe quero também muito, muito.

FILENA. Sempre estás com gracinhas; pois logo em ti havia empregar o meu amor?

ESOPO. Olhe vossa mercê, pois achava eu que não era nenhum despropósito; porque me tinha logo aqui à mão dentro de casa, sem o ir buscar à rua.

FILENA. Eu quero bem a Periandro; e, como lhe não posso falar às vezes que quero, tu hás de ser o medianeiro da nossa correspondência.

ESOPO. Isso, por outra frase, vem a ser alcoviteiro. Não é nada!

FILENA. Pois que dizes?

ESOPO. Senhora, em mim está mal o ofício de camaleão; isso não se acha em mim.

FILENA. Meu Esopo, olha que to hei de agradecer, e Periandro também.

ESOPO. Senhora, tudo se pode fazer, sem que perigue o meu crédito e o seu amor, e poderemos ambos ficar bem.

FILENA. De que sorte?

ESOPO. Desta sorte: eu o que poderei fazer é levar-lhe algum recado ao senhor Periandro, ou escrever-lhe alguma carta em seu nome, e fazer tudo o que vossa mercê me mandar; mas ser alcoviteiro, isso por nenhum modo.

FILENA. Aceito o favor que me fazes.

ESOPO. Ah, tirana! Não basta comer-me o amor, mas ainda me esfregas com zelos[21]? Pois por vida de Esopo, que...

FILENA. Quero, pois, Esopo, que digas a Periandro que ao pôr do sol...

---

21. *Zelos*, ciúmes. Os zelos são, segundo o código amoroso dos séculos XVII e XVIII, a essência do amor.

Sai Xanto.

Xanto. Que fazes aí, Esopo?

Esopo. Estava para dar lição à menina, e ela não queria.

Filena. Bem remediou. *(À parte.)*

Xanto. Isso tem tempo. Filena, vai para dentro.

Filena. Que não pudesse dizer a Esopo o recado para Periandro! Ao depois lho direi. *(À parte. Vai-se.)*

Xanto. Esopo, és capaz de guardar um segredo?

Esopo. Conforme a parte aonde eu o puser.

Xanto. Bem sabes que sou teu senhor e que, se me fores leal, terás a liberdade; e assim saberás que eu sou frágil.

Esopo. Isso sei eu; diga o mais.

Xanto. E que em matérias de amor todos são loucos; porque amor tem duas vendas: uma nos olhos, outra no entendimento.

Esopo. Rico amor será esse com duas vendas.

Xanto. Com que, não sei que diabo de feitiços me fez esta criada, para eu lhe querer bem.

Esopo. Ora tenha vergonha: um filósofo namorado de uma trapalhona e mondongueira[22]! Em que consiste a sua filosofia? Visto isso, todos somos uns?

Xanto. Olha tu; também o amor é filosofia das almas, aonde com argumentos de finezas se prova o sistema da constância.

Esopo. Visto isso, eu também sou filósofo; pois, quando quero bem, logo é a concluir.

Xanto. Quem duvida que, se tens amor, que também és filósofo?

Esopo. Ora acabe com isso, que eu de mim para mim me tinha por filósofo; mas não o queria dizer com vergonha.

Xanto. Com que, Esopo, eu morro por Geringonça.

Esopo. Quem é Geringonça?

Xanto. É esta criada de casa.

Esopo. Olhe vossa mercê; agora sei que tem bom gosto; pois só o nome de Geringonça lhe basta para se querer; o certo é que todo o amor é geringonça.

---

22 . *Mondongueira*, de mondongo, tripas ou miúdos de animais. Aqui no sentido de tripeira, mulher suja, desleixada.

XANTO. Dizes bem; porém, como minha mulher Eurípedes tem terrível condição e não sei se já presume alguma coisa, é-me preciso tratar isto com mais cautela; e assim tu hás de ser o meu remédio.

ESOPO. Purgativo, ou vomitório?

XANTO. Purgativo não, há de ser vomitório; porque lhe hás de dizer que à noite me fale no jardim, e entanto tu ficarás divertindo a tua senhora.

ESOPO. Senhor, isso ninguém tal faz, sevandijar[23] vossa mercê num jardim com uma criada; e então onde havia vossa mercê falar a uma senhora?

XANTO. Não vês tu que a necessidade não tem lei, por amor; e o jardim, por mais retirado, é o melhor lugar?

ESOPO. Pois, se a necessidade não tem lei, por amor dessa necessidade fale-se à criada em uma secreta, que é parte privada.

XANTO. Ora deixa disparates; isto te encomendo lhe digas. Olha não o saiba viva alma.

ESOPO. Eu lhe prometo que ninguém o saiba.

XANTO. Mas ela aí vem; eu me retiro, por me não achar aqui minha mulher, e dize-lhe tu o que te disse. Esopo, segredo, que importa. *(Retira-se.)*

Sai Geringonça.

GERINGONÇA. É possível, Esopo, que ainda não tiveste uma hora para me falares?

ESOPO. É possível, Geringonça, que ainda não tiveste uma hora para me falares?

GERINGONÇA. Esopo, ouve-nos alguém, que te quero comunicar um segredo?

ESOPO. Ui, senhores! Eu cuido que estou preso nesta casa; pois sempre estou em segredo. *(À parte.)*

GERINGONÇA. Dize: posso falar?

ESOPO. Se não tens estupor na língua, bem podes falar.

GERINGONÇA. Pois sabe que, apenas te vi, quando logo me furtaste o coração, me roubaste as potências e me ganhaste a liberdade.

ESOPO. Daqui a pôr-me na forca não vai nada. Mulher, eu furtei-te alguma coisa?

---

23. *Sevandijar*, rebaixar-se vergonhosamente, aviltar-se.

GERINGONÇA. Ah, ladrão das almas!

ESOPO. Ladrão das almas?! Eu nunca andei com a bacia[24].

XANTO. Não é nada; a moça namorou-se de Esopo! *(À parte.)*

GERINGONÇA. Esopo, eu perdida por ti de amor! Como há de ser isto?

ESOPO. Se estás perdida de amor, perde também as esperanças. Mas dize-me, mulher do diabo: que achaste em mim para me quereres bem? Namorou-te este feitio?

GERINGONÇA. O meu amor tem mais de peso, que de feitio.

ESOPO. Namorou-te esta calva?

GERINGONÇA. Não vês que a ocasião é calva, e tu foste a ocasião do meu amor?

ESOPO. E estas pernas zãibras[25] são também ocasião de tu me quereres bem?

GERINGONÇA. Foram os arcos por onde o amor despediu as setas.

ESOPO. Tudo está muito bem; mas parece-te bem esta corcova?

GERINGONÇA. Essa corcova foi o monte de Vênus aonde achei a minha *buena dicha*[26]. Mas para que te cansas, se para o meu gosto és um Adônis e um Narciso?

ESOPO. Ora tomem-se lá com este Adônis e com este Narciso!

GERINGONÇA. Ora, Esopo, para que te cansas? Quem o feio ama, formoso lhe parece.

Canta Geringonça a seguinte

ÁRIA
Tens tal dengue, tens tal graça,
que assim mesmo corcovado,
escalvado,
arrenegado,
me namora esse rigor.
Ai, amor, que linda traça
para me render, achaste,

---

24. *Bacia* ou bandeja de esmolas. Censura aos que ficavam com parte do dinheiro recebido para as almas.

25. *Zãibra*, variante de zãiba, o mesmo que cambada ou cambaia, perna torta com o joelho para dentro.

26. *Buena dicha*, sina, destino.

se em Esopo cabeçudo
nargudo,
barrigudo,
tenho posto o meu amor.

Esopo. Mulher, requeiro-te, da parte de Deus, que, em me quereres bem, não sabes o que fazes. Vai-te daí, que quem se namora de mim é capaz de se namorar de um burro.

Geringonça. Tu me desprezas? Olhem a que chegaram os meus pecados! Vejam quem! Um calvo!

Esopo. Qual calvo! Não vês que esta calva foi a ocasião do teu amor?

Geringonça. Tu me desdenhas, zãibro?

Esopo. Agora zãibro! São os arcos, por onde Amor despediu as setas...

Geringonça. Tu mo pagarás, corcovado.

Esopo. Isto não é corcova; é o monte de Vênus.

Geringonça. Vai-te daí, cão com trambolho. *(Vai-se.)*

Esopo. Vai-te, cadela com almorreimas[27].

Sai Xanto.

Xanto. Escravo desaventurado, por que não disseste o que mandei dizer a Geringonça?

Esopo. Como o havia de dizer, se vossa mercê me disse que o não soubesse viva alma?

Xanto. Isso não se entendia com Geringonça.

Esopo. Tenha mão: agora o colho. Vossa mercê me disse que o não soubesse alma viva; *atqui*[28], que Geringonça é alma viva; *ergo*[29], Geringonça por ser viva alma o não havia saber.

Xanto. Não te quisera tão filósofo agora.

Esopo. Como vossa mercê me disse que amor era filosofia, quis tomar bem a lição.

Xanto. Tal estou de raiva, que te matara agora. Não te aconteça outra; quando te mandar fazer alguma coisa, faze-a como te mando.

---

27. *Almorreimas*, hemorróidas.
28. *Atqui*, "com efeito", "certamente".
29. *Ergo*, "portanto".

Esopo. Eu o farei.

Xanto. Andar; não tem remédio. Ouves tu? Amanhã tenho de dar um banquete aos meus discípulos, e te encomendo me ponhas na mesa a melhor coisa do mundo.

Esopo. Encomende-me coisas de comer, que disso darei eu melhor conta. *(Vai-se.)*

CENA III
Mutação de sala, e sairão Periandro e Ênio.

Periandro. Ênio, vós também sois convidado para o banquete de Xanto, nosso mestre?

Ênio. Os favores particulares, Periandro, serão só para vós; porém os públicos serão para todos.

Periandro. Eu não vos entendo.

Ênio. Homem, vós quereis tapar o céu com uma joeira[30]? Pois bem público é que vós andais namorado de Filena; e, sendo eu vosso amigo e condiscípulo, recatais de mim coisa que é tanto do vosso gosto?

Periandro. Não me crimineis de não vos ter revelado este negócio, pois bem sabeis que o segredo é alma do amor; e tanto o desejo recatar, que tomara de mim mesmo encobri-lo. É verdade que eu amo a Filena, porque a sua formosura pode cativar o mais livre alvedrio[31]; mas com amor tão lícito, que não passa os limites da modéstia.

Ênio. Como lhe podeis falar, tendo uma mãe de tão terrível condição?

Periandro. Quis a fortuna trazer para isso a Esopo, que é o mais fino alcoviteiro do mundo.

Ênio. Ui! Tem mais essa habilidade?

Periandro. É juiz do ofício e padre-mestre na matéria.

Sai Esopo.

Esopo. Vossas mercês vieram a conversar, ou a comer? Ora vamos, que a sopa está esperando.

---

30. *Joeira*, peneira.
31. *Alvedrio*, arbítrio, o livre-arbítrio, resolução de vontade própria.

ÊNIO. Vamos ver os teus cozinhados. *(Vai-se.)*
PERIANDRO. Esopo, que novas me dás de meu bem?
ESOPO. A boas horas me pergunta pelo seu bem, ao mesmo tempo que me está a boca do estômago gritando que quer comer.
PERIANDRO. Pois fala-me ao depois. *(Vai-se.)*

Descobre-se uma mesa e se irão assentando a ela Xanto,
Ênio e Periandro e os mais que puderem.

XANTO. Vamo-nos assentando sem cerimônia, que nos banquetes não há mestres, nem discípulos. Mandei a Esopo que me pusesse nesta mesa a melhor coisa do mundo; veremos com que ele se desempenha.
PERIANDRO. Com alguma parvoíce. Se vossa mercê se fiou da sua eleição, ficaremos em jejum.
ÊNIO. Vamos nós comendo o que está na mesa, pelo sim, pelo não, que ele já tarda.

Sai Esopo com um prato.

ESOPO. Eis aqui a melhor coisa do mundo[32].
XANTO. Descobre, e veremos.
ESOPO. É um prato de línguas.
XANTO. Um prato de línguas? Como? Pois isso é a melhor coisa do mundo?
ESOPO. Qual é a dúvida que a melhor coisa do mundo é a língua? Que coisa mais necessária no homem que a língua? Sem língua, ninguém pode falar; sem falar, ninguém se entende. A língua é a alma dos conceitos, é o corretor dos comércios, é a taramela das portas da boca, é a prancha dos comeres, é o esgaravatador das gengives[33], é a zaragatoa dos beiços, o planeta do céu da boca, e o badalo da campainha. Com a língua se lambe um prato; com a língua faz o arrieiro a célebre cantiga etc. Enfim, a língua do cão é o melhor remédio das chagas, e o linguado o melhor peixe dos mares. Não sei o que mais queira dizer, que o tinha debaixo da língua.

---

32 . Das histórias atribuídas a Esopo, a das línguas é uma das mais conhecidas. Essa versão apresentada por Antônio José tem maior desenvolvimento do que a original.
33 . *Gengives*, forma popular de gengivas.

Xanto. Nada nos dizes de novo, que bem sabemos que a língua é o oráculo do homem; porém, havemos só comer línguas?

Esopo. Senhor, muitos comem do que falam.

Periandro. Esopo fez o que lhe mandaram, como bom servo.

Xanto. Uma vez que a melhor coisa do mundo são as línguas, traze-me agora aqui a pior coisa do mundo.

Esopo. Com muito gosto; eu venho já. *(Vai-se.)*

Periandro. É lástima que seja cativo quem tem tão livre o juízo para discorrer.

Ênio. Não é essa a primeira sem-razão da natureza.

Xanto. Que diabo fazes, Esopo?

Esopo. Eis aqui a pior coisa do mundo. *(Sai.)*

Xanto. Que é isso que trazes?

Esopo. Outro prato de línguas.

Xanto. Pois como?! Se a melhor coisa do mundo são as línguas, como agora as línguas são a pior coisa do mundo?

Esopo. É filósofo, e não sabe que, sendo uma língua boa a melhor coisa do mundo, a pior é uma língua má? Uma língua má é estrago da honra; ela é a mãe dos mexericos, o pai dos enredos, a irmã das discórdias, a perturbadora da paz, o clarim da guerra, a sarna do sossego, a carepa[34] das consciências, o despertador das vinganças e o instrumento da alcovitice. Não é assim, senhor Xanto?

Xanto. Dizes bem; eu te perdôo a peça; e, pois não há outro remédio, vamos comendo essas línguas e bebendo duas pingas. Ora lá vai à saúde de vossas mercês! *(Bebe.)*

Esopo. Isso me parece bem; acendam-se no templo da barriga as alâmpadas de Baco.

Periandro. Lá vai à saúde da senhora Eurípedes. *(Bebe.)*

Esopo. Tem razão; vá a virar.

Ênio. Periandro, lá vai; já me entendeis. *(Bebe.)*

Periandro. Vá, eu correspondo. *(Bebe.)*

Esopo. Eu com esta garrafa irei fazendo as razões. Lá vai, ou cá vem à saúde dos meus achaques. *(Bebe.)*

Xanto. Que achaques tens?

Esopo. Agora tenho gota.

---

34. *Carepa*, sarna, aspereza.

PERIANDRO. Ênio, nosso mestre não está todo trigo.

XANTO. Mui valente foi Hércules Tebano! Esopo, vamos queimar estes cães.

ESOPO. Ai, ai, que está puxado!

PERIANDRO. Apostemos nós que vossa mercê não há de beber um tonel de vinho?

XANTO. Sou capaz de beber o mar; tenho dito.

ESOPO. Não zombem com ele, que não só beberá o mar, mas tudo quanto se lança na praia.

PERIANDRO. Ora quanto aposta vossa mercê, que não bebe o mar?

XANTO. Aposto tudo quanto possuo.

PERIANDRO. Está apostado; venha sinal.

XANTO. Este anel.

PERIANDRO. Está feito; quando há de ser isso?

XANTO. Quando quiseres.

ESOPO. Vão falando, que eu vou bebendo.

XANTO. Esopo, leva essa língua a Geringonça, que com ela lhe explico o meu amor.

ESOPO. Assim o farei. Esopo, hoje podes beber francamente.

XANTO. Viva Baco, e morra o mundo! *(Levantam-se.)*

ESOPO. Morra o mundo, e abrase-se Tróia.

PERIANDRO. Ambos estão mui bêbados.

ÊNIO. Estou envergonhado de ver esta lástima! Nisto param os banquetes!

ESOPO. Estou tão alegre, que o corpo me pede folia.

XANTO. E a mim cóleras e iras, e parece-me que ouço instrumentos bélicos.

ESOPO. Eu cuido que são bandurras[35]; elas são, não são? Sim, são; escute, escute; são, são, elas são; pois cantemos.

Canta Esopo o seguinte

RECITADO
Lá vai à saúde dos senhores,
e em suaves licores
matarei a cruel melancolia,
em doce hidropisia.

---

35. *Bandurra*, viola rústica.

Apesar do pesar e do cuidado,
vestir quero a minha alma de encarnado.

ÁRIA
Nas guerras de Baco,
sem o chuço ou baioneta,
com esta trombeta
toco a degolar, tan, taran, tan, tan,
e ao som deste som, torom, tom, tom,
tudo terá fim, tirim, tim, tim,
prostrando as cavernas
de tantas tavernas,
por que delas possa
Baco triunfar.

CENA IV
Mutação de câmara. Saem Eurípedes e Geringonça.

EURÍPEDES. Geringonça, que fizeste até agora?

GERINGONÇA. Estive na cozinha dando ordem ao banquete, e o negro Esopo me deu tanta pressa, que andei atarantada.

EURÍPEDES. O Diabo levara os banquetes! Que há de ser, se o tonto de meu marido deu-lhe hoje na birra fazer bródios[36] e nisso tem consumido o dote que me deu meu pai?

GERINGONÇA. Ai, senhora, também vossa mercê agora não tem razão. Ele que gasta, nem que bródios faz? Eu, há um ano que aqui estou, não vejo entrar nesta casa mais que chícharos[37] e nabos.

EURÍPEDES. Ó desavergonhada, esta é a fama que deitas da minha casa?! Viste casa mais farta? Ainda a semana passada comprei dez réis de pepinos e já não há nenhum.

GERINGONÇA. A minha barriga o sente.

EURÍPEDES. Bem sei que o teu mal não é outro, velhaca.

---

36 . *Bródios*, festim, patuscada.
37 . *Chícharos*, grão-de-bico.

Sai Esopo com um prato na mão.

Esopo. Aqui tens, Geringonça, este prato de línguas, que te manda meu senhor, e mais que não pode comer sem ti.

Eurípedes. Que dizes? A Geringonça, ou a mim? Estás bêbado?

Esopo. Como lho hei de dizer? Soletreando[38]? A Geringonça em Geringonça.

Geringonça. Senhora, ele cheira muito a vinho; não sabe o que diz.

Eurípedes. Assim o creio; mostra, que é para mim.

Esopo. É uma bala; é para Geringonça que meu senhor lho manda mesmo a ela; e por sinal me disse lhe dissesse, que com esta língua explicava o seu amor.

Geringonça. Não te calarás, infame?

Esopo. Tira-me tu a língua, que eu me calarei.

Eurípedes. Pois que tem teu senhor com Geringonça, para lhe mandar presentinhos?

Esopo. Eu, senhora, não sei; mas o que sei é que dizem as más línguas que meu senhor é barregão[39] ou barregana, não sendo senão camelão.

Eurípedes. Não te entendo.

Esopo. Senhora, mais claro: meu senhor quer-se fazer moço com a moça.

Eurípedes. Já te entendo.

Esopo. Ora graças a Deus, que já me entendeu!

Geringonça. Eu estou tonta!

Eurípedes. É bem feito isto, atrevida? Tu desinquietando-me o meu homem! Há maior desaforo!

Geringonça. Eu, senhora?! Não há tal. Esopo mente.

Esopo. Lá se avenham, que eu me vou escafedendo. *(Vai-se.)*

Eurípedes. Ó perra, tu me dás zelos? Anda cá, que te hei de moer. *(Dá-lhe.)*

Geringonça. À que del-rei, que me mordeu no nariz!

Eurípedes. Aqui te hei de fazer em picado com os dentes.

Geringonça. Ai, que me matam!

---

38. *Soletreando*, por soletrando.
39. *Barregão*, amancebado, adúltero.

Há uma bulha, e sai Xanto.

XANTO. Valha-te Deus, mulher! Sempre hás de guerrear com esta coitadinha?

EURÍPEDES. Ainda acode por ela, magano, atrevido, sem honra, nem vergonha? Você namorando-me a moça?! Você mandando-lhe pratinhos da mesa?!

XANTO. Quem tal disse, mulher?

EURÍPEDES. Quem o disse? Ainda há de negar que o mandou por Esopo? Ora chame-o e verá.

XANTO. Ó Esopo? Esopo?

DENTRO, ESOPO. Estou na tinta; assim sou eu asno, que apareça agora!

XANTO. Não me ouves, Esopo? Ó Esopo?

ESOPO. Estou zingando[40].

XANTO. Ora eu te irei buscar, mais que estejas no Inferno. Donde estás, maldito?

ESOPO. Se eu quisera dizê-lo, então não me escondera.

XANTO. Anda para cá, insolente; que fazias aí escondido?

ESOPO. Estava jogando às escondidas; também a gente há de brincar! *(Sai.)*

XANTO. Ei-lo aqui. Ora dize: eu mandei a Geringonça algumas línguas?

EURÍPEDES. Tu não disseste?

ESOPO. Senhor, eu não quero meter a mão entre duas pedras. Olhem, por isso eu sou inimigo de enredos.

EURÍPEDES. Tu não mo disseste?

ESOPO. Senhora, eu que tenho com isso? Está galante! Vossas mercês lá brigam, lá têm seus ciúmes, e eu então é que hei de pagá-lo?

EURÍPEDES. Como é isso?! Tu o não negues; basta, fique-se com a sua mocinha, senhor Xanto, que eu me vou para casa de meu pai. Estou ardendo! *(À parte.)*

XANTO. Senhora, não se vá de casa, por vida sua.

ESOPO. Deixe-a ir, que é uma boca menos em casa.

EURÍPEDES. Por estas, birbantão[41], que eu me verei vingada.

XANTO. Fale bem, aliás...

EURÍPEDES. Ainda me indignas mais? Hei de arrancar-te essas barbas.

---

40. *Zingar*, brasileirismo que significa "trabalhar com zinga", espécie de vara de que se servem os canoeiros na navegação fluvial. Aqui tem o sentido de "estar tremendo".

41. *Birbantão*, variante popular de bribantão, patife, tratante, velhaco. De Brabante, ou Barbante, província de Flandres.

Cantam Eurípedes e Xanto a seguinte

ÁRIA A DUO
Eurípedes. Velho caduco!
Xanto. Brava insolente!
Eurípedes. Tu com desvelos
   com uma michela[42]!
Xanto. Cala-te, serpente;
   não grites mais.
Eurípedes. Hei de gritar.
Xanto. Qués-te[43] calar?
Eurípedes. À que del-rei,
   que meu marido
   com torpes zelos
   me quer matar!
Xanto. Cala-te, serpente;
   não cuide a gente
   que faço tal.
Eurípedes. Por estas, velhaquete,
   que me hei de ver vingada.
Xanto. Ó louca arrebatada,
   que me hás de tu fazer?
Eurípedes. Hei de me ir para casa de meu pai.
Xanto. Para casa te irás de Satanás.

Vai-se Eurípedes.

Esopo. E foi-se como um foguete de rabo; porém eu hei de levar os estouros.
   Xanto. E agora, Esopo, que mereces tu que te eu faça?
   Esopo. Mereço um bom prêmio.
   Xanto. O prêmio há de ser este; toma, velhaco. *(Dá-lhe.)*
   Esopo. Não aceito; tire-se para lá!
   Xanto. Vês, infame, que por amor de ti se foi minha mulher de casa?

---

42. *Michela*, prostituta, meretriz.
43. *Qués-te*, "queres-te".

Esopo. Senhor, cuidava eu que vossa mercê me havia de agradecer o afugentar-lhe de casa um dragão, uma víbora e um basilisco[44], que era aqui o veneno desta casa; e sobre fazer-lhe este bem, ainda vossa mercê se agasta? E, se não, veja: é certo que vossa mercê queria falar a Geringonça no jardim esta noite; e que melhor ocasião podia vossa mercê ter do que, indo-se de casa a senhora, sua mulher? Pois agora sem sustos, nem sobressaltos, pode falar com ela, não só no jardim, porém em cima do telhado. Com quê, senhor, por bem fazer, mal haver.

Xanto. Bem sei tudo isso; mas que dirão os parentes de minha mulher?

Esopo. Pior será, quando vossa mercê perder tudo quanto possui.

Xanto. De que sorte?

Esopo. De que sorte?! Não se lembra que prometeu no banquete beber o mar, e, se o não fizesse, que perderia toda a sua fazenda?

Xanto. Eu disse tal coisa?

Esopo. E por sinal que deu o seu anel; com que vossa mercê há de beber o mar, ou livrar toda a sua fazenda.

Xanto. Mal haja o banquete e mal haja o vinho, e mal haja eu, que me embebedei!

Esopo. Vossa mercê cuida que todos sabem embebedar-se? Ora aqui estou eu, que também me emborquei[45], mas com tanta prudência, que não me meti a apostar, nem a não apostar.

Xanto. Já não tem remédio; o ponto está, como me hei de eu haver; porque confessar que estava bêbado é injúria e grande ignomínia; beber o mar é impossível; perder os meus bens impraticável. Que farei neste caso, Esopo?

Esopo. Matar-se com um pouco de veneno, e com isto se acaba tudo.

Xanto. Ó Júpiter, para quando guardais os raios?

Esopo. Há de dizer isso a Baco, e não a Júpiter.

Xanto. Meu Esopo, agora é que eu quero ver as tuas habilidades; se tu me livras deste empenho, eu te dou a liberdade.

Esopo. Pois, senhor, para quando são as suas filosofias? Assentemos nós que a filosofia não serve senão para argumentar e quebrar a cabeça.

Xanto. Pois, homem, para esta ocasião é que eu quero que me valhas; tens a liberdade, já to disse.

Esopo. Promete-me a liberdade?! Veja lá o que diz!

---

44. *Basilisco*, réptil fantástico em forma de serpente, capaz de matar pelo bafo, pelo contato ou pela vista.
45. *Emborquei*, "bebi", "embebedei-me".

Xanto. Prometo.
Esopo. Levante o dedo para o ar.
Xanto. Não só o dedo, mas toda a mão.
Esopo. Ora, pois, ande comigo, que o tirarei desse mar, e o porei em porto salvo.
Xanto. Vê lá o que dizes!
Esopo. Ande; ande, que mal sabe com quem vai. *(Vão-se.)*

CENA V
Mutação de mar. Depois de se dizer dentro o que se segue, sairão Periandro, Ênio e os mais que puderem.

Dentro. Vamos ver a Xanto beber o mar.
Outro. Vamos para a praia; andem depressa, para tomarmos lugar.

Saem Periandro e Ênio.

Periandro. Confesso-vos, Ênio, que já estou arrependido da aposta; porque bem sei que Xanto não há de beber o mar.
Ênio. Deixai, que isso é bom para se dar um alegrão ao povo.
Periandro. A gente vem concorrendo cada vez mais.

Saem Filena e Geringonça com os rostos cobertos.

Geringonça. Senhora, aí o que está de gente, para ver as habilidades do senhor seu pai!
Filena. O caso é, Geringonça, que meu pai está mui caduco, e Esopo ainda o faz mais tonto do que é. Vês tu a asneira de dizer que há de beber o mar!
Geringonça. Lá estão Periandro e Ênio.
Filena. Já os vi. Tem sentido e não os percas de vista.
Geringonça. E se nos conhecerem aqui?
Filena. É impossível entre tanta multidão de gente; e mais vindo nós disfarçadas.
Periandro. Muito tarda este bebedor dos mares!

Saem Xanto e Esopo, e todos darão muitos gritos e risadas.

Todos. Vítor, lá vem o bebedor dos mares!

Esopo. De que se riem? De que fazem algazarras? Pois saibam que o senhor Xanto não só é capaz de beber o mar, mas tudo quanto lhe mandarem beber.

Xanto. Esopo, que é o que determinas fazer? Não vês este povo alvoroçado, e o meu crédito em balanças?

Esopo. Eu serei o fiel dessas balanças; e verá quanto pesa o meu talento.

Periandro. Senhor Xanto, por vossa mercê se esperava; vamos a isto.

Xanto. Esopo, e agora que hei de dizer?

Esopo. Valha-o mil diabos! Não tema; tenha valor! Moradores de Atenas, o senhor Xanto, meu senhor, aqui vem para beber os mares, como apostou; e assim, primeiro que o faça, quer desencarregar a sua consciência; pois, bebendo o mar, como com o favor de Deus o há de fazer, porque tem barriga para tudo, eis que, bebido o mar, por força o há de ourinar, e, ourinando-o, há de alagar toda esta terra, e morrerão todos afogados.

Periandro. Para tudo há remédio. Depois que Xanto beber o mar, torne a ouriná-lo na mesma praia, e irá o mar para o seu mesmo lugar.

Xanto. Está bem; e, se os peixes me entrarem pela goela, como há de ser isso?

Esopo. Não diga asneiras; pois para não engolir os peixes, podia beber o mar por um funil. Essa não é a dúvida; o caso é que prometeu beber o senhor Xanto.

Periandro. Prometeu beber o mar.

Esopo. Pois bem; como a aposta foi de beber o mar somente, mandem fechar todos os rios que vão dar ao mar; porque de outra sorte beberá, não só a água do mar, mas também a dos rios, o que não é da aposta.

Periandro. Como é possível fechar quantos rios vão dar ao mar?

Esopo. Se vossas mercês não podem fazer um impossível, também meu senhor não pode fazer outro impossível.

Ênio. Tem razão Esopo.

Xanto. Fechem os rios, e eu beberei o mar, para que estou pronto.

Periandro. Isso é impossível: desfaçamos a aposta.

Xanto. Desfaçamos.

Todos. Vítor Xanto!

Outro. Vítor Esopo!

Esopo. Vítor eu, e vítor amigos!

Xanto. Anda, que te quero dar a liberdade, pois me livraste deste empenho. *(Vai-se.)*

Esopo. Vamos à casa de um tabelião para passar-me a carta de alforria. Vou tão contente! *(Vai-se.)*

Filena. Ó Geringonça, não te descubras, que aí vem Periandro chegando-se para nós.

Geringonça. Diz bem; vejamos o que faz.

Periandro. Senhoras, querem um criado para as acompanhar? Não lhe merece resposta o meu rendimento? Só com acenos me dizem que não. Valha-me Deus, eu estou perdido pelo brio desta moça! Hei de segui-la. Não te vás, formosa Vênus, que sem dúvida nasceste agora das escumas desse mar, para abrasar os corações. Se como a deidade te adoro, não desprezes as vítimas de um coração; descobre esse rostinho, que como sol se quer nublar nessa importuna nuvem. Não importa que me cegues com raios, se amor já me cegou com delícias.

Filena. Uma vez que queres que me descubra, aqui me tens.

Geringonça. E a mim também. *(Descobrem-se.)*

Periandro. Que é o que vejo? Estou corrido! Cuidavas, Filena, que te havias de ir, sem que me falasses?

Filena. Queres agora dizer que sabias que era eu, falso, ingrato, inconstante?! Esses são os teus extremos? Essas as tuas finezas? Tão depressa te mudaste?

Periandro. Filena, não tens razão; eu bem sabia que eras tu; mas, como estavas galanteando comigo, eu também quis fingir que não te conhecia, somente para te ouvir; e, quando isto não fora, aí verás que, quando cheguei a amar, sempre foi a ti, e não a outrem; pois, ainda que te não conhecesse, não sei que simpático influxo me arrebatava o coração, que te estava querendo.

Filena. Sempre me ofendeste na imaginação de que era outra.

Periandro. Meu bem, meu amor, nem por pensamento te ofendi; e, se acaso me não crês, deixa-me sepultar nesse mar, que só assim verás que mais quero a morte, que viver nos desagrados de teus olhos.

Filena. Tem mão, que eu não quero finezas mortas; deixa-me, Periandro; deixa-me lamentar as tuas falsidades ao som da minha mágoa.

Canta Filena a seguinte

ÁRIA
Nesse líquido elemento,
Apesar de meu tormento,
vejo, ó falso, o teu retrato,
pois que tanto se parece
na inconstância a esse mar.
Donde está, tirano ingrato,
a constância, que dizias?
Donde a fé, que prometias?
Pois não sabes ser amante,
por mudável, inconstante,
leve o mar o teu amor. *(Vai-se.)*

PERIANDRO. Espera, Filena; não te vás com tanta celeridade; porém hei de seguir-te, apesar da tua ligeireza; que, se amor te formou das penas asas, também saberei fazer dessas asas penas. Geringonça, detém a Filena.

GERINGONÇA. Fez muito bem. Vocês são falsos, e se querem dourar? Pois sofram estes desprezos. *(Vai-se.)*

CENA VI
Praça. Mutação de noite, e sai Esopo.

ESOPO. Com a turbamulta da gente me perdi de meu senhor Xanto, e isto é já noite. Aonde acharei a este maldito? Estará em alguma taverna? Pois aqui mora um tabelião, e de nota, que sabe fazer bem as cartas de alforria. Ele aqui há de vir, que este é o tabelião da casa. Ora graças a Deus, que já não serei singelo, senão forro, e eu forrado poderei com mais liberdade dizer a Filena o meu amor; pois tenho o demo da bugia[46] presa no cepo de meu coração, e eu lhe farei tais monarias, que ela saiba onde a bugia tem o rabo. Porém lá vem quem quer que é.

---

46. *Bugia*, fêmea de bugio, macaco. É o mesmo caso de mono, designação geral para os macacos.

Saem Messênio e guardas.

MESSÊNIO. Quem vem aí?

ESOPO. Eu, senhor, não vou; venho.

MESSÊNIO. De donde vem?

ESOPO. Eu venho da geração de meu pai, por ascendência.

MESSÊNIO. Que armas traz?

ESOPO. Ainda o rei-de-armas me não abriu as minhas.

MESSÊNIO. Você faz-se tolo? Busquem-no aí, a ver se leva alguma faca.

ESOPO. Senhores, se eu venho a pé, como hei de trazer faca[47]?

MESSÊNIO. Busquem-no bem.

PRIMEIRO HOMEM. Aqui tem uma coisa na algibeira.

MESSÊNIO. O que é?

ESOPO. Isso é um corno, que trago aqui por amor do quebranto. Ui, senhores! Vossas mercês querem buscar lá por de trás?

SEGUNDO HOMEM. Sim, para ver se traz algum ferro lá escondido.

ESOPO. À que del-rei, senhores! As minhas nádegas não são de contrabando. Busquem embora, que aí não há ferro; ferrado sim.

MESSÊNIO. Que trouxa é essa, que traz aí nas costas? Tirem-lha fora, e vejamos.

ESOPO. Se vossas mercês ma tirarem, digo que são valentes.

PRIMEIRO HOMEM. Ela está atada de sorte, que a não posso tirar.

MESSÊNIO. Que é isso que levas aí?

ESOPO. Não é nada; é uma corcova, para servir a vossas mercês.

MESSÊNIO. Apostemos que és Esopo?

ESOPO. Com que só Esopo é corcovado?

MESSÊNIO. Dize: para onde vás?

ESOPO. Eu não sei para onde vou.

MESSÊNIO. Assim respondes à Justiça? Levem-no preso.

ESOPO. Vejam vossas mercês se disse eu bem, que não sabia para onde ia; pois na verdade que eu não sabia que ia para a cadeia.

---

47. *Faca*, cavalo pequeno. Aqui faz-se trocadilho com a faca, instrumento cortante, da fala anterior.

Sai Xanto.

XANTO. Donde se esconderia este Esopo, que tenho andado quebrando os narizes, sem poder topar com ele? Ali está a Justiça. Vou-me retirando.
MESSÊNIO. Quem vem lá?
XANTO. Amigos.
MESSÊNIO. Que amigos?
XANTO. Sou Xanto, filósofo.
MESSÊNIO. Senhor Xanto, veio vossa mercê a boas horas.
ESOPO. A boas horas veio vossa mercê, às avessas.
XANTO. Senhor Messênio, que fez Esopo, pois o tem preso?
MESSÊNIO. Por não falar com cortesia à Justiça.
XANTO. Vossa mercê, senhor Messênio, por quem é, há de soltar a Esopo; pois bem sabe que é bobo e chocarreiro[48]; e, se alguma coisa respondeu, seria por graça.
MESSÊNIO. Bastava ser coisa de vossa mercê para o soltar. Soltem a Esopo!
ESOPO. Poh, Diabo, como fede! Os esbirros deviam soltar algum preso.
XANTO. Vossa mercê viva mil anos, senhor Messênio, pela galantaria que me fez de soltar a Esopo.
ESOPO. Vossa mercê viva mil anos, pela galantaria que fez em prender-me.
MESSÊNIO. Vamos correndo o bairro. *(Vão-se.)*
ESOPO. Ora, senhor, aqui mora um tabelião; vamos, para me fazer a carta de alforria.
XANTO. Qual alforria?
ESOPO. Essa agora é boneca[49]! Vossa mercê não me disse que, se o livrava de beber o mar, ficando com crédito e honra, que me havia de dar a liberdade?!
XANTO. Assim o disse, não o nego; mas eu já te dei a liberdade.
ESOPO. De que forma?
XANTO. Quando eu aqui cheguei, estavas preso, e por amor de mim te soltaram. Logo, já te dei a liberdade e tenho cumprido a minha palavra.
ESOPO. Essa não sabia eu. Assim se pagam os benefícios?! Mas eu tive a culpa. Deixara-o eu beber o mar, que, quando nada, podia ficar hidrópico com muita facilidade; e não fora eu taralhão, que o livrara dessa entaladura; porém eu me vingarei.

---

48 . *Chocarreiro*, aquele que diz gracejos atrevidos, grosseiros.
49 . *Essa agora é boneca*!, "Essa tem graça!".

XANTO. Olha, Esopo, se me trouxeres minha mulher para casa com alguma indústria, eu te darei a liberdade.

ESOPO. Meta-me aqui o dedo na boca, para ver se o mordo. "No es la burla para dos vezes."

XANTO. Anda para casa. Não te agastes. *(Vai-se.)*

ESOPO. Vou feito um vinagre. *(Vai-se.)*

CENA VII
Mutação de exército. Tocam tambores e clarins, e sairão Cresso, rei de Lídia, e Temístocles a cavalo.

TEMÍSTOCLES. Invicto Cresso, rei de Lídia, aonde intentas passar com os triunfos? Sem dúvida queres escurecer o nome e o valor do mesmo Marte.

REI. Temístocles, quando os homens, como eu, chegam a desembainhar a espada, há de ser para conquistar o mundo: já toda a Ásia me obedece, e a maior parte da Europa; agora me falta avassalar esta pequena parte da Grécia; e seja de todas esta a primeira que sinta o raio da guerra, pois, degolada a cabeça, o corpo logo se prostra.

TEMÍSTOCLES. Os atenienses, senhor, são tão destros nas armas como nas letras; e bastava haver nela tantos sábios, para ser difícil render-se; que o bom conselho é o que dá as vitórias, maiormente tendo lá um homem a que chamam Esopo, que dizem que é astucioso e de grandes ardis.

REI. Quem faz caso de um homem à vista de um exército? Que gente temos?

TEMÍSTOCLES. Cinqüenta mil homens de infantaria, e vinte e quatro de cavalaria, fora os vivandeiros e gastadores.

REI. Toca a passar mostra[50], que quero recrutar as tropas e batalhões e deles escolher poucos e bons, para ir sobre Atenas; e a mais gente fique para se empregar em outras praças com os cabos que eu nomear.

TEMÍSTOCLES. Toca a passar mostra.

---

50. *Mostra*, o mesmo que passar em revista a tropa militar.

Irão saindo os soldados ao som da caixa.

REI. Temístocles, vinde tomar as ordens e chamar os cabos a conselho.

CENA VIII
*Descobre-se um templo e no fim dele estará uma estátua de Júpiter,
ao pé da qual há de haver uma águia com três raios nas unhas,
a qual se há de mover a seu tempo, e cantará o coro;
e ao mesmo compasso irão saindo Messênio, Xanto, Periandro e Esopo,
o qual dançará, e depois que se cantar, tocarão tambores.*

ESOPO. Aqui nos correm a caixa.
MESSÊNIO. Que novidade é esta?
XANTO. Isto é caso nunca visto!

Sai Ênio.

ÊNIO. Senhores, toda a cidade está alvorotada à vista de um poderoso exército com que el-rei Cresso de Lídia vem destruindo os campos, e já à vista das nossas muralhas; e tu, Messênio, como general das armas, sai a defender-nos.
MESSÊNIO. Eu vou e verá el-rei Cresso o meu valor.
ESOPO. Sempre tive agouro com este Júpiter. Valha o Diabo a el-rei Cresso, que no melhor que eu estava fazendo um contratempo, nos veio fazer um passapié[51] daqui fora.
MESSÊNIO. Vamos, senhores.
XANTO. Esperai; pois, já que estamos aqui no templo de Júpiter, consultemos o seu oráculo, e o que ele nos disser obraremos.
PERIANDRO. Aconselhou como sábio.
MESSÊNIO. Pois, Xanto, pergunta tu, que como douto o farás melhor.
ESOPO. Meu senhor fala aos joves[52] como ninguém.
XANTO. Grande oráculo de Júpiter, como resistiremos a el-rei Cresso de Lídia?
ESOPO. Pois aquilo tinha muito que dizer? Tudo é opinião neste mundo.

---
51 . *Passapié*, o mesmo que passa-pé, antiga dança que lembra o minueto.
52 . *Jove*, variante de Júpiter. *Aos joves*, "aos deuses".

Haverá como terremoto e estrondo.

Esopo. Irra, que terremoto! O templo parece que se vem abaixo! Este Júpiter será gago, que tanto lhe custa a falar?

Canta-se o recitado seguinte, como em resposta do oráculo de Júpiter.

RECITADO
Ao mais livre de vós e ao mais escravo
consultai, que é um oráculo vivente,
e vereis claramente
do que saber quereis o desengano.
Ele será o remédio deste dano;
e para que o saibais com mais clareza,
dessa águia reparai na ligeireza.

*Voa a águia acima dita e se põe sobre a cabeça de Esopo,
que cairá por terra, e depois se irá pôr como estava.*

Esopo. Vocês não vêem a pássara, que anda voando de verdade?
Xanto. A águia de Júpiter voando! Isto é novidade! E vai direita para Esopo.
Todos. Que portento!
Esopo. Xô, diabo! Passa fora!
Xanto. Deixa; não enxotes, tolo; olha que é sacrilégio.
Esopo. Com que, por ser de Júpiter, deixarei que me tire um olho! E mais de quê, eu sei porventura se é águia, ou corvo?! E isto com três raios nas unhas, que me chamusque o cabelo.
Xanto. Quem será o venturoso, sobre quem se ponha esta águia?
Esopo. Eu sou o venturoso desgraçado! Xô, à que del-rei!

Voa outra vez a águia e torna para o mesmo lugar, e levanta-se Esopo.

Periandro. Sem dúvida que Júpiter quer que Esopo seja o oráculo.
Messênio. Pois responda Esopo.
Xanto. Que há de dizer um escravo?

Esopo. Eu não tenho dúvida em decifrar este enigma da águia; mas há de ser com condição que me hão de dar a liberdade.

Todos. Dê-se a liberdade a Esopo.

Messênio. Xanto, dá a liberdade a Esopo e quando não, lha dará o povo e ficará livre.

Xanto. O que hei de fazer por força, quero-o fazer por vontade. Esopo, estás liberto.

Esopo. Agora, sim! Nobres atenienses, dai-me atenção, que falo sério. Bem vistes que a águia de Júpiter se pôs sobre a minha cabeça. A águia é o símbolo dos impérios, e eu era escravo, e isso quer dizer que o império de el-rei Cresso nos quer avassalar; mas, como depois disso o escravo conseguiu liberdade, também Atenas terá a mesma fortuna, se seguir os meus conselhos.

Xanto. Bem decifrado enigma!

Todos. Viva Esopo, e ele seja o diretor desta guerra.

Xanto. Esopo, aquela casa é tua; ainda que liberto estás, não te apartes de mim.

Esopo. Algum diabo, que eu me vá de casa, estando nela a senhora Filena, a quem entro agora a servir e a mostrar-me seu amante às escâncaras. Xanto, vamos, que hoje vos faço a honra de ser vosso hóspede.

Todos. Viva Esopo, nosso libertador!

Esopo. Não gabem a porca, antes de passar o marrão[53].

Todos. Vamos a pelejar!

Canta o coro, e se dá fim à primeira parte.

---

53. *Marrão*, pequeno porco desmamado.

Parte II

CENA I
Mutação de selva, e no fim haverá um palácio aonde estará a mulher de Xanto, e sai Esopo.

Esopo. Venho deitando o bofe[54] pela boca fora. Bofé[55], que ainda depois de liberto não tenho uma hora de sossego. Pois meu patrão está ateimado a que lhe leve para casa a mulher, que lhe fugiu. A isto venho eu com tanto perigo, porque os inimigos não tardarão muito em vir. Se me agarram, lá vai Esopo cos diabos. Como trarei eu esta maldita mulher para casa, que uma mulher teimosa é pior que um cancro, que não tem cura? Mas ali vejo uma quinta; e, se me não engano, lá está uma mulher; e pelo fartum da cólera é a senhora Eurípedes. Pois agora a ela lhe arderá o rabete! Há por aqui quem venda alguns perus, patos, galinhas, coelhos e outras coisas comestíveis?

Eurípedes. Esopo, que é isso? Que buscas? Anda cá. É possível que me não viesses ver até agora?

Esopo. Ai senhora, confesso-lhe que não tenho tido uma hora de meu com o casamento de meu amo, o senhor Xanto.

Eurípedes. Como é isso? Xanto casa?! Pois eu já morri?!

---

54. *Deitar os bofes pela boca*, expressão jocosa equivalente a "mostrar-se cansadíssimo", ofegante. O mesmo que "pôr os bofes pela boca".
55. *Bofé*, o mesmo que à boa fé, francamente.

Esopo. Prouvera a Deus! *(À parte.)* Sim, senhora; casa o senhor Xanto com a mais linda rapariga que há nesta terra. Apenas vossa mercê se foi de casa escumando como uma cadela de fila, quando logo foram tantos os casamentos que saíram a meu amo, que isso foi uma coisa nunca vista. Ajuntaram-se na porta tantas mulheres todas a gritar: "a mim, a mim!". Outras diziam: "eu, eu!". Então acabei de ver quanto valia um filósofo. Meu amo, vendo que choviam nele mulheres como na rua, mandou que subissem todas e que o levassem por oposição, visto estar vago o estrado de vossa mercê. Foi coisa para ver o como elas se opunham umas às outras! Qualquer delas sabia bem da arte de amar; porém Geringonça (que também entrava no concurso) levou a palma em vida; e, como meu amo estava afeiçoado de Geringonça, ela foi a que triunfou e com efeito está teúda e manteúda[56] em casa. Amanhã se faz o casamento, para o que venho a apenar[57] todas as aves de pena. Adeus, senhora. Há por aqui quem venda alguns perus, patos ou galinhas?

Eurípedes. Espera, Esopo; olha cá o que te digo.

Esopo. Se tem alguns perus para vender, venham, que os quero comprar.

Eurípedes. Ele pagará o pato. Há maior desaforo! Que este magano de meu marido não basta namorar-se da criada, mas também casar com ela! Estou uma víbora.

Esopo. Eu o creio.

Eurípedes. Xanto casar-se com outra mulher?! Isto é crível?

Esopo. Pois se ele está vivo! Não se fora vossa mercê de casa.

Eurípedes. Espera, Esopo, que eu vou contigo perguntar a esse insolente se há de casar com outrem, estando eu viva.

Esopo. E tão viva, que tem o espírito no corpo.

Eurípedes. Se apanhara agora aquele velhaco, lhe havia dar muito coice. Estou ardendo com zelos! Montanhas, como não caís sobre mim para sepultar-me?

Esopo. Espere, se quer que caia um tronco sobre o seu corpo; isso farei eu.

Eurípedes. Deixa-me, Esopo, que estou zelosa.

Esopo. Parece que lhe ardeu o rabo.

---

56. *Teúda e manteúda*, formas arcaicas dos verbos ter e manter; o mesmo que "tida e mantida"; considerada concubina, amante.

57. *Apenar* significa castigar. Aqui faz-se trocadilho com pena, significando depenar.

Canta Eurípedes a seguinte

ÁRIA
A víbora insana
dos zelos com ira
penetra tirana
o peito que espira
nas ânsias da dor.
Frenética morro;
aflita suspiro,
languente respiro
nos zelos de amor. *(Vai-se.)*

Esopo. À fé, que ela vem para casa. Ora já logrei o meu intento. Mas que ouço? Tambores? O inimigo já vem chegando; vamos a defender a praça. *(Toca o tambor.)*

CENA II
Mutação de arraial, e no fim estará um castelo com gente de guerra, e saem el-rei Cresso, Temístocles e mais soldados.

Temístocles. Soberbos e arrogantes são os muros de Atenas! Parecem inconquistáveis!

Rei. Por isso mesmo será Atenas o alvo de minhas iras militares. Se vos parecem soberbos e arrogantes esses muros, logo os vereis reduzidos a lamentável estrago. Ó Atenas, ou tu te hás de render, ou eu hei de ficar sepultado debaixo de tuas muralhas.

Temístocles. Senhor, o bom capitão deve ser prudente, e não temerário.

Rei. A prudência é capa dos medrosos. O empreender impossíveis é princípio de triunfar. Vá volantim[58] à praça e diga aos atenienses que quem se acha nesta campanha é el-rei Cresso de Lídia, a cujo valor se tem sujeitado todo o Peloponeso; que me acho com a flor de minhas tropas; que, se se quiserem sujeitar com capitulações honrosas, pagando-me um leve tributo, escusarão de

---

58 . *Volantim*, emissário.

experimentar os rigores da guerra e um assalto rigoroso; e, quando não, não ficará pedra sobre pedra.

Irá um volantim ao muro e dará o mesmo recado,
ao que respondem da muralha.

Messênio. Dizei a el-rei Cresso de Lídia que Atenas, como soberana, nunca reconheceu superior; e que o seu exército não nos assombra; pois os de Atenas brigamos com dobradas armas, que são as do entendimento e as da guerra; e assim, que nós resistiremos até morrer.

Rei. Notável resolução!

Canta o Rei a seguinte ária e recitado, e depois dá-se o assalto.

RECITADO
Ânimo, pois, soldados valorosos;
castiguemos a bárbara ousadia
de Atenas temerária,
sentindo o insensível
de Mavorte[59] feroz a fúria horrível.

ÁRIA
A fábrica altiva
de tanto edifício
cruel sacrifício
de Marte será.
O fogo que acende
Belona[60] no peito
o muro desfeito
em cinzas fará.

Rei. Valorosos soldados, neste primeiro assalto consiste a honra e o valor. Toca a investir!

---

59. *Mavorte*, o mesmo que Marte, o deus da guerra.
60. *Belona*, deusa da guerra.

Toca-se, e se dá o assalto, arrimando duas escadas, por onde subirão alguns soldados a brigar com os da praça, e se lançará ao mesmo tempo algum fogo. Depois de alguma resistência, entre as vozes dos soldados dirá o Rei.

REI. Toca a recolher; suspenda-se o assalto, que morreu muita gente.

CENA III
Mutação de sala, onde estarão Xanto, Ênio, e Periandro, e haverá como uma grande cadeira no fim.

XANTO. Não é razão que pelo exercício das armas se suspenda o das letras; e assim, enquanto pelejam os soldados no muro, não quero esteja ocioso o discurso nas aulas. Sentemo-nos e vá de argumentos.

Sai Esopo.

ESOPO. Ai, quem me acode, que morro?
XANTO. Que tens? Que te sucedeu?
ESOPO. Venho esfalfado de brigar com os inimigos, que deram um assalto na praça.
PERIANDRO. Pois vencemos?
ESOPO. Eu, suposto lá me achasse, não vi coisa alguma.
PERIANDRO. Como? Isso implica.
ESOPO. Não implica; de sorte que eu ia para ver o assalto, quando me disse um soldado, que era todo uma nata, e estava de sentinela: "se quer ver, há de pagar à porta!". E quis a minha desgraça que não levava dinheiro; e, como me viram sem laia[61], deram-me logo uma baixa redonda.
PERIANDRO. Bom diretor temos para esta guerra! Entendo, Esopo, que, se tu fazes das tuas, que todos ficaremos cativos de el-rei Cresso.
ESOPO. Se isso assim for, pegue vossa mercê no senhor Júpiter e dê-lhe muito açoite; pois ele foi o que me alcovitou para ser general desta guerra.
XANTO. E que novas me dás da minha mulher?

---
61. *Sem laia*, sem categoria, sem valor.

Esopo. Ainda essa é pior guerra, porque é uma guerra porca; pois, quando se encoleriza, tocando com as vaquetas das pernas no tambor da sua paciência, cada palavra é uma bala, e cada saliva um perdigoto.

Xanto. Pois, homem, vem para casa, ou não?

Esopo. Esteja descansado, que ela logo vem; porém, ainda que mal pergunte, hoje há aqui conclusões?

Xanto. Há uma conferenciazinha[62]; e tu, Esopo, também hás de argumentar.

Esopo. Quem defende?

Periandro. Eu defendo três pontos.

Esopo. Quais são, que eu também quero meter o meu bedelho?

Periandro. As questões são curiosas.

Esopo. Diga, que também sou curioso.

Periandro. O primeiro ponto é que o maior indício do amor é o andar um amante triste. O segundo ponto é que o amor, para ser perfeito, há de ser cego. E o terceiro definir que coisa é o amor.

Xanto. Eu presido; argumente Ênio e Periandro.

Esopo. Na terra dos cegos quem tem um olho é rei. Argumente o senhor Ênio, que eu estou já pulando para esgrimir a espada da eloqüência.

Ênio. Ora contra o primeiro ponto, em que se afirma que o maior indício do amor é andar triste um amante, argumento assim: A tristeza é indício do desgosto; o amor é o maior gosto; logo, não pode ser a tristeza indício de um gosto, qual é o amor.

Xanto. Repita.

Periandro. Nego que o amor seja o maior gosto.

Ênio. Provo. Se o amor não fora gosto, todos o aborreceriam; e, como todos procuram o amor, logo o amor é gosto.

Periandro. Todos apetecem o amor com vontade constrangida, concedo; com vontade livre, nego.

Xanto. Admiravelmente; porque a vontade forçada não é vontade.

Esopo. Isso se acaba com a experiência. Vamos às galés, e faça-se anatomia em um forçado, para ver se tem a vontade livre.

Ênio. Contra.

---

62. *Há uma conferenciazinha...* Antônio José, que foi aluno da Universidade de Coimbra, aproveita para fazer uma crítica mordaz ao ensino baseado no processo de argumentação escolástica.

Esopo. Ora cale-se, que não há de levar a melhor de seu mestre; pois, ainda que diga uma asneira, sempre há de vencer. Deixe-o agora comigo, que hei de baqueá-lo: "Faciat mihi dicendi veniam, Pater Magister barbatus, et enamoratus cum Mixela sua, contra punctum corridum sic argumentor[63]": Se o indício maior do amor fosse a tristeza, "non tangeretur violam Barbeirus visinhum meum ad namorandam cachopam; sed sic est" que a viola é significativo da alegria, "ergo Barbeiro ad namorandam fregonam non usaretur" de coisa alegre.

Periandro. Nego a menor, que seja a viola significativo da alegria; pois às vezes nela se tangem sons tristes.

Esopo. "Non potest esse; argumentor ita": Não haverá barbeiro, que "ad namorandam, vel bichancreandam fregonam non tangat" oitavado; *atqui* que o oitavado é som folgazão; *ergo*, "amor inginhatur" com coisa alegre.

Xanto. Distingo: O oitavado é som folgazão; *ut vulgo* o arrepia, concedo; porém se é o oitavado mole, nego.

Esopo. Tudo o que é mole, se arrepia; o cabelo se arrepia, porque é mole; *ergo*, o oitavado mole e o arrepia se não podem separar, por serem "ejusdem furfuris". Este argumento não tem resposta; assim o diz Galeno: "Omne molle arripiatur"; ou "surripiatur", como diz a glosa.

Xanto. Ora cala-te, que não dizes nada.

Esopo. Olhem vossas mercês; sempre um exemplo aclara muito um calcanhar. Vá fora da forma: Se a tristeza fora significativo do amor, seguir-se-ia que o burro era a mais amante criatura, pois é certo que não há animal mais triste, melancólico e sorumbático do que o burro; e assim, ou vossa mercê me há de conceder que o burro é amante, ou há de negar que a tristeza não é sinal de quem tem amor. "Quid dicis ad haec?"

Xanto. Digo que tens razão.

Ênio. Vítor Esopo! Boa paridade!

Esopo. Pois eu não o disse por paridade; o certo é que eu sou um grande talento.

Ênio. Contra o segundo ponto das conclusões, que diz que o amor, para ser perfeito, há de ser cego: o amor reside na vontade; o entendimento é o

---

63. *Faciat mihi dicendi veniam...* Uma característica do teatro de Antônio José é o emprego do latim macarrônico com finalidade cômica, como acontece nesta cena em que Esopo ridiculariza o ensino escolástico.

farol que guia a vontade; logo, se a luz do entendimento alumiara a vontade, nunca o amor seria cego.

PERIANDRO. Respondo que nesse caso também o entendimento está cego. Se o entendimento está sem luz, como pode guiar a vontade?

ESOPO. Espere, espere, que agora lhe salto nas ancas: "totus amor est albarda"; *atqui* que albarda *est* enxerga; *ergo*, o amor há de enxergar.

XANTO. Quem te disse a ti que o amor era albarda?

ESOPO. Ui, senhor, desde que me entendo, ou antes de me entender, sempre no berço me embalaram com aquela cantiga:

O amor é uma albarda,
que se põe em quem quer bem;
eu, por não ser albardado,
não quero bem a ninguém.

XANTO. Isso é questão de nome; vamos ao terceiro ponto, que é definir o amor.

PERIANDRO. Agora defina Esopo o que é amor, que nós lhe argumentaremos.

XANTO. Dizes bem; ouçamos o que diz, e vejamos o seu juízo.

ÊNIO. Bem está, que ele tem grande juízo. Assim o tivera eu!

ESOPO. O meu juízo já andou demandado em juízo; mas eu, por lhe fartar a vontade, me subo à magistral[64] e definirei o amor.

TODOS. Ora ouçamos a Esopo; chitom!

Sobe Esopo à cadeira; e, assentando-se nela, diz:

ESOPO. Vulcano[65], aquele célebre ferreiro, a quem a gentilidade hipotecou o domínio do fogo, foi marido de Vênus (ainda que outros dizem que Vênus é que foi sua mulher). Valha a verdade, que eu com isso me não meto! O que eu sei é que, estando Vênus ao pé de uma bigorna em que Vulcano estava batendo um ferro em brasa e sobre este descarregando o martelo, eis que salta uma faísca, prega-se na barriga de Vênus e, como à queima-roupa, ateia-se o incêndio na camisa; mas quis não sei quem que, como Vênus era filha do mar alto, o fogo a não pudesse abrasar, fazendo-lhe uma empola na barriga.

---

64. *À magistral*, o mesmo que "à cadeira magistral".
65. *Vulcano*, nome latino do deus do fogo.

Cuidado, senhores, com o fogo, principalmente junto da formosura; porque a beleza é isca, que com qualquer fogo se ateia; é mecha, que com qualquer isca pega; é pólvora, que com qualquer faísca estoura. Bem se viu no presente caso, mas não parou aí o estrago, porque a tal empolazinha, ainda que diziam os médicos – "não é nada, não é nada" – ela em nove meses cresceu de tal sorte, que parecia um tambor. Vendo-se a formosa Vênus em tanto perigo, mandou chamar três velhas, suas conhecidas, e insignes mezinheiras. (Eram elas mulheres muito honradas no seu corpo, e nos seus adornos mui parcas.) Cada uma, conforme a sua antiguidade, foi-lhe apalpando a barriga. A primeira velha disse: – "Senhora, a barriga de vossa mercê tem tal quentura, que me persuado que tem nela um incêndio". Disse a segunda: – "Pois eu, se me não engana o tato, acho a barriga de vossa mercê tão dura, que cuido tem dentro dela um calhau". Respondeu a terceira velha: – "Com licença das senhoras comadres, cuido que o que Vênus, minha senhora, traz na barriga é um bicho, pois pelos saltos que dá nela, assim me atrevo a afirmar". Palavras não eram ditas, quando estoura Vênus pelas ilhargas, e saiu como uma pelota um rapaz, cego de ambos os olhos, com aljava ao ombro e na mão um arco; e, pondo-se logo em pé, disse a criança: – "Não quebrem a cabeça, que o que minha mãe tinha na barriga era o amor, que sou eu!". Vendo as velhas este prodígio, disse a primeira: – "Não cuides, Cupido" (que o rapaz logo trouxe o nome consigo), "não cuides que me deste quinau[66], pois tanto montava dizer que Vênus, tua mãe, tinha na barriga um incêndio, que o ter amor; porque amor e incêndio tudo é o mesmo. A quantos amantes na tirania de um desdém faz o amor seu foguete, e de rabo, quando dá as costas aos carinhos, por mais que busca pé para disparar nas meninas dos olhos o foguete de lágrimas, que chora? Todas as árvores de geração são esgalhos da árvore do fogo do amor, donde cada bomba é um pomo e cada folha um traque; porque todo o amor acaba de estouro. Para as damas é o amor braseiro; para as criadas, chaminé; para os velhos, borralho; para os moços, esquentador; para os asnos, fogo selvagem; para os lacaios, fogo lento; para os tafuis, fogo viste linguiça; para os pretos, tição; para os rapazes, fogueira, e para todos, Inferno". Disse a boa da minha primeira velha. Quando a segunda, inchando o gorgomilo e encrespando as cordoveias[67], disse: – "Pois na verdade que me não enganei em dizer que Vênus tinha um calhau na barriga; pois nenhuma outra coisa é o amor senão uma

---

66. *Dar quinau*, corrigir um erro.
67. *Cordoveias*, forma popular de veias ou tendões salientes do pescoço.

pedra; e se não, vejam: A cabeça do amor é pedra de porco-espinho, pois pica os pensamentos amorosos; a testa é mármore, de que se lavram as estátuas da ausência com o buril da memória; os olhos são esmeraldas, cor da esperança, com que engana; a boca rubim, pelo sanguinolento; a garganta pedra hume, pelo que aperta; o peito diamante, porque um amor só com outro amor se lavra; os braços, por vitoriosos, pedras vitorinas; as mãos pedra-lipes[68], pelo que cauterizam, e finalmente o rabo pedra bazar. É o amor, pelo forte, rocha viva; quando prostra, pedra de raio; quando engoda[69], pedra de açúcar; quando atrai, pedra ímã; quando experimenta finezas, pedra de tocar; quando vence impossíveis, a melhor pedreira; e quando doura agravos, pedra filosofal. Para as mulheres, pedra de estancar sangue; para os homens, pedra de funda; para quem foge, ou as amola, rebolo; para os barbeiros, pedra de afiar; para as cozinheiras, pedra de ferir lume; para os mochilas, pedra da rua; para os marujos, lancho da praia; para os meninos, confeito seixinho; para os gulosos, pedra de cevar; para alguns, pedra cordial; e para todos, pedra de escândalo". Ainda não tinha bem acabado de dizer a última sílaba, quando a outra velha, abrindo a caixa da boca, tirou o cachundé[70] da eloqüência e, já quase enfurecida, disse: – "Suposto, senhores, que eu seja mulher, não hei de ficar vencida; porque, se afirmei que Vênus tinha na barriga um bicho, não disse mal. Pois que coisa é o amor, senão um bicho, um animal, e um lagarto? E se não, pergunto: Que é o amor senão uma hidra de sete cabeças, que nem o mais valente Hércules pode vencer? É camaleão, que se sustenta com o vento das lisonjas; é tarântula, que com os descantes cura o seu veneno; quando diligente, é centopéia; quando se ateia, aranha; quando com vista mata, lince; quando cega, toupeira; quando desdenhoso, ouriço; quando tímido, lebre; quando valente, tigre; quando fiel, cachorro; quando menino, lesma; quando arrastado, cobra; quando trombudo, elefante; quando néscio, camelo; quando furioso, leão; e quando pára, sendeiro[71]. É o amor para as damas, arminho que regala; para as freiras, cãozinho que afaga; para as velhas, dragão que mete medo; para os mancebos, cavalinho da alegria; para os velhos, cavalo cansado; para as cozinheiras, gata borralheira; para as feias, cão de arame; para os valentes, anta; para os granadeiros, lontra;

---

68. *Pedra-lipes*, sulfato de cobre.
69. *Engoda*, do verbo engodar, enganar alguém com esperanças, afagos, mimos para lograr algum desfrute.
70. *Cachundé*, preparado aromatizado, essência.
71. *Sendeiro*, cavalo ou muar velho e ruim.

para os sapateiros, bezerro; para os casados, touro; para os pacientes, cabrão; para os asnos, burro, que dá coices na alma; e finalmente bugio, porque a todos prega o mono[72]. Para prova desta verdade perguntai a esses amantes o que fazem, para explicar o seu amor! Sabeis o que fazem? Fazem um bicho; porque o mesmo é fazerem um bicho, que dizerem que tem amor; pois amor é bicho. É o amor bicho de concha, que no mar de Vênus se gerou; é bicho de seda, que, transformando-se em borboleta, se parece com o amor nas asas; é bicho de cozinha, que tempera os gênios mais ásperos; é sabichão, porque a todos engana. Quando nos embebeda, bichaninha gata; quando nos mete medo, bicharoco; quando nos chupa o sangue da bolsa, é bicha; e finalmente é bicho carpinteiro, que não pode estar quieto com os seus bicharocos". E concluiu a velha toda esta arenga, fazendo um horrendo e espantoso bicho, dizendo: "Quem vossa mercê, senhor Cupido?". Essa é boa! Essa é a definição do amor que lhe deram as três velhas, vindo a concluir que o amor é fera, raio e pedra; fera nos estragos, raio nos incêndios e pedra na dureza. E quem quiser mais vá a sua casa.

XANTO. Por certo que definiste bem o amor; e em prêmio da tua sabedoria terás o grau de doutor em filosofia.

PERIANDRO. Justo é que laureemos a Esopo.

ÊNIO. Esopo merece todas as honras de sábio.

XANTO. Hás de ser mestre do curso que se há de abrir para o ano.

ESOPO. Isso é pulha! Mestre do curso! Muito hei de gastar em alfazema e alecrim, para perfumar a aula, que cheirará, que será um desamparo.

XANTO. Hás de ser mestre do curso que se há de responder a uma pergunta solta, que é costume acadêmico.

ESOPO. Quem pergunta, saber quer. Ora vá!

XANTO. Dize, Esopo: por que razão chamam aos corcovados poetas?

ESOPO. "Sic quaerit, et respondeo": Chamam aos carcundas poetas, porque os versistas deste tempo são poetas, mas é cá para trás das costas.

PERIANDRO. Boa resposta!

ÊNIO. Boa agudeza!

ESOPO. Aí está ela muito à ordem de vossa mercê.

XANTO. Ora eu te constituo doutor, Esopo, pela autoridade que tenho da República.

PERIANDRO. Muito bem, senhor doutor.

---

72. *A todos prega o mono*, "a todos põe macambúzios", no sentido de ficar triste, taciturno.

ÊNIO. Senhor doutor? Seja-lhe muito parabém.

ESOPO. Com que só basta dizer o senhor Xanto que sou doutor, para logo o ser?!

XANTO. Quem o duvida?

ESOPO. Ora eu cuidava que para ser doutor era necessário andar um homem em Salamanca sete anos, e no cabo só uma palavra basta para ressuscitar a um néscio do sepulcro da ignorância!

Sai Eurípedes gritando muito, e dará com a cadeira no chão e ficará Esopo debaixo dela.

EURÍPEDES. Donde está este patife e este velhaco de meu marido? Donde está, que lhe quero perguntar se há de casar com outra mulher, estando eu viva? Tudo há de ir raso nesta casa; não há de ficar pedra sobre pedra.

ESOPO. À que del-rei, que morro, que me estalou a corcova! Antes queria ser burro vivo, que doutor morto.

XANTO. Senhora, que terremoto é esse que vem fazendo? Que tem?

EURÍPEDES. Ainda me pergunta que tenho? Você casado com Geringonça, estando eu viva?!

XANTO. Eu, senhora?! Isso é testemunho!

EURÍPEDES. Esopo, não mo disseste?

ESOPO. É verdade; mas, como vossa mercê não queria vir para casa a fazer vida marital com meu patrão, foi-me preciso fingir que ele se casava; porque vossa mercê então, acossada dos zelos, viria para a sua companhia.

XANTO. Eu te perdôo a peça, pela indústria com que a trouxeste para casa.

EURÍPEDES. Esopo, desavergonhado, tu me foste enganar? Pois em ti vingarei a minha raiva. *(Dá-lhe.)*

ESOPO. Tá, tá! Tenha mão para lá, que já não sou seu cativo, que me libertou o povo; e além disso sou doutor em filosofia, que é o mesmo que mestre em alhos; e já agora tão bom, como tão bom.

EURÍPEDES. Está bem; tu mo pagarás. Anda, Xanto. *(Vai-se.)*

XANTO. Vamos, senhora; vou tremendo! Esopo, vem comigo, que apartarás a pendência.

ESOPO. A senhora mestra e o Diabo tudo é um; hoje temos touros de capa, e eu farei muito por lhe mostrar a manta. *(Vai-se.)*

ÊNIO. Vinde, Periandro, que já não posso aturar o diabo da mulher.

PERIANDRO. Ide, Ênio, que quero ver se posso falar com Filena, que há dias que a não vejo.

ÊNIO. Pois ficai-vos embora. *(Vai-se.)*

PERIANDRO. Se estará ainda Filena mal comigo, pois desde o dia que o pai foi para beber o mar, me não quis falar? Bem disse Esopo que o amor era pedra, fogo e fera, pois tudo tenho, e tudo acho em meu amor: fera na condição de Filena; fogo no incêndio de meu peito; e pedra no imóvel com que me detenho nesta casa, que parece que sou o mesmo edifício onde habita Filena. Oh, quem nunca soubera o que era amor!

Sai Filena.

FILENA. Quem está aqui?

PERIANDRO. Quem há de ser, senão quem adora, não só o ídolo de tua formosura, mas até as paredes do templo, onde te elevas deidade?

FILENA. Se soubera que estavas aqui, não passara por esta sala.

PERIANDRO. A tanto chega o teu ódio, que nem ver-me desejas?

FILENA. Não posso responder, porque minha mãe já veio para casa e lhe vou falar.

PERIANDRO. Espera, que te não hás de ir, sem primeiro fazermos as pazes; pois sem razão vejo que estás contra mim.

FILENA. Não quero admitir desculpas, que hão de ser tão falsas como tu, que as pretendes dar; deixa-me, Periandro, que vou ver minha mãe.

PERIANDRO. Escuta sequer um breve instante, Filena, as queixas de um amante aflito; não queiras que de todo acabe desesperado aos golpes de uma mágoa.

FILENA. Por me não deteres mais, dize o que queres dizer.

PERIANDRO. Pois escuta.

Canta Periandro a seguinte

ÁRIA
Ingrata, não sei por quê,
Podendo eu ser feliz,
Fazes com teu rigor
que chegue a enlouquecer.

Cruel deidade, vê
que, ainda que infeliz,
em mim se acha amor,
que puro sabe arder.

Filena. Compadecida da tua mágoa, buscarei hora em que com mais vagar te desculpes, e eu te satisfaça. *(Vai-se.)*

CENA IV
Mutação de câmara, e sai Esopo com um papel na mão.

Esopo. Grande peso tenho sobre as minhas costas! Não bastava esta corcova, mas sobre ela ainda um amor, como um inchaço! Eu confesso que sim, tinha amor à menina; porém, depois que a vi ontem caindo-lhe a baba pelos cantos da boca, ainda fiquei mais abrasado. Vejam agora a asneira deste meu amor, em que havia achar motivo para se atear! Eu tomara declarar-me com ela. Se pegar, muito bem; quando não, pouco se perde; mas eu acho de mim para mim que ela não há de ter dúvida a ser minha amante, pois já agora sou doutor e ela que mal lhe estará levar em capelo a minha contubérnia[73] amorosa?

Sai Filena.

Filena. Esopo, há dois dias que me não dás lição. Ora vamos a isso.
Esopo. Ora digam agora vossas mercês sem paixão: quem se não há de namorar daquela cara, que parece pintada a óleo de linhaça[74]?
Filena. Vamos à lição, se queres; se não, vou-me.
Esopo. Quero, quero; antes: porque quero, por isso não quero. Olhe, menina, ninguém corre atrás de nós; tempo tem a lição; conversemos um pouco primeiro.
Filena. Ora conversemos, que eu gosto muito das tuas graças.
Esopo. Mais entendo eu que gosta das minhas desgraças.
Filena. Das tuas desgraças?! Como?
Esopo. Bem; já estou metido na tramóia. Eu começo a explicar-me. Como está o senhor seu pai dos flatos?

---

73. *Contubérnia*, vida em comum, familiaridade, companhia.
74. *Pintada a óleo de linhaça*, referência aos bonecos ou bonifrates.

FILENA. Que tem cá as tuas desgraças com os flatos de meu pai?

ESOPO. Isto foi um entreparente[75]; mas o caso é que as minhas desgraças vossa mercê... quando... hoje... amanhã... Eu estou fora de mim! Não digo coisa com coisa!

FILENA. Que dizes, que te não entendo?

ESOPO. Agora, agora, eu me explico. De sorte que eu... não... não... de maneira... que vossa mercê... não... sim... não... espere... faça vossa mercê de conta...

FILENA. Que hei de fazer de conta? Tu estás bêbado?

ESOPO. Não estou bêbado, por vida minha; ora espere, que eu me explico neste

SONETO

Ora aspiro[76], ora temo, ora duvido;
ora grave, ora meigo, ora severo;
ora enjeito, ora peço, ora não quero;
ora paro, ora tenho e ora envido[77];

ora inculto, ora monstro, ora Cupido;
ora pronto, ora tímido, ora fero;
ora livre, ora escravo, e ora impero;
ora amante, ora ingrato, ora sentido;

ora morro, ora vivo, ora me afago,
ora rio, ora choro, ora me assanho;
ora já, ora não, e ora logo.

Ora envido, ora perco e ora ganho;
ora incêndio, ora neve e ora fogo.
Estranho variar de amor estranho!

---

75. *Entreparente*, o mesmo que "entre parênteses". Aqui, usado em sentido figurado, significando desvio momentâneo do assunto, digressão.

76. *Ora aspiro...* Antônio José trata nesse poema de um tema caro aos poetas quinhentistas herdeiros do petrarquismo: o amor e as suas contradições.

77. *Envido*, solicito.

FILENA. Tens dado mais *horas*[78], que um relógio e em tantas não te pudeste explicar.

ESOPO. Pois, senhora, nas horas desse relógio apontava o mostrador do meu enleio, quando a formosura de vossa mercê me tem feito em quartos, e por instantes morrendo na repetição dos golpes.

FILENA. Sim? Pois que é?

ESOPO. É o coração, que está a bater.

FILENA. Pois isso que tem? A todos faz o mesmo.

ESOPO. Será; mas eu acho que o meu coração não cabe na pele, porque tem dentro...

FILENA. O que tem?

ESOPO. Tem a, a, a...

FILENA. Se não passas do A, pouco sabes. Que é o que tens, que estás gago?

ESOPO. Quero dizer *amor*, e não me chega a língua. Ora escute, que cantando me explicarei; pois que o amor é tarântula, como disse um discreto, que fui eu, com a música curarei o veneno do coração.

Canta Esopo a seguinte

ÁRIA
Sabes tu quem me atormenta?
De mansinho, aqui em segredo:
é... mas ai, que tenho medo!
Ora eu digo resoluto:
és tu mesma, ingrata, tu.
Tu fabricas este enredo
aos meus olhos, que lamentam
o rigor daquele monstro,
que anda cego, nu e cru.

FILENA. Com quê, te namoraste de mim?! Vivas muitos anos, que eu disso não me ofendo.

ESOPO. Sim, mas eu queria...

FILENA. Que querias?

---

78. *Horas*, trocadilho com o emprego no soneto da conjunção "ora".

Esopo. Eu sei! Queria que me correspondesse também, que nos escrevêssemos de parte a parte, ainda que sempre falamos; queria que me desse mais um coração de azeviche, com uma fita da sua anágua; e a fita havia ser verde, para eu lhe fazer uns versos, onde havia falar em esperança. E indo nós assim andando, ao depois o tempo daria de si alguma coisa; pois que diz? Sim?

Filena. Valha-te o Diabo, mofino, que sempre hás de estar de pachorra! Vamos à lição, anda, que ao depois quero me notes[79] uma carta para Periandro, que hei de escrevê-la pela minha própria mão, e da minha letra, tal e qual.

Esopo. Com quê, não há que deferir ao meu requerimento; e, sobre não ser admitido como amante, hei de ser alcoviteiro? Isso, não há lei que o mande; e, se Cupido tal souber, é capaz de deixar cair um raio sobre mim; porém nem tudo se leva de um jato; eu irei colhendo favores às furtadelas. Ora ande, menina; escreva lá.

Filena. Dize devagar, e que amanhã me fale; escolhe tu o lugar que for mais seguro.

Vai ditando Esopo e escreve Filena.

Esopo. Meu bem Esopo, de quem fio os segredos do meu coração, diga o quanto este se abrasa nas chamas do amor; não lhe posso dizer mais, nem menos; que aos bons entendedores pouco lhe basta. Amanhã à noite espero vê-lo no pátio escuro para o enxergar melhor, o qual cai para a estrebaria do cavalo de meu pai. Deus te guarde, que te não quero dar quebranto. Muito sua pelo sovaco. Ponha um F com um E atrás.

Filena. Há de ser P, e não E. Não vês tu que se chama Periandro?

Esopo. É o que me faltava, querer a discípula ensinar ao mestre! Diga lá o A, B, C.

Filena. A, B, C, D, E, F.

Esopo. Basta; pare aí. Não vê, tolinha, que o E está atrás do F, e não o P? Ponha, ponha como lhe digo.

Filena. Tens razão; eu ponho.

Esopo. Ao menos a carta é toda lida nesta forma.

---

79. *Notar*, no sentido de redigir.

Lê Esopo, virgulando como acima.

Esopo. Meu bem Esopo, de quem só fio os segredos do meu coração.

Filena. Não quero; hás de ler assim: Meu bem, vírgula; Esopo de quem só fio etc.

Esopo. Não faça caso de pontos e vírgulas, que já se não usam. Ai, que aí vem seu pai!

Filena. Pois dá a carta a Periandro. *(Vai-se.)*

Esopo. Não a darei senão a mim, que eu daqui em diante hei de ser o teu Periandro. *(À parte.)*

Sai Xanto.

Xanto. Esopo, que escrito é esse, que aí tens?

Esopo. É a carta da menina.

Xanto. Como vai ela com o ler?

Esopo. Admiravelmente: já dá escritos com a maior facilidade do mundo.

Xanto. Sendo tu seu mestre, não duvido que esteja tão adiantada.

Esopo. Ah, senhor, que, se ela tomara bem as minhas lições, talvez que estivera hoje noutro estado.

Xanto. São raparigas; querem brincar. Ora, Esopo do meu coração, depois que veio este tigre de minha mulher para casa, ainda não pude mais falar a Geringonça, e importa falar com ela coisa de grande empenho. Estimara que amanhã à noite nos víssemos no pátio da estrebaria. Esopo, peço-te isto como amigo. Adeus, que me não posso deter.

Esopo. Este pátio da estrebaria, que diabo terá para os amantes? Porém só na estrebaria merece estar quem é amante.

Sai Geringonça.

Geringonça. Ora, Esopo, tu fazes zombaria de mim?

Esopo. Doutor de quando em quando.

Geringonça. Que ande eu morrendo de amores por ti, e que tu tão seco, tão despegado e desdenhoso me faças desprezos!

Esopo. Mulher, ou tição do Inferno, não me deixarás? Como queres que te queira bem, se não acho por onde te pegue! Não vês, que és uma cozinheira, e eu sou um doutor?

GERINGONÇA. Tu és doutor?

ESOPO. Quando nada; por quê? Não me viste logo na cara o resplendor doutoral? Vê tu agora se está bem a um doutor casar com uma cozinheira. Já se tu foras doutora, tranca[80]; porém uma criada chirle[81], fedendo a adubos, *non sufretur in rerum natura.*

GERINGONÇA. Ai, tu sabes latim?

ESOPO. "In totum; ite, ite ad temperandas panellas."

GERINGONÇA. Agora te quero mais: olha, que importa que tu sejas doutor? Não vês que o cavalo alimpa a égua?

ESOPO. "Ergo, cavalus sum ego?"

GERINGONÇA. Não entendo o que dizes; fala-me como dantes.

ESOPO. "Non possum, quia in hac hora venit mihi flatum filosofandi."

GERINGONÇA. Donde aprendeste isso tão depressa?

ESOPO. "Venit ab alto, et non te importat."

GERINGONÇA. Que o achaste na porta?

ESOPO. Não há maior desesperação! Queres tu também agora aprender latim? Mulher, como te hei de dizer? Não te posso querer bem. Deixa-me; quanto mais me segues, mais me persegues. Arre com a sarna!

GERINGONÇA. Que sofra eu estes desprezos!

Canta Geringonça a seguinte

ÁRIA

Vou-me embora, Esopo ingrato;
já te deixo, pois não quero
teus repúdios aturar.
Tu desprezas o meu trato,
sem olhar que te venero?
Pois amor me há de vingar. *(Vai-se.)*

Sai Messênio.

MESSÊNIO. Esopo, estamos perdidos.

ESOPO. Por quê? Alguém nos busca?

---

80. *Tranca*, pessoa rude, áspera.
81. *Chirle*, sem tempero. Aqui no sentido de sem graça, sem atrativo.

Messênio. Saiu do exército de el-rei Cresso um soldado a desafiar um dos nossos, e que amanhã o esperava no campo, só por só, e com armas iguais; e, quando não, que incorreríamos em pena de cobardes; e o pior é que não há quem queira aceitar o desafio, porque os melhores cabos e soldados estão doentes das feridas das setas; e assim, pois Júpiter te escolheu para diretor desta guerra, dize o que faremos.

Esopo. O caso ainda assim é de barbas; mas, por vida de Esopo, que eu mesmo hei de sair em pessoa ao desafio.

Messênio. Tu, como, se não sabes jogar as armas, e os inimigos são destros nelas?

Esopo. Vossa mercê, senhor Messênio, está enganado. Quem lhe disse que eu não sabia jogar as armas? Ainda não há muitas horas que joguei a minha espada com um tambor ao jogo das chapas.

Messênio. Não te ponhas com graças; dá remédio a coisa de tanto empenho.

Esopo. Pois, senhor, tenho dito; eu mesmo sairei; eu posso fazer mais que dar o conselho e executá-lo? Ora ande, que na guerra vale mais a indústria que o valor.

Messênio. De ti tudo se espera. *(Vão-se.)*

CENA V
Mutação de arraial e aparecerá a praça, e a um lado el-rei Cresso com alguns soldados, e no meio do teatro Temístocles com espada e rodela.

Rei. Já que fizeste o desafio, vê lá como te sais dele; não nos desacredites.

Temístocles. Tão poucas experiências tenho dado do meu valor em tantas campanhas, para que agora vossa majestade desconfie de mim?

Rei. Bem sei que és bom soldado e valoroso; mas nem sempre a fortuna pode ser favorável. Queira Júpiter que triunfes, que a tua glória será a minha.

Temístocles. Venha quem vier; venha o mais valente soldado dos atenienses, que do primeiro revés o hei de descabeçar. Olá da praça, não vem esse valente?

Haverá uma porta na muralha da praça, por onde sairá Esopo armado com capacete, espada e rodela, e dirá dentro o que se segue.

DENTRO, ESOPO. Já vou; espere, que me estou apolvilhando[82]. Cuidado, não me fechem a porta do muro, que importa.

Sai Esopo.

ESOPO. Ora salve Deus a vossa mercê.
TEMÍSTOCLES. Você é o do desafio?
ESOPO. Cuido que sou eu, se me não engano. Arre, lapas[83]! Que será isto, que me não posso ter nas pernas? Estava eu manso e pacífico, quem me meteu em desafios? Ah, d. Quixote, aonde estás, que aqui eras tu gente!
TEMÍSTOCLES. Ora, pois; vamos a isso depressa.
ESOPO. Ui, senhor, que pressa tem vossa mercê? Morra eu de cutiladas, mas não quero morrer de afogadilho. Com licença de vossa mercê, já venho.

Faz que se vai e torna a voltar.

TEMÍSTOCLES. Aonde vás?
ESOPO. Vou mudar de camisa, que entendo que estou mijado com alguma coisa mais.
TEMÍSTOCLES. Bom contrário tenho eu! Desta vez logro o triunfo. Meçamos as armas: estão iguais. *(Medem as espadas.)*
ESOPO. Estão iguais?! Não há tal!
TEMÍSTOCLES. Como não?
ESOPO. A sua espada tem punho de prata, e a minha de cabelo. Não, senhor; hão de ser armas iguais, ou eu não hei de brigar.
TEMÍSTOCLES. Iguais se entende do mesmo comprimento. Bem parece que isto não é terra de soldados, mas sim de filósofos.
ESOPO. Tu o amargarás na conclusão. *(À parte.)*
TEMÍSTOCLES. Pois estão as armas iguais, agora partamos o sol.
ESOPO. Que parta o sol? Quer-me você partir o sol da Índia com os dentes? Quem parte o sol, melhor me partirá a cabeça.

---

82 . *Apolvilhando*, cobrindo de pó.
83 . *Arre, lapas!*, "Fora, maçadores!".

TEMÍSTOCLES. Bem estamos. Toquem os clarins a investir.

ESOPO. Mande antes dobrar os sinos, porque eu desta vez fico enterrado.

Tocam uma marcha com as trompas.

REI. Que farão os dois, que tanto tardam a investir?

TEMÍSTOCLES. Ora vamos.

ESOPO. Pois vamos? Adeus, até amanhã.

TEMÍSTOCLES. Briguemos; quando não, vou dando.

ESOPO. Dê, dê, que eu farei queixa a sua mãe. E que fará agora Geringonça? *(À parte.)*

TEMÍSTOCLES. Ora já te não posso aguardar, que nas dilações periga o meu crédito. *(Investe.)*

ESOPO. Espere, espere; tenha mão, que já não pode brigar.

TEMÍSTOCLES. Por quê?

ESOPO. Porque o ajuste foi ser com armas iguais; quanto a isso, não se me dá.

TEMÍSTOCLES. Não se te dá das armas? Pois em que te fias?

ESOPO. Fio-me na coura[84].

TEMÍSTOCLES. Pois, se as armas estão iguais, que mais falta aqui para a lei do duelo?

ESOPO. O desafio foi que havia ser só por só.

TEMÍSTOCLES. Sós estamos.

ESOPO. De burro. Isso é não ser valente. Você com gente de escolta atrás?! Aonde está aí a graça? Não sabe que "nec Hercules contra duo"; quanto mais quem não é para ser criado de Hércules?

TEMÍSTOCLES. Eu venho só e não trago nenhum comigo. *(Volta-se.)*

ESOPO. Quer agora negar o que eu estou vendo? Olhe para trás e verá com os seus olhos. Ai! Um, dois, três, dezenove, cinqüenta.

*Ao voltar Temístocles a cara, dá-lhe Esopo uma cutilada
e deitará a fugir para a praça e cai Temístocles.*

ESOPO. Agora, que se vira, reviro eu. Zumba! *(Vai-se.)*

TEMÍSTOCLES. Ah, traidor, que me mataste! Traição, traição!

---

84. *Coura*, o mesmo que couraça protetora do uniforme militar.

Rei. Que foi isso, Temístocles? Tu ferido dessa sorte?!

Temístocles. Que há de ser? Um traidor, que, dizendo-me que eu trazia gente de escolta, indo a virar a cara me deu uma cutilada.

Dentro. Viva Esopo, Esopo viva! Vitória!

Rei. Com quê, Esopo foi o que veio ao desafio? Ainda estou mais picado!

Temístocles. Veja vossa majestade se disse eu bem, que Esopo nos havia de fazer a guerra.

Rei. Pois juro que daqui em diante apertarei mais o cerco, só para apanhar às mãos esse velhaco de Esopo; anda curar-te na minha tenda. *(Vão-se.)*

CENA VI
Mutação de colunas, ou pátio escuro azulejado, e no fim estará uma porta, e sai Eurípedes.

Eurípedes. Venho como tonta! Isto é o que quer que é. Estando eu no melhor do sono, não acho na cama o meu marido. Vou à cama de Filena, também a não acho, nem Esopo aparece. Tenho corrido toda a casa de alto a baixo, sem ver nenhum. Até me obriga a vir por este pátio. Entrei na estrebaria, nada encontro. Que diabo será isto? Mas eu cuido que sinto pisadas; eu me retiro para este canto, que hoje haverá – *cerra, Espanha! (Retira-se.)*

Sai Filena.

Filena. Aqui mandei que esperasse Periandro, e Esopo me disse que ele já aqui estava; mas eu não sei por onde ponho os pés, e tenho dado mil quedas; pois com o escuro da noite não sei por onde venho, nem por onde piso. Ai, amor, a quanto obrigas!

Sai Xanto.

Xanto. Agora acabo de ver que é cego o amor, pois como cego venho às apalpadelas por tantos corredores, até chegar a este pátio, que há de ser esta noite a campanha do amor, em que quero falar a Geringonça.

Filena. Mas eu cuido que ali vem gente; quem há de ser, senão Periandro?

XANTO. Sinto pisadas, e o vulto, se me não engano, para mim se vem chegando; sem dúvida é Geringonça. Que espero, que lhe não falo? Vem embora, pois tu és a luz que me traz cego a falar-te. Tanto tardaste?

FILENA. A voz é de meu pai; estou perdida! Ora, quando os velhos têm amor, que farão os moços! Eu vou-me retirando. Há maior desgraça, que, quando busco a Periandro, encontro meu pai! *(Vai-se.)*

XANTO. Com o escuro não atino onde ela está.

Vai Xanto chegando para onde está Eurípedes, e sai Esopo.

XANTO. Oh! Cá estás tu?! Pois agora já poderemos falar.

EURÍPEDES. Ai, é o senhor Xanto? Pois eu me calo, até que ele se declare bem, que quero ver a quem busca.

ESOPO. Esta casa parece-me encantada; pois desde a meia-noite, que saí de cima, até agora, estive sem atinar com o pátio. Valha-te o Diabo, pátio, que a tantos fazes patear[85]! Ora aqui estou eu no meio do campo. Venha agora Filena a desafiar-me, e veremos como se porta comigo. E o velho fica logrado, que eu não dei o recado a Geringonça.

XANTO. Minha Geringonça, não sabes que morro por ti? Pois como me desprezas?

EURÍPEDES. Meu dito, meu feito! Ora quero fingir-me Geringonça.

XANTO. Não me respondes, amores?

EURÍPEDES. Como quer que o queira, se vossa mercê quer tanto à senhora Eurípedes?

XANTO. Valha o Diabo Eurípedes, que por sua causa não me declaro teu amante! Tomara que já morrera para casar contigo.

EURÍPEDES. Há quem isto ouça! Eu quero disfarçar ainda.

ESOPO. Muito tarda Filena! Donde estará esta bugia? Mas parece-me que já a estou vendo vir, tique, tique, com a sua anágua de franjas, sapatinho de tessum, o cabelo desgrenhado, coberta com a sua capona. Mas ai, que agora me lembrou uma coisa; que, se ela me abraçar, poderá topar com a minha corcova e por ela conhecer-me pelo tato! Pois bom remédio! Em tal caso, direi que me abrace pelas gâmbias[86], que é hoje o rigor da França; mas, se me não engano, aí vem gente, e o pisar é de mulher.

---

85. *Patear*, trocadilho com pátio.
86. *Gâmbias*, pernas.

Sai o burro, que vai para Esopo.

Esopo. Ela é sem dúvida, que a conhece o nariz pelos aromas que exala. E como vem serena! Ora fingir-me quero Periandro. Vem cá, planeta da quarta esfera; vem, formosa Vênus, a mitigar o febricitante ardor de meu peito, com o açúcar queimado dos teus carinhos. Não me dizes nada? Estás muda? Sem dúvida que o teu pudor te embarga as vozes na chancelaria do peito. *(Zurra o burro.)* Cala-te, cala-te; não te sufoques. Coitadinha da minha menina, como estás rouca! Estou tão contente! Desta vez hei de dar duas figas ao amor.
    Xanto. Muito te resistes, ingrata Geringonça!
    Eurípedes. Quero apurar bem a paciência.
    Esopo. Ora agora, meus amorinhos, meu feiticinho, dá-me essa mão de jasmim ou esse pé de cravo, para pôr e dispor no canteiro de meu coração. *(Zurra.)* Fala de mansinho, não ouça teu pai. Sempre me vás a fugir? Olha cá! Queres tu casar comigo? *(Zurra.)* Sim? Pois havemos sair a furto, deixa estar; mas tua mãe não o saiba.
    Xanto. Ora isto é já desesperação.

Faz que pega nela.

Eurípedes. Retire-se lá; quem é?
    Esopo. Menina, não gastemos mais tempo; ajustemos o nosso amor. Ora dá-me um abraço; anda, não sejas burra.

*Ao ir Esopo abraçar o burro, dá-lhe este dois coices,
e aos gritos de Esopo sairá Geringonça com uma candeia acesa.*

Esopo. À que del-rei, que me matas! Ingrata, com isso pagas o meu amor?!
    Geringonça. À que del-rei, ladrões no pátio. *(Sai.)*
    Eurípedes. Guarde Deus a vossa mercê, senhor Xanto. Pois que vai?
    Xanto. Isto é encanto; mofino homem, que há de ser de mim?
    Esopo. Ui, Filena converteu-se em burro! Andou discreta, para a não conhecerem. Ó Filena, torna-te outra vez em gente, que com a baralhada que aqui vai, ninguém repara.
    Geringonça. Eu estou pasmada! Que diabo é isto que vejo!

EURÍPEDES. Que diz agora, velhaco, magano? Pois quer que eu morra, para casar com Geringonça? À que del-rei, sobre este magano!

ESOPO. E o velho como está réu!

XANTO. Não te posso responder: vou matar-me, antes que me mates. *(Vai-se.)*

EURÍPEDES. Peguem-me nesse magano.

GERINGONÇA. Ai, senhora, deixe o triste velho; bem lhe basta os seus achaques.

EURÍPEDES. Ainda acodes por ele, velhaca? *(Vai-se.)*

GERINGONÇA. Não sou amiga de ouvir pendências. Esopo, que fazes aqui ao pé do burro?

ESOPO. Cala-te, que não é burro; é Filena, que está disfarçada, para a não conhecerem. Não me dirás para que trouxeste agora essa candeia, pois com ela fizeste tantos desarranjos?

GERINGONÇA. Com quê, esta é Filena?

ESOPO. De que te espantas? Nunca ouviste dizer que Vênus se converteu em gata? Pois que muito que Filena se converta em burro? Pois por certo que não é Vênus melhor do que ela.

GERINGONÇA. Pois dá-lhe um abraço.

Sai Filena gritando.

FILENA. Venham acudir a meu pai, que está para se enforcar na grade do leito, por não aturar as guerras de minha mãe!

GERINGONÇA. Esopo, fica-te com o teu burro. *(Vai-se.)*

ESOPO. Ora só esta a mim me sucede! Que estivesse eu esfalfando-me em dizer finezas a um burro! Sem dúvida levei dois coices, cuidando que levava dois pescoções.

FILENA. Andem acudir a meu pai, que se enforca.

ESOPO. Deixe-o enforcar, que eu também vou fazer o mesmo. Arre com a cancaborrada[87] da noitezinha! Olhem, não há coisa mais fiel que o nariz; por isso lhe fedia o bafo a cevada; mas, como tinha o nariz cego de amor, cuidei que me cheirava a beijoim[88].

FILENA. Anda; não te detenhas, que meu pai estará enforcado a estas horas.

---

87. *Cancaborrada*, variante de cacaborrada, asneira, despropósito, coisa malfeita.

88. *Beijoim*, planta aromática.

Esopo. Isto não são horas de se enforcar ninguém; e, se não, vamos e verá. Ah, ingrata, não te perdôo o susto desta noite, que toda foi uma burrada!

Cantam Eurípedes, Esopo e Geringonça a seguinte

ÁRIA A TRIO
Eurípedes. Cala-te, cala-te, marafona;
   cala-te, infame bribantona[89];
   se não, vou saltando em ti.
Geringonça. Que fiz eu, senhora, quê?
   Porque assim sem mais nem mais,
   tão cruel me trate assi?
Esopo. Deixe a moça. Ouves tu?
   Não lhe digas chus nem bus,
   té passar-lhe o frenesi.
Eurípedes. Hoje aqui te hei de matar.
   Geringonça. Hoje aqui não hei de estar.
Esopo. E eu aqui hei de ficar.
Eurípedes. Pois que os zelos.
Geringonça. Pois que a dor,
Esopo. Pois que amor,
Todos. já me faz desesperar.
Eurípedes. Não te quero mais em casa;
   Vai-te, vai-te para fora.
Geringonça. Saiba Deus e todo o mundo
   a inocência em que me fundo.
Esopo. Cala-te, filha; alimpa o ranho,
   toma o manto e vai-te embora,
Todos. que os enredos deste pátio
   não se podem aturar.

---

89. *Bribantona*, variante popular de birbantona, patife, tratante, velhaca.

CENA VII
Mutação de câmara. Saem Xanto e Esopo.

XANTO. Esopo, ouve-me, por tua vida.

ESOPO. Senhor, eu confesso-lhe que já estou arrependido e arrenegado; nem quero ouvi-lo, nem quero nada desta casa; vou-me embora.

XANTO. Pois por quê?

ESOPO. Ui, senhor! É zombaria andar aqui em uma roda viva, Esopo de dia, Esopo de noite, como se eu fora algum bonecro de cortiça[90]? Uma casa de enredos e um enredo sem fim? Vossa mercê libidinoso, e sua filha rude, sem tomar as minhas lições; e sobretudo uma mulher brava. Haverá resistência que tal possa sofrer? Pois...

ÁRIA
Ver o tigre de minha ama,
quando em cólera se inflama,
dizer ao marido amante:
"Venha cá, velho bribante!"
E o velho paciente,
com voz baixa e tremebunda,
lhe diz: "Cala-te lá, serpente".
Quando diz de lá Filena:
"Mãe, não seja impertinente;
tenha modo, e tenha siso!".
Mas confesso que com riso
me faz isto escangalhar.
E que o mísero carcunda,
vendo tanta barafunda,
tal se atreva a tolerar!

Sai Messênio.

MESSÊNIO. Que seja possível que estejas a cantar, Esopo, quando estamos na maior aflição!

---

90. *Bonecro de cortiça*, referência aos intérpretes das óperas, os bonecos ou bonifrates.

Esopo. Pois quê? Temos outro desafio?

Messênio. Não vês o miserável estrago em que está esta praça, com um cerco há tantos tempos, sem nos vir socorro de parte alguma, e já não há comer para os soldados? Nestes termos, dize: o que havemos de fazer?

Xanto. Senhor, eu sou de parecer que nos entreguemos, que não há resistência a um poder tão grande.

Esopo. Cale-se lá; não se meta onde o não chamam. Ah, senhor Messênio, Júpiter, que me nomeou para general, bem sabe o que fez, que ele não se engana comigo. Mande vossa mercê escolher um par de soldados, os que lhe parecerem mais valentes, e a cada um dê uma saia e uma mantilha, e que se preparem com armas curtas e esperem por mim à boca da noite no postigo da muralha, que eu lá estarei, e que façam o que eu disser.

Messênio. Que intentas fazer?

Esopo. Logo o saberá; andem comigo, que são uns fonas[91].

Xanto. Queira Deus, Esopo, que acertes.

CENA VIII
Mutação de arraial. Descobre-se a praça com o cerco dos soldados, el-Rei e Temístocles.

Rei. Notável constância têm mostrado os atenienses neste sítio, pois, apesar de todo o meu poder, se resistem valentes!

Temístocles. Eu entendo, senhor, que cedo capitularão; pois, segundo as informações que deu um soldado que fugiu da praça, estão já sem mantimentos; com que cedo lograremos a vitória.

Rei. Tomara haver às mãos este Esopo, que só por ele aperto o cerco da praça. Mas não vês abrir-se o postigo da muralha?

Sai do postigo Esopo, vestido de mulher, e da mesma sorte alguns soldados, com alguns cutelos, que ao depois puxarão por eles, e diz dentro Esopo o seguinte:

Dentro, Esopo. Não me fechem a porta, que aliás perderemos o peso e feitio.

Messênio. Vai descansado, Esopo, que aqui fico eu; e Júpiter permita que te não suceda alguma.

---
91. *Fonas*, indivíduo efeminado, fraco.

Esopo. Quando eu der um assobio, fazer o que tenho dito e fingir fala de mulher. *(Saem.)*

Temístocles. Quem vem lá?

Esopo. Senhor soldado que já foi quebrado, somos umas aflitas mulheres, que queremos falar a el-rei Cresso, ou da Lídia.

Rei. Aqui me tendes. Que é o que quereis?

Esopo. Vossa majestade saiba que eu sou uma donzela, salvo tal lugar, que com estas companheiras saímos da praça, ou para melhor dizer nos lançaram à margem.

Rei. E por que vos expulsaram?

Esopo. Eu sei? Senhor, vossa majestade, se algum dia foi mulher, bem saberá das nossas mazelas; mas, pelo que me disse um tio meu, tambor, que se lançava a gente inútil para a guerra, porque comíamos o comer dos soldados.

Rei. Pois tanta falta há de mantimentos?

Esopo. Ai, senhor, isso não se fala; eu ontem comi uma frigideira de lêndeas, por não ter outra coisa; esta minha companheira, parindo ontem um filho uma vizinha sua, o comeu, e ainda lhe lambeu os beiços. Pois água? Só dos olhos bebemos as lágrimas. Enfim, senhor, nós estimamos muito que nos deitassem fora, para enchermos a barriga; pelo que vos pedimos, senhor, que nos mandeis dar de cear e agasalhar; e adverti que a clemência nos príncipes é a melhor pedra que adorna a tua coroa.

Rei. Temístocles, agasalhai essas mulheres, que eu me vou recolher. *(Vai-se.)*

Temístocles. Suposto que o escuro da noite mal me deixa perceber as feições desta moça, pelo metal da voz e pelo modo, me tem cativado. *(À parte.)*

Esopo. Pois havemos dormir no campo, senhor soldado?

Temístocles. No campo não, mas na minha barraca sim, pois me compadeço de vós; e na vossa companhia suavizarei as asperezas de Marte. Assim o permita o amor.

Esopo. Amor? Ai que graça! É nome, esse, que nunca ouvi. Estou bem aviado, se o soldado me namora! *(À parte.)*

Temístocles. Ora dizei-me: que faz lá esse magano de Esopo? Ainda é vivo?

Esopo. Coitado de Esopo! Anda bem achacado e já está quase louco com uma teima notável, dizendo que é mulher e não homem.

Temístocles. Tão grande juízo havia de dar volta; pois sinto; que, suposto me enganasse no desafio, contudo sei que é homem de prendas.

Esopo. Com quê, vossa mercê é o do desafio? Ora console-se com as disposições do Céu.

Temístocles. Ora, meu amor, eu mando acomodar as tuas companheiras, e tu vem para a minha barraca.

Esopo. Para a sua barraca? Isso não!

Temístocles. Ora anda.

Esopo. E a minha reputação?

Temístocles. Vem segura, que os cavalheiros têm honra e piedade.

Esopo. Pois olhe, nessa certeza me fio; porém também me há de fazer o favor de mandar retirar todos os soldados para as suas tendas.

Temístocles. Dizes bem; espera aqui, que eu mando aquartelar a gente, que suponho que os da praça não se atreverão a sair. *(Vai-se.)*

Esopo. Isso é certo; tomaram eles bem pão! Olá, companheiros fiéis, cuidado; acometer com valor e ir dando a troxe-moxe[92], que os apanhamos na cama.

Sai Temístocles.

Temístocles. Todos já se recolheram; anda comigo.

Esopo. Eu não vou sem as minhas companheiras. Olá, agora! *(Assobia.)*

Investem as mulheres a Temístocles, e mais soldados,
entre os quais haverá pendência, e se recolhem pelo postigo do muro;
e, quando Esopo for, achará a porta fechada.

Temístocles. Acudam todos. Traição, traição, que são homens, e não mulheres!

Esopo. Dar a matar; morram estes cães!

Todos. Morram os traidores!

Esopo. Vamos, que já vêm muitos.

Soldados. Vamos para a praça. *(Vão-se.)*

Esopo. Não fechem a porta, que ainda falto eu para entrar.

Dentro. Não pode ser, que já os inimigos vêm de envolta com os nossos.

Esopo. Se vêm de envolta, não há que temer, que são crianças; abra depressa.

Dentro. Não há ordem.

Temístocles. Dá-te à prisão; se não, mato-te.

---

92 . *A troxe-moxe*, variante de trouxe-mouxe, a torto e a direito, desordenadamente.

Esopo. Ai, meu bem, não me leves presa, que eu vou por vontade.
Temístocles. Ainda te finges mulher, velhaco?
Todos. Morra esse traidor!

Sai o Rei.

Rei. Que alvoroto[93] foi este?
Temístocles. Senhor, as mulheres eram homens disfarçados, que vieram com armas; e, apenas nos apanharam recolhidos, fizeram logo algum estrago nos nossos, que pudera ser mais; e todos fugiram e só apanhamos este.
Rei. Dize: quem és?
Esopo. Eu sou ninguém.
Temístocles. Agora conheço que és Esopo.
Rei. Confessa a verdade.
Esopo. Senhor, eu sou Esopo, que peço perdão a vossa majestade da minha descortesia.
Rei. Velhaco insolente, tantas me tens feito, que agora te mandarei enforcar.
Esopo. Olhe, senhor, que eu sou nobre, e não posso morrer enforcado.
Rei. Ou possas, ou não possas, hei de te matar; e só o deixarei de fazer, se me fabricares uma torre no ar.
Esopo. Aceito; dê-me a sua palavra, e juntamente me há de dar os materiais.
Rei. Prometo tudo; pois vejo que tu não hás de fazer a torre no ar, e assim sempre te venho a matar; vamo-nos, e levem-no preso, para que não fuja.
Esopo. Ai, amada Atenas, que não sei se te verei mais! Adeus, Filena; adeus! *(Vai-se.)*

CENA IX
*Mutação de jardim com estátuas, e cantará o coro
uma copla, e sai Filena.*

Filena. Só a música me diverte neste amoroso tormento em que vivo; pois, sobre não poder falar a Periandro, que suponho Esopo lhe não deu o

---

93. *Alvoroto*, variante de alvoroço.

recado, agora sei que Periandro vai também a pelejar, pela falta que há de soldados. Oh, que batalha sente o meu coração! E, por ver se acaso podia divertir a minha mágoa, vim a este jardim, cujas estátuas estão feitas com tal artifício, que repetem fielmente o eco que uma pessoa articula. Divirtamo-nos cantando.

Canta Filena a seguinte copla em ecos:

Em tanta pena prepara para ara,
o peito, quando se inflama flama ama,
uma fineza amorosa morosa rosa,
que amor em prantos derrama rama ama.

Sai Periandro.

PERIANDRO. Mudas estátuas que vivamente pronunciais o que articula um amante peito, já que pela minha boca me não atrevo a dizer o que sinto, por me não sufocar a pena, dizei pela vossa o que sem remédio choro.

Canta Periandro a seguinte copla:

Nesta frondosa floresta resta esta,
quero, pois que o mal conspira, pira ira,
dizer-te, que por amar-te marte arte,
este prado me convida vida ida.

FILENA. Amado Periandro, bem sei que vens a despedir-te, ou a dobrar-me os tormentos. Com quê, é certo que partes para a guerra?
PERIANDRO. Bem sabes, Filena, que nunca me desejei apartar de teus olhos um instante; porém os soberanos preceitos se devem obedecer, maiormente por não caber em mim a nota de covarde.
FILENA. Dizes bem: melhor é parecer valente, que pouco amante.
PERIANDRO. Não deixa de amar-te quem busca a Marte; assim, minha Filena, as vozes desta despedida sejam as eloqüências do pranto.

Canta Periandro e Filena a seguinte

ÁRIA A DUO
PERIANDRO. Filena idolatrada,
FILENA. Querido bem desta alma,
PERIANDRO. adeus, que já me ausento!
FILENA. adeus, oh, que tormento!
PERIANDRO. Que eu vou a pelejar.
FILENA. Que eu fico a suspirar.
PERIANDRO. Mas ai, Filena amada,
FILENA. ai, Periandro amante,
PERIANDRO. que temo na partida,
FILENA. que temo nesta ida,
Ambos. no pranto a vida dar. *(Vão-se.)*

CENA X

Mutação de arraial e castelo, e haverá uma tábua com quatro balaústres, e em cada um, um corvo, e Esopo dentro da dita tábua irá voando; e saem el-Rei, Esopo e outros.

DENTRO. Vamos ver a torre no ar, que faz Esopo.

REI. Esopo, vê que nisso está a tua vida ou a tua morte.

ESOPO. Faremos muito por não morrer desta vez.

REI. Que significam estes corvos?

ESOPO. São os meus oficiais. Ora pois, atenção. Iça arriba! Os corvos não podem chegar aos espetos de carne; parecem Tântalos[94].

REI. Notável idéia! Já está bem alto.

ESOPO. Ora, senhor, eu aqui estou pronto, como disse, para fazer a torre no ar. Mande-me os materiais: cal, pedra, tijolo, madeira e o mais que for preciso para fabricar a torre.

REI. Quem to há de lá levar nesta altura em que estás?

ESOPO. Pois, como me faltam com os materiais que prometeram, não está da minha parte o deixar de fazer no ar a torre, como afirmei.

---

94 . *Tântalo*, rei da Lídia, condenado por Júpiter à fome e sede eternas por revelar os segredos divinos aos homens.

REI. Assim é; desce para baixo, que eu te perdôo a morte, pois da tua parte não faltaste ao prometido.

ESOPO. Eu não sou tão tolo, que, estando no ar, que agora, mais que nunca, é livre, e estando à vista de Atenas, desça para baixo, aonde me podes estirar em três paus. Eu tomarei a liberdade por mim mesmo.

Com a tramóia vai Esopo voando, e mete-se dentro na praça.

DENTRO. Aqui vem Esopo pelo ar; isto é novidade, e parece coisa de encanto! Viva Esopo!

REI. Voou para dentro da praça: grande astúcia!

TEMÍSTOCLES. Senhor, se não matarmos a Esopo, nunca conquistaremos esta cidade. Bem vê já vossa majestade como é ardiloso.

REI. Estou tão picado da peça, que agora mesmo a mando acometer; e até me não entregarem a Esopo, não há de cessar o combate. Olá! Toca a investir e dar um assalto geral na praça!

Toca e se dá o assalto.

DENTRO. Estamos perdidos. Entreguemo-nos.

REI. Entreguem a Esopo só, que não quero mais; quando não, a todos mandarei passar à espada, sem exceção de pessoas.

DENTRO. Entregue-se a Esopo, que não é razão que por um se percam todos; entregue-se Esopo.

ESOPO. Ah, tiranos! Ah, ingratos! Com isso me pagais o bem que vos tenho feito?

Deitam a Esopo do muro a baixo por uma corda.

REI. Anda cá, Esopo. Que mereces que te faça? Assim se engana aos príncipes? Hoje hás de ficar sem vida.

ESOPO. Pois, senhor, antes que me mates, ouve-me duas palavras ao menos.

REI. Dize; mas sem esperança de perdão.

ESOPO. Era uma vez um vilão que, vendo-se perseguido de gafanhotos, pois toda a sua lavoura destruíam, começou um dia a matá-los; e, como visse uma cigarra, também lhe quis tirar a vida; ao que respondeu a cigarra:

"Tenha mão vossa mercê, que sem razão me mata, pois eu não ofendo as plantas da terra; antes, com a minha voz alegro aos caminhantes". Perdoou-lhe o vilão, ouvindo tais razões. Assim, da mesma sorte, ó rei, eu não sou figura para te fazer oposição, nem que destrua o teu reino; sou, sim, uma cigarra, que não tenho mais do que esta voz ou esta indústria, com que tenho defendido (mais violentado, que por vontade) esta praça; e, se um vilão perdoou a morte à cigarra, tu, que és um rei, por que me não perdoarás também?

REI. Valha-te Deus por Esopo! Já estás perdoado: quero ser teu amigo daqui em diante, que os homens das tuas prendas são para estimar. Pede o que quiseres, que tudo te hei de fazer.

ESOPO. Peço, senhor, que ajusteis as pazes com os atenienses e que cessem já estas guerras.

REI. Assim o farei. Olá da praça! Abram as portas, que pelos rogos de Esopo tenho feito as pazes e levanto o cerco.

DENTRO. Viva el-rei Cresso de Lídia! Abram-se as portas! *(Entram.)*

CENA XI
Depois de entrarem, haverá mutação de sala e irão saindo todas as figuras.

TODOS. Viva el-rei Cresso de Lídia! Viva!

REI. Nobres atenienses, a Esopo dai os vivas, pois ele foi o que me pediu a paz. E assim, por que não fique sem prêmio um homem de tanto juízo; e que deu tanto em que cuidar aos meus soldados, mando que Esopo seja, enquanto viver, governador desta praça enquanto ao político, e como a rei lhe obedeçam.

ESOPO. Beijo as mãos a vossa majestade, pela honra que me faz.

TODOS. Viva Esopo, e viva el-rei!

ESOPO. Viva até que morra! Agora, com licença do senhor rei, quero casar, para que seja meu padrinho. Venha cá Filena.

PERIANDRO. Se Esopo casa com Filena, estou perdido!

FILENA. A isto só podiam chegar as minhas desgraças!

XANTO. Que se visse Esopo em tantas alturas! Coisas são da fortuna!

ESOPO. Filena, pois sempre amou a Periandro, casem, que eu serei o padrinho, já que fui o medianeiro.

PERIANDRO. Beijo-te os pés, Esopo, pelo favor.

FILENA. Ora concluiu-se o nosso amor.

ESOPO. E, pois Geringonça sempre me quis bem, há de ser minha mulher. Geringonça, dá cá essa mão de almofariz[95], para com ela pisar a pimenta do meu afeto.

GERINGONÇA. Lembrou-se Deus da minha pobreza e honestidade!

EURÍPEDES. Já agora, não andará Xanto com Geringonça com amorinhos.

ESOPO. Senhores, isto está concluído; e com bodas se dá fim à *Vida de Esopo,* pedindo a este auditório perdão dos erros, repetindo o coro os vivas desta vitória.

Canta o coro.

FIM

---

95 . *Almofariz,* recipiente para triturar substâncias sólidas, o mesmo que pilão. Aqui significa mão forte e pesada.

Anfitrião ou Júpiter e Alcmena

*Ópera que se representou no Teatro do Bairro Alto de Lisboa,
no mês de maio de 1736.*

※

O comediógrafo latino Plauto (254?–184? a.C.) foi quem desenvolveu como assunto dramático a história do nascimento de Hércules, o mais famoso herói da mitologia clássica grega, filho do deus supremo Zeus (na mitologia romana, Júpiter) e de Alcmena, a mulher do general tebano Anfitrião. Essa versão teatral foi, provavelmente, antecedida de outras que se perderam, como a que atribui ao poeta grego Epicarmo o início da história dos amores adulterinos do pai dos deuses com a virtuosa esposa de Anfitrião. A verdade é que não existe nenhuma obra teatral anterior à de Plauto a tratar desse tema. Os atos humanos praticados por Júpiter, com o auxílio de Mercúrio (em grego, Hermes), seu filho e mensageiro, que era protetor dos comerciantes e dos ladrões, para enganar a família de Alcmena, tornaram-se uma fonte aliciante sobre o significado do duplo, levando, a partir de então, grande número de escritores a produzirem diferentes versões para essa história do marido enganado por um deus. Até o final do século XX, já se conhecia cerca de meia centena de peças teatrais que nasceram sob a influência do *Amphitruo* de Plauto, como a peça de Camões, *Auto dos Anfitriões*, de 1587; de Molière, *Amphitryon*, de 1668; de John Dryden, *Amphitryon and the two Sosias*, de 1690; de Antônio José, *Anfitrião ou Júpiter e Alcmena*, de 1736; de Heinrich Kleist, *Amphitryon*, de 1807; de Jean Giraudoux, *Amphitryon 38*, de 1929; de Guilherme Figueiredo, *Um deus dormiu lá em casa*, de 1949; de Augusto Abelaira, *Anfitrião outra vez*, de 1980; sem contar o que foi produzido para o teatro musicado e o cinema.

Existem muitos estudos tentando explicar o sucesso permanente desse mito que foi recriado por diferentes dramaturgos em momentos históricos os mais adversos. Acreditamos que a sua permanente atualidade se deva à intemporalidade: o adultério, o duplo, o engano, o amor e o sexo são temas vitais que fazem parte da trajetória do próprio ser humano. Portanto, quando cada autor recria a paixão amorosa de Júpiter por Alcmena, deixando de lado as conveniências sociais da fidelidade marital, está atualizando uma questão que domina a humanidade desde os tempos imemoriais: os limites da honra. Talvez por envolver assunto tão delicado como o fundo ético da moral, em que um deus libidinoso não respeita os direitos sagrados do matrimônio, que o tema tenha sido sempre tratado pela via da comédia, e não da tragédia, pois, do contrário, fatalmente a mulher que praticou o adultério involuntário seria morta para conservar a honra familiar.

Cada versão do *Anfitrião*, a partir da fonte plautina, funciona na sua intertextualidade como paródia da matriz, com intenção de manter um diálogo com o seu paradigma. A peça de Antônio José não foge à regra e mantém um diálogo intertextual com a de Plauto, ressoando ainda nela a presença dos Anfitriões de Camões e de Molière, sem que o texto do Judeu deixe de ser inovador e original ante os modelos utilizados. Das personagens da peça plautina – Júpiter, Anfitrião, Alcmena, Sósia, Mercúrio, Blefarão, Brómia e Téssala –, Antônio José aproveitou todas, mantendo com o nome original Júpiter, Anfitrião, Alcmena e Mercúrio; trocou o nome de Sósia para Saramago e fez das serviçais Brómia e Téssala a criada chamada Cornucópia; transformou o timoneiro Blefarão no capitão tebano Polidaz, tendo, além disso, acrescentado três novas personagens à sua peça: Juno (Hera na mitologia grega, a ciumenta mulher de Zeus/Júpiter), como Flérida ou Felizarda; Tirésias (célebre adivinho cego da mitologia grega), que aparece com o mesmo nome, exercendo a função de ministro; e a deusa Íris (mensageira dos deuses, particularmente de Hera/Juno), que surge como criada de Juno, com o nome de Corriola. A história se passa em Tebas, na Grécia, cidade famosa por situar episódios mitológicos trágicos, como o ciclo tebano em torno de Édipo. Contudo, do mesmo modo que Plauto fazia questão de demonstrar ao público latino que os eventos estavam a ocorrer não na Grécia, mas na Roma de sua época, Antônio José não esconde no seu *Anfitrião* as alusões de que a ação está deslocada de

Tebas para a Lisboa setecentista do célebre presídio do Limoeiro. Cabendo-se ressaltar as passagens autobiográficas que aparecem no transcorrer da peça, particularmente a descrição dos instrumentos de tortura utilizados pela Inquisição contra o Judeu. Assim, mantendo um diálogo intertextual com seu modelo ou paradigma, Antônio José constrói uma comédia inteiramente nova, mais rica, em que a originalidade da sua carpintaria teatral nada fica a dever à fonte plautina.

ARGUMENTO

Júpiter, marido da deusa Juno, por gozar da formosura de Alcmena, mulher de Anfitrião, general dos tebanos, se transforma em Anfitrião por conselho de Mercúrio, embaixador dos deuses, tomando este também a forma de Saramago, criado de Anfitrião, para ajudar que Júpiter consiga o seu intento, por meio dos seus enganos. O que Júpiter consegue, introduzindo-se em casa de Alcmena com o nome de Anfitrião, acompanhando-o Mercúrio, que toma o nome de Saramago, estando Anfitrião ausente de Tebas contra el-rei dos telebanos, donde, vindo vitorioso por ter morto ao mesmo rei, Júpiter lhe usurpa o triunfo com que em Tebas o esperavam, ficando juntamente laureado Júpiter dentro do mesmo Senado com a ilusão da figura e nome de Anfitrião, o qual, voltando para a cidade de Tebas, já na sua própria casa é preso por Tirésias, ministro de Tebas, juntamente com Alcmena, e condenados à morte por indústria e vingança da deusa Juno, que se disfarça com o nome de Flérida em casa de Anfitrião; mas enfim, como inocentes do suposto delito, são livres de serem sacrificados por declaração de Júpiter, que sustenta o engano até o fim, e deixa em Alcmena, por sua descendência, o esclarecido, fortíssimo e nunca vencido Hércules. O mais se verá no contexto da obra.

A cena se representa em Tebas.

INTERLOCUTORES

Anfitrião, marido de Alcmena; *Júpiter*, marido de Juno; *Mercúrio*, criado de Júpiter; *Tirésias*, ministro de Tebas; *Polidaz*, capitão tebano; *Saramago*, criado de Anfitrião, gracioso; *Alcmena*, mulher de Anfitrião; *Juno*, mulher de Júpiter; *Íris*, criada de Juno; *Cornucópia*, velha, criada de Alcmena.

CENAS DA I PARTE
   I – Sala empírea de Júpiter.
   II – Câmara.
   III – Praça com pórtico.
   IV – Selva com respaldo de palácio.
   V – Sala.
   VI – Selva com respaldo de palácio, e depois no meio um arco triunfal, e deste para diante vista de casas e para trás selvas até o fim.
   VII – Sala senatória.

CENAS DA II PARTE
   I – Ante-sala.
   II – Câmara.
   III – Sala.
   IV – Bosque.
   V – Jardim com fonte.
   VI – Cárcere.
   VII – Templo de Júpiter.
   VIII – Sala empírea de Júpiter.

PARTE I

CENA I
Sala empírea[1] *de Júpiter, aonde estará este assentado em um trono, e Mercúrio*[2] *mais abaixo, e depois se tirarão do trono, e Júpiter trará na mão uma estátua de Cupido, que se dividirá a seu tempo.*

CORO
O númen[3] supremo
do Olimpo sagrado
suspira abrasado
de um cego furor.
Que pasmo! Que assombro!
Que voe tão alto
a seta do amor!

JÚPITER. Cesse a canora harmonia que forma o alterno movimento dos celestes globos; que é razão emudeçam as consonâncias, quando a maior deidade se lamenta. Não moduleis os supremos atributos de minha divindade;

---

1. *Sala empírea*, o local onde ficava o Olimpo, a morada dos deuses.
2. *Mercúrio* (em grego, Hermes), filho e mensageiro de Júpiter, protetor dos comerciantes e dos ladrões.
3. *Númen*, divindade mitológica.

cantai, ou, para melhor dizer, chorai em dissonantes melodias o irremediável de minha mágoa, a violência de meu tormento e o insofrível de minha dor.

Mercúrio. Júpiter soberano, a quem não admira ver que a maior deidade que admiram as esferas[4] enlute com suspiros as diáfanas luzes do firmamento! Se em teu poder existem os raios, por que não castigas a causa sacrílega de teus pesares?

Júpiter. Ai, Mercúrio, que este raio que ignominiosamente adorna a minha onipotente dextra[5] é o que agora se fulmina contra o meu peito! Não é esta aquela trissulca chama[6] que devorou a soberba dos Ancélados e Tifeus[7]; é, sim, a frágua[8] de todos os raios, a fúria de todas as fúrias e o estrago de todos os estragos; e, para melhor dizer, é o simulacro[9] de Cupido, cuja voadora seta, penetrando as eminências do monte Olimpo, sacrilegamente atrevida, chegou a penetrar a imunidade de meu peito; e assim, como ofendido e lastimado, já que nesse rapaz tirano, nesse monstro, nesse Cupido, não posso vingar o mal que padeço, quero ao menos na sua estátua debuxar as linhas da minha vingança.

Mercúrio. Explica-me, senhor, a causa de tanto excesso; que, suposto sejas o mais sábio de todos os deuses, também não duvidas que sou Mercúrio, inventor das sutilezas e estratagemas; e assim, já que o teu entendimento se acha preocupado de um frenético delírio, com maior razão poderei eu acertar na cura de teus males.

Júpiter. Pois atende, Mercúrio.

Canta Júpiter a seguinte

ÁRIA E RECITADO
Eu vi a Alcmena, ai, Alcmena ingrata!
Aquela, cujo assombro peregrino
foi rêmora[10] atrativa, que, atraindo
a isenção de toda esta divindade,
por ela em vivas chamas,
extremoso, suspiro,

---

4. *Esferas*, o mesmo que astros ou globos do espaço.
5. *Dextra*, que está do lado direito.
6. *Trissulca chama*, o raio com que Júpiter castigou os gigantes Ancélado e Tifeu.
7. *Ancélado e Tifeu*, gigantes monstruosos que quiseram destronar Júpiter.
8. *Frágua*, o mesmo que forja.
9. *Simulacro*, o mesmo que estátua.
10. *Rêmora*, espécie de peixe que se fixa no fundo de embarcações ou a outros animais, sendo chamado por isso pegador, agarrador; por extensão, aquilo que se agarra e pega em alguém.

querendo amante em lânguidos delíquios[11]
sacrificar-me todo nos altares;
desta melhor, mais bela Citeréia[12];
E por mais que publico em triste pranto
tanto amor, tanto incêndio, extremo tanto,
nem por isso Cupido compassivo
alívio facilita ao meu tormento;
antes, porém, mais bárbaro e tirano,
por vingar-se talvez de meus poderes,
dificulta o remédio às minhas ânsias.
E, pois, cruel amor, falsa deidade,
o suspiro que exalo não te abranda,
o impulso feroz de meus rigores
saberá castigar-te, lacerando
teu simulacro,
que, em átomos partido, *(Despedaça a estátua.)*
dos ventos serás rápido despojo.
Sinta, pois (ai de mim!), a minha ira
quem contra o Deus Tonante[13] assim conspira.

ÁRIA
De amor todo abrasado
me sinto quase louco
e aflito pouco a pouco
me vai faltando a vida,
me vai matando a dor.
Ah, querida, ingrata Alcmena[14],
quanto susto e quanta pena
me provoca o teu rigor!

---

11. *Delíquio*, desfalecimento, síncope.
12. *Citeréia*, referência a Vênus, a deusa romana do amor, que teria nascido junto à ilha de Citera. "A mais bela Citeréia" refere-se a Alcmena.
13. *Deus Tonante*, deus do raio e do trovão, que troveja, referência a si próprio, o deus Júpiter.
14. *Alcmena*, esposa de Anfitrião, general de Tebas, e que sobrepujava todas as mulheres do seu tempo em beleza. Zeus/Júpiter a escolheu para mãe de Hércules, o mais celebrado herói da mitologia grega.

MERCÚRIO. Ora, senhor, se Alcmena é a causa por que suspiras, e só desejas conseguir a delícia de sua formosura, verás como alcanças o que procuras.

JÚPITER. De que sorte?

MERCÚRIO. Eu te digo; dá-me atenção. Bem sabes, senhor, que Anfitrião, marido de Alcmena, se acha ocupado na guerra dos telebanos contra el-rei Terela[15]; e parecia-me que, tomando tu a forma de Anfitrião, fingindo teres já chegado da guerra, podias fielmente, sem experimentares os rigores e desdéns de Alcmena, conseguir dela o que desejas; porque, vendo ela em ti copiada a imagem e figura de seu esposo Anfitrião, como a tal te facilitaria o mesmo que agora como a Júpiter te nega.

JÚPITER. Só tu, Mercúrio, com as tuas sutilezas, podias dar em tão sutil idéia, pois com ela já posso chamar-me venturoso; e, para principiar a sê-lo, já me vou disfarçar na forma de Anfitrião e depor a majestade de meus raios. Oh, quem dissera que para eu alcançar a formosura de Alcmena deixe os resplandores do Olimpo!

MERCÚRIO. Para que se logre melhor a empresa, eu também irei contigo disfarçado na figura do criado de Anfitrião, chamado Saramago, ajudar-te a lograr o teu intento.

JÚPITER. Não deixo de agradecer-te, Mercúrio, que por amor do meu amor tomes a figura de um lacaio esquálido e sórdido.

MERCÚRIO. Senhor, o ofício de corretor nunca esteve mal a Mercúrio; quanto mais que, para servir-te, desejo transformar-me ainda na mais vil criatura.

JÚPITER. Pois não dilatemos a empresa; vamos, Mercúrio, e seja esta noite o dia de minha ventura.

Mercúrio Vamos, Júpiter, a levar um passatempo na Terra.

JÚPITER. Já não se me dá que repita festivo o celeste coro; pois que já posso cantar o meu triunfo.

Canta o coro como no princípio.

O númen supremo
do Olimpo sagrado etc.

---

15. *Telebanos e el-rei Terela.* Os telebanos ou teléboas, povo da Acarnânia, região da antiga Grécia, eram governados por Terela ou Ptérelas, cuja capital era a cidade grega de Téleba.

CENA II
Saem Alcmena e Cornucópia.

CORNUCÓPIA. Senhora Alcmena, eu não cuidei que vossa mercê era tão extremosa, nem que tomasse as penas tanto a peito.

ALCMENA. Se tu, Cornucópia, soubesses sentir ausências, ainda acharias diminuto o meu sentimento; pois, apenas lograva nos braços de Anfitrião as delícias do mais venturoso himeneu[16], quando Marte mo levou dos olhos para a guerra dos telebanos. Mas ai, Anfitrião querido, que, se foste para a guerra, em outra maior me deixaste, pois no combate das memórias e nos repetidos golpes das saudades me vejo quase sem alentos.

CORNUCÓPIA. Ai, senhora! Basta de guerrear; faça por um pouco tréguas com o sentimento; e, quando não, aparelhe-se, que em dois dias morrerá tísica e ética[17].

ALCMENA. Eu não sou como tu, que na ausência de teu marido Saramago não tens deitado uma lágrima ao menos; mas o certo é que as néscias não sabem sentir.

CORNUCÓPIA. Antes quero ser néscia alegre, que discreta chorosa; e na verdade, que seria grande asneira estar-me eu cá matando, fazendo mil choradeiras, e Saramago nesse tempo talvez que se esteja regalando lá na guerra, comendo com os seus amigos o rico pão de munição. Pois não, minha senhora; eu não quero morrer senão quando Deus me matar.

ALCMENA. Isso não é teres amor a teu marido.

CORNUCÓPIA. Pois eu que hei de fazer? De duas uma: ou hei de sentir mais que vossa mercê, ou não; sentir mais é impossível; sentir menos não é brio meu; e assim, entre o mais e entre o menos, me deixo ficar assim, nem mais nem menos.

ALCMENA. Olha, néscia: quando, para sentir esta ausência, não fosse bastante o mal da saudade, bastava imaginar em que na guerra estão em contínuo perigo, onde é mais certa a morte do que a vida.

CORNUCÓPIA. Ai, senhora! Dessa me rio eu; segura estou de que o meu Saramago haja de morrer na guerra.

ALCMENA. E que certeza podes ter disso?

---

16. *Himeneu*, casamento, matrimônio, festa de núpcias.
17. *Ética*, doença que consumia o corpo, com ou sem febre, conhecida como febre ética ou de tísico, segundo Antônio de Moraes Silva.

CORNUCÓPIA. Porque eu sempre ouvi dizer que as balas traziam sobrescrito; e eu sei muito bem que o meu Saramago nunca se carteou com balas.

ALCMENA. Ora vai-te daqui, que estás mui louca.

CORNUCÓPIA. Digo-te isto, só para ver se alivias a tua saudade.

ALCMENA. Este mal se não cura com palavras. Deixa-me, Cornucópia, que a minha pena só acha alívio no pranto.

CORNUCÓPIA. Ora a culpa tenho eu em dizer-lhe que não chore! Chore, chore até rebentar, que eu vou-me meter na cama, que estou pingando com sono. *(Vai-se.)*

ALCMENA. Querido Anfitrião, já que a tirana ausência me impossibilita o ver-te, quero reproduzir-te nas lágrimas que choro; que, como estas são filhas do amor, talvez que nelas te encontre.

Canta Alcmena o seguinte

MINUETE
Tirana ausência,
que me roubaste,
e me levaste
da alma o melhor,
se ausente vivo
já sem alento,
cesse o tormento
de teu rigor.
Ai de quem sente
de um bem ausente
a ingrata dor!
Se eras minha alma
(Ai, prenda bela!),
como sem ela
com alma estou!
Porém já vejo
que em meu delírio
para o martírio
só viva estou.
Ai de quem sente

de um bem ausente
a ingrata dor!

Sai Cornucópia.

CORNUCÓPIA. Alvíssaras, senhora; alvíssaras!
ALCMENA. Que é isso, Cornucópia?
CORNUCÓPIA. Que há de ser, senhora? Ai, senhora! Alvíssaras!
ALCMENA. Alvíssaras, de quê?
CORNUCÓPIA. Sabe que mais?
ALCMENA. O quê?
CORNUCÓPIA. Pois saiba que... Ai, senhora, alvíssaras, que aí vem meu marido, Saramago!
ALCMENA. Há maior loucura! Estas alvíssaras pede-as a ti mesma.
CORNUCÓPIA. Não, senhora, que com ele vem o senhor Anfitrião.
ALCMENA. Que dizes? Isso não pode ser!

Sai Júpiter com a forma de Anfitrião, e Mercúrio com a de Saramago.

JÚPITER. Sim; pode ser, querida Alcmena, que os impossíveis só se fizeram para os que verdadeiramente amam. Dá-me os teus braços, que o verdadeiro descansar neles foi sempre o meu desejo. Ainda não creio o bem que possuo! *(À parte.)*
ALCMENA. Amado Anfitrião, querido esposo, permite-me que por um pouco não creia a fortuna que alcanço; que, a considerar ser certa tanta felicidade, morrera de alegria.
MERCÚRIO. Muito bem se finge Júpiter, melhor se engana Alcmena. *(À parte.)*
ALCMENA. É possível que te vejo, Anfitrião?
JÚPITER. Mais impossível me parece a mim, Alcmena, pois sempre me pareceu impossível que me visse em teus braços.
ALCMENA. Bem sei que trazias muito arriscada a vida entre os inimigos na guerra.
JÚPITER. Maior inimigo encontrava eu na guerra do amor, cujas setas, mais do que as lanças dos inimigos, me feriam o coração.
ALCMENA. Não sei se acredite essa lisonja.

Júpiter. Lisonja chamas ao que é realidade¿! Pouco conceito fazes do meu amor.

Alcmena. Sempre ouvi dizer que dos quatro remédios contra o amor, um deles era a distância; e como te achavas ausente, bem poderia ser que se perdesse no caminho, por distante.

Júpiter. Pois, Alcmena, por Júpiter Soberano te juro que nem a distância que há do céu à terra seria bastante para fazer-me esquecer de ti; e, se te parece incrível a minha fineza naquela distância, afirmo-te que sempre intensivo o meu amor ardeu em tão ativos incêndios, que do peito, aonde se acenderam, quiseram passar, abrasando a mesma esfera do fogo, ou ao Céu das chamas, que é o mesmo Empíreo.

Mercúrio. Bem o pode crer, senhora Alcmena, e muito mais ainda; pois lhe afirmo que o senhor Anfitrião ainda não diz a metade do que é.

Alcmena. Só reparo, Anfitrião, que, antes da tua ausência, nunca te ouvi expressões tão finas; e, quando cuidei que a guerra te fizesse menos terno, acho que te fez mais amante; e assim me parece que mais vens da escola de Cupido que da palestra de Marte.

Júpiter. Não sabes que o amor nasceu entre o estrépito das armas, sendo o artífice destas o progenitor de Cupido[18]¿ Pois como pode o amor estranhar as armas e asperezas de Marte, se com elas se embalava Cupido no berço, para crescer o amor nos corações¿ E, se te parece que antes da minha ausência era menos amante, seria porque, como o bem depois de perdido, é que se estima, por isso, quando ausente te perdi, é que soube perder-me por ti e achar um verdadeiro amor, com que te idolatrasse; e, quando tudo isto te pareça quimera, supõe, Alcmena, que não sou aquele Anfitrião passado, mas sim outro Anfitrião mais amante.

Mercúrio. Eu nunca vi a Júpiter tão derretido! *(À parte.)*

Cornucópia. Ai, senhora, não apure mais ao senhor Anfitrião; creia o que lhe diz, que ele não é homem de duas caras.

Mercúrio. Mal o sabes tu.

Cornucópia. E assim permita-me licença de abraçar a meu amo, que estou chorando pelas barbas abaixo com gosto de o ver. Ai, meu senhor, benza-o Deus! Bons olhos o vejam! Como vem bem disposto, claro, rosado e resplandecente! Tome, tome duas figas, que lhe não quero dar quebranto.

---

18 . *Progenitor de Cupido*, Vulcano, deus do fogo entre os romanos, marido de Vênus.

JÚPITER. Nunca esperei menos do teu amor.

CORNUCÓPIA. Saramago, nós logo falaremos à nossa vontade.

MERCÚRIO. Por isso estou já rebentando.

ALCMENA. Saramago, tu não me falas? Chega-te cá.

MERCÚRIO. Senhora Alcmena, sempre a boca fala tarde, quando madruga o desejo; pois desejo que vossa mercê tenha cumprido o seu desejo na vista do seu Anfitrião tão desejado.

ALCMENA. Sempre te agradeço o cuidado com que fiel acompanhaste a teu amo.

MERCÚRIO. Meu amo, senhora, é tão amante, que todo se transforma em carinhos, para atrair os corações.

ALCMENA. Dize-me, Anfitrião: vens vitorioso de nossos contrários?

JÚPITER. Claro está, formosa Alcmena, que me considero já vitorioso do maior inimigo: cheguei a Téleba, acometeu-me el-rei Terela com um poderoso exército; investiram os nossos aos telebanos, ainda que poucos, com tão marcial furor, que em menos de duas horas desbaratamos os contrários; e, para que fosse completo o triunfo, perdeu el-rei a vitória com a vida, ganhando nós o despojo com o laurel. Enriqueceram-se os soldados com o saque, no qual reservei esta jóia que no elmo trazia el-rei Terela, cujo primoroso artifício só é merecedor de empregar-se em teu peito. Aceita-a, pois, que não será a primeira vez que se coroe Vênus com os despojos de Marte. *(Dá a jóia.)*

ALCMENA. Tanto pela obra, como pela matéria, é digna de estimação.

CORNUCÓPIA. Ai, senhora, que galante socriler[19]! E como brilha! Parece-me um caga-lume.

ALCMENA. Não dirás pirilampo, que é mais próprio?

CORNUCÓPIA. Tanto faz pirilampo como caga-lume, que tudo é o mesmo; mas, ainda assim, aquele diamante verde é bem brilhante!

JÚPITER. Alcmena, vamos a descansar, que venho fatigado da jornada e tenho de madrugada de voltar para o arraial, aonde me esperam os capitães para darmos entrada pública, como triunfantes; e, como o meu amor impaciente não sofre dilações, quis vir furtivamente esta noite aliviar a minha saudade.

ALCMENA. Já me admirava, Anfitrião, que fosse completa a minha alegria. Vamos, Anfitrião! *(Vai-se.)*

---

19. *Socriler*, adulteração cômica da palavra rosicler, cor róseo-claro; refere-se aqui a pedra preciosa.

JÚPITER. Vamos, Alcmena. Cruel amor, já triunfei de teus rigores. Mercúrio, vigia não venha alguém. *(Vai-se.)*

MERCÚRIO. Vai descansado, que eu rondarei o bairro.

CORNUCÓPIA. Agora, sim! Meu belo marido, meu querido Saramago, é tempo de nos racharmos com abraços: vem cá, filagrana animada; vem cá, meu brinquinho de junco, que te quero meter todo no meu coração.

MERCÚRIO. Não seria melhor que, em lugar desses carinhos, me desses tu de cear, que venho estalando com fome, e palavras não fazem sopas?

CORNUCÓPIA. Também nosso amo traria bastante fome, e, contudo, esteve dizendo a nossa ama tanta coisa galantinha, que faria derreter uma pedra.

MERCÚRIO. Com quê, é o mesmo nossos amos do que nós? Eles, casadinhos de um ano, e nós há um século? Eles, senhores e rapazes; e nós, velhos e moços? Eles, dois jasmins; e nós, dois lagartos? E finalmente eles com amor, e nós, ou pelo menos eu, sem nenhum?

CORNUCÓPIA. Pois tu me não tens amor?!

MERCÚRIO. De tanto amor que te tenho, me faz que te não tenha nenhum; pois todo o extremo degenera em vício.

CORNUCÓPIA. Eu não sei que seja vício o querer bem com extremo.

MERCÚRIO. Olha: o querer pouco é asneira; o querer muito é parvoíce; e como no amor não há meio, ignoro o meio de te ter amor.

CORNUCÓPIA. Ora o certo é que pior é fazer festa a vilões ruins; por estas, que, se tu souberas a mulher que tens, que outra coisa fora. Talvez que, se eu fora alguma destas bonecrinhas enfeitadas, que me quiseras mais; porém a culpa tenho eu, em não aceitar o que me davam nas tuas costas.

MERCÚRIO. Irra! Quem é o que se atrevia a dar nas minhas costas?

CORNUCÓPIA. Não digo isso; o que digo é que tive a culpa de não aceitar o que me davam por detrás de ti.

MERCÚRIO. Pois ainda estás em tempo de aceitar o que eu dou por detrás.

CORNUCÓPIA. Não me entendes? Digo que não faltou quem na tua ausência me acenasse não só com lenços, mas também com moedas.

MERCÚRIO. Tanto mal fizeste em não aceitar as moedas ao mínimo aceno que com elas te fizeram!

CORNUCÓPIA. Não, que isso não estava bem à tua pessoa, e muito menos à tua honra.

MERCÚRIO. Pois o receber moedas é alguma desonra?

CORNUCÓPIA. Ai, apelo eu[20]! Deus me livre! Você está doido?

MERCÚRIO. Coitadinha, não te faças tão arisca! Ora dize-me: tu queres persuadir-me que achaste quem te namorasse com essa cara?

CORNUCÓPIA. Só tu poderás dizer isso da minha cara, na minha cara; pois olha, outros a beberiam mais aguada.

MERCÚRIO. Mais aguada, sim; porém mais untada, não.

CORNUCÓPIA. Graças a Deus, é coisa que nunca pus na minha cara; olhe, veja bem! Cá não há disso!

MERCÚRIO. Pois melhor fora que te untasses.

CORNUCÓPIA. Pois por quê?

MERCÚRIO. Porque, ao menos, com o solimão[21] matarias essa cara, que tão matadora é.

CORNUCÓPIA. Mais matador és tu, que estás a frouxo no jogo do desdém[22].

MERCÚRIO. Valha-te o Diabo, que nunca perdeste a manha de presumida! Não vês ao espelho essa cara de desmamar meninos?

CORNUCÓPIA. Quando tu me namoraste para casar, não viste que eu era feia?

MERCÚRIO. Cegou-me o Diabo, porém não o amor.

CORNUCÓPIA. Ora vai-te, que já não posso aturar os teus desaforos; e agradece ser isto fora de horas; quando não, eu te arrancara essa língua; porém nós nos encontraremos. *(Vai-se.)*

MERCÚRIO. Muito me deve Júpiter, pois por sua causa aturo os despropósitos desta velha. *(Vai-se.)*

CENA III

Praça com pórtico. Sai Saramago e canta a seguinte

ÁRIA
Venho da guerra e vou para casa.
Venho da guerra e vou para a guerra.
Se há guerra na guerra,
há guerra na casa.

---

20. *Apelo eu!*, imprecação de repulsa significando "Deus me livre!".
21. *Solimão*, substância corrosiva utilizada na medicina e em outras atividades.
22. *Estar a frouxo no jogo do desdém*, ter todos os motivos para desdenhar.

A casa da guerra
é a guerra da casa.
Venho da guerra e vou para a guerra;
venho da guerra e vou para casa.

Representa. E, quando nada, estamos defronte da nossa casa, que mal cuidei que a tornasse a ver! Ah, senhores, grande coisa é o buraco da nossa casa, mais que seja esburacada, que mais vale a casa com buracos do que o corpo com os das balas; e, pois elas já passaram, sem eu ficar passado, vamos ao caso. Parece-me que já estou vendo chegar eu à porta e petiscar no ferrolho, chegar à janela a minha Cornucópia e, apenas me vê, lançar-se logo da janela abaixo e levá-la o Diabo de meio a meio; e ali se abraça comigo, e eu com ela, e assim todos juntos acharmos a senhora Alcmena, e logo perguntar-me: "Que novas me dás do meu Anfitrião?". E eu, apressado, lhe respondo: – "Ele fica com saúde, com uma perna quebrada; e, para livrar-te de sustos, aqui me envia, que por esta via te diga que ele rebenta aqui até pela manhã e que no entanto te vás divertindo com esta jóia, que foi de el-rei Terela, a qual te manda por mim, que sou muito fiel". E não há dúvida que Alcmena, vendo a jóia e ouvindo a notícia, me mete à força na algibeira vinte dobrões; e, se isto há de ser assim, não te dilates, Saramago! Se agora és Saramago, verde na esperança do prêmio, logo serás Saramago, maduro na posse do fruto. Ora vamos andando para casa, que já a aurora em gargalhadas de luzes começa a rir-se com as cócegas do sol.

Ao ir-se, sai da porta um cão, que ladrará todas as vezes que se vir este sinal * Ladra.

* Mau, mau! Que é isto? Ronda? Que escapasse eu da barafunda da batalha e que só de malsins[23] não possa livrar-me! * Pergunta quem sou?! Sou Saramago, que vou para casa de minha ama, a senhora Alcmena. * Que armas trago? Eu não tenho armas, que sou mecânico. * Donde venho? E a ele que lhe importa? *** Tenho mão! À que de el-rei! Esperem vocês, que eu cuidei que era gente e é um cão! Ora vejam o que faz o medo! É cão, não há dúvida! Ai, que é a cadela de minha mulher, que dormiu fora esta noite, rondando algum osso! Olhem a festa que me faz! Pois eu também hei de corresponder-lhe, que agora uma cadela não há de ser mais cortês do que eu.

---

23 . *Malsim*, delator, espião.

Canta Saramago, ladrando sempre o cão, a seguinte

ÁRIA
Coitadinha da cadela!
Que faz ela?
Como pula! Como salta!
Não te esfalfes; anda cá;
Passa aqui, cadela, tô!
Mas ai, ai, que me mordeu!
Passa fora;
Toma, perro; grunhe agora,
(Grunhe o cão.)
por que saibas quem eu sou.

Ao ir entrar Saramago, sai Mercúrio na forma de Saramago.

MERCÚRIO. Este é o criado de Anfitrião; quero estorvar-lhe que não entre. Quem vem lá?

SARAMAGO. Quem lá vai? Mas que lhe importa a ele que eu entre pela minha porta?

MERCÚRIO. Porque esta porta é minha, e por ela não há de entrar ninguém, se não disser quem é; e assim, ou diga quem é, ou vá-se embora; e, quando não, irá aos empurrões.

SARAMAGO. Está galante empurração, perguntar-me o senhor o que quero eu na minha casa!

MERCÚRIO. Qual casa?

SARAMAGO. Esta, de alto a baixo, que é minha, pela mercê que me faz meu amo, o senhor Anfitrião.

MERCÚRIO. Qual Anfitrião? Este que agora veio da guerra?

SARAMAGO. Pois eu não sei que haja outro no mundo.

MERCÚRIO. Pois ele é teu amo?

SARAMAGO. Esse mesmo, em carne viva.

MERCÚRIO. Homem, entendo que estás sonhando.

SARAMAGO. Não há dúvida que eu sempre sonho em fazer a vontade a meu amo, o senhor Anfitrião.

MERCÚRIO. Homem insensato, sabes o que dizes? Não vês que esse Anfitrião é meu amo?

SARAMAGO. Ora sou criado de vossa mercê. Como pode ser teu amo, se ele não tem outro criado senão eu? E, se não, dize-me: como te chamas tu?

MERCÚRIO. Chamo-me Saramago.

SARAMAGO. Saramago? Pior é essa! E eu então, o que sou, visto isso?

MERCÚRIO. Quem tu quiseres ser.

SARAMAGO. Pois eu quero ser Saramago, ainda que não queira.

MERCÚRIO. Pois, magano, levarás dois murros, pelo atrevimento de tomares o meu nome.

SARAMAGO. Tenha mão, senhor; veja que o *do, das* se não dá pelos *nominativos*[24].

MERCÚRIO. Pois dize-me na verdade quem és; se não, vou desandando outro murro.

SARAMAGO. Que quer vossa mercê que eu diga? Se digo que sou Saramago, diz que minto; se digo que o não sou, também minto, e assim não quero que me diga "inter ambobus errasti[25]".

MERCÚRIO. Visto isso, ainda tens para ti que és Saramago?

SARAMAGO. Eu bem o não quisera ser, só por dar gosto a vossa mercê.

MERCÚRIO. Ora dize; não tenhas medo.

SARAMAGO. Direi, se fizer tréguas na guerra do murro seco.

MERCÚRIO. Eu te prometo; dize: quem és?

SARAMAGO. Conhece vossa mercê Anfitrião?

MERCÚRIO. Pois não hei de conhecer a meu amo?

SARAMAGO. Conhece vossa mercê em casa de Anfitrião um criado esgalgado, cara de piolho ladro, corpo de parafuso, pernas de disciplina, com um pé de cantiga e outro pê de vento?

MERCÚRIO. Não estou lembrado.

SARAMAGO. Era um criado, muito malcriado, chamado Saramago.

MERCÚRIO. Ó patife, insolente! Assim me tratas com tão vis vocábulos?

SARAMAGO. Não, senhor, que esse era eu.

MERCÚRIO. Aqui não há eu, senão eu; já tenho alcançado quem és! Olá, prendam este ladrão, que vem disfarçado roubar a casa de Anfitrião.

---

24 . Faz-se gracejo com o significado do verbo latino dar, que se conjuga no presente do indicativo *do, das*... Já o *nominativo*, diferentemente do verbo, é a categoria do nome que se pode enunciar sem o declinar.

25 . *Inter ambobus errasti*, expressão em latim macarrônico significando "erraste nas duas coisas" ou "erraste entre ambas".

SARAMAGO. Devagar, que cuidarão que é verdade. O ladrão é vossa mercê, que me furtou o meu nome.
MERCÚRIO. Ainda replicas? Levarás nos narizes.
SARAMAGO. Ora, senhor, tenho entendido que não sou nada nesta vida.
MERCÚRIO. E eu que tenho com isso?
SARAMAGO. Pois, senhor, já que me não bastou ser um Saramago nascido das ervas, para deixar de ser invejado o meu nome[26], peço-te que ao menos me deixes ser a tua sombra, que com isso me contento.
MERCÚRIO. Não quero, que a mim nada me assombra.
SARAMAGO. Pois, senhor, tão mal assombrado sou eu, que nem tua sombra mereço ser?
MERCÚRIO. Quem é tão ladrão, que furta o meu nome, também furtará a minha sombra.
SARAMAGO. Isso é bom para o Diabo das covas de Salamanca[27].
MERCÚRIO. Não gracejemos; diga: em que ficamos?
SARAMAGO. Em que ficamos?! Eu fico com os murros, e vossa mercê com o meu nome.
MERCÚRIO. Pois vá-se embora, antes que faça chover sobre ele[28] um dilúvio de pancadas.
SARAMAGO. Pois adeus, senhor Saramago.
MERCÚRIO. Adeus, senhor coisa nenhuma.

CENA IV
Bosque com respaldo de palácio. Saem Anfitrião e Polidaz.

ANFITRIÃO. Na verdade, Polidaz, que não há pior mal que o da ausência, pois ao mesmo tempo que acrescenta a saúde, também acrescenta o tempo; porque, havendo só três meses que me ausentei de Tebas, de cujas muralhas estamos à vista, parece-me que há três séculos que dela me ausentei.

---

26. *Saramago* é nome de erva da família das crucíferas, como o repolho e a couve.
27. Na península Ibérica havia uma tradição popular oriunda da Idade Média que dava o Diabo como morador de grutas próximas a cidades como Salamanca, Córdova e Toledo.
28. *Sobre ele.* Como o nome Saramago refere-se a ervas, faz-se o duplo sentido sobre o seu significado.

POLIDAZ. Anfitrião, não é porque o relógio do tempo se atrase; talvez será porque o mostrador de Cupido se adiante; e não é muito que, vivendo ausente da senhora Alcmena, tua esposa, os minutos te pareçam eternidades; e agora que, vitorioso da ausência e dos inimigos, te vanglorias, entrarás em Tebas duas vezes triunfante.

ANFITRIÃO. Ai, Alcmena, quem já se vira em teus braços!

Sai Tirésias.

TIRÉSIAS. Invicto Anfitrião, sempre triunfante vencedor dos inimigos da pátria, em nome desta república de Tebas venho esperar-vos ao caminho para adiantar os parabéns, a quem tão heroicamente tem adiantado o progresso da guerra; e assim, para prêmio das vossas ações e desempenho do nosso agradecimento, vos temos preparado um notável triunfo, donde, coroado do vencedor louro, se acumulem os vivas ao vosso nome.

ANFITRIÃO. Generoso Tirésias, agradecendo a Tebas a honra que me faz e a vós a cortês benevolência, a ela irei prostrar-me, como obediente filho da pátria; e a vós já vos ofereço os braços, como símbolo do amor e da benevolência.

TIRÉSIAS. Polidaz amigo, quanto me alegro de ver-te!

POLIDAZ. Tudo merece a nossa amizade.

TIRÉSIAS. Permite-me, Anfitrião, que vá noticiar à senhora Alcmena a tua vinda.

ANFITRIÃO. Não é necessário tanto excesso, pois já a esse fim mandei o meu criado Saramago.

TIRÉSIAS. Pois esperai aqui pelo triunfo, enquanto com os mais senadores vos vamos esperar ao Senado. *(Vai-se.)*

ANFITRIÃO. Não posso desprezar tantas mercês.

Sai Saramago.

SARAMAGO. Estou bem aviado! Não sou coisa nenhuma nesta vida! Tenho de tornar a nascer, para ser alguma coisa.

ANFITRIÃO. Jamais hás de perder o costume de tardar e murmurar? Aonde estiveste até agora?

SARAMAGO. Quem? Eu?

ANFITRIÃO. Pois com quem falo eu, senão contigo?

SARAMAGO. Pois suponha que não fala comigo, porque eu não sou eu.

ANFITRIÃO. Começa tu agora com disparates, ao mesmo tempo que quero me dês notícia de Alcmena.

SARAMAGO. Como poderei eu dar notícia da senhora Alcmena, se eu não sei notícia de mim próprio?

POLIDAZ. O moço é galante peça.

ANFITRIÃO. Saramago, que diabo tens, que estás fora de ti?

SARAMAGO. Sim, senhor; estou fora de mim, porque outrem está dentro em mim.

ANFITRIÃO. Explica-te, Saramago.

SARAMAGO. Já não sou Saramago; não me quer entender?

ANFITRIÃO. Pois que és?

SARAMAGO. Sou coisa nenhuma! Vê? Vê-me vossa mercê aqui? Pois suponha que me não vê.

ANFITRIÃO. Explica-te por uma vez; se não, te matarei.

POLIDAZ. Homem, fala; não desesperes a teu amo!

SARAMAGO. Por obedecer, ainda que sou nada, falarei um nonada[29]. Eis que, partido eu para a nossa casa com o recado de vossa mercê para a senhora Alcmena, a primeira coisa que encontrei foi a nossa cadela, que com o rabo começou a explicar a sua alegria; donde inferi que há criaturas que tem a língua no rabo.

ANFITRIÃO. Vamos adiante.

SARAMAGO. Atrás há de ser, que ficamos no rabo; e o como este seja ruim de esfolar, agora o verá; foi-me a cadela guiando, porque eu ia cego com o escuro da noite; achei a nossa porta aberta e, ao querer entrar por ela, mo impediu um vulto mui avultado.

ANFITRIÃO. E viste quem era?

SARAMAGO. Sim, senhor; conheci muito bem.

ANFITRIÃO. Pois quem era?

SARAMAGO. Era eu mesmo!

ANFITRIÃO. Pois tu estavas fora e dentro ao mesmo tempo?!

SARAMAGO. Aí é que está o enigma.

---

29. *Nonada*, palavra já dicionarizada por Moraes significando uma coisa de nada, ninharia, insignificância, que reassumiu grande projeção no português do Brasil ao iniciar o romance *Grande sertão: veredas*, de João Guimarães Rosa, publicado em 1956.

POLIDAZ. Enigma parece na verdade!

ANFITRIÃO. Pois que te sucedeu com esse vulto?

SARAMAGO. Que me não quis deixar entrar; houve luta de parte a parte e por fim de contas alombou-me os ossos muito bem com um rebém[30].

ANFITRIÃO. Quem seria o atrevido que te fez tal coisa?

SARAMAGO. A tal coisa fiz eu, que de medo me estava escorrendo.

ANFITRIÃO. Dize a verdade: se conheceste quem foi.

SARAMAGO. Oxalá que o não conhecera!

ANFITRIÃO. Pois quem foi o que te deu?

SARAMAGO. Fui eu mesmo.

ANFITRIÃO. Há tal loucura! Pois tu deste em ti mesmo?

SARAMAGO. Sim, senhor, e não de qualquer sorte, senão a cair, a derrubar.

ANFITRIÃO. Pois não entraste a falar a Alcmena?

SARAMAGO. Como havia entrar, se mo impediram?

ANFITRIÃO. Quem te podia impedir, velhaco, embusteiro?

SARAMAGO. É necessário que lho diga muitas vezes? Não lhe disse já que fora eu, aquele eu; aquele eu, que já lá estava primeiro do que eu; aquele eu, que me disse que eu não era eu; aquele eu, enfim, que deu muito murro neste eu: "Heu mihi!".

ANFITRIÃO. Polidaz, este criado está louco.

POLIDAZ. Eu assim o entendo.

SARAMAGO. Porém, senhor, só uma diferença achei neste eu, e eu; e é que o eu que lá estava era mais valente do que eu, que aqui estou.

ANFITRIÃO. Resta-me que também perdesses a jóia que mandei desses a Alcmena.

SARAMAGO. Não, senhor; ainda cá vem a jóia; e, se ela se tornasse em duas, como eu, que mau fora?

ANFITRIÃO. Isto é alguma coisa! Não sei o que diga e nem o que me adivinha o coração! Vamos, Saramago, a casa, que quero averiguar que é isto que dizes. Polidaz, esperai aqui, que já venho.

POLIDAZ. Não tardeis, que pode vir o triunfo que foi preparar Tirésias.

SARAMAGO. Oh, queira Júpiter que tu também lá aches outro Anfitrião, assim como eu outro Saramago, para que te não rias de mim! *(Vai-se.)*

POLIDAZ. Debaixo daquele tronco irei esperar a Anfitrião. *(Vai-se.)*

---

30. *Rebém*, chicote com que se castigavam os condenados.

*Desce Juno em uma nuvem e nela virá pintado não só o arco-íris,
mas em figura a ninfa Íris. Canta-se o seguinte*

CORO
O íris da paz
É o íris da guerra,
pois hoje se encerra
no arco do céu
O arco do amor.
Mas contra o teu arco,
Amor, se prepara
Meu ímpio furor.

Representa Juno. De que vale ser eu a deusa Juno e esposa de Júpiter, se este mesmo esposo, se este mesmo Júpiter, com seus desordenados intentos, procura eclipsar as luzes de minha soberania, tomando a forma de Anfitrião, para lograr os favores de Alcmena? E assim, para vingar-me de ambos, disfarçada nesta humana forma estorvarei a minha injúria e o meu ciúme. Oh, que sacrílego é o tormento dos zelos[31], pois nem as mesmas deidades se isentam de seu furor!

Íris. Soberana Juno, parece impróprio da tua divindade esse sentimento; e pois, ainda que disfarçada, sempre sou a ninfa Íris, símbolo da concórdia, agora mais que nunca, verás os efeitos de minha virtude, serenando com os meus influxos o dilúvio de tuas penas.

Juno. Por seres a ninfa Íris, por isso quis que me acompanhasses, que para a guerra do amor era necessário trazer comigo a paz; e assim, como fiel súdita, saberás ajudar-me neste empenho do meu ciúme; e, pois o amor é tão cego como o ódio, tu, que vives isenta destas paixões, poderás, sendo Argos[32] da minha afronta, observar as falsidades de um esposo que me ofende.

Íris. Já com a esperança podes respirar menos sentida. Não te desanimes, que, suposto tenhamos contra nós todo o poder de Júpiter, amor nos dará indústria para vencê-lo, que o amor sempre triunfou de todos os deuses.

Juno. Verá Júpiter os danos que preparo, desvanecido o seu poder e vitoriosa a máquina de minha vingança.

---

31. *Zelos*, ciúmes. Os zelos são, segundo o código amoroso dos séculos XVII e XVIII, a essência do amor.
32. *Argos*, gigante fabuloso, de múltiplos olhos, cinqüenta dos quais estavam sempre abertos.

Canta Juno a seguinte

ÁRIA
A um esposo fementido
se castiga o seu intento,
e verá no meu tormento
seu tormento; pois prometo
em seu dano me vingar.
Saiba, pois, o como ofende
minha própria divindade,
que dos zelos a impiedade
até os céus há de chegar. *(Vai-se.)*

CENA V
Sala. Saem Júpiter, Alcmena, Mercúrio e Cornucópia; Júpiter na forma de Anfitrião e Mercúrio na de Saramago.

ALCMENA. Anfitrião, se tão depressa havias tornar, para que vieste? Melhor me fora não experimentar a breve alegria de te ver, se logo havia sentir o mal de perder-te.

JÚPITER. Já te disse, querida Alcmena, que me é preciso achar-me esta manhã no arraial, para publicamente entrar triunfante nesta cidade; com que não é justo que por um breve retiro mostres um tal sentimento. Ai, Alcmena, se tu me disseras estas finezas, não como a Anfitrião, senão como a Júpiter!

ALCMENA. Vivo tão ressentida do mal da ausência, que qualquer retiro que faças me sobressalta o coração.

MERCÚRIO. Senhor, veja que já é tarde e que nos podem achar menos lá no campo.

CORNUCÓPIA. Cala-te, atiçador da candeia da esquivança! Tão tarde é isto?

MERCÚRIO. Não vês que já os galos cantaram?

CORNUCÓPIA. Também, se tu foras mais amante, outro galo me cantara.

JÚPITER. Deixa-me ir, Alcmena, que são horas.

ALCMENA. Se esperas que eu te deixe ir, nunca irás. Vai-te; mas não te despeças; pois cada instante que te não acho, cuido que te perco.

JÚPITER. Não sei com que poderei pagar-te tanta fineza e amor!

ALCMENA. Este amor nasce da minha obrigação.

JÚPITER. Pois quisera que esta fineza nascera mais do teu amor, que da tua obrigação.

ALCMENA. A obrigação de amar ao esposo supera a toda a obrigação.

JÚPITER. Pois mais te devera que me quiseras mais como a amante que como a esposo.

ALCMENA. Não sei fazer essa diferença, pois não posso amar-te como a esposo, sem que te ame como a amante.

CORNUCÓPIA. Ai, senhora, que diz muito bem o senhor Anfitrião, pois entre esposo e amante há muita diferença.

ALCMENA. Tomara sabê-la, que ainda a não encontrei.

CORNUCÓPIA. Pergunte-o, senhora, a meu marido Saramago, que tanto se despediu de amante para comigo, que apenas o encontro um marido espúrio. Marido sem ser amante é o mesmo que corpo sem alma! Que importa que o matrimônio ligue o corpo, se o amor não une as almas? Aqueles carinhos, aqueles afagos, aqueles melindres, aquele vir o senhor Anfitrião fora de horas, só para apagar a chama da saudade no mar de seu pranto, que é, senão amor? Pelo contrário, estes despegos, estas sequidões, estes focinhos que me faz este meu bom marido, que é, senão ser marido sem amor?

JÚPITER. Cornucópia falou como sábia.

CORNUCÓPIA. São os olhos de vossa mercê.

MERCÚRIO. A velha todavia não é tola! Vamo-nos, senhor, que já totalmente amanheceu.

ALCMENA. Ai, Anfitrião, que agora mais que nunca se pode dar à madrugada o epíteto de saudosa.

JÚPITER. Não chores, meu bem; não queiras que hoje amanheça o dia com duas auroras.

Cantam Júpiter e Alcmena a seguinte

ÁRIA A DUO
JÚPITER. Alcmena, enxuga o pranto;
    reprime o teu suspiro.
ALCMENA. Oh quanto, amor, oh quanto
    me aflige o teu retiro!
JÚPITER. Não chores; não suspires.
ALCMENA. Não, meu bem, não te retires.

AMBOS. Se não, verás que acabo
   a impulsos do penar.
JÚPITER. Cesse o líquido lamento;
   cesse tanto suspirar.
ALCMENA. Vendo a causa do tormento,
   mal me posso consolar.
AMBOS. Oh que aflito suspirar!
(Vai-se Júpiter.)

MERCÚRIO. Cornucópia, "vale, vel valete[33]".
CORNUCÓPIA. Que me dizes com isso?
MERCÚRIO. Que assim se vai quem se despede em latim.
CORNUCÓPIA. Vai-te cos diabos! Nunca tu cá tornes!

Saem Juno e Íris.

JUNO. Aquela sem dúvida é Alcmena; entre, pois, a minha indústria a vingar os meus zelos.
ÍRIS. E é boa ocasião para o teu intento.
CORNUCÓPIA. Senhora, que mulheres são aquelas que entram sem pedir licença?

Entra Juno.

JUNO. Não estranhes, senhora, que sem licença eu e esta criada minha entremos aqui, quando a justiça da minha causa rompe a imunidade do maior sagrado. *(Chora e ajoelha.)*
ALCMENA. Levantai-vos, senhora; mereça eu saber a causa do vosso sentimento, para ver se encontrais em mim o remédio de vossas penas.
JUNO. Para que melhor conheças o que padeço, quero informar-te de quem sou. Junto às eminências do monte Olimpo, em um lugar aprazível, aonde em perpétuos verdores habita a primavera, nasci; que prouvera a Júpiter não nascera, para que não fosse objeto da inconstância da fortuna. *(Chora.)*

---

33 . *Vale, vel valete*, forma de despedida que significa "passe bem", "adeus", "tem saúde".

CORNUCÓPIA. Até aqui, senhora, parece que tem razão; mas eu não sei o que ela diz.

ÍRIS. Até aqui vai bem. *(À parte.)*

JUNO. Meus pais, que eram os mais ilustres daquele povo, vendo que eu era o único ramo que florescia na sua descendência, trataram de dar-me estado decente à minha pessoa; para o que um dia me falaram desta sorte: – Felizarda (que este é o nome desta infeliz...)

CORNUCÓPIA. Felizarda se chama? Ai, senhora, que galante nome para se pôr a uma cachorrinha!

ALCMENA. Prossegui, Felizarda, que com atenção vos escuto.

JUNO. Disseram-me, pois, que escolhesse eu esposo igual às minhas prendas; porque, sendo a escolha minha, a nenhum tempo me poderia queixar. Havia no mesmo monte Olimpo um mancebo galhardo, poderoso e muito juvenil.

Diz Anfitrião dentro o seguinte e bate.

ANFITRIÃO. Abram lá!

ALCMENA. Parece que bateram. Vai ver, Cornucópia, quem é.

Vai Cornucópia dentro e torna a sair com Anfitrião e Saramago.

CORNUCÓPIA. Ai que é o senhor Anfitrião, que já veio!

ANFITRIÃO. Alcmena, minha bela esposa, dá-me os teus braços, enquanto mudamente o coração com suspiros explica o alvoroço de sua alegria.

ALCMENA. Que é isso, Anfitrião? Tão depressa vieste?!

ANFITRIÃO. Estranho muito o modo com que me recebes. Parece-te que vim depressa, depois de tão larga ausência? Oh, que evidente indício do pouco que me amas!

ALCMENA. Não te entendo! Tu podes formar queixas contra o meu amor? Não viste esta madrugada em derretidos cristais naufragarem os meus olhos? Tu mesmo, admirado do meu extremo, não julgaste por excessiva a minha fineza? Pois como agora me criminas de pouco amante?

ANFITRIÃO. Que é o que dizes, Alcmena?

SARAMAGO. Mau! Já isto me vai cheirando a raposinhos[34]!

---

34. *Raposinhos*, astúcia, manha.

ALCMENA. Digo, Anfitrião, que quando esta noite tive a fortuna de ver-te, que foi incomparável o alvoroço de meu coração, como tu bem viste.

ANFITRIÃO. Como pode isso ser, se eu ainda agora chego da campanha e logo torno para ela, para triunfar?

ALCMENA. Isso mesmo me disseste; e por isso, ao romper da manhã, te ausentaste, dizendo que por mitigar a tua saudade vieste escondido a ver-me.

ANFITRIÃO. Parece que Alcmena perdeu o juízo!

SARAMAGO. Ainda bem! Quanto folgo!

CORNUCÓPIA. Isto me parece coisa de encanto!

JUNO. Sem dúvida este é Júpiter, que vem disfarçado em Anfitrião. Pois não logrará o seu intento. *(À parte.)*

ÍRIS. Se tão bem se sabe disfarçar, dificultosa é a nossa empresa. *(À parte.)*

ANFITRIÃO. Alcmena, entendo que estás galanteando.

ALCMENA. Estas não são matérias para galantear.

ANFITRIÃO. Ora, pois, falemos sério, Alcmena.

ALCMENA. Anfitrião, basta de brinco.

ANFITRIÃO. Com quê, queres capacitar-me que estive contigo esta madrugada?

ALCMENA. Com quê, queres negar-me que não estiveste comigo esta noite, antes de amanhecer?

ANFITRIÃO. Que dizes a isto, Saramago?

SARAMAGO. Não te disse eu que havia cá outro Saramago? Pois por força havia de haver outro Anfitrião.

ALCMENA. Que dizes a isto, Cornucópia?

CORNUCÓPIA. Senhora, isso não é coisa que se diga.

ANFITRIÃO. Alcmena, vê bem o que dizes.

ALCMENA. Digo que todos de casa podem ser testemunhas da minha verdade. Dize, Cornucópia: tu não viste a Anfitrião cá esta noite?

CORNUCÓPIA. Ai, senhora! Vossa mercê crê que o senhor Anfitrião fala deveras? Não vê que está galanteando? Sempre vossa mercê foi amigo dessas gracinhas? Ora não seja maligno!

ANFITRIÃO. Ó Cornucópia, eu não zombo.

ALCMENA. Se não crês a Cornucópia, pergunta-o a Saramago, que contigo também veio.

SARAMAGO. Eu, senhora?! Apelo eu! Arre, que testemunho!

CORNUCÓPIA. Tu não estiveste aqui?! Não ceaste comigo esta noite?!

SARAMAGO. Eu sou tão pouco cioso, que nunca ceei[35] em minha vida.

JUNO. Não sei o que diga a isto! Quase estou para crer que o Anfitrião que primeiro veio seria Júpiter. Oh, que notável enleio! *(À parte.)*

ANFITRIÃO. Quero apurar os meus zelos. *(À parte.)* Ora, já que afirmas que eu cá estive, dize-me o que fiz.

ALCMENA. Tão depressa te esqueceste?

ANFITRIÃO. Tudo podia ser, elevado no gosto de ver-te.

ALCMENA. Pois eu o digo, ainda que o saibas: chegaste ontem às dez horas da noite; e, depois que em recíprocos carinhos nos abraçamos...

ANFITRIÃO. Espera! Pois tu me abraçaste?! Oh que tormento! *(À parte.)*

ALCMENA. Pois não te havia de abraçar, depois de tão larga ausência?

ANFITRIÃO. Eu te perdoara nessa ocasião os abraços. E que fiz depois?

ALCMENA. Contaste-me o como venceste a el-rei Terela, ficando desbaratado e morto; e por sinal me trouxeste esta jóia, que era do elmo do mesmo rei.

ANFITRIÃO. Que dizes?! A jóia tu a tens?!

ALCMENA. Vê-la aqui no meu peito, que a estimo como coisa tua.

ANFITRIÃO. Não há dúvida que é a própria que eu mandei por Saramago. Ó Saramago, onde está a jóia que eu te mandei desses a Alcmena?

SARAMAGO. Cá a tenho na algibeira, metida na caixinha, da mesma sorte que vossa mercê ma entregou.

ANFITRIÃO. Mostra-a cá, que esta que tem Alcmena toda se parece com ela.

SARAMAGO. Valha-te o Diabo, jóia! Onde estás, que não apareces? Ui, agora esta é galante! *(Faz que a busca.)*

ANFITRIÃO. Que é isso? Não a achas?!

SARAMAGO. Espere, senhor; assim se acha uma jóia?

ANFITRIÃO. Aonde a meteste, que tanto te custa a dar com ela?

SARAMAGO. Atei-a na fralda da camisa, e agora...

ANFITRIÃO. E agora quê?

SARAMAGO. "Bolaverunt[36]".

ANFITRIÃO. Que dizes?

SARAMAGO. Que não acho a jóia; tenho dito.

ALCMENA. Como há de achá-la, se tu ma deste, Anfitrião?

SARAMAGO. Essa é a verdade! De sorte que vossa mercê deu a jóia à senhora Alcmena, e então quer que eu lhe dê conta dela? É mui boa consciência essa!

---

35 . Observe-se o trocadilho entre *cioso* e *ceei*.
36 . *Bolaverunt*, por "volaverunt", termo em latim macarrônico que quer dizer "voaram".

ANFITRIÃO. Ó velhaco, tu também me queres desesperar?! Tu não vieste com a jóia, para a dares a Alcmena?!

SARAMAGO. Sim, senhor; mas parece-me que ao depois vossa mercê ma pediu, para a dar à senhora Alcmena, minha senhora.

ANFITRIÃO. Cala-te, embusteiro, que tudo isso são traças tuas! Tu mo pagarás.

JUNO. Pelo que agora vejo, entendo que este é o verdadeiro Anfitrião. *(À parte.)*

ÍRIS. Senhora, em boa estamos metidas! *(À parte.)*

ANFITRIÃO. Dize, Alcmena, que mais passei contigo depois da jóia? Dize.

ALCMENA. Depois, fomos cear e daí a descansar.

ANFITRIÃO. E com efeito fomos a descansar? Isso é delírio, Alcmena?

ALCMENA. Tu perdeste a memória, Anfitrião? Tão depressa te esqueceste do que há tão pouco tempo passamos?

ANFITRIÃO. Ai de mim, infeliz! Que é o que ouço?

ALCMENA. Que te suspende?

ANFITRIÃO. Suspende-me saber o que não queria saber.

ALCMENA. De que te entristeces? Fiz algum delito em te venerar como a esposo?

ANFITRIÃO. Cala-te, traidora, inimiga, que não fui eu aquele que no venturoso tálamo descansou contigo.

JUNO. Sem dúvida foi Júpiter! Ai de mim, que já vim tarde! *(À parte.)*

CORNUCÓPIA. Eis aqui como sucedem as desgraças!

SARAMAGO. Eis aqui como se mata uma mulher a sangue-frio!

ALCMENA. Meu amor, meu esposo, meu Anfitrião, não posso capacitar-me senão que estás galanteando.

ANFITRIÃO. Minha inimiga, minha tirana, minha desleal, não posso crer senão que isso que dizes foi algum sonho que tiveste.

ALCMENA. Esta jóia também a possuí por sonhos?

ANFITRIÃO. Esse o maior indício da minha afronta.

ALCMENA. Essa é a maior defesa da minha inocência.

JUNO. Essa é a maior evidência do meu ciúme. *(À parte.)*

ÍRIS. Essa é a maior certeza da nossa confusão. *(À parte.)*

CORNUCÓPIA. Essa é a maior testemunha de que esteve cá.

SARAMAGO. E esse é o maior testemunho que se levantou.

ALCMENA. Vem, Anfitrião, a meus braços; não creias os delírios da fantasia.

Cantam Anfitrião, Alcmena e Juno a seguinte

ÁRIA A TRIO
ANFITRIÃO. Desengana-me, tirana;
   quando não, a minha pena,
   falsa Alcmena,
   te condena
   a morrer e suspirar.
ALCMENA. Desengana-te, tirano,
   louco esposo, fiel amante,
   que eu constante,
   triunfante,
   teu engano hei de mostrar.
JUNO. Quem cuidara que acharia
   na vingança que hoje trato
   o retrato
   de um ingrato,
   que me faz assim penar!
ANFITRIÃO. Teme, ingrata, a ira ardente.
ALCMENA. Nada teme uma inocente.
JUNO. Tudo teme uma infeliz.
ANFITRIÃO E JUNO. Que eu com zelos,
ALCMENA. Que eu sem culpa,
TODOS. o meu brio hei de ostentar.
ANFITRIÃO. Mas, se é certa a minha ofensa,
   sem detença
   terei modo de a vingar.
ALCMENA. De ameaço tão injusto
   não me assusto,
   pois o Céu me há de livrar.
JUNO. Eu que tenho o desengano
   no meu dano,
   muito tenho que pensar.
ANFITRIÃO E JUNO. Que dos zelos a violência
ALCMENA. Que a inocência
TODOS. há de sempre triunfar. *(Vão-se.)*

CORNUCÓPIA. Saramago, que loucura é esta do senhor Anfitrião?

SARAMAGO. Quando vires as barbas de teu vizinho a arder, bota as tuas de remolho[37].

CORNUCÓPIA. E a que propósito dizes isso?

SARAMAGO. Antes que te responda, quero primeiro fazer-te a devida contumélia[38], depois de tão grande ausência. Mostra cá, Cornucópia, esses retorcidos amplexos com esses fétidos ósculos.

CORNUCÓPIA. Ainda tens atrevimento, patife, insolente, de me falares? Já te queres chegar para mim!

SARAMAGO. Quando deixei eu de querer-te, e adorar-te, querida Cornucópia?

CORNUCÓPIA. Não te lembra que me disseste que eu era feia e horrenda?

SARAMAGO. Eu podia dizer tal, quando essa tua cara, sendo o alcatruz do afeto, é o repuxo das almas que, esgotando a fineza do peito, banha o coração de finezas, para regar a chicória da correspondência?

CORNUCÓPIA. Você não se lembra ontem à noite os desprezos que me fez?

SARAMAGO. Ai, ai, ai! "Chibarritum me fecit[39]!" Com quê, eu também estive cá ontem à noite?!

CORNUCÓPIA. Olé! Tu parece que vens conluiado com teu amo, para nos fazeres desesperar!

SARAMAGO. Pois achas, em tua consciência, que eu estive cá ontem à noite contigo?

CORNUCÓPIA. Tu cuidas que eu sou tão néscia como a senhora Alcmena, que se lhe meteram em cabeça os delírios do senhor Anfitrião?

SARAMAGO. Certo é que a ti nada se te mete em cabeça; a mim mais depressa, que sou o desgraçado marido.

CORNUCÓPIA. Ora anda; vai cozer a vinhaça.

SARAMAGO. Ora dize-me: também tiveste cá o teu Saramago, como a senhora Alcmena o seu Anfitrião?

CORNUCÓPIA. Pois por quê? Tão casada não sou eu como ela?

SARAMAGO. Visto isso, largaste as velas ao vento do amor?

CORNUCÓPIA. Deixa de despropósitos, e vamos dar ordem a almoçar.

SARAMAGO. Deixa-me, inimiga, traidora, falsa, fementida, insolente, que não fui eu o com quem te ensaramagaste.

---

37 . Para reforçar comicamente a expressão, substituiu "de molho" por *de remolho*.
38 . *Contumélia*, afronta, injúria, insulto.
39 . *Chibarritum me fecit*, "fez de mim um bodezinho".

CORNUCÓPIA. Que dizes, Saramago?

SARAMAGO. Digo, embusteira, que, se não fora por se acabar isto em tragédia, que aqui te espicharia na ponta desta espada, pelas pontas que me puseste.

CORNUCÓPIA. Por que me havias matar? Por que estive com meu marido?

SARAMAGO. Qual marido?

CORNUCÓPIA. Tu mesmo.

SARAMAGO. Ó mulher, eu, ainda que seja homem de muitas partes, não posso estar em duas ao mesmo tempo.

CORNUCÓPIA. Pois quem foi o que esteve aqui? Salvo seria o Diabo por ti!

SARAMAGO. Por ti, falsa, petulante! Como queres que, sendo eu simples por natureza, me ache agora composto por artifício?

CORNUCÓPIA. Dizes isso de todo o teu coração?

SARAMAGO. Por ora, ainda não; pois primeiro te quero fazer alguns interrogatórios, como fez meu amo à senhora Alcmena. Dize-me: que fizeste com esse eu, quando aqui chegou?

CORNUCÓPIA. Abracei-o muito bem primeiro.

SARAMAGO. Vamos ao mais, que isso é bagatela, bagatela.

CORNUCÓPIA. Depois lhe disse mil finezas.

SARAMAGO. *Ad aliud*[40], que isso nem vai, nem vem.

CORNUCÓPIA. Depois lhe dei de cear muito bem e de beber muito melhor.

SARAMAGO. Cala essa boca, atrevida, que já não quero saber mais; basta que esse atrevido, insolente, comeu e bebeu o que estava guardado para mim?

CORNUCÓPIA. Pois tu não havias comer, vindo cansado?

SARAMAGO. À que de el-rei, que não fui eu o que comi, que ainda estou em jejum! Ai, que tenho o crédito perdido!

CORNUCÓPIA. Que diabo falas aqui em crédito perdido? Sabes com quem falas? A mim, que tenho a honra na ponta do meu nariz!

SARAMAGO. O teu nariz sempre foi mui honrado; porém não te assoes, que te pode cair a honra.

CORNUCÓPIA. Ó cão, como me pode a mim cair a honra, se eu sou o exemplo das honradas?

SARAMAGO. É verdade, Cornucópia, que me não lembrava; façamos as pazes! Anda cá.

CORNUCÓPIA. Agora também eu não quero.

---

40. *Ad aliud*, "passemos a outro assunto".

Sai Mercúrio ao bastidor.

MERCÚRIO. Uma vez que me vejo com a figura de Saramago, quero revestir-me do seu gênio, para o fazer mais tonto do que é; e, fazendo que desconheça a sua própria mulher, também com isto o detenho, enquanto labora o nosso engano. *(Vai-se.)*

SARAMAGO. Já que não queres que façamos as pazes, façamos as guerras; e já a minha fúria vai tocando a degolar.

CORNUCÓPIA. Que é o que intentas?

Volta com outra cara.

SARAMAGO. Arrancar-te o coração falso que tens no peito. Mas que vejo! Com quem falo eu? Ou esta não é Cornucópia, ou estou sonhando!

CORNUCÓPIA. Pois que é o que dizes?

SARAMAGO. Nada, minha senhora; nada; não é com vossa mercê; cuidei que falava com minha mulher.

CORNUCÓPIA. Pois eu não sou tua mulher, Saramago?

Volta com a sua cara.

SARAMAGO. Ui, ainda mais essa! Também és bruxa, que te mudas em várias formas? À que de el-rei, que aqui deve de andar o Diabo!

CORNUCÓPIA. Saramago, perdeste o juízo?!

SARAMAGO. Perdi o que não tenho e tenho o que perdi; pois, ainda que tenho o crédito perdido *quoad te*, o não perdi *quoad me*[41], para ensaboar nas escumas da minha cólera as nódoas da tua leviandade.

CORNUCÓPIA. Que é o que dizes, atrevido?

Volta com outra cara.

SARAMAGO. Coisa nenhuma, minha senhora; falava com os meus botões. Assopra[42]! *(À parte.)*

CORNUCÓPIA. Pois que leviandades são as minhas?

---

41. *Quoad te... quoad me*, quanto a ti... quanto a mim.
42. *Assopra!*, o mesmo que "arre!", fórmula de espantar o mau olhado, esconjuro.

SARAMAGO. Não falemos em leviandades, que isso agora é mais pesado. Não vi ainda mulher com duas caras tão mal encarada. *(À parte.)*

CORNUCÓPIA. Suponho que já te passou a cólera e que estás arrependido.

SARAMAGO. Quem se não há de arrepender, vendo que me sai tão cara a minha, desconfiança?

CORNUCÓPIA. Não crês a minha inocência? *(Volta.)*

SARAMAGO. Não se pode crer a gente de duas caras. Com quê, você, senhora Cornucópia, é uma por diante, outra por detrás?

CORNUCÓPIA. Eu sempre sou a mesma. Ora vem cá, meu querido Saramago dos meus olhos; façamos as pazes.

SARAMAGO. Sim, eu faço; mas há de ser partindo-te primeiro esse infernal corpo com esta espada. *(Foge Cornucópia.)* Mas, ai de mim, que fechou a porta! Porém pela outra irei ver se a encontro, para vingar a minha fúria. Mas que vejo! Outro encontro melhor tenho no sol desta menina, que todo me faz derreter.

Saí Íris.

ÍRIS. A confusão que Júpiter tem feito nesta casa nos faz vacilar na incerteza de qual é o que veio primeiro: se ele, se Anfitrião! Porém o tempo o descobrirá.

SARAMAGO. Não deixei de reparar, quando entrei, na carinha desta muchacha; e, pois Cornucópia anda banzeira[43] no mar da sua inconstância, transportarei o meu amor na barquinha desta beleza, até que serene a tempestade dos meus zelos.

ÍRIS. E este é o criado de casa. Quero agora meter-me de gorra[44] com ele, a ver se me descobre qual é o verdadeiro Anfitrião, para então conhecer qual é o falso, ou Júpiter, que tudo é o mesmo.

SARAMAGO. Para um soldado que vem da campanha, uma rapariga destas é um cavalo na guerra; eu me resolvo a marchar com todo o exército de bichancros[45] namoratórios. Cé[46], ó minha senhora?

ÍRIS. Quero desdenhá-lo, para que, querendo-me mais, se facilite a dizer-me o que pretendo. *(À parte.)*

SARAMAGO. Vossa mercê ouve?

ÍRIS. Eu não sou surda.

---

43. *Banzeira*, o mesmo que "meio insegura", "um pouco agitada".
44. *Gorra*, no sentido de se insinuar ou chegar a alguém para algum empreendimento.
45. *Bichancros*, gestos ridículos dos namorados.
46. *Cé*, interjeição empregada para chamar alguém.

SARAMAGO. Nem eu mudo; e, por não mudar de intento, quero me diga de que gênero é o seu caráter, para ver se a sua pessoa se pode adjetivar com o substantivo de minha qualidade.

ÍRIS. Sou uma criada de vossa mercê e de Felizarda, que aqui nos achamos por hóspedas nesta casa.

SARAMAGO. Com quê, vossa mercê era teúda e manteúda nesta sua casa, e demais a mais é criada da mesma servil natureza deste seu servo? Não sabe quanto me regala isso!

ÍRIS. Pois por quê?

SARAMAGO. "Propter unumquodque tale, et illud magis[47]".

ÍRIS. Não te entendo.

SARAMAGO. Eu cá me entendo. E poderemos saber como se chama, em ordem a dizer-te depois: *Suspende os rigores, cruel fulana, tirana sicrana?*

ÍRIS. Quem tanto pergunta é bom para inquiridor[48].

SARAMAGO. Isto é tirar uma devassa de quem me matou.

ÍRIS. Pois quem te matou?

SARAMAGO. Tanto que te vi, foram os teus olhos uma morte súbita do meu coração; mas, antes que te diga o mais, dize-me o menos, que é o teu nome.

ÍRIS. Ai! Chamo-me Corriola. Que mais quer?

SARAMAGO. Nem tanto queria. Corriola[49]! Mau agouro venha pelo Diabo!

ÍRIS. Que te suspende? Pasmou-te o meu nome?

SARAMAGO. A falar verdade, caiu-me o coração aos pés, em saber que te chamavas Corriola; pois, apenas no jogo do amor começava a ser taful[50] da fineza, quando logo perco o cabedal da esperança nessa Corriola.

ÍRIS. Bom remédio não falar comigo, nem tomar o meu nome na boca.

SARAMAGO. A bom tempo, depois de me ver cheio de amor até os olhos.

ÍRIS. Pois desnamore-se vossa mercê.

SARAMAGO. Por quê? Isso está nas mãos das criaturas? E, se queres que te não ame, desfaze essa beleza, engelha esse rosto, frange essa testa, arregala esses olhos, entorta essa boca, e faze-te geba.

ÍRIS. Não me posso mudar em o que Deus me não fez.

---

47 . *Propter unumquodque tale et illud magis*, o mesmo que "por todas as razões e mais uma".

48 . *Inquiridor*. Este trecho confirma a lembrança dos interrogatórios na Inquisição.

49 . *Corriola*, aqui a palavra significa engano, logro ou armadilha; mas também se refere a uma planta ou a uma quadrilha de desonestos.

50 . *Taful*, no sentido de sedutor, janota.

SARAMAGO. Ah, sim? Pois eu também não posso deixar de querer esse rosto, que dá de rosto à neve; essa testa, que testa me investe; esses olhos, que me deram olhado; essa boca, que emboca[51] delícias; esse corpo, que em corpo passeia na sua formosura.

ÍRIS. Que se segue daí?

SARAMAGO. Que te amo, que te adoro e que te quero.

ÍRIS. Queres mais alguma coisa.

SARAMAGO. Mais quisera.

ÍRIS. O quê?

SARAMAGO. Que me correspondesses também.

ÍRIS. Isso agora é desaforo! Não teme a Deus um homem casado? Querer inquietar uma mulher solteira? Vá-se, antes que o desengane de outro modo.

SARAMAGO. Pois ainda há no mundo outro modo de desenganar mais claro do que esse?

ÍRIS. Pois ouça, se não o sabe.

Canta Íris a seguinte

ÁRIA
Vai-te logo rebolindo[52].
Tu me dizes isso a mim!
Tu a mim, a mim, a mim,
porco, sujo, bribantão[53]?
Eu te juro, Saramago,
que serás em teu estrago
o mais pérfido asneirão. *(Vai-se.)*

SARAMAGO. Ora estou bem aviado! Fujo de um tigre e vou marrar com uma serpente! Cornucópia com duas caras, ambas são aborrecidas e nenhuma cara[54]; e esta tendo uma só, faz mil focinhos! Mas que remédio, senão ir pouco a pouco careando[55] com carinhos aquela carinha?

---

51. *Emboca*, trocadilho com a palavra boca.
52. *Vai-te rebolindo*, "vai andando", "retira-te".
53. *Bribantão*, velhaco, patife, vadio.
54. *Cara*. Mais um trocadilho com a palavra cara, que significa rosto e também preço.
55. *Careando*, no sentido de levar.

CENA VI
Selva com respaldo de palácio. Saem Júpiter e Mercúrio.

MERCÚRIO. Ora, Júpiter, tudo te sucedeu como querias.

JÚPITER. Mercúrio, sendo a idéia tua, por força o sucesso havia de ser igual.

MERCÚRIO. E agora que determinas?

JÚPITER. Ir continuando no mesmo engano; que a formosura de Alcmena não merece um só sacrifício, nem o meu amor se contenta com qualquer triunfo.

MERCÚRIO. Não vês que já chegou Anfitrião da guerra, e pode Alcmena sentir a causa deste enleio?

JÚPITER. Para aí reservo o meu poder.

MERCÚRIO. E, se Juno vier a sabê-lo, como hás de escapar do rigor da sua condição?

JÚPITER. Mais pode Júpiter que Juno; e eu farei com que ela padeça o mesmo engano; pois ela não pode senão o que eu quero que ela possa.

Sai Polidaz.

POLIDAZ. Anda, Anfitrião, que já tardavas, e já te espera o triunfo no arraial.

JÚPITER. Mercúrio, não é só Alcmena a que se engana comigo.

MERCÚRIO. Pois agora não há mais remédio que aceitares o triunfo que era para Anfitrião.

POLIDAZ. Anda, senhor; não nos dilatemos.

JÚPITER. Vamos, Polidaz, a triunfar. Mas que maior triunfo que vencer os desdéns de Alcmena! *(À parte e vão-se.)*

Sai Anfitrião.

ANFITRIÃO. Não é possível encontrar a Polidaz, que aqui ficou de esperar por mim. Na verdade que tardei muito, e por essa causa se resolveria o triunfo para outro dia; e não me pesa de que assim seja, pois quero primeiro triunfar dos meus zelos, para que completamente me possa chamar vitorioso. Ai, Alcmena, que de sustos me tens causado!

CENA VII

Sala senatória. Sai Júpiter em um carro triunfal, acompanhado de muitos soldados com alabardas, bandeiras arrastadas, e Polidaz a cavalo; e atrás do dito carro irão alguns cativos maniatados; e no espaço em que vão andando, ao som e repetição de tambores e clarins, dirão repetidas vezes: Viva Anfitrião! E, já apeado Júpiter do carro, entrará com Mercúrio e Polidaz e a mais comitiva de soldados na dita sala senatória e nela estarão sentados Tirésias com outro senador.

MERCÚRIO. Não só triunfou Júpiter de Alcmena, mas até do mesmo triunfo de Anfitrião fica sendo triunfador.

TIRÉSIAS. Vem, esforçado Anfitrião, glória de Tebas e assombro do mundo; vem, que serás novo simulacro do templo de Marte, já que hoje lhe tributas tantos bélicos despojos, na célebre vitória que de nossos inimigos alcançaste.

JÚPITER. Nada tendes que me agradecer, ilustre Senado, pois o servir a pátria é mais obrigação do que fineza. Perdoa, Anfitrião, usurpar-te o laurel, que o amor e a ocasião são dois inimigos muito poderosos. *(À parte.)*

Haverá dentro ruído, dizendo todos o seguinte.

MATRONAS. Pára, pára! Deixa entrar!

TIRÉSIAS. Olá, que ruído é esse?

POLIDAZ. São as matronas de Tebas, que vêm a festejar ao triunfador Anfitrião com o seu costumado aplauso.

TIRÉSIAS. Dizei que entrem; que não é razão as privemos da sua antiga posse, e a nós do gosto de vermos o seu festivo rendimento.

Saem quatro ninfas, uma delas com uma coroa de flores, que porá na cabeça de Júpiter.

MATRONA. Esforçado Anfitrião, eu, em nome das matronas de Tebas, te ofereço esta grinalda, simbolizando nas suas flores os teus triunfos e a nossa alegria; pois a benefício do teu valor vivemos seguros nas delícias de Tebas.

JÚPITER. As flores dessa grinalda, ó ilustres matronas, na minha estimação todas serão perpétuas.

MERCÚRIO. E para Anfitrião martírios; pois Júpiter lhe usurpa todas as honras. *(À parte.)*

Dançam as ninfas e depois diz Tirésias.

TIRÉSIAS. E para que felizmente se coroe Anfitrião e se complete este triunfo, repeti comigo todos os vivas de Anfitrião, sendo eu o primeiro que principie seu bem merecido louvor.

Canta Tirésias o seguinte

RECITADO
Repita, pois, o popular tumulto
ao som das trompas bélicas de Marte,
de Anfitrião valente o nobre aplauso,
enquanto a Cabalina[56] inunda e rega
virentes lauros no bicórnio monte
ou enquanto fecunda a terra cria
nova grama imortal para a coroa.

ÁRIA EM FORMA DE CORO
TIRÉSIAS. A fama canora
    em júbilo alterno
    repita festiva,
    dizendo que viva,
TODOS. Viva, viva Anfitrião,
    novo Marte singular.
TIRÉSIAS. E a rama sagrada
    na fronte animada
    adorne sublime,
    felice coroe,
    pois que sabe triunfar
    sempre altivo e vencedor.
TODOS. Viva, viva Anfitrião,
    novo Marte singular.

---

56 . *Cabalina*, fonte mitológica situada no bosque das musas, onde os poetas iam beber a inspiração.

Parte II

CENA I
Sala. Saem Juno e Íris.

JUNO. Já que, disfarçada, me vejo introduzida em casa de Alcmena, comece o veneno de meus zelos a inficionar a causa do meu ciúme: chore a inocência de Alcmena o delito de Júpiter; porque tão disfarçado vive na forma de Anfitrião, que nem toda a minha deidade sabe distinguir qual é o verdadeiro. Ó Júpiter, para que me deste a glória de ser tua esposa, se me não livras deste inferno de zelos?

ÍRIS. Senhora, devagar se vai ao longe.

JUNO. Eu quisera que fosse depressa, e não devagar; que o meu ciúme não sofre dilações.

ÍRIS. Eu tenho dado em boa traça[57], para averiguar qual é o verdadeiro Anfitrião ou o verdadeiro Júpiter.

JUNO. E qual é?

ÍRIS. O criado de casa, tanto que me viu, entrou a pretender-me, e eu quero facilitar-lhe o seu amor, só por ver se me descobre algum vestígio por onde possamos conhecer a Júpiter.

JUNO. Aprovo a tua idéia; vai continuá-la e não te dilates um instante.

ÍRIS. Vou a obedecer-te.

---

57. *Traça*, emprego de estratagema ou ardil.

Sai Tirésias.

Tirésias. Venho buscar a Anfitrião, para dar-lhe os parabéns do seu triunfo. Mas que vejo! Que novo assombro me suspende os sentidos?

Juno. Já que Tirésias na minha formosura tanto se suspende, ele será o meio da minha vingança. *(À parte.)*

Tirésias. Ainda não sei determinar-me se é mulher ou deidade!

Juno. De que vos admirais? Que rêmora vos suspende os passos?

Tirésias. Senhora, assim como não cabem na esfera dos olhos as luzes de tanto sol, assim da mesma sorte ignoram os períodos mais retóricos significar a causa da minha suspensão.

Juno. Se tanto sabeis sentir o afeto dessa suspensão, por que não explicais a causa dela?

Tirésias. Que mais causa pode haver, que admirar em vós uma formosura tal, que mais parece divina do que humana?

Juno. Basta que tão formosa vos tenho parecido!

Tirésias. E tanto, que já o meu coração vai sentindo a causa da vossa beleza.

Juno. Bem vai para o meu intento. *(À parte.)* Dizei-me: que é o que sente o vosso coração?

Tirésias. Sente o não sentir mais, pois quisera com a vida pagar o delito de vos adorar.

Juno. Pois o adorar é delito?

Tirésias. Dizem que amor é uma deidade tão inumana, que até dos mesmos sacrifícios se ofende.

Juno. Por não ter a nota de inumana, não quero ofender-me de vossos sacrifícios.

Tirésias. Pois, senhora, se eles vos não ofendem, aceitai-os.

Juno. É necessário primeiro averiguar se são verdadeiros.

Tirésias. Se a vossa formosura não é fabulosa, como pode ser o meu sacrifício fingido?

Juno. Porque parece quase impossível que no mesmo instante em que me vistes, logo me quisésseis, e com tanto extremo como publicais; e porque a nenhum tempo se diga que é sofístico o vosso rendimento, deveis mostrar-me como pode ser instantâneo o vosso amor.

Tirésias. Nenhuma dúvida pode haver que, ao mesmo tempo que vos visse, vos adorasse. Ver-vos e amar-vos tudo foi ao mesmo tempo, sem que houvesse tempo entre o amar-vos, e o ver-vos. Para a formosura triunfar, não é necessário tempo; sobram instantes. O tempo arruína os edifícios, e a formosura sem tempo erige as aras para o seu culto, pois a todo o tempo sabe vencer; por isso, se pinta o amor com asas, pela ligeireza com que fere os corações; por isso, se pinta cego, porque cegou depois que viu a formosura. Como, para ser amor, não necessita de vista, vendou os olhos para não ver mais; pois bastava uma só inspeção para cegar de amor. Enfim, senhora, se o amor crescera com o tempo, não fora menino; fora gigante.

JUNO. Basta! Já sei que pode ser verdadeiro o vosso amor.

TIRÉSIAS. E, pois o abonais de verdadeiro, fazei com que seja venturoso.

JUNO. E que déreis vós para conseguir essa ventura?

TIRÉSIAS. Dera-vos o que já vos tenho dado.

JUNO. Ignoro o que me destes.

TIRÉSIAS. Dei-vos a alma; já não tenho mais que dar-vos.

JUNO. Eu a aceito. Como não ignorais que o amor é guerra dos corações, para nela triunfardes haveis primeiro capitular comigo algumas proposições.

TIRÉSIAS. Dizei, senhora, que já toda a minha vontade tenho transferida aos impérios do vosso preceito.

JUNO. Pois atendei-me. Eu sou Flérida, infeliz princesa de Téleba, que disfarçada vivo aqui com o nome de Felizarda. Já sabeis como Anfitrião matou a meu pai el-rei Terela. [Verei se com este engano logro o meu intento. *(À parte.)*] Morto assim meu pai, para vingar-me deste bárbaro homicida vim à sua própria casa, para que assim mais facilmente pudesse executar a minha vingança, que procuro; e, quando cuidei que só Anfitrião era o que me ofendia, acho que também Alcmena necessita de castigo, pois não há instante em que não desperte as frias cinzas do cadáver de meu pai com afrontas; de sorte que, se Anfitrião lhe tiranizou a vida, Alcmena também se arma homicida de sua memória. Um o ofendeu de presente, e Alcmena lhe infama a posteridade; e vos confesso que de tal sorte me tenho enfurecido, que só para vingar-me destas injúrias dera, ó Tirésias, o sangue das veias.

TIRÉSIAS. Pois vede que quereis que faça neste caso.

JUNO. Quero que busqueis modo de castigar a Alcmena, pois sei que sois o supremo ministro desta República; advertindo que à minha conta fica o vingar-me de Anfitrião. Já sabeis que sou princesa hereditária de Téleba; já sabeis que admito o vosso amor. Esposa e reino tereis, se vingais minhas injúrias.

TIRÉSIAS. Não pela cobiça de reinar, mas pela fortuna de ser vosso esposo, me exporei a todo o risco, protestando castigar a causa da vossa ofensa.

JUNO. Pois, Tirésias, não te acobardes.

TIRÉSIAS. Não se acobarda um amor valente; porém ignoro o motivo por que haja de castigar a Alcmena, cujo louvável procedimento vive isento do rigor das leis.

JUNO. O tempo nos dará ocasião para a vingança. Adverte que tens poder e que tens amor; e vê agora quem poderá isentar-se de um poderoso amor. *(Vai-se.)*

TIRÉSIAS. Oh deuses soberanos! E que de coisas em um instante tenho passado! Vi e amei; rendi-me a uma formosura celestial e prometi castigar a uma inocente! Mas quem se pode livrar do labirinto de amor, pois o mesmo fio que se inventou para o acerto é o maior embaraço para a confusão? Porém, se Alcmena pelas virtudes merece prêmio, como posso eu prometer-lhe castigos? Mas, se hei de conseguir a delícia de Flérida e a investidura de rei, em que reparo?

Canta Tirésias a seguinte

ÁRIA
É tal a esperança
num peito amoroso,
que o bem duvidoso
alentos lhe dá.
Se em dúvida o gosto
suspende o gemido,
um bem possuído
que glória será! *(Vai-se.)*

CENA II
Sala. Sai Saramago.

SARAMAGO. Batido de zelos e combatido de amor se considera este pobre Saramago na presente conjuntura. Cornucópia com dois Saramagos, e Corriola sem nenhum! Pois não há de ser assim! Porém ela cá vem; quero fingir-me mais amante, fazendo que a não vejo. Ai, Corriola desta alma, compadece-te de um pobre Saramago, a quem a ardente canícula de teus repúdios seca e murcha a verde medula de sua esperança. Ai, que me abraso! Água para tanto fogo!

Sai Íris.

Íris. Que é isso, senhor Saramago¿ Água vai com tanto fogo¿!
Saramago. Ai! Deixa-me, Corriola, que tu és a causa deste mal que padeço.

Sai Cornucópia ao bastidor.

Cornucópia. Ai! Que é aquilo que vejo¿ Saramago e a nossa hóspeda cochichando só por só! Ouçamos o que será.
Saramago. Corriola, isto não é um homem que viu outro; sou eu mesmo, que te amo até não mais.
Íris. Todos assim dizem, quando querem pretender.
Saramago. Se todos assim dizem, que farei eu, que tenho em mim o amor de todos¿
Íris. Olha: ainda que eu queira amar-te, por Cornucópia o não faço.
Saramago. Que se me dá a mim de Cornucópia¿ Não mo merece ela tanto.

Sai Cornucópia.

Cornucópia. Agora isso é desaforo! Ó minha menina, "oculum ruorum[58]". Faça-me o favor de não inquietar os homens casados que estão em suas casas. Ora o certo é que "a casa trae el hombre con que llore".
Íris. Eu não mereço isso a vossa mercê, porque sou muito sua veneradora.
Cornucópia. Vá; vá servir a sua ama e deixe-me o meu marido.
Íris. Temo que esta velha seja o estorvo da minha pretensão. *(À parte e vai-se.)*
Cornucópia. E você, senhor Saramago, também como gente namora com essa cara¿
Saramago. E você, senhora Cornucópia, também como gente quer ser zelosa com duas caras¿

---

58. *Oculum ruorum*, por *oculum ruarum*. Expressão em latim macarrônico: "para o olho da rua!".

CORNUCÓPIA. Pois cuidava que eu não havia de ver o que você faz?

SARAMAGO. Quê! Tu tens razão para ter zelos de mim, se eu não sou teu marido Saramago, senão aquele que cá esteve, a quem deste de comer e de beber?

CORNUCÓPIA. Não sejas tonto; não queiras com esse desaforo encobrir a tua pouca vergonha.

SARAMAGO. Com quê, você quer estar comendo Saramagos a dois carrilhos[59] e Corriola que fique em jejum?

CORNUCÓPIA. Se não viera ali a senhora Alcmena, eu te respondera melhor.

Sai Alcmena.

ALCMENA. Que intentasse Anfitrião persuadir-me que ele não era o próprio que comigo esteve! Sem dúvida que, a saber, de certo, que falava deveras, perdera os meus sentidos e também a paciência.

CORNUCÓPIA. Senhora, isso se não mete em cabeça de mulher! Quem duvida que o senhor Anfitrião vinha amassado com este magano de meu marido, para nos fazerem doidas?

ALCMENA. Também tu me queres fazer desesperar?

SARAMAGO. Os desesperados somos nós, porque viemos sem ser esperados.

ALCMENA. Cala-te, embusteiro!

CORNUCÓPIA. Ai, cala-te, perro[60]!

SARAMAGO. A isto é que se chama, sobre afronta, aperreação.

Saem Júpiter e Mercúrio ao bastidor, aquele na forma de Anfitrião, e este na de Saramago.

MERCÚRIO. Júpiter, adverte que Anfitrião já veio, e agora é necessário maior indústria para fingir e desfazer o que fez Anfitrião.

JÚPITER. Se sabes, Mercúrio, que sou Júpiter, para que me encomendas isso? Vai-te para essoutra sala e impede que não entre[61] Anfitrião.

MERCÚRIO. Eu te obedeço. *(Vai-se.)*

---

59. *A dois carrilhos*, receber algo de duas maneiras, tirar proveito de duas partes.
60. *Perro*, "cão" em espanhol, significando também homem teimoso, cabeçudo.
61. *Impede que não entre*, por "impede que entre".

JÚPITER. Querida Alcmena, parece-me que tu estás mal comigo.

ALCMENA. Ingrato esposo, cruel Anfitrião, para que me dás agora o nome querida, se tão enfurecido te ausentaste de mim, querendo afirmar que não eras tu o que tinhas estado comigo? Que termos são agora estes, tão diferentes?

JÚPITER. Foi preciso ao meu amor dizer-te que não era eu.

ALCMENA. Pois para que fim?

JÚPITER. Só para que te irritasses comigo; para que ao depois pudéssemos entre nós fazer as pazes, porque o amor é como a fênix, que, para renascer mais belo, é preciso que de quando em quando se abrase nas chamas de um arrufo.

CORNUCÓPIA. Não o disse eu, senhora? Vossa mercê não quer acabar de entender que eu tenho meus laivos de feiticeira? Meu senhor Anfitrião, eu sempre dizia que vossa mercê estava zombando. *(Para Júpiter.)*

ALCMENA. Daquela sorte não se costuma zombar.

CORNUCÓPIA. Tinha bem que ver que era zombaria. Vossa mercê não viu que o senhor Anfitrião estava piscando os olhos?

JÚPITER. Vês, Alcmena, como Cornucópia logo penetrou a minha idéia? Pois dize-me: quem havia de ser senão eu?

SARAMAGO. Agora isso é mais comprido! Com quê, vossa mercê, senhor, diz que esteve cá primeiro do que aquele que cá esteve?

JÚPITER. Cala-te, louco, que eu fui o mesmo que estive cá.

SARAMAGO. E quem foi o que trouxe à senhora Alcmena a jóia que eu tinha na algibeira?

JÚPITER. Fui eu, que ta tirei sem tu sentires.

SARAMAGO. Pois para que me fez sentir tantos murros, quantos me deu pela jóia?

JÚPITER. Se eu queria fingir, tudo isso havia eu de fazer.

SARAMAGO. Tudo isso está muito bem; mas diga-me: quem era aqueloutro eu, que cá esteve primeiro do que eu viesse?

CORNUCÓPIA. Eis aqui, senhor, a teima que tem tomado este magano de meu marido, dizendo que também ele cá não esteve; e não há quem lhe tire isso da cabeça.

SARAMAGO. Ai, filha, que da cabeça ninguém pode tirar-me o que nela se me meteu.

CORNUCÓPIA. Ainda teima?

SARAMAGO. Ainda teimo e reteimo; juro e rejuro; digo e redigo que eu, antes de cá vir, já cá estava; e, quando eu cuidei que era singular, me achei posto no plural; de sorte que, sendo eu muito apenas um, agora, para mais penas, me vejo partido em dois.

JÚPITER. Cala-te, que não sabes o que dizes; anda, vai-te e dize a Polidaz que me venha falar, que importa.

SARAMAGO. Eu vou; mas queira Júpiter que tu te desenganes. *(Vai-se.)*

JÚPITER. Ora, Alcmena, basta de enfados; anda já a meus braços.

ALCMENA. Não te canses, que não quero esposo que com astúcias fingidas vem averiguar a minha honestidade.

JÚPITER. Estou perdido! Alcmena, te enganas, que isso não foi para experimentar-te.

ALCMENA. Não queiras agora remediar com tão frívolas desculpas o teu delito e a tua grande imprudência.

CORNUCÓPIA. A verdade é, senhor, que vossa mercê escandalizou muito a senhora minha ama. Arrenego eu de quem tão bem sabe fingir! Enfim, lá se avenham, que eu aqui não sou pega, nem gavião. *(Vai-se.)*

Sai Juno ao bastidor.

JUNO. Se será este Júpiter, que segunda vez repete a sua fineza e a minha ofensa! Mas se ele, como deidade, sabe enganar os meus olhos, eu, que também logro a mesma prerrogativa, usarei do mesmo engano. Alcmena, os deuses te guardem! *(Sai.)*

ALCMENA. Vem, Felizarda, embora, a ser testemunha de que Anfitrião diz ser zombaria quanto afirmou esta manhã não ser o próprio.

JUNO. Júpiter é sem dúvida, que virá a desfazer o que fez Anfitrião. *(À parte.)*

ALCMENA. Que te parece, Felizarda, aqueles enfados e esta confissão?

JUNO. Isso pode ser? Já se desdiz do que com tantas veras afirmou? Certamente que, se fora comigo, nunca mais eu o tornaria a ver; pois deu a entender, não menos, que violavas a sua fé.

ALCMENA. Isso é o que mais me escandaliza, Felizarda.

JÚPITER. Não é justo, senhora Felizarda, que também vos ponhais da parte da minha desgraça.

JUNO. Ah, traidor! *(À parte.)*

JÚPITER. E assim vos peço, senhora, que intercedais com Alcmena, para que me perdoe; que, só a fim de alcançar o perdão, quero já confessar-me culpado.

JUNO. Ainda isso me faltava! Pedir-me que dê armas contra mim! *(À parte.)*
JÚPITER. Só vós podereis acabar com Alcmena que acabe o rigor para comigo.

JUNO. Não sejais importuno, que o vosso delito nenhum perdão merece; pois eu, não sendo Alcmena, a quem ofendestes, de sorte me tendes escandalizada, que, a ser possível, vos desterrara daqui, para não seres mais visto.

ALCMENA. Bem hajas, Felizarda, que sentes as minhas ofensas como propriamente tuas.

Canta Júpiter a seguinte

ÁRIA E RECITADO
Já que em tanto tormento não alcanço
alívio neste apócrifo[62] delito,
a quem recorrerei, mísero amante?
A quem recorrerei? A quem, Alcmena,
senão ao puro arquivo de meu peito,
onde os extremos meus e os meus suspiros,
finalmente exalados,
poderão comover as duras penhas
e os ásperos rochedos?
Que talvez nessa bárbara aspereza
ache menos rigor, menos dureza.

ÁRIA
Pois, tirana, não te abranda
de meu peito a amarga pena?
Dize, ingrata, esquiva Alcmena,
que farei por te abrandar?
A teu ídolo adorado
meu afeto já prostrado
toda a vítima de uma alma
sacrifica em teu altar.

---

62. *Apócrifo*, no sentido de ser atribuído a pessoa que o não praticara.

ALCMENA. Basta, Anfitrião, que já compadecida te perdôo, pois sei que todos os teus erros nascem de amor.

JÚPITER. Folgo que os conheças; vamos, Alcmena. *(Vão-se.)*

JUNO. Espera! Aonde vás, traidor esposo? Mas, ai de mim, que só vim a ser testemunha de meus zelos! Oh, quem se pudera declarar agora! Mas, se me declaro, temo que Júpiter, irado, intente outros absurdos maiores; pois vingar-me-ei dissimulando a dor, para publicar o estrago. *(Vai-se.)*

CENA III
Ante-sala. Sai Mercúrio.

MERCÚRIO. Não sei já quando Júpiter há de pôr fim a estes amores de Alcmena, pois lembra-me que nunca tais extremos fez por Europa, Dânae e Leda[63]! Sem dúvida esta lhe caiu mais em graça.

Sai Anfitrião.

ANFITRIÃO. Querer-me persuadir Alcmena que estive com ela antes de eu cá chegar ou é grande malícia ou grande simplicidade; e, se não é nada disto, não sei o que possa ser!

MERCÚRIO. Aonde vai vossa mercê? Quem busca nesta casa?

ANFITRIÃO. Saramago, não me conheces? Estás louco?

MERCÚRIO. Pois eu estou obrigado a conhecer todo o gênero humano?

ANFITRIÃO. Não conheces a teu amo?! Que despropósito é esse?

MERCÚRIO. Eu não conheço por meu amo senão ao senhor Anfitrião.

ANFITRIÃO. Pois quem sou eu?

MERCÚRIO. Eu sei quem é, nem quem devia ser? Que me importa a mim isso?

ANFITRIÃO. Há criado mais desaforado no mundo! Guarda-te daí; deixa-me entrar.

MERCÚRIO. Que quer dizer entrar? Assim se entra na casa alheia?!

ANFITRIÃO. Homem, tu não sabes quem eu sou?!

MERCÚRIO. Pois quem é vossa mercê? Diga como se chama.

---

63. *Europa, Dânae e Leda*, personagens da mitologia grega que fizeram parte das várias conquistas amorosas de Júpiter.

ANFITRIÃO. Ó atrevido, tu zombas?

MERCÚRIO. Oh, chama-se atrevido? Pois fique-se embora com o seu atrevimento, que não há licença para cá entrar. *(Vai-se.)*

ANFITRIÃO. Espera, insolente! Mas ele fechou a porta! Quem se viu em maior confusão, pois até o meu próprio criado me desconhece?

Saem Saramago e Polidaz.

ANFITRIÃO. Esperem, que ele torna a voltar! Anda cá, velhaco, que eu te ensinarei como hás de falar com teu amo. *(Dá-lhe.)*

SARAMAGO. À que de el-rei, senhor! Por que me dá vossa mercê?

ANFITRIÃO. Ainda me perguntas por que te dou?! Toma, velhaco! *(Dá-lhe.)*

SARAMAGO. Isso é um toma com dois te darei. Senhor Polidaz, acuda-me; se não, hoje se acaba aqui a semente dos Saramagos.

POLIDAZ. Tende mão, Anfitrião!

SARAMAGO. Não lhe diga que tenha mão, que isso tem ele a desancar.

POLIDAZ. Por que causa castigais a Saramago?

ANFITRIÃO. Polidaz, perdoai-me, que, cego da paixão, não reparei que estáveis aqui.

POLIDAZ. Pois que vos fez Saramago?

ANFITRIÃO. Eu não me atrevo a dizê-lo; quero que ele mesmo vo-lo diga.

POLIDAZ. Saramago, que fizeste a teu amo?

SARAMAGO. Meu amo, que lhe fiz eu?

POLIDAZ. A ti é que eu to pergunto; dize.

SARAMAGO. Senhor Polidralho, eu não me lembro que lhe fizesse coisa alguma.

ANFITRIÃO. Isto me desespera. Já te não lembra? Pois leva, para que te lembres. *(Dá-lhe.)*

SARAMAGO. A dar-lhe, a dar-lhe outra vez! Ora basta; se não, olhe que hei de resistir à justiça.

POLIDAZ. Ora saibamos já: que caso é este?

ANFITRIÃO. Que há de ser, Polidaz? Chegar agora aqui e este magano impedir-me a entrada da porta e dar-me com ela nos narizes, depois de me responder várias liberdades.

SARAMAGO. E quando foi isso?

ANFITRIÃO. Agora, agora neste instante; já te esquece?

POLIDAZ. Esperai, que isso não pode ser, porque Saramago veio comigo de minha casa, aonde me foi chamar, da vossa parte.

ANFITRIÃO. Eu porventura mandei chamar a Polidaz?

SARAMAGO. Ui, senhor, vossa mercê não se lembra, quando estava com a senhora Alcmena, não haverá ele um quarto de hora?! E por sinal que estava ela muito agastada com vossa mercê, porque vossa mercê negou que vossa mercê estivera com ela; e tanto assim, que vossa mercê, prostrado e rendido, lhe pediu mil perdões[64].

ANFITRIÃO. Cala-te, Saramago, que não quero ainda fazer patente a minha afronta, sem averiguá-la primeiro. [Assim evitarei que este criado a patenteie aqui. *(À parte.)*] Polidaz, ide-vos, que por ora vos não posso falar; eu vos avisarei quando há de ser.

SARAMAGO. Escute, escute, e por sinal que vossa mercê estava com a senhora...

ANFITRIÃO. Cala-te; cala-te, Saramago, que importa assim. Polidaz, ide-vos, que em outra hora será.

POLIDAZ. Deus vos guarde. Anfitrião parece que tem alguma grande pena, pois que tão aflito está; se é o que eu cuido, razão tem. *(À parte e vai-se.)*

ANFITRIÃO. Com quê, esse que lá estava mandou por ti chamar a Polidaz?

SARAMAGO. Não lho disse já uma vez?

ANFITRIÃO. E parecia-se comigo?

SARAMAGO. Pois vossa mercê não se há de parecer consigo?

ANFITRIÃO. Saramago, afirmo-te que não fui eu o que lá esteve.

SARAMAGO. Como não, senhor, se eu o vi com estes olhos ramelosos?

ANFITRIÃO. Estarás alucinado.

SARAMAGO. Senhor Anfitrião, o que lhe digo é que trate de se despicar, já que se acha tão bem armado.

ANFITRIÃO. Por certo que me não faltam brios e armas.

SARAMAGO. Sim, senhor; brios, armas e armações não nos faltam.

ANFITRIÃO. Porém, em que me detenho, que não vou já castigar a causa de minha ofensa?

SARAMAGO. Não pode ser, que a porta está trancada.

ANFITRIÃO. Arrombarei a porta, ainda que seja de bronze. Ajuda-me, Saramago.

---

64. A repetição da expressão de tratamento "vossa mercê" busca tirar efeito cômico da fala.

SARAMAGO. Metamos a porta dentro e vá pela porta fora este magano! Vamos, senhor, a investir estes inimigos da nossa honra. Leve vossa mercê a ponta direita do exército, como mais valente, que eu levarei a esquerda! Toque, pois, a investir, o clarim do despique: "strepuere cornua cantu[65]".

ANFITRIÃO. Lá vai a porta dentro.

SARAMAGO. Lá vai o coice da porta com um coice de Saramago.

Fazem estrondo e sai Júpiter.

JÚPITER. Quem é o atrevido que ousa a fazer tão grande estrondo na minha casa? Mas que vejo! Este é Anfitrião! *(À parte.)*

ANFITRIÃO. Que é o que estou vendo?! Outro eu aqui!

JÚPITER. Toda a minha divindade parece que titubeia irresoluta no que há de fazer. *(À parte.)*

ANFITRIÃO. É caso fora da ordem natural estar eu vendo outro Anfitrião tão semelhante a mim!

SARAMAGO. Ficaram pasmadinhos, olhando um para o outro; e com razão, que o caso é para pasmar.

JÚPITER. Que te admira? Que te suspende? Se estás acaso arrependido dessa desatenção que em minha casa fizeste, eu te perdôo, pois sem dúvida erraste a porta.

ANFITRIÃO. Bárbaro, insolente! Não é pasmo esta suspensão; é, sim, admirar o teu insulto e excogitar[66] um novo castigo a tanta temeridade.

SARAMAGO. Esperem, senhores Anfitriões! Antes que se matem um ao outro, deixem-me chamar quem os aparte. Olá de dentro, venham a aparar o sangue, que se matam dois novilhos.

Sai Alcmena.

ALCMENA. Que alboroto[67] é este, Anfitrião?

ANFITRIÃO. Com quem falas, tirana e fementida traidora?

ALCMENA. Meu esposo, meu bem, que te fiz eu?

JÚPITER. Que é isso, Alcmena? Tu tens outro esposo, senão eu?

---

65. *Strepuere cornua cantu*, "as trombetas ressoaram com estrondo", Virgílio, *Eneida*, VII, 2.
66. *Excogitar*, inventar, imaginar.
67. *Alboroto*, variante de alvoroto ou alvoroço.

ALCMENA. Agora reparo! Que é o que vejo?
ANFITRIÃO. Que vês, tirana?
JÚPITER. Que vês, aleivosa?
ALCMENA. Suspendei a ira, que sem razão me criminais; pois, confusa entre tanto enleio, não sei distinguir qual de vós é o verdadeiro Anfitrião; e assim, para que não chegue a ofender a quem por obrigação devo amar, vos rogo me digais qual de vós é o meu esposo.
JÚPITER E ANFITRIÃO. Sou eu.
ALCMENA. Ambos?! Como pode ser?
JÚPITER E ANFITRIÃO. Não, Alcmena, sou eu só.
ALCMENA. Se ambos afirmais que o sois, venho a entender que nenhum de vós é meu esposo.
SARAMAGO. Esta é a verdade, senhora Alcmena, que nunca se viu uma galinha para dois galos.

Saem Juno e Íris.

JUNO. Alcmena, venho a concluir a minha história... Mas, ai de mim! Que vejo! Júpiter e Anfitrião são estes; porém tão parecidos, que os não sei distinguir. *(À parte.)*
ALCMENA. Felizarda, com justa causa te admiras, se bem que uma só admiração não basta para este tão extraordinário caso.
ÍRIS. À vista desta confusão, bem podemos desmaiar na nossa empresa.
ANFITRIÃO. Quem se viu em maior labirinto!
JUNO. Quem se viu em maior consternação!

Sai Cornucópia.

CORNUCÓPIA. Estará aqui o senhor Anfitrião?
JÚPITER E ANFITRIÃO. Que quereis?
CORNUCÓPIA. Ui! Que é isto? À que de el-rei! Isto é feitiçaria!
SARAMAGO. Cala-te, tola! Eis aqui como me acho eu *verbis illis*[68].
CORNUCÓPIA. Que é isto, senhora, que vejo? Dois Anfitriões, não menos?!
SARAMAGO. Hás de dizer dois maridos, não mais!

---

68. *Verbis illis*, "com aquelas palavras".

JÚPITER. Alcmena, vamos para dentro, que eu prometo castigar esse fingido traidor.
ANFITRIÃO. O que eu hei de dizer, dizes tu? Tu é que és o fingido e traidor.
JÚPITER. Está bem; anda, Alcmena.
ANFITRIÃO. Alcmena, anda comigo, que o teu esposo sou eu.
SARAMAGO. Parece-me isto o jogo do arre-burrinho. *(À parte.)*
JÚPITER E ANFITRIÃO. Vamos, Alcmena.

Cada um pelo seu braço ao lado puxando por Alcmena.

ALCMENA. Justos deuses, quem se viu em maior confusão!
JÚPITER. Ainda recusas ir comigo?
ANFITRIÃO. Ainda resistes a acompanhar-me?
ALCMENA. Eu não posso ser de dois ao mesmo tempo.
SARAMAGO. Parti-la em dois pedaços, e cada um leve o seu tassalho[69].
ANFITRIÃO. Alcmena há de vir comigo, apesar de toda a resistência.
JÚPITER. Tu te atreves a resistir-me?! Vem, Alcmena.
ALCMENA. Felizarda, que farei neste caso?
JUNO. Eu to digo. Já que estes senhores ambos dizem que são teus esposos, o que não pode ser, senão um só, neste caso, por não fazer equívoca a eleição, a ambos desprezara, até ver qual deles é o verdadeiro Anfitrião.
CORNUCÓPIA. Deu no trinco[70] a senhora Felizarda!
ANFITRIÃO. Pois, Alcmena, que determinas?
ALCMENA. Eu não hei de seguir a nenhum, por que nenhum se ofenda.
ANFITRIÃO. Logo tu, tirana, crês que eu não sou o verdadeiro Anfitrião?!
JÚPITER. Logo tu, inimiga, te persuades que o verdadeiro Anfitrião não sou eu?!
ALCMENA. Porque ambos dizeis que sois verdadeiros, por isso algum de vós há de ser fingido.
JÚPITER E ANFITRIÃO. O fingido é este. *(Apontam um para o outro.)*
JUNO. Alcmena, faze o que te digo e deixa esses loucos.
ANFITRIÃO. Esperai, que logo mostrarei qual é o verdadeiro Anfitrião.
ALCMENA. De que sorte?
ANFITRIÃO. Matando a este traidor.

---

69. *Tassalho*, fatia grande, grande pedaço.
70. *Deu no trinco*, o mesmo que "acertou".

SARAMAGO. Isto é, que com a morte tudo se acaba.

JÚPITER. Se me pretendes matar, não seja aqui dentro de casa. Vamos para fora e lá verás como castigo a tua insolência.

ANFITRIÃO. A minha cólera não espera por dilações; aqui mesmo há de ser o teu castigo, para que se banhe o rosto de Alcmena com os salpicos de teu sangue.

SARAMAGO. Tomara ela mais essa untura na cara[71]!

JÚPITER. Já te entendo: queres brigar dentro de casa para que te acudam as mulheres? Pois não há de ser assim!

Cantam Júpiter, Anfitrião, Alcmena e Saramago, e ao mesmo tempo, puxando pelas espadas, briga Anfitrião com Júpiter, e Alcmena, cantando, procura juntamente apartá-los.

ÁRIA A QUARTETO

JÚPITER. Traidor fementido,
    teu justo castigo
    não busques na casa;
    no campo o verás.

ANFITRIÃO. Traidor inimigo,
    no campo e na casa
    teu justo castigo
    cobarde acharás.

SARAMAGO. Armou-se a pendência?
    Pois eu neste canto
    me quero agachar.

ALCMENA. Esposo, suspende
    teu ímpio furor. *(Para Anfitrião.)*

ANFITRIÃO. Aparta, inumana!

JÚPITER. Que dizes, tirana?

ALCMENA. Esposo, suspende
    teu ímpio furor. *(Para Júpiter.)*

SARAMAGO. O demo da tola
    só sabe dizer:

---

71. *Mais essa untura na cara* está fazendo alusão à pintura dos bonifrates.

Esposo, suspende *(Em falsete.)*
teu ímpio furor. *(Em falsete.)*
ANFITRIÃO E JÚPITER. Traidor fementido,
ANFITRIÃO. na casa,
JÚPITER. no campo,
ANFITRIÃO E JÚPITER. teu justo castigo
cobarde acharás.
ANFITRIÃO. Vem, a ver o teu estrago.
JÚPITER. Vem, a ver o meu impulso.
SARAMAGO. Eu por mim já estou sem pulso.
ALCMENA. Contra mim voltai a ira;
porque quem aflita expira
já não teme de acabar.

Desmaia Alcmena nos braços de Juno.

CORNUCÓPIA. Ai, que se desmaiou a senhora Alcmena! Eis aqui o que vossas mercês fizeram com os seus desafios.

JÚPITER. Desmaiou-se Alcmena!

ANFITRIÃO. Alcmena com desmaio!

CORNUCÓPIA. Sim, senhores, e com um desmaio bem grande.

SARAMAGO. Não se assustem, que não é coisa de cuidado; é um desmaio acidental.

JÚPITER. Felizarda, enquanto vou buscar-lhe o remédio, tem cuidado na saúde de Alcmena. *(Vai-se.)*

ANFITRIÃO. Até essa piedade me ofende. Espera, traidor, aleivoso, que, ainda que fique Alcmena nos últimos paroxismos da vida, hei de seguir-te; pois primeiro está a minha vingança. *(Vai-se.)*

SARAMAGO. Senhora Felizarda, não consinta que a senhora Alcmena torne a si do desmaio, que eu lhe vou buscar um remédio para tornar a si.

CORNUCÓPIA. Que remédio é, Saramago?

SARAMAGO. É água de flor de sabugo, que meu amo agora destilou pelo alambique da testa. *(Vai-se.)*

JUNO. Que haja eu de ser compassiva por força com quem me ofende! Oh, que ventura seria a minha, se tu, Alcmena, desse letargo nunca tornasses! *(À parte.)*

Íris. Se te caiu nas mãos quem te ofende, vinga-te agora.

Juno. Há de ser mais patente a minha vingança.

Cornucópia. Olhem que está bem metida no desmaio! Ah, senhora! Qual! Eu cuido que ela está morta.

Juno. Não fora essa a minha ventura. *(À parte.)*

Cornucópia. Ó minha senhora? Ó minha menina?

Alcmena. Ai de mim, infeliz!

Cornucópia. Alvíssaras, que já tornou a si.

Juno. Ai de mim, infeliz também; pois, quando tu tornas de um desmaio, eu entro em outro! *(À parte.)*

Alcmena. Felizarda, Cornucópia, que é isto? Onde estou eu?

Cornucópia. Estás neste mundo, podendo estar no outro.

Alcmena. Em que parou o desafio desses dois Anfitriões?

Juno. Foram-se, vendo-te desmaiada.

Alcmena. E sabes se iriam a prosseguir o desafio?

Juno. Ainda te dá cuidado a vida de dois aleivosos?

Alcmena. Não vês que sempre um deles há de ser verdadeiro, e por isso sempre interesso na vida de um deles?

Cornucópia. Deixemos isso, senhora, que eu confio em Júpiter, que ele há de aclarar este enigma; e, agora que estamos sós, era razão que a senhora Felizarda acabasse a história da sua peregrinação, que estou rebentando para ver-lhe o fim.

Alcmena. Será em outra ocasião, que por ora não quero saber mais de penas, que, à vista desta história da minha vida, nenhuma outra pode competir.

Cornucópia. Ai, senhora! Deixe-a contar, que já lhe faltava pouco; e por sinal que ficou a história onde dizia: *um mancebo muito juvenil.*

Alcmena. Não faltará tempo para isso. Ó deuses, quando terão fim os meus males? *(Vai-se.)*

Juno. Vai-te, tirana, ocasião de minhas penas, que eu te juro que os teus males não terão fim, por mais que o queiram os deuses. *(Vai-se.)*

Íris. Se Júpiter a defende, serão baldados os teus intentos. *(Vai-se.)*

Cornucópia. Pois tinha tal vontade de saber o fim da história desta mulher, que, se eu estava prenhe, não deixava de mover; que, a meu ver, há de ser galante história; porque a tal mulher é muito perliquiteta[72] e muito entremeti-

---

72. *Perliquiteta* ou perliquitete, espevitada, pretensiosa, pernóstica.

da; de sorte que, não havendo um dia que está nesta casa, já nos quer governar e com tudo se quer meter.

Sai Mercúrio.

MERCÚRIO. Venho com cuidado se se encontraria Júpiter com Anfitrião, que seria um encontro mui desgraçado; porém pior encontro é o meu com esta velha; tomara-me ir, sem que ela me veja. *(À parte.)*
CORNUCÓPIA. Aonde vás, Saramago? De quem foges? De quem te escondes?
MERCÚRIO. Pescou-me; não tem remédio!

Sai Saramago ao bastidor.

SARAMAGO. Agora me ordena um de meus amos que venha saber se Alcmena tornou do desmaio; porém maoxas[73], que eu torne com a resposta. Mas esperem vocês, que lá vejo outro Saramago nascido na minha horta; mas eu lhe arrancarei as raízes.
CORNUCÓPIA. Dize-me: por que fugias de mim? Que mal te tenho eu feito? Assim pagas o meu amor?
SARAMAGO. Ai, que a mulher faz venda do seu amor, pois quer que lho paguem.
MERCÚRIO. Não sejas desconfiada; que, se eu te não quiser, quem te há de querer com essa cara?
CORNUCÓPIA. Ui! Deveras?! Com quê, esta cara já tem bichos!
MERCÚRIO. Pelo que ela me fede, cuido que já tem bichos e varejas.
SARAMAGO. Também a mim já isto me vai cheirando muito mal.
CORNUCÓPIA. Tomara que me dissesses por que razão foges de mim, ao mesmo tempo que eu por ti morro!
SARAMAGO. Cala-te, que tu morrerás de verdade.
MERCÚRIO. Cornucópia, já não te posso aturar os teus despropósitos! Que te faço eu, mulher?
CORNUCÓPIA. Pois não é desamor o ver que entre tantos despojos da campanha não achaste para trazer-me alguma jóia, prima coirmã daquela que o senhor Anfitrião trouxe?

---

73. *Maoxas*, o mesmo que "em má hora".

MERCÚRIO. Não te desconsoles, que alguma coisa trago para ti da campanha.

CORNUCÓPIA. Que me trazes da guerra?

MERCÚRIO. Trago-te uma bala.

CORNUCÓPIA. Só isso me podias tu trazer.

MERCÚRIO. Não cuides que isto de bala é coisa de peça.

SARAMAGO. Traga-lhe uma jóia de pedras cornolinas[74].

CORNUCÓPIA. Só te digo que não dá quem tem, senão quem quer bem.

MERCÚRIO. Quem não tem não pode dar; e quem quer bem dá abraços; e assim, se queres um, toma-o depressa.

CORNUCÓPIA. Aceito, por não ser descortês.

SARAMAGO. Agora isso é mais comprido. *(Sai.)* Guarde os seus abraços, que para isso estou eu.

CORNUCÓPIA. Que diabo é isto! Outro Saramago?!

SARAMAGO. Sim, senhora; outro Saramago; mas eu não sou outro, senão essoutro, que aí está nessoutra tua ilharga.

MERCÚRIO. Você é tolo?! Diz-me que sou outro! Não sabe que outro é burro?

SARAMAGO. Não me volte os sentidos da oração; o que digo é ser coisa escandalosa dar vossa mercê abraços em minha mulher.

MERCÚRIO. Qual mulher?

SARAMAGO. Esta que aqui está; não a enxerga?

MERCÚRIO. Enxerga é parenta da albarda; albarda é coisa de burro; e veio-me a chamar outra vez burro.

SARAMAGO. Senhor meu, enxerga é coisa de palha, e eu entendo que vossa mercê quer empalhar este negócio a minha mulher.

MERCÚRIO. Pois isto é mulher?

SARAMAGO. Diz ela que sim. Ó mulher, desengana a este senhor; dize: tu não és mulher?

CORNUCÓPIA. Para servir a vossas mercês.

MERCÚRIO. Pois eu até aqui cuidei que era homem.

SARAMAGO. É boa casta de homem uma mulher desta casta.

CORNUCÓPIA. Senhores, eu desde que nasci até ao presente sempre fui mulher; e daqui para diante não sei o que virei a ser; que quem está neste mundo não pode dizer *desta água não beberei*; e, pois já sabeis que eu sou mulher, tomara que me disséssseis qual de vós é o meu homem.

---

74. *Cornolinas*, variante satírica de cornalina, significando chifres, devido à infidelidade conjugal.

MERCÚRIO. Ó infame, duvidas que eu seja o teu marido?!

CORNUCÓPIA. Na verdade, que aquele tanto se parece contigo, que eu não sei qual é o verdadeiro.

SARAMAGO. Eu devia nascer com o mesmo fadário de Anfitrião.

MERCÚRIO. Agora me lembra: tu não és aquele que esta madrugada ficaste comigo de ser coisa nenhuma? Pois como agora te fazes Saramago?

SARAMAGO. Eu, ainda que me faço Saramago, não me contrafaço.

MERCÚRIO. Não queres acabar de crer que és um ninguém?

SARAMAGO. Se eu sou ninguém, logo sou alguma coisa?

MERCÚRIO. Alguma coisa és, porém és uma coisa postiça e fingida.

SARAMAGO. Ora, senhor, diga-me por vida sua: pois vossa mercê é Saramago?

MERCÚRIO. Não te convence esta forma e esta figura?

SARAMAGO. E a vossa mercê não o convence também esta figura e este bonecro?

CORNUCÓPIA. O caso é que são bem semelhantes.

MERCÚRIO. Logo, somos dois verdadeiros Saramagos?

SARAMAGO. Dois Saramagos, isso sim; porém dois Saramagos verdadeiros, isso não.

MERCÚRIO. Se tu dizes que sou Saramago, como negas que sou verdadeiro?

SARAMAGO. Porque bem podes ser Saramago; porém Saramago mentiroso.

MERCÚRIO. A natureza que me fez estas feições e todo este todo havia mentir?

SARAMAGO. Também a natureza pode mentir; pois não falta quem minta por natureza. *Verbi causa*[75]: viste no arco-da-velha aquelas cores com que a natureza o veste de mil cores? Pois sabe que não são cores, senão uma aparência enganosa e uma equivocação dos olhos. Eis aí, sem mais nem mais, a tua figura; pois, ainda que te ostentes Saramago verde ou Saramago azul, para corar o arco desta velha, contudo nem és verde, nem azul, nem Saramago, senão um engano dos olhos e uma logração da fantasia.

MERCÚRIO. Se eu tenho as propriedades do arco-da-velha, logo esta velha é minha de propriedade?

---

75. *Verbi causa*, "por exemplo".

CORNUCÓPIA. Senhores meus, se isto é feitiçaria, eu renuncio o pato[76], ainda que seja com arroz; o que lhe digo é que concluam lá consigo qual é o meu marido.

MERCÚRIO. Mulher, deixa-me, que eu desenganarei a este louco. Ouves tu? Manda vir um espelho.

SARAMAGO. Para que é o espelho?

MERCÚRIO. Para que te vejas e cotejes nele a tua cara com a minha, para que te desenganes que sou Saramago.

CORNUCÓPIA. Assim é: Saramago, vai buscar o espelho, só para que este senhor não fique com a sua.

SARAMAGO. Que importa não fique ao depois com a sua, se enquanto eu vou buscar o espelho, ele fica com a minha, ficando contigo?

MERCÚRIO. Cornucópia por ora não é minha, nem é tua. Vai buscar o espelho, que eu espero.

SARAMAGO. Pois espera, que eu vou e venho. *(Vai-se.)*

CORNUCÓPIA. Homem, que é isto? Tu te tornaste em dois?

MERCÚRIO. Tu, leviana, é que queres ser do gênero comum de dois.

CORNUCÓPIA. Eu não sou comua[77]; tu bem o sabes.

MERCÚRIO. Se és comua para dois, ou se és privada para ele, eu não o sei; porém, que queres que diga, vendo entrar um homem nesta casa e dizer que tu és sua mulher?

CORNUCÓPIA. Não te admires disso, porque à senhora Alcmena lhe sucedeu o mesmo com outro Anfitrião, que aqui anda como duende; e ainda agora estiveram para se matar um ao outro, como tu bem viste.

MERCÚRIO. Em grande aperto se veria Júpiter! *(À parte.)*

CORNUCÓPIA. E assim sem razão me acusas, quando vês que estou sem culpa.

MERCÚRIO. Pois eu te prometo que esse velhaco pague o engano que fabrica.

Sai Saramago com o espelho.

SARAMAGO. Este há de ser o juiz da nossa causa.

MERCÚRIO. Pois adverte que tens bom juiz; porque um juiz, para ser bom, há de ser como um espelho: aço por dentro, e cristal por fora. Aço por dentro, para resistir aos golpes das paixões humanas; e cristal por fora, para

---

76. *Renuncio o pato*, "desisto do jogo", "desisto de saber", segundo José Pereira Tavares.
77. *Comua* é o feminino do adjetivo "comum", aqui tomado como substantivo.

resplandecer com virtudes; e um juiz desta sorte é o espelho em que a República se revê.

SARAMAGO. Quanto ao juiz, estamos nós bem, salvo as molduras; que para os lados de um juiz, coisa que se molda não lhe vem de molde.

MERCÚRIO. Bastam já tantas asneiras! Anda; vê-te ao espelho.

SARAMAGO. Agora me lembra; eu ao espelho não quero ver-me.

CORNUCÓPIA. Qual é a razão?

SARAMAGO. Porque não quero, como Narciso, namorar-me de mim mesmo.

MERCÚRIO. Seguro estás que te não sucederá outro tanto.

SARAMAGO. Por que o diz vossa mercê? Porque sou feio? Pois saiba que muita gente se namora de coisas feias.

MERCÚRIO. Anda; vê-te ao espelho.

SARAMAGO. Ora vamos a isso! Eu vou tremendo, não me pareça eu com ele. A ninfa Siringa[78] seja em minha ajuda.

Canta Saramago, vendo-se ao espelho, a seguinte

ÁRIA
É verdade! Eu sou aquele;
e também aquele é eu!
Esta boca é como a dele;
o nariz é como o seu!
Ora estou desenganado,
que eu e ele, e ele e eu
não se pode distinguir.

CORNUCÓPIA. Pois que dizes? É, ou não é?

SARAMAGO. Leve o diabo o espelho, pois tão mentiroso é! *(Atira com ele, e quebra-o.)*

CORNUCÓPIA. Ai, que me quebrou o consultor da minha beleza! Que há de ser deste desgraçado rosto sem o seu espelho?

---

78 . *Siringa*, ninfa das árvores por quem se apaixonou o deus Pã, figura representada com dois chifres, metade homem, metade bode. Perseguida, a ninfa se transformou em caniço. Pã então cortou alguns caniços e fabricou um instrumento musical, ao qual deu o nome de sirinx ou siringe.

SARAMAGO. Anda; aproveita os pedaços, que ainda terás vidros para rapar essa cara.

MERCÚRIO. Pois que vai? Te pareces comigo, ou não?

SARAMAGO. Eu não me pareço contigo; tu é que te pareces comigo.

MERCÚRIO. Seja o que for; o ponto é que sejamos parecidos.

CORNUCÓPIA. Basta que o dissesse o meu espelho, que é mui verdadeiro. Mas ai, meu espelho!

MERCÚRIO. E agora, que resolves?

SARAMAGO. Em ser apostema até arrebentar.

MERCÚRIO. Já que és apostema, sabe que nenhuma matéria tens para afirmares que Cornucópia é tua mulher.

SARAMAGO. Que maior razão pode haver, para que ela seja mais tua do que minha, se ambos somos Saramagos, como disse o juiz do nosso espelho?

MERCÚRIO. Porque eu sou Saramago verde, e tu fingido.

SARAMAGO. Não vês esta cara e esta figura? Certo, que a natureza não pode mentir.

MERCÚRIO. Respondo com aquilo do arco-da-velha.

SARAMAGO. Pois partamos o arco, que ambos triunfaremos.

MERCÚRIO. Não, senhor; "aut Caesar, aut nihil[79]".

CORNUCÓPIA. Nem eu consinto que se parta o meu arco. Tomara eu maior donaire.

SARAMAGO. Pois se quer, partamos o nome de Cornucópia.

MERCÚRIO. Na solfa do amor não há partitura.

CORNUCÓPIA. Nem o meu nome se pode partir, que é muito duro.

SARAMAGO. Agora não! Sabes de que modo?

MERCÚRIO. Dize.

SARAMAGO. Partida Cornucópia, tu ficarás com a cópia de seus carinhos e eu com o resto do seu nome.

MERCÚRIO. Isso é o mesmo que ficares tu com a cópia e eu com o original.

CORNUCÓPIA. Senhores, concluamos! De duas uma: ou ser de um só, ou não ser uma de dois.

MERCÚRIO. Dizes bem; anda comigo, Cornucópia, que eu sou teu marido.

SARAMAGO. Anda comigo, que teu marido sou eu.

CORNUCÓPIA. Eu aqui estou; quem mais força tiver, esse me levará.

---

79. *Aut Caesar, aut nihil*, "ou César ou nada", divisa de César Bórgia, que representa o lema dos ambiciosos: ou o sucesso completo ou o fracasso total.

MERCÚRIO. Tu não ouves? Anda comigo.
SARAMAGO. Anda comigo; tu és surda?
CORNUCÓPIA. Tenham mão, que eu para péla[80] sou muito pouco enfeitada.
MERCÚRIO. Tu, maroto, queres experimentar a minha fúria?
CORNUCÓPIA. Senhores, não se matem por coisas poucas.
MERCÚRIO. Isto não se leva, senão desta sorte. *(Brigam.)*
SARAMAGO. Ai de mim, que este homem quer que eu seja duas vezes paciente!
CORNUCÓPIA. Tem mão, Saramago.
MERCÚRIO. Não quero ter mão, só por ter pé de dar muito coice neste magano.
SARAMAGO. Pois eu ainda tenho mãos, para ter mão nesse pé.
CORNUCÓPIA. Isto não se aparta, senão com um desmaio, como fez Alcmena. *(À parte.)* Acudam, senhores, que me desmaio. *(Desmaia-se.)*
SARAMAGO. Ai, que se desmaiou Cornucópia também, como Alcmena! Ah, senhor, façamos tréguas, para enterrar este defunto.
MERCÚRIO. O desmaio de Cornucópia te deu vida.
SARAMAGO. Por tua culpa se desmaiou esta flor, ou para melhor dizer derramaram-se as flores desta Cornucópia.
MERCÚRIO. Isto não pode ser desmaio; será algum estupor.
SARAMAGO. Por quê? Cornucópia não é muito capaz de se desmaiar?
MERCÚRIO. Os desmaios são para as fílis[81], e não para as dragoas.
SARAMAGO. Pois entendamos que é um desmaio *ad stuporem*; e assim levemos a Cornucópia para dentro, para ver se torna em si.
MERCÚRIO. Leva-a tu só, já que dizes que és seu marido.
SARAMAGO. De sorte que você há de levar as propinas de marido; e eu hei de aturar os encargos do matrimônio!
MERCÚRIO. Faça o que lhe digo e tenho dito. Ora tu verás o que te sucede! *(À parte, e vai-se.)*
SARAMAGO. Visto isso, serei duas vezes paciente. Mas eu não me atrevo só a carregar com esta baleia. Irra, como pesa! Agora vejo que isto nem é acidente, nem desmaio; é pesadelo. Ora vamos arrastando este fardo, que quem atura a carga é bem que leve a buxa. Oh, quanto me pesa do teu desmaio! *(Vai-se.)*

---

80. *Péla*, no sentido de ser utilizada num jogo ou de perder a pele ou desnudar-se.
81. *Fílis*, o mesmo que frágeis, delicadas.

Haverá muita gritaria e Cornucópia se transformará em um anão.

CENA IV
Bosque. Sai Juno.

JUNO. Verdes álamos desta selva, símbolo da inconstância de um esposo que, sendo deidade por natureza, parece que tem por natureza o ser inconstante! Incultas flores, que neste campo sem artifício produziu a primavera, retrato do instantâneo bem que possuo, pois a glória que devera lograr eterna um esposo faz com que seja momentânea! Despenhado arroio, que em precipícios de neve sois imagem de meu pranto, que, podendo eu emprestar risos à mesma aurora, um esposo tirano a tantos suspiros e lágrimas me provoca! E assim, já que o furor dos zelos me incita, basilisco serei entre esses ramos, áspide[82] entre essas flores, crocodilo entre essas águas; pois basilisco, áspide e crocodilo tudo são zelos. É possível que me veja eu sem Júpiter e Alcmena com ele! Alcmena logrando os seus carinhos, e eu sentindo os seus repúdios! Oh! Não sei como não abraso a esfera do fogo com o fogo dos meus zelos!

Sai Júpiter na forma de Anfitrião.

JÚPITER. Viste acaso por aqui Alcmena?
JUNO. Se buscas a Alcmena, Anfitrião, te direi aonde ela está.
JÚPITER. Esta cuida que sou Anfitrião. *(À parte.)* Verdade é, Felizarda, que busco a Alcmena para alívio da chama em que me abraso.
JUNO. Pois ela agora ficou no jardim; vai sem dilação a vingar-te; que seria deslustre da tua pessoa, sabendo vencer a tantos inimigos na campanha, não saber castigar a uma mulher que o teu crédito desdoura.
JÚPITER. Muito te devo, Felizarda, pois com tanta eficácia me persuades purifique a minha honra, vendo também o quão pouco te deve Alcmena, pois tanto solicitas a sua morte. Ah, traidora! *(À parte.)*
JUNO. Nada me deves nisso; pois esta eficácia nasce do desejo que tenho de te não ver infamado, quando sei és digno de mais heróica fama; e enquanto a dizeres que pouco me deve Alcmena, também importa pouco que se arranque do mundo um infame padrão, que desautoriza a honestidade que deve conservar uma mulher de bem.

---

82. *Áspide*, serpente européia venenosa.

JÚPITER. Pois tu verás de que sorte eu me vingo. Não vi mais tirana mulher! *(À parte. Vai-se.)*

> *Enquanto Juno, voltada para um lado, diz o que se segue, sairá Anfitrião e se porá no mesmo lugar onde Júpiter estava, com espada na mão.*

JUNO. Quando se perca o conselho, ao menos desafogo a minha dor! Mas que é isso, Anfitrião? Se já desembainhaste a espada, para que dilatas o castigo de uma traidora?

ANFITRIÃO. Hoje verá o mundo correr do peito de Alcmena e daquele fementido traidor dois rios de sangue, para neles purificar as manchas da minha honra.

JUNO. Não se esperava menos do teu brio; e, pois Alcmena está no jardim, faze com que as suas flores todas sejam purpúreas, regando-as com o sangue dessa que te ofende.

ANFITRIÃO. O meu brio não necessita de estímulos para a vingança; bastante causa são os meus zelos; suficiente incentivo é a minha afronta. Verás, Felizarda, embainhar nos peitos desses dois traidores esta espada, para que paguem com a vida os seus delitos. *(Vai-se.)*

JUNO. Ai, infeliz, que não sabes que o traidor que te ofende vive isento da tua fúria, pela imortalidade que goza!

> *Sai Saramago ao bastidor.*

SARAMAGO. Hei de apurar a panela do amor, ainda que chegue a comer salgado. Verei agora, entre estas ramas escondido, em que pára isto de Cornucópia, para vingar a minha afronta; pois quero que saiba o mundo que eu não sou Cornélio Tácito[83].

> *Sai Tirésias.*

TIRÉSIAS. Flérida, que delito cometeram os meus olhos, para que os castigues com a privação de tua formosura?

SARAMAGO. Ui, Felizarda chama-se Flérida! Bonito! Ora isto há de ser galante! *Audiamus*[84].

---

83. *Cornélio Tácito*. O nome do historiador romano é utilizado com sentido cômico por associá-lo ao corno ou chifre que o marido traído receberia.

84. *Audiamus*, "ouçamos".

JUNO. Tirésias, tu contas os instantes que me não vês, mas não numeras as dilações que fazes em cumprir o que prometeste sobre a vingança de Alcmena.

TIRÉSIAS. Como é possível que em tão poucas horas pudesse executar o teu preceito? Estes troncos não nasceram sem tempo, nem estas plantas se produziram em um instante; primeiro se há de semear a cizânia, para se colher o fruto da vingança.

SARAMAGO. Cizânia temos?! Alguma coisa querem estes furtar a Alcmena.

JUNO. Se Alcmena fora cúmplice de algum delito, que fineza me fazias tu em castigá-la?

TIRÉSIAS. Também poderia eu dissimular o seu delito.

JUNO. Cala-te, traidor, falso! Já te arrependes do que me tens prometido? Se te não move o seres rei de Téleba, bastava a confissão que fizeste do teu amor. Vai-te, que em corações tíbios se não pode conservar amor constante.

TIRÉSIAS. Meu bem, suspende os rigores, porque eu...

JUNO. Já sei que, como também amas a Alcmena, por isso, compassivo, recusas o castigá-la.

TIRÉSIAS. Ó Flérida, para que vejas frustrada a tua presunção, dize: de que sorte te queres ver vingada de Alcmena?

SARAMAGO. Agora, Saramago, orelha de palmo!

JUNO. Agora que Alcmena se acha no jardim, era boa ocasião de a matares, e nunca poderás ser cúmplice na sua morte; pois sem dúvida se há de atribuir o delito a Anfitrião, como ofendido das leviandades de Alcmena.

SARAMAGO. Não é coisa de cuidado; é só um pau por um olho.

TIRÉSIAS. Que leviandades são as de Alcmena? Peço-te que mas refiras.

JUNO. Quê? Tens zelos?

TIRÉSIAS. Se cuidas que o pergunto por isso, já o não quero saber; só, sim, executar os teus preceitos.

JUNO. Pois sabe que o meu amor será o menor prêmio dessa fineza.

TIRÉSIAS. Ai, Flérida, se o teu amor é a menor fineza, qual será a maior do teu amor?

JUNO. Anda; vai; não te dilates.

TIRÉSIAS. Pois, Flérida, eu vou; adverte que por ti farei muitos impossíveis. *(Vai-se.)*

JUNO. Bom é prevenir o golpe com dois tiros; pois, no caso que se erre o golpe de Anfitrião, se acerte o de Tirésias; que é justo haver para duplicadas ofensas duplicadas vinganças.

Sai Saramago.

SARAMAGO. Vou depressa avisar a Alcmena disto que agora ouvi; que ao menos acho que me dará um bom prêmio.

JUNO. Ai de mim, que este criado me esteve ouvindo! Porém eu te suspenderei os passos, para que não noticies a Alcmena o que ouviste. *(À parte.)*

SARAMAGO. Tomara ter asas nos pés, para ir *ad bolandum*[85].

JUNO. Converto-te em tronco, para que não possas passar daí. *(Vai-se.)*

Converte-se Saramago em árvore.

SARAMAGO. Que diabo é isto? Que terei eu nos pés, que não posso andar? Que rêmora terrestre me suspende o impulso dos joanetes? Quem me agarra nos pés? À que de el-rei, ladrões! Mas que vejo! Eu estou convertido em árvore, de que não há dúvida! As pernas e coxas são troncos, e o mais esgalhos e folhas! Quem me fez este benefício supôs que eu era algum cepo. Andar; aqui farei penitência dos meus pecados; e, já que me acho convertido, será para mim esta árvore de penitência.

Sai Cornucópia com um pau na mão.

CORNUCÓPIA. Que diabo terá este Saramago, que tanto tarda em vir ajudar-me a varejar a azeitona? Saramago? Saramago?

SARAMAGO. Que me queres, Cornucópia?

DENTRO, MERCÚRIO. Cornucópia, já vou.

CORNUCÓPIA. Chamo por um e me respondem dois! Estou bem aviada, se se encontram outra vez os dois Saramagos! Anda depressa, Saramago!

SARAMAGO. Tem paciência, que não posso ir nem depressa, nem devagar.

CORNUCÓPIA. Aonde estará este maldito, que me responde?

Sai Mercúrio com um pau na mão.

MERCÚRIO. Que pressa tens! Não te respondi que já vinha?

CORNUCÓPIA. Sabes por quê? Quando te chamei, me respondeu aqueloutro Saramago fingido e temo que aqui venha a dar conosco.

---

85. *Ad bolandum*, latim macarrônico, significando "para voar".

SARAMAGO. Ah, perra, que venho a dar contigo em ocasião que te não posso dar!

MERCÚRIO. Que importa que ele venha? Se vier, levará com este varapau.

SARAMAGO. Irra! Vejam lá de que eu escapei!

CORNUCÓPIA. Varejemos depressa a azeitona, que depois iremos a descansar.

SARAMAGO. Que hei de eu estar ouvindo isto aqui a pé quedo, sem poder fugir daqui! É tormento nunca visto!

MERCÚRIO. Por qual oliveira começaremos?

CORNUCÓPIA. Por esta, que está bem carregada.

SARAMAGO. Basta que eu passei de Saramago a oliveira, e que por meus pecados hei de ser varejado! Mas a mim que se me dá, pois, se sou tronco, hei de ser insensível?

Dão os dois na árvore.

SARAMAGO. Ai, que me derreiam! Ai, que não sou insensível!

CORNUCÓPIA. Dá-lhe com bem força, para cair muita azeitona.

SARAMAGO. Ainda pode ser com mais força?! Ai, que me derreiam!

MERCÚRIO. Dá-lhe dessoutra banda, que eu lhe darei de cá.

SARAMAGO. Ai, senhores, que morro ao cair da folha, como tísico!

MERCÚRIO. Não ouves umas vozes, como de quem se lamenta?

CORNUCÓPIA. É verdade! Vamos ver quem é; anda, Saramago. *(Vão-se.)*

SARAMAGO. Vão-se cos diabos, que me puseram a ver jurar testemunhas! A isto é que eu chamo dar um bom varejo; pelo menos, já me posso desvanecer, que sou um moço bem sacudido.

Sai Júpiter com um punhal na mão.

JÚPITER. Depois que Anfitrião zeloso se apartou de Alcmena, a não pude ver mais. Ai, querida Alcmena, quem pudera lograr as tuas delícias sem rebuços, e transformações, pois, ao mesmo tempo que logro os teus favores, me escandaliza a tua isenção! E para que o saiba o céu e a terra, o esculpirei nos troncos; para que em um e outro globo viva imortal a minha fineza. Seja, pois, este tronco, por ser o primeiro que encontro, o mais venturoso, que conserve em si esculpido o nome de Alcmena.

SARAMAGO. Que diabo quererá fazer Anfitrião, que se vem chegando para mim com uma faca de mato? Resta-me que queira cortar-me algum esgalho.

JÚPITER. Árvore feliz, conservarás em teu tronco o nome de Alcmena, apesar das injúrias do tempo.

SARAMAGO. Este, sim, que busca o tronco e não é como os outros, que andaram pela rama.

JÚPITER. Desta sorte quero escrever o nome de Alcmena neste tronco, para eterno padrão da minha fineza.

Escreve Júpiter em Saramago, isto é, no tronco da mesma árvore em que está transformado, a seguinte

DÉCIMA
Deste tronco na dureza
teu nome, Alcmena, estampado
eternize o meu cuidado
por troféu dessa beleza.
Viverás, árvore, ilesa
do tempo ao fero rigor,
sempre em perene verdor,
por que cresçam em vivas chamas
nas flores de tuas ramas
os frutos do meu amor.

SARAMAGO. Ai, que me rasga as coxas e as pernas! Lá vai a veia artéria cos diabos!

JÚPITER. Mas que vejo! O tronco destila sangue? É caso nunca visto!

SARAMAGO. É para que vejam os senhores poetas que o escrever uma décima custa gotas de sangue.

JÚPITER. Não sei a que atribua isto!

SARAMAGO. Ah, senhor Anfitrião, tome-me o sangue, que me estou vazando como um cesto roto; olhe que lho peço com lágrimas de sangue destiladas das fontes das minhas pernas.

JÚPITER. Este é Saramago, que está convertido em árvore. Quem transformaria este miserável? Mas quem havia ser senão Mercúrio, para lhe fazer alguma peça? Pois eu o restituirei à sua antiga forma, sem que ele saiba que lhe faço este benefício, por que não suspeite em mim alguma divindade.

SARAMAGO. Senhor, acuda-me! Olhe que sou Saramago, que estou preso aqui neste tronco.

JÚPITER. Torna-te, homem, à tua antiga forma. *(Vai-se.)*

Desfaz-se a árvore e fica Saramago como dantes.

SARAMAGO. Ora graças a Júpiter, que depois de tanta tormenta fiquei desalvorado. Porém que fiz eu, pobre de mim, para me ver sacudido, varejado e arranhado, sem que me baste ser oliveira para ter comigo a paz? Ora paciência; vamos para dentro a imaginar de que enxerto nasceria esta árvore. A curar-me não irei, porque já vou muito bem sangrado e carregado de pancadas.

Sai Íris.

ÍRIS. Espera! Aonde vás com tanta pressa?
SARAMAGO. Agora é que tu vens, ao atar das feridas?!
ÍRIS. Que te sucedeu?
SARAMAGO. Nada. Apodreceu-me o corpo, de sorte que já tem varejas.
ÍRIS. Pois conta-me o que foi.
SARAMAGO. Tenho pejo de lhe dizer a minha fraqueza, por vida minha. *(À parte.)*
ÍRIS. Como não queres falar, fica-te embora.
SARAMAGO. Espera, que eu to digo. Como o meu amor já por aí anda corrupto, apodreci de muito maduro, de sorte que ando caindo aos pedaços, pois nas tuas vozes me ficam as orelhas, nos teus ouvidos a língua, na tua cara os olhos, nos teus pés o coração, e só no teu desdém estou pelos cabelos, por te não vir a pêlo a minha fineza.
ÍRIS. Não sei se te creia.
SARAMAGO. Eu era de parecer que sim; e, para que me creias o que digo em prosa, o mesmo te direi em verso, porque, graças a Cupido, tanto sei amar em prosa como em verso; e assim escuta, Corriola, este

SONETO
Jogou o amor comigo o toque emboque,
mas no taco não teve um só despique;
nos centos lhe tangi um tal repique,
que os ouvidos tapou ao som do toque.

Na batalha de amor que lhe dei um choque;
no triunfo da fineza pus-lhe um pique.
Vênus, arrenegada, que eu embique,
deu-me por certa dama um bom remoque.

Estendeu-se na banca, como um leque;
no burro se ficou, como um basbaque,
e as tábulas furou do calambeque;

mas deu co ás de copas um tal traque,
que, à chalupa arrombando-se-lhe o beque,
na corriola quis que eu desse o baque.

ÍRIS. À vista desse extremo, não quero ser desagradecida; porém, para que acabe de ver o teu amor, me hás de declarar uma coisa que te quero perguntar.

SARAMAGO. Não sabes que o amor é a chave mestra de todos os peitos? Dize o que queres, que eu... *(Aparece Mercúrio ao bastidor.)* Mas espera! Valha-te o Diabo, maldito fingido Saramago, que sempre me persegues! E por que com a tua falsa aparência não desfaças o bom princípio do meu amor, quero retirar-me, até que te vás. *(À parte.)*

MERCÚRIO. Saramago, tanto que me viu, mudou de cor; parece que gosta de ver-me. *(À parte.)*

ÍRIS. Quero, pois, que me digas.

SARAMAGO. Espera, que para responder-te com mais sossego vou ali fora tirar-me de um cuidado, e já venho.

ÍRIS. Vai depressa.

SARAMAGO. Não tardarei um instante. *(Vai-se.)*

ÍRIS. Verei se descubro o enigma destes dois Anfitriões, para que Juno tenha alívio na sua pena.

Sai Mercúrio na forma de Saramago.

MERCÚRIO. Faço particular gosto em lograr a este tonto Saramago. *(À parte.)*

ÍRIS. Bem disseste, que não tardarias um instante, e depressa vieste.

MERCÚRIO. Para obedecer-te tenho asas nos pés, como Mercúrio.

ÍRIS. Já vou crendo que és verdadeiro amante; e, para acabar de o conhecer, quero que me digas se sabes qual destes é o verdadeiro Anfitrião, que tu o hás de saber melhor que ninguém.

MERCÚRIO. Agora encravarei mais a Anfitrião. *(À parte.)* Prometes tu não dizer nada do que eu te disser? Olha que isto é matéria de grande peso!

ÍRIS. Fia de mim, que ninguém o saberá.

MERCÚRIO. Como tu já sabes que um dos Anfitriões não é verdadeiro, a este fingido só eu o conheço e só de mim fia, e só mostrando-to com o dedo o poderás conhecer.

Sai Saramago ao bastidor.

SARAMAGO. Ainda lá está o maldito, e Corriola cuida que sou eu! Ora esperemos que se vá.

ÍRIS. E quem é este tal fingido?

MERCÚRIO. O que te posso dizer é que é homem nobre e de grande esfera[86].

ÍRIS. Ora vem mostrar-mo, meu Saramago do meu coração.

SARAMAGO. Oh, quem pudera responder-te! *(À parte.)*

MERCÚRIO. Vamos e verás. *(Vai-se.)*

ÍRIS. E que boa nova levarei a Juno! *(Vai-se.)*

SARAMAGO. Espera, Corriola, que não sou eu o que te leva! Ah, cão de mim, que fui tão basbaque, que te deixei exposta à inclemência desse tirano, que se aproveita do meu suor; mas, ainda que eu sue o farrapo, ela não há de ser sua. Peguem nesse magano! À que de el-rei, ladrões!

CENA V
Jardim, onde haverá uma fonte e ao pé desta
um assento, e sai Alcmena.

ALCMENA. Aonde achará alívio uma desgraçada, pois em qualquer lugar encontro um cadafalso, cada tronco se me representa uma morte; cada planta um verdugo, e cada flor um martírio? Esta funesta fantasia vive tão ocupada de tristes idéias, que sem saber quem me ofende, em tudo o que vejo acho uma vingança; em tudo o que encontro, se me erige um suplício! Ai, Anfitrião,

---

86. *Esfera*, poder, influência.

quem te pudera mostrar a minha inocência, para que achasse alívio este aflito coração que, tímido, até as sombras o assombram e sobressaltam!

Canta Alcmena a seguinte

ÁRIA
A tímida corça,
que pávida teme
da rama, que treme
no bosque agitada
do vento veloz,
assim eu, aflita,
sem causa assustada,
me sinto ultrajada
de um mal tão atroz.

*Depois que Alcmena canta, assenta-se ao pé da fonte
e sai Júpiter com espada na mão.*

JÚPITER. Já não há tronco onde não se veja esculpido o nome de Alcmena e não é justo que eles só tenham essa glória. Mereça também o mármore daquela fonte conservar em sua dureza o feliz nome de Alcmena, que nela viverá mais perpétua a sua memória e o meu amor. Mas que vejo! Aquela é Alcmena que na mesma fonte reclinada entregou as potências ao império de Morfeu. Dorme, Alcmena, que, se tu amaras como eu, nunca dormiras, nem dormindo descansaras.

*Saem Anfitrião por um lado e Tirésias por outro, com espadas nas mãos,
e Júpiter se retirará para junto de Alcmena.*

TIRÉSIAS. Bem dizem que o amor é um inferno; pois de um abismo me conduz a outro abismo; porque hoje há de morrer Alcmena inocente, pelo delito de amor.

ANFITRIÃO. Oh, que impiedade! Que hajam de afrontar ao esposo as leviandades da esposa! Pois morra Alcmena, já que assim o quer o mundo e os meus zelos.

JÚPITER. Quanto mais a vejo, mais me assombra a sua beleza, pois, hidrópicos[87], os meus olhos não se fartam de ver, por mais que vejam tão rara formosura.

TIRÉSIAS. Aquela é Alcmena, que está dormindo. Ai, infeliz beleza, que desse sono passarás a outro mais profundo!

ANFITRIÃO. Mas que vejo! Ali está Alcmena junto daquela fonte! Ai, desgraçada formosura, que nem todas essas águas apagarão as chamas do meu ciúme!

Alcmena sonhando.

ALCMENA. Esposo Anfitrião, não manches tão generosa espada no sangue de uma inocente.

JÚPITER. Alcmena está falando em sonhos e parece está aflita com alguma funesta fantasia; quero acordá-la.

ANFITRIÃO E TIRÉSIAS. Morre, infeliz Alcmena.

Ambos fazem ação de a matar.

JÚPITER. Alcmena, acorda. Porém, que vejo!

ALCMENA. Anfitrião... suspende... pois... Mas, ai de mim, que vejo? Todos três com espadas vindes a matar-me? Que é isto, senhores?

TIRÉSIAS. Frustrou-se o meu intento. *(À parte.)* Mas que vejo? Dois Anfitriões ao mesmo tempo?!

ANFITRIÃO. Que é isto, traidor? Também vinhas matar a Alcmena, para com esta ação mostrares ao mundo que és o verdadeiro Anfitrião no brio com que vingas o teu ciúme?

JÚPITER. E tu, fementido, com o mesmo dissímulo[88] que de mim imaginas, vens a ser cúmplice de uma morte, querendo com um delito salvar outro delito?

ALCMENA. Senhores, que suspensão é esta? Que delito cometi eu, para tanta vingança? E, se cometi algum, como todos quereis ser parte no meu castigo?

TIRÉSIAS. Eu, Alcmena, não vim a ofender-te; mas sim a estorvar a tua desgraça conjurada contra ti, por aviso que dela tive; e, como supremo ministro desta República, me era lícita esta ação.

---

87. *Hidrópicos*, cheios de água.
88. *Dissímulo*, o mesmo que dissimulação.

Júpiter. Nem eu, Alcmena, vinha a matar-te, que bem sei a tua inocência; mas sim a este traidor, que mo disseram estava neste jardim para ofender-te.

Anfitrião. Pois confesso que não só vinha matar a Alcmena, mas também a este tirano usurpador da minha honra; pois com simulada forma e fantástica aparência me roubou com a honra a esposa, fingindo ser o verdadeiro Anfitrião; e assim, por mais que mo impeças, hei de executar a minha vingança, matando a ambos. *(Brigam os dois.)*

Tirésias. Assim se atropela o meu respeito? Suspendei as armas.

Alcmena. Ai de mim! Não há quem estorve esta desgraça?

Anfitrião. Hoje serás vítima de minhas iras.

Júpiter. E tu sacrifício de minha vingança.

Alcmena. Não há quem acuda? Olá? Olá?

Saem Mercúrio na forma de Saramago, Polidaz, Juno, Cornucópia, Íris e um Soldado, e irão falando o que se segue.

Juno. Ai de mim, que se não logrou o meu intento!

Mercúrio. Sempre disse que isto havia suceder.

Íris. Agora se saberá este enigma.

Cornucópia. Ai, senhora, fujamos depressa, antes que nos matem.

Polidaz. Suspendei os impulsos! Mas como é isto? Dois Anfitriões?! Quem viu caso mais extraordinário? Tirésias, que sucesso tão estranho é este?

Tirésias. Polidaz, também eu estou na mesma dúvida e com a mesma admiração; porém, com averiguar este caso saberemos o que é isto.

Alcmena. Tirésias, é justa essa averiguação, para que se saiba a minha inocência; e assim principiarei eu a dizer: Bem sabeis que sou casada com Anfitrião.

Júpiter. Não te canses, que eu o direi em duas palavras: Tirésias, vim da guerra dos telebanos; triunfei, como sabeis; e, quando cuidei lograr nos braços de Alcmena os frutos da paz, veio este fementido introduzir-se também em casa, tomando a minha forma por alguma arte mágica, sem dúvida para fazer os distúrbios que tendes visto.

Anfitrião. Tudo isso é engano, Tirésias; pois o verdadeiro Anfitrião sou eu; e, como a verdade não necessita de prova, a mesma verdade seja a que me defenda.

Tirésias. Esperai! Vamos por partes: Alcmena, qual destes é o teu esposo?

Alcmena. Eles são tão parecidos, que confesso os não sei distinguir.

TIRÉSIAS. Cornucópia, qual destes é o teu amo?

CORNUCÓPIA. Eu, senhor, sou pouco filósofa, para fazer distinções; mas, se me pergunta pela verdade, digo que ambos são meus amos; porque eu sou muito cortês.

TIRÉSIAS. Diga o criado agora.

ÍRIS. Agora, Saramago, é boa ocasião de mostrares qual é o fingido.

MERCÚRIO. Quem duvida que este é o verdadeiro Anfitrião *(para Júpiter)* e aquele o fingido? *(Aponta para Anfitrião.)*

JÚPITER. Bom foi ter aqui Mercúrio da minha parte. *(À parte.)*

ANFITRIÃO. Que dizes, Saramago? Não sabes que sou teu amo Anfitrião? Não me conheces? Dize, velhaco!

MERCÚRIO. Senhor, não tem que se cansar, que eu hei de dizer a verdade, mas que seja contra mim. Senhores, saberão vossas mercês que essoutro Anfitrião, que aí está, quando viemos da guerra me disse que ele por lograr os agrados da senhora Alcmena, de quem vivia cheio de amor até os olhos, fora ter com um nigromântico, e este lhe untara o rosto com certo óleo *serpentorum*, para se parecer com o senhor Anfitrião; e para melhor fazer o seu papel, me pediu que eu o apoiasse, dizendo que ele era o verdadeiro Anfitrião, para o que também me untou as mãos com uma bolsa cheia de dinheiro; e eu, como sou amigo destas bagatelas, o introduzi com a senhora Alcmena de pés e cabeça; e assim, pois confesso a verdade, peço que me perdoem este delito.

JUNO. Vejam a traça por onde Júpiter se quis introduzir! *(À parte.)*

ÍRIS. Se não é Saramago, nada se sabe. *(À parte.)*

ANFITRIÃO. Que é o que dizes, embusteiro? Estás fora de ti?

TIRÉSIAS. Basta, basta; já está descoberto o enigma.

ANFITRIÃO. Tirésias, adverti que este criado mente, porque eu...

TIRÉSIAS. Não tens que dizer mais.

ALCMENA. E, pois a minha inocência se patenteia, peço-vos, Tirésias, que castigueis a insolência desse traidor.

ANFITRIÃO. Como, tirana, se o verdadeiro Anfitrião sou eu?

JÚPITER. Quereis ver a verdade mais claramente provada? Esperai; dizei-me: Quando viestes da guerra, entrastes no senado com pompa triunfal?

ANFITRIÃO. Confesso que não, porque, quando vim de casa, não achei a Polidaz, que tinha ficado esperando por mim.

POLIDAZ. Isso é falsíssimo, pois Anfitrião veio de casa e achou-me no mesmo lugar onde fiquei esperando por ele, e ambos fomos ao triunfo.

TIRÉSIAS. Eu sou testemunha, que laureei a Anfitrião no senado.

JÚPITER. Pois, se ele confessa que não foi ao triunfo e vós outros também vistes que entrei triunfante no Senado aonde me laureastes, claro está que o verdadeiro Anfitrião sou eu, e este o fingido.

ANFITRIÃO. Oh, Júpiter soberano! Quem se viu em maior labirinto?

MERCÚRIO. Chama por Júpiter, que ele muito bem te acudirá! *(À parte.)*

CORNUCÓPIA. Ah, senhores! Se se não castiga este desaforo, daqui amanhã nos havemos ver inçadas de Anfitriões, como de percevejos.

Sai Saramago.

SARAMAGO. Venho avisar a Alcmena do que ouvi escondido entre as ramas. Porém cá está muita gente. *(À parte.)*

MERCÚRIO. Saramago aí vem! Pois vou-me, que assim me convém. *(Vai-se.)*

ALCMENA. Tirésias, que suspensão é esta? Por que não castigais a este traidor, a este fingido?

TIRÉSIAS. Agora o verás. Tu, Polidaz, leva a este fingido Anfitrião para o cárcere, de donde será levado para o suplício; pois legalmente se acha provada a sua culpa.

ANFITRIÃO. Que é o que dizes, Tirésias? Como castigas ao inocente, e deixas ir livre ao culpado?

SARAMAGO. Ai, que parece que vai o Diabo em casa do alfacinha!

TIRÉSIAS. Não tendes que replicar; levem-no!

ANFITRIÃO. Tende mão, porque eu não sou quem cuidais!

TIRÉSIAS. Isso sei eu muito bem.

JUNO. Sem dúvida, Anfitrião é o que vai preso, e Júpiter é o que fica livre! Pois não há de ser assim! Tirésias, adverte que também Alcmena merece castigo, pois ela diversas ocasiões tratou a ambos como a esposos; e assim é certo que ofendeu a seu marido verdadeiro; que, segundo as leis, também deve morrer.

ALCMENA. Que é isso, Felizarda? Tu és contra mim?! Assim pagas a hospedagem que te dei?!

TIRÉSIAS. Bem entendo a Flérida. *(À parte.)*

SARAMAGO. Vejam se lha pregou de maço e mona[89]. *(À parte.)*
TIRÉSIAS. Tem razão Felizarda no que diz. Vem, Alcmena, comigo, para seres sacrifício no templo de Júpiter.
ALCMENA. Tirésias, que dizes? Eu hei de pagar o engano alheio?
TIRÉSIAS. Se o teu delito está provado, não há mais remédio que morrer.
ALCMENA. Como o ânimo distingue os malefícios, não mereço morrer; pois no meu ânimo sempre tive por esposo aquele que me parecia com tanta realidade verdadeiro.
TIRÉSIAS. Dos ânimos e afetos interiores, só os deuses supremos são os juízes; que nós, os ministros da terra, sentenciamos pelo que vemos exteriormente. E, pois, não negas que admitiste a dois Anfitriões, sempre violaste a pureza do tálamo; e assim anda comigo.
JUNO. Bem haja Tirésias, que assim me vingo. *(À parte.)*
JÚPITER. Deste delito só pertence ao esposo a sua acusação; e, não a acusando eu, porque estou certo que com malícia não violou o tálamo, logo não podeis castigá-la, quando eu não a acuso.
TIRÉSIAS. Não só é o esposo o ofendido, mas também a República, a quem incumbe castigar os delitos para emenda de outros e conservação da virtude, na qual consiste toda a justiça.
ALCMENA. Esposo, defende a minha inocência, pois tu bem sabes...
JÚPITER. Alcmena, contra um empenhado nada vale; e, pois Tirésias assim o quer, não recuses ir ao sacrifício de Júpiter. Vai sem susto, que Júpiter te defenderá. *(Vai-se.)*
ANFITRIÃO. Já, tirana, irei a morrer mais consolado, vendo que tu também não ficas sem castigo.
ALCMENA. Por ti, fementido traidor, vou a morrer sem culpa.
ANFITRIÃO. Por ti, sem delito, vou a penar, cruel Alcmena!
CORNUCÓPIA. Eu estou capaz de me dar um acidente de verdade. *(À parte.)*
SARAMAGO. Eu estou com o coração *tafe, tafe*, vendo isto no que pára. *(À parte.)*
POLIDAZ. Vamos, vamos! *(Para Anfitrião.)*
TIRÉSIAS. Alcmena, vem!
ALCMENA. Justos deuses, por que não vos compadeceis de mim, que sou uma inocente?

---

89. *Se lha pregou de maço e mona*, ou seja, enganou-a completamente.

ANFITRIÃO. Deuses justos ou injustos, por que consentis tão bárbara injustiça?

TIRÉSIAS E POLIDAZ. Anda, vamos. *(Cada um para o seu.)*

ANFITRIÃO. Ó Júpiter, compadece-te de minha inocência!

TIRÉSIAS. E vós, soldados, levai também Saramago para a enxovia, bem carregado de ferros, pois foi quem introduziu o fingido Anfitrião em casa de Alcmena. *(Vai-se.)*

SARAMAGO. Espere, senhor Tirícia! Que é o que diz?

SOLDADO. Ande; ande, senhor Saramago.

SARAMAGO. Vossa mercê me não há de ensinar a andar; que, quando vossa mercê nasceu, já eu engatinhava.

SOLDADO. Vamos para a cadeia, que assim o manda o senhor general.

SARAMAGO. Não se canse, que eu não vou, sem saber primeiro o porquê vou preso.

ÍRIS. Não vi sentença mais bem dada. *(À parte.)*

SOLDADO. Venha, que lá lho dirão muito bem dito.

SARAMAGO. Cornucópia, tu não sabes por que me prendem?

CORNUCÓPIA. Por culpa da tua língua! Quem te mandou ser falador?

SARAMAGO. Nunca eu tive a língua mais presa do que agora, que vou preso pela soltura da língua, como dizes.

SOLDADO. Vamos depressa, que já lá vão os outros.

SARAMAGO. Pois, senhor, hei de ir preso assim, sem mais nem mais?

CORNUCÓPIA. Anda, vai-te, que agora pagarás os fingimentos que tens feito, e talvez que também por isso vás preso.

SARAMAGO. Não! Se eu por isso vou preso, logo me soltarão; porque eu sou o verdadeiro Saramago, se não me engano.

SOLDADO. Ande já, cos diabos!

SARAMAGO. Sim, senhor, eu vou com os diabos, pois vou com vossa mercê; mas, antes que vá, deixe-me dar um abraço a minha mulher.

CORNUCÓPIA. Vai-te daí, que eu não sou tua mulher, fingido, embusteiro! E não sabes quanto folgo e quanto me alegro de ver-me vingada de ti. *(Vai-se.)*

SARAMAGO. Vai-te, mofina! Ó minha Corriola, se te mereço alguma coisa, peço-te que rogues a estes senhores que me não levem preso assim a sangue-frio, ou que me digam o porquê vou preso, que eu não o sei.

SOLDADO. Você não ouviu dizer que ia preso por introduzir o fingido Anfitrião em casa de Alcmena? Pois Tirésias bem claro falou.

Íris. Ah! Uma vez que é por isso, eu pedirei.

Saramago. Ora pede, pede, ainda que finjas duas lágrimas.

Íris. Senhor soldado, assim Deus o faça cabo-de-esquadra, lhe peço, com lágrimas de sangue nascidas do meu coração.

Soldado. Diga, senhora, o que quer.

Saramago. Isso, isso, Corriola! Pede nesse tom, que abrandarás uma pedra.

Íris. Peço, senhor soldado, que a este pobre Saramago o levem muito bem preso e atracado, para que não fuja.

Soldado. Isso farei eu, por te dar gosto.

Saramago. Ah, senhor soldado, olhe que ela o que pede é que me solte.

Soldado. Vossa mercê não diz que o leve preso?

Íris. Sim, senhor; ainda que vá a arrastões!

Saramago. Ó Corriola, isso te mereceu o meu amor?

Íris. Sim, patife, alcoviteiro; para castigo da tua insolência.

Saramago. À que de el-rei! Senhores, que fiz eu? A todos tomo por testemunha, como eu nesta história não fui alcoviteiro de ninguém.

Íris. Levem-no depressa.

Saramago. Ah, cruel, falsa, inimiga, fraudulenta! Assim pagas o extremo com que te adoro?

Íris. Vai, vai!

Saramago. Se é tua vontade que eu vá, eu irei; mas não quero que vás mal comigo. Anda cá, Corriola, que, ainda que tu me desdenhas, eu não posso deixar de te querer, para o que te rogo me dês um abraço; olha que to peço com o choro canoro de minha voz.

Cantam Saramago e Íris a seguinte

ÁRIA

Saramago. Adeus, minha Corriola;
    dá-me agora um só abraço,
    que eu vou para o cagarrão.

Íris. Vai-te embora, Saramago,
    que um abraço e um baraço
    na moxinga[90] te darão.

---

90 . *Moxinga*, cárcere.

SARAMAGO. Tu te alegras?
ÍRIS. Por que não?
SARAMAGO. Tu não choras?
ÍRIS. Para quê?
   Deixa dar-me bem risadas.
SARAMAGO. Tu a rir, eu a chorar.
AMBOS. Se Deus ainda me der vida,
   Infiel, falso(a), homicida,
   outro abraço te hei de dar. *(Vão-se.)*

CENA VI[91]
*Cárcere, onde estarão três presos, e sai Saramago
com correntes e dizem dentro o seguinte.*

DENTRO. Lá vai mais esse hóspede; agasalhem-no bem.

SARAMAGO. Quanto hoje, graças a Deus, não dormiremos na rua. Mas, ai de mim, Saramago! Onde estou eu? Oh, quem me dissera que, escapando de uma oliveira, viesse a parar em um limoeiro[92]!

PRIMEIRO PRESO. Senhor camarada, estamos obrigados a agasalhá-lo bem.

SEGUNDO PRESO. Ande para cá, sô amigo.

SARAMAGO. Como hei de andar, se a minha desgraça tem lançado ferro no mar de meu corpo? Ah, senhores meus, vejam se me podem tirar estes ferros, que tão aferrados estão; e, por mais que os sacuda de mim, cada vez estão mais ferrenhos comigo.

PRIMEIRO PRESO. Também isso não é pelo que eu fiz! Por que te prenderam?

SARAMAGO. Por nada.

PRIMEIRO PRESO. Por nada?! Já se vê que é por ladrão.

SEGUNDO PRESO. Fora, ladrão!

SARAMAGO. Não me ladrem, que me não hão de morder nessa matéria.

PRIMEIRO PRESO. Isso não nos importa; o que queremos é que nos pague a patente[93].

---

91. "Curiosa cena em que António José da Silva manifesta reminiscências do que nos cárceres inquisitoriais observara e sofrera." Nota de José Pereira Tavares.
92. *Limoeiro*. Faz trocadilho entre a árvore limoeiro e o presídio de mesmo nome em Lisboa.
93. *Patente*. Aqui significa a contribuição paga pelos que entram para uma sociedade, em benefício dos sócios mais antigos.

SARAMAGO. Bem patente estou eu nesta prisão.

PRIMEIRO PRESO. Andar; logo a pagará, ainda que não queira; vamos primeiro cá baixo para lhe fazerem o assento.

SARAMAGO. Escuso que me façam o assento, que isso tenho eu feito há muito tempo.

PRIMEIRO PRESO. Quem te fez o assento, se ainda agora entraste?

SARAMAGO. Desde que nasci, tenho o assento feito.

PRIMEIRO PRESO. Para que mentes? Aonde te fizeram o assento?

SARAMAGO. Aqui. Vossas mercês não o vêem? *(Aponta para trás.)*

SEGUNDO PRESO. É bem desaforado o magano!

PRIMEIRO PRESO. Já que esse é o assento, nós lho faremos mais bem feito com quatro bate-cus.

SEGUNDO PRESO. Isso é; suba à polé[94] e de lá nos pagará a patente também; olhe para ela bem.

SARAMAGO. Irra! Agora isso é mais comprido. Senhores meus, por vida minha, que eu não nego o patente, que o patente é coisa que se não pode esconder.

PRIMEIRO PRESO. É para que também não fale com tanta liberdade.

SARAMAGO. Que liberdades pode falar quem a não tem?

PRIMEIRO PRESO. Ande para ali, magano, para que saiba falar bem aos presos veteranos.

SEGUNDO PRESO. Olá de cima, deita a corda; atemo-lo bem! Iça acima! *(Atam-no e sobem-no.)*

SARAMAGO. À que de el-rei, senhores etc... Ora nunca cuidei, que me visse nestas alturas!

AMBOS OS PRESOS. Venha abaixo. *(Largam-no.)*

DENTRO. Lá vai outro preso.

Sai Anfitrião.

SARAMAGO. Ainda bem! Quanto folgo!

PRIMEIRO PRESO. Aqui não temos que fazer, que este parece ser homem nobre.

SEGUNDO PRESO. Pois vamos para os nossos camarotes. *(Vão-se.)*

---

94 . A *polé*, juntamente com o *potro*, eram os principais instrumentos de tortura utilizados pela Inquisição.

SARAMAGO. Este agora me pagará a patente. Meus pecados, que é o senhor Anfitrião!

Canta Anfitrião a seguinte

ÁRIA E RECITADO
Sorte tirana, estrela rigorosa,
que maligna influis com luz opaca
rigor tão fero contra um inocente!
Que delito fiz eu, para que sinta
o peso desta aspérrima cadeia
nos horrores de um cárcere penoso,
em cuja triste, lôbrega morada
habita a confusão e o susto mora?
Mas, se acaso, tirana, estrela ímpia,
é culpa o não ter culpa, eu culpa tenho;
mas, se a culpa que tenho não é culpa,
para que me usurpais com impiedade
o crédito, a esposa e a liberdade?

ÁRIA
Oh que tormento bárbaro
Dentro no peito sinto!
A esposa me desdenha;
a pátria me despenha;
e até o céu parece
que não se compadece
de um mísero penar.
Mas, ó deuses, se sois deuses,
como assim tiranamente
a este mísero inocente
chegais hoje a castigar?

SARAMAGO. Também vossa mercê cá está?! Ora console-se comigo, que "solatium est miseris socios habere Saramagos[95]".

---

95. *Solatium est miseris socios habere Saramagos*, ou "para os desgraçados serve de consolação o terem Saramagos por companheiros".

ANFITRIÃO. Ainda aqui me apareces, infame inimigo? E, pois que por tua culpa me vejo nesta prisão, aqui ficarás sepultado, sendo despojo da minha cólera. *(Dá-lhe.)*

SARAMAGO. Senhor, suspenda o impulso desse pulso; não bata tão furioso; deixe ao menos que por um pouco tenha suas intercadências. Não basta o estar eu carregado de ferros, mas também de pancadas?!

ANFITRIÃO. Tu, traidor, me puseste neste estado.

SARAMAGO. Senhor, explique-se, que eu estou tão inocente como quando nasci da barriga de minha mãe.

ANFITRIÃO. Velhaco, sempre eu disse que tu eras o que maquinavas este enredo. Tu foste o que deste a jóia que eu mandava para Alcmena e o que introduziste em casa outro Anfitrião fingido, como tu mesmo confessaste; e não bastava tudo isto, mas ainda ires dizer a Tirésias que eu era o Anfitrião fingido, por cujo motivo aqui estou preso. Que dizes agora? É isto bem feito?

SARAMAGO. Antes que lhe responda, diga-me vossa mercê: isto aqui é cadeia, ou casa dos doidos?

ANFITRIÃO. Por que perguntas isso?

SARAMAGO. Porque entendo em minha consciência que meteram a vossa mercê aqui por doido confirmado.

ANFITRIÃO. Se tu me fazes doido, por que o não hei de estar?

SARAMAGO. Os diabos me levem, se eu falei com Tirésias em matéria tão peçonhenta, senhor Anfitrião!

ANFITRIÃO. Queres agora negar o que eu presenciei? E por sinal disseste que eu tinha untado o rosto com o óleo de um mágico, para me parecer com Anfitrião e que te dera uma bolsa de moedas, para tu me introduzires na própria casa de Alcmena.

SARAMAGO. Quem compra e mente, na bolsa o sente! Eu duas vezes o tenho sentido, uma na bolsa, porque a não tenho, outra no corpo, porque tem sido um armazém de pancadas, e agora o vejo já uma loja de ferros, como vossa mercê bem vê. Como se eu todo fora pé de burro, para que todo me cubra uma grande ferradura!

ANFITRIÃO. Não me desesperes mais. Dize-me só com que motivo ou para que fim me levantaste este grande testemunho.

SARAMAGO. Senhor, um testemunho não é coisa tão leve, que eu o pudesse levantar; veja vossa mercê não dissesse isso o outro Saramago!

ANFITRIÃO. Como pode ser isso, se nesse mesmo instante que o disseste, logo te prenderam, sem que ali viesse nem estivesse outro Saramago, senão tu?

SARAMAGO. Pois a mim, por que me prenderam? Diga-me vossa mercê, que eu ainda não o sei.

ANFITRIÃO. Por dizeres que me deste entrada em casa de Alcmena; e assim vieste a ter a mesma pena daquele que se fingiu Anfitrião, que dizem era eu; porque tanto peca o ladrão, como o consentidor.

SARAMAGO. Eu estou para perder o juízo! Basta que por isso estou preso?

ANFITRIÃO. O preso é o menos; o pior que o caso é de morte para ambos.

SARAMAGO. Oh, desgraçado Saramago! Quanto melhor te fora seres sempre oliveira verde, que enfim estavas só em um pau, que não agora vir a morrer em três[96]! É possível que sem culpa nos metam aqui e nos queiram matar a ferro frio? *(Grita.)*

ANFITRIÃO. Cala-te; não grites!

SARAMAGO. Deixe-me gritar, senhor; não vê que estou doido?

ANFITRIÃO. Já que os fados assim o querem, levemos isto com paciência.

SARAMAGO. Onde está a paciência, para nos ajudar a levar isto?

ANFITRIÃO. Espera, Saramago; não sentes bulir na porta?

SARAMAGO. Sim, senhor. Ai de mim, que é o carrasco! Fujamos, senhor; fujamos!

ANFITRIÃO. Vês que já abriram a porta?

SARAMAGO. Pois abramos a sepultura.

Sai Juno com um véu pelo rosto.

ANFITRIÃO. Quem será esta mulher, Saramago?

SARAMAGO. Quem será? Tem bem que ver: é a mulher do carrasco, que vem fazer as vezes do marido.

JUNO. Anfitrião, vinde para fora comigo e mais esse criado.

SARAMAGO. Não o disse eu? Estamos bem aviados!

ANFITRIÃO. Senhora, antes que vos obedeça, desejara saber para que fim nos quereis levar daqui.

SARAMAGO. Tem bem que saber; é para nos torcer o pescoço.

JUNO. Compadecida da vossa inocência, vos venho livrar desta prisão, para o que tenho comprado os guardas e tudo está pronto; pois não é razão

---

96. *Morrer em três paus*, alusão à forca. Nota de Victor Jabouille e Ana de Seabra.

que, sendo vós o verdadeiro Anfitrião, padeçais, sendo inocente, ficando sem castigo o outro fingido.

Anfitrião. Senhora, para uma obrigação tão grande, qualquer rendimento é diminuto; e assim, para que algum dia vos pague tanto benefício, estimara saber a quem devo a vida e a liberdade.

Juno. Algum dia o sabereis.

Saramago. E, ainda que o não saiba, não importa. Saiamos nós daqui, ainda que seja por arte do demônio ou pela arte de berliques, berloques.

Juno. Vamos.

Saramago. Senhora, e quem nos há de tirar estas cadeias, com quem não estamos muito correntes?

Juno. Andai, que para tudo há remédio.

Anfitrião. Ingrata Tebas, estes foram os prêmios que só de ti recebi!

Juno. Ingrato Júpiter, assim se sabe vingar a deusa Juno de ti.

Saramago. Ingrata Cornucópia, agora eu bem me rirei de ti! *(Vão-se.)*

CENA VII
Templo de Júpiter, e irão saindo todas as figuras conforme vão falando.

Tirésias. Anda, infelice Alcmena, a pagar com a vida o delito de tua fragilidade nas aras do supremo Júpiter. Ai, amor cego, que cego me arrasta a tua grande cegueira! *(À parte.)*

Alcmena. Que é o que ouço? É possível que ainda tenho vida, havendo de perdê-la sem culpa, sem ofensa e sem delito?

Cornucópia. Ai, minha senhora Alcmena, quem dissera ao senhor seu pai que para isto a criava!

Polidaz. Horror me causa tão funesto espetáculo!

Júpiter. Mercúrio, é tempo de desfazer o enigma, pois isto chegou ao último ponto.

Mercúrio. Digo, Júpiter, que isso havias ter feito há mais tempo e escusaria Alcmena de passar este susto.

Juno. Tirésias, acabemos com isto, para que acabe a minha vingança e comece a ter posse a tua esperança. *(À parte.)*

Alcmena. Ah, cruel Felizarda, não te bastou conduzir-me ao suplício, mas ainda vens gloriar-te de ver o meu estrago e a minha morte?

JUNO. Não quero responder. *(À parte.)*
ÍRIS. Já estás vingada.
ALCMENA. E tu, cruel, se não podes remediar a minha pena, para que vens ser testemunha de minha mágoa? *(Para Júpiter.)*
JÚPITER. Porque me não posso apartar de ti, até que a morte te separe de mim.
TIRÉSIAS. Alcmena, como o juiz é somente um mero executor da lei, por isso não estranhes.

Com ruído sairão Anfitrião e Saramago.

ANFITRIÃO. Que omissão é esta? Ainda está esta tirana inimiga por castigar?! Se porventura falta quem execute a sentença, aqui estou eu que vingarei a injúria da lei e a minha injúria.
SARAMAGO. Isso é fazer de uma via dois mandados.
TIRÉSIAS. Que é isto? Como te atreves, em ludíbrio da justiça, aparecer aqui, estando tu duas vezes criminoso, uma por impostor e falsário e outra por fugir da prisão?
ANFITRIÃO. Porque quis testemunhar o estrago desta traidora, para suavizar com este desafogo a tirania com que me quereis tirar a vida; e, se eu por um delito imaginário hei de padecer, que importa que me constitua réu da fuga do cárcere?
SARAMAGO. Essa é a verdade; preso por mil, preso por mil e quinhentos!
POLIDAZ. Também o criado aqui está?! Com que atrevimento fugiste?
SARAMAGO. Porque mais vale uma hora solto, que toda a vida preso.
CORNUCÓPIA. Ainda escapou o maldito?
ALCMENA. Para ser mais penosa a minha morte, ainda faltava ver a causa de minha infelicidade.
MERCÚRIO. Senhor, que determinas?
JÚPITER. Logo verás, Mercúrio.
JUNO. Tirésias, em que nos dilatamos?
TIRÉSIAS. Certamente me horroriza castigar uma inocente. Alcmena, é chegada a ocasião de que sejas vítima humana nas aras de Júpiter.
ALCMENA. Tirésias, adverti que os deuses não permitem nem as leis ordenam que sem culpa morra uma inocente; e, pois entre os homens não acho piedade, recorrerei à esfera soberana dos deuses, com suspiros nascidos de um

peito casto e inculpável. Ó Júpiter soberano, como consentis que morra Alcmena sem culpa?

JÚPITER. Tende mão, Tirésias; suspendei o golpe.

TIRÉSIAS. Tu não podes mandar sobre a lei!

JÚPITER. Nem a lei manda que morra uma inocente; porque aquele que julgais ser o fingido Anfitrião é o verdadeiro esposo de Alcmena.

TIRÉSIAS. Logo, tu és o fingido, e como tal morrerás, por incorreres no mesmo delito, e sempre Alcmena fica com a mesma pena.

ANFITRIÃO. Já que se conheceu a verdade, castigue-se esse traidor; e esta aleivosa também.

JÚPITER. Quanto a mim, ninguém me pode castigar.

TIRÉSIAS. Pois quem sois vós, para vos isentardes do rigor da lei?

JÚPITER. Eu vos respondo.

Muda-se de repente a perspectiva do templo e aparece a sala empírea, como no princípio, e esconde-se Júpiter e Mercúrio fingidos, aparecendo os do princípio, e canta Júpiter o seguinte

RECITADO
Sabei que Jove sou onipotente
que, abrasado de amor da bela Alcmena,
vendo ser impossível o alcançá-la,
tomei de Anfitrião a forma humana,
com a qual disfarçado entre vós outros,
este dia passei; e, pois Alcmena
como humana não pode
resistir a um divino impulso ardente,
ficará perdoada, sem que tenha
ofensa nisso Anfitrião valente,
pois desse passatempo que aqui tive
Hércules nascerá, a cujo esforço
rendido cederá todo o Universo,
pagando nesta forma
este engano de amor, esta violência,
em dar-lhe tão divina descendência.

TODOS. Que assombro! Que admiração!

ANFITRIÃO. Oh, mil vezes feliz eu, que tive a fortuna de que o mesmo Júpiter quisesse divinizar o meu venturoso tálamo.

ALCMENA. Passei de um instante do maior mal ao maior bem! Esposo Anfitrião, dá-me os parabéns de tanta felicidade.

ANFITRIÃO. Sejam recíprocos, querida Alcmena; que, quando as tuas ofensas para mim são glórias, que fará quando me não ofendes?

SARAMAGO. Eu sempre ouvi dizer que o senhor Júpiter era um fero tonante.

JUNO. Já agora descansará o meu coração.

CORNUCÓPIA. Ai, que assim estou contente!

TIRÉSIAS. Flérida, bem vês que por mim não esteve o não executar o teu preceito; e assim é tempo de cumprires a tua palavra.

JUNO. Atendei-me primeiro! Alcmena, por que não fique sem fim a minha história, saberás que aquele mancebo muito galhardo e juvenil, morador no monte Olimpo, é Júpiter, que ali vês, e eu a deusa Juno, sua esposa, que, zelosa, vim a tua casa para o apartar de teus braços; e, pois já o consegui, irei para os de meu esposo; com que, Tirésias, sendo eu quem sou, mal poderia cumprir a palavra que vos dei, que foi só a fim de me vingar de Alcmena.

TIRÉSIAS. Dou-me por satisfeito, em saber cumprir vossos desejos.

JÚPITER. Só Juno podia conspirar tão cruelmente contra Alcmena.

SARAMAGO. Sem dúvida a senhora Juno foi a que me converteu em oliveira, e o senhor Júpiter o que me desconverteu.

MERCÚRIO. E para que se saiba tudo, eu sou Mercúrio, que para acompanhar a Júpiter, tomei a forma de Saramago, que já lha restituí fielmente, como bem vistes.

ÍRIS. Pois, se Júpiter, para lograr os favores de Alcmena, se valeu das indústrias de Mercúrio, também Juno, para desvanecer os incêndios de Júpiter, quis que eu, que sou a ninfa Íris, a acompanhasse, para serenar a tempestade dos seus zelos; e, como tenho conseguido este intento, irei a acompanhar outra vez a deusa Juno, como fiel súdita dos seus preceitos.

SARAMAGO. E que caísse eu na corriola de namorar a uma ninfa dos arcos do Rossio celeste! Ora sou um grande asno!

ANFITRIÃO. Tudo o que vejo são assombros!

ALCMENA. Tudo pasmos!

POLIDAZ. Tudo admirações!

CORNUCÓPIA. Ai, venturosa de mim, que tive a Mercúrio em meus braços!

SARAMAGO. Dessa sorte bem podes dar duas figas ao gálico.

JÚPITER. E por que Anfitrião fique de todo satisfeito, coroe-se do laurel glorioso, como valente vencedor dos telebanos, pois eu fui o que por ele triunfei no Senado; e assim ao generoso braço de Anfitrião dai as devidas aclamações, repetindo todos no mesmo triunfante

CORO
O númen supremo
do Olimpo sagrado
suspira abrasado
de um cego furor.
Que pasmo! Que assombro!
Que voe tão alta
a seta do amor!

FIM

Guerras do Alecrim e Manjerona

*Ópera joco-séria, que se representou
no Teatro do Bairro Alto de Lisboa, no Carnaval de 1737.*

※

Guerras do alecrim e manjerona é considerada, com justiça, a obra-prima de Antônio José. Sua atualidade se deve à crítica aos desregramentos dos costumes sociais através da sátira, que funciona como desdobramento especular da realidade social e moral de seu tempo. São cenas memoráveis – já observaram vários críticos –, nas quais o escritor nada fica a dever a Molière. É o caso dos disfarces utilizados pelo criado Semicúpio, na cena em que aparece travestido de mulher, ou naquela em que surge como médico a socorrer d. Tibúrcio, o tio das moças casadouras; ou ainda na que, enganando todas as outras personagens, aparece como "o bacharel *Petrus in cunctis*, juiz de fora daqui, com alçada na vara até o ar". Para isso, Antônio José utiliza uma linguagem maleável, em que sobressai o emprego do trocadilho, do latim macarrônico, do rebuscamento de termos com fim satírico, de expressões aparentemente doutorais, de conceitos sobre a sabedoria popular, fazendo de *Guerras* instrumento de renovação da dicção literária portuguesa da primeira metade do século XVIII. Há um vasto emprego de expressões populares, ditos, frases que são dignas de realce, a confirmar como sua linguagem rompeu as fronteiras entre o erudito e o popular.

A lição que fica de *Guerras do alecrim e manjerona* é a sátira aos costumes sociais. Nada escapa à crítica ferina do humor chistoso de Antônio José: o nobre fanfarrão que busca sair da miséria pelo casamento; o burguês endinheirado que é avarento; o criado esperto que, para sobreviver, precisa roubar; o desregramento dos costumes, com os namorados que entram à noite nos quartos das moças; a sujeira e o perigo da cidade, com a violência dos vadios; a desconfiança na justiça e na medicina.

A ópera *Guerras do alecrim e manjerona*, além de ser a mais representada do repertório de Antônio José, é também a sua peça que teve mais edições. No século XVIII, ainda em vida do Judeu, foi impressa pela primeira vez em 1737, na tipografia de Antônio Isidoro da Fonseca. Mais tarde, em 1770, apareceu outra, sem local, data e nome do autor. No século XIX também se publicaram as *Guerras* em duas ocasiões: uma, que representa a primeira edição brasileira de uma obra do Judeu, estampada na cidade do Rio de Janeiro em 1847, e a outra, impressa em Lisboa em 1888.

No transcorrer do século XX, publicou-se pelo menos uma dezena de edições das *Guerras do alecrim e manjerona*, que mencionamos em nossa bibliografia.

Essa comédia de costumes, sem perder a atualidade e rindo dos poderosos, analisa a falência e a futilidade de certas instituições da época para se transformar no grande espelho do tempo. Daí que, em seu cômico libertador ante a intolerância, *Guerras do alecrim e manjerona* confirma o desvelar da máscara do poder. E, ao problematizar o cotidiano de acordo com o lema do poeta Jean Santeuil, "castigat ridendo mores"[1], revela que seu riso era uma heterodoxia que colocava sob suspeita a ordem social.

---

1. *Castigat ridendo mores* ("rindo corrige os costumes"), frase do poeta neolatino Jean de Santeuil (1630–97), que se tornou lema da comédia.

INTERLOCUTORES

D. *Gilvaz*; *d. Fuas*; *d. Tibúrcio*; *d. Lancerote*, velho; *d. Clóris*, *d. Nise*, sobrinhas de d. Lancerote; *Sevadilha*, graciosa, criada; *Fagundes*, velha, criada; *Semicúpio*, gracioso, criado de d. Gilvaz.

CENAS DA I PARTE
   I – Prado, com casaria no fim.
   II – Câmara.
   III – Praça.
   IV – Gabinete.

CENAS DA II PARTE
   I – Praça.
   II – Sala.
   III – Câmara.
   IV – Praça.
   V – Câmara.
   VI – Jardim.
   VII – Sala.

Parte I

CENA I
Prado, com casaria no fim. Saem d. Clóris, d. Nise e Sevadilha com os rostos cobertos; e d. Fuas, d. Gilvaz e Semicúpio, seguindo-as.

D. GILVAZ. Diana destes bosques, cessem os acelerados desvios desse rigor, pois, quando rêmora[2] me suspendeis, sois ímã que me atraís. *(Para d. Clóris.)*

D. FUAS. Flora destes prados, suspendei a fatigada porfia de vosso desdém, que essa discorde fuga com que me desenganais é harmoniosa atração de meus carinhos; pois nos passos desses retiros forma compassos o meu amor. *(Para D. NISE.)*

SEMICÚPIO. E tu, que vens atrás, serás a Siringa[3] destas brenhas; e, para o seres com mais propriedade, deixa-te ficar mais atrás, pois apesar dos esguichos de teu rigor, hei de ser conglutinado rabo-leva[4] das tuas costas. *(Para Sevadilha.)*

D. CLÓRIS. Cavalheiro, se é que o sois, peço-vos não me sigais, que mal sabeis o perigo a que me expõe a vossa porfia. *(Para d. Gilvaz.)*

---

2 . *Rêmora*, aquilo que impede o movimento; adiamento, impedimento, obstáculo.
3 . *Siringa*, nome da ninfa perseguida pelo deus Pã.
4 . *Conglutinado rabo-leva* é alguém que leva nas costas um papel ou pano como zombaria; neste caso, Semicúpio está cortejando a mulher, dando a entender que lhe será submisso.

D. Gilvaz. Galhardo impossível, em cujas nubladas esferas ardem ocultos dois sóis e se abrasa patente um coração, permiti que esta vez seja fineza a desobediência; porque seria agravo de vossos reflexos negar-lhe o inteiro culto na visualidade desse esplendor; porque assim, formosa ninfa, ou hei de ver-vos ou seguir-vos, por que conheça, já que não o sol desse oriente, ao menos o oriente desse sol.

D. Clóris. Que será de mim, se este homem me seguir? *(À parte.)*

D. Nise. Já parece teima essa porfia! Vede, senhor, que se me seguis impossibilitais o meio para ver-me outra vez.

D. Fuas. Para que são, belíssimo encanto, esses avaros melindres do repúdio? Se já comecei a querer-vos, como posso deixar de seguir-vos? Pois até não saber, ou quem sois, ou aonde habitais, serei eterno girassol de vossas luzes.

Sevadilha. Ora basta já de porfia; se não, vou revirando. *(Para Semicúpio.)*

Semicúpio. Tem mão, sarjeta encantadora, que com embiocadas denguices, feita papão das almas, encobres olho e meio, para matares gente de meio olho! Escusados são esses esconderelos[5], pois pela unha desse melindre conheço o leão dessa cara.

D. Clóris. Isso já parece teima.

D. Gilvaz. Isto é querer-vos.

D. Nise. Isso é porfia.

D. Fuas. É adorar-vos.

Sevadilha. Isso é empurração.

Semicúpio. Agora! Isto é bichancrear[6], pouco mais ou menos!

D. Gilvaz. Senhoras, para que nos cansamos? Ainda que pareça grosseria não obedecer, entendei que a nossa curiosidade e amor não permitirá que vos ausenteis, sem ao menos com a certeza de vos tornarmos a ver, dando-nos também o seguro de onde morais, para que possa o nosso amor multiplicar os votos na peregrinação desses animados templos da formosura.

D. Fuas. Eis ali, senhora, o que queremos.

Sevadilha. Em termos sem tirar nem pôr.

D. Clóris. Pois, senhor, se só por isso esperais, bastará que esse criado nos siga; porque de outra sorte destruís o mesmo que edificais.

D. Gilvaz. E admitireis a minha fineza?

D. Clóris. Sendo verdadeira, por que não?

---

5. *Esconderelo*, o mesmo que esconderijo, artimanha.
6. *Bichancrear*, o mesmo que namorar.

D. Fuas. Admitireis os repetidos sacrifícios de meu amor?

D. Nise. Sim, se for amor constante.

D. Gilvaz e d. Fuas. Quem essa dita me abona?

D. Nise. Este ramo de manjerona. *(Para d. Fuas.)*

D. Fuas. Na minha alma o disporei, para que sempre em virentes[7] pompas se ostente troféu da primavera.

D. Gilvaz. Mereça eu igual favor para segurança da vossa palavra.

D. Clóris. Este ramo de alecrim, que tem as raízes no meu coração, seja o fiador que me abone.

D. Gilvaz. Por único na minha estimação será este alecrim o fênix das plantas, que, abrasando-se nos incêndios de meu peito, se eternizará no seu mesmo ardor.

Semicúpio. Isso é bom, segurar o barco; mas a tácita hipoteca não me cheira muito, digam o que quiserem os jardineiros.

D. Clóris. Cada uma de nós estima tanto qualquer dessas plantas, que mais fácil será perder a vida, do que elas percam o crédito de verdadeiras.

Semicúpio. Ai! Basta, basta! Já aqui não está quem falou. Vossas mercês perdoem que eu não sabia que eram do rancho do alecrim e manjerona. Resta-me também que tu, cozinheirazinha, vivas arranchada com alguma ervinha que me dês por prenda, pois também me quero segurar.

Sevadilha. Eis aí tem esse malmequer, que este é o meu rancho. Estime-o bem; não o deixe murchar.

Semicúpio. Ditoso seria eu, se o teu malmequer se murchasse!

D. Clóris. Pois, senhor, como estais satisfeito, desejarei estimásseis esse ramo, não tanto como prenda minha, mas por ser de alecrim.

D. Nise. O mesmo vos recomendo da manjerona.

D. Clóris. Advertindo que aquele que mais extremos fizer a nosso respeito coroará de triunfos a manjerona ou alecrim, para que se veja qual destas duas plantas tem mais poderosos influxos para vencer impossíveis.

D. Nise. Desejara que triunfasse a manjerona. *(Vai-se.)*

D. Clóris. E eu o alecrim. *(Vai-se.)*

Sevadilha. Cuidado no malmequer! *(Vai-se.)*

Semicúpio. Cuidado no bem-me-quer!

---

7. *Virente*, do verbo latino *víreo*, que significa manter sempre verde.

D. Gilvaz. Ó Semicúpio, vai seguindo-as, para sabermos aonde moram. Anda; não as percas de vista.

Semicúpio. Elas já lá vão a perder de vista; mas eu pelo faro as encontrarei, que sou lindo perdigueiro para estas caçadas. *(Vai-se.)*

D. Fuas. Quem serão, amigo d. Gilvaz, essas duas mulheres?

D. Gilvaz. Essa pergunta não tem resposta, pois bem vistes o cuidado com que vendaram o rosto, para ferir os corações como Cupido; mas, pelo bom tratamento e asseio, indicam ser gente abastada.

D. Fuas. Oxalá que assim fora, porque, em tal caso, admitindo os meus carinhos, poderei com a fortuna de esposo ser meeiro no cabedal.

D. Gilvaz. Ai, amigo d. Fuas, que direi eu, que ando pingando, pois já não morro de fome, por não ter sobre que cair morto?

D. Fuas. Elas foram aturdidas com palanfrórios[8].

D. Gilvaz. Já que do mais somos famintos, ao menos sejamos fartos de palavras.

Sai Semicúpio.

Semicúpio. Já fica assinalada na carta de marear toda a costa, de leste a oeste, com seus cachopos e baixios!

D. Gilvaz. Aonde moram?

Semicúpio. São as nossas vizinhas, sobrinhas de d. Lancerote, aquele mineiro velho que veio das minas o ano passado.

D. Fuas. Basta que são essas! Por isso elas cobriram o rosto!

Semicúpio. Isso têm elas, que não são descaradas; antes são tão sisudas, que nunca encararam para ninguém.

D. Gilvaz. Uma delas sei eu que se chama d. Clóris.

Semicúpio. E a outra d. Nise. Isso sabia eu há muito tempo.

D. Fuas. E como saberei eu qual delas é a da manjerona?

Semicúpio. Isso é fácil! Em sabendo-se qual é a do alecrim, logo se sabe qual é a da manjerona!

D. Fuas. Grande sutileza! Vamos, d. Gil.

Semicúpio. Já que se vão, advirtam de caminho que, segundo as notícias que tenho, bem podem desistir da empresa; porque o velho é tão cioso das

---

8. *Palanfrórios*, o mesmo que palavrório, palavras inúteis, supérfluas.

sobrinhas, como do dinheiro. A casa é um recolhimento; as portas, de bronze; as janelas, de encerado; as frestas são óculos de ver ao longe, que nem ao perto se vêem; as trapeiras são zimbórios[9] tão altos, que nem as nuvens lhes passam por alto; as paredes do jardim são mestras e as chaves das portas discípulas, porque ainda não sabem abrir; mas só um bem há, e é que, tendo tudo tão forte, só o telhado é de vidro. Com quê, senhores meus, outro ofício: contentem-se com cheirar a sua manjerona e o seu alecrim, que amor que entra pelo nariz não é bem que chegue ao coração.

D. GILVAZ. Semicúpio, não temo impossíveis, tendo da minha parte a tua indústria, que espero de ti apures toda a força de teu engenho para os combates dessa muralha.

SEMICÚPIO. Ah, senhor d. Gilvaz, o meu aríete já se acha mui cansado com tanto vaivém, pois nem todo o artifício de minhas máquinas pode abrir brecha nessa diamantina bolsa, que tão cerrada se dificulta aos meus merecimentos.

D. GILVAZ. Semicúpio amigo, tem ânimo, que se montamos a burra de d. Lancerote, saltaremos de contentes.

SEMICÚPIO. Tal é a minha desgraça e a sua miséria, que ainda com essa burra me dará dois coices.

D. GILVAZ. D. Fuas, ficai-vos embora, que me vou armar de esperanças, para que nos combates de amor triunfe o alecrim.

D. FUAS. D. Gilvaz, vamos a forro e a partido, pois que Semicúpio é tão destro na matéria.

D. GILVAZ. Por ora não pode ainda ser; deixai-me primeiro tentar o vau, que vós também navegareis no mar de Cupido.

D. FUAS. Isso não merece a nossa amizade.

D. GILVAZ. Se vós sois do rancho da manjerona, já me podereis conhecer por inimigo declarado, seguindo eu a parcialidade do alecrim; e, como nas guerras destas plantas havemos os dois ser contrários, mal poderei socorrer-vos; e assim ficai-vos embora, d. Fuas, e viva o alecrim. *(Vai-se.)*

SEMICÚPIO. E viva o malmequer. *(Vai-se.)*

D. FUAS. Viverá a manjerona, apesar do mais intensivo ardor de opostos planetas.

---

9. *Trapeiras e zimbórios*. As trapeiras são uma espécie de alçapão mais alto que o telhado, com vidraças para entrar luz e ar na casa, e os zimbórios remetem a cúpulas altas de edifícios ou ao próprio céu.

Sai Fagundes com manto e capelo.

FAGUNDES. É bom sumiço! Aonde estarão estas meninas, que há mais de quatro horas que foram à missa, e ainda não há fumo delas? Meu senhor, vossa mercê acaso veria por aqui duas mulheres com uma criada?

D. FUAS. Que sinais tinham?

FAGUNDES. Tinha uma delas uns sinais pretos no rosto, e a outra uns sinais de bexigas.

D. FUAS. E que mais?

FAGUNDES. Uma delas tem os olhos verdes, cor de pimentão que não está maduro, e a outra olhos pardos, como raiz de oliveira; uma tem cova na barba, e a outra barba na cova; uma tem a espinhela caída, e a outra um leicenço[10] num braço.

D. FUAS. Com esses sinais, nunca vi mulher nesta vida.

FAGUNDES. Meu senhor, uma delas trazia um ramo de alecrim no peito, e a outra de manjerona.

D. FUAS. Vi muito bem que são as sobrinhas de d. Lancerote.

FAGUNDES. Essas mesmas são! Ora diga-me: onde as viu?

D. FUAS. Promete vossa mercê fazer-me quanto lhe eu pedir?

FAGUNDES. Ai, que coisa me pedirá vossa mercê que lhe não faça, dizendo-me onde estão as minhas meninas?

D. FUAS. Pois descanse, que elas aqui estiveram, e agora foram para casa.

FAGUNDES. Ai, boas-novas tenha!

D. FUAS. Ora pois, em alvíssaras desta boa-nova, quero me diga como se chama...

FAGUNDES. Eu? Ambrósia Fagundes, para servir a vossa mercê.

D. FUAS. Digo como se chama a que trazia a manjerona no peito.

FAGUNDES. Chama-se d. Nise.

D. FUAS. Pois, senhora Ambrósia Fagundes, saiba que eu adoro tão excessivamente a d. Nise, que em prêmio do meu extremo me franqueou este ramo de manjerona.

FAGUNDES. É verdade que pelo cheiro o conheço, que é o mesmo.

D. FUAS. E, como me dizem os impossíveis que há de a poder comunicar, quisera dever-lhe a galantaria de ser minha protetora nesta amorosa pretensão; e fie de mim, que o prêmio há de ser igual ao meu desejo.

---

10. *Leicenço*, o mesmo que furúnculo.

FAGUNDES. Meu senhor, difícil empresa toma vossa mercê; porque além da excessiva cautela do tio, que nisso não se fala, uma delas está para casar com um primo, que hoje se espera de fora da terra; e a outra qualquer dia vai a ser freira; com quê, meu senhor, desengane-se, que ali não há que arranhar.

D. FUAS. E qual delas é a que casa?

FAGUNDES. Ainda se não sabe; porque o noivo vem à escolha daquela que lhe mais agradar.

D. FUAS. Como o vencer impossíveis é próprio de um verdadeiro amante, nós havemos intentar esta empresa, saia o que sair; que a diligência é mãe de boa ventura. Favoreça-me vossa mercê, senhora Fagundes, com o seu voto, que eu terei bom despacho no tribunal de Cupido: tenho dinheiro e resolução e, tendo a vossa mercê da minha parte, certo tenho o triunfo da manjerona.

FAGUNDES. Pois por mim não se desmanche a festa, que eu não sou desmancha-prazeres. Esta noite o espero debaixo da janela da cozinha. Sabe aonde é?

D. FUAS. Bem sei.

FAGUNDES. Pois espere-me aí, que eu lhe direi o que há na matéria.

D. FUAS. Deixe-me beijar-lhe os pés, ó insigne Fagundes, feliz corretora de Cupido!

FAGUNDES. Ai! Levante-se, senhor; não me beije os pés, que os tenho agora mui suados e um tanto fétidos. Descanse, senhor, que d. Nise há de ser sua, apesar das cautelas do tio e das carícias do noivo.

D. FUAS. Se tal consigo, não tenho mais que desejar.

Canta d. Fuas a seguinte

ÁRIA
Se chego a vencer
de Nise o rigor,
de gosto morrer
você me verá.
Porém, se um favor
alenta o viver,
quem morre de amor
mais vida terá. *(Vai-se.)*

FAGUNDES. Estes homens, tanto que são amantes, logo são músicos; e eu neste entendo terei boa melgueira[11]; e mais eu, que sou abelha-mestra que hei de chupar o mel da manjerona e do alecrim!

CENA II
Câmara. Saem d. Nise, d. Clóris e Sevadilha.

SEVADILHA. Ai, senhora, que ainda não creio que estamos em casa, pois, se vimos mais tarde, não nos acha o senhor velho!

D. CLÓRIS. Em boa nos metemos!

D. NISE. Nunca tal nos sucedeu! Que te parece, d. Clóris, a porfia daqueles homens em nos querer conhecer?

SEVADILHA. Sim, senhora, como se nós fôssemos suas conhecidas.

D. CLÓRIS. E a facilidade com que se namoram logo estes homens é o que mais me admira!

SEVADILHA. Pois o maldito do criado, que tanto se meteu comigo como piolho por costura!

D. CLÓRIS. Que te vejo dizendo?

SEVADILHA. Mil despropósitos, misturados com várias finezas esfarrapadas.

Sai Fagundes com o manto apanhado no braço.

FAGUNDES. Ainda esses alecrins e manjeronas hão de dar nos narizes a muita gente.

D. NISE. Que diz, Fagundes?

FAGUNDES. Digo que bem escusados eram estes sustos. Ora digam-me, senhoras, se seu tio viesse e as não achasse em casa, que seria de mim?

D. CLÓRIS. Não falemos nisso, que ainda estou a tremer.

FAGUNDES. Apostemos que isso foram conselhos desta senhora que aqui está?

SEVADILHA. Apelo eu, que testemunho! Olhe o diabo da mulher! Parece que me tem tomado à sua conta!

FAGUNDES. Coitada! Como se desconjura!

---

11. *Melgueira*, bom lucro.

SEVADILHA. Ainda por amor dela me hei de ir desta casa.

Sai d. Lancerote.

D. LANCEROTE. Fagundes, depressa! Vá deitar mais um ovo nos espinafres, que aí vem meu sobrinho d. Tibúrcio, já que sou tão desgraçado que por mais meia hora não chega depois de jantar!

FAGUNDES. Eu vou, meu senhor; mas cuido que o noivo a estas horas comerá novilho. *(Vai-se.)*

D. LANCEROTE. Agora, minhas sobrinhas, é chegado o vosso esposo; não tenho que encomendar-vos o modo com que o haveis de tratar.

D. CLÓRIS. Já vem tarde! *(À parte.)*

D. NISE. Veremos a cara a este noivo. *(À parte.)*

SEVADILHA. Pois dizem que é um galante lapuz *(À parte.)*

Sai d. Tibúrcio com botas, vestido ridiculamente.

D. LANCEROTE. Amado sobrinho, dá-me os braços. É possível que vejo a um filho de meu irmão!

D. TIBÚRCIO. Sim, senhor; mas primeiro mande vossa mercê ter cuidado naquelas choiriças[12] que vêm no alforje, não as dizime o arrieiro[13], que tem em cada mão cinco águias rapantes.

D. LANCEROTE. Isso me parece bem: seres poupado. Eu vou a isso. *(Vai-se.)*

D. CLÓRIS. Que te parece, Nise, a discrição do noivo?

D. NISE. Muito bom princípio leva.

SEVADILHA. Parece que o seu gênio mais se casa com o alforje. *(À parte.)*

D. TIBÚRCIO. As primas não são más; porém a moça me toa mais. *(À parte.)*

Sai d. Lancerote.

D. LANCEROTE. Sossegai, sobrinho, que já tudo está arrecadado.

---

12. *Choiriça* é a forma popular de chouriça.
13. *Arrieiro*, condutor de animais de carga.

D. Tibúrcio. Agora, sim, amado tio meu, por cujos aquedutos circula em nacarados licores o sangue de meu progenitor! Permiti que os meus sequiosos lábios calculem esses pés, dedo por dedo.

D. Lancerote. Levantai-vos; sois discreto, meu sobrinho. Pois vosso pai era um pedaço de asno, Deus lhe perdoe.

D. Tibúrcio. Não está mais na minha mão; em abrindo a boca, me chovem os conceitos aos borbotões.

D. Lancerote. Falai a vossas primas e minhas sobrinhas, d. Nise e d. Clóris.

D. Tibúrcio. Eu vou a isso.

SONETO
Primas, que na guitarra da constância
tão iguais retinis no contraponto,
que não há contraprima nesse ponto,
nem nos porpontos noto dissonância!
Oh, falsas não sejais nesta jactância;
pois quando atento, os números vos conto,
nessa beleza harmônica remonto
ao plectro da febina[14] consonância.
Já que primas me sois, sede terceiras
de meu amor, por mais que vos agaste
ouvir de um cavalete as frioleiras;
se encordoais de ouvir-me, ó primas, baste
de dar à escaravelha em tais asneiras,
que enfim isto de amor é um lindo traste.

D. Lancerote. Também sois poeta, meu sobrinho?

D. Tibúrcio. Também temos nosso entusiasmo, senhor tio; isto cá é veia capilar e natural.

D. Lancerote. Oh, quanto me pesa que sejais poeta, pois por força haveis de ser pobre!

D. Tibúrcio. Agora, senhor! Eu sou um rico poeta. Pois, primas, que dizeis da minha eloqüência? Não me respondeis?

D. Clóris. Os anjos lhe respondam.

---

14. *Febina*, de Febo, nome pelo qual também é conhecido o deus da música, Apolo.

D. Nise. Aí não há mais que dizer.

D. Tibúrcio. Ah, senhor tio, esta rapariga é cá da obrigação de casa?

D. Lancerote. É moça da almofada[15].

D. Tibúrcio. Não é mal estreada. E que olhos que tem! Benza-te Deus!

Sevadilha. Quer Deus que trago um corninho por amor do quebranto[16].

D. Lancerote. Eu cuido, sobrinho, que mais vos agrada a criada do que a noiva.

D. Tibúrcio. Tudo o que é desta casa me agrada muito.

D. Lancerote. Agora vamos ao intento. Sabereis, minhas sobrinhas, que vosso primo d. Tibúrcio, filho de meu irmão d. Trifônio e de dona Pantaleoa Reboldã, o qual também era irmão de vosso pai, e meu irmão d. Blianis, vem a eleger uma de vós outras para esposa, pela mercê que me faz; que, a ser possível casar com ambas, o fizera sem cerimônia, que para mais é o seu primor.

D. Tibúrcio. Por certo que sim; e não só com ambas, mas até com a criada; pois, como digo, desejo meter no coração tudo o que for desta casa.

D. Lancerote. Eu o creio, meu sobrinho; nisso saís a vosso pai.

D. Clóris. Não vi maior asno! *(À parte.)*

D. Nise. Nem eu maior simples! *(À parte.)*

Diz dentro Semicúpio.

Semicúpio. Quem merca o alecrim?

D. Clóris. Ó Sevadilha, chama a esse homem do alecrim; anda depressa.

Sevadilha. Entrou no fadário! *(À parte.)*

D. Lancerote. Sobrinho, não estranheis este excesso de minha sobrinha, porque haveis de saber que há nesta terra dois ranchos, um do alecrim, outro da manjerona, e fazem tais excessos por estas duas plantas, que se matarão umas às outras.

D. Tibúrcio. E vossa mercê consente que minhas primas sigam essas parcialidades?

D. Lancerote. Não vedes que é moda e, como não custa dinheiro, bem se pode permitir?

---

15. *Moça da almofada*, criada.
16. *Corninho por amor do quebranto*. A expressão significa trazer consigo um amuleto contra mau-olhado.

D. Tibúrcio. Bem sei que isso são verduras da mocidade; mas contudo não aprovo.

D. Lancerote. E a razão?

D. Tibúrcio. Não sei.

D. Clóris. Vossa mercê, como vem com os abusos do monte, por isso estranha os estilos da corte.

D. Nise. Calai-vos, mana, que ele há de ser o maior apaixonado que há de ter o alecrim e a manjerona.

D. Tibúrcio. Se eu enlouquecer, não duvido.

Sai Semicúpio com um molho
de alecrim ao ombro.

Semicúpio. Quem quer o alecrim?

D. Clóris. Anda para cá! Tem mão; não o ponhas no chão.

Semicúpio. Pois aonde o hei de pôr?

D. Clóris. Aqui no meu colo. Ai, no chão o meu alecrim? Isso não!

Semicúpio. Pois não só o ponha no colo, mas no pescoço.

D. Clóris. A quanto é o molho?

Semicúpio. A real e meio, por ser para vossa mercê.

D. Clóris. Põe aí cinqüenta molhos.

Semicúpio. Pelo que vejo, esta é d. Clóris. *(À parte.)* Eis aí tem todos os molhos; reparta lá com a senhora, que suponho também quererá o seu raminho.

D. Nise. Ai, tira-te para lá, homem, com esse mau cheiro!

Semicúpio. Já sei que esta é a da manjerona de d. Fuas. *(À parte.)*

D. Tibúrcio. Bem haja minha prima, que não é destas invenções.

D. Lancerote. Porque é da manjerona, por isso aborrece o alecrim.

D. Tibúrcio. Resta-me que vossa mercê também tenha algum rancho.

D. Lancerote. Olhai vós. Não deixo cá de mim para mim de ter minha parcialidade.

Semicúpio. Ora demos princípio à tramóia. *(À parte.)* Ai, senhores! Quem me acode?

D. Lancerote. Que tens, homem?

Semicúpio. Ai, ai, confissão!

*Cai Semicúpio estrebuchando,
fingindo um acidente*[17].

D. CLÓRIS. Coitado do homem! Que tens? Que te deu?
D. NISE. Tão venenoso é o teu alecrim, que mata a quem o traz?
D. LANCEROTE. Olá, tragam água!

Saem Fagundes e Sevadilha com uma quarta.

SEVADILHA. Ai, senhores, que isto é acidente de gota-coral[18]!
SEMICÚPIO. O coral de teus lábios que acidentes não fará? *(À parte.)*
D. LANCEROTE. A unha de grão-besta é boa para isto.
D. TIBÚRCIO. Puxem-lhe pelos dedos, que também é bom remédio.

*D. Lancerote, d. Tibúrcio, Sevadilha e Fagundes
pegam em Semicúpio, e este com o
estrebuchamento fará cair a todos.*

D. LANCEROTE. Mostra cá o dedo.
SEMICÚPIO. Agradeço o anel. *(À parte.)*
D. TIBÚRCIO. E a força que tem o salvage!
SEVADILHA. Eu não posso com ele.
SEMICÚPIO. Lá vai o dedo polegar cos diabos! Eu estou capaz de tornar a mim, antes que me deixem despedaçado.
D. LANCEROTE. Borrifa-o, Fagundes.
FAGUNDES. Ora deixem-no comigo. *(Borrifa-o.)*
SEMICÚPIO. Poh, diabo! E o que fedem os borrifos da velha! A maldita parece que tem a postema[19] no bofe!
D. NISE. Não se cansem, que ele não torna a si tão cedo.
SEMICÚPIO. Essa é a verdade.
FAGUNDES. Mas pelo sim, pelo não, eu lhe vazo esta quarta; que, quando Deus quer, água fria é mezinha.

---

17. *Acidente*, em linguagem popular, significa ataque de epilepsia.
18. *Gota-coral*, o mesmo que epilepsia.
19. *Postema*, forma popular de apostema, abscesso, ferida.

SEMICÚPIO. Valha-te o diabo, que me deitaste água na fervura! Eu não tenho mais remédio que aquietar-me; se não, virá como remédio algum pau santo sobre mim! *(À parte.)*

FAGUNDES. Senhores, ele está mais sossegado depois da água; venham jantar, que a mesa está posta.

D. LANCEROTE. Vai buscar o meu capote, e cobre-o, que está tremendo o miserável.

SEMICÚPIO. É maravilha que um miserável cubra outro. *(À parte.)*

D. TIBÚRCIO. Aquilo são convulsões; mas bom é cobri-lo, por amor do ar.

Sai Fagundes com um capote.

FAGUNDES. Eis aí o capote; se ele o babar, babado ficará.

SEMICÚPIO. Anda, tola, que não me babo. *(À parte.)*

D. LANCEROTE. Tu, Sevadilha, tem sentido neste homem, enquanto jantamos. Vinde, sobrinho. *(Vai-se.)*

D. TIBÚRCIO. Vamos, que tenho uma fome horrenda. *(Vai-se.)*

D. NISE. É galante figura o tal meu primo! *(Vai-se.)*

D. CLÓRIS. Fagundes, agasalha esse alecrim.

FAGUNDES. Tanto me importa; se fora manjerona, ainda, ainda. *(Vai-se.)*

SEVADILHA. Só isto me faltava: ficar eu guardando a este defunto!

SEMICÚPIO. Vejamos quem é esta Sevadilha, que ficou por minha enfermeira. Ai, que suponho que é a menina do malmequer, que lá traz um no cabelo! Vamo-nos erguendo, por ver se nos quer bem. *(Vai-se erguendo.)*

SEVADILHA. Deite-se, deite-se! Ai, que o homem tem frenesis! Acudam cá!

SEMICÚPIO. Cala-te, Sevadilha; não perturbes esta primeira ocasião de meu amor.

SEVADILHA. Deixe-se estar coberto.

SEMICÚPIO. Bem sei que o calafrio de meu amor é tão grande, que se pode cobrir diante de el-rei; mas confesso-te que já não posso aturar o gravâmen[20] deste capote.

SEVADILHA. Ai, que o homem está louco e furioso!

SEMICÚPIO. A fúria com que te ausentas me faz enlouquecer. Não fujas, Sevadilha, que eu sou aquele sujeito do malmequer, e tão sujeito aos teus impérios, que sou um criado de vossa mercê.

---

20. *Gravâmen*, o mesmo que gravame, peso.

SEVADILHA. Eu te arrenego, maldito homem! Tu és o desta manhã?
SEMICÚPIO. Cuidavas que não havia saber buscar modo para ver-te?
SEVADILHA. Queres que vá chamar a d. Clóris, ou d. Nise?
SEMICÚPIO. Logo irás chamar a d. Clóris; mas primeiro atende à chama de meu amor; que, se o fogo tem línguas e as paredes têm ouvidos, bem pode a dura parede de teu rigor escutar a levareda[21] em que me abraso. Muita coisinha te poderia eu dizer; porém a ocasião não é para isso.
SEVADILHA. Nem eu estou para essoutro.
SEMICÚPIO. Eu o dissera, que o teu malmequer não é para menos.
SEVADILHA. Nem a tua pessoa é para mais.
SEMICÚPIO. Pois isso é deveras? Olha que desconfio.
SEVADILHA. Bem aviada estou eu! Bom amante tenho! Bonito eras tu para aturar vinte anos de desprezos, como há muitos que aturam, levando com as janelas nos narizes, dormindo pelas escadas, aturando calmas, sofrendo geadas, apurando-se em romances, dando descantes, feitos estátuas de amor no templo de Vênus; e, contudo, estão mui contentes da sua vida. E assim, para que me buscas?
SEMICÚPIO. Para que me desenganes, se me queres, ou não.
SEVADILHA. Pergunta-o ao malmequer, que ele to dirá.
SEMICÚPIO. Se eu o tivera aqui, fizera essa experiência.
SEVADILHA. E onde está o que eu te dei?
SEMICÚPIO. Lá o tenho empapelado, que cuido que o ar mo leva.
SEVADILHA. Assim te leve o Diabo!
SEMICÚPIO. Levará, que é muito capaz disso. Pois em que ficamos? Bem me queres, ou mal me queres?
SEVADILHA. Apanha aquele malmequer que está junto àquela porta, e pergunta-lho, que ele to dirá.
SEMICÚPIO. Pois acaso nas folhas do malmequer estão escritos os teus amores, ou os teus desdéns?
SEVADILHA. Da mesma sorte que a *buena dicha* na palma da mão.
SEMICÚPIO. Eu vou apanhar o dito malmequer. *(Vai-se.)*
SEVADILHA. Quem me dera que ficasse em malmequer, para o fazer andar à prática!

---

21. *Levareda*, forma popular de lavareda, o mesmo que labareda.

Sai Semicúpio com um malmequer.

SEMICÚPIO. Eis aqui malmequer! Ora vamos a isso; que, se há flores que são desengano da vida, esta o será do amor. Sevadilha, toma sentido, vê se fica no bem-me-quer.

SEVADILHA. Isto é como uma sorte.

SEMICÚPIO. Queira Deus não se converta o malmequer em azar. Tem sentido, Sevadilha: amor, se sai a coisa como eu quero, eu te prometo um arco de pipa e uma venda nos Romulares[22], em que ganhes muito dinheiro.

Canta Semicúpio a seguinte

ÁRIA
Oráculo de amor,
propício me responde
nas ânsias deste ardor:
Bem me queres, mal me queres.
Bem me queres, mal me queres.
"Mal me queres", disse a flor.
Ai de mim, que me quer mal
teu ingrato malmequer!
Acabou-se o meu cuidado,
que mais tenho que esperar?
Vou-me agora a regalar,
levar boa vida, comer e beber.

Sai d. Clóris.

D. CLÓRIS. Oh, quanto folgo que já estejas bom!
SEMICÚPIO. E tão bom, que parece que nunca tive nada.
D. CLÓRIS. Com que saraste?
SEMICÚPIO. Com o mesmo mal; porque também há males que vêm por bem.
D. CLÓRIS. Que dizes, que te não entendo? Estás louco?

---

22 . *Romulares*, forma popular de remolares, que consertam ou fabricam remos. Neste caso está se referindo a uma rua de Lisboa.

SEMICÚPIO. Meu amo ainda o está mais do que eu, desde que te viu assim por maior, esta manhã; e assim, para significar-te a tremendíssima eficácia de seu amor, aqui me manda a teus pés... minto... aos teus átomos[23], para que com os disfarces do alecrim possa merecer os teus agrados.

D. CLÓRIS. Sevadilha, põe-te a espreitar; não venha alguém.

SEVADILHA. Sim, senhora. Arre lá com o ardil do homem! *(Vai-se.)*

D. CLÓRIS. E quem é esse teu amo, que tanto me adora?

SEMICÚPIO. É o senhor d. Gilvaz, cavalheiro de tão lindas prendas, como *verbi gratia*[24] Londres e Paris.

D. CLÓRIS. Que ofício tem?

SEMICÚPIO. Há de ter um de defuntos, quando morrer.

D. CLÓRIS. E enquanto vivo, em que se ocupa?

SEMICÚPIO. Em morrer por vossa mercê.

D. CLÓRIS. Fala a propósito.

SEMICÚPIO. Senhora, meu amo não necessita de ofícios para manter os seus estados, porque tem várias propriedades consigo, muito boas; além disso, tem uma quinta na semana, que fica entre a quarta e a sexta, tão grande, que é necessário vinte e quatro horas para se correr toda.

D. CLÓRIS. Quanto fará toda, de renda?

SEMICÚPIO. Não se pode saber ao certo; sei que tem várias rendas em Flandres e outras em Peniche e estas bem grossas; também tem um foro de fidalgo e um juro de nobreza.

D. CLÓRIS. Basta que é fidalgo!

SEMICÚPIO. Como as estrelas, que as vê ao meio-dia, e a estas horas não vê outra coisa; e certamente lhe posso dizer que é tão antiga a sua descendência, que diz muita gente que descende de Adão.

D. CLÓRIS. Se isso é assim, talvez me incline a querê-lo para meu esposo.

SEMICÚPIO. Venha a resposta, senhora, que meu amo está esperando com língua de palmo.

D. CLÓRIS. Pois ouve o que lhe hás de dizer.

---

23. *Átomos* significam pequeninos pés.
24. *Verbi gratia*, "por exemplo".

Canta d. Clóris a seguinte

ÁRIA
Dirás ao meu bem
que não desconfie,
que adore, que espere,
que não desespere,
que à sua firmeza
constante serei.
Que firme eu também
a tanta fineza
amante, constante
extremos farei. *(Vai-se.)*

SEMICÚPIO. Vencido está o negócio, mas o capote do velho cá não há de ficar, por vida de Semicúpio; que, se a ocasião faz o ladrão, hei de sê-lo, por não perder a ocasião. *(Vai-se com o capote.)*

Sai Sevadilha.

SEVADILHA. Espera, homem! Onde levas o capote? E foi-se como um cesto roto! Ai, mofina desgraçada! Que há de ser de mim, se meu amo não achar o seu rico capote?

Sai d. Lancerote.

D. LANCEROTE. Já sarou o homem, Sevadilha?
SEVADILHA. Sim, senhor.
D. LANCEROTE. Já se foi?
SEVADILHA. Sim, senhor.
D. LANCEROTE. Guardaste o capote?
SEVADILHA. Aí é ela! *(À parte.)*
D. LANCEROTE. Não ouves? Guardaste o capote?
SEVADILHA. Qual capote?
D. LANCEROTE. O meu.
SEVADILHA. Qual meu?

D. Lancerote. O meu, de saragoça.

Sevadilha. Ah, sim! O capote do homem do alecrim.

D. Lancerote. Qual homem?

Sevadilha. O do acidente.

D. Lancerote. Tu zombas?

Sevadilha. Zombaria fora! O homem levou o capote.

D. Lancerote. O meu capote?

Sevadilha. Eu não sei se ele era de vossa mercê; o que sei é que o homem do alecrim levou um capote com que estava coberto.

D. Lancerote. E como o levou?

Sevadilha. Nos ombros.

D. Lancerote. O meu capote furtado?!

Sevadilha. Pois nunca se viu furtar um capote?

D. Lancerote. Não, bribantona[25], que era um capote aquele, que nunca ninguém o furtou. Oh, dia infeliz, dia aziago, dia indigno de que o sol te visite com os seus raios!

Sevadilha. Santa Bárbara!

D. Lancerote. Tu, descuidada, hás de pôr para ali o meu capote, ou do corpo to hei de tirar.

Sevadilha. Como mo há de tirar do corpo, se eu o não tenho?

D. Lancerote. Desta sorte.

Cantam d. Lancerote e Sevadilha a seguinte

ÁRIA A DUO

D. Lancerote. Moça tonta, descuidada!
Sevadilha. Há mulher mais desgraçada
    neste mundo? Não, não há.
D. Lancerote. Se não dás o meu capote,
    tua capa hei de rasgar.
Sevadilha. Não me rasgue a minha capa.
D. Lancerote. Dá-me, moça, o meu capote.
Sevadilha. Minha capa.
D. Lancerote. Meu capote.

---

25. *Bribantona*, forma popular de birbantona, que significa patife, tratante.

AMBOS. Trata logo de o pagar.
D. LANCEROTE. Meu capote assim furtado!
SEVADILHA. Meu adorno assim rasgado!
AMBOS. Que desgraça!
D. LANCEROTE. Contra a moça
SEVADILHA. Contra o velho
AMBOS. A justiça hei de chamar!
          Meu capote donde está? *(Vão-se.)*

CENA III
Praça. No fim haverá uma janela. Sai d. Gilvaz, embuçado.

D. GILVAZ. Disse a Semicúpio que aqui o esperava; mas tarda tanto, que entendo o apanharam na empresa. Mas se será aquele que ali vem! Não é Semicúpio, que ele não tem capote. Quem será?

Sai Semicúpio embuçado em um capote.

SEMICÚPIO. Lá está um vulto embuçado no meio do caminho; queira Deus não me cheguem ao vulto! Não sei se torne para trás, mas pior é mostrar cobardia; eu faço das tripas coração; vou chegando, mas sempre de longe.
D. GILVAZ. Ele se vem chegando, e eu confesso que não estou todo trigo.
SEMICÚPIO. Este homem não está aqui para bom fim! Eu finjo-me valente! Afaste-se lá, deixe-me passar; aliás, o passarei.
D. GILVAZ. Vossa mercê pode passar.
SEMICÚPIO. Ai, que é d. Gil! Pois agora farei com que me tenha por valoroso. Quem está aí? Fale! Quando não, despeça-se desta vida, que o mando para a outra.
D. GILVAZ. Primeiro perderá a sua quem me intenta reconhecer.
SEMICÚPIO. Tenha mão, senhor d. Gilvaz, que sou Semicúpio.
D. GILVAZ. Se não falas, talvez que a graça te saísse cara.
SEMICÚPIO. Igual vossa mercê, que, se o não conheço pela voz, sem dúvida, senhor d. Gilvaz, lhe prego com o seu nome na cara[26].

---

26. *Lhe prego com o seu nome na cara.* Essa expressão remete para o nome da personagem – *Gilvaz* –, que significa cicatriz, resultante de golpe no rosto.

D. Gilvaz. Deixemos isso; dá-me novas de d. Clóris. Dize: pudeste dar-lhe o recado?

Semicúpio. Não sabe que sou o César dos alcoviteiros? Fui, vi e venci[27].

D. Gilvaz. Dá-me um abraço, meu Semicúpio.

Semicúpio. Não quero abraços; venham as alvíssaras! Se não, emudeci como oráculo.

D. Gilvaz. Em casa tas darei. Conta-me primeiro: que fazia d. Clóris?

Semicúpio. Isso são contos largos! Estava toda rodeada de braseiros de alecrim, com um grande molho dele no peito, cheirando à rainha de Hungria, mascando alecrim como quem masca tabaco de fumo; e, como acabava de jantar, vinha palitando com um palito de alecrim, e finalmente, senhor, com o alecrim anda toda tão verde, como se tivera tirícia[28].

D. Gilvaz. E do mais que passaste?

Semicúpio. Isso é para mais devagar! Basta que saiba, por ora, que, apenas lancei o anzol no mar da simplicidade de d. Clóris, picando logo na minhoca do engano, ficou engasgalhada com o engodo de mil patranhas que lhe encaixei à mão tente.

D. Gilvaz. Incríveis são as tuas habilidades! E que capote é esse?

Semicúpio. Este é o despojo do meu triunfo: joguei com o velho os centos[29] e ganhei-lhe este capote. E, se vossa mercê soubera a virtude que ele tem, pasmaria.

D. Gilvaz. Que virtude tem?

Semicúpio. É um grande remédio para sarar acidentes de gota-coral.

D. Gilvaz. Conta-me isso.

Sai d. Fuas embuçado.

Semicúpio. Falemos de manso, que aí vem um homem.

D. Fuas. Esta é a janela da cozinha de d. Nise, que, apesar da escuridade da noite, a conhece o meu instinto pelos eflúvios odoríferos que exala a Pancaia[30] daquela fênix.

---

27. *Fui, vi e venci*, tradução da frase de Júlio César diante do senado romano sobre uma de suas rápidas campanhas militares.
28. *Tirícia*, forma popular de icterícia.
29. *Jogo de centos*, o mesmo que jogo de cartas.
30. *Pancaia*, fabulosa região da Arábia Feliz, famosa por seus perfumes.

D. Gilvaz. Semicúpio, um homem ao pé da janela de d. Clóris? Isto não me cheira bem.

Semicúpio. Como lhe há de cheirar bem, se isto aqui é um monturo?

Aparece Fagundes à janela.

Fagundes. Cé! É vossa mercê mesmo?

D. Fuas. Sou eu mesmo, e não outro, que impaciente espero novas de meu bem.

D. Gilvaz. Não ouviste aquilo, Semicúpio?

Semicúpio. Aquilo é que não cheira bem, senhor d. Gilvaz.

Fagundes. Não basta que vossa mercê diga que é mesmo; é necessário a senha e a contra-senha.

D. Fuas. Pois atenda.

Canta d. Fuas o seguinte

MINUETE
Já que a fortuna
hoje me abona,
a manjerona
quero exaltar.
No seu triunfo,
que a fama entoa,
palma e coroa
há de levar.
Há de por certo,
que a sua rama
na voz da fama
sempre andará.

D. Gilvaz. Este é d. Fuas, pela senha da manjerona. Que te parece, Semicúpio, o quanto tem adiantado o seu amor?

Semicúpio. *Quidquid sit*[31], o primeiro milho é dos pássaros; o segundo é cá para os melros.

---

31. *Quidquid sit*, seja o que for.

FAGUNDES. Suba por essa escada. *(Lança a escada.)*

D. FUAS. Segure bem. *(Sobe.)*

SEMICÚPIO. Senhor d. Gil, agora é tempo de subir também, pois estamos em era de atrepar[32]; não perca a ocasião.

D. GILVAZ. Vem tu também. *(Sobe.)*

SEMICÚPIO. Eu também vou, a render, à escala vista, esse castelo de Cupido.

FAGUNDES. Tenha mão, senhor! Que é o que quer?

D. GILVAZ. Manjerona.

FAGUNDES. Vossa mercê, meu fidalgo, quem procura?

SEMICÚPIO. Também manjerona, em lugar de Sevadilha, que tudo faz bom tabaco.

FAGUNDES. Isto cá está por estanque, não entra quem quer.

SEMICÚPIO. Se não entra quem quer, entrará quem não quer.

FAGUNDES. Vá-se daí, que não conheço framengos[33] à meia-noite.

SEMICÚPIO. Tem mão; não me empurres.

FAGUNDES. Não há de entrar.

SEMICÚPIO. Ó mulher, não me precipites, que sou capaz de te escalar.

FAGUNDES. Vá-se cos diabos, seja quem for!

Empurra a escada, e cai com Semicúpio.

SEMICÚPIO. Ai, que me derreaste, bruxa infernal! Tu me pagarás o semicúpio[34] que me fizeste tomar. Estes são os ossos do ofício; mas, para que tudo não sejam ossos, vamos levando esta escada, que sempre valerá alguma coisa. Ao menos, se não morri da queda, vou para casa em uma escada.

Vai-se Semicúpio e leva a escada.

---

32 . *Atrepar*, forma popular de *trepar*.
33 . *Framengo*, forma popular de *flamengo*, natural de Flandres e a língua falada nessa região.
34 . *Semicúpio*, banho de imersão da parte inferior do tronco.

CENA IV
*Gabinete. Sai Fagundes trazendo pela mão
a d. Fuas e detrás virá d. Gilvaz embuçado.*

FAGUNDES. Pise de mansinho, que, se acorda, será para nos enforcar.

D. FUAS. Recontou a d. Nise os extremos com que a idolatro?

FAGUNDES. Não me ficou nada no tinteiro! Meu senhor, nessa matéria tenho tanta elegância, que sou outra Marca Túlia Cicerona[35].

D. FUAS. Ai, Fagundes, se casará d. Nise com o primo! Mas quem está aqui atrás de nós?

D. GILVAZ. Não quero dar-me a conhecer a d. Fuas, por ver se com os zelos desiste da empresa, para que só triunfe o alecrim. *(À parte.)*

D. FUAS. Cavalheiro, vós daqui não haveis de passar, ou ambos ficaremos aqui mortos, sem dizer-me primeiro o que buscais nesta casa!

D. GILVAZ. O mesmo que vós buscais.

D. FUAS. O que eu busco não vos pode pertencer.

D. GILVAZ. Nem o que me pertence podeis vós buscar.

FAGUNDES. Senhores meus, acomodem-se, que podem acordar o senhor d. Lancerote e o dano será de todos.

D. FUAS. Queres que me cale à vista dos meus zelos?

Sai d. Nise.

D. NISE. Que ruído é este, Fagundes?

D. FUAS. Sinto, senhora d. Nise, que a primeira vez que me facilitais esta fortuna, me hospedeis com zelos.

D. NISE. Não sei que motivo haja para os haver.

D. FUAS. Este senhor embuçado que aqui me vem seguindo e diz que procura o mesmo que eu busco.

D. NISE. Sabe ele porventura o que vós procurais?

D. FUAS. Ele que diz que sim, certo é que o sabe.

D. NISE. Senhor, vós acaso vindes aqui a meu respeito? *(Para d. Gilvaz.)*

D. GILVAZ. Nada hei de responder. *(À parte.)*

D. FUAS. Quem cala consente. Não averigüemos mais, senhora d. Nise; só sinto que a sua manjerona admita enxertos de outras plantas.

---

35. *Marca Túlia Cicerona*, zombaria com o nome do escritor latino Marco Túlio Cícero.

D. Nise. Esse é o pago que me dais, de admitir vossa correspondência, de obrar este excesso a vosso respeito, e de me expor a este perigo por vossa causa?

D. Fuas. Melhor fora desenganar-me, que essa era a melhor fineza que vos podia merecer.

D. Nise. Pois eu digo-vos que estou inocente, que não conheço este homem; e me parece que basta dizê-lo para me acreditares.

D. Fuas. E bastava ver eu o contrário, para não acreditar essas desculpas.

D. Nise. Pois, visto isso, fiquemos como dantes.

D. Fuas. De que sorte?

D. Nise. Desta sorte.

Canta d. Nise a seguinte

ÁRIA
Suponha, senhor,
que nunca me viu
e que é o seu amor
assim como a flor,
que, apenas nasceu,
e logo murchou.
Pois tanto me dá
de seu pretender,
que firme suponho
seria algum sonho,
que pouco durou. *(Vai-se.)*

D. Fuas. Nise cruel, isso ainda é maior tirania; escuta-me. *(Vai-se.)*

Fagundes. Vá lá dar-lhe satisfações, que ela é bonita para essas graças. E vossa mercê, senhor rebuçado[36], a que fim quis profanar o sagrado desta casa?

D. Gilvaz. A ver o bem que adoro.

Fagundes. Vossa mercê está zombando? Aqui não há quem possa ser amante de vossa mercê; pois bem vê o recato e honra desta casa.

---

36. *Rebuçado*, emprego cômico de embuçado, mascarado.

D. Gilvaz. Eu bem vejo o recato e honra desta casa. Quê? Aquilo de subir um homem por uma janela e ir-se para dentro atrás de uma mulher não é nada?

Fagundes. Aquele homem é primo carnal da senhora d. Nise.

D. Gilvaz. Pois eu também quero ser muito conjunto da senhora d. Clóris. Ora faça-me o favor de a ir chamar.

Fagundes. Que diz? A senhora d. Clóris? Olha tu lá, d. Clóris, não te enganes; sim, a outra, que anda coberta de cilícios, jejuando a pão e água. Tire daí o sentido, meu senhor.

D. Gilvaz. Se a não fores chamar, a irei eu buscar.

Fagundes. Ai, senhor! Vossa mercê tem alguma legião de diabos no corpo? E que remédio tenho se não chamá-la, antes que o homem faça alguma asneira, que ele tem cara de arremeter. *(Vai-se.)*

D. Gilvaz. Venha logo; que eu não posso esperar muito tempo. A velha queria corretage[37]! Basta que lha dê d. Fuas.

Sai d. Clóris.

D. Clóris. Senhor, vossa mercê que pretende com tantos excessos? A quem procura?

D. Gilvaz. Eu, senhora d. Clóris, sou d. Gilvaz, aquele impaciente amante que, atropelando impossíveis, vem, qual salamandra de amor, a abrasar-se nas chamas do seu alecrim, como vítima da mesma chama.

D. Clóris. Senhor d. Gilvaz, como entendo o seu amor só se encaminha ao lícito fim de ser meu esposo, por isso lhe facilito os meus agrados; mas não tão francamente, que primeiro não haja de experimentar no crisol[38] da constância os raios do seu amor.

D. Gilvaz. Mui pouco conceito fazeis da vossa beleza; pois, se antes de admirar essa formosura em ocultas simpatias, soubestes atrair todos os meus afetos, como depois de admirar o maior portento de perfeição, poderia haver em mim outro cuidado mais que o de adorar-vos com tão imóvel constância, que primeiro se moverão as estrelas fixas, que sejam errantes as minhas adorações?

D. Clóris. Isso é deveras, senhor d. Gilvaz?

D. Gilvaz. Se eu morro deveras, como hei de falar zombando.

---

37 . *Corretage*, forma popular de corretagem, o mesmo que dinheiro.
38 . *Crisol*, o mesmo que *prova*.

SONETO
Tanto te quero, ó Clóri, tanto, tanto;
e tenho neste tanto tanto tento,
que em cuidar que te perco, me espavento;
e em cuidar que me deixas, me ataranto.

Se não sabes (ai, Clóri!) o quanto, o quanto
te idolatra rendido o pensamento,
digam-to os meus suspiros cento a cento;
soletra-o nos meus olhos pranto a pranto.

Oh, quem pudera agora encarecer-te
os esquisitos modos de adorar-te
que amor soube inventar para querer-te!

Ouve, Clóri; mas não, que hei de assustar-te;
porque é tal o meu incêndio, que ao dizer-te
ficarás no perigo de abrasar-te.

D. Clóris. Senhor d. Gilvaz, as suas finezas, por encarecidas, perdem a estimação de verdadeiras; que quem tem a língua tão solta para os encarecimentos terá presa a vontade para os extremos.
D. Gilvaz. Como há de haver experiências na minha constância, serão os sucessos de minhas finezas os cronistas de meu amor.

Canta d. Gilvaz a seguinte

ÁRIA
Viste, ó Clóri, a flor gigante,
que procura firme, amante,
seguir sempre a luz do sol?
Dessa sorte, sem desmaios,
sol que gira são teus raios,
e meu peito girassol.
Mas ai, Clóri, que a luz pura
de teus raios mais se apura
de meu peito no crisol.

D. Clóris. Cessa, meu bem, de encarecer-me o teu amor; já sei são verdadeiras as tuas expressões. Oh, se eu tivera a fortuna que essas vozes as não levasse o vento, para aumentar com elas a força de sua inconstância!

Sai Sevadilha.

Sevadilha. É bem feito! É bem empregado!
D. Clóris. O quê, Sevadilha?
Sevadilha. O senhor, que está acordado!
D. Clóris. Não pode ser, a estas horas; não te creio, que és uma medrosa.
Sevadilha. Falo verdade e não minto.

Canta Sevadilha a seguinte

ÁRIA
Senhora, que o velho
se quer levantar!
Mofina de mim,
que ouvi escarrar,
falar e tossir!
Senhor, vá-se embora! *(Para d. Gilvaz.)*
Vá já para fora;
se não, o papão
nos há de engolir.

Fagundes. Ui, senhores! Isto é coisa de brinco? O senhor seu tio está com tamanho olho aberto, que parece um leão que está dormindo; deite fora esse homem e venha-se agasalhar, que já vem amanhecendo.
D. Clóris. Pois deitem fora a d. Gilvaz! Meu bem, estimarei que as suas obras correspondam às suas palavras. *(Vai-se.)*

Saem d. Nise e d. Fuas.

D. Nise. Fagundes, encaminha a d. Fuas, que meu tio está acordado.
D. Fuas. Ainda o embuçado aqui está? É para ver! Ah, cruel! *(À parte.)*

D. Nise. Anda, Fagundes.

Fagundes. Senhora, que não há escada para descerem.

D. Nise. E aquela por onde subiu onde está?

Fagundes. Empurrei-a com um homem que também queria subir.

D. Gilvaz. Devia ser Semicúpio. *(À parte.)*

D. Fuas. Pois como há de ser?

Sevadilha. Não há mais remédio que saltar pela janela.

Fagundes. Mas vejam não caiam no alfuje[39].

D. Gilvaz. Em boa estou metido! *(À parte.)*

D. Fuas. Onde está a chave da porta?

Sevadilha. A chave tem guardas e está agasalhada no travesseiro do velho, por não dormir numa porta.

Dentro, d. Lancerote. Fagundes, venha abrir esta janela, que já vem amanhecendo.

Fagundes. Eis aqui vossas mercês o que quiseram!

Dentro, d. Lancerote. Fagundes, que faz, que não vem?

Fagundes. Estou enxotando o gato da vizinha. Sape, gato! Senhores, escondam-se aonde for.

D. Nise. Ai que desgraça!

Dentro, d. Lancerote. Sevadilha, que é isso lá?

Dentro, Sevadilha. É o gato da vizinha. Sape, gato!

Dentro, Semicúpio. Abram a porta, que se queima a casa! Fogo! Fogo!

Fagundes. Ai, que há fogo na casa! São Marçal!

D. Nise. Eu estou morta!

D. Clóris. Ai, que se queima a casa! Que desgraça!

D. Fuas. Pior é esta! *(Sai.)*

D. Gilvaz. Há horas minguadas!

Dentro, Semicúpio. Abram a porta, que há fogo. Fogo!

Sevadilha. Mofina[40] de mim, que lá vão os meus tarecos[41]!

Dentro, Semicúpio. Não ouvem? Pois lá vai a porta pela porta fora.

---

39 . *Alfuje*, forma popular de alfurja, o mesmo que saguão.
40 . *Mofina*, pessoa de má sorte, infeliz.
41 . *Tareco*, o mesmo que cacareco, coisa sem importância.

Sai Semicúpio com uma quarta às costas e ao mesmo tempo sai d. Lancerote em fralda de camisa e d. Tibúrcio embrulhado em um lençol, com uma candeia de garavato[42] na mão.

SEMICÚPIO. Fogo, fogo!
FAGUNDES. Adonde é, meu senhor?
D. TIBÚRCIO. Que é isto cá?
D. LANCEROTE. Fogo aonde, se eu não vejo fumo?
SEMICÚPIO. Como há de ver o fumo, se o fumo faz não ver?
D. TIBÚRCIO. Aqui me cheira a alecrim queimado.
D. LANCEROTE. Dizes bem. Clóris, acendeste algum alecrim?
D. CLÓRIS. Eu, senhor, não... Foi... porque sempre...
D. LANCEROTE. Cala-te, que eu porei o alecrim com dono. Há mais mofino homem! Lá vai o suor de tantos anos!
SEMICÚPIO. Com ele podia vossa mercê apagar este fogo.
D. GILVAZ. Estou admirado de ver a traça de Semicúpio! *(À parte.)*
D. TIBÚRCIO. Senhores, acudamos a isto, que se acaba a torcida.
D. LANCEROTE. Vede, sobrinho, ainda assim não se entorne o azeite.
D. NISE. Ai, os meus craveiros de manjerona!
D. CLÓRIS. Ai, os meus olhos de alecrim!
FAGUNDES. Ai, a minha canastra!
SEVADILHA. Ai, os meus tarequinhos!
D. LANCEROTE. Ai, a minha burra!
D. TIBÚRCIO. Ai, o meu alforje!
SEMICÚPIO. Ai, com tanto ai! Senhores, onde é o fogo?
D. LANCEROTE. Vejam vossas mercês bem por essas casas aonde será.
SEMICÚPIO. Entremos, senhores, antes que se ateie o incêndio.
D. GILVAZ E D. FUAS. Vamos.

Entram Semicúpio, d. Fuas e d. Gilvaz, e logo tornam a sair.

D. LANCEROTE. Vereis vós, tramposinha[43], que fim leva o alecrim.
D. CLÓRIS. O alecrim não tem fim, que nunca murcha.

---

42. *Candeia de garavato*, lamparina com haste para se dependurar.
43. *Tramposinha*, velhaca.

Saem os três.

D. Gilvaz. Não se assustem, que não é nada.

D. Fuas. Já se apagou, Deus louvado!

D. Lancerote. Aonde foi?

Semicúpio. Foi no almofariz, que estava ao pé da isca[44].

Sevadilha. Pois eu não fui a que petisquei.

Fagundes. Pois eu nem no ferrolho.

Semicúpio. Pois eu ainda estou em jejum.

D. Lancerote. Ora, meus senhores, vossas mercês me vivam muitos anos, pela honra que me fizeram.

D. Gilvaz. Sempre buscarei ocasiões de servir a esta casa. *(Vai-se.)*

D. Fuas. E eu não menos. *(Vai-se.)*

Semicúpio. Agradeça-nos a boa vontade, não mais.

Fagundes. Se não houvessem[45] boas almas, já o mundo estava acabado.

D. Clóris. Eu estou pasmada do sucesso! *(À parte.)*

D. Nise. E eu não estou em mim! *(À parte.)*

D. Tibúrcio. Ora com licença, meus senhores, que me vou pôr em fresco. *(Vai-se.)*

D. Lancerote. Eu todavia ainda não estou sossegado. Viu vossa mercê bem na chaminé?

Semicúpio. Para que vossa mercê descanse de todo, vazarei esta quarta nos narizes daquela velha, que são duas chaminés.

Fagundes. Ai, que me ensopou! Senhor, que mal lhe fiz?

Semicúpio. É dar-lhe a molhadura de certa obra.

D. Lancerote. Que fez vossa mercê?

Semicúpio. Deixe, senhor; isto é para que se lembre, e tenha cuidado no fogo, que facilmente se pode atear por um acidente.

Fagundes. Vou mudar de camisa. *(Vai-se.)*

D. Nise. Tomara aproveitar os cacos para a minha manjerona.

D. Lancerote. Esta advertência merece esta moça, que é uma descuidada que por seus desmazelos me deixou furtar um capote.

---

44. *Foi no almofariz, que estava ao pé da isca*. Essa frase quer dizer que o fogo pegou na madeira que estava no fogareiro.

45. *Houvessem* por houvesse. O autor empregou intencionalmente o verbo haver como sinônimo de ter, pois os seus personagens costumam transgredir a língua literária.

Cantam d. Lancerote, Sevadilha, Semicúpio, d. Clóris
e d. Nise a seguinte

ÁRIA A CINCO
D. Lancerote. Tu moça, tu tonta,
   sentido no fogo;
   se não, tu verás.
Sevadilha. Debalde é o seu rogo,
   que fogo sem fumo
   não é bom sinal.
Semicúpio. Que linda pilhage[46]
   num fogo salvage,
   que lambe voraz!
D. Clóris. Não sente quem ama.
D. Nise. Não temo essa chama.
Ambas. Que é fogo de amor.
D. Lancerote. Cuidado no fogo.
Sevadilha. Debalde é o seu rogo.
D. Lancerote e Sevadilha. Que fogo sem fumo
   não é bom sinal.
D. Lancerote. Sentido, cuidado.
Semicúpio. Que fogo salvage.
Todos, exceto d. Lancerote. Que é fogo de amor.
Todos. Cuidado, pois, cuidado,
   que algum furor vendado
   fulmina tanto ardor.

---

46 . *Pilhage*, forma popular para pilhagem.

Parte II

CENA I
Praça. Saem d. Gilvaz e Semicúpio.

D. Gilvaz. Ainda não sei cabalmente aplaudir a tua indústria, ó insigne Semicúpio.

Semicúpio. Nem aplaudir, nem agradecer, senhor d. Gilvaz.

D. Gilvaz. As tuas idéias são tão impossíveis de aplaudir, como de agradecer; pois todo o prêmio é diminuto e todo o louvor limitado.

Semicúpio. Visto isso, eu mesmo tenho a culpa de não ser premiado; porque, se eu não servira tão bem, estaria mais bem servido. Senhor meu, eu nunca fui amigo de palanfrórios. Mais obras, e menos palavras! Eu quero que me ajuste a minha conta.

D. Gilvaz. Para quê?

Semicúpio. Para pôr-me no olho da rua, que serei mais bem visto.

D. Gilvaz. Semicúpio, nem sempre o Diabo há de estar atrás da porta.

Semicúpio. Sim, porque entrará para dentro de casa.

D. Gilvaz. Cala-te, que, se consigo a d. Clóris com seu dote e arras[47], eu te prometo que andes numa boléia[48].

---

47. *Arras*, contrato, penhor.
48. *Andar numa boléia*, andar em carruagem.

SEMICÚPIO. Senhor, não me ande com a cabeça à roda com essas promessas. Era melhor que os prêmios andassem a rodo.

Sai Fagundes.

FAGUNDES. Lá deixo a d. Fuas metido numa caixa, para o introduzir com d. Nise em casa sem sustos, como da outra vez. Tomara achar um homem que ma carregasse.

D. GILVAZ. Lá vem a velha, criada de d. Clóris.

SEMICÚPIO. Retire-se vossa mercê e deixe-me com ela.

D. GILVAZ. Pois eu aqui te espero. *(Vai-se.)*

FAGUNDES. Ó filho, por vida vossa quereis levar-me uma caixa?

SEMICÚPIO. Com quê, achou-me vossa mercê com ombros de mariola!

FAGUNDES. Pois perdoe-me, que cuidei que era homem de ganhar.

SEMICÚPIO. Todos nesta vida somos homens de ganhar; porém o modo é que desautoriza.

FAGUNDES. Isto não era mais que levar uma caixa às costas.

SEMICÚPIO. Pois, se não é mais do que isso, entendo que não estará mal à minha pessoa.

FAGUNDES. Qual mal? Antes lhe estará muito bem.

SEMICÚPIO. Mas advirta que isto em mim não é ofício; é uma mera curiosidade.

FAGUNDES. Ora Deus lhe dê saúde. Olhe, ela pesa pouco e vem aqui para casa de d. Lancerote.

SEMICÚPIO. E de quem é a caixa?

FAGUNDES. É minha, que a que eu tinha toda se desfaz em caruncho.

SEMICÚPIO. Pois esta não se livrará da traça que intento usar com ela. *(À parte.)* Vamos, senhora. *(Vai-se.)*

FAGUNDES. Ande, meu filho. *(Vai-se.)*

Sai d. Gilvaz.

D. GILVAZ. Aonde irá Semicúpio com a velha? O maldito não perde ocasião. Com semelhante jardineiro não murchará o alecrim de d. Clóris; porém ele lá vem com uma caixa às costas.

Sai Semicúpio com uma caixa às costas e logo a põe no chão.

SEMICÚPIO. Desencontrei-me da velha, que andará tonta por mim.
D. GILVAZ. Que é isto, Semicúpio?
SEMICÚPIO. Não lhe importe; vá-se enrolando, que se há de meter aqui dentro e hei de levar esse corpinho à casa de d. Clóris.
D. GILVAZ. Isso é quimera. Como posso eu caber aí?
SEMICÚPIO. Isso não me importa a mim; abata as presunções, que logo caberá em toda a parte.
D. GILVAZ. E como havemos abri-la, que está fechada?
SEMICÚPIO. Não sabe que a irmã gazua sempre me acompanha? Eu a abro. *(Abre.)*
D. GILVAZ. Esta tramóia é mui arriscada. Que tem dentro?
SEMICÚPIO. Eu vejo uns trapos estendidos. Ande, ande, que nos importa a nós.
D. GILVAZ. Ora vamos a isso! Ai, Clóris, quanto me custas!

*Mete-se d. Gilvaz na caixa, e a fecha Semicúpio
e logo a põe às costas e dentro também virá d. Fuas.*

SEMICÚPIO. Não há de ser má esta encaixação. Arre, o que pesa a criança!
D. FUAS. Ai, que me esmagam os narizes!
D. GILVAZ. Quem está aqui? Espera! Vejamos o que é.
SEMICÚPIO. O que for lá se achará.
D. GILVAZ. Espera, que isto é traição.
D. FUAS. Homem dos diabos, não me esborraches.
D. GILVAZ. À que de el-rei! Não há quem me acuda?
SEMICÚPIO. Cale-se, tamanhão, que para boa casa vai. *(Vão-se.)*

CENA II
Sala. Saem d. Tibúrcio e Sevadilha.

D. TIBÚRCIO. Sevadilha, agora que estamos sós, quero-te pedir um conselho.
SEVADILHA. Se vossa mercê acha que lho posso dar, proponha, que eu resolverei.

D. TIBÚRCIO. Tu bem sabes que eu vim para casar com uma destas duas primas minhas. Ambas são belas, ao que entendo; só me resta saber as manhas de cada uma, para que escolha do mal o menos.

SEVADILHA. Senhor, ambas são mui bastantes moças. A senhora d. Clóris é mui perfeita; sabe fazer os ovos moles muito bem. A senhora d. Nise tem melhor juízo; muito assento, quando não está de levante; grande capacidade e tanto, que, sendo tão rapariga, já lhe nasceu o dente do siso; porém na condição é uma víbora assanhada.

D. TIBÚRCIO. Não sei, Sevadilha, o que faça neste caso.

SEVADILHA. Não casar com nenhuma.

D. TIBÚRCIO. Pois eu vim cá por besta de pau?

SEVADILHA. Eu digo o que entendo em minha consciência.

D. TIBÚRCIO. Oh, se pudera eu casar contigo, Sevadilha, porque só tu me caíste em graça!

SEVADILHA. Ai que graça! Diga-me isso outra vez.

D. TIBÚRCIO. Não zombo, que não estou fora de fazer eu uma parvoíce.

SEVADILHA. Não será a primeira.

D. TIBÚRCIO. Queres tu que fujamos? Olha que estou com minhas tentações de te fazer dona da minha casa.

SEVADILHA. Diga-me dessas, que gosto disso.

D. TIBÚRCIO. Sevadilha, não percas esta fortuna.

SEVADILHA. Quem é a fortuna?

D. TIBÚRCIO. Sou eu, que te quero.

SEVADILHA. Se é fortuna, será inconstante.

D. TIBÚRCIO. Ai, que a moça me fala por equívocos! És discreta.

SEVADILHA. Ora vá-se com a fortuna.

Sai Semicúpio com a caixa às costas.

SEMICÚPIO. Quem toma conta deste arcaz[49]?

D. TIBÚRCIO. Quem o manda?

SEMICÚPIO. Uma mulher já de dias grandes, porque era bastantemente velha.

D. TIBÚRCIO. A mim me melem, se isto não é já alguma preparação para o casamento!

---

49. *Arcaz*, móvel em forma de arca.

SEMICÚPIO. Vossa mercê parece que adivinha, pois para casamento é, segundo ouvi dizer a um terceiro.

D. TIBÚRCIO. Sabes o que virá aí dentro?

SEMICÚPIO. Cuido que é um vestido.

D. TIBÚRCIO. E que tal?

SEMICÚPIO. Belo na verdade, bordado com uns vivos brancos, e de cores tão vivas, que estão saltando.

D. TIBÚRCIO. É de mulher, ou de homem?

SEMICÚPIO. Tudo o que aqui vem é para mulher.

D. TIBÚRCIO. Cuidei que era para mim.

SEVADILHA. Aquele é Semicúpio. Ele, que carrega a caixa, não é sem causa. *(À parte.)*

SEMICÚPIO. Sevadilha lá me está deitando uns olhos, que se vão os meus atrás deles. *(À parte.)*

D. TIBÚRCIO. Já te pagaram?

SEMICÚPIO. Não, senhor; mas eu esperarei pela velha.

D. TIBÚRCIO. Pois, Sevadilha, em que ficamos? Ajustemos o negócio?

SEVADILHA. É boa esta, ouvindo-me Semicúpio! *(À parte.)*

D. TIBÚRCIO. Olha, Sevadilha, eu te quero tanto, que fecharei os olhos a tudo, só por casar contigo.

SEMICÚPIO. Tome-se lá, o que estavam ajustando os dois! Eu lho estorvarei. *(À parte.)*

D. TIBÚRCIO. Que dizes, rapariga?

SEMICÚPIO. Ah, senhor, pague-me o carreto da caixa.

D. TIBÚRCIO. Espera, que logo vem a velha.

SEMICÚPIO. Sim, pois a moça logo vai. *(À parte.)*

D. TIBÚRCIO. Tu ainda és menina; não sabes o que te convém.

SEVADILHA. Eu não necessito de tutores.

D. TIBÚRCIO. Olha que eu sou morgado na minha terra, e terás tantos e quantos.

SEMICÚPIO. Senhor, pague-me o carreto da caixa, que não posso esperar.

D. TIBÚRCIO. Logo, espera! Ora, Sevadilha, isso há de ser; dá-me um abraço.

SEMICÚPIO. Venha o carreto da caixa; é boa essa!

SEVADILHA. É boa teima!

D. TIBÚRCIO. Pois dá-me ao menos esse malmequer por prenda tua.

SEMICÚPIO. Ora venha já esse carreto; se não, tudo vai cos diabos!

D. Tibúrcio. Espera, homem; ouve, mulher.
Sevadilha. Vá-se daí, malcriado, aleivoso maligno! É o que me faltava!

Canta Sevadilha a seguinte

ÁRIA
Que um tonto jarreta
que um néscio pateta
me fale em amor
ou é para rir,
ou para chorar.
Não cuide em amores,
que nesses ardores
se pode frigir,
se pode abrasar. *(Vai-se.)*

Semicúpio. Regalou-me esta ária. Vou dizer a Sevadilha: "Diga a d. Clóris que ali está meu amo!", e finjo que me vou. Senhor, adeus. Eu virei noutra ocasião. *(Vai-se.)*

*Sai d. Lancerote com um castiçal e vela acesa e a porá
em cima da caixa, donde ao depois se assentarão.*

D. Lancerote. Sobrinho, vós bem sabeis que um hóspede, passados os três dias, logo fede como cavalo morto. Isto não é dizer que fedeis, mas vos afirmo que me não cheira bem essa vossa irresolução, vendo que indeciso ainda não elegestes qual de vossas primas há de ser vossa consorte.

D. Tibúrcio. Senhor, as perfeições de cada uma são tão peregrinas, que vacila a vontade na eleição dos sujeitos; pois, quando me vejo entre Clóris e Nise, me parece que estou entre Cila e Caríbdis[50].

D. Lancerote. Pois, sobrinho, resolver; resolve logo, e já.

D. Tibúrcio. Pois, senhor, se a um enforcado se dão três dias, eu, que no casar noto a mesma propriedade, pois bem se enforca quem mal se casa, peço três dias também para me resolver.

D. Lancerote. Três dias peremptórios concedo; e, para que não haja dúvidas no dote, assentai-vos, e sabereis o que haveis de levar. *(Assentam-se.)*

---

50 . *Estar entre Cila e Caríbdis* significa escolher uma entre duas opções difíceis.

D. Tibúrcio. Isso é santo e bom, para que não seja a noiva de contado, e o dote de prometido.

D. Lancerote. Eu, meu sobrinho, suposto tenha corrido muito mundo, contudo me acho alcançado.

D. Tibúrcio. Isso é bonito!

D. Lancerote. Primeiramente, cada uma de minhas sobrinhas tem muito boa limpeza.

D. Tibúrcio. Sim, senhor; são muito asseadas; nisso não há dúvida.

D. Lancerote. Além disso... Estai atento, meu sobrinho; não deis salabancos[51] com a caixa, que isso é manha de bestas. *(Bole a caixa.)*

D. Tibúrcio. Eu estou com os cinco sentidos bem quietos.

D. Lancerote. Como digo, sabereis que todo o meu cabedal anda sobre as ondas do mar. Não estareis quieto? *(Bole a caixa.)*

D. Tibúrcio. Não sou eu, por vida minha.

D. Lancerote. Não vedes a caixa a saltar?

D. Tibúrcio. É verdade; será de contente.

Cai a caixa com os dois.

D. Lancerote. Isto agora é mais comprido.

D. Tibúrcio. E isto é mais estirado.

D. Lancerote. Ai! Quem me acode com uma luz?

Saem d. Clóris, d. Nise, Fagundes e Sevadilha com luz.

Todos. Que sucedeu?

D. Tibúrcio. O maior caso que viram as idades.

D. Lancerote. Eu, que na maior idade vi o maior caso.

D. Nise. Pois que foi?

D. Clóris. Que sucedeu, senhores?

Sevadilha. Que é isto?

Fagundes. Que foi? Que sucedeu? Que é isto?

D. Tibúrcio. Esta caixa.

D. Lancerote. Esta arca.

---

51. *Salabanco*, forma popular de solavanco.

D. Tibúrcio. Que em torcicolos...
D. Lancerote. Que em bamboleios...
D. Tibúrcio. Com pulos...
D. Lancerote. Com saltos...
D. Tibúrcio. Deitou-me no chão.
D. Lancerote. No chão me estendeu.
D. Nise. É raro caso!
D. Clóris. É caso raro!
Sevadilha. É, não há dúvida! Ai, que ela torna a bulir! Fujamos, senhores.
Fagundes. Valha-te o Diabo, d. Fuas, que tão inquieto és! *(À parte.)*
D. Lancerote. Esta caixa tem algum encanto; abramo-la.
D. Tibúrcio. Diz bem; abra-se a caixa.
D. Nise. Ai de mim! Que será de d. Fuas? *(À parte.)*
D. Clóris. Que será de d. Gil? *(À parte.)*
D. Tibúrcio. Vá o tampo dentro.
Sevadilha. Tenham mão, que pode vir dentro algum diamante, que nos mate aqui a todos.
Fagundes. Ai, santo breve da marca!
D. Nise. Senhor, se se abre a caixa, desmaiamos todos aqui.
D. Lancerote. Vamo-nos, que a prudência é melhor que o valor. *(Vai-se.)*
D. Tibúrcio. Pois, só, não quero ser valente. *(Vai-se e leva a luz.)*
Sevadilha. Ai! Não sei que pés me hão de levar! Ande, senhora!
D. Clóris. Fazes bem em disfarçar até ao depois. *(Vai-se.)*
Fagundes. A caixa parece que tocou a recolher.
D. Nise. E não foi o pior o ficarmos às escuras, que assim terão todos medo de vir aqui. Ora abre a caixa e dize a d. Fuas que saia.
Fagundes. Ai, a caixa está aberta! Seria com os salabancos. Saia, meu senhor, e perdoe o descômodo.

Abre a caixa e sai d. Gilvaz.

D. Gilvaz. Ó tu noturna deidade, que no caliginoso bosque destas sombras brilhas, carbúnculo da formosura, aqui tens segunda vez no teatro de tua beleza representada a minha constância na tragicomédia de meu amor.
Fagundes. Senhora, quem às escuras é tão discreto, que fará às claras?
D. Nise. Já vou acreditando, meu bem, as tuas finezas; porém...

Sai d. Fuas da caixa.

D. Fuas. Porém o teu engano, falsa, inimiga, segunda vez se repete para meu desengano e tua afronta.

D. Nise. Que é isto, Fagundes? Que tramóias são estas?

Fagundes. Eu estou besta, pois só a d. Fuas meti na caixa!

D. Nise. Pois como há aqui outro, fora d. Fuas?

Fagundes. Eu não sei, em minha consciência, que não é má.

D. Fuas. Senhora d. Nise, para que são esses fingimentos? Peleje agora com Fagundes, para se mostrar inocente.

D. Gilvaz. Esta é d. Nise; eu me recolho ao vestuário, até que venha d. Clóris.

Mete-se d. Gilvaz na caixa.

D. Nise. Já disse, senhor d. Fuas, que a minha constância vive isenta dessas calúnias.

D. Fuas. À que de el-rei, senhora! Quereis que dê com a cabeça por essas paredes? É possível que ainda intentais negar o que tão repetidas vezes tenho experimentado?

D. Nise. Senhor, é pouca fortuna de minha firmeza encontrar sempre com acidentes de falsidade.

Fagundes. Senhor d. Fuas, não cuide vossa mercê que somos cá nenhumas mulheres de cacaracá[52]! Mas ali vem gente.

D. Nise. Recolha-se outra vez, que eu entanto aqui me retiro. Anda, Fagundes. *(Vai-se.)*

Fagundes. Senhor, nós já tornamos. *(Vai-se.)*

D. Fuas. Mais à minha conservação, que ao teu respeito, obedeço.

Esconde-se d. Fuas na caixa e sai d. Clóris.

D. Clóris. Que se expusesse d. Gil ao perigo de vir em uma caixa a meu respeito! Ora o certo é que não há mais extremoso amante; porém os fumos de alecrim têm a mesma virtude que o incenso nos pombos, que os faz tornar

---

52 . *Mulheres de cacaracá*. Diz-se de mulheres desonestas, vulgares.

ao pombal. Mas donde estará aqui a caixa? Esta suponho que é. Já, meu bem, podes sair sem susto.

Sai d. Fuas da caixa.

D. Fuas. Sim, tirana, pois já me não assustam as tuas falsidades!

D. Clóris. Que falsidades? Que dizes? Enlouqueceste, ou ignoras com quem falas?

D. Fuas. Contigo falo, que com outro amante duas vezes infiel te encontrou a minha infelicidade.

D. Clóris. Cuido que não são tantos os encontros que temos tido.

D. Gilvaz. Aquela voz é de d. Clóris! Estou ardendo com zelos! *(À parte.)*

D. Fuas. Já estou desenganado da tua falsidade. Já sei que estoutro amante que vive encerrado nessa caixa é o que só merece os teus agrados.

D. Gilvaz. E como que o merece, pois só ele é digno desse favor; e a quem o impedir lhe meterei esta espada até às guarnições.

D. Fuas. Vês, ingrata, se é certa a minha suspeita?

D. Clóris. Eu estou confusa e não sei a quem satisfaça!

D. Gilvaz. Ainda continua, insolente? Não sabe que esta dama é coisa minha?

D. Fuas. Já agora, por capricho, apesar das suas aleivosias, hei de dar a vida por *mi dama*.

D. Clóris. Senhores, que desgraça!

D. Gilvaz. Se não estivera às escuras, tu serias o alvo de minhas iras.

D. Fuas. Pois se não fora a escuridade, eu te fizera ver o meu brio; mas, ainda assim, eu vou dando, dê donde der.

D. Clóris. Senhores, dêem de manso; não os ouça meu tio.

Cantam d. Fuas, d. Gilvaz e d. Clóris a seguinte

ÁRIA A TRIO

D. Gilvaz. Se não fora por não sei quê,
  te matara mesmo aqui.

D. Fuas. Se não fora o velho ali,
  te fizera um não sei quê.

D. Clóris. De mansinho, pouca bulha!
  Cala-te, gralha; cala-te, grulha,
  porque o velho há de acordar.

D. Gilvaz. Pois aqui mui mansamente
  matarei este insolente.
D. Fuas. Também eu, pela calada,
  meterei a minha espada.
D. Clóris. Devagar; não dêem de rijo,
  porque o velho há de acordar.
Todos. Quem pudera em tanta luta
  sua dor desabafar!
D. Fuas e d. Gilvaz. Se não grito neste caso,
  sou capaz de rebentar.
D. Clóris. Mais que estalem e arrebentem,
  não se há de aqui falar.
Todos. Não se pode isto aturar! *(Vão-se.)*

Sai Semicúpio pela mão de Sevadilha.

Semicúpio. Donde me levas, Sevadilha?
Sevadilha. Ande; não me faça perguntas.
Semicúpio. Não há uma candeia nesta casa, que se me meta na mão, que estou morrendo por te ver?
Sevadilha. Melhor fineza é amar por fé.
Semicúpio. Como, se eu não dou fé de ti?
Sevadilha. Ande, que o amor se pinta cego.
Semicúpio. Muito vai do vivo ao pintado.
Sevadilha. Assim estamos mais à nossa vontade.
Semicúpio. Andar! Suponho que tenho o meu amor na Noruega! Mas, ainda assim, isto de estar às escuras, não é grande coisa para um homem dizer à sua dama quatro hipérboles; pois, se não vejo, como poderei dizer-te que és estátua de alabastro sobre plintos de jaspe, neve vivente e racional sorvete, mas só carapinhada, pois negra te considero nesta Etiópia? Oh, negregada ocasião, em que por falta de uma candeia não sai à luz a tua formosura!
Sevadilha. Pois o fogo de teu amor não basta para alumiar esta casa?
Semicúpio. Se a luz excessiva faz cegar, também a minha chama, por excessiva, não alumia; mas com tudo isto, não nos metamos no escuro. Falemos claro: como estamos nós daquilo que chamamos amor?
Sevadilha. E como estamos nós do malmequer, que esse é o ponto?

SEMICÚPIO. Cada vez está mais viçoso com a copiosa inundação de meu pranto.

SEVADILHA. E teu amo com o alecrim?

SEMICÚPIO. Isso são contos largos! O homem anda doido; tudo quanto vê lhe parece que é alecrim. Estoutro dia, estava teimoso em que havia de cear selada de alecrim, mais que o levasse o Diabo. Olha! Para contar-te as loucuras que faz, assentemo-nos, que isto se não pode levar de pé.

Assenta-se Semicúpio na caixa, que estará com o tampo levantado, e cai dentro da caixa, que se fechará com a dita queda.

SEMICÚPIO. Mas ai, Sevadilha, que caí num poço sem fundo!

SEVADILHA. Onde estás, Semicúpio?

SEMICÚPIO. Não sei onde estou; só sei que estou aqui.

SEVADILHA. Onde é aqui?

SEMICÚPIO. É aqui.

SEVADILHA. Aqui, onde?

SEMICÚPIO. É boa pergunta! Eu sei cá donde são os aquis na casa alheia? Sei que estou aqui num fole, como criança que nasce implicada, mas sem ventura.

SEVADILHA. Pois sai daí e anda para aqui.

SEMICÚPIO. Isso é se eu soubera ir daqui para aí!

SEVADILHA. Quem te impede?

SEMICÚPIO. Estou entupido.

SEVADILHA. Dá dois espirros.

SEMICÚPIO. Falta-me a Sevadilha[53], que a não acho, por mais que ando ao cheiro dela. Ora, filha, tira-me daqui, tu não ouves?

SEVADILHA. Eu bem ouço; porém, não vejo aonde estás.

SEMICÚPIO. Busca-me fora de mim, porque não estou dentro em mim metido nesta sepultura, donde só campa por infeliz a minha desventura.

SEVADILHA. Cala-te, Semicúpio, que aí vem gente com luzes. Adeus, até logo. *(Vai-se.)*

SEMICÚPIO. Estou no mais apertado lance que ninguém se viu!

---

53 . *Sevadilha* significa pessoa que vive à custa dos outros; parasita, servil, mas também cevadilha é a planta conhecida por "espirradeira". Parece, portanto, que falta a Semicúpio a "cevadilha" para dar os dois espirros sugeridos por Sevadilha.

Saem d. Lancerote com uma luz, e d. Tibúrcio.

D. LANCEROTE. Apuremos este encanto. Sobrinho, nós havemos ver o que encerra nesta caixa, ainda que o cabelo se arrepie.

D. TIBÚRCIO. Se for coisa desta vida, ficará sem ela; e se for da outra, a mandarei para o outro mundo.

D. LANCEROTE. Pois, sobrinho, abri essa caixa com intrépido valor.

D. TIBÚRCIO. Abra vossa mercê, que é mais velho, e em tudo tem o primeiro lugar.

D. LANCEROTE. Deixai cumprimentos, que a ocasião não é para cerimônias.

D. TIBÚRCIO. Por nenhum modo! Não tem que se cansar, que lhe não quero tirar a glória desta empresa.

D. LANCEROTE. O magano[54] contralogrou-me[55]. Pois eu confesso que estou tremendo de medo. *(À parte.)*

D. TIBÚRCIO. Queria arrumar-me o gigante? É bem esperto. *(À parte.)*

D. LANCEROTE. Ora pois! Hei de ir eu, ou haveis de ir vós?

D. TIBÚRCIO. Vá; não haja cumprimentos, que eu sou de casa.

D. LANCEROTE. Não há mais remédio que ir eu em corpo e alma, a ver esta alma sem corpo, ou este corpo sem alma! Deus vá comigo; anjo da minha guarda e todo o *Flos Sanctorum* me defenda!

D. TIBÚRCIO. Ande, tio; não tenha medo, que eu estou aqui.

D. LANCEROTE. Pois, se não fora isso, já eu deitava a correr. *(À parte.)*

SEMICÚPIO. Ai, que sem dúvida estou na caixa em que a trouxe a d. Gil, e segundo o que aqui ouço dizer, me intentam reconhecer! Eu lhes tocarei a caixa!

*Chega-se d. Lancerote à caixa e, tanto que a abre,
deita Semicúpio a cabeça de fora e dá um assopro na vela.*

D. LANCEROTE. Ó tu, quem quer que és, que estás nesta caixa!... Mas ai, que me apagaram a vela com um assopro!

D. TIBÚRCIO. Assopra!

SEMICÚPIO. Mui fraca era aquela luz, pois de um assopro a derribei.

D. LANCEROTE. Sobrinho, vós estais aí?

---

54. *Magano*, o mesmo que espertalhão, folgado, atrevido.
55. *Contralogrou-me*, o mesmo que "enganou-me".

D. Tibúrcio. Como se não estivera.

D. Lancerote. Quem seria o cruel, que tão aleivosamente matou uma inocente luz, a assopros frios?

Semicúpio. Deus lhe perdoe, que era uma luz a todas as luzes boa; mas eu quero safar-me daqui, e temo marrar de narizes com alguém. Mas que remédio?

D. Lancerote. Agora vos chegais para mim, cobarde sobrinho? Ide, que por vossa culpa não acabei de desencantar este encanto.

D. Tibúrcio. Veja vossa mercê como chama cobarde!

D. Lancerote. Calai-vos, abóbora, que degenerais de quem sois.

D. Tibúrcio. A mim abóbora?

Semicúpio. Agora é boa ocasião de ir-me; porque, ainda que encontre com algum, cuidarão que são murros. Lá vai o primeiro! *(Dá.)*

D. Lancerote. Ó mal ensinado, pondes mãos violentas em vosso tio?

Semicúpio. Eu abrirei caminho desta sorte, dando a troxe-moxe[56]. *(Dá.)*

D. Tibúrcio. É boa essa, senhor tio! Assim se dá num barbado?

D. Lancerote. Calai-vos, maganão, que não haveis de casar! Mas ai, que me destes uma bofetada com a mão aberta! À que de el-rei sobre este magano de meu sobrinho! *(Vai-se.)*

D. Tibúrcio. À que de el-rei sobre este caduco de meu tio! *(Vai-se.)*

Semicúpio. À que de el-rei, que já me deixaram! *(Vai-se.)*

CENA III
Câmara. Saem d. Gilvaz e d. Nise.

D. Gilvaz. Senhora d. Nise, se acaso em vossa piedade pode achar amparo um desgraçado, peço-vos que me oculteis; pois já a rubicunda aurora em risonhas vozes nos avisa da chegada do sol, assim a vossa manjerona se veja coroada de louro no capitólio do amor.

D. Nise. Já o alecrim pede favores à manjerona?

D. Gilvaz. Se d. Clóris não aparece, que quereis que faça?

D. Nise. Pois escondei-vos nessa alcova, enquanto a vou chamar.

---

56. *Troxe-moxe*, o mesmo que trouxe-mouxe, "a torto e a direito".

Esconde-se d. Gilvaz e sai d. Fuas.

D. Fuas. Aonde vais, tirana? Procuras acaso o teu amante? Oh, murcha seja a tua manjerona, que como planta venenosa me tem morto!

D. Nise. Homem do demônio ou quem quer que és, que em negra hora te vi e amei, que desconfianças são essas? Que amante é esse, com quem me andas aqui apurando a paciência, e sem quê, nem para quê, descompondo a minha manjerona?

D. Fuas. Pois quem era aquele que saiu da caixa a dizer-te mil colóquios?

D. Nise. Que sei eu quem era? Salvo fosse... Mas retira-te, que aí vem gente.

D. Fuas. Esconder-me-ei aonde for.

Quer esconder-se onde está d. Gilvaz.

D. Nise. Não te escondas aí. Ai de mim, que, se d. Fuas vê a d. Gil, fará o seu ciúme verdadeiro! *(À parte.)*

D. Fuas. Não queres que me esconda aí? Agora, por isso mesmo.

D. Nise. Tem mão; adverte...

D. Fuas. Qual adverte? Tens aí acaso escondido o teu amante?

D. Nise. Não, d. Fuas, porque só tu...

D. Fuas. Que é isso? Mudas de cor?

D. Nise. Se a cor é acidente, estou para desmaiar, vendo a sem-razão com que me criminas.

Sai d. Clóris.

D. Clóris. Nise, que alarido é esse? Queres que venha o tio e ache aqui este estafermo[57]?

D. Nise. São loucuras de um zeloso, sem causa.

D. Fuas. São zelos de uma causa sem loucura. E, se não, diga-me, senhora d. Clóris, por vida do senhor seu alecrim: não é para ter zelos ver repetidas vezes a um sujeito procurar a d. Nise com tão repetidos extremos que uma coisa é vê-lo, e outra dizê-lo; e suponho o tem agora escondido naquela alcova de donde me desvia para esconder-me?

---

57. *Estafermo*, pessoa inútil, sem préstimo.

D. Clóris. Isso verei eu, que também me importa essa averiguação.

D. Nise. Clóris, não te canses, que não hás de ver quem aí está. Estou perdida! *(À parte.)*

D. Fuas. É para que veja, senhora, a razão que tenho. Ah, tirana!

D. Clóris. Já agora, por capricho, hei de ver quem aí está. Vossa mercê é, senhor d. Gilvaz? Que é isso? Quer enxertar o meu alecrim com a manjerona de d. Nise!

D. Gilvaz. Há caso semelhante!

D. Fuas. Falso, traidor amigo! Como, sabendo que eu pretendo a d. Nise, te expões a embaraçar o meu emprego?

D. Gilvaz. D. Clóris, d. Fuas, para que são esses extremos, quando a senhora d. Nise nem a vós vos ofende, nem a mim me corresponde?

D. Fuas. Ninguém se esconde sem delito.

D. Clóris. Ninguém se oculta sem motivo.

D. Nise. Ora agora não quero dar satisfações, nem a uma louca, nem a um temerário. É muita verdade: escondi a d. Gil, porque lhe quero bem. Pois que temos?

D. Fuas. Que isto sofra a minha paciência! Ah, ingrata!

D. Clóris. Que isto tolerem os meus zelos! Ah, falso amante!

D. Gilvaz. A senhora d. Nise está zombando e aquilo nela é galantaria.

D. Nise. Não é senão realidade, e tenho dito. *(Vai-se.)*

D. Fuas. Não se viu mais descarado rigor! Espera, cruel, e verás com os teus olhos os ultrajes que faço à tua manjerona. *(Vai-se.)*

D. Clóris. Senhor d. Gil, venha depressa o meu alecrim.

D. Gilvaz. O teu alecrim é inseparável de meu peito.

D. Clóris. Deixemos graças, que eu não zombo.

D. Gilvaz. Pois entendes que d. Nise fala deveras?

D. Clóris. Quer falasse deveras, quer não, venha, venha o meu alecrim.

D. Gilvaz. De que sorte queres que te satisfaça? Ignoras acaso as firmezas de meu amor?

Canta d. Gilvaz a seguinte

ÁRIA
Borboleta namorada,
que nas luzes abrasada,

quando espira nos incêndios
solicita o mesmo ardor,
tal, ó Clóri, me imagino,
pois parece que o destino
quer, por mais que tu me mates,
que apeteça o teu rigor.

Saem Semicúpio e Sevadilha.

SEMICÚPIO. Senhor d. Gilvaz, nunca Semicúpio se viu em calças mais pardas.
D. GILVAZ. Por quê?
SEVADILHA. Porque o velho já aí vem caminhando como uma centopéia.
D. CLÓRIS. Anda, d. Gil, para dentro, até que haja ocasião para saíres.
D. GILVAZ. Vás ainda com escrúpulos na minha constância?
D. CLÓRIS. Cá dentro apuraremos essas finezas. *(Vai-se.)*
D. GILVAZ. Ó Semicúpio, vê como havemos sair daqui, que bem sabes que tenho de escrever hoje para o correio. *(Vai-se.)*
SEMICÚPIO. Tomara que o fizesse em postas e o levasse Barzabu[58] às vinte.
SEVADILHA. E, se lhes não dizemos que vinha o velho, ainda se não iam.
SEMICÚPIO. E ia-se a história sem nós fazermos nosso papel de alfazema por causa do alecrim.
SEVADILHA. Não me dirás, Semicúpio, em que há de parar toda esta barafunda?
SEMICÚPIO. Em algum casamento. Isso já se sabe. Tomara eu também que me dissesses em que havemos nós parar.
SEVADILHA. Em correr; que, se paramos aqui, talvez que nos envidem o resto.
SEMICÚPIO. Não embaralhes o sentido em que te falo. Ai, Sevadilha, que não só me chegaste ao coração, mas também aos narizes! E assim, não ponhas por estanque os teus favores; antes afável dá-me alguma amostrinha de tua inclinação.
SEVADILHA. Quem te meteu esses fumos na cabeça?
SEMICÚPIO. O dó que tenho de te ver tão matadora.
SEVADILHA. Vai-te daí, que tenho nojo de chegar-me a ti.

---

58 . *Barzabu,* forma popular de Belzebu.

SEMICÚPIO. Eu não te mereço que me descomponhas o carinho com que te trato. Ai, Sevadilha, que sinto assar-me nos espetos quentes de teus olhos, aonde os repetidos espirros de meu incêndio...

SEVADILHA. Se me disseras isso em dois dedos de papel, ainda te crera.

SEMICÚPIO. Não só em dois dedos, mas em toda a mão da solfa, donde verás de teu Semicúpio as finas cláusulas de suas semicopadas.

Canta Semicúpio, espirrando no fim de cada verso, a seguinte

ÁRIA
Não posso, ó Sevadi...
dizer-te o que pade...,
que o meu amor trave...,
chegando-me aos nari...,
num moto-contínuo me faz espirrar.
Mas, se é tafularia[59]
este vício de querer-te,
toda inteira hei de sorver-te,
por mais que me veja morrer e estalar. *(Vai-se.)*

SEVADILHA. Ora Deus o ajude com tanto espirrar.

Saem d. Lancerote e d. Tibúrcio.

D. LANCEROTE. Basta, sobrinho, que não fostes vós o que me derreastes?

D. TIBÚRCIO. Pois acha vossa mercê que havia pôr as mãos violentas nas reverendas barbas de vossa mercê? Igual eu me podia com mais razão queixar de vossa mercê, que me fez em estilhas.

D. LANCEROTE. Eu, sobrinho?! Isso é engano. Eu havia erguer a mão para vós, quando só as devo levantar ao Céu para dar-lhe graças, por dar-me para uma de minhas sobrinhas um noivo tão gentil-homem?

D. TIBÚRCIO. Não vai a dar quebranto.

SEVADILHA. E ele, que é mui belo! *(À parte.)*

D. TIBÚRCIO. Pois, se nenhum de nós reciprocamente deu um no outro, quem seria?

---

59. *Tafularia*, vida de jogador, diversão.

D. Lancerote. Eu também não posso atinar! O que sei é que a caixa para nós foi de guerra.

Sevadilha. E para o noivo, de tartaruga do Alentejo. *(À parte.)*

D. Lancerote. Sevadilha, anda cá, não o negues. Quem andará nesta casa? Há um par de noites que sinto grande reboliço.

Sevadilha. Senhor, eu tenho para mim que esta casa às escuras é assombrada.

D. Lancerote. Tens visto alguma coisa?

Sevadilha. Ai, senhor! Tenho visto tantas coisas, que não me atrevo a dizê-las.

D. Lancerote. Dize, rapariga.

Sevadilha. Só em cuidar no que vi, estou para me desmaiar.

D. Lancerote. Era coisa do outro mundo?

Sevadilha. Qual do outro mundo, se eu a vi neste?

D. Lancerote. Era fantasma?

Sevadilha. O que é fantasma?

D. Lancerote. É uma coisa branca, que põe os olhos em alvo.

Sevadilha. Senhor, eu não sei o que é; sei somente que vi sair de uma caixa uma coisa como furacão de vento, que me deu muita pancada.

D. Lancerote. Vedes, sobrinho? É o mesmo que nos sucede em carne.

D. Tibúrcio. Na carne, aliás.

D. Lancerote. Aqui não há outro remédio mais que safares logo, e já, e levares vossa mulher convosco, que eu ponho escritos nas casas e mudo-me às carreiras.

D. Tibúrcio. Isso é o verdadeiro.

D. Lancerote. Sevadilha, vai chamar as raparigas, que venham cá depressa.

Sevadilha. Genro e sogro não os vi mais bestas! *(À parte e vai-se.)*

D. Tibúrcio. Para que manda vossa mercê chamar a minhas primas tão depressa?

D. Lancerote. Logo vereis.

Saem d. Clóris e d. Nise.

Ambas. Que nos ordenas, senhor?

D. Lancerote. Sobrinho, elas aí estão, escolhei uma das duas para vossa esposa.

D. Clóris. Eu fiz voto de ser freira, e assim, não posso casar.

D. Lancerote. Pois case d. Nise.

D. Nise. Eu menos, que quero ser donzela.

D. Lancerote. Isso já não pode ser, que dei a minha palavra, que vale mais que tudo.

D. Tibúrcio. Eu já me resolvera a aturar a ríspida condição de d. Nise; mas, sem receber o dote, não me recebo.

D. Lancerote. Andai, que sois um impolítico. Algum homem que tem brio fala em dote?

D. Tibúrcio. E algum homem que quer dote atenta em brio?

Saem d. Fuas, d. Gilvaz e Semicúpio,
vestidos de mulher, com mantos.

Semicúpio. Senhor, esta indústria nos valha, que para sair sempre foi boa uma saia.

D. Gilvaz. Quem serve a Cupido, não é muito que se afemine. *(À parte.)*

D. Fuas. Até nisto mostra o amor que é cobarde! *(À parte.)*

D. Lancerote. Que mulheres são essas, que saem da nossa alcova?

D. Clóris. Estou tremendo não se descubra a tramóia. *(À parte.)*

Semicúpio. Senhor d. Tibúrcio, as mulheres honradas, como eu, se não tratam desta sorte.

D. Tibúrcio. Senhora, vossa mercê vem enganada.

D. Lancerote. Que é isto, sobrinho?

D. Tibúrcio. Eu o não sei, em minha consciência.

D. Lancerote. Senhoras, como entrastes nesta casa?

Semicúpio. Este senhor, sobrinho de vossa mercê, merecia que lhe dessem duas facadas, pois sem alma nem consciência, depois de o introduzir na minha casa, para casar com uma de minhas filhas, que vossa mercê aqui vê, teve tais ardis, que enganou a ambas e de ambas triunfou; e, para mais penas sentir, esta madrugada nos mandou viéssemos a esta casa, que disse era sua, e no cabo sei que não é, e está para casar com uma sobrinha de vossa mercê. Ah, traidor, ladrão! Não sei como te não esgadanho[60] e te arranco essas goelas!

D. Lancerote. É notável caso! Sobrinho desalmado, que é o que fizeste?

---

60 . *Esgadanhar*, machucar, ferir.

D. TIBÚRCIO. Senhor, eu estou tolo de ver mentir esta mulher!
D. GILVAZ. Ah, falso d. Tibúrcio, o Céu me vingue de tuas falsidades!
D. FUAS. Ainda nega o magano? Tal estou, que lhe arrancara essas barbas.
SEMICÚPIO. Deixai, filhas! Deixai, que ainda no Céu há raios, e no inferno a caldeira de Pero Botelho para castigo de velhacos. Vamos, meninas! *(Vão-se.)*
D. CLÓRIS. Já estamos livres deste susto. *(À parte.)*
D. NISE. O criado vale um milhão. *(À parte.)*
D. LANCEROTE. Senhor sobrinho, vossa mercê a tem feito como os seus narizes. Basta que vossa mercê é useiro e vezeiro a enganar moças?
D. TIBÚRCIO. Senhor, eu não conheço tais mulheres.
D. LANCEROTE. Se não tendes outra desculpa, essa não me satisfaz, e agora vejo que por isso dilatáveis o casar com vossas primas, fingindo irresoluções e regateando o dote.
D. TIBÚRCIO. Senhor, permita Deus, que se eu...
D. LANCEROTE. Não jures falso. Dizei-me: e tivestes atrevimento de meteres mulheres em casa, sem atenção ao decoro de vossas primas?
D. TIBÚRCIO. Primas do meu coração, eu estou para enlouquecer, pois estou tão inocente...
D. CLÓRIS. Cale-se; tenha juízo! Basta que com esse feitio nos queria lograr?
D. NISE. É o senhor sisudo, que não aprovava os ranchos de alecrim e manjerona!
D. TIBÚRCIO. Ora basta que diga eu que não conheço tais mulheres.
D. CLÓRIS. Cale-se, tonto!
D. NISE. Cale-se, simples!
D. CLÓRIS. Basbaque!
D. NISE. Insolente!
AMBAS. Quê? Agora casar? Aqui para trás. *(Vão-se.)*
D. TIBÚRCIO. Senhor tio, dê-me atenção, se não, desesperarei.

Canta d. Lancerote a seguinte

ÁRIA
Eis aqui: eu estou perdido,
gasto feito, noiva pronta,
porta aberta e casa tonta.

Ah, sobrinho! Mas que digo?
Emprestai-me a vossa espada,
que me quero degolar.
Oh prudência desgraçada,
pois não faço uma falada[61]
por ninguém me ouvir gritar.

D. TIBÚRCIO. Que isto a mim me suceda! Não há homem mais infeliz.

CENA IV
Praça. Saem d. Gilvaz e Semicúpio.

D. GILVAZ. Uma e muitas vezes te considero, Semicúpio, prodigioso artífice de meu amor, pois com as tuas máquinas vás erigindo o retorcido tálamo[62], que há de ser trono do mais ditoso himeneu[63].

SEMICÚPIO. Já disse a vossa mercê que mais obras e menos palavras. Semicúpio, senhor, já se acha mui cansado. Tomara que me aposentasse com meio soldo, que este ofício de alcofa[64] é mui perigoso; que, suposto tenha asas para fugir, também as asas têm penas para sentir.

D. GILVAZ. Semicúpio, já o pior é passado. Acabemos de deitar esta nau ao mar, que então teremos enchentes.

SEMICÚPIO. E no cabo de tantas enchentes, tudo nada.

D. GILVAZ. Anda; não desmaies, que hoje havemos mostrar ao mundo os triunfos do alecrim.

SEMICÚPIO. E a manjerona todavia não menos viçosa com os borrifos de Fagundes.

D. GILVAZ. Mas a galantaria é que todas as suas idéias redundam em nosso proveito.

SEMICÚPIO. Aí é que está a filagrana[65] do jogo: Fagundes a semear, e nós a colher.

---

61. *Falada*, por salada, o mesmo que confusão, balbúrdia.
62. *Tálamo*, leito conjugal.
63. *Himeneu*, casamento, matrimônio.
64. *Alcofa*, o mesmo que alcova, casamenteiro.
65. *Filagrana*, forma popular de filigrana; sucesso, bom êxito.

Sai Sevadilha com mantilha.

D. Gilvaz. Aquela que lá vem não é Sevadilha?

Semicúpio. Pelo cheiro, assim me parece.

D. Gilvaz. Que novidade é essa, Sevadilha? Tu só, por aqui?!

Sevadilha. Que há de ser? A maior desgraça do mundo!

D. Gilvaz. Quê? Morreu o velho?

Sevadilha. Isso então seria fortuna.

D. Gilvaz. Pois que foi?

Sevadilha. Foi que d. Tibúrcio, com a pena de se ver acometido de três mulheres, como vossa mercê sabe, à vista das noivas e do sogro tomou tal paixão, que lhe deu esta noite uma cólica, e está quase indo-se por um fio; e assim eu, por uma parte, Fagundes e o galego por ambas, vamos a chamar o médico. Adeus, que me não posso deter.

D. Gilvaz. Espera.

Sevadilha. Não posso, que d. Tibúrcio está morrendo por instantes.

Semicúpio. Não te canses, que já o achas morto. Ande cá; tenha feição e faça palestra com os amigos.

D. Gilvaz. Que faz d. Clóris?

Sevadilha. Não me detenha; adeus.

Semicúpio. Dize-me primeiro que tal te pareci em trajes de mulher.

Sevadilha. Não estou para isso; deixe-me ir, que estou de pressa.

Semicúpio. Há tal pressa! Como se estivesse alguém para morrer!

Sevadilha. Não vê que vou acudir a esta grande necessidade?

Semicúpio. Vai-te, filha; vai-te; não te sofras.

Sevadilha. Bem puderas tu poupar-me essas passadas, e ir chamar um médico às carreiras.

Semicúpio. Vai descansada, que eu chamarei o médico.

D. Gilvaz. Sim; com muito gosto.

Sevadilha. Ora faça-me esse favor, e adeus. *(Vai-se.)*

D. Gilvaz. Anda depressa; vai chamar o médico.

Semicúpio. Que médico? Cuide noutra coisa.

D. Gilvaz. Isso é zombaria? Não permita Deus que o homem morra por nossa omissão.

Semicúpio. Vamos, que eu e vossa mercê havemos ser os médicos na enfermidade de d. Tibúrcio.

D. Gilvaz. Estás louco?! Pois nós sabemos medicina?

Semicúpio. Assim como há filosofia natural, porque não haverá natural medicina?

D. Gilvaz. E se o doente morrer, por falta de remédio?

Semicúpio. Mais depressa morrerá por muitos remédios.

D. Gilvaz. E que lhe havemos aplicar?

Semicúpio. Tudo o que não for veneno; porque o que não mata engorda.

D. Gilvaz. Isso é temeridade.

Semicúpio. Vamos, senhor, e Deus sobre tudo!

Sai d. Fuas.

D. Fuas. Espera, traidor d. Gil!

Semicúpio. Ai, que isto é alguma espera!

D. Gilvaz. Que me quereis, d. Fuas?

D. Fuas. Que metais a mão a essa espada.

D. Gilvaz. Para quê?

Semicúpio. É boa pergunta! Para que será? É para fazer alféloa magana[66].

D. Fuas. Vereis que sabe o meu valor castigar ofensas de um amigo desleal; pois, sabendo vós que d. Nise era o ídolo da minha veneração, chegastes a profanar o meu culto com os sacrílegos votos de vossos sacrifícios, a quem suavizaram os odoríferos hálitos da manjerona.

Semicúpio. Aí, cos diabos!

D. Fuas. E assim, metei a mão a essa espada, para que se conserve d. Nise, ou segura no templo de meu peito, ou no de vosso coração.

Semicúpio. Senhor, aqui não é lugar de desafios; vamos para Vale de Cavalinhos a jogar os coices.

D. Gilvaz. D. Fuas, estais louco? Vede que sem causa é a vossa queixa.

D. Fuas. Não quero satisfações; vamos puxando.

Semicúpio. Este homem vem puxado.

D. Gilvaz. Pois, para que vejais que o satisfazer-vos não é temer-vos...

Sai Fagundes com mantilha.

---

66 . *Alféloa magana*. A expressão, em tom zombeteiro, sugere que a espada só serve para mexer massa de açúcar com a intenção de fazer doce.

FAGUNDES. Cé! Ah, senhor d. Fuas! Uma palavrinha depressa, que importa.

D. FUAS. Aquela é Fagundes. Que me quererá? Esperai, d. Gil, enquanto falo a esta mulher.

SEMICÚPIO. Senhor, não consinto; ou falar, ou brigar!

D. GILVAZ. Deixai mulheres e brigai, que estou pronto a satisfazer-vos por este modo.

FAGUNDES. Senhor, venha já depressa.

SEMICÚPIO. Já vai, que quero aqui primeiro meter a espada pelo olho a um amigo.

FAGUNDES. Ande; se não, vou-me.

D. FUAS. Espera, que eu vou.

D. GILVAZ. Briguemos, d. Fuas.

SEMICÚPIO. Vamos a isso, antes que se acabe a cólera.

D. FUAS. D. Gil, se tendes brio, esperai, que eu venho já. *(Vai-se para Fagundes.)*

SEMICÚPIO. Ora vá de seu vagar, que esta pendência não é de cerimônia. Senhor d. Gil, abalemos com os cachimbos, que brigar com loucos é ser mais louco. *(Vai-se.)*

D. GILVAZ. Tomo o teu conselho. *(Vai-se.)*

FAGUNDES. Sim, senhor, a casa está revolta; d. Tibúrcio nos artículos da morte e quase moribundo; o velho banzando e tudo banzeiro; e, à vista disto, pode vossa mercê introduzir-se em casa o mais depressa que puder, em alguma forma que intentar a sua indústria. E adeus!

D. FUAS. Ouça cá.

FAGUNDES. Não posso, que vou à botica.

D. FUAS. Pois essa ingrata de d. Nise ainda...

FAGUNDES. Não estou para ouvir nada.

D. FUAS. Espere; tome lá esses vinténs pelo trabalho.

FAGUNDES. Mostre cá depressa.

D. FUAS. Ora diga-me, pois d. Nise...

FAGUNDES. Noutra ocasião falaremos; venha isso depressa.

D. FUAS. Tome lá! Mas diga-me, enquanto tiro a bolsa: essa falsa, essa cruel...

FAGUNDES. Ai, mostre cá, não me detenha.

D. FUAS. Espere, que tenho o boldrié[67] por cima da algibeira.

---

67. *Boldrié*, cinturão largo de couro para sustentar a espada.

FAGUNDES. Pois, senhor, se a sua bolsa está aferrolhada, a minha língua está ferrugenta. *(Vai-se.)*

D. FUAS. Muito interesseira é esta velha! Mas aonde está d. Gil? D. Gil? Foi-se o cobarde; mas à fé de quem sou, que as não há de perder comigo; e tu, ingrata Nise, hoje irei a ver-te disfarçado; que, à vista das tuas falsidades, é justo que me revista não só de outro hábito, mas também de outro afeto.

Canta d. Fuas a seguinte

ÁRIA
De um amigo, e de uma ingrata
ofendido e ultrajado?
Quem me dera ver vingado!
Oh, não sei como ainda cabe
no meu peito tanta dor!
Mas sim, cabe, porque as penas
nos estragos repartidas
pelas bocas das feridas,
sairá com mais vigor. *(Vai-se.)*

CENA V
Câmara. Haverá uma cama e nela estará d. Tibúrcio deitado, assistido de d. Lancerote, d. Clóris, d. Nise e Sevadilha.

D. LANCEROTE. O que tarda este médico!

SEVADILHA. Não pode tardar muito, pois me disse que já vinha.

D. LANCEROTE. Como estais agora, meu sobrinho?

D. TIBÚRCIO. Depois que arrotei, acho-me mais aliviado.

D. NISE. Vaso mau não quebra. *(À parte.)*

D. CLÓRIS. Se fora coisa boa, não havia de escapar. *(À parte.)*

D. LANCEROTE. Não sabeis quanto folgo com a vossa melhora, pois me estava dando cuidado o enterro, e me podeis agradecer a boa vontade, pois vos seguro que havia ser luzido. Vós o veríeis!

D. TIBÚRCIO. Outro tanto desejo eu fazer a vossa mercê.

Saem d. Gilvaz e Semicúpio, vestidos de médico.

Semicúpio. *Deo gratias*[68].

D. Lancerote. Entrem, meus senhores doutores.

D. Gilvaz. Em boa me meteu Semicúpio! Eu não sei o que hei de dizer! *(À parte.)*

Semicúpio. Qual de vossas mercês é aqui o doente?

D. Lancerote. É este que aqui está de cama.

Semicúpio. Logo me pareceu pelos sintomas.

Sevadilha. Senhora, que são Semicúpio e d. Gil! *(Para d. Clóris.)*

D. Clóris. Bem os vejo! Nise, que te parece?

D. Nise. Que faz melhor efeito o teu alecrim, que a minha manjerona.

Saem d. Fuas e Fagundes.

Fagundes. Entre, senhor doutor; aqui vem este senhor, que também se entende muito bem.

D. Fuas. Neste instante chego de fora da terra, quando logo me chamou esta mulher, que viesse ver a um enfermo.

D. Lancerote. Já era escusado; porém entre e sente-se.

D. Clóris. Nise, d. Fuas compete nas finezas com d. Gil.

D. Nise. Não me pesa.

D. Fuas Aqueles são d. Gil e Semicúpio. Estou ardendo! *(À parte.)*

Semicúpio. Ah, senhor! Não vês a d. Fuas também como gente? *(Para d. Gilvaz.)*

D. Gilvaz. Já sei.

D. Tibúrcio. Ai, minha barriga, que morro! Acuda-me, senhor doutor!

Semicúpio. Agora vou a isso. Ora diga-me: que lhe dói?

D. Tibúrcio. Tenho na barriga umas dores mui finas.

Semicúpio. Logo as engrossaremos. E tem o ventre túmido, inchado e pululante?

D. Tibúrcio. Alguma coisa.

Semicúpio. Vossa mercê é casada, ou solteira?

D. Tibúrcio. Por quê, senhor doutor?

---

68 . *Deo gratias*, "graças a Deus".

Semicúpio. Porque os sinais são de prenhe.

D. Lancerote. Não, senhor, que meu sobrinho é macho.

Semicúpio. Dianteiro, ou traseiro?

D. Lancerote. Ui, senhor doutor! Digo que meu sobrinho é varão.

Semicúpio. De aço, ou de ferro?

D. Lancerote. É homem! Não me entende?

Semicúpio. Ora acabe com isso! Eis aqui como por falta de informação morrem os doentes; pois, se eu não especulara isso com miudeza, entendendo que era macho, lhe aplicava uns cravos; e, se fosse varão, umas limas; e, como já sei que é homem, logo veremos o que se lhe há de fazer.

D. Lancerote. Eis aqui como gosto de ver os médicos: assim especulativos.

Semicúpio. Pois o mais é asneira. Diga-me mais: ceou demasiadamente a noite passada?

D. Tibúrcio. Tanto como a futura, porque, desde que se me acabaram as chouriças que trouxe no alforje, me tem meu tio posto a pão e laranja.

D. Lancerote. Aquilo são delírios, senhor doutor.

Semicúpio. Assim deve ser por força, ainda que não queira, pois conforme ao aforismo, "cum barriga dolet, cetera membra dolent[69]".

D. Tibúrcio. Não são delírios, senhor doutor, que eu estou em meu juízo perfeito.

Semicúpio. Pior, pois quem diz que tem juízo não o tem.

D. Lancerote. Senhor doutor, o homem está alucinado depois que uma fantasma que saiu de uma caixa o desancou; e sobre isso, a grande pena que tem tomado de umas moças que aqui introduziu em casa, enganando-as, de cuja insolência se me veio aqui a mãe queixar, que era mulher de bem, ao que parecia.

Semicúpio. Ela é muito criada de vossa mercê.

D. Tibúrcio. Deixemos isso; o caso é que a minha barriga não está boa.

Semicúpio. Cale-se, que ainda há de ter uma boa barrigada. Deite a língua fora.

D. Tibúrcio. Ei-la aqui.

Semicúpio. Deite mais; mais!

D. Tibúrcio. Não há mais.

Semicúpio. Essa bastará. É forte linguado! Tem mui boa ponta de língua! Vejam vossas mercês, senhores doutores.

---

69 . *Cum barriga dolet, cetera membra dolent,* "quando dói a barriga, doem os restantes membros".

D. GILVAZ. A língua é de prata.

D. FUAS. Úmida está bastantemente.

SEMICÚPIO. Venha o pulso. Está intermitente, lânguido e convulsivo. Ó menina, tomou as águas?

SEVADILHA. Ainda não veio o aguadeiro.

SEMICÚPIO. Pergunto se o doente fez a mija!

D. TIBÚRCIO. Nesta casa não há ourinol.

SEMICÚPIO. Pois tome-as, ainda que seja numa frigideira, em todo o caso, "quia per orinis optime cognoscitur morbus[70]".

D. LANCEROTE. Ah, senhores! Grande médico!

D. NISE. E d. Fuas como está melancólico! *(Para d. Clóris.)*

D. CLÓRIS. Estará cuidando na receita.

SEMICÚPIO. Ora, senhores, capitulemos a queixa. Este fidalgo (se é que o é, que isto não pertence à medicina) teve uma colórica precedida de paixões internas, porque o espírito, agitado da representação fantasmal e da investida feminil, retraindo-se o sangue aos vasos linfáticos, deixando exauridas as matrizes sanguinárias, fez uma revolução no intestino reto; e, como a matéria crassa e viscosa que havia nutrir o suco pancreático, pela sua turgência se achasse destituída do vigor, por falta do apetite famélico, degenerou em líquidos. Estes, pela sua virtude acre e mordaz, vilicando[71] e pungindo as túnicas e membranas do ventrículo, exaltaram-se os sais fixos e voláteis por virtude do ácido alcalino, de sorte que fez com que o senhor andasse com as calças na mão toda esta noite: "in calsis andatur, qui ventre evacuatur[72]", disse Galeno.

D. LANCEROTE. Eu não lhe entendi palavra!

D. TIBÚRCIO. Eu morro, sem saber de quê!

SEMICÚPIO. Conhecida a queixa, votem o remédio, que eu, como mais antigo, votarei em último lugar.

D. GILVAZ. Eu sou de parecer que o sangrem.

D. FUAS. Eu que o purguem.

SEMICÚPIO. Senhores meus, a grande queixa, grande remédio. O mais eficaz é que tome umas bichas nas meninas dos olhos, para que o humor faça retrocesso de baixo para cima.

---

70. *Quia per orinis* [*per urinas*] *optime cognoscitur morbus*, "porque pela urina bem se conhece a doença".

71. *Vilicando*, beliscando.

72. *In calsis andatur, qui ventre evacuatur*, "a soltura do ventre fez com que andasse com as calças na mão".

D. Tibúrcio. Como é isso de bichas nas meninas dos olhos?

Semicúpio. É um remédio tópico; não se assuste, que não é nada.

D. Tibúrcio. Vossa mercê me quer cegar?

Semicúpio. Cale-se aí! Quantas meninas tomam bichas, e mais não cegam?

D. Lancerote. Calai-vos, sobrinho, que ele médico é e bem o entende.

D. Tibúrcio. Por vida de d. Tibúrcio, que primeiro há de levar o Diabo ao médico e à receita, que eu em tal consinta! *(Ergue-se.)*

Semicúpio. Deite-se; deite-se! O homem está maníaco e furioso!

D. Lancerote. Aquietai-vos; sois alguma criança?

D. Nise. Ora, senhores doutores, já que vossas mercês aqui se acham, bem é que os informemos, eu e minha irmã, de várias queixas que padecemos.

Semicúpio. Inda mais essa? Ora digam.

D. Clóris. Senhor, o nosso achaque é tão semelhante, que com uma só receita se podem curar ambos os males.

D. Nise. Não há dúvida que o meu achaque é o mesmo em carne que o de minha irmã.

Semicúpio. Achaque em carne pertence à cirurgia.

D. Clóris. Que, como dormimos ambas, se nos comunicou o mesmo achaque; e assim, senhor, padecemos umas ânsias no coração, umas melancolias nalma, uma inquietação nos sentidos, uma travessura nas potências; e finalmente, senhor doutor, é tal este mal, que se sente sem se sentir; que dói sem doer; que abrasa sem queimar; que alegra entristecendo, e entristece alegrando.

Semicúpio. Basta; já sei: isso é mal cupidista.

D. Lancerote. O que é mal cupidista, que nunca tal ouvi?

Semicúpio. É um mal da moda.

D. Nise. Que remédio nos dão vossas mercês?

D. Fuas. Eu dissera que o óleo de manjerona era excelente remédio.

D. Gilvaz. O verdadeiro para essa queixa são as fumaças do alecrim.

D. Fuas. Ui, senhor doutor! A manjerona é um excelente remédio.

D. Gilvaz. Nada chega ao alecrim, cujas excelentes virtudes são tantas, que para numerá-las não acha número o algarismo; e não faltou quem discretamente lhe chamasse planta bendita.

D. Fuas. Se entrarmos a especular virtudes, as da manjerona são mais que as da erva santa.

SEMICÚPIO. Daqui a pô-la no altar não vai nada.

D. FUAS. A manjerona é planta de Vênus, de cujos ramos se coroa Cupido, e para o mal cupidista não pode haver melhor remédio que uma planta de Vênus; pois, se notarmos a perfeição com que a natureza a revestiu daquelas mimosas folhinhas, para que todo o ano sejam jeroglífico da imortalidade; aquele suavíssimo aroma, de cuja fragrância é hidrópico o olfato, ela é a delícia de Flora, o mimo de abril e a esmeralda no anel da primavera.

SEMICÚPIO. É verdete; não há dúvida!

D. NISE. Estou tão contente! *(À parte.)*

D. GILVAZ. O alecrim, senhor, pela sua excelência, é titular na república das plantas, cujas flores, depois de serem bela imitação dos cerúleos globos, são a doçura do mundo nos melífluos ósculos das abelhas.

SEMICÚPIO. Todavia, a matéria é *de apicibus*.

D. GILVAZ. Ele é a coroa dos jardins, o lenço vegetável das lágrimas da aurora. Nas chamas, é fênix; nas águas, rainha; e finalmente é o antídoto universal de todos os males, e a mais segura tábua da vida, quando no mar das queixas assopram os ventos inficionados; e para prova deste sistema, repetirei, traduzido em português, um epigrama do protomédico Avicena, poeta arábico.

SONETO
Um dia para Siques quis
Amoruma grinalda bela fabricar;
e por mais que buscou, não pôde achar
flor do seu gosto entre tanta flor.

Desprezou do jasmim o seu candor,
e a rosa não quis, por se espinhar;
ao girassol mostrou não se inclinar,
e ao jacinto deixou na sua dor.

Mas, tanto que chegou Cupido a ver
entre virentes pompas o alecrim,
um verde ramo pretendeu colher.

Tu só me agradas, disse, pois enfim
por ti desprezo, só por te querer,
jacinto, girassol, rosa e jasmim.

D. Clóris. Viva o senhor doutor! Eu quero as fumaças do alecrim.

D. Tibúrcio. E morra o senhor doente! Ai, minha barriga!

D. Fuas. Se versos podem servir de textos, escute uns de um antagonista desse autor a favor da manjerona, pelos mesmos consoantes.

SONETO
Para vencer as flores quis Amor
setas de manjerona fabricar.
Foi discreta eleição, pois soube achar
quem soubesse vencer toda a flor.

O jasmim desmaiou no seu candor;
a rosa começou-se a espinhar;
no girassol foi culto o inclinar;
ais o jacinto deu, de inveja e dor.

Entre as vencidas flores pode ver
retirar-se fugido o alecrim,
que amor para vingar-se o quis colher.

Cantou das flores o triunfo, enfim,
nem os despojos quis, por não querer
jacinto, girassol, rosa e jasmim.

D. Nise. Viva o senhor doutor! Eu quero o remédio da manjerona.

D. Lancerote. Não cuidei que a manjerona e alecrim tinham tais virtudes. Vejamos agora o que diz o senhor doutor.

D. Tibúrcio. Que tenho eu com isso? Senhores, vossas mercês me vieram curar a mim, ou às raparigas? Ai, minhas barrigas!

Semicúpio. Calado estive ouvindo a estes senhores da escola moderna, encarecendo a manjerona e alecrim. Não há dúvida que, *pro utraque parte*[73] há mui nervosos argumentos, em que os doutores alecrinistas e manjeronistas se fundam; e, tratando Dioscórides do manjeronismo e alecrinisno, assenta, de pedra e cal, que para o mal cupidista são remédios

---

73 . *Pro utraque parte*, "a favor de uma e outra parte".

inanes; porque, tratando Ovídio do remédio *amoris*, não achou outro mais genuíno contra o mal cupidista que o malmequer, por virtude simpática, magnética, diaforética e diurética, com a qual *curatur amorem*. Repetirei as palavras do mesmo Ovídio.

SONETO
Essa que em cacos velhos se produz
manjerona misérrima sem flor;
esse pobre alecrim, que em seu ardor
todo se abrasa por sair à luz,

ainda que se vejam hoje a flux
desbancar nas baralhas do amor,
cuido que elas o bolo hão de repor;
se não, negro seja eu como um lapuz.

O malmequer, senhores, isso sim,
que é flor que desengana, sem fazer
no verde da esperança amor sem fim.

Deixem correr o tempo, e quem viver
verá que a manjerona e o alecrim,
as plantas beijarão do malmequer.

SEVADILHA. Viva e reviva o senhor doutor! E, já que é tão bom médico, peço-lhe me cure de umas dores tão grandes, que parecem feitiços.

SEMICÚPIO. Dá cá as pulseiras. Ah, perra[74], que agora te agarrei! Tu estás marasmódica[75] e empiemática[76]. Ah, senhor! Logo, logo, antes que se perpetue uma febre podre, é necessário que esta rapariga tome uns semicúpios[77].

SEVADILHA. Semicúpios, eu¿! É coisa que abomino.

SEMICÚPIO. Eu desencarrego a minha consciência e não sou mais obrigado.

D. LANCEROTE. Ela não tem querer; há de fazer o que vossa mercê mandar.

---

74. *Perra*, cadela em espanhol, mas o tratamento é afetivo e carinhoso.
75. *Marasmódica*, apática.
76. *Empiemática*, com pus.
77. *Semicúpio*, banho de imersão da parte inferior do tronco.

FAGUNDES. Eu também sou de carne; tenho anos e tenho achaques.

SEMICÚPIO. Pois cure-se primeiro dos anos; logo se curará dos achaques.

FAGUNDES. Não senhor, que este achaque não é anual; é diário.

SEMICÚPIO. Se fora noturno, não era mau. Pois que achaque é o seu, senhora velha?

FAGUNDES. Que há de ser? É esta madre[78], que me persegue.

SEMICÚPIO. Ui, você, com esses anos, ainda tem madre?! E o que será de velha a senhora sua madre! Filha, isso não é madre; é avó.

FAGUNDES. Talvez que por isso tão rabugenta me persiga. E que lhe farei, senhor doutor?

SEMICÚPIO. A uma madre velha que se lhe há de fazer? Andar! Ponha-lhe óculos e muletas, e deixe-a andar.

D. LANCEROTE. Isto aqui é um hospital, graças a Deus. Só eu nesta casa sou são como um pêro[79], apesar de duas fontes e uma funda.

SEMICÚPIO. Oh, ditoso homem, que vive sem males!

D. TIBÚRCIO. Senhores, o meu mal devia ser contagioso, porque depois da minha doença todos adoeceram. Ai, minha barriga!

D. LANCEROTE. Pois em que ficamos?

SEMICÚPIO. Senhor meu, falando em termos, o doente sangre-se no pé; vossa mercê na bolsa; às senhoras suas sobrinhas, três banhos; à moça, semicúpios; e a velha lancem-na às ondas, que está danada.

FAGUNDES. Ai, que galante coisa!

D. CLÓRIS. Eu não quero mais remédio que os fumos do alecrim.

D. NISE. E eu os da manjerona.

SEMICÚPIO. Não seja essa a dúvida. Ainda que não sou desse voto, contudo cada um é senhor da sua vida, e se pode curar como quiser. Lá vai a receita!

Canta Semicúpio a seguinte

ÁRIA
Si in medicinis
te visitamus,
non asniamus,
sed de alecrinis,

---

78. *Madre*, útero.

79. *Pêro*, variedade de pêra ou maçã pequena do Ribatejo, Portugal.

et manjeronis
recipe quantum
satis *aná*.
Credite mihi,
qui sum peritus,
non mediquitus
de cacaracá[80].

D. LANCEROTE. Esperem, senhores; vossas mercês perdoem. Lá repartam essa ninharia entre todos, que eu não estou aparelhado senão para um.

SEMICÚPIO. Venha embora, que só este é o verdadeiro sintoma da medicina. *(Vai-se.)*

D. GILVAZ. Ai, Clóris, que, quando o mal é de amor, só o morrer é remédio! *(Vai-se.)*

D. FUAS. Finjo que me vou, por ver se posso apurar a falsidade de d. Nise. *(Vai-se.)*

D. TIBÚRCIO. Mande-me cerrar este miombo[81], que vou entrando em um suor copioso; abafem-me bem.

D. LANCEROTE. Aqui servia o meu capote. Paciência! Vamo-nos e deixemo-lo suar; ninguém lhe fale à mão. *(Vai-se.)*

D. CLÓRIS. Vamos, Nise, a moralizar os extremos destes amantes. *(Vai-se.)*

D. NISE. Tanto me importa; vamos a regar os nossos craveiros. *(Vai-se.)*

FAGUNDES. O diabo de Semicúpio temo que me meta em um chichelo com seus ardis. *(Vai-se.)*

SEVADILHA. É para ver se o meu malmequer também entra em réstia. *(Vai-se.)*

Sai d. Fuas.

D. FUAS. Já todos se foram. Quem me dera encontrar a esta tirana, cruel, falsa, inimiga!

---

80. "Nesta ária, redigida em latim macarrônico, enaltece Semicúpio a veracidade dos seus diagnósticos e a sua autoridade de consumado médico..."; "*aná* (lat. *ana*) é palavra empregada pelos médicos nas receitas, com que indicam ao farmacêutico que as substâncias que nelas figuram devem entrar em partes iguais", segundo José Pereira Tavares.
81. *Miombo*, talvez deturpação cômica de biombo.

Sai Fagundes.

FAGUNDES. D. Tibúrcio fica a suar como um cavalo. Mas ai! Quem está aqui?

D. FUAS. Sou eu, senhora Fagundes; não se assuste.

FAGUNDES. Senhor, que temeridade é esta? Vossa mercê não vê que ainda é lusque-fusque[82]? Como, sem deixar anoitecer, penetra estas paredes, aonde até o sol entra às furtadelas?

D. FUAS. Não reparei que ainda era dia; pois no abismo de meu ciúme sempre estou às escuras. Aonde está esta cruel d. Nise?

FAGUNDES. Estará no jardim.

D. FUAS. Pois vamos lá, e de caminho quero me vá dizendo de meter-me na caixa a mim e a d. Gil.

FAGUNDES. Vamos, que eu lhe contarei o que foi; ande por aqui com pés de lã. Ai, senhor d. Fuas, quanto me deve!

CENA VI

Vista de quintal, em que haverão alguns alegretes e uma capoeira, e vêm d. Gil e Semicúpio descendo por uma corda.

D. GILVAZ. Semicúpio, deixa-me descer eu primeiro, para que se não quebre a corda com o peso de ambos. *(Desce.)*

SEMICÚPIO. Agarre-se bem à corda e deixe-se escorregar.

D. GILVAZ. Ora já cá estou; mas eu não paro aqui, até encontrar com d. Clóris. *(Vai-se.)*

Sai d. Lancerote.

D. LANCEROTE. Este quintal é o meu divertimento e encanto. Um homem aqui assentado e tomando o fresco não há maior regalo.

SEMICÚPIO. Agora já poderei descer afoitamente.

D. LANCEROTE. Que é isto que cai sobre mim? Quem me acode?

---

82 . *Lusque-fusque*, forma popular de lusco-fusco.

Ao descer, Semicúpio cai sobre d. Lancerote.

SEMICÚPIO. Não é nada; escarranchei-me no velho, cuidando que era poial! Estou bem aviado! *(À parte.)*

D. LANCEROTE. Mas que vejo? À que de el-rei, ladrões!

SEMICÚPIO. Não o disse eu?

D. LANCEROTE. Ladrão, velhacão! Tu descendo por uma corda os altos muros de meu quintal! Pois com essa mesma corda te atarei de pés e mãos, até que amanheça para entregar-te à justiça.

SEMICÚPIO. É bem feito, já que eu mesmo dei a corda para me enforcar.

D. LANCEROTE. Dá cá os braços.

SEMICÚPIO. Já está meu amigo? Quer-me abraçar?

D. LANCEROTE. Anda cá, ladrão; mostra cá os pulsos.

SEMICÚPIO. Não tenho febre.

D. LANCEROTE. Anda, que atado hás de ficar.

SEMICÚPIO. Senhor, por sua vida que me não ate! Basta o enleio em que me vejo!

D. LANCEROTE. Dize: a que vieste a este quintal?

SEMICÚPIO. Ora, senhor, ate-me muito embora, mas não me aperte por isso.

D. LANCEROTE. Por isso é que eu te aperto; hás de confessar a que vieste.

SEMICÚPIO. Eu estou atado; não sei o que lhe responda. *(À parte.)*

D. LANCEROTE. Qual foi o fim que aqui te trouxe?

SEMICÚPIO. A dar fim à minha vida, por dar princípio à minha morte por meio desta corda, que, falsa, me entregou nas mãos de vossa mercê.

D. LANCEROTE. Vieste roubar-me, não é verdade?

SEMICÚPIO. Sim senhor, mas foi a roubar-lhe as atenções.

D. LANCEROTE. Anda, ladrãozinho, para a capoeira, donde ficarás atado.

SEMICÚPIO. Para onde, senhor?

D. LANCEROTE. Para a capoeira, até que venha o sol a ser testemunha do teu latrocínio.

SEMICÚPIO. Pois vossa mercê quer encapoeirar-me?! Graças a Deus que não sou cá nenhuma galinha! Mas sabe por que fala? Porque me acha atado; quando não, havíamos jogar as cristas[83].

D. LANCEROTE. Anda, ladrão, que aqui ficarás até amanhecer! *(Vai-se.)*

---

83. *Jogar as cristas*, brigar, lutar, pelejar.

SEMICÚPIO. Ora, criado senhor Semicúpio: já sabemos que isto é meio caminho andado para a forca; mas é bem feito que isto a mim me suceda. Que tinha eu cá com d. Gil? Pois, para que ele fosse galo, me vejo eu feito galinha, se bem que já podia ser frango pelo esfrangalhado. O magano estará a estas horas entre glórias e eu entre penas; ele voando na esfera do amor, e eu de asa caída na gema dos ovos.

Sai Fagundes.

FAGUNDES. Que mais me falta para fazer? Eu já fiz a cama a todos; já fiz a selada de rabos[84] para cearmos; já temperei as gaitas[85] para o galego; já assei o fricassé[86]; já cosi um guardanapo; agora me falta deitar os arenques de molho, para ficar com as mãos lavadas. Ora sou uma tonta: esquecia-me o melhor, que é matar uma galinha para o doente, e mais trazia a faca na mão para isso!

SEMICÚPIO. Eu o estava dizendo; grande desgraça é ser um homem-galinha, pois até de uma mulher tem medo.

FAGUNDES. Mas confesso que não sou para ver sangue, que logo desmaio; porém eu fecho os olhos e meto a faca, que alguma ficará espichada.

SEMICÚPIO. Oh, mulher! Deus te tire isso do pensamento!

FAGUNDES. Qual! Eu sou muito melindrosa e fusilânima[87]; não tenho valor para matar uma formiga. Ora lá vai a Deus, e à ventura!

SEMICÚPIO. Sem falência, eu morro de morte galinhal! Não há mais remédio que falar à velha; mas, se lhe falo, é capaz de acordar o cão do velho, que está dormindo, e encerrar-me em parte mais apertada. Não sei o que faça; pois tal estou, que, se a velha me mata, não tenho no corpo pinga de sangue para deitar.

FAGUNDES. Para que é cansar? Eu não sou sanguinolenta.

Sai Sevadilha.

SEVADILHA. Fagundes, o senhor está desesperado por você! Que faz aí?

---

84. *Rabo*, deturpação cômica da palavra nabo.
85. *Gaita*, parte do pescoço da lampréia, animal marinho muito apreciado.
86. *Fricassé*, guisado de carne, frango ou peixe partido em pequenos pedaços e cozido em molho temperado.
87. *Fusilânima*, o mesmo que pusilânime.

FAGUNDES. Já que vieste, matarás uma galinha, que eu não me atrevo. *(Vai-se.)*

SEMICÚPIO. Lá vem a Sevadilha! Ora o certo é que donde a galinha tem os ovos, aí se vão os olhos.

SEVADILHA. Aborrece-me gente melindrosa. Vejam agora que dó pode haver de matar um animal! Verão como eu faço isto brincando.

SEMICÚPIO. Não são bons brincos esses, Sevadilha; mas, se tu já me tens morto, para que me queres tornar a matar?

SEVADILHA. Ai, que estamos em tempo que falam os animais! Este, pela voz, é Semicúpio.

SEMICÚPIO. Eu sou que te falo de papo; é o teu Semicúpio que está feito semigalo.

SEVADILHA. Quem te meteu aí?

SEMICÚPIO. O velho, por eu ser mediço.

SEVADILHA. Pois como foi?

SEMICÚPIO. Já me não lembra, que eu tenho memória de galo.

SEVADILHA. Anda cá para fora.

SEMICÚPIO. Não posso, sem tu me enxotares daqui.

SEVADILHA. Como não podes, se eu sei que muito pode o galo no seu poleiro?

SEMICÚPIO. Isso seria se o velho me não desasara[88].

SEVADILHA. Não sabes o bem que me pareces nessa capoeira! Estás guapo! Estás frança[89]!

SEMICÚPIO. Sim, estou frança, porque estou feito galo.

SEVADILHA. Pois dá-me das tuas penas para um regalo.

SEMICÚPIO. Pois tu te regalas com as minhas penas?!

SEVADILHA. Não, mas folgo de ver-te feito alma em pena.

SEMICÚPIO. Que fará, se souberas que estou todo coberto de penas vivas! Ora anda, Sevadilha, tira-me de mais penas.

Cantam Semicúpio e Sevadilha a seguinte

ÁRIA A DUO
SEVADILHA. Meu frangainho
          tupetudo

---

88 . *Desasar*, quebrar as asas da ave; deixar caído.
89 . *França*, trocadilho com galo (o francês gaulês); significa bem vestido.

    como é galantinho!
    Que lindo que está!
SEMICÚPIO. Minha bela
    malfazeja,
    caí na esparrela;
    liberta-me já.
SEVADILHA. Coitada da pila,
    pila, pila, pila,
    que te hão de pilar.
SEMICÚPIO. Acode-me, filha,
    que estou há meia hora
    a cacarejar.
AMBOS. Que triste cantar
    é o cacarejar!
SEVADILHA. Mas não te agastes,
    que eu vou-te a soltar.
SEMICÚPIO. Vem já, que não posso
    mais tempo penar.
AMBOS. Que é pena, que é mágoa
    que uma ave de pena
    não possa voar.

  SEMICÚPIO. Anda; deita-me pela porta fora, ainda que seja aos coices. *(Vai-se.)*
  SEVADILHA. Ora vamos. *(Vai-se.)*

       Sai d. Fuas.

  D. FUAS. Para este quintal ou jardim ou o que for me disse Fagundes viera d. Nise a regar a sua manjerona; mas, enquanto ela não vem, me esconderei atrás deste canteiro de alecrim, pois da manjerona não quero auxílios para encobrir-me dos argentados esplendores da lua, que tão clara se ostenta esta noite, talvez avisando-me, na clara inconstância de seus raios, a variedade de d. Nise. *(Esconde-se da banda do alecrim.)*

Sai d. Gilvaz.

D. GILVAZ. Grande temeridade foi a minha, pois, sem avisar a d. Clóris, me expus a penetrar os quartos desta casa, com o perigo de me encontrar d. Lancerote; mas sem dúvida Clóris virá a este seu jardim a namorar o seu alecrim; e assim, escondido nas sombras destas plantas... Mas ai, que é manjerona! Perdoa, Clóris, que esta ação foi um acaso, e não eleição! *(Esconde-se da banda da manjerona.)*

Saem d. Nise e d. Clóris, cada uma pela sua parte,
com aguadores na mão, regando e cantando o seguinte:

D. NISE. Sois no céu de Flora,
 manjerona bela,
 não só verde estrela,
 mas luzida flor.
D. CLÓRIS. Alecrim florido,
 que de abril na esfera
 sois na primavera
 fragrante primor.
AMBAS. Esta pura neve,
 que tributa Flora,
 são risos da aurora,
 e lágrimas de amor.

RECITADO
D. NISE. Mas que vejo? Ai de mim! Quem, arrogante,
 da manjerona usurpa o ser fragrante?
D. GILVAZ. Quem, ó Nise, escondido amante espera
 o sol que adoro nesta verde esfera? *(Sai.)*
D. FUAS. Pois, traidor, como assim tirano intentas
 roubar-me a Nise, que meu peito adora? *(Sai.)*
 E tu, falsa, inimiga... Mas ai, triste,
 que mal a tanta pena a dor resiste!
D. CLÓRIS. E tu, falso d. Gil, que em torpe insulto
 buscas a manjerona, amante oculto,
 deixa-me, fementido...

D. Gilvaz. Atende, ó Clóri,
    que sem causa fulminas teus rigores,
    quando em puros ardores
    nas chamas do alecrim feliz me abraso.
D. Nise. Sem motivo, d. Fuas, me criminas, porque eu firme...
D. Gilvaz. E eu constante...
D. Gilvaz e D. Nise. Fiel te adoro e te busco amante.

ÁRIA A QUARTETO

D. Gilvaz. Atende, ó Clóri, atende
    verdades de quem sabe
    ser firme em te adorar.
D. Clóris. Suspende, infiel, suspende
    injúrias de quem sabe
    jamais te acreditar.
D. Fuas. Nise ingrata, infiel amigo,
    cesse a bárbara indecência,
    que a evidência
    não se pode equivocar.
D. Gilvaz e D. Nise. Pois tu só, querida prenda,
D. Fuas e D. Clóris. Já não creio os teus enganos.
D. Gilvaz e D. Nise. Nas purezas de meu peito
    felizmente viverás.
D. Fuas e D. Clóris. Nos rigores de meu peito
    teu castigo encontrarás.
Todos. Mas, ó cego amor tirano,
    como posso em tanto dano
    teu estrago idolatrar?

Sai Fagundes.

Fagundes. Já acabaram de cantar? Pois agora entrem a chorar.
D. Clóris. Por quê, Fagundes?
Fagundes. Porque o senhor seu tio diz que logo vem ao quintal, afirmando que há ladrões em casa; e diz que se não há de deitar esta noite, ainda que faça rosa divina.

D. Gilvaz. Onde estará Semicúpio?

Fagundes. Não aparece; senhores, escondam-se, e não digam ao depois que duro foi, e mal se cozeu.

D. Nise. Metam-se nesta capoeira entretanto.

D. Gilvaz. E que remédio, já que Semicúpio não aparece?

D. Fuas. A necessidade sabe unir a quem se deseja separar. Nise cruel, eu me escondo na capoeira, que só o lugar das penas é o centro de um amante infeliz. *(Mete-se na capoeira.)*

D. Gilvaz. Quem serve a Cupido, às vezes é leão, às vezes galinha. *(Mete-se na capoeira.)*

Fagundes. Ah, senhores, não me esmaguem os ovos de uma galinha, que aí está de choco.

Saem d. Tibúrcio e Sevadilha.

Sevadilha. Senhor, não me persiga! Olhem o diabo do homem!

D. Tibúrcio. Aí no quintal te quero. Mas aqui está Clóris e Nise. Remediarei o negócio. Esta moça faz zombaria de mim; deixa-me tu casar, que eu te porei a caminho.

D. Clóris. Que é isso, primo? Como, estando doente e tão perigoso, vem a estas horas ao sereno?

D. Tibúrcio. Que há de ser, se vocês não sabem ensinar esta rapariga, pois nada lhe digo que não faça às avessas? De sorte que me fez vestir e sair atrás dela, como desesperado das perrices[90] que me faz.

D. Nise. Tu não queres, Sevadilha, senão ser descortês a meu primo?

Fagundes. Vossas mercês não querem crer que se há de fazer desta moça a peste, fome e guerra.

Sevadilha. Para que estamos com arcas encoiradas[91]? O senhor d. Tibúrcio anda-me ao sucário[92] e não me deixa uma hora nem instante.

D. Tibúrcio. Cala-te, mentirosa!

Fagundes. Isso tem ela, que levanta um testemunho como quem levanta uma palha.

---

90 . *Perrice*, o mesmo que pirraça.
91 . *Encoirado*, o mesmo que encourado, forrado de couro.
92 . *Ao sucário*, por "ao socairo": "na minha cola", "seguindo-me de perto", "no meu rastro".

D. Clóris. Não nos importa essa averiguação; só digo, senhor d. Tibúrcio, que parece muito mal estar vossa mercê aqui conosco a estas horas, e que pode vir meu tio e achar-nos com vossa mercê; que, suposto seja primo e com tentações de noivo, sempre o recato e decência se deve conservar; e assim, lhe pedimos em cortesia se vá para o seu quarto.

Sevadilha. Ande; vá despejando o beco.

D. Tibúrcio. Nem eu quisera que meu tio me achasse aqui, por nenhum modo; mas, coitado de mim, que ele lá vem! Tomara que me não visse!

Sevadilha. Pois esconda-se nessa capoeira.

D. Tibúrcio. Dizes bem.

D. Clóris. Estás louca, Sevadilha? Meu primo há de se lá meter numa capoeira? Isso não!

D. Tibúrcio. Não importa, que para conservar o seu recato me meterei na parte mais imunda. *(Entra na capoeira.)*

D. Nise. Estamos perdidas, que lá se encontra com os dois! Que fizeste, maldita?

Sevadilha. Eu bem sei o que fiz: verão que peça lhe prego!

D. Gilvaz. Este deve ser Semicúpio. És tu, Semicúpio?

D. Tibúrcio. Qual Semicúpio? Sou uma semibala para ele. Quem está aqui? Ó Sevadilha, abre-me a porta, que eu quero sair, corra a água por onde correr!

Sevadilha. Cale-se, que aí vem o velho.

D. Fuas. Que tal me suceda!

D. Gilvaz. Estou tremendo!

D. Nise e d. Clóris. Estamos perdidas!

Saem d. Lancerote com uma luz na mão,
e Semicúpio vestido de ministro com vara na mão.

Semicúpio. Não se assustem, minhas senhoras, que isto não é mais que uma diligência.

D. Lancerote. Vossa mercê poupou-me o trabalho de o ir procurar de manhã, para lhe entregar um ladrão que tenho preso naquela capoeira.

Semicúpio. A isso mesmo venho, que já tive quem disso me avisasse.

D. Nise. Que será isto? *(À parte.)*

D. Clóris. São infortúnios meus. *(À parte.)*

FAGUNDES. Demos com o pé na peia. *(À parte.)*

SEVADILHA. Folgo, por amor de d. Tibúrcio! *(À parte.)*

SEMICÚPIO. Hoje todos hão de mamar o chasco[93], que a ninguém me hei de dar a conhecer. Ora, meu senhor, como foi este caso?

D. LANCEROTE. Suponha vossa mercê que, acabada uma junta de médicos, que vieram assistir a meu sobrinho, sendo já quase noite, estando eu assentado junto daquela manjerona, que não me deixará mentir, veio descendo um homem por uma corda; e, cuidando que eu era poial, me pôs o pé no cachaço.

SEMICÚPIO. Isso foi o mesmo que pôr o pé no pescoço. Não há maior desaforo!

D. LANCEROTE. Assustei-me, não há dúvida, quando me vi daquela sorte oprimido; mas, tornando a mim, fui sobre ele e, conhecendo que era ladrão, o prendi nessa capoeira, donde a perspicaz diligência de vossa mercê saberá melhor obrar do que eu falar.

SEMICÚPIO. E como conheceu vossa mercê que era ladrão?

D. LANCEROTE. Pela cara, que era a mais horrenda que meus olhos viram.

SEMICÚPIO. Estou já desenganado que sou feio. *(À parte.)*

D. LANCEROTE. Ande vossa mercê e verá.

SEMICÚPIO. Ah, sô ladrão, saia cá para fora.

D. FUAS. Vossa mercê vem enganado, porque eu... *(Sai.)* Há maior desgraça? ... Sou um homem bem nascido.

SEMICÚPIO. É d. Fuas! Quem me dera ver a d. Gil, que é o que cá me traz! *(À parte.)*

D. LANCEROTE. Senhor, este não é o ladrão que eu encerrei.

SEMICÚPIO. Já se vê que este não é tão feio como vossa mercê diz. Vejamos se está lá mais algum! Oh, cá está mais outro! "Venite ad cam para foram[94]!" Ai, que é d. Gil? Já estou descansado! *(À parte.)*

D. LANCEROTE. Também não é este o ladrão que eu aqui encerrei.

D. GILVAZ. Claro está que não sou eu, pois eu, graças a Deus, não necessito de furtar.

D. LANCEROTE. E que faziam vossas mercês aqui, se não eram ladrões?

SEMICÚPIO. Essa inquirição me pertence a mim, que sou juiz privativo desta causa; e vossa mercê, meu amo, não se costume a mentir aos ministros

---

93. *Chasco*, gracejo.
94. *Venite ad cam para foram*, "venha cá para fora".

de vara grossa, dizendo-me que o ladrão era feio e horrendo, quando vemos que estes senhores são mui bem estreados.

D. LANCEROTE. Senhor juiz, por vida minha, que era o mais feio homem que vi em meus dias.

SEMICÚPIO. Cale-se! Não minta, que o hei de mandar carregar de ferros!

D. LANCEROTE. Ora, senhor, torne vossa mercê a ver a capoeira, que, assim como achou dois, que eu não meti, talvez que ache o que eu encerrei.

SEMICÚPIO. Já não tenho mais que buscar.

D. LANCEROTE. Faça-me esse gosto, que pode lá estar ainda mais algum.

SEVADILHA. Isso que se perde? Veja, senhor doutor.

SEMICÚPIO. Bem sei que vou debalde, mas eu vou. Mas não; entre vossa mercê, que me não quero encher de piolhos. Ande, que lhe dou patente de quadrilheiro[95].

D. LANCEROTE. Eu vou, que quero agora apurar este enigma. Ai, que ele aqui está! Não o disse eu?

SEMICÚPIO. Traga-o cá para fora.

D. LANCEROTE. Ei-lo aqui. Mas que vejo! Não sois vós, meu sobrinho?

D. TIBÚRCIO. Eu sou, por meus pecados.

D. LANCEROTE. Eu estou besta em besta.

SEMICÚPIO. Este sim, que é o ladrão, que tem horrendíssima cara; todos três venham comigo.

D. NISE. Ai, d. Fuas, que estou sem alma! *(À parte.)*

D. CLÓRIS. Ai, d. Gil, que estou sem vida!

D. LANCEROTE. Senhor, advirta que este é meu sobrinho.

SEMICÚPIO. Por ser seu sobrinho, não pode ser ladrão?

D. LANCEROTE. Senhor, ele mal podia descer pela corda, pois estava doente de cama.

SEMICÚPIO. Pois acaso ele dorme na capoeira?

D. LANCEROTE. Não, senhor.

SEMICÚPIO. Se não dorme, que fazia nela, feito *socius criminis*[96] destes dois machacazes[97]?

D. LANCEROTE. Sobrinho, a que viestes à capoeira?

D. TIBÚRCIO. Eu, senhor, estando...

---

95. *Quadrilheiro*, funcionário subalterno da Justiça.
96. *Socius criminis*, colega de crime.
97. *Machacazes*, indivíduos astuciosos, espertalhões.

SEMICÚPIO. Chitom[98]! Não me usurpe a jurisdição; já disse que estas averiguações só a mim me pertencem. Vamos andando *ad cagarronem*[99].

D. LANCEROTE. Não importa; ide, sobrinho, que Deus é grande.

D. TIBÚRCIO. A minha inocência me livrará.

D. LANCEROTE. Como é a sua graça, meu senhor?

SEMICÚPIO. O bacharel *Petrus in cunctis*[100], juiz de fora daqui, com alçada na vara até o ar.

D. LANCEROTE. Pois, senhor bacharel *Petrus in cunctis*, saiba vossa mercê de caminho que também me furtaram um capote de saragoça em muito bom uso.

SEMICÚPIO. Capote de saragoça é caso de devassa: notificados vossas mercês todos, para que em amanhecendo venham jurar a minha casa sobre este furto.

D. LANCEROTE. E aonde mora vossa mercê?

SEMICÚPIO. Junto a um d. Gilvaz, que mora...

D. LANCEROTE. Já sei; eu perguntarei.

SEMICÚPIO. Pois lá estará quem lhe responda.

D. GILVAZ. Ai, que é Semicúpio! Agora reparo; já estou sem susto! *(À parte.)*

SEMICÚPIO. Vamos! Amanhã todos a minha casa, sob pena de prisão. *(Vai-se.)*

D. FUAS. Ai, Nise, que as tuas falsidades me puseram neste estado. *(À parte e vai-se.)*

D. TIBÚRCIO. Tio, trate logo de soltar-me. *(Vai-se.)*

D. GILVAZ. Quem não deve, não teme. *(Vai-se.)*

D. LANCEROTE. Que mal sossegarei esta noite, indo preso meu sobrinho, e não aparecer o ladrão que eu prendi! Não há homem mais desgraçado! *(Vai-se.)*

D. NISE. Tal estou de sentimento, que até me faltam as lágrimas para o alívio. *(Vai-se.)*

FAGUNDES. Eis aqui os alecrins e manjeronas. Coisas de ervas é para bestas. *(Vai-se.)*

SEVADILHA. E de que escapou Semicúpio! Também alguma alma boa rezou por ele. *(Vai-se.)*

D. CLÓRIS. Ai, d. Gil, que a tua desgraça será a causa de minha morte! *(Vai-se.)*

---

98. *Chitom*, o mesmo que psiu, ordem de silêncio.
99. *Ad cagarronem*, "para a prisão".
100. *Petrus in cunctis*, "pau para toda obra".

CENA VII

Sala em que haverá um bufete, tinteiro, papel, pena e cadeiras;
e saem d. Gilvaz e Semicúpio vestido ainda de juiz.

D. Gilvaz. Não te perdôo o susto que me fizeste levar.
Semicúpio. Nem eu o chasco da capoeira, que me fez sofrer.
D. Gilvaz. E agora, que determinas com essa devassa que queres tirar?
Semicúpio. Logo verá.
D. Gilvaz. E por que não soltas a d. Fuas e a d. Tibúrcio, que estão fechados naquele quarto escuro?
Semicúpio. Não poderei também ter meus segredos, sem que ninguém o saiba? O certo é que, como os trouxemos às escuras, entendem fixamente que estão em rigorosa prisão. Mas aí vem gente, e vossa mercê faça vezes de escrivão.
D. Gilvaz. Aí parou uma sege. Se serão elas?
Semicúpio. Lá está quem as há de encaminhar. *Sedete*[101], que aí vem subindo a primeira testemunha.

Sai d. Lancerote.

D. Lancerote. Senhor, aqui estamos todos à ordem de vossa mercê.
Semicúpio. Venham entrando um a um.
D. Lancerote. Pois, senhor, lembre-se do meu capote.
Semicúpio. Eu já tenho tomado isso a mim; vá descansado, que eu puxarei bem pela justiça, e farei quanto ela der de si.
D. Lancerote. Não tenho mais que dizer. *(Vai-se.)*
D. Gilvaz. Homem, tu me tens atônito com as tuas indústrias!
Semicúpio. Bem é que as reconheças. Ah, senhor, esteja de meio perfil, para que o não conheça d. Nise, que lá vem.

Sai D. Nise.

D. Nise. Venho morta. Nunca em tal me vi!
Semicúpio. Uma vez é a primeira! Sente-se, minha senhora; desabafe-se; suponha que está em sua casa.

---

101. *Sedete*, "sente-se".

D. Nise. Ai, senhor, não sei que respeito infunde a cara de um juiz, que faz titubear o mais valente coração!

Semicúpio. E mais eu, que pareço um Papiniano[102] assanhado! Diga o seu nome. Vá lá escrevendo, senhor escrivão.

D. Nise. Chamo-me d. Nise Sílvia Rufina Fábia Lisarda Laura Anarda, e...

Semicúpio. Basta, senhora. E pode vossa mercê com todos esses nomes?

D. Nise. Ainda faltam catorze.

Semicúpio. Visto isso, é vossa mercê a mulher mais nomeada que há no mundo. Que idade tem?

D. Nise. Quinze anos escassos.

Semicúpio. Liberal andou a natureza: em tão poucos anos, tanta perfeição! E do costume[103]?

D. Nise. Não entendo.

Semicúpio. Ponha lá que do costume jejua. Sabe quem furtou aquele capote ao senhor seu tio?

D. Nise. Presumo que foi um criado de d. Gilvaz, que entrou disfarçado a vender alecrim.

Semicúpio. Tenho largas notícias desse criado, e me dizem que é ardiloso *quantum satis*[104].

D. Nise. Isso é pasmar!

Semicúpio. E sabe se aqueles homens da capoeira seriam ladrões?

D. Nise. Não, senhor, porque um era d. Gil, e outro d. Fuas, que ambos...

Semicúpio. Diga; não se faça rubicunda.

D. Nise. Senhor, os ditos homens vieram por causa de amor; e, como veio meu tio, se esconderam na capoeira.

Semicúpio. Rapaziadas! Ora ande; vá-se aí para dentro e não faça outra. Seja sisuda e virtuosa, que assim manda o direito: *honeste vivere*[105].

D. Nise. À obediência de vossa mercê. *(Vai-se.)*

D. Gilvaz. Homem, acabemos com isso; venha d. Clóris, por quem estou suspirando.

---

102 . *Papiniano*, célebre jurisconsulto romano.
103 . *Do costume*, quanto ao parentesco ou relações que teria com o acusado.
104 . *Quantum satis*, "quanto baste", "o suficiente".
105 . *Honeste vivere*, viver honestamente.

Sai Fagundes.

Fagundes. Muitos bons dias, meu senhor.

Semicúpio. Chegue-se para cá. Olhe para mim. Vossa mercê, a meu ver, tem cara de testemunha falsa, ou eu me enganarei.

Fagundes. Serei o que vossa mercê quiser.

Semicúpio. Como se chama?

Fagundes. Ambrósia Fagundes Birimboa Franchopana e Gregotil.

Semicúpio. Isso são nomes, ou alcunhas?

Fagundes. Será o que vossa mercê for servido.

Semicúpio. Casada ou solteira?

Fagundes. Nem casada nem solteira; assim, assim.

Semicúpio. Assim, como?

Fagundes. É que tenho o marido no Brasil há quarenta e sete anos.

Semicúpio. De que anos casou?

Fagundes. De quarenta justos, que os fui fazer à porta da igreja.

Semicúpio. Que anos tem?

Fagundes. Vinte e cinco bem puxados.

Semicúpio. Não é nada: casou de quarenta, tem o marido no Brasil há quarenta e sete anos, e diz que tem vinte e cinco de idade! Vá-se daí, bêbada, falsária, que a hei de amarrar a uma escada e deitá-la por essa janela fora.

Fagundes. Eu não sei contar, senão pelos dedos. Ouça vossa mercê, que eu quero dar a minha quartada.

Semicúpio. A quartada dei eu. Ande; não cuide que se há de lavar com uma bochecha de água; vá-se para dentro.

Fagundes. Eu vou rebolindo[106]. *(Vai-se.)*

D. Gilvaz. Acaba já com isso.

Sai Sevadilha.

Sevadilha. Sou criada de vossa mercê.

Semicúpio. Ai, que já a justiça começa a abrir os olhos para ver a Sevadilha! Eu encosto a vara, que estou varado. Menina, como é o seu nome?

Sevadilha. Sevadilha, sem mais nada.

---

106. *Rebolindo*, andando depressa, rebolando.

SEMICÚPIO. Que anos tem?
SEVADILHA. Sete mui fanados.
SEMICÚPIO. Só sete? Não sois má carinha para um sete levar. Casada, ou solteira?
SEVADILHA. Estou para casar com um criado daqui do seu vizinho d. Gil, que, ainda que feio, é mui carinhoso.
SEMICÚPIO. Esse foi o que furtou o capote a seu amo?
SEVADILHA. Esse mesmo.
SEMICÚPIO. Logo, é ladrão?
SEVADILHA. É o vício que tem; que, se não fora isso, era um moço perfeito.
SEMICÚPIO. Ai, Sevadilha, que esse ladrão...
SEVADILHA. Que tem, meu senhor?
SEMICÚPIO. Nada, nada! E por um triz, que não deponho a judicatura[107] e perco o juízo! Assina-te aqui em branco, que eu estou pelo que disseres.
SEVADILHA. Eu não sei escrever.
SEMICÚPIO. Porém, sabes muita letra! Vai-te aí para dentro. A rapariga me pôs a ver jurar testemunhas.
SEVADILHA. Eu já vi uma cara que se parecia com a deste juiz! *(Vai-se.)*
SEMICÚPIO. Entre quem falta.
D. GILVAZ. Resta d. Clóris. Semicúpio, perdoa, que hei de falar-lhe.
SEMICÚPIO. Faça o que lhe digo e não tenha graças comigo.
D. GILVAZ. Como estás inchado!
SEMICÚPIO. Se queres ver o vilão, mete-lhe a vara na mão.

Sai d. Clóris.

D. CLÓRIS. Senhor juiz, logo declaro que eu de furtos não sei nada, e só que d. Gil foi um dos da capoeira e está inocente, porque...
D. GILVAZ. Porque foi preciso obedecer-te, querida Clóris. *(Levanta-se.)*
D. CLÓRIS. Que vejo! D. Gil?! Cobre alentos o meu coração.
D. GILVAZ. Não te admires dos sucessos de meu amor, que os influxos do teu alecrim sabem triunfar dos maiores impossíveis.
SEMICÚPIO. Aliás, que um Semicúpio sabe fazer possíveis as maiores dificuldades. Aí tem, senhor d. Gilvaz, o seu bem de portas a dentro! Tenho

---

107. *Judicatura*, cargo de juiz.

cumprido a minha palavra; e, se não está bem servido, busque quem o faça melhor.

D. Clóris. Uma vez que me vejo em tua casa, não porei mais em contingências a minha fortuna.

Semicúpio. Isso mesmo! Quem disse casa, casa.

Sai d. Lancerote.

D. Lancerote. Que é isto, senhor doutor? As testemunhas vêm e não tornam?

Semicúpio. Já está concluída e sentenciada a devassa.

D. Lancerote. Quem são os culpados?

Semicúpio. As senhoras suas sobrinhas, que são umas finas ladras.

D. Lancerote. Minhas sobrinhas ladras?! De que sorte?

Semicúpio. Desta sorte. Vamos saindo cá para fora!

Vai Semicúpio trazendo a todos para fora e diz o seguinte:

Porque, vistos estes sucessos, consta que a senhora d. Nise furtou o coração do senhor d. Fuas, e a senhora d. Clóris o de d. Gil; e assim é de razão que lho restituam, casando com eles, porque no matrimônio se entregam os corações com as vontades.

D. Fuas. Em cumprimento da sentença, eu a executo pela minha parte igualmente alegre, e admirado desta rara invectiva de Semicúpio.

D. Nise. É de justiça esta ação: que alegria!

D. Gilvaz. D. Clóris, dá-me o coração que me tens na mão que te peço.

Semicúpio. Isso é falar com o coração nas mãos. Senhora d. Clóris, case-se, mas não se arrependa.

D. Clóris. Senhor d. Gil, o meu coração lhe entrego, em recompensa do que lhe roubei, se acaso é furto o que se dá por vontade.

Semicúpio. D. Tibúrcio, tenha paciência e pague as custas, de permeio com o senhor d. Lancerote, já que foram tão basbaques, que se deixaram enganar de mim. Semicúpio, tantos de tal mês etc.

D. Tibúrcio. Senhor tio, seja-lhe para bem, que aqui já não há nada para onde apelar.

D. Lancerote. Nem eu me posso agravar, quando o matrimônio é o ditoso fim destes excessos.

Sevadilha. Quem casa a tantos, por que se não casa a si?

Semicúpio. Não me fales em remoques. Já sei, Sevadilha, que queres casar comigo; e, pois a sentença passou em causa julgada, demos as mãos e a boa vontade.

Sevadilha. Oh, discreta mão que escreveu tal sentença!

Fagundes. E que há de ser de mim, Semicúpio, que neste negócio também dei minha penada?

Sevadilha. Em vindo a frota, virá teu marido.

D. Gilvaz. E, pois te consegui, galharda Clóris, publique a fama os vivas do alecrim, que triunfou de tantos impossíveis.

D. Fuas. Tende mão, que não é justo que roubeis à manjerona a parte que lhe toca no aplauso que merece; pois, à sombra de suas folhas, conseguistes muita parte da dita que possuís.

Fagundes. Isso é verdade; se não, diga-o a escada e a caixa.

D. Tibúrcio. Foi boa caixa.

D. Gilvaz. Que importa que a manjerona abrisse os caminhos aos favores, se o alecrim serenava as tempestades na tormenta dos enleios?

Semicúpio. E, se não, diga-o também o fogo selvagem, a medicina, a ministrice e a mãe de duas filhas.

D. Tibúrcio. Pois que vai, senhor tio? É bico, ou cabeça?

D. Lancerote. Paciência por força.

D. Clóris. Não se pode negar que venceu o meu alecrim, pois ele tocou a meta, pondo fim a nossos desejos.

D. Nise. A manjerona só merece aplausos, porque deu princípio a este fim.

Semicúpio. Então, visto isso, venceu o malmequer, pois ele foi o meio entre o princípio da manjerona e o fim do alecrim.

Sevadilha. Pois viva o malmequer!

D. Gilvaz. Tenho dito; venceu o alecrim.

D. Fuas. Se a eficácia das razões não basta a convencer-vos, esta espada fará confessar o triunfo da manjerona.

Semicúpio. Deixe estar a folha, que as da manjerona não são o Alcorão de Mafoma[108], para que se defendam à ponta de espada; e, pois estou feito

---

108. *Mafoma*, variante do nome do profeta Maomé.

juiz, pela autoridade que tenho declaro que ambas as plantas venceram o pleito, pois cada uma fez quanto pôde. E, para que se acabem essas guerras do alecrim e manjerona, mando que os dois ranchos façam as pazes e se ponha perpétuo silêncio nesta matéria, sob pena de serem assuntos de minuetes e andarem por boca de poetas, que é pior que pelas bocas do mundo.

TODOS. Pois viva o alecrim e viva a manjerona!

SEMICÚPIO. E viva todo o bicho vivo!

D. LANCEROTE. Vivamos todos, meu sobrinho.

D. TIBÚRCIO. Essa é a verdade.

SEMICÚPIO. E, como não há triunfo sem aclamação, enquanto o coro não principia a festejar este aplauso, coroemos esta obra com as ramas da manjerona e alecrim.

CORO

D. NISE E D. FUAS. Viva a manjerona,
    perpétua no durar!

D. CLÓRIS E D. GILVAZ. Viva o alecrim,
    feliz no florescer!

TODOS. Viva a manjerona,
    viva o alecrim,
    pois que um soube vencer,
    e a outra triunfar.

D. NISE E D. FUAS. No templo de Cupido
    troféu de amor será.

D. CLÓRIS E D. GILVAZ. Nas aras[109] da fineza,
    em chamas arderá.

TODOS. Viva a manjerona,
    viva o alecrim,
    pois que um soube vencer,
    e a outra triunfar.

FIM

---

109. *Aras*, altares.

FONTES E BIBLIOGRAFIA

EPÍGRAFES

GUSMÃO, Alexandre de. *Cartas*. Edição de Andrée Rocha. Lisboa, Imprensa Nacional/Casa da Moeda, 1981.

ASSIS, Machado de. "Antônio José". Em *Relíquias de casa velha*. Rio de Janeiro, Civilização Brasileira, 1975.

SARAIVA, Antônio José. *Inquisição e cristãos-novos*. 4. ed. Porto, Inova, 1969.

FONTES

TRIBUNAL DO SANTO OFÍCIO. Inquisição de Lisboa. António José da Silva, pasta 3, nº 2.027/apartados da Inquisição. Lisboa, Instituto dos Arquivos Nacionais/Torre do Tombo.

TRIBUNAL DO SANTO OFÍCIO. Inquisição de Lisboa. João Mendes da Silva, processo nº 2.405, antigo 11.806. Lisboa, Instituto dos Arquivos Nacionais/Torre do Tombo.

TRIBUNAL DO SANTO OFÍCIO. Inquisição de Lisboa. Leonor Maria de Carvalho, processo nº 3.464. Lisboa, Instituto dos Arquivos Nacionais/Torre do Tombo.

TRIBUNAL DO SANTO OFÍCIO. Inquisição de Lisboa. Lourença Coutinho, processo nº 2.356, continuação dos processos 2.443 e 3.458. Lisboa, Instituto dos Arquivos Nacionais/Torre do Tombo.

BIBLIOGRAFIA DAS COMÉDIAS DESTA EDIÇÃO

[SILVA, António José da]. *Guerras do alecrim e manjerona*. Lisboa, António Isidoro da Fonseca, 1737. Edição fac-similar de Paulo Roberto Pereira. Rio de Janeiro, Biblioteca Reprográfica Xerox, 1987. Não consta o nome do autor.

SILVA, António José da. *Anfitrião ou Júpiter e Alcmena*. Edição de Victor Jabouille e Ana Dulce de Seabra. 2. ed. revista. Mem Martins, Inquérito, 2000.

_____. *Guerras do alecrim e manjerona*. Apresentação didática de Albina de Azevedo Maia. Porto, Porto Editora, 1989.

_____. *Anfitrião ou Júpiter e Alcmena*. Em BARATA, José Oliveira. *António José da Silva: criação e realidade*. Coimbra, Universidade de Coimbra, 1983. Vol. II, apêndice documental.

_____. *Guerras do alecrim e manjerona*. Edição de Maria de Lourdes A. Ferraz. Lisboa, Seara Nova, 1980.

_____. *Esopaida ou Vida de Esopo*. Edição de José Oliveira Barata. Coimbra, Acta Universitatis Conimbrigensis, 1979.

_____. *Vida de d. Quixote, Esopaida e Guerras do alecrim*. Edição de Liberto Cruz. Lisboa, Imprensa Nacional/Casa da Moeda, 1975.

_____. *A vida de Esopo e Guerras do alecrim e manjerona*. Edição de R. Magalhães Júnior. Rio de Janeiro, Civilização Brasileira, 1957.

_____. *Guerras do alecrim e manjerona*. Edição do Teatro Experimental do Porto. Apresentação de António Pedro. 2. ed. Porto, Imprensa Social, 1957.

_____. *Anfitrião ou Júpiter e Alcmena e Guerras do alecrim e manjerona*. Rio de Janeiro, A Noite, 1939.

_____. *Anfitrião*. Prefácio de Francisco Torrinha. Porto, Renascença Portuguesa, 1916.

_____. "Vida do grande d. Quixote de la Mancha e do gordo Sancho Pança", "Esopaida ou Vida de Esopo", "Anfitrião ou Júpiter e Alcmena", "Guerras do alecrim e manjerona". Em RIBEIRO, João (ed.). *Teatro de Antônio José (o Judeu)*. Rio de Janeiro, H. Garnier, 1910-1911. T. I, II e III.

_____. *Guerras do alecrim e manjerona*. Edição de Mendes dos Remédios. Coimbra, França Amado, 1905.

_____. *Vida do grande d. Quixote de la Mancha e do gordo Sancho Pança*. Edição de Mendes dos Remédios. Coimbra, França Amado, 1905.

_____. *Guerras do alecrim e manjerona:. ópera joco-séria em dous actos*. Rio de Janeiro, J. Villeneuve, 1847.

_____. *La vie du grand d. Quichotte de la Manche et du gros Sancho Pança*. Trad. Ferdinand Denis. Paris, Palais Royal, 1823.

_____. *Esopaida ou Vida de Esopo*. Lisboa, Impressão Régia, 1817.

_____. "Vida do grande d. Quixote de la Mancha e do gordo Sancho Pança", "Esopaida ou Vida de Esopo", "Anfitrião ou Júpiter e Alcmena", "Guerras do alecrim e manjerona". Em *Obras completas*. Edição de José Pereira Tavares. Lisboa, Sá da Costa, 1957-1958. Vols. I, II e III.

_____. "Vida do grande d. Quixote de la Mancha e do gordo Sancho Pança", "Esopaida ou Vida de Esopo", "Anfitrião ou Júpiter e Alcmena", "Guerras do alecrim e manjerona". Em *Theatro comico portuguez ou Colleção das operas portuguezas*. 2 t. Lisboa, Simão Thaddeo Ferreira, 1788. Essa edição anônima é reimpressão, como todas do século XVIII, da primeira de 1744. Os tomos 3 e 4, publicados em 1792 por Simão Thaddeo Ferreira, não contêm peças de Antônio José da Silva.

_____. *Anfitrião ou Júpiter e Alcmena*. Edição revista por Paulo Costa. Apresentação de Natália Correia. S.l., s.n., s.d. (Círculo dos Leitores.)

BIBLIOGRAFIA GERAL

ALVES, Maria Theresa Abelha. *Dialéctica da camuflagem nas "Obras do Diabinho da Mão Furada"*. Lisboa, Imprensa Nacional/Casa da Moeda, 1983.

ARAÚJO, Mozart de. *A modinha e o lundu no século XVIII*. São Paulo, Ricordi Brasileira, 1963.

ASSIS, Machado de. "Antônio José". Em *Relíquias de casa velha*. Rio de Janeiro, Civilização Brasileira, 1975. pp. 151-63.

AZEVEDO, J. Lúcio de. "O poeta António José da Silva e a Inquisição". Em *Novas epanáforas*. Lisboa, Clássica, 1932.

_____. *História dos christãos novos portugueses*. Lisboa, Clássica, 1922.

AZEVEDO FILHO, Leodegário A. de. *Iniciação em crítica textual*. Rio de Janeiro, Presença/Edusp, 1987.

BAIÃO, Antônio. *Episódios dramáticos da Inquisição portuguesa*. Porto, Renascença Portuguesa, 1919, vol. I; Rio de Janeiro, Anuário do Brasil, 1924, vol. II.

BARATA, José Oliveira. *António José da Silva: criação e realidade*. 2 vols. Coimbra, Universidade de Coimbra, 1983-1985.

_____. *História do teatro em Portugal (séc. XVIII): António José da Silva (O Judeu) no palco joanino*. Lisboa, Difel, 1998. (Memória e Sociedade)

BETHENCOURT, Francisco. *História das inquisições*. São Paulo, Companhia das Letras, 2000.

BRAGA, Maria Luísa. "A Inquisição na época de d. Nuno da Cunha de Ataíde e Melo (1707-50)". Em *Cultura: História e Filosofia*. Lisboa, *I*, pp. 175-260, 1982; *II*, pp. 31-134, 1983.

BRAGA, Teófilo. "António José da Silva". Em *História da literatura portuguesa: os árcades*. Lisboa, Imprensa Nacional/Casa da Moeda, 1984 [1. ed. 1918]. pp. 92-119. Esse livro é, segundo o próprio autor, o resumo dos seus livros anteriores, como a *História do teatro português (século XVIII)*, de 1871, e a *Arcádia lusitana*, de 1899, em que retoca com materiais novos a biografia de Antônio José e de outros autores do século XVIII.

_____. *O martyr da inquisição portugueza Antonio José da Silva (O Judeu)*. Lisboa, Typographia do Commercio, 1904.

BRANCO, Camilo Castelo. *O Judeu, romance histórico*. 2 vols. Lisboa, Parceria A. M. Pereira, 1970 [1. ed. 1866].

BRANCO, João de Freitas. "O teatro de 'O Judeu'". Em *História da música portuguesa*. Lisboa, Europa-América, 1959. pp. 111-4.

BRANCO, Luís de Freitas. "A música teatral portuguesa". Em *A evolução e o espírito do teatro em Portugal*. 2. série. Lisboa, O Século, 1947. pp. 99-124.

_____. "O Judeu músico". *Arte Musical*. Lisboa, 5 (162), 30 jun. 1935.

BRITO, Manuel Carlos de. "O papel da ópera na luta entre o Iluminismo e o obscurantismo em Portugal (1731-42)". Em *Estudos de história da música em Portugal*. Lisboa, Estampa, 1989. pp. 95-107.

_____. "A música profana e a ópera no tempo de d. João V". *Claro-Escuro* – Revista de estudos barrocos. Dir. Ana Hatherly. Número duplo no terceiro centenário de nascimento de d. João V. Lisboa (2/3), maio/nov. 1989, pp. 105-18.

_____. "Da ópera ao divino à ópera burguesa: a música e o teatro de d. João V a d. Maria I". Em SANTOS, Maria Helena Carvalho dos (coord.). *Congresso Internacional: Portugal no século XVIII – de d. João V à Revolução Francesa*. Lisboa, Sociedade Portuguesa de Estudos do Século XVIII/Universitária, 1991, pp. 315-8.

_____. "Novos dados sobre a música no reinado de d. João V". Em *Homenagem a Macário Santiago Kastner*. Lisboa, Calouste Gulbenkian, 1992, pp. 515-33.

BRITO, Manuel Carlos de & CYMBRON, Luísa. *História da música portuguesa*. Lisboa, Universidade Aberta, 1992, pp. 105-11.

CAMÕES, Luís Vaz de. *Auto dos Anfitriões*. Edição de Clara Rocha. Lisboa, Seara Nova, 1981.

CARNEIRO, Maria Luiza Tucci. *Preconceito racial em Portugal e Brasil colônia: os cristãos-novos e o mito da pureza de sangue*. 3. ed. São Paulo, Perspectiva, 2005.

CARVALHO, Mário Vieira de. "Trevas e luzes na ópera do Portugal setecentista". Em SANTOS, Maria Helena Carvalho dos (coord.). *Congresso Internacional: Portugal no século XVIII – de d. João V à Revolução Francesa*. Lisboa, Sociedade Portuguesa de Estudos do Século XVIII/Universitária, 1991.

CASTRO, Aníbal Pinto de. *Retórica e teorização literária em Portugal: do Humanismo ao Neoclassicismo*. Coimbra, Centro de Estudos Românicos, 1973.

CERVANTES, Miguel de. *Don Quijote de la Mancha*. Edición del IV Centenario. Real Academia Española. Madri, Alfaguara, 2004.

CHAVES, Castelo Branco. *O Portugal de d. João V visto por três forasteiros*. 2. ed. Lisboa, Biblioteca Nacional, 1989.

CHOCIAY, Rogério. "Antônio José da Silva, o Judeu: uma antecipação da liberdade no verso". *Rhythmus*, São José do Rio Preto, *16*, pp. 1-29, 1992.

CLARO-ESCURO. Revista de estudos barrocos. Dir. Ana Hatherly. Número duplo no terceiro centenário de nascimento de d. João V. Lisboa (2/3), maio/nov. 1989.

CORRADIN, Flávia Maria F. Sampaio. *Antônio José da Silva, o Judeu: textos versus (con)textos*. 1990. 135 f. Dissertação (Mestrado em Literatura Portuguesa) – Faculdade de Filosofia, Letras e Ciências Humanas, Universidade de São Paulo, São Paulo.

COSTA, João Cardoso da. *Musa pueril*. Lisboa, Miguel Rodrigues, 1736.

CRUZ, Manuel Ivo. "Ópera portuguesa no Brasil do século XVIII". Actas do IV Encontro Nacional de Musicologia. *Boletim da Associação Portuguesa de Educação Musical*. S.l., (52), pp. 39-41, 1987.

CUNHA, Celso. "Confissões de um malogrado editor de 'Os lusíadas'". Em *Sob a pele das palavras*. Organização, introdução e notas de Cilene da Cunha Pereira. Rio de Janeiro, Nova Fronteira/Academia Brasileira de Letras, 2004. pp. 159-77.

CUNHA, d. Luís da. *Instruções políticas*. Edição de Abílio Diniz Silva. Lisboa, Comissão Nacional para as Comemorações dos Descobrimentos Portugueses, 2001.

_____. *Testamento político*. Introdução de Lanci Leonzo. São Paulo, Alfa-Omega, 1976.

DINES, Alberto. *Vínculos do fogo: António José da Silva, o Judeu, e outras histórias da Inquisição em Portugal e no Brasil*. São Paulo, Companhia das Letras, 1992.

EMERY, Bernard. "O homem e o Diabo nas 'Obras do Fradinho da Mão Furada'". *Colóquio/Letras*. Lisboa, 35, 1977.

ESPÍNOLA, Adriano. *As artes de enganar: um estudo das máscaras poéticas e biográficas de Gregório de Mattos*. Rio de Janeiro, Topbooks, 2000.

FERREIRA, Aurélio Buarque de Holanda. *Novo Aurélio século XXI: o dicionário da língua portuguesa*. 3. ed. Rio de Janeiro, Nova Fronteira, 1999.

FONSECA, António Isidoro da (ed.). *Acentos saudosos das musas portuguezas...* Lisboa, 1736.

FRÈCHES, Claude-Henri. *António José da Silva et l'Inquisition*. Paris, Calouste Gulbenkian, 1982.

_____. "Introduction critique". Em SILVA, António José da. *El prodigio de Amarante*. Lisboa/Paris, Bertrand/Les Belles-Lettres, 1967.

_____. "Une source française de l'opéra 'Vida do grande d. Quixote de la Mancha e do gordo Sancho Pança' d'António José da Silva". *Bulletin des études portugaises*. Nouvelle série. Lisboa, 22, pp. 255-64, 1959-1960.

_____. "António José da Silva (o Judeu) et les marionnettes". *Bulletin d'histoire du théâtre portugais*. Lisboa, 5 (1), pp. 325-44, 1954.

_____. "António José da Silva (o Judeu): note bibliographique". *Bulletin d'histoire du théâtre portugais*. Lisboa, 4 (1), pp. 121-5, 1953.

_____. "L'Amphitryon d'António José da Silva (o Judeu)". *Bulletin des études portugaises et de L'Institut français au Portugal*. Coimbra, 15, pp. 76-92, 1951.

_____. "António José da Silva (o Judeu): note conjointe". *Bulletin d'histoire du théâtre portugais*. Lisboa, 2 (1), pp. 73-9, 1951.

_____. "Introduction au théâtre du Judeu". *Bulletin d'histoire du théâtre portugais*. Lisboa, 1 (1), pp. 33-61, 1950.

FURTER, Pierre. "La structure de l'univers dramatique d'Antônio José da Silva, o Judeu". *Bulletin des études portugaises*. Nouvelle série. Lisboa, 25, pp. 51-75, 1964.

GORENSTEIN, Lina. *A Inquisição contra as mulheres: Rio de Janeiro, séculos XVII e XVIII*. São Paulo, Humanitas/Fapesp, 2005.

HARTNOLL, Phyllis (ed.). *The Oxford companion to the theatre*. London, Oxford University, 1951.

HORTA, Luiz Paulo. "Descoberta musicológica em Goiás". *Jornal do Brasil*, caderno B, p. 7, 6 mar. 1986.

HOUAISS, Antônio & VILLAR, Mauro de Salles. *Dicionário Houaiss da língua portuguesa*. Rio de Janeiro, Objetiva, 2001.

INSTITUTO Histórico e Geográfico Brasileiro. "Traslado do processo feito pela Inquisição de Lisboa contra Antônio José da Silva, poeta brasileiro". *Revista Trimensal do...* Rio de Janeiro, t. LIX, parte I, 1º e 2º trimestres 1896.

JUCÁ FILHO, Cândido. *Antônio José, o Judeu*. Rio de Janeiro, Civilização Brasileira, 1940.

LA FONTAINE. "La vie d'Ésope". Em *Fables, contes et nouvelles*. Organização e notas de René Groos e Jacques Schiffrin. Paris, Gallimard, 1954. pp. 13-28. (Bibliothèque de la Pléiade.)

LIMA SOBRINHO, Barbosa. "Antônio José da Silva, o Judeu, e o teatro do século XVIII". Em *Curso de teatro*. Rio de Janeiro, Academia Brasileira de Letras, 1954. pp. 31-53.

MACHADO, Diogo Barbosa. *Bibliotheca lusitana*. Lisboa, António Isidoro da Fonseca, 1741, t. I, p. 303; Lisboa, Francisco Luiz Ameno, 1759, t. IV, p. 41.

MAGALDI, Sábato. "Duas comédias de Plauto". Em *O texto no teatro*. São Paulo, Perspectiva/Edusp, 1989. pp. 61-8.

MAGALHÃES, Gonçalves de. *Tragédias*. Edição de Mariângela Alves de Lima. São Paulo, Martins Fontes, 2005.

MAGALHÃES, Joaquim Romero. "Em busca dos tempos da Inquisição". *Revista de História das Idéias*. Coimbra, *9*, pp. 191-228, 1987.

MARTINS, Heitor. "Algo de novo sobre o Judeu". *Minas Gerais Suplemento Literário*. 8 mar. 1975, pp. 11-2.

MENDOÇA, Heitor Furtado de. *Primeira visitação do Santo Ofício às partes do Brasil. Confissões da Bahia: 1591-92*. Prefácio de J. Capistrano de Abreu. Rio de Janeiro, Sociedade Capistrano de Abreu, 1935.

MENDONÇA, José Lourenço D. de & MOREIRA, António Joaquim. *História dos principais actos e procedimentos da Inquisição em Portugal*. Introdução de João Palma-Ferreira. Lisboa, Imprensa Nacional/Casa da Moeda, 1980.

MENÉNDEZ PELAYO, Marcelino. *Historia de los heterodoxos españoles*. Santander, Aldus, 1947. Vol. V, pp. 124-9.

MENEZES, Francisco Xavier de, IV Conde da Ericeira. *Diário, 1731-1733*. Edição de Eduardo Brasão. Coimbra, Biblos, volume XVIII, tomo II, 1943, pp. 1-215.

MOISÉS, Massaud. *Dicionário de termos literários*. 12. ed. São Paulo, Cultrix, 2004.

MOLIÈRE. *Oeuvres completes*. Edição de Pierre-Aimé Touchard. Paris, Seuil, 1962.

MONTEIRO, Ofélia Milheiro Caldas Paiva. "No alvorecer do 'Iluminismo' em Portugal". *Revista de história literária de Portugal*. Coimbra, I, pp. 191-233, 1962; II, pp. 1-58, 1967.

NERY, Rui Vieira & CASTRO, Paulo Ferreira de. *História da música: sínteses da cultura portuguesa*. Lisboa, Imprensa Nacional/Casa da Moeda, 1991.

NOVINSKY, Anita. *Inquisição: prisioneiros do Brasil – séculos XVI-XIX*. Rio de Janeiro, Expressão e Cultura, 2002.

_____. *Inquisição: inventário de bens confiscados a cristãos-novos*. Rio de Janeiro, Imprensa Nacional/Casa da Moeda, 1976.

PEREIRA, Kênia Maria de Almeida. *A poética da resistência em Bento Teixeira e Antônio José da Silva, o Judeu*. São Paulo, Annablume, 1998.

Pereira, Paulo Roberto. "O riso libertador em Antônio José da Silva, o Judeu". Em Novinsky, Anita & Carneiro, Maria Luiza Tucci (orgs.). *Inquisição: ensaios sobre mentalidade, heresias e arte*. Rio de Janeiro, Expressão e Cultura, 1992. pp. 608-20.

_____. "O gracioso e sua função nas óperas do Judeu". *Colóquio/Letras*. Lisboa, *84*, pp. 28-35, 1985.

_____. "Antônio José da Silva: seu percurso e o juízo da Academia". *Revista Brasileira*. Rio de Janeiro, Academia Brasileira de Letras, *45*, pp. 131-42, out.-nov.-dez. 2005.

_____. "A música e a marionete na comédia de Antônio José, o Judeu". *Revista Convergência Lusíada*. Rio de Janeiro, Real Gabinete Português de Leitura, *22*, pp. 49-61, 2006.

Pernidji, Joseph Eskenazi. *A saga dos cristãos-novos*. Rio de Janeiro, Imago, 2005.

Picchio, Luciana Stegagno. "Antônio José da Silva, o Judeu". Em *História do teatro português*. Trad. Manuel de Lucena. Lisboa, Portugália, 1969, pp. 188-95.

Pinheiro, J. C. Fernandes. "Antônio José e a Inquisição". *Revista Trimensal do Instituto Histórico, Geográfico e Etnográfico do Brasil*. Rio de Janeiro, *25*, pp. 364-419, 1862. Em anexo encontram-se os "Excerptos do processo de Antônio José".

Pinto, Rolando Morel. *História da língua portuguesa: século XVIII*. São Paulo, Ática, 1988.

Plauto. *Anfitrião*. Tradução, introdução e notas de Carlos Alberto Louro Fonseca. Lisboa, Edições 70, 2000.

Printsak, Suelly Svartman. *Semiologia de uma ópera de marginais: "Vida do grande d. Quixote de la Mancha e do gordo Sancho Pança"*. 1976. Dissertação (Mestrado em Letras Vernáculas) – Faculdade de Letras, Universidade Federal do Rio de Janeiro.

Rebello, Luiz Francisco. *História do teatro: sínteses da cultura portuguesa*. Lisboa, Imprensa Nacional/Casa da Moeda, 1991.

Rego, Raul. "António José da Silva será autor das 'Óperas portuguesas'?". *Seara Nova*. Lisboa, *435-436*, 1935. Dedicado a Antônio José da Silva.

Ribeiro, João (ed.). *Teatro de Antônio José (o Judeu)*. 2 vols., 4 t. Rio de Janeiro, H. Garnier, 1910-1911.

Ribeiro, Mário de Sampayo. "Quebra-cabeças musical no paço de Vila Viçosa". *Ocidente*, LIII (232), pp. 75-8, 1957.

Rocha, Andrée Crabbé. *As aventuras de anfitrião e outros estudos de teatro*. Coimbra, Almedina, 1969, pp. 5-31.

Rodrigues, Maria Idalina Resina. "Anfitriões peninsulares quinhentistas". Separata da *Revista da Universidade de Coimbra*, vol. XXXIII, pp. 289-301, 1985.

Salvador, José Gonçalves. *Cristãos-novos, jesuítas e Inquisição*. São Paulo, Pioneira/Edusp, 1969.

Santareno, Bernardo. *O Judeu*. 4. ed. Lisboa, Ática, 1978.

Saraiva, António José. *Inquisição e cristãos-novos*. 4. ed. Porto, Inova, 1969.

Saraiva, António José & Lopes, Óscar. "António José da Silva e as 'óperas de bonecos'". Em *História da literatura portuguesa*. 12. ed. Porto, Porto Editora, 1982. pp. 524-32.

Saramago, José. *Memorial do convento*. Lisboa, Caminho, 1982.

Seara Nova. António José da Silva. Lisboa (435/436), 1935.

Silva, Antonio de Moraes. *Diccionario da lingua portugueza*. 2 vols. Lisboa, Lacerdina, 1813.

Silva, António José da (o Judeu). *Obras completas*. Prefácio e notas do Prof. José Pereira Tavares. 4 vols. Lisboa, Sá da Costa, 1957-1958.

_____. *Theatro comico portuguez ou Colleção das operas portuguezas*. 2 tomos. Lisboa, Simão Thaddeo Ferreira, 1788.

_____. *Teatro de Antônio José (o Judeu)*. Edição de João Ribeiro. Rio de Janeiro, H. Garnier, 1910-1911, 2 volumes, 4 tomos.

_____. *El prodigio de Amarante: S. Gonçalo*. Edição de Claude-Henri Frèches. Lisboa/Paris, Bertrand/Les Belles-Lettres, 1967.

_____. *Obras do Diabinho da Mão Furada*. Introdução de Kênia Maria de Almeida Pereira. São Paulo, Imprensa Oficial/Oficina do Livro Rubens Borba de Moraes, 2006.

_____. *O Judeu em cena: El prodigio de Amarante*. Apresentação e tradução de Alberto Dines e Victor Eleutério. São Paulo, Edusp, 2005.

_____. *Duas histórias malditas atribuídas a António José da Silva*. Apresentação e tradução de Manuel João Gomes. Lisboa, Arcádia, 1977.

SILVA, Inocêncio Francisco da. *Dicionário bibliográfico português*. 2. ed. Lisboa, Imprensa Nacional, 1924. T. I, pp. 176-80; 1857. T. VIII, pp. 212-3.

SILVA, J. M. Pereira da. *Os varões illustres do Brazil durante os tempos coloniaes*. 3. ed. Rio de Janeiro, Garnier, 1868. T. I, pp. 243-66.

SILVA, José Maria da Costa e. *Ensaio biográfico-crítico sobre os melhores poetas portugueses*. Lisboa, Silviana, 1855. T. X, pp. 328-71.

SILVA, Lina Gorenstein Ferreira da. *Heréticos e impuros: a Inquisição e os cristãos-novos no Rio de Janeiro – século XVIII*. Rio de Janeiro, Secretaria Municipal de Cultura, 1995.

SILVEIRA, Francisco Maciel. *Concerto barroco às óperas do Judeu*. São Paulo, Perspectiva/Edusp, 1992.

SIMÕES, Manuel. "A ópera do Judeu". *Colóquio/Letras*. Lisboa, *51*, pp. 63-5, 1979.

SOUSA, Filipe de. *O compositor António Teixeira e a sua obra*. Bracara Augusta – Congresso "A arte em Portugal no século XVIII". Braga, 1974. Vol. XXVIII, t. III, pp. 413-20.

TEATRO VILLA-LOBOS. *Programa: produção da ópera bufa "Variedades de Proteu"*. Rio de Janeiro, out./nov. 1984.

TOPA, Francisco. Poesia inédita do brasileiro João Mendes da Silva. *Revista da Faculdade de Letras*. Porto, XIX, pp. 301-28, 2002.

_____. "Uma glosa inédita atribuída a António José da Silva mais três variações anônimas". *Revista da Faculdade de Letras*. Porto, *17*, pp. 451-4, 2000.

VAINFAS, Ronaldo. "A Inquisição e o cristão-novo no Brasil colonial". Em PEREIRA, Paulo Roberto (org.). *Brasiliana da Biblioteca Nacional: guia das fontes sobre o Brasil*. Rio de Janeiro, Fundação Biblioteca Nacional/Nova Fronteira, 2001. pp. 143-59.

VARNHAGEN, F. A. *Florilégio da poesia brasileira*. Rio de Janeiro, Academia Brasileira de Letras, 1987 [1. ed. 1850]. T. I, pp. 243-70.

WINDMÜLLER, Käthe. *"O Judeu" no teatro romântico brasileiro*. São Paulo, Centro de Estudos Judaicos, Universidade de São Paulo, 1984.

WIZNITZER, Arnold. *Os judeus no Brasil colonial*. Trad. Olívia Krähenbühl. São Paulo, Pioneira/Edusp, 1966.

1ª edição Setembro de 2007 | **Diagramação** A Máquina de Idéias
Fonte Stempel Schneidler | **Papel** Offset Alta Alvura
Impressão e acabamento Yangraf Gráfica e Editora Ltda.